종말일기
Z

마넬 로우레이로
김순희 옮김

APOCALIPSIS Z:
EL PRINCIPIO DEL FIN
by Manel Loureiro

Copyright © 2012 by Manuel Francisco Loureiro Doval
All rights reserved.

Korean Translation Copyright © 2013 by Minumin

This Korean edition is published by arrangement with
VIRTUAL PUBLISHERS S.L. c/o Antonia Kerrigan Literary Agency
through Momo Agency.

이 책의 한국어 판 저작권은 모모 에이전시를 통해
Antonia Kerrigan Literary Agency와 독점 계약한 ㈜민음인에 있습니다.
저작권법에 의해 한국 내에서 보호를 받는 저작물이므로 무단 전재와 무단 복제를 금합니다.

차례

블로그 ⋯⋯ 9
일기 ⋯⋯ 99
비고 ⋯⋯ 179
지옥편 ⋯⋯ 295

지옥이 죄인들로 가득 차면
죽은 자들은 지상에서 서성거리게 될 것이다.
——『시체들의 새벽(Dawn of the Dead)』(1978)

블로그

폰테베드라

탐보 섬

비고

1

12월 30일 금요일 오전 8시 40분

비릿한 비 냄새에 잠이 깼다. 커튼을 걷어보니 장대비가 쏟아지고 있다. 커피를 마시고 정신을 차려야겠다. 빗발은 여전하다. 아무래도 오늘은 일진이 사나울 것 같다. 뉴스를 들으며 샤워를 했다.

세상일은 모르는 일이다. 어느 날 이곳, 스페인이 파산한다 해도 바로 다음 날 언제 그랬냐는 듯이 사정이 완전히 뒤바뀔지 누가 알겠는가. 오늘은 중요한 회의가 있다. 앞으로 6개월 동안 왕처럼 호사를 부리며 살 것이냐 아니면 주식의 '주'자도 모르는 멍청한 주주들과 여전히 씨름을 할 것이냐가 결정되는 회의다. 주식이야 주주들 것이니 내 알 바 아니다. 하지만 만약 이번 합병 건만 성사된다면 앞으로 몇 달 동안은 수수료만 가지고도 한가로이 시간을 보낼 수 있다.

이젠 나의 작은 보트 조디악을 타고 바다를 누비거나 폰테베드라 만에서 스쿠버다이빙을 하면서 편안히 쉬고 싶다.

커피를 마시며 창밖으로 정원을 내다본다. 나의 집은 그림처럼 아름답지만 내 아내를 떠올리게 하는 것들이 너무 많다. 이 집을 고른 것도 아내요, 예쁘게 장식한 것도 아내요, 아내는……. 이제 생각해 봐야 부질없는 짓이다. 의사의 충고가 떠올랐다.

"이제 그만 잊으세요. 그래야 사람들이 도울 수 있지요. 부인이 안 계셔도 견뎌낼 수 있도록 말이에요."

하지만 시간이 흘러도 곳곳에서 아내의 체취가 느껴진다. 심리치료사는 또 다른 권유를 해 주었다.

"블로그를 만드세요. 거기다 아무거나 하고 싶은 말을 써 보세요. 그냥 넋두리를 해도 좋고요."

이미 블로그를 사용하고 있지만 별 소용이 없다. 아무려면 어때. 다시 해보는 거지.

푸르던 정원은 잡초만 무성한 진창이 되었다. 여기 갈리시아(스페인 북서부의 자치 지역 — 옮긴이)에는 3주 동안 쉴 새 없이 비가 내려 모든 것이 축축했다. 지금처럼 비가 계속 내린다면 풀을 뿌리째 뽑아 버리고 정원 담을 타고 올라간 포도나무 가지도 모조리 잘라 버려야 할 것이다. 이렇게 높은 돌담을 쌓기로 결정한 것도 아내다. 이제는 여기저기 물이 새고 있다. 아내는 입버릇처럼 말했다.

"다른 사람들이 내 사생활을 엿보는 건 싫어요."

이제 아내는 떠났다. 나는 홀로 요새 속에 살고 있는 기분이다.

넥타이를 고쳐 매고 가방을 든 뒤 라디오를 켰다. 뉴스캐스터는 카프카스 산맥에 있는 구소련의, 이름이 '땅(-stan)'으로 끝나는 지역에서 일어난 폭발 사고 소식을 전하고 있었다. 러시아 군대가 주둔하고 있던 한 진지를 공격한 반군들에 대한 뉴스도 나왔다. 너무 끔찍해서 라디오를 탁 내리쳤다. 잘못하면 출근 시간에 늦을 것 같다.

2
1월 3일 오후 1시 15분

벌써 여러 날째 이 블로그에 새 글을 올리지 못했다. 회사 대표들과 가진 회의는 기대 이상으로 큰 성공을 거두었다! 이제 지난달에 번 돈을 물 쓰듯 쓰며 멋진 휴가를 보낼 수 있게 되었다.

제야의 밤에는 폰테베드라 근처 코토바데에 있는 부모님의 집에서 저녁을 먹었다. 부모님이 은퇴한 뒤 이곳으로 이사 온 지도 여러 해가 되었다. 부모님 외에도 숙모와 삼촌 그리고 바르셀로나에서 근무하는 여동생과 그애의 남자친구가 와 있었다. 여동생은 나와 다른 분야에서 일하긴 하지만 같은 변호사다. 그애는 거기서 수년 동안 살면서 카탈루냐(스페인 북동부의 자치 지역 — 옮긴이)의 생활에 젖어 있었지만 나는 늘 갈리시아가 더 편했다.

저녁을 먹으며 우리는 카프카스의 갈등 같은 굵직굵직한 뉴스에 관해 의견을 나누었다. 분명히 다게스탄(카스피 해 서쪽 연안에 위치한 러시아 연방의 자치공화국 — 옮긴이) 같은 곳의 이슬람교 게릴라들이 아직 러시아가 장악하고 있는 구소련의 기지를 공격했을 것이다. 여동생은 그들이 핵물질을 찾고 있는 거라고 말했다. 그애 말이 틀렸기를 바란다. 그렇지 않으면 우린 끝장이니까. 또 다른 테러범이 3월 11일 마드리드에서처럼 테러를 했는데, 이번에는 핵무기를 사용했으니 말이다.

뉴스에 사진 몇 장이 나오긴 했지만 흐릿해서 잘 보이지 않았다. 공격당한 군 기지의 위치는 극비에 부쳐졌고, 관계당국은 일절 사진을 찍지 못하도록 통제하고 있었다. 기자들은 호텔 지붕에서 파일과 거리 지도에 있는 사진을 사용해 방송해야 했다. 기자들에 따르면, 수백 명의 희생자가 생겼고, 푸틴 대통령은 러시아 전역에 경계경보를 내렸다. 거리를 점령하고 있는 탱크와 군인들을 보니 덜컥 겁이 났다. 그들은 소요와 테러가 전국으로 번질까봐 염려하고 있었다. 내가 그곳에 있지 않아서 다행스러웠다.

3

1월 3일 오후 7시 3분

텔레비전을 보고 있다. 5번 채널은 모든 국경을 폐쇄한 러시아 연방에 대한 생중계를 위해 간간이 정규 방송을 중단했다. 러시아로 드나드는 모든 비행편이 취소되었으며, 소유즈 로켓의 발사도 무기한 연기되었다. CNN에서는 이 폐쇄령의 속내를 두고 토론을 벌였다. 그들은 다게스탄의 상황이 감당할 수 없을 만큼 다급해진 것인지 아니면 푸틴이 자신의 힘을 강화시키기 위해 경보를 발령한 것인지를 두고 논의했다. 한 토크쇼에서 분석가 한 명이 조심스럽게 이번 경보는 근거 없는 것으로, 모두 정치 조작이 확실하다고 말했다. 누구 말을 믿어야 할지 종잡을 수가 없다.

무엇보다 오늘 오후에 전기가 다시 나갔다. 전기회사가 일으키는 빌어먹을 정전을 더 이상 참을 수 없다. 나는 인구 8만 명의 폰테베드라에서 겨우 2킬로미터밖에 안 떨어진 주택 단지에 살고 있다. 전기회사는 고장 난 레코드처럼 늘 틀에 박힌 소리만 되풀이한다.

"전기 배선에 문제가 있어서 그렇습니다."

그것을 수리하는 데 6개월이 걸릴 거라고 한다. 하지만 더 이상은 나를 괴롭히지 못할 것이다. 내일 당장 태양 전지판과 축전지를 사서 지붕에 설치할 테니까. 그런 뒤 전기 회사의 목을 비틀어 버릴 테다.

4
점점 걱정이 된다
1월 4일 오전 10시 59분

오늘 아침 CNN에서 러시아에 관한 뉴스를 보았다. 마침내 다게스탄에서 벌어지고 있는 일이 무엇인지를 알려 주는 사진들이 방영되었다. 푸틴 정부는 계속해서 전국을 봉쇄하고 있다. 그들은 먼저 모든 국경을 폐쇄한 뒤 최신 정보마저 차단했다. 기사에 따르면 다게스탄 주재 기자들은 '신변 보장을 위해' 모스크바로 이송되었다고 한다.

오늘은 동영상 하나가 방영되었다. 공격받은 기지 근처 마을의 텅 빈 거리를 따라 행군하는 러시아군의 특수부대를 찍은 것이었다. 비디오 앞부분은 탱크에 탄 군인들의 얼굴에 초점을 맞추었다. 잔뜩 겁을 먹은 앳된 소년들이었다. 그들이 탱크 밖으로 뛰어내릴 때 보니 모두 가스 마스크를 쓰고 있어서 깜짝 놀랐다. 그들은 마치 무언가 유독한 것을 마실까봐 두려워하는 듯했다. 그들은 무언가 또는 누군가를 향해 미친 듯이 총을 쏘기 시작했고 곧이어 필사적으로 탱크가 있는 곳으로 후퇴했다. 영상은 거기서 끝났다. 이 모든 사태를 어떻게 생각해야 할지 도무지 알 수가 없었다.

3번 채널에서는 반군들이 연구소에 보관된 화학 무기나 핵물질을 장악할 목적으로 체첸에서 온 것으로 보인다고 보도했다. 세상이 미치광이들로 넘쳐나고 있다.

오후에는 쇼핑을 했다. '동방박사의 날'이 다가오고 있어서 집 근처 쇼핑몰은 선물을 사려는 사람들로 인산인해를 이루었다. 나는 신용카드를 마구 긁어대며 다 먹지도 못할 만큼 많은 음식과 5리터짜리 물병 서너 개, 초강력 플래시 두 개, 빌어먹을 정전을 막기 위한 산더미같이 많은 건전지와 전선을 비롯한 전기용품을 샀다. 지붕에 태양전지판을 설치하게 되면 예상치 못한 문제가 생길 수도 있으니까. 또한 요즘 나에게 앵돌아져 있는 페르시아 고양이 루쿨루스를 위해서도 엄청난 양의 먹이를 샀다.

이웃집 암고양이가 발정이 난 모양이다. 루쿨루스는 암고양이에게 관심 세례를 퍼붓는 것은 마땅히 사내가 해야 할 일이라고 생각하고는 몇 번이고 3미터가 넘는 담을 뛰어넘는 모험을 감행했다. 물론 사내라면 누구나 소녀를 얻기 위해 똑같은 일을 했을 것이다!

태양 전지판을 파는 상점에서 BP 솔라 SX170 전지판을 샀는데, 가격이 너무 비쌌다. 설치비(기술자가 내일 집에 와서 전지판을 설치해 줄 것이다.)를 포함해서 총 2000유로나 되었다. 축전지 가격은 제외한 것이지만 제품만은 시중에서 가장 좋은 것이다. 전지판은 개당 무게가 6킬로그램이 넘어서 지붕에 설치할 때 따로 고정할 필요가 없다. 다결정 실리콘 전지로 이루어진 전지판은 지난 25년 동안 검증받은 제품이다. 지붕에 이 전지판 두 개를 설치하면 갈리시아처럼 해가 잘 나지 않는 곳에서도 24볼트짜리 직렬 축전지 두 세트를 충전할 수 있다. 지하실에 있는 냉장고 두 대에 가득 든 음식이 상하지 않기를 바란다면 꼭 필요한 조치다.

평소에는 쇼핑할 시간이 별로 없어서 한꺼번에 음식을 많이 사 놓는다. 그래서 2주에 한 번씩 쇼핑을 한다. 이게 모두 냉장고라는 위대한 발명품 덕분이다.

집으로 돌아오는 길에 주류판매점에 들러서 포르투나 담배 한 보루와 불현듯 영감이 떠오를 때 메모할 수 있도록 메모장도 구입했다. 계산을 하고 있는 동안 길 건너편을 바라보다 총포상에서 산탄총알을 사는 두 사내를 발견했다. 사냥철이라 온통 축제 분위기다. 그들도 느긋하게 멋진 주말을 보낼 것이다.

집에 돌아와서 장본 물건들을 정리한 뒤 라디오를 들으며 잔디를 깎았다. 뒷마당은 그리 넓지는 않았지만, 집 주위에 높은 담을 쳐 놓아서 내게는 나만의 공간이 많은 편이다. 우리 집은 마흔 채의 똑같은 벽돌집 단지에 자리 잡고 있다. 이 주택 단지는 나란히 뻗은 두 개의 거리에 열 채의 집들이 각각 두 줄씩 서 있다. 우리 집은 그중 1번가의 맨 중간에 있다. 이 주택 단지는 세워진 지 3년도 채 안 되어서 이름이 아직 없다. 이름을 붙이려면 일정한 시간이 필요하다. 우리 집 양쪽에는 집이 한 채씩 있고 뒤에도 2번가를 향한 집이 있다.

작은 뒷마당과 3미터가 넘는 담 때문에 나는 뒷집들과 완전히 고립되어 있다.

집에 머무는 때가 거의 없는지라 이웃사람들에 대해 잘은 모른다. 길 건너편에는 패스파인더가 있는, 매우 선량한 은퇴한 노부부가 산다. 한쪽 옆에는 의사 부부와 두 딸이 살고, 다른 쪽에는 알프레도라는 멋쟁이 사내가 산다. 건축업을 하는 알프레도는 여자친구와 함께 지낸다. 내 가족은 거리의 카사노바 루쿨루스뿐이다. 얼마 전에 이성을 잃다시피 한 이웃이 찾아와 루쿨루스를 쏙 빼닮은 새끼 고양이가 가득 든 상자를 보여주며 해명을 요구했다. 아무래도 루쿨루스에게 뭔가 조치를 취해야 할 것 같다.

라디오에서는 여전히 다게스탄 사태에 관해 보도하고 있다. 상황이 악화일로로 치닫는 것 같다. 푸틴 정부는 여전히 보도 관제를 실시하면서 계속 더 많은 군대와 의료진을 투입하고 있다. 도대체 이게 무슨 일이란 말인가?

5
뭔가 잘못된 게 분명하다
1월 5일 오후 1시 54분

아침에 인부들이 와서 새 태양 전지판을 설치해 주었다. 최적의 광도 상태에서 220와트의 전력을 공급해 줄 것으로 보인다. 지하실에 있는 24볼트짜리 건전지 두 세트를 가동하면 하루에 대략 여덟 시간 동안 전기를 공급할 수 있어서 또다시 정전이 되어도 충분히 견딜 수 있다.

바르셀로나에 있는 여동생에게 전화를 해서 잠시 이야기를 나누었다. 그애는 잘 지내고 있다며 이번 주말에 지로나에 사는 친구를 만나러 갈 거라고 했다. 우리는 몇 마디 더 얘기를 나누고 전화를 끊었다.

텔레비전에서는 여전히 다게스탄 사태에 관한 영상들이 방영되고 있었다. 최신 뉴스(보도 관제 상황이라 거의 없긴 했지만)에 따르면 러시아 당국이 사람들을 소개(疏開)시키기 시작했다고 한다. 러시아 진지를 습격할 때 체첸 반군의 실수로 저장된 화학 무기가 유출된 것이 틀림없다. 1번 채널에서는 바르셀로나에서 온 신망이 두터운 아나운서가 도쿄에서 살포된 사린가스로 추정된다고 보도했다. 5번 채널에서는 소련이 대륙간 탄도 미사일에 사용했던 과산화수소일 거라고 했다.

내가 볼 때 사실을 정확히 알고 있는 사람은 단 한 사람도 없었다.

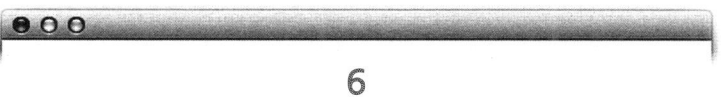

6
1월 9일 오전 10시 23분

러시아에서는 뭔가 단단히 잘못된 것 같다. 이번 주말 내내 최신 뉴스와 여러 가지 주장, 또 그것에 대한 반론, 보도 관제, 폭력사태가 난무했다. 지난 마흔네 시간 동안 모든 채널이 하나같이 입을 모아 다게스탄 얘기만 떠들었다.

금요일 오후 러시아 국경이 봉쇄되었다. 그날 오후《로이터 통신》은, 습격을 받은 기지는 실제로 생물학연구소이며 사고로 유출된 물질은 병원성 세균이라고 보도했다. 몇 시간 뒤 푸틴 정부는 이에 대해 강경하게 반박했고 유독성 화학 비료라고만 얼버무렸다. 토요일 점심 무렵에는 푸틴이 애틀랜타에 있는 미국질병방지센터에 다게스탄으로 지원팀을 파견해 달라고 요청했다는 소식이 들려왔다.

이제 그들은 유출된 병원체가 이집트 풍토병을 일으키는, 전염성이 강한 웨스트 나일 바이러스라고 말을 바꾸었다. 몇 년 전 이 병원균을 옮기는 모기가 비행기에서 발견된 적이 있다. 1995년 이후 유럽과 남미의 오지에서 몇 차례 이 병이 발생했다. 한 가지 아주 사소한 사실만 제외한다면 이 얘기는 상당히 그럴듯해 보인다. 1월 중순에는 카프카스 산맥에 모기가 거의 없다는 사실을 빼면 말이다.

일요일이 되자 상황은 도저히 제어할 수 없게 악화되었다. 미국질병방지센터 팀원들이 도착한 뒤 겨우 다섯 시간 만에 막 중독된(아니면 감염된이라고 말해야겠지만) 환자들을 치료하기 시작하자마자 팀원 중 두 명이 환자들과의 모종의 사건으로 인해 미국으로 후송되었다.

그날 밤 늦게 세계보건기구에서 파견된 팀에서도 비슷한 일이 일어났다. 그들은 독일 람슈타인 기지로 서둘러 돌아갔다. 몇몇 인터넷 사이트에는 팀원들이 살해당한 거라는 추측성 글이 올라왔다.

우리는 러시아 의료진(그런 것이 있기나 하다면 말이지만)이나 그 지역 시민들에 대해 아는 바가 거의 없다. 주로 온라인을 통해 은밀히 외국으로 퍼져 나온 홈비디오를 보면 피난하거나 소개되고 있는 사람들과 심한 상처를 입은 사람들, 그리고 전국에서 모두 불러 모은 듯한 수많은 구급차의 기나긴 행렬이 이어지고 있었다. 완전군장을 한 군대와 러시아 국경수비대는 피난민들과 반대로 지금은 위험지대라고 불리는 곳으로 향하고 있다.

오늘 아침 사태는 더욱 심각해졌다. 러시아 정부는 계엄령을 선포했고, 모든 외신 기자들을 철수시켰다. 집회나 언론의 자유 같은 것은 더 이상 용인되지 않았다. 더욱 수상한 것은 전국의 인터넷 기능을 정지시킨 것이었다. 어떠한 것도 들어오지 못하고 나가지도 못했다, 어쨌건 이론상으로는.

1번 채널 아침 뉴스에는 보건부 장관이 나와 이곳, 스페인에는 웨스트 나일 바이러스가 전혀 없다는 것을 정부가 보장한다고 발표했다. 경보를 발령할 이유도 없었다. SER 채널에서는 국방부 장관이 나와 군 의료진과 건설 기술자들이 상황을 통제할 수 있도록 돕기 위해 다게스탄으로 가고 있다면서 위험 요소는 전혀 없다고 강조했다. 등등.

유럽 국가의 절반과 일본, 미국, 오스트레일리아도 의료진과 기술자들을 파견하고 있다. 러시아에서는 무슨 일인가가 벌어지고 있다. 그것도 아주 어마어마한 일 말이다.

7
참신한 아이디어
1월 9일 오후 7시 58분

오후 내내 태양 전지판을 꼼꼼히 시험해 보니 놀랄 만한 양의 전력을 생산해 내었다. 하지만 한 번에 많은 전자제품을 사용하면 에너지 소비량이 급증해서 한두 시간 만에 전지가 다 닳아 버렸다. 예를 들어 냉장고 두 대와 컴퓨터만 사용하면 건전지 수명이 거의 열다섯 시간까지 늘어난다. 그런 뒤 여덟 시간가량 시간이 지나면 건전지를 사용할 수 없게 된다. 전압이 낮아지고 그러면 가전제품이 전압 차로 인해 망가질 수 있기 때문이다. 제조업자에 따르면 여름에는 스물네 시간 내내 사용할 수 있다지만 지금 갈리시아는 겨울이다. 그러니 나로서는 불평 한마디 할 수 없었다. 어쨌건 아무리 지독한 겨울 폭풍이 몰아쳐도 기껏해야 한두 시간만 정전의 불편함을 참으면 된다. 따라서 난 아주 현명한 투자를 한 셈이다.

루쿨루스는 자기 집 지붕에 새로 생긴 이상한 모자를 보고 다소 놀란 것 같다(단언컨대 루쿨루스는 내 집이 자기 거고 내가 자기의 '애완인간'이라고 생각한다.).

아침이나, 사무실에서 집으로 돌아올 때나, 저녁을 준비할 때까지도 거의 하루 종일 라디오에 귀를 기울였다. 스페인 대표단이 야전병원을 만들러 마드리드 근처의 토레혼 공군 기지를 떠나 다게스탄의 부이낙스크라는 마을로 향했다. 러시아는 국제 보건단체들을 여러 팀으로 나누어 몇 개의 지역에 배치했다. 이 지역은 매우 낙후되어 있고, 러시아의 의료 서비스 체제는 붕괴 직전의 상태였다.

이웃하는 공화국들에 있는 어떤 난민 대피소에서는 웨스트 나일 바이러스의 매우 치명적인 변종이 새로 보고되었다. 하지만 언론 매체에서는 그것을 에볼라(고열과 출혈열을 유발하는 열대전염성 바이러스—옮긴이)라고 부르고 있다. 그 말이 사실이라면 러시아인들은 정말로 오도 가도 못하는 신세가 된 것이다. 군인들이 병자들은 물론 건강한 사람까지 자기 집에서 끌어낼 때 사방팔방으로 흩어진 피난민들을 위해 수용소를 세우려는 사람은 아무도 없었다.

설상가상으로 많은 피난민들이 조국을 등지고 작은 배로 카스피해를 건너 이란으로 향하는 바람에 중동 지역에 이 질병이 퍼질 거라는 공포감이 들불처럼 번져 나갔다.

상당한 양의 생활용품과 독감약을 산 뒤 어머니에게 달려가 항생제를 살 수 있도록 처방전을 써달라고 부탁했다. 감기가 걸리면 쉽게 낫지 않아 곤욕을 치르는 체질이기 때문이다.

8
속보
1월 9일 오후 8시 40분

《로이터 통신》에 따르면 람슈타인 기지로 호송된 세계보건기구 의사 세 명이 사망했다고 한다. 의학계에서는 이것이 매우 치명적인 출혈열로, 이 병에 걸리면 방향 감각을 상실하고 망상 증세와 심각한 공격성을 보인다고 보고했다. 에볼라 이론은 어느 정도 신빙성이 있어 보였다.

9
정점
1월 10일 오전 11시 1분

　회의 중간중간에 비는 시간을 이용해 이 글을 쓴다. 지금은 내 사무실 창문 아래에 있는 공원 벤치에 앉아 있다. 사무실에서 담배를 피우지 못한다는 새로운 시책이 실시되어 담배를 피우려면 찬바람이 쌩쌩 부는 바깥으로 나와야 했기 때문이다. 내 사무실에서조차 담배를 피울 수 없다니! 한 가지 다행스러운 일은 밖에서도 와이파이를 통해 웹서핑을 할 수 있다는 것이다.

　몇몇 사이트에 올라온 글들은 너무 혼란스러웠다. 이야기가 모두 마음을 산란하게 하는 것뿐이었다. 러시아는 체첸의 공격 이후 단 2주 만에 완전히 통제 불능 상태가 되었다. 계엄령도 별 소용이 없어서 온 나라가 혼란 그 자체였다. 예상대로 푸틴이 지시한 인터넷 정지령도 아무 쓸모가 없었다. 많은 러시아 서버들이 유럽연합이 아닌 나라들에 있었기 때문에 여전히 인터넷을 통해 정보가 새어 나왔다. 공식 보도를 제외한 유일한 정보원이었다. 많은 블로그에 시내를 순찰하는 러시아군과 야간 통행금지, 무차별 총격에 관한 글이 쉴 새 없이 올라왔다. 심지어 인육을 먹는 장면도 볼 수 있었다. 이러한 사태를 촉발한 혼란으로 인해 많은 지역들이 완전히 고립되었다. 러시아 정부는 수차례 성명서를 발표해 이러한 사실을 극구 부인했다. 러시아 국방부 장관은 최근의 폭동은 정부를 전복하려는 이슬람 과격파의 소행이라고 발표했다. 하지만 사실상 러시아 정부의 신용도는 급격히 떨어졌고, 국제 여론도 러시아 정부의 말에 매우 회의적인 입장을 취했다.

CIA와 미국 인공위성에서 전송된 영상을 인용한 미 국무부 장관에 따르면, 확실한 것은 단지 원자력발전소와 러시아 미사일 기지 주변의 안전 조치가 강화되었다는 사실뿐이다. 미국 정부는 러시아에 거주하는 모든 자국민을 본국으로 송환할 것을 명령했다. 오늘 아침 미국으로 송환된, 다게스탄 비정부기구 직원들 가운데는 사망자와 부상자가 다수 있었다. CNN은 들것에 실려 비행기에서 내려오는 사람들의 모습을 방영했다. 그들의 상태는 매우 처참해 보였다.

북아메리카군도 아프가니스탄에서 철수해 미국으로 돌아오고 있다. 곧 테러 경보가 적색 경보로 강화될 거라는 소문도 나돌았다. 대부분의 북아메리카군대가 람슈타인 기지를 경유할 것이다.

뉴스 속보: 러시아에서 웨스트 나일로 불리는 바이러스 감염자가 이란 북부와 이라크의 쿠르디스탄 지역에서 발견된 것으로 보도됨.

인터넷 포럼들이 벌떼처럼 들고 일어났고, 종말론자들의 블로그에는 접속자가 폭주했다. 이런 상태는 그리 오래 가지는 않을 것이다. 확신하건대 이 모든 일은 조류 독감 같은 것으로 판명날 것이다…….

10
제2의 정점
1월 10일 오전 11시 43분

조류 독감에 대하여. 영국은 솅겐 조약(유럽연합 회원국들 간에 체결된 국경 개방 조약—옮긴이)을 일시 중지하여 유럽연합 국가 간의 자유로운 이동을 불허할 것이라고만 발표했다. 또한 국경 곳곳에 건강 확인 센터를 설치할 것이다. 러시아와 국경을 면한 나라들(덴마크, 스웨덴, 핀란드)도 같은 조치를 취할 계획이다. 우리 스페인 총리는 정오에 기자회견을 열어 스페인이 취해야 할 대책에 대해 얘기했다.

라디오 방송국들은 경쟁적으로 뉴스를 보도했다. 전문가들이 의약품에 대해 상당한 지식을 갖고 있는 것에 퍽 놀랐다. 여동생은 바르셀로나에서 전화를 걸어 카탈루냐 정부가 대대적인 예방접종을 고려중이라고 알려 주었다. 도대체 무엇을 예방하는 접종이란 말인가? 실마리라도 알고 있는 사람은 아무도 없었고, 모두가 다른 사람의 불운을 이용해 살아나려고 혈안이다. 그다지 새로울 것도 없는 얘기긴 하다.

11
제3의 정점
1월 10일 오후 10시 3분

구글 뉴스에 따르면 람슈타인 기지는 검역을 위해 격리되었다. 러시아에서 이곳으로 옮겨진 세계보건기구 직원들이 의료진에게 그 병을 전염시킨 게 틀림없다. 미국의 모든 군용기들은 비유럽연합 국가들의 영공을 통해 우회하고 있다.

국방부 장관은 텔레비전에 나와 정부가 북아메리카 항공기의 스페인 영공 사용을 허가했다고 발표했다. 여기에는 로타를 보조 기지로 사용해도 된다는 뜻이 포함되어 있다.

인터넷에 람슈타인 기지의 사진 하나가 올라왔다. 너무 흐려서 잘 보이지는 않았지만 단 두 사람만이 방염복으로 보이는 옷을 입고 막사 앞에서 이야기를 나누는 사진이었다. 뭔가가 잘못되어도 한참 잘못된 것 같다.

12
한계점
1월 11일 오전 11시 48분

공원 벤치에 기대어 쪽쪽거리며 담배 피우기. 앞 못 보는 장님이라도 느낄 수 있을 만큼 거리 분위기가 변했다. 미묘한 변화였지만 아무도 부정할 수 없을 만큼 달라져 있었다.

어제 정오에 보건부 장관과 내무부 장관, 국방부 장관을 대동한 가운데 대통령이 기자회견을 열었다. 기본적인 논지는 "경보를 발령할 근거가 없다."는 것이었다. 하지만 사람들은 시시각각으로 더욱 더 공포에 사로잡혔다.

야당 대표가 모든 항만과 비행장에 대한 즉각적인 봉쇄를 요구하고 있는 것도 불안감을 가중시켰다. 마드리드의 COPE 라디오 방송국은 국경지대에 군대를 주둔시킬 것을 요구하고 있다. 다게스탄에 군사를 배치한 지 정확히 마흔여덟 시간 만에 정부는 군대를 소환하기로 결정했다.

나는 라디오 토크쇼 사회자인 페데리코 로산토스와 그의 극우적인 호언장담을 그다지 신임하지 않는다. 하지만 이번에는 그의 말이 옳을지도 모른다. 사태는 극을 향해 치닫고 있었으며, 러시아는 아수라장이 된 게 틀림없다. 전 지역이 외부와의 연락이 두절되었으며 모두가 제정신이 아니었다. 약탈과 도둑질, 대량 학살에 관한 소식이 인터넷을 타고 들불처럼 전 세계로 퍼져 나가고 있었다. 5번 채널에서는 어젯밤 프랑스 인공위성에서 찍은 사진을 방영했다. 다게스탄의 국경에서 겨우 480킬로미터 떨어진, 그루지야의 수도 트빌리시에서는 대형 화재가 발생했다. 트빌리시는 연락 두절 상태고 화염과 싸우는 사람은 아무도 없었다. 도대체 무슨 일이 벌어지고 있는 걸까? 온 나라를 불로 태워 버리려는 것일까?

세계보건기구가 마침내 병원체는 웨스트 나일 바이러스가 확실하고 에볼라와 유사한 질병의 변종이라고 규정했다. 에볼라. 모든 신문과 모든 라디오와 텔레비전에서는 병원체가 인간과 유인원에게 감염되는 출혈열이라고 지치지도 않고 떠들어 댔다. 에볼라는 1976년에 발견된 이후 다섯 개의 변종이 확인되었다. 에볼라 분디부교, 에볼라 자이르, 에볼라 수단, 에볼라 레스톤, 에볼라 타이 포리스트 또는 아이보리 코스트가 그것이다. 에볼라는 신체 내의 액체, 주로 혈액이나 타액을 통한 접촉으로 감염되며 최고 90퍼센트의 치사율을 보인다. 하지만 어떤 자료에 의하면 이것은 에볼라가 아니거나 최소한 알려진 변종이 아닐 수도 있다. 온통 소문만 무성하고 빌어먹을 확실한 정보는 하나도 없었다!

 사실 사태를 올바로 파악하고 있는 사람은 아무도 없었다. 모두들 영문도 모른 채 허둥거리기만 했다. 스위스 정부는 전 국민에게 조류 독감을 예방하는 타미플루를 접종하도록 지시했다. 영국은 일시적으로 영불 해저 터널과 항만을 봉쇄했지만 그들도 영국에 이미 감염자가 있다는 것을 알고 있었다. 다게스탄에서 급히 후송된 구호 요원들 중 감염자가 있었기 때문이다. 많은 사람들이 부상을 입은 채 돌아왔다. 그중에는 공수병에 걸린 동물에게 물린 사람들도 있었다. 독일의 상황은 더욱 심각했다. 람슈타인 검역소는 가동되지 않았고 급기야 계엄령이 선포되었다. 스페인은 언제쯤 같은 방법을 선택할 것인가?

 다른 나라의 상황은 잘 모르지만 애틀랜타에서는 세계적 전염병에 대해 거론하고 있다. 미국에서는 종말론적인 종파가 화성인이나 그 비슷한 괴이한 것의 침공에 대비를 하고 있었다. 한편 미국 대통령은 테러 경보의 수위를 높이고 비상 내각을 구성하겠다고 발표했다.

 보건부 장관에 따르면 우리는 전염병을 막는 데 한계점에 이르렀고 이젠 전 세계적 전염병을 피할 수 없게 되었다고 한다. 이 병이 스페인을 덮치는 것은 시간 문제였다, 만약 이미 들어와 있지 않다면 말이지만. 모든 게 순식간에 벌어졌다. 시작된 지 불과 2주가 안 되었다. 관계당국이 공표한 내용으로 볼 때 이 병이 어떻게 전염되는지, 잠복 기간은 며칠인지, 심지어 증상이 어떤지도 파악하지 못하고 있었다.

사람들은 공포에 질려 있었다. 오늘 거리에서 마스크를 쓰고 가는 사람을 두 명이나 보았다. 어젯밤에는 파블로랑 헥터와 함께 술집에 갔는데, 어떤 사람이 심하게 기침을 하자 술집 주인이 공손히 나가 달라고 부탁하기도 했다. 몇몇 집회가 잠정적으로 연기되었다. 여기 갈리시아 지방 정부는 몇 주 동안 휴교하는 문제를 고려하고 있다. 정부는 아직 아무런 대책도 내놓지 못했지만, 사람들은 이 미지의 감염체의 위협으로부터 자신을 보호할 자구책을 마련하고 있다. 일주일 전만 해도 1단짜리 작은 뉴스에 불과했던 이 위협적인 사태로 다들 겁에 질려 동물처럼 잔뜩 몸을 움츠리고 있었다.

아침에 여동생이 전화를 했다. 아직까지 바르셀로나는 평소와 큰 차이가 없지만 거리에 나가면 곳곳에서 공포의 기운을 감지할 수 있다고 한다. 뜨거운 공기가 가장 질병을 옮기기 쉬운 매체라는 소문이 돌자마자 지하철에 사람들의 발길이 뚝 끊어졌다. 중동 사람처럼 보이는 이들은 누구나 사람들의 따가운 눈총을 받았다.

만일을 대비해 루쿨루스를 동물병원에 데려가 지금까지 나온 모든 예방접종을 해 주었다. 다이빙 상점에도 들러 주말에 낚시를 가게 될 때 사용하기 위해 새 레귤레이터와 작살총, 작살 몇 개를 샀다.

가솔린도 얼마나 남았는지 점검해야 한다. 애스트라는 뽑은 지 채

1년도 안 되었다. 부디 전에 쓰던 차의 전철을 밟지 않기를 바랄 뿐이다. 그 얘기를 하자면 너무 길어서……

13
하늘에서 새떼가 떨어지다
1월 12일 오후 1시 19분

사람들은 눈에 띄게 술렁거리기 시작했다. 아침부터 비가 억수같이 퍼부었다. 루쿨루스는 라디에이터 옆에 편안하게 누워 수염을 고르고 있었다. 다행히도 차를 집 앞에 바짝 세워 두어서 비를 맞지 않고 차에 탈 수 있었다. 사무실로 가는 길에 보니 많은 사람들이 마스크를 쓰고 있었다. 나도 마스크를 써야겠다. 혹시 고양이용 마스크는 없을까?

라디오 뉴스는 어느 것도 믿을 수 없을 만큼 혼란스럽기만 했다. 열여덟 시간 동안 다게스탄에 관한 뉴스는 나오지 않았다. 전혀. 한 마디도. 더욱 혼란스러운 것은 나쁜 소식이라서인지 아니면 전혀 소식이 없는 것인지 알 수 없다는 것이었다.

러시아 남부에서도 그루지야에서처럼 화재가 발생했지만 불을 끄려는 사람은 아무도 없었다. 러시아의 공식 발표에 의하면 전염병으로 사망한 시체들을 화장하는 것이라고 했지만, 그 말을 믿는 사람은 하나도 없었다. 화재가 너무 컸기 때문이다. 우주에서도 보일 정도였으니! 화마는 도시의 거리와 정유소, 항구를 모두 집어삼켰다. 화재가 난

곳은 여남은 정도로 많지는 않았지만 모두 거의 동시에 발생했다.

독일의 상황을 찍은 영상은 더 놀라웠다. 고속도로마다 도시를 빠져나가 인적이 드문 교외로 가려는 차들로 가득 찼다. 아직 공황 상태는 아니었지만 다들 걱정스러운 기색이 역력했다. 하지만 어디든 갈 곳이 있는 사람들은 소수에 불과해서 대부분의 사람들은 그대로 도시에 남아 있었다. 계엄령이 내려져서 오후 8시 이후에 거리에 나오거나 고속도로의 피난소 밖으로 나오면 총살될 것이라고 독일 총리가 공표했다. 결코 웃을 일이 아니었다.

가장 큰 뉴스는 마지막을 위해 아껴 두었다. 공식적인 정보는 아주 조금씩 흘러나오고 있다. 오늘 아침 9시 브뤼셀에서 유럽연합 국가들의 정상들이 국방부 장관과 보건부 장관, 내무부 장관을 대동하고 비상 회의를 가졌다. 정오에 회의가 끝나자 공동 기자회견이 열렸다. 같은 시각에 그들은 폭탄을 투하했다. 지금부터 모든 공식 정보는 유럽연합 전역에서 단 하나의 위기 관리팀을 통해 보도될 것이며, 이 팀은 한 시간마다 모든 유럽연합 국가에 공식 보고를 내보낼 것이다. 각 나라의 정부는 대내 정책과 보건, 안전을 위해 필요하다고 간주될 때에만 성명을 발표할 것이다. 모든 유럽연합 국가의 군대가 경계 태세에 들어갔다. 각국은 이러한 조치가 널리 퍼진 공황 상태를 막기 위한 조치라는 것을 강조했다. 이에 반대하는 혼란스러운 정보들로 인해 근거 없는 공포감이 조장된 결과 대탈주극이 벌어졌다. 내 생각에 그들은 독일로 탈출하려는 것 같다.

뉴스를 듣자 온몸에 소름이 끼쳤다. 검열이 임박했다는 위험천만한 얘기가 아닌가? 무엇보다 충격적인 것은 각국 정상들의 얼굴이었다. 마치 방금 장례식장에서 돌아온 듯한 표정이었다. 텔레비전에서 한 정치 분석가가 말하길, 회의가 끝나자마자 각국 정상들은 곧바로 비행장으로 가서 자기 나라로 돌아갈 것이며, 이는 상황이 그만큼 심각하다는 증거라고 했다. 이 보도가 나가자 즉각적으로 스페인도 다른 유럽 국가들처럼 비상사태를 선포할 거라는 소문이 난무했다. 이번 주말부터 당분간 '건강 예방 조치'로서 모든 스포츠 경기가 연기되었다.

미국은 이미 방위군을 소집해 놓았다. 위성 채널에서는 무장한 군대가 뉴욕과 시카고, 보스턴 등지를 순찰하는 놀라운 장면을 볼 수 있었다. 미국인들은 미친 게 분명하다. 그들의 임무는 무엇인가? 바이러스가 무서워서인가? 군인들은 사람을 쏘려는 것인가? 미국인들은 여느 때처럼 과잉반응을 하고 있다. 미국에서는 애틀랜타와 휴스턴, 로스앤젤레스에 환자가 발생한 것 같다. 하지만 아무도 상세한 이야기나 사진조차 발표하지 않고 있다. 미국 또한 봉쇄된 것이다. 알려진 것이라고는 지난 몇 시간 동안 독일이나 중동에서 오는 비행편을 통해 '전염체'가 국내로 들어왔다는 것뿐이다. 머잖아 미국의 모든 비행장이 봉쇄될 것이다. 대동소이한 뉴스들이 세계 도처에서 들려왔다.

다게스탄에 파병되었던 군대가 사라고사로 돌아왔다. 경미한 부상자들에 대한 보도는 많았지만 사망자에 대한 정보는 극도로 제한되었다. 다만 이들을 치료하기 위해 병원 한 층을 방역선으로 둘러쌌다는 사실만 알려져 있다.

부모님께 전화를 걸었다. 두 분은 내 조부모님이 자란 작은 마을에서 주말을 지내러 금요일에 출발하실 거라고 했다. 참 잘 하신 일 같다. 여동생에게도 전화를 걸어 안부를 물어보았다. 바르셀로나에서는 잠정적으로 지하철 운행이 중지되었다고 한다. 버스는 다녔지만 반드시 마스크를 써야만 했다. 이번 주말에 그애를 만나러 가기 위해 비행기표를 구입했다. 그애가 잠시 휴가를 내어 집으로 돌아왔으면 좋겠다.

머잖아 무슨 일이 일어날 텐데 무슨 일인지는 도무지 알 수가 없다. 먼지 구름보다도 빨리 공포심이 번져간다. 그것은 이미 바람을 타고 있다.

14
······그리고 강물이 붉은 피로 물들 것이다
1월 12일 7시 28분

불이 나갔다. 이번 주 들어 처음 있는 일이다. 빌어먹을 전기 회사에 전화를 걸었더니 늦어도 한두 시간이면 전기가 다시 들어올 것이라는 대답이었다.

폭우가 내리기 시작했다. 암흑 천지가 된 거리는 번개가 칠 때만 언뜻 나타났다 사라졌다. 문밖 테라스 벽으로 비가 새어 들어왔지만 루쿨루스와 나는 발전기 덕분에 소파에 편안히 앉아 텔레비전을 볼 수 있었다. 전기를 너무 많이 사용하면 전지가 너무 빨리 닳아 버린다. 지하실로 내려가 제2 전지 선을 연결해야 했지만 꾀가 나서 움직이지 않았다.

오늘 오후 스페인 시각 3시에 위기 관리팀이 공식 성명을 발표했다. 한 종의 변이된 필로바이러스나 몇 종의 필로바이러스가 동시에 이번 전염병을 일으킨 것이 분명하다. 아직 확인된 것은 아니지만, 3번 채널에서는 그게 어떤 것이든 이제 그것을 마르부르크 바이러스(고열, 출혈 동반 — 옮긴이)라고 부르고 있다. 오후 7시 이후 독일과 영국, 이탈리아, 프랑스, 네덜란드, 폴란드, 터키…… 그리고 스페인에서 감염자가 확인되었다. 보건부 장관은 기자회견을 열어 초췌한 얼굴로 발끝만 바라보며 다게스탄에 파병되었던 병사들 중 세 명이 이 병의 증상을 보여 사라고사의 중환자실에 입원해 있다고 발표했다. 병원 사진들도 보여 주었는데, 병원 주위에는 폭도들과 이를 제압하려는 헌병대들이 쫙 깔려 있었다.

무엇보다 나쁜 것은 환자들이 심한 외상성 시기를 거쳐 피해망상과 공격 성향을 보이게 된다는 것이다. 의료진을 공격하는 사고도 몇 차례 일어났다. 적어도 한 명 이상의 환자가 병원에서 탈출했다. 어머니가 은퇴한 것이 새삼 다행스럽게 여겨졌다.

이 병은 전염성이 매우 강한 것 같다. 그런데도 어떤 경로로 전염되는지는 아무도 모른다. 영국 서식스의 한 병원은, 환자 두 명이 한 시간 동안 시설을 돌아다니며 홀에 있는 사람들을 마구잡이로 공격하는 사건이 있은 뒤 격리되었다. 이 사건은 두 시간 전에 인터넷에 올라왔지만 지금까지 아무도 그 이유를 밝혀내지 못했다.

지난 스물네 시간 동안 다게스탄에서는 아무런 뉴스도 올라오지 않았다. 사람이 아무도 없는 것 같다. 러시아에서 마지막으로 보고된 바에 따르면 푸틴 정부는 냉전 핵 벙커로 피신했고 군대가 주요 도시의 거리를 장악했다고 한다. 우크라이나도 계엄령을 선포했지만 국경 근처의 도시와 마을에서는 몇 시간째 아무 소식이 없었다. 모스크바에 사는 한 러시아인이 북오세티아알라니아의 작은 마을에서

russiskaya.ru 사이트에 올린 글에 의하면, 몇 시간째 부모님께 전화를 걸었지만 전화를 받는 사람이 없었으며, 그래서 주소록에 있는 이웃집마다 다 전화를 해보았지만 아무도 전화를 받지 않았다고 한다. 마치 수천 명의 마을 사람이 모두 죽어 버린 것 같다. 그 사이트는 얼마 전 폐쇄되었다. 러시아의 검열은 가차 없었다.

도대체 무슨 일이 벌어지고 있는 것일까? 왜 그들은 우리에게 아무 말도 하지 않는 걸까?

15
1월 13일 오전 11시 10분

아침에 샤워를 하고 난 뒤 몇 번인가 심한 재채기를 했다. 평소라면 별로 신경 쓰지 않았겠지만 스페인 전역에 정신병이 돌고 있는 까닭에 내 안에 숨어 있던 히포콘드리아(자기 건강을 지나치게 신경 쓰는 사람—옮긴이)가 겁에 질려 벌벌 떨기 시작했다. 전염병이 갈리시아에도 퍼질까? 나도 그 병에 걸린 것은 아닐까? 이것이 그 증세인 걸까? 아니면 단순한 감기일 뿐일까?

아침을 먹으면서 뉴스를 보았다. 지난 며칠 동안 나는 유럽 인구의 4분의 3과 함께 밤낮으로 텔레비전과 라디오, 인터넷에 매달려 살았다. 우리는 하나같이 전염병이 진정되고 있다는 뉴스가 보도되기를 바랐다. 모든 게 근거 없는 허황된 공포감이었을 뿐이기를 간절히 바랐다. 하지만 현실은 잔인하리만큼 완고했다.

지난 마흔여덟 시간 동안 다게스탄에서는 아무런 소식이 없었다. 공식적이든 비공식적이든 이틀 동안이나 아무런 뉴스가 없었다. 다게스탄 공화국의 주민들은 버려졌거나…… 죽은 것이다. 카프카스 남쪽 지역(그루지야, 체첸, 오세티아, 아제르바이잔, 아르메니아 등)은 무덤처럼 적막했다. 이 지역의 텔레비전 방송국과 라디오 방송국은 몇 시간째 방송이 중지되었고, 지난 이틀 동안 그들의 웹사이트에도 새로운 글은 하나도 올라오지 않았다. 이 지역에서 피난을 나와 러시아와 이란, 터키로 가려던 피난민들은 군대가 지키고 있는 거대한 '안전지대'에 피난민이라기보다는 죄수처럼 수용되었다. 검열은 철통같았다.

유럽의 상황은 시간이 갈수록 더욱 복잡해졌다. 이탈리아에서는 군대와 특수 경찰대가 크레모나 시에 방역선을 둘러쳐서 호위를 받는 의사를 제외하고는 아무도 출입할 수 없었다. 도시 전체가 검역 격리되어 몰래 들어가려는 사람은 강제 호송되었다. 프랑스도 비상사태를 선포하고 교통 요충지마다 바리케이드를 설치했으며, 그래서 한 지방에서 다른 지방으로 여행하려면 특별 허가를 받아야 했다. 영국에서는 상황이 더욱 극으로 치달았다. 의회는 고립 법을 포고하여 무기한 국경을 봉쇄했다. 어쨌든 법적으로는 아무도 영국에 들어오거나 나갈 수 없었다. 내게는 런던에 사는 친구들이 있다. 런던에는 수많은 스페인 아이들과 학생들이 산다. 그들은 어떻게 될까? 사우스웨일스와 에식스 일부 지역에는 전염병이 창궐하고 있으며,《헤럴드 트리뷴》의 웹사이트에서는 폭동과 약탈 소식을 보도하고 있다.

독일에서는 일부 지역의 상태가 확인되지 않는다. 독일 북부와 폴란드와 접한 국경 지역에 설치된 보건시설과 통신시설, 운송시설, 핵발전소를 군대가 장악했다. 일본에서는 상당한 규모의 자살극이 수

차례 벌어졌으며, 살인과 실종 사건이 기록적인 수치를 보였다. 마치 사회 전체가 금방이라도 무너져 버릴 것 같았다.

미 국무부 장관의 연설이나 CNN과 폭스 뉴스의 위성방송을 자세히 보면 미국의 사정은 좀 다르다는 것을 알 수 있다. 미국은 거대한 나라다. 몇몇 지역에서는 평소와 다를 바 없었지만 다른 지역은 광기의 도가니였다. 정부가 전면 통제를 요구했는데도 군용 트럭이 검역 봉쇄한 뉴욕 5번가는 결코 '완전한 통제 하에 있는 것 같지 않다. CNN은 전국적으로 산발하고 있는 폭동과 살인, 파도처럼 밀려오는 유괴와 실종 사건에 관해 보도했다. 혁명의 기운도 끓어오르고 있다. 그로 인해 미국 정부는 해외에 파견한 군대를 철수시키기 시작했다. 수백 명의 병사나 몇 중대 규모가 아니라 마지막 한 명까지 전군의 철수가 실시되었다.

몇 주 전만 해도 이 정도 사건이면 신문마다 대서특필했을 것이다. 하지만 지금 상황에서는 간단한 요약 정도로 가볍게 처리되고 있다. 지난 2주 동안 세상이 완전히 뒤바뀐 것이다.

스페인에서는 사라고사의 봉쇄를 제외하면 변화의 조짐은 작고 미미하지만, 누구라도 쉽게 알아차릴 수 있었다. 교회마다 인산인해를 이루었고, 슈퍼마켓에서는 특히 모든 수입품과 쉽게 변질되는 음식들을 치워 버렸다. 수입 부품의 고갈로 자동차 공장도 조립 라인의 가동을 중지했다. 아침에 사무실로 출근할 때 보니 길 건너편에 사는 은퇴한 노부부가 패스파인더에 짐을 잔뜩 싣고 있었다. 그들은 '사태가 좀 진정될 때까지' 오렌세의 작은 마을에서 지내기로 했다고 말했다. 나는 루쿨루스를 집 안에 꽁꽁 가두어 놓았다. 이웃집 고양이들의 절반을 임신시키는 끔찍한 불상사를 미연에 방지하기 위해서였다.

그러고 나서 차를 타고 사무실로 향했다. 거리는 을씨년스러울 만큼 한산했다. 사람들은 입을 꾹 다문 채 의심쩍은 얼굴로 총총히 사라졌으며, 대부분의 사람들이 외과용 마스크를 쓰고 있었다. 사무실에 도착하자 비서가 내게 마스크를 건네주었다. 사장의 지시라는 것이었다. 그래서 나는 의사처럼 종이 마스크를 쓴 채 사무실에 앉아 고객들과 상담했다. 마스크를 쓰고 있자니 내가 바보가 된 느낌이다. 제기랄, 다음엔 또 어떤 일이 일어나려는지.

16
1월 13일 오후 7시 34분

지금 산티아고 데 콤포스텔라 비행장의 흡연실에서 이 글을 쓰고 있다. 삼십 분 뒤 떠나는 바르셀로나행 비행기를 탈 것이다. 여동생을 데려오고 싶다. 시시각각으로 상황은 악화 일로로 치달았다. 톨레도와 마드리드에서도 감염자가 발생했다. 우연히도 다게스탄에서 막 돌아온 군부대가 톨레도에 기지를 세웠으며, 가장 위험한 중환자는 마드리드의 '도세 데 옥투브레' 병원으로 이송되었다. 로켓 과학자가 아니더라도 누구나 전염병의 '감염 매체'가 어디에 있는지 알고 있었다.

정부는 오후 10시부터 오전 8시까지 사라고사를 봉쇄할 거라고 공표했다. 오늘 정오에 4번 채널에서는 탱크와 트럭이 환경미화원과 소방대를 싣고 거리에 의료용 소독제를 뿌리고 다니는 모습을 방영했다. 마을 전체가 소독약 냄새로 진동할 정도였다고 한다.

사라고사 시내에 있는 미겔 세르베토 병원은 완전 봉쇄되었다.《에우로파 프레스》에 따르면 두 시간 전에 중무장한 SWAT 부대가 병원에 진입한 뒤 거의 모든 도시에서 들을 수 있을 만큼 요란한 총소리가 울렸다고 한다. 사망자나 부상자가 있는지는 아무도 모른다. 위기관리팀은 전원에게 의료용 마스크를 착용하게 했을 뿐 한 마디도 입을 열지 않았다. 세르베토 병원에 근무하는 간호사의 블로그에 미친 듯이 홀을 서성거리는 환자들의 모습이 올라왔다. 그녀는 보안요원과 의사들이 시체안치소에서까지 공격을 받았다고 말했다. 이 사이트는 접속자가 너무 많아서 몇 시간 동안 다운되기도 했다. 지금은 "이 블로그는 더 이상 존재하지 않습니다."라는 메시지만 나올 뿐이다. 음모론자들이 접속 폭주한 것이다. 나는 이 블로그의 글을 믿지 않는다. 병원 직원들에게 겁을 주려는 속임수가 틀림없다. 어쨌든 그렇게 믿고 싶다. 하지만 사람들은 진실을 알고 싶어 했기에 소문이 꼬리에 꼬리를 물고 퍼져 나갔다. 어떤 사람들은 죽음의 재인 방사성 낙진이라고 하고, 흑사병이라거나 러시아 정련소에서 흘러나온 거대한 독구름이라고 주장하는 사람들도 있었다. OPEC(석유수출기구)가 기름 값을 올리기 위해 꾸며낸 술수라고 믿는 사람들도 많았다.

사실이야 어떻든 간에 이제 사람들은 공포감을 견디다 못해 공황 상태에 빠지기 직전이었다. 공항은 장갑과 마스크를 착용하고 기관총으로 무장한 시민 경비대로 가득했다. 보기만 해도 무시무시했다. 어떤 사람이 심하게 기침을 하기 시작하자 안전 요원 네 명이 점잖게, 하지만 단호하게 그 사내를 구급차에 밀어 넣었다. 그는 반항했지만 소용없었다. 왜 내가 반나절째 재채기를 하고 있는지가 한시도 뇌리를 떠나지 않았다. 그래서 감기에 걸리지 않도록 모든 조치를 취했다.

방금 전에 여동생에게 전화를 했더니 공항으로 나를 마중 나오겠다고 한다. 지하철 운행이 중지된 탓에 모든 버스를 시내 쪽으로 보내 교통편이 택시밖에 없는데, 요즘 같은 때 택시를 타는 것은 너무 대담한 모험이라는 것이 그 이유였다.

루쿨루스는 옆집에 사는 건설 노동자 알프레도에게 맡겨 두고 왔다. 고양이는 다른 사람 집에 자기를 두고 가는 데 화가 나서 나를 노려보며 행패를 부렸다. 루쿨루스가 나를 원망하지 않기를 바란다. 주말 동안만 떨어져 있는 것이니까.

내가 탈 비행기의 마지막 탑승 안내방송이 나오고 있다. 모든 일이 잘 해결되었으면 좋겠다.

17
비등점
1월 15일 오후 6시 3분

지난 마흔여덟 시간은 고난의 연속이었다. 어떻게 해서 사태가 그토록 걷잡을 수 없게 악화되었는지 도무지 이해할 수가 없다. 나는 겁쟁이는 아니지만 두렵기는 했다. 정말로 두려웠다. 지구 전체가 금방이라도 궤도를 이탈할 것 같은데 브레이크를 찾을 수 없는 상황이라고나 할까. 멍하고 혼란스럽고 지쳤다. 도대체 어떻게 해야 한단 말인가? 하지만 다시 한 번 나 자신을 추슬렀다.

금요일 바르셀로나행 비행기는 조용하고 순조롭게 날아갔다. 승무원들이 의료용 장갑을 끼고 모든 승객에게 마스크를 나누어 준 일만 없었다면 평소와 다름없는 평범한 여행이었다. 주말의 시작으로는 거의 생각도 할 수 없는 일이었지만 좌석은 반 정도가 비어 있었다. 내가 45분 동안 하늘을 날고 있는 동안 지상에서 얼마나 엄청난 격변이 일어나고 있는지는 꿈에도 생각지 못했다. 비행기가 착륙했을 때 우리는 거의 한 시간 반 동안 비행기 안에서 기다려야 했다. 에어컨을 껐는지 비행기 안은 숨 막힐 듯 답답했다. 신경이 날카로워진 승객들이 투덜거리기 시작했다. 종이 마스크만으로는 사람들의 불평을 가라앉힐 수 없었던 것이다.

마침내 우리를 내려주기는 했지만 제트웨이(여객기와 터미널 건물을 잇는 승강용 통로 — 옮긴이)가 아니라 활주로에 내려서 걸어가야만 했다. 우리가 비행하고 있는 중에 정부가 비상사태를 선포했다는 것이었다. 스물네 시간 뒤에는 모든 국내 항공편과 국제 항공편이 취소될 것이다. 우리 가운데 표가 있는 사람만이 집으로 돌아갈 수 있었다. 바르셀로나에서 주말 내내 머물려던 나의 계획은 스물네 시간으로 줄어들었다. 설상가상으로 여동생의 표를 구하는 것은 불가능해 보였다. 바르셀로나 비행장은 사람들로 인산인해를 이루었지만 그 사실을 깨달은 순간 눈앞이 캄캄해지면서 아무 소리도 들리지 않았다. 안전에는 이상이 없다는 안내방송이 더욱더 자주 들려왔다. 머리털 나고 처음으로 완전무장한 군대가 공공시설을 순찰하는 모습을 보았다. 정말 인상 깊은 장면이었다.

여동생과 그애의 남자친구 로헤르는 게이트 앞에서 기다리고 있었다. 여동생을 만나서 무척 반가웠다. 그애는 나보다 다섯 살 어린 스물다섯이었다. 바르셀로나에서 2년 동안 살았기 때문에 도시 구석구석까지 손바닥처럼 잘 알았다. 2년 전 아내가 자동차 사고로 죽었을 때 내가 괴로움을 하소연할 수 있었던 사람은 그애밖에 없었다. 얼마 뒤에 여동생은 루쿨루스라는 이름의 오렌지색 털뭉치를 내게 선물했다. 그리고 루쿨루스 덕분에 나는 그 깊디깊은 나락에서 기어 올라올 수 있었다. 벌써 오래전 이야기다.

 자동차를 타고 바르셀로나에 도착했을 때야 상황을 완벽하게 파악할 수 있었다. 국왕은 군복을 입은 채 텔레비전에 나와 1981년 쿠데타 미수 사건 때 대처한 것처럼 꿋꿋하게 성명서를 발표했다. 군대는 초경계 체제에 돌입했을 뿐 아니라 스물네 시간 안에 모든 국경과 항구, 비행장이 폐쇄될 것이며, 세우타와 멜리야의 담에는 전기가 흐르고 있다는 것이었다. 카르타헤나와 카디스 그리고 우리 집에서 겨우 160킬로미터밖에 안 떨어진 페롤에서 전염병이 발생했다. 어떻게 거기까지 병이 퍼진 걸까?

 무엇보다 이상한 것은 병에 관해 쉬쉬하고 있는 당국의 태도다. 증상은 물론 잠복 기간이나 사망자의 수도 공개되지 않았다. 전혀 아무것도. 우리가 아는 것이라고는 전염성이 아주 강하고, 치사율이 매우 높을 뿐 아니라 급속도로 퍼지고 있다는 것 정도였다.

 이미 병이 발생한 사라고사와 톨레도, 마드리드는 완전히 무방비 상태였다. 특히 사라고사에서는 미겔 세르베트 병원에서 반경 800미터 안에 있는 생존자들을 모두 대피시키기 시작했다.

 마침내 우리는 바르셀로나 교외의 작은 마을, 그라시아에 도착했다. 나는 라디오를 틀어놓은 채 샤워를 했다(요즘은 누구나 텔레비전과 라디오, 인터넷에서 한시도 눈을 떼지 않는다.). 세계보건기구는 월요일에 기자회견을 열 것이다. 바르셀로나에서는 수상한 외국인들을 붙잡아

감금했다. 정부는 대대적인 혈액 검사를 실시했지만, 몇 시간 만에 지시를 취소해야 했다. 연구소가 업무량을 다 소화해낼 수 없었기 때문이다.

로헤르는 내게 버스 정류장에서 매우 흥분한 이민자 한 명과 스킨헤드들 사이에 싸움이 벌어졌다고 전해 주었다. 현장에 도착한 경찰은 주변의 모든 사람을 경찰차에 싣고 어딘가로 데려가 버렸다. 로헤르는 용케도 경찰을 따돌릴 수 있었다.

우리는 원래 1층에 사는 친구와 함께 저녁식사를 할 예정이었지만 상황이 상황이니만큼 집에서 텔레비전을 보며 식사를 했다. 로헤르와 여동생은 나와 함께 갈리시아로 가지 않을 거라고 못 박았다. 로헤르의 부모님이 타라고나 지방에 농장을 갖고 있어서 다음 주에 그곳으로 가서 '이 모든 상황이 해결될 때까지' 머물 계획이었던 것이다. 그들은 당분간 휴가를 받아 놓았다. 머잖아 휴가 따위는 아무 소용도 없어질지 모르지만.

로헤르와 여동생은 나보고 같이 가자고 했다. 그애는 무심코 그곳에 사는 자기 친구가 나를 만나면 반가워할 거라고 말했다. 마음이 약간 움직였지만 루쿨루스를 혼자 두고 왔을 뿐 아니라 월요일에는 출근을 해야 한다. 게다가 이곳에 묵게 되면 당분간 갈리시아에 돌아가지 못할지도 모른다.

우리가 얘기를 나누는 동안 덕망 있는 뉴스캐스터 마티아스 프라츠가 프로그램 중간에 나와서 침통한 얼굴로 15분 전에 상하이에서 수소 폭탄이 폭발했다고 보도했다. 사고도 아니고 습격도 아니었다. 중국 정부가 자체적으로 상하이를 지도에서 지워 버린 것이었다. 우리는 입을 다물 수가 없었다. 도시 전체를? 질병을 막기 위한 조치였을까? 세상에, 수백만 명이 사는 도시를 없애다니!

　독일은 모든 핵발전소를 완전히 폐쇄했다. 직원들이 직장에 나오지 않아서 발전소를 돌릴 수 없었기 때문이다. 미국과 프랑스, 이탈리아, 영국, 스페인도 같은 조치를 취할 것이다.

　몇 시간째 러시아에서는 아무런 소식이 없다. 군대가 텔레비전 방송국을 폐쇄하고, 인터넷을 차단했다. 오늘까지도 활발하게 활동하던 많은 블로거들이 이제는 생사도 알 수 없다. 《로이터 통신》에 따르면, 전기가 끊어져서 전국적으로 많은 지역이 어둠 속에 갇혀 있다고 한다. 사람들이 전기가 끊겼을 때를 대비해 예방 조치를 취해 놓았기를 바랄 뿐이다. 만약 그들이 대비해 두지 않았다면 제2의 체르노빌 사태가…….

　지구 곳곳에서 역병을 보도하는 뉴스가 속출했다. 이제 전염병은 전 세계로 퍼져 나가고 있다.

　미국에서는 약탈과 강도, 유괴와 살인이 도처에서 자행되었다. 위기 관리팀에서 입을 다물고 있어 유럽의 사정은 거의 알 수 없었다. 인터넷에서는 숱한 루머들이 갈수록 늘어나고 있었다. 모든 목격자들이 한 가지 사실에는 동의한다. 감염자들이 점점 심한 환각 상태에 빠지고 공격성이 강해지고 있다는 것이다. 전 지구적으로 감염자들의 습격 사건이 보도되고 있다. 공수병인 것 같다. 무슨 말을 믿어야 할지 도무지 알 수가 없다.

　그날 바르셀로나의 밤은 너무나 길었다. 구급차와 군용 탱크, 시내를 순찰하는 경찰차 소리에 밤새 한숨도 못 잤다. 창문 밖으로 도심 한쪽을 살펴보았다. 거리는 인적이 완전히 끊겨 있었다. 행인도 자동차도 전혀 보이지 않았다. 오직 드문드문 경찰차가 집집마다 현관문을 비추며 지나갈 때만 고적하던 거리가 잠시 깨어나곤 했다. 통행금지 시간이 끝나는 낮 시간이 되면 분명히 상황은 판이하게 달라질 것이다. 이제 곧 충격적인 일이 벌어질 것이다.

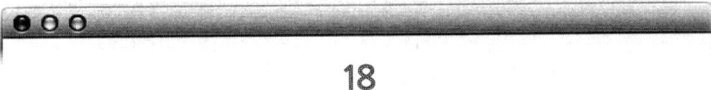

18

1월 15일 오후 7시 11분

집에 돌아왔다. 지칠 대로 지쳤다. 집으로 돌아오는 여정은 그야말로 위험천만했다. 루쿨루스도 집에 데려왔으니 잠이라도 푹 자고 싶다. 오늘 공항에서 사람을 죽이는 모습을 내 눈으로 직접 보았다. 오늘은 아무 말도 하고 싶지 않다.

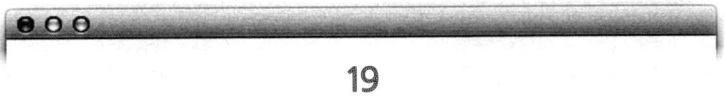

19

1월 16일 오후 7시 19분

어제는 정말 너무나 힘들었다. 오늘도 별 다를 바가 없었다. 어제 밤이 깊어지자 마음이 극도로 뒤숭숭해졌다. 이 모든 일은 일요일 오후 엘 프라트 공항에서 시작되었다. 토요일에 감돌던 긴장으로 팽팽해진 적막감은 이윽고 광란으로 돌변했다. 택시를 타고 공항으로 들어가자 마치 지옥의 문이 열린 듯 무수한 사람들이 쏟아져 나와 길게 줄을 선 채 악을 쓰고 서로 밀치고 있었으며, 부모가 표를 구하려고 동분서주하는 동안 짐더미 속에서 지쳐 잠이 든 아이들도 눈에 띄었다.

내가 예약한 비행편은 공항에 도착한 뒤 한 시간 뒤에 떠날 예정이었다. 바르셀로나를 벗어나는 마지막 비행기 중의 하나였다. 같은 날 밤 엘 프라트 비행장은 비상사태로 인해 폐쇄될 예정이었고, 바르셀로나를 탈출하려는 사람들은 모두 그 자리에 모여 있었다. 문제는 집으로 돌아가는 사람 외에는 누구에게도 비행기 표를 발행하지 않으려는 당국의 태도였다. 모든 사람이 타고도 남을 만큼 비행기표는 충분히 있었다. 틀림없는 사실이었다. 군중들은 공황 상태에 사로잡혀 끊임없이 서로 밀치고, 소리를 지르고, 우왕좌왕하며 돌아다녔다.

매표소 창구 앞에 몰려 있는 광분한 사람들 사이를 비집고 들어가 카운터 쪽으로 향했다. 코트도 잃어버린 채 카운터에 이르자 상냥한 직원 대신 군인들이 지키고 있었다. 그들은 미소조차 띠고 있지 않았다. 정말이다.

신분증과 함께 나흘 전에 사 놓은 비행기표를 보여주었다. 그들은 '안전을 위해' 게이트로 곧장 가는 것이 좋겠다고 했다. 그 순간 바르셀로나에 처음 도착했을 때 그토록 나에게 강한 인상을 준 두 명의 병사들이 이제 내 편을 들고 있다는 것을 알아차렸다. 잠시 동안이지만 그들이 나를 못 가게 막으려는 것은 아닌지 하는 의구심이 생겼더랬다.

그때 사람들이 늑대처럼 이글거리는 눈으로 내 앞을 가로막고 나를 노려보고 있다는 것을 깨달았다. 나는 그들이 갖지 못한 것을 가지고 있었다. 바로 비행기표였다. 오랜 시간 동안 긴장 속에서 동동거린 뒤인지라 그들은 너무 절망한 나머지 내 표를 빼앗으려 들고도 남음직했다. 내 편을 들어준 무장 군인들이 군중들을 가르고 나를 게이트로 데려다 주었다. 수십 명의 눈이 내 얼굴에 꽂혀 있었다. 나는 눈을 내리깔았다. 그들의 눈을 마주 볼 자신이 없었기 때문이다.

금속탐지기가 정상 작동하는 곳에는 국가 폭동 진압대가 케블러 헬멧과 방탄복을 착용한 채 도열해 있었다. 그들 뒤로 기관총으로 무장하고 방한모를 쓴 주 방위 시민 경비대가 또 하나의 열을 짓고 서 있었다. 보기만 해도 섬뜩한 장면이었다. 한 떼의 군중들이 열을 선 군인들 앞으로 달려들어 게이트로 들어가려고 몸싸움을 벌였다. 혼잡하기 이를 데 없었다. 게이트에 도착하자 내가 지나가도록 직원 두 명이 몸을 비켜 주었다. 그들은 보통 때 검색실로 사용하는 작은 방으로 나를 데려갔다. 군의관은 신분증을 요구했고, 그동안 보좌관이 내 짐을 샅샅이 수색했다. 나는 변호사지만 거부하지 않았다. 그래 봐야 무슨 소용이란 말인가? 그건 현명치 못한 생각이다.

의사는 많은 질문을 했다. 열이 있는가? 어지럽지 않은가? 지난달에 해외로 여행한 적이 있는가? 사라고사와 마드리드, 톨레도에 간 적이 있는가? 최근에 동물에 물린 적이 있는가? 나를 습격한 사람은 없었는가? 나는 그 의사야말로 나를 공격하고 있는 거라고 말할 뻔했지만 그의 얼굴을 흘끗 보고는 입을 다물어 버렸다.

그 방에서 나왔을 때 그 끔찍한 일이 벌어졌다. 출발 게이트로 들어가려고 몸싸움을 하던 사람들 맨 앞에는 40대의 사내가 있었다. 회색의 곱슬머리에 면도도 하지 않고 구깃구깃한 옷을 입고 있는 회사 중역쯤으로 보이는 사내였다. 그는 너무 불안하고 흥분한 나머지 얼굴이 벌겋게 달아올라 있었다. 마약을 한 사람처럼 넋이 나간 것 같아 보였다.

군중들이 갑작스럽게 앞으로 밀치고 들어오자 큰 소동이 벌어졌다. 앞줄에 있던 사람들이 바닥에 나동그라져 뒤쪽에 있던 사람들의 발밑에 깔려 짓밟혔던 것이다. 그 바람에 폭동 진압 경찰들의 봉쇄선이 무너졌다. 이 틈을 타서 그 사내가 살짝 빠져나가 게이트 쪽으로 달려갔다. 두 번째 줄에 있던 방위군들이 그를 제지하려 했지만 놓치고 말았다.

"거기 서!"

누군가가 소리쳤지만 그 사내는 구세주인 비행기로 가는 복도로 내달렸다. 기관총이 불을 뿜기 시작했다. 사내의 양복 뒤로 붉은 꽃이 피어올랐고 사내는 곧 그 자리에 풀썩 쓰러졌다. 큰 소동이 벌어졌다. 비명과 울음소리, 아우성 소리가 공포탄 소리에 파묻혔다. 사태는 급속도로 악화되었다. 군인 한 명이 내 옷깃을 잡더니 비행기 쪽으로 끌고 갔다. 그동안 우리 뒤에 도열한 나머지 군인들이 군중들에 밀려 조금씩 후퇴했다. 죽은 사내 옆을 지날 때 그의 얼굴을 보았다. 그는 죽었다. 정말로 죽었다. 그가 죽은 것은 100퍼센트 확실한 사실이었다. 내 옆에 있던 군인이 잠시 걸음을 멈추더니 무감각한 얼굴로 권총을 꺼내 사체의 머리를 쏘았다. 나는 경악을 금치 못했다. 그 군인은 왜 그런 일을 했을까?

그들은 제트웨이 끝에 있는 비행기 문으로 나를 밀어 넣었다. 매우 초조한 얼굴의 승무원이 서둘러 나를 태웠다. 비행기는 입추의 여지 없이 꽉 차 있었다. 주방에 서 있는 사람까지 있을 정도였다. 모두들 불안한 얼굴이었다. 문이 닫히고 기체가 활주로를 달리기 시작하자 그제야 한숨을 돌리는 기색이었다. 비행기가 이륙을 시작하자 옆에 있던 사내가 뒤에는 비행기 세 편밖에 남지 않았다고 속삭였다. 그 뒤에 엘 프라트가 언제까지 폐쇄될지는 하느님만이 아실 일이다.

비행 중 내내 입을 꾹 다문 채 단 한마디도 하지 않았다. 방금 전에 목격한 장면이 떠오를 때마다 속이 울렁거려 화장실로 달려가야만 했다. 토하고 또 토했다. 제기랄, 군인이 바로 내 앞에서 그 사내의 머리를 날려 버린 것이다!

비행 중 아무도 마스크를 주지 않았다. 더 이상 필요 없는 일이라고 판단한 모양이다. 좋은 일인지 나쁜 일인지 알 수가 없었다.

산티아고 데 콤포스텔라에 도착했을 때도 규모가 좀 작았을 뿐 사정은 바르셀로나와 별반 다를 바 없었다. 주차장에서 어떤 사내가 한 시간 뒤에 떠나는 취리히행 비행기표와 자신의 차를 바꾸자고 제안했다. 이젠 교환 가치가 완전히 뒤바뀌어 버린 것이다. 자동차를 타고 집으로 오는 동안 줄곧 라디오에 귀를 기울였다. 상황은 혼란 그 자체였다. 중국에서는 몇 차례 더 핵폭발이 일어났다. 핵폭탄으로 전염병을 막으려는 걸까? 아니면 보균자를 몰살시키려는 걸까? 누가 알겠는가. 미국에서는 그게 뭔지는 모르겠지만 DEFCON 1이라는 게 발령되었고, 마드리드와 발렌시아, 바르셀로나, 세비야, 빌바오에서는 폭동이 일어났다. 온 세계가 통제 불능 상태였다. 모든 텔레비전 네트워크가 입을 모아 스페인도 몇 시간 안에 계엄령을 선포할 가능성이 있다고 보도했다. 러시아에서는 여전히 아무 소식이 없었다. 독일에서는 세 시간 전에 보도된 성명에서 앙겔라 메르켈 총리가 "드레스덴을 잃었다."고 말했다. 파리와 랭스, 마르세유에는 소개 명령이 내려졌고, 이탈리아에서는 경찰이 무자비하게 나폴리 외곽을 점령했다. 온 세계가 풍비박산이 나고 있는데도 난 아직 그 이유를 모르겠다.

루쿨루스를 태우고 집으로 돌아온 뒤 아침에 병가를 내었다. 법원이 잠정적으로 폐쇄되었으니 걱정 말라는 대답이 돌아왔다. 오직 군사 법정만이 개정 중이었고 약탈자와 통금위반자만 처리하고 있다. 월요일에는 거의 하루 종일 잠만 잤다. 잠이 깨자 커피잔을 들고 텔레비전 앞에 앉았다. 이 글을 쓰는 동안 루쿨루스는 내 무릎에 앉아 기분 좋게 그르렁거리고 있다. 도대체 무슨 일이 벌어지고 있는지 감조차 잡을 수가 없다.

20
지옥의 문 앞에서
1월 17일 오후 6시 42분

공식 보도가 나와서야 우리가 그동안 정부에 속았다는 걸 깨달았다. 오후 3시에 국왕이 텔레비전에 다시 나와 스페인 전역에 계엄령이 내려졌다고 발표했다. 오후 10시부터 오전 8시까지는 통행이 금지되었으며, 통행금지 시간에 거리에서 잡히면 총살당할 각오를 해야 한다. 지역간 이동도 금지되고, 군대는 모든 주요 도로에 검문소를 설치하는 중이다.

열다섯 개 도시가 위험 지역으로 선포되었고, 전염병이 발생한 모든 도시의 목록이 작성되었다. 여기에 9개 도시가 추가되었는데, 마드리드와 바르셀로나도 그중에 들어갔다. 여동생이 계획대로 바르셀로나를 빠져나왔기만을 바랄 뿐이다. 빌어먹을.

폰테베드라는 지금 당장은 대학살을 면한 상태였지만 누가 알겠는가? 얼마나 갈 것인지. 160킬로미터 떨어진 페롤과 라 코루냐는 '위험지대'이다. 이 지역은 이론적으로는 봉쇄되었지만, 라 코루냐에 사는 친구가 비고에 있는 부모님 댁으로 가는 길이라며 방금 전에 전화를 걸어왔다. 그는 2차선 도로와 뒷길을 타고 마을을 벗어났다고 했다. 대도시는 말할 것도 없고 중소 도시를 고립시키는 것도 물리적으로 불가능한 일이다. 이대로 가면 전염병이 이곳에 이르는 것은 시간 문제다. 뭔가 대책을 마련해야 한다. 하지만 무슨 일을 할 수 있단 말인가?

자동차를 타고 시내로 나갔다. 거리는 텅 비다시피 했고 마을은 포위된 것처럼 보였다. 몇 시간째 쉴 새 없이 비가 내리고 있었다. 인도로 다니는 사람들을 보니 불안감이 역력했다. 날씨는 살을 에는 것처럼 추웠다. 경찰차 몇 대와 경공수여단(BRILAT)을 실은 장갑차 한두 대가 지나쳐 갔다. 그들의 병영은 폰테베드라에서 3킬로미터밖에 떨어져 있지 않았다. 병영은 세워진 지 여러 해가 지났지만 군대가 지금껏 시내에 주둔한 적은 한 번도 없었다.

가솔린을 넣기 위해 주유소에 들렀다. 애스트라에 기름을 채우는 동안 안으로 들어가 담배와 신문, 잡지, 엔진 오일(벌써 일주일 전에 갈았어야 했다. 빌어먹을!)을 샀다. 직원은 특히 외딴 곳에 있는 주유소에서는 가솔린을 넣기 어렵다고 알려 주었다. 항구가 폐쇄되어 정련소가 생산을 중지했을 뿐만 아니라 정부가 현존하는 시설을 군용화했기 때문이라는 것이다. 정말 대단한 일이다.

그런 다음에는 쇼핑몰로 갔다. 아무래도 식료품을 잔뜩 사 가는 것이 좋을 것 같아서였다. 놀랍게도 슈퍼마켓은 발 디딜 틈도 없을 만큼 사람들로 가득했다. 모든 사람들이 같은 생각을 하고 있었던 것이다. 가전제품과 집수리용품 코너에서 스위프 다이얼이 달린 초단파 무전기를 샀다. 오랫동안 눈독을 들였던 것이었다. 해안 경비대의 채널을 들으면서 조디악을 타고 플로리타 호가 난파한 부근으로 다이빙을 하러 갈 계획이었다. 플로리타 호의 선체는 여러 해 동안 강바닥에 가라앉아 있었다. 선체의 상태가 좋지 않은 까닭에 그곳에서는 다이빙이 금지되어 있다. 해안 경비대에 잡히면 벌금을 물 뿐 아니라 면허가 취소되지만 그만한 위험은 감수할 수 있다. 지금은 무전기를 사용해 새로운 것을 해볼 생각이다.

집에 돌아와서는 루쿨루스의 털을 빗겨 주고 가장 좋아하는 먹이를 실컷 먹였다. 그런 다음 무전기를 이리저리 돌려서 마침내 국립 경찰과 지방 경찰의 주파수를 찾아냈다. 정확했다. 이제 가장 최신의 정보를 얻을 수 있게 되었다. 아마추어 무선 수신기도 몇 개 사왔지만 아무데나 던져 놓았다.

이제는 텔레비전 앞에 착 달라붙어 헬리콥터에서 찍은 미국의 영상을 보았다. 고속도로는 차들로 가득 차 오도 가도 못하는 상태였다. 갑자기 서른 명가량의 사람들이 길 한쪽에서 비틀거리며 나타나 꼼짝없이 자동차 안에 갇힌 사람들을 공격하기 시작했다. 끔찍한 장면이었다. 1분도 안 되는 시간이었지만 나는 아직도 겁에 질려 벌벌 떨고 있다. 맹세컨대 그들은 사람들을 마구 물어뜯었다. 있을 수 없는 일이었다. 이 사람들에게 대체 무슨 일이 일어난 것인가?

누군가 지옥의 문을 열어 놓은 모양이다. 유황불의 뜨거운 열기가 후끈 눈앞을 지나갔다.

21
우둔한 인류
1월 19일 오전 11시 8분

나는 독실한 천주교도는 아니지만 지난 스물네 시간 동안 벌어진 일들은 뭔가 거대하고 집단적인 인류의 죄악에 대한 신의 징계인 것만 같다. 그것이 아니라면 우리의 어리석음을 기리기 위한 기념비일지도 모른다. 어떻게 바라봐야 할지는 우리한테 달려 있다.

어제는 기나긴 날이었다. 아침을 먹으면서 뉴스를 보고 있었는데, 폭동이 전 세계로 퍼져나갔다는 보도가 나왔다. 한 가지 패턴이 나타나고 있다. 첫째, 정부는 걱정할 일이 없다고 주장한다. 둘째, 검역 봉쇄가 발령되었으며, 셋째, 공황 발작이 시작되어 폭동과 약탈 사건이 꼬리에 꼬리를 물고 발생했다. 계엄령이 선포되었으나 폭동은 자꾸만 늘어났다. 하지만 이번에는 뭔가 달랐다. 더 낯설고 더 국부적이고 약탈도 없었다. 더 엄격한 검열을 받아서 알려진 것도 거의 없다. 그리고 마침내 정적이 찾아왔다.

새로운 양상이었지만 예외는 있게 마련이다. 어제 아침 칠레에서는 체이레라는 이름의 장군이 계엄령을 이용해 쿠데타를 일으켰다. 몇 시간 뒤 볼리비아 피난민을 가득 태운 버스 한 대가 칠레 국경에 설치된 검문소를 몰래 지나치려다 모두 사살되었다. 그 보복으로 볼리비아 정부는 칠레 공군이 볼리비아 포병대를 박살낼 때까지 칠레 국경에 끊임없이 포격을 가했다. 마치 미치광이들 같다. 우리는 나락으로 굴러 떨어지기 직전이었다. 그들이 원하는 것은 오직 전쟁뿐이었다.

오늘의 뉴스: 어제 오후 세계보건기구 준법감시 위원회의 브리핑 기사가 전 세계에 방영되었다. 전 세계의 채널은 모두 똑같은 영상을 방영했다. 인류가 달에 첫 발을 디딘 이후 유례없는 일이었다. 이런 일은 두 번 다시 없을 것이다. 충격적이었다.

바이러스 학자 위원회가 화면에 나타났다. 진지하고 신중한 어조로, 필로바이러스의 변종은 혈액과 신체 내 액체(정액, 타액 등)를 통해 전염되는 것이라고 발표했다. 공기를 통해서 전염되는지 여부는 그들도 아직 밝혀내지 못했다. 주요 증상은 발열과 방향 감각 상실, 창백한 얼굴이며 뒤이어 망상과 극심한 공격성이 나타난다. 이러한 증상을 발견하면 즉시 경비대에 신고해야 한다. 감염자가 친척이나 친구일지라도 어떤 상황에서도 접촉해서는 안 된다.

바로 그 얘긴가? 그들은 대체 무슨 말을 하려는 건가? 경비대에 신고하라니 그건 또 무슨 뜻인가? 구급차를 부르는 게 더 좋지 않은가? 결국 이 사람들은 환자일 뿐이다. 그렇지 않은가? 총알로 이 사람들을 치료하겠다는 소린가? 왜 자꾸 그들이 뭔가를 숨기고 있다는 생각이 드는 걸까? 그들이 숨기고 있는 얘기가 많은 것 같다.

인터넷에는 터무니없는 소문만 무성하다. 외국의 침략, 디스토마 기생충, 돌연변이, 언데드, 집단적인 세뇌, 뭐든 마음대로 골라잡아라. 빌어먹을, 이성을 잃지 말자. 우리가 걸렸든 아니든 이건 질병일 뿐이다. 당신이 걸렸다면, 쾌당! 당신은 글렀다. 확신하건대 뭔가 더 끔찍한 것이 있다. 그렇지 않다면 이 유례없는 검열을 어떻게 설명할 것인가? 이건 미친 짓이다.

무엇보다 여동생이 걱정이다. 토요일 이후부터 연락이 안 된다. 휴대폰 통신망에 과부하가 걸렸기 때문이다. 어떤 곳에서는 아예 문을 닫아 버렸다. 보수직원 몇 명이 외근 중 사라져 버린 뒤부터 기술자들은 호위 없이는 밖으로 나가지 않았다. 사설 경비회사도 속수무책이었다. 검역소와 검문소에서 근무하거나 순찰을 도는 경찰과 군대, 시민 방위대도 인원이 줄어들고 있다. 살인과 실종 사건을 보도하는 뉴스가 엄청난 속도로 늘어났다. 사실 이젠 뉴스랄 것도 없다.

미국 대통령이 전용 대피소에서 텔레비전 방송을 했다. 좋지 않은 징조였다. 그는 국민들에게 군대의 명령에 무조건 복종할 것을 촉구하는 한편 이른바 안전지대로 대피하도록 종용했다. 안전지대라……. 무엇으로부터 안전하다는 걸까?

예루살렘에서는 가톨릭 교황과 유대교 랍비 장, 이슬람교의 법률학자 수장이 뜻을 합쳐 하나의 종교 단체를 구성했다. 다른 때라면 사람들의 마음을 크게 움직였겠지만 '안전상의 이유'로 대중에게 포교하는 것이 쉽지 않았다. 이스라엘 특공대에 둘러싸인 채 성전산에서 종교 지도자들을 보는 것은 그리 마음 편한 일은 아니었을 것이다.

대통령이 다시 국왕과 함께 텔레비전에 나와 성명을 발표했다. 각 지역마다 하나씩 총 52개의 보안부대를 창립할 거라는 내용이었다. 그들은 국립 경찰과 시민 경비대, 지방 및 지역 경찰과 팀을 이루어 활동할 것이다. 군 장성들이 이 팀을 지휘하고 할당된 지역에 대해 군사상의 전권을 행사하게 될 것이며, 군대는 곧 무기를 공급받을 것이다.

아침에 부모님을 만나 뵈러 길을 떠났다. 돌아올 때까지 며칠이 걸릴지 알 수 없으므로 루쿨루스를 데리고 갔다. 고양이를 조수석에 앉혔다. 루쿨루스의 자리였다. 그래서 조수석에 앉는 사람은 매번 고양이털로 범벅이 되곤 한다. 루쿨루스는 캐리어에 들어가는 것을 싫어하기 때문에 어쩔 수 없다.

 1킬로미터도 못 가서 군 검문소가 나타나 되돌아올 수밖에 없었다. 나는 3킬로미터가량 가면 주 고속도로와 만나는, 주택 단지 뒤로 난 좁은 시골길로 들어섰다. 군대를 따돌렸다고 생각한 순간 또 다른 검문소에서 지방 경찰과 마주쳤다. 제기랄! 그 뒷길은 그들도 누구 못지않게 잘 알고 있었다. 지나가게 해달라고 별의별 짓을 다 했지만 아무 소용이 없었다. 그들은 예민해 있었을 뿐 아니라 매우 겁에 질려 있었다. 어떻게 그들을 탓할 수 있겠는가? 보통 때 그들이 하는 일이라곤 좀도둑을 잡거나 교통정리를 하거나 불법 주차된 자동차를 견인하는 것 정도였으니 말이다. 이제 그들은 돌격용 자동소총을 들고, 명령에 불복하는 자는 누구든 사살하라는 명령을 받은 채 검문소를 지키고 있다.

 다시 집에 돌아왔다. 아직 아침이었지만 위스키를 벌컥거리며 마셨다. 볼륨을 끈 채 텔레비전 화면만 멀뚱히 보다가 초단파 무전기로 경찰 방송에 귀를 기울였다. 뭐가 뭔지 알 수가 없었다.

22
1월 19일 오후 6시 58분

 헬리콥터 한 대가 이 지역 하늘을 선회했다. 오후 내내 그러고 있었다. 이층 창밖으로 자동차 두 대가 큰길을 달려가는 모습이 보였다. 뭔가를 찾고 있는 것 같다. 아니면 누군가를 찾고 있는지도 모른다. 모두 중무장을 하고 있었다. 자동차 한 대가 우리 주택단지 내의 짧은 도로 두 곳을 지나며 순찰하고 있다. 담장마다 조사등을 비추며 살피던 그들은 그때 막 모퉁이에 있는 집에서 나온 여자 때문에 혼비백산을 했다.

의사 부부가 어떻게 살고 있는지 궁금해서 옆집 문을 두드려 보았다. 초췌한 얼굴로 문을 연 부인은 남편이 72시간째 병원에 입원해 있다고 알려 주었다. 입원 후 지금껏 아무 소식이 없었다고 한다.

집으로 돌아와 이중으로 문을 걸어 잠근 뒤 다시 초단파 무전기를 켜고 경찰 방송에 귀를 기울였다. 평소 같으면 다음과 같이 판에 박힌 방송만 나올 것이다.

"27번가 순찰 중, 15번 지역 이상무, 16번 지역으로 출발."

간혹 민병대가 검문소에서 피자를 시키는 등 재미있는 교신 내용도 있었다. 하지만 이제 그들은 누군가를 절박하게 찾고 있었다. 무슨 말인지는 모르겠지만 어떤 순찰병이 '위험 지대'라고 보고하자마자 10분도 채 안 되어 총소리가 들려왔다. 그리 멀지 않은 곳이었다.

이 모든 일이 시작된 지 20일이 지났다. 오늘은 우리 도시에서 총성이 울렸다. 그게 무엇이든 점점 코앞으로 다가오고 있다는 증거다.

23

1월 20일 오전 1시 40분

밖에서 브레이크 소리를 들은 것은 텔레비전을 보며 반쯤 졸고 있을 때였다. 큰길이 내다보이는 이층 침실로 뛰어 올라갔다. 순찰차 한 대가 앞길 초입에서 시민 경비대를 멈춰 세웠다. 돌격용 자동소총을 가진 시민 경비대 두 명이 우리 집을 지나 길 끝에 있는 둑으로 걸어 갔다. 그 둑 너머에는 집 몇 채가 있고, 그 뒤에 고속도로가 있다. 그들이 어디로 가는 건지는 알 수 없었다.

이윽고 그들이 돌아오자 반대쪽에서 나타난 1개 소대가 그들과 합류했다. 모두들 불안해 보였고 한 병사의 소매에는 피와 뭔지 모를 검은 물질이 묻어 있었다. 그들은 입을 꾹 다문 채 거리 반대쪽으로 사라졌다.

그 소리가 다시 들렸다. 맹세할 수는 없지만 총소리 같았다. 전보다 훨씬 더 가까이에서 들려왔다.

24
1월 20일 오전 11시 22분

신문과 잡지 몇 권을 사러 시내로 나갔다. 신문은 없었다. 운송 차량이 들어올 수 없었기 때문이다. 돌아오는 길에 보니 대부분의 상점들이 문을 닫았다. 작은 제과점이 열려 있어서 신선한 빵을 샀다. 판매원이 걱정스러운 얼굴로 어젯밤 바로 옆집에서 총소리와 함께 '끙끙거리는' 소리를 들었다고 작은 소리로 말해 주었다. 창밖을 내다보던 그녀는 군용 트럭이 무서운 속도로 달려가고 있다고 말했다.

어제 집 앞길 초입에서 타이어가 미끄러진 자국을 보았다. 이제 내가 꿈을 꾼 것이 아니라는 게 실감이 났다.

25
1월 20일 오전 11시 33분

정원에 앉아 겨울 햇볕을 쬐면서 담장 위를 쏜살같이 달려가는 도마뱀을 넋을 놓고 바라보는 루쿨루스의 모습을 지켜보고 있었다. 헬리콥터가 다시 쉴 새 없이 머리 위에서 날아다녔다. 라디오 뉴스에서는 정부가 주요 도시에 '안전한 하늘'을 만들어 사람들을 대피시킬 계획이라고 보도했다. 도시 주민 가운데 약 80퍼센트가 떠날 수 없기 때문이다. 안전한 하늘이라니. 개도 웃을 일이다.

라디오에서는 하루 종일 어떠한 상황에서도 조금이라도 이상하거나 방향 감각을 잃은 사람이나 폭력성을 보이는 사람을 보면 절대 접촉하면 안 된다고 떠들어 댔다. 친지나 친척도 마찬가지였다. 그래, 좋다 좋아……. 이제 감염자들이 건강한 사람들에게 얼마나 위험한지 모르는 사람은 아무도 없다.

게다가 3번 채널에서는 정규 방송을 중단하고 영화와 녹화한 쇼 프로만 하루 종일 방영했다. 그리고 45분마다 새로운 뉴스를 보도했다. 뉴스 앵커 마티아스 프라츠의 얼굴을 보니 여러 날째 방송국에서 지낸 것이 분명했다.

26
1월 21일 오후 12시 20분

금요일 오후 검문소를 슬쩍 피해 시내에 있는 로베르트를 만나러 갔다. 우리는 어릴 적부터 친한 친구였다. 로베르트는 조용하고, 차분하고, 찬찬한 성격이었다. 직업은 수입 회사의 회계사다. 2년 전에 결혼해서 불과 몇 개월 전에 귀여운 딸을 낳았다. 집에 갔더니 그의 아내는 가방을 꾸리고 있었고, 그는 침울한 얼굴로 텔레비전을 보고 있었다. 시내에 세운 안전한 하늘로 갈 계획이라고 한다. 어디서 지내게 될지, 거기서 무엇을 할지 아무것도 알 수 없지만 그래도 가겠다는 것이었다.

충분히 이해가 된다. 나는 고양이랑 함께 사는 홀아비지만 그는 돌봐야 할 가족이 있기 때문이다. 행운을 빈다, 로베르트. 머잖아 우리 모두에게 행운이 필요해질 것이다.

집에 돌아온 뒤 이웃집에 들러 잠시 집주인과 얘기를 나누었다. 그의 집은 우리 집과 등을 맞대고 있었다. 이 사태가 시작되기 전부터 그는 테라스를 짓고 있었는데, 그 덕분에 접착제 냄새가 진동을 하는가 하면 톱밥 가루가 담장을 넘어 날아들기도 했다. 그럴 때마다 루쿨루스는 몇 시간이고 불빛 속에서 뱅글거리며 날아다니는 톱밥 가루를 보느라 여념이 없었다. 며칠 전부터 목수들이 나오지 않고 있었다. 뒷집 주인과는 거의 교분이 없었지만 용기를 내어 그 묵직한 나무 기둥 두어 개로 우리 집 앞 담장을 떠받치게 해달라고 부탁했다. 나무 기둥 두 개를 땅에 박아 튼튼하게 떠받치면 약탈자들이 나타나더라도 3미터가 넘는 담장을 뛰어넘거나 철제문을 부수지 않는 한 집 안으로 들어오지 못할 것이기 때문이다.

다른 무엇보다도 무슨 일이 벌어질지 몰라 전전긍긍하지 않으려면 뭔가 바쁜 일을 만들어야 했다. 빌어먹을.

공식 채널에서는 외국에 관한 뉴스 보도가 거의 없었다. 사람들도 걱정하는 기색이 없었다. 마치 모든 나라가 살아남기 위해 안으로 꽁꽁 숨어 버린 듯했다. 여러 날 동안 러시아에서는 아무런 소식이 없었다. 인터넷에서도 마찬가지였다. 북유럽에서는 아직 상당수의 블로그에 글이 올라오고 있지만, 불행히도 나는 스웨덴어나 독일어, 폴란드어를 몰라서 무슨 말을 하는지는 알 수 없었다. 어쨌건 대문자와 감탄 부호가 많은 것으로 보아 그들이 불안해하거나 아니면 놀랐거나 혹은 두려워 한다는 것을 눈치 챌 수 있었다. 누군들 알겠는가.

CNN은 아직 위성을 통해 볼 수 있는 유일한 미국 채널이다. CBS와 ABC는 채널 로고와 블루 스크린만 나왔으며, 폭스 뉴스는 잡음만 들렸다. CNN에 따르면 시민들은 각 도시의 시내에 있는 안전 지대로 모여들고 있다고 한다. 당국은 안전 지대 바깥에 있는 사람은 '습격자들'로부터 보호해 줄 수 없다고 경고했다. 샌디에이고 안전 지대에 있는 사람들(그리고 아마도 많은 다른 미국 도시들에 있는 사람들)이 약탈자들에 의해 대량 학살되었다는 믿을 수 없는 소문도 돌아다니고 있다. 내가 볼 때 요즘에는 세계 어느 곳에서나 생명이 티끌만큼도 가치가 없다. 구글에서 '죽은'이라는 단어를 치면 수백만 개의 링크가 검색된다.

스페인의 상황도 나을 것이 없다. 안전한 하늘들은 5만 명 이상이 사는 도시에만 건설되고 있다. 밤이나 낮이나 모든 라디오와 텔레비전 방송국에서는 입을 모아 안전을 위해 안전한 하늘로 모이도록 촉구했다. 나는 가지 않을 것이다. 반려동물을 허용하지 않을 뿐 아니라 공간도 제한되어 있기 때문이다. 루쿨루스를 두고 떠난다는 것은 생각도 할 수 없는 일이다. 나는 결코 동물광은 아니지만 아내가 죽은 뒤 루쿨루스가 있었기에 허튼짓을 하지 않고 견딜 수 있었다. 모두 루쿨루스 덕분이다. 루쿨루스는 나의 친구이기에 그 녀석을 버리고 사람으로 북적거리는 게토로 들어가 생면부지의 사람 열다섯 명과 한 방을 쓰고 지낼 수는 없다. 망할 놈의 정부, 망할 놈의 안전한 하늘 같으니라고.

제복을 입은 국왕이 다시 텔레비전에 나와 새로운 소식을 전해 주었다. 하지만 이번에는 국왕 주위에 장군들이 도열해 있었다. 생각해 보니 요 며칠 동안 텔레비전에서는 정치인을 한 명도 볼 수 없었다. 엿이나 먹어라.

지금 5번 채널에서는 3번 채널과 마찬가지로 45분마다 나오는 뉴스 말고는 재방송만 나오고 있다. 방송국 직원들의 안전을 위한 조치라는 설명이다. 그들의 스튜디오가 안전하지 않은 지역에 있는 것이 분명하다. 도둑떼들이 있기 때문이라는 설명이었다.

휴대폰도 먹통이 되었다. 세 개의 주요 업체가 서비스를 중지하고 지역 안전 군단에 통신망을 양도했다. 이제는 여동생과 연락을 할 방법이 없다. 똑똑한 아이니까 틀림없이 무사할 것이다. 다시 초단파 무전기를 켜고 사람들을 안전한 하늘로 피신시키는 군대의 동태에 귀를 기울였다. 하루 종일 단발적인 총성이 계속 들렸다. 거대한 문명이 힘없이 무너지고 있다.

27
유황의 강물

1월 22일 오후 4시 30분

　초단파 무전기로 밤새도록 경비대의 주파수에 귀를 기울였다. 대부분 검문소에서 보낸 경과 보고나 순찰차에서 보내는 상황 보고 같은 사소한 것들이었다. 어쩌다 '위험 지대'라는 말이 터져 나오기만 하면 곧바로 통제 불능 상태가 되었다. 방송에서는 끊임없이 '소동'에 대해 경고하고 있긴 하지만 그것은 경찰 주파수대에서 들은 사건들의 한 조각에 불과했다. 아마도 내가 작은 마을에 살고 있어서인지 약탈자들은 아주 적었다.

　이제는 '타자들'에 대한 소식이 점점 더 많아지고 있다. 이삼 일 전만 해도 '타자들'에 대해서는 듣지 못했다. 시간이 갈수록 그들의 수는 기하급수적으로 불어나는 것 같다. 경찰 주파수대에서는 군인들이 '그것들'이라고 부르는 것과 관련된 '사고' 보고가 점점 늘어나고 있다.

　마흔여덟 시간 전에는 폰테베드라에서 단 한 명의 감염자도 발견되지 않았다. 처음에는 조금씩 시작한 것이(거의 스물네 시간마다 '그것들'과 벌어진 싸움) 잇단 비상소집과 각 부대 간에 오가는 흥분된 경고, 이 상황을 진압할 능력이 없어 보이는 경찰과 병사들의 대대적인 이동으로 확대되었다.

　대체 '그것들'이란 무슨 뜻일까? 바이러스에 감염된 사람들을 가리키는 걸까? 감염자들이 매우 공격적이라는 것은 모두 아는 사실이지만, 왜 그들을 '감염자'가 아니라 '그것들'이라고 부르는 걸까? 그 말은 정확히 무슨 뜻일까?

몇 시간 전 초단파 무전기를 통해 폰테베드라의 치안 부대가 시내 중심가로 퇴각하라는 명령을 받았다는 것을 알게 되었다. 외딴 지역의 사람들은 속히 대피해야 한다. 몇 분 뒤 시영 텔레비전 방송국에 전투복 차림의 시민 경비대 대장이 나와 그 지방을 지휘하는 장군이 대피령을 지시했다는 성명을 발표했다. 우리도 전염병에 노출된 것 같다.

바로 한 시간 전에 순찰차에 걸려온 호출 내용을 들었다. 어떤 거리에서 사고가 발생했으니 조사해 보라는 지시였다. 순찰차(내가 보기엔 시민 경비대)는 이미 그곳에 도착해 있다고 대답했다. 이후 그 순찰차에서는 아무 신호도 들리지 않았다. 십오 분 뒤 또 다른 호출 내용을 들었는데, 이번에는 경공수여단에 걸려온 것이었다. 같은 장소로 즉시 출동하라는 지시였다. 심란하게도 그들이 알려준 주소는 우리 집에서 800미터도 안 떨어진 곳이었다. 맹세하건대 나는 두 발의 총성을 들었다. 그런 뒤에는 아무 소리도 들리지 않았.

무슨 일이 벌어졌는지는 몰라도 총소리는 단 두 번 났을 뿐이다.

대체적으로 사태는 참담했다. 텔레비전, 라디오, 인터넷, 군 주파수 대에서 나온 엉터리 얘기들에서 조금씩 수집한 내용으로 판단해 볼 때, 사태는 시시각각으로 악화되고 있는 듯 보였다. 보안 부대는 지난 스물네 시간 동안 기하급수적으로 불어난 사건들을 처리하기에 역부족이었다. 경찰과 병사들도 희생되었다. 특히 시 경찰로 이루어진 몇몇 부대에서는 탈영병도 나타났다. 뭔가 단단히 잘못된 모양이다.

어수선한 루머가 내 마음을 좀먹고 있다. 인터넷에 끝없이 올라오는 모든 광적인 이론들 가운데 한 가지가 힘을 얻고 있다. 감염자들이 일종의 가사 상태에 있거나 아니면 죽었다가 다시 살아났다는 얘기였다. 이들은 이미 죽었지만 여전히 걸어 다니고 있다고 사람들은 입을 모았다. 그래, 바로 그거야. 믿기 어려운 얘기지만 지난 몇 시간 동안 너무도 이상한 일이 많았기에 머릿속이 뒤죽박죽이었다.

28
1월 22일 오후 7시 59분

바로 몇 분 전에 군용 트럭과 수송 트럭이 내가 살고 있는 거리 입구에 멈춰 섰다. 차에서 내린 병사들은 집집마다 찾아다니며 문을 두드렸다. 불을 모두 끈 채 부엌에 앉아 초단파 무전기에 귀를 기울였다.

병사들이 문을 두드리자 그 자리에 얼어붙은 듯 꼼짝도 할 수 없었다. 루쿨루스를 무릎에 앉힌 채 그들이 떠날 때까지 조용히 기다렸다. 상황이 어떻게 돌아가는지 알아야 했기에 발끝을 세우고 살금살금 위층으로 올라가 창밖을 살펴보았다.

며칠 전에 사라진 의사의 부인이 두 딸과 함께 짐을 잔뜩 든 채 집을 떠나고 있었다. 병사들은 그들이 트럭에 오르도록 도와주었다. 몇몇 이웃들도 같은 모습으로 떠나갔다. 그들은 시내의 안전한 하늘로 향했는데, 시내도 몇 개 도로가 차단되었다. 이론상으로는 물 샐 틈 없는 삼엄한 경비 태세였다.

트럭들은 굉음을 내며 시내 쪽으로 달려갔다. 한 병사가 교차로의 포장도로에 빨간색 페인트로 커다랗게 열십자를 그리고 난 뒤 트럭에 올라탔다. 트럭은 곧 코너를 돌아 시야에서 사라졌다. 오늘 밤은 유난히 조용해서 거리를 돌아다니는 호송대의 소리를 들을 수 있었다. 그들은 오늘 밤 더 자주 차를 세우는 듯했다.

이제 거리는 고요히 어둠 속에 잠겼다. 집집마다 텅 비어 있을 것이다. 나처럼 아직 집에 남아 있는 사람이 있다면 몸을 바짝 웅크리고 있겠지. 부엌으로 가서 스토브 위의 불만 켜 놓은 채 의자에 앉았다. 곰곰이 생각해 보았다. 이 지역 주민을 모두 대피시키고 있는 것이 분명하다. 아, 맞다. 그들은 이미 이 지역을 완전히 소개한 것이다. 이젠 아무래도 상관없다.

29
1월 23일 오전 10시 5분

날이 밝았다. 기나긴 밤이었다. 호송차가 떠나고 몇 시간도 안 되어 내 결정이 얼마나 황당무계한 것인지 깨달았다. 나는 혼자였다. 내가 여기 있다는 것을 아는 사람도 없었다. 즉, 사람이 살지 않는 지역에 살고 있는 것이다. 단 한 명도 살지 않는.

하지만 곧 그 생각을 지워 버리고 새로운 계획에 매달렸다. 두 개의 나무기둥으로 철제문을 떠받치는 작업이었다. 물론 어리석은 짓이었다. 조만간 그 문을 통해 나가야 할 테니까. 어쨌든 이런 생각에 골몰하다 보니 마음이 한결 편해졌다. 그런 뒤 이것저것 조사해 보았다. 식료품은 만일 한 끼도 빠짐없이 냉동식품을 먹어도 물리지만 않는다면 약 3주 정도 버틸 수 있었다. 물은 약 20리터가 있으며 수돗물도 아직 나온다.

태양 전지판이 있으니 전기가 끊어져도 상관없다. 절약만 하면 거의 완전히 자급자족할 수 있다. 그리 어려울 것 같지 않았다. 가까운 시일 안에 파티를 열 계획은 없으니까.

취사용 가스가 문제다. 부엌에는 세라믹 버너 두 개와 작은 가스버너 두 개가 있다. 세라믹 버너는 놀랄 만큼 많은 전기가 든다. 당장은 가스도 있으니 문제는 없다. 그러나 이 사태가 언제까지 계속될지 누가 알겠는가? 머잖아 폭발 위험을 방지하기 위해 소개된 지역에 가스 공급을 중단할 것이다.

내 무기고는 전반적으로 형편없었다. 꼭대기부터 바닥까지 집 안을 샅샅이 뒤져 나의 모든 '무기'를 모아 부엌 식탁에 올려놓았다. 스쿠버 다이빙용 작살총 하나, 강철 작살 여섯 개, 푸줏간용 칼 하나, 장작을 패는 무딘 도끼 하나. 이 정도면 충분하다. 내가 가진 것 중 가장 위험한 작살총을 집어 들었다. 뱀장어보다 큰 것은 잡아 본 적이 없다는 사실 말고도 많은 문제가 있다. 장전하는 데만 이삼십 초가 걸리는 데다 사정거리도 짧아서 9미터 남짓이었다. 거리가 더 멀어지면 조준이 거의 안 된다. 요컨대 작살총은 긴요한 무기가 못 된다. 아주 가까운 거리에 있는 문어나 잡는 게 고작이니까. 만약 도둑떼라도 만나면 꼼짝없이 털릴 것이다. 그럴 땐 죄인처럼 고개를 푹 수그리고 있는 게 상책이다.

전화벨이 울리자 미칠 듯이 가슴이 뛰었다. 여러 날째 울리지 않아 전화가 있다는 것조차 잊어버리고 있었다. 전화기를 집으려는 찰나 신중을 기해야 한다는 생각이 들었지만 사람의 목소리를 듣고 싶은 마음이 훨씬 더 강해서 전화를 받았다. 부모님이었다. 긴장이 풀리면서 기절할 뻔했다.

어머니의 목소리를 듣자 눈물이 펑펑 쏟아졌다. 어머니는 내 소식을 들으려고 사흘 동안이나 동분서주했다고 한다. 두 분 다 무사하시고 마을에도 이웃사람 몇 명이 함께 있다고 했다. 부모님은 나보고 그곳으로 오라고 애걸했지만 요즘은 마음대로 여행할 수 없다고 설득했다. 얼마나 많은 미치광이들이 도망쳤는지도 모르는 상황에서 곳곳에 검문소가 있는 길을 따라 2500킬로미터를 가는 것보다는 집에 있는 것이 더 안전했기 때문이다. 나는 어머니가 상황의 심각성을 눈치채지 못하도록 루쿨루스가 시골을 싫어한다고 둘러대었다. 그러자 어머니는 루쿨루스를 진심으로 걱정했다. 여동생은 계엄령이 내려지고 바르셀로나가 폐쇄되기 전에 그곳을 빠져나왔지만 지금 어디에 있는지는 어머니도 모른다. 어머니가 들은 마지막 말은 시골에 있는 로헤르의 집으로 출발했다는 것이었다.

다른 친지들의 소식은 거의 알 수가 없었다. 대부분 인구의 80퍼센트와 함께 안전한 하늘로 간 것 같다. 사람은 사회적 동물이라 위험이 닥치면 서로 뭉치려는 경향이 있다. 오직 시시한 소수의 사람만이 이러한 작태를 따르지 않는다. 나도 영락없는 후자에 속한다. 입맞춤과 함께 인사를 한 뒤 전화선이 끊기지 않는 한 적어도 일주일에 한 번은 전화를 드리겠다고 약속했다.

부모님과 통화를 한 덕분에 마음이 다소 가라앉고 머리도 맑아졌다. 이제는 내가 할 수 있는 실제적인 일을 생각해 보기 시작했다.

첫 번째로 닥친 문제는 뉴스였다. 텔레비전 방송 채널이 줄어들고 있기 때문이다. 평소에 보던 80개 채널 가운데 거의 모든 방송이 중단되고 5번과 3번 그리고 2번 채널밖에 고를 게 없다. 정규 방송은 거의 없다시피 해서 영화와 미리 녹화된 연속 프로만 반복적으로 방영되고, 45분마다 안전한 하늘이 있는 곳과 그리로 가는 길을 알려주는 짧은 보도만 나왔다. 그 밖에 감염자와는 결코 접촉해서는 안 되며, 감염자들에게 습격을 받으면 물거나 할퀴지 못하게 주의해야 한다는 보도도 끊임없이 반복되었다.

한 병사가 지친 얼굴로 방송에 나와 안전한 하늘 밖에 있는 사람은 안전을 보장할 수 없다고 경고한 뒤 습격을 받았을 경우에는 감염자의 머리를 부숴 버려야 한다고 강조했다.

"막대기나 칼, 탄약통이 되든 아무것으로나 머리를 내리치기만 하면 됩니다. 다른 방법은 없습니다."

그 말을 듣고 충격을 받긴 했지만 그동안 너무나 끔찍한 일을 보아 온 터라 아주 많이 놀라지는 않았다. 어쨌든 보도관제는 완화되고 있는 것 같다. 더 이상 숨길 것이 없거나 거의 없는 모양이다. 감염되어 극도로 난폭해진 사람들의 문제가 너무 커지다 보니 이제 도둑떼 같은 것은 일도 아니었다.

그것들의 육체가 실제로 어떤 상태인지에 대해서는 의견이 분분하다. 어떤 이들은 단지 미쳤을 뿐 건강하다고 하는가 하면 그것들이 죽음의 문 앞에 있다고 주장하는 사람들도 있다. 믿기 어렵긴 하지만 그것들은 죽은 상태라고 주장하는 사람들의 수가 점점 늘어났다. 아직 감염자를 한 번도 본 적이 없지만 그것도 시간문제에 불과하다. 지금 당장은 집에 꼿꼿이 앉아서 그것들이 오면 맞아 줄 수밖에 다른 도리가 없다. 그것이 내가 짤 수 있는 가장 손쉬운 작전 계획이라는 것을 깨닫자 마음이 한결 평온해졌다.

인터넷도 먹통이 되어 몇 시간 전에 구글과 야후가 운영을 중지했다. 서버가 다운된 것이 틀림없다. 다른 웹사이트도 사정은 마찬가지였다. 백 번 넘게 접속을 시도해 보았지만 스페인 전역에서 아직 전기가 끊기지 않은 곳에서만 스물네 개 정도가 운영되고 있다. 북유럽의 경우를 떠올려 보면 여기도 얼마 안 있어 인터넷이 완전 중지될 것 같다.

군이 사용하는 무전 채널에서는 끊임없이 지직거리며 '그것들'과 충돌한 더 많은 사례를 보고했다. 희생자가 상당히 많은 것 같다. 원래 52개였던 부대는 40개로 통합되었다. 습격은 안전한 하늘 주위로 집중되었다. 톨레도와 알리칸테의 안전한 하늘 두 개가 감염자들의 습격을 받고 붕괴되어 수만 명이 목숨을 잃었다. 앞으로도 수천 명의 사람들이 죽어 나가지 않겠는가? 내가 그들 중 하나가 되는 일은 결단코 없을 것이다.

30
1월 24일 오전 3시 3분

이 글을 쓰면서 여기 앉아 있으려니 등줄기로 굵은 땀방울이 흘러내린다. 아드레날린 분출로 인해 손이 계속 떨리고, 너무 무서워서 정신이 나갈 정도다.

정오 무렵 무언가 조치를 취하지 않으면 심장마비가 올지도 모른다는 생각이 들었다. 거의 스물네 시간 동안 우리에 갇힌 동물처럼 왔다갔다 서성거리며 집 안에만 틀어박혀 있었기 때문이다. 이젠 무슨 일이든 해야 했다. 집 밖으로 나가 집 안팎을 한 바퀴 둘러보고 바깥의 동태를 알아보기로 했다. 루쿨루스는 하루 종일 눈을 동그랗게 뜬 채 나만 쳐다보았다. 뭔가 이상한 낌새를 알아차린 모양이다. 상황이 얼마나 끔찍한지 그 작은 머리로 이해할 수 있을지는 나도 모르겠다. 세상은 시시각각으로 아수라장이 되어 가고 있었다. 그런 세상이 아직 남아 있기나 하다면 말이지만. 종국에는 모든 사람을 집어삼킬 것이다. 농담이 아니다.

침실로 올라가 밑창이 두꺼운 등산용 부츠를 꺼냈다. 갈리시아는 겨울에 특히 밤이 되면 비가 내리면서 혹독하게 추웠으므로 두둑하게 옷을 껴입었다. 늦은 시각이었다. 통행금지가 시작된 지 서너 시간쯤 되었다. 무슨 일이 있어도 밖으로 나가야겠다. 모퉁이에 있는 경찰관은 피할 수 있을 듯했다. 45분 전에 자동차 여러 대가 큰길을 달려가는 소리를 들었다. 이층으로 올라가 창밖을 내다보니 경찰차와 군용 트럭, 장갑차들이 지치고 겁에 질린 병사들을 실은 채 시내에 있는 안전한 하늘로 향하고 있었다.

천재가 아니라도 그 병사들이 감염자들에 대한 마지막 방어선이라는 것을 알 수 있었다. 모든 시민이 대피할 때까지 그들은 자신의 자리를 지켜 왔다. 그들이 퇴각하고 있다는 건 그것들과 안전한 하늘 사이를 가로막는 게 아무것도 남아 있지 않다는 말이다. 그들은 맹렬히 추격당하고 있는 게 분명하다. 나도 서둘러야만 한다.

문을 떠받치고 있는 나무기둥 옆으로 조심스레 다가가 머리를 내밀고 바깥을 살펴보았다. 길은 벌써 여러 시간 전에 인적이 끊겼다. 보도 위에는 신문지 조각과 비닐봉투, 쓰레기가 나뒹굴고 있었고, 길 한가운데에는 베이지색 스웨터가 떨어져 있었다. 이웃 중의 하나가 급하게 대피하느라 흘리고 간 게 분명했다. 그 스웨터를 보자 이웃사람들의 얼굴이 하나하나 떠올랐다. 그들은 영원히 떠나 버렸다, 모든 사람들이.

문밖 바로 앞에 세워 놓은 자동차에 올라탔다. 핸들을 잡았을 때 엔진 오일을 갈지 않았다는 것이 생각났다. 내가 사서 던져놓은 뒤로 지금껏 트렁크 안에 들어 있었다. 제기랄. 지금은 DIY 놀이나 할 시간이 아니다. 부디 내 차 때문에 곤경에 빠지는 일이 없기를 바라면서 시동을 걸었다.

죽음처럼 고요한 적막 속에서 자동차는 대포처럼 요란한 소리를 내었다. 몇 킬로미터 안에서도 들릴 만큼 시끄러운 소리였다. 상관없다. 그렇다고 걸어갈 수는 없으니까. 큰길로 나가 집에서 대략 800미터, 안전한 하늘에서는 정확히 800미터 떨어진 주유소로 향했다. 대피령이 내린 지역의 한가운데에 있지만 누구든 남아 있기를 바랄 뿐이다. 그때 거리 지도를 집에 놓고 온 것이 생각났다. 큰길로 나가면 지도가 있어야 한다. 주유소에서는 모두 지도를 팔기 때문에 거기서 살 생각이다.

거리는 말 그대로 적막강산이었기에 몸이 부르르 떨렸다. 살아 있는 것이라곤 쥐새끼 한 마리 없었다. 내가 지구에 남은 마지막 사람일 수도 있겠다 싶었다.

주유소에 도착하자 안도의 숨이 절로 나왔다. 불이 켜진 걸 보면 영업을 하는 모양이었다.

주유기 앞에 자동차를 세운 뒤 조심스럽게 안으로 들어갔다. 부끄럽지만 정말 똥끝이 타들어 갈 만큼 놀랐다. 아무도 없었다. 고객이나 직원도 보이지 않았다. 빌어먹을 지배인은 어디로 갔단 말인가? 현금등록기도 열려 있었다. 마음만 먹으면 현금을 몽땅 가져올 수도 있었다. 그 대신 거리 지도 두 개를 집고 사탕을 주머니 가득 집어넣었다. 2주 전 잡지도 몇 개 집었는데, 표지에는 지금은 거의 비현실적이라고 할 수 있는 것들이 실려 있었다. 카운터에 물건 값을 내려놓을 때 무슨 소리가 들렸다. 온몸의 피가 얼어붙는 것 같았다. 저 어두운 바깥에 누군가가 혹은 무엇인가가 있었던 것이다. 빌어먹을.

몸을 부들부들 떨면서 진열대에 걸려 있는 스노 체인을 집어 들었다. 그리 신통한 무기는 아니었지만 적어도 내 손에는 튼튼한 무기가 들려 있었다. 주유소에서 90미터가량 떨어진 곳에 한 사내가 있었다. 너무 어둡고 멀어서 잘 보이지는 않았지만 비틀거리며 걷는 것 같았다. 꾸물거릴 시간이 없다. 번개같이 자동차에 올라타 집을 향해 달렸다. 백미러를 보니 그가 비틀거리며 내 차를 따라오고 있었다. 빌어먹을 것. 그자에 대해서는 아무것도 알고 싶지 않다.

몇 분 뒤 집에 돌아온 나는 단단히 문을 걸어 잠갔다. 다리가 여전히 후들거렸다. 이십 분 남짓 동안 겨우 800미터를 갔을 뿐이지만 베트남에라도 갔다 온 심정이었다. 정말 말도 안 되는 일이다. 액션 영화의 주인공이라도 된 듯 으쓱했지만, 실제로 나는 사냥꾼이 어디 있는지도 모르는 먹잇감에 불과했다.

텔레비전을 켰더니 3번 채널과 공영 방송인 텔레비시온 에스파뇰라, 두 채널만 나왔다. 왕실의 문장과 행진하는 군대의 모습이 방영되고 있었다. 그것을 보니 무척 안심이 되었다. 다른 모든 채널은 나오지 않고, CNN에서만 위성 방송을 하고 있었지만 며칠 전 사진만 계속 내보내고 있었다. 화면 하단에 새로운 뉴스가 나오고 있다. 애틀랜타가 함락되었고, 덴버, 유타, 볼티모어, 텍사스의 시더크리크…… 빌어먹을 붕괴된 도시의 목록은 끝이 없었다. 그리고 다음과 같은 메시지가 나왔다.

"안전 지대로 가지 말고 안전한 다른 곳으로 가십시오."

여기서도 그런 일이 일어난 것일까? 수백만의 '감염자'들이 안전한 하늘에 있는 수백만 명의 사람들을 습격했단 말인가?

인터넷은 거의 완전히 불통이었다. 대부분의 서버들이 다운되었기 때문이다. 아직 작동되고 있는 유일한 검색 엔진은 알렉사의 스페인 지부뿐이다. 대체 어떻게 해서 운영되고 있을까? 내 생각에는 축전지 덕분인 것 같은데, 그리 오래 버틸 수는 없을 것이다. 기껏해야 사나흘 아니면 몇 시간? 내 블로그에 글을 남기고 있는 사람들이 있다. 어떻게 찾아왔는지는 모르지만 그들이 들려주는 이야기들은 너무 무서웠다. 그들 말로는 내 블로그가 아직 운영되고 있는 소수의 사이트 중 하나라고 한다. 나의 인터넷 공급자는 라코루냐에 있는 케이블 회사다. 언제쯤 인터넷이 망가질까? 언제쯤 모든 것이 거꾸러질까? 그들이 오고 있다. 이제는 단지 시간문제일 뿐이다.

31

1월 24일 오후 8시 56분

오늘 전기가 나갔다. 6시 직전에 전구가 깜빡거리더니 완전히 나가 버렸다. 처음에는 어두운 부엌에서 어쩔 줄 모른 채 멍하니 앉아 있었다. 나는 하루의 대부분을 부엌에서 군사 방송을 듣거나 두 개 남은 텔레비전 채널을 보면서 지낸다. 얼마 후 눈이 어둠에 완전히 익숙해지자 벌떡 일어나 행동에 들어갔다. 손전등을 들고 축전지를 연결하러 지하실로 내려갔다. 그 커다란 16킬로와트짜리 야수는 지하실 바닥에 12개씩 두 줄로 서 있었다. 막 제어반 스위치를 켜려던 순간 몸이 딱 얼어붙었다. 전기를 연결하기 전에 집 앞에 있는 전구의 스위치가 모두 꺼졌는지 확인했다. 그러자 이 거리에서 유일하게 불이 들어오는 곳은 우리 집밖에 없다는 끔찍한 사실을 새삼 깨닫게 되었다. 축전지를 연결하자 전구의 부드러운 불빛이 비치면서 마음이 편안해졌다. 말로 표현할 수 없을 만큼 환상적이었다. 내가 어둠을 그렇게 두려워할 줄은 꿈에도 생각지 못했다. 이런 일이 일어나리라는 것도 꿈에도 생각지 못했다.

심각한 문제가 생겼다. 가스가 끊어졌거나 파이프가 깨진 것 같다. 어느 쪽이든 간에 가스가 안 나온다. 이 말은 난방을 할 수 없다는 뜻이며, 외부온도가 영상 2도로 내려가면 사태가 심각해진다는 뜻이다. 옷을 있는 대로 껴입었지만 살을 에는 듯이 추웠고, 숨을 쉴 때마다 허연 입김이 나왔다. 루쿨루스는 추위에 무관심해 보였다. 페르시아 고양이라서 털이 긴 데다 몇 년 동안 행복한 나날을 살면서 체지

방이 많아졌기 때문이리라.

담배를 피우러 바깥으로 나가 잠시 생각해 보았다. 계단에 앉아 집을 둘러싼 담을 뚫어져라 쳐다보았다. 지난 몇 시간 동안 겪은 일들이 머릿속에서 떠나지를 않았다. 이 재난은 점점 가속도가 붙는 것 같다. 마치 눈사태처럼 말이다. 처음엔 자그마한 조약돌에 불과했지만 곧 호박돌만 해지더니 아무도 모르는 사이에 거대한 산사태가 되어 우리를 향해 쏜살같이 밀려오고 있다. 제기랄.

설상가상으로 나는 더욱 더 고립되고 있다. 3번 채널이 안 나오고 정오 뉴스도 중단되었다. 「벨에어의 기운찬 왕자(The Fresh Prince of Bel-Air)」 재방송이 나오는 도중 신호가 사라졌다. 팟! 마치 누군가가 케이블을 끊은 것 같았다. 무슨 일인지는 알 수가 없다. 스페인 공영 방송은 여전히 왕실의 문장과 함께 정교하게 연출한 군사 행진 장면을 방영하고 있었다. 한 시간 반마다 나오는데 내용이 확연하게 달라졌다. 안전한 하늘로 가라는 말은 더 이상 나오지 않았다. 대신에 알메리아, 카디스, 바다호스, 말로르카 같은 곳으로 가는 것은 극히 무분별한 행동이라고 경고하고 있었다.

안전한 하늘은 사람들을 집중시켜 그것들을 막는다는 합리적인 발상이었다. 하지만 결국 커다란 재난을 몰고 왔다. 감염자들은 살아 있는 사람들을 쫓아다녔다. 전국에서 노도처럼 몰려든 그것들이 안전한 하늘들을 포위했다. 그저 수적으로만 우세할 뿐이지만 그것들은 방위군을 물리쳤다. 그런 뒤 혼란의 시간이 덮쳐왔다.

안전한 하늘로 가지 않은 것은 현명한 결정이었다. 다른 모든 사람처럼 안전한 하늘에 가는 것보다 혼자 떨어져 있는 것이 혼란 속에서 살아남는 더 좋은 방법인 것이다. 옳은 선택을 했다는 생각에 안도감이 밀려왔다. 그 순간 가슴이 터질 듯 비통한 슬픔에 잠겼다. 한방 호되게 얻어맞은 듯한 느낌이었다.

부모님, 여동생, 내 모든 친구들. 로베르트 부부와 그들의 아기……. 바로 며칠 전에 만났을 때 그들 부부는 가방을 싸고 있었다. 모든 친구와 지인들이 여섯 개의 그 빌어먹을 안전한 하늘 사이로 흩어졌음에 틀림없다. 그들의 운이 다했음을 아는 게 더 나쁜지 그들을 위해 해줄 것이 전혀 없다는 것을 아는 게 더 나쁜지 정말 모르겠다. 목구멍에서 쓴물이 올라온다. 뭐라고 표현할 수 없는 고통 때문에 숨이 막히는 것 같았지만 놀랍게도 눈물은 나오지 않았다. 저항할 수 없는 끔찍한 상황에 눈물마저 말라 버린 것 같다.

도저히 믿을 수 없는 일이었지만 전 세계의 정부가 무슨 이유에선지 감염된 시체들이 되살아나고 있다는 것을 인정했다. 그 바이러스 또는 그것이 뭐든 간에 다게스탄의 러시아인들에 의해 전염되었으며, 숙주의 면역력을 총체적으로 붕괴시키고 다발성 전염과 출혈을 일으키는가 하면 몇 시간 안에 사망에 이르게 하고 있다는 것이다. 일정하지는 않지만 어느 정도 시간이 흐르면 죽은 자들은 다시 살아난다, 원래의 그가 아니라 그것들 중의 하나로서. 그것들은 길을 가다 살아 있는 것을 보면 모조리 공격한다. 사람을 알아보지 못하고 어떤 식으로도 대화를 못 한다. 그것들의 목적은 오직 공격하는 것이다. 인육을 먹은 사례까지 있었다. 그들의 '씨를 말려 버리는'(고약한 농담을 해서 미안하다.) 유일한 길은 뇌를 부숴버리는 것이다.

나는 합리적이고 상식적인 사내다. 따라서 B급 영화에서나 나올 법한 이 괴상한 이론을 듣고 배를 잡고 웃어야 마땅하다. 하지만 그럴 수 없었다. 지난 며칠 동안 배운 교훈에 따르면 불가능한 것은 아무것도 없다. 그 뉴스가 아무리 어리석어 보여도 나는 그 말을 믿는다. 시체들이 살아 돌아와서 땅 위를 걷고 우리를 죽이고 있다. 우리는 완전 끝장난 것이다.

그런 생각에 잠겨 있을 때 담장 뒤에서 무슨 소리가 들린 것 같았다. 나는 벌벌 떨며 번개처럼 빗장을 걸어 잠갔다. 뭔가 무거운 것을 들고 질질 끌고 가는 듯한 소리였다. 그게 무엇인지 알아내야만 했다. 정원용 사다리를 조용히 담장에 세워 놓았다. 그러고는 사다리가 삐거덕거리지 않도록 조심하면서 천천히 위로 올라가 담장 밖을 내려다보았다.

뒷집 사람이 땀을 뻘뻘 흘리면서 그가 며칠 전에 나에게 준 것과 같은 나무기둥을 끌고 가는 것이 보였다. 그는 아직 마무리가 안 된 테라스에서 나무판자로 집을 둘러막느라 여념이 없었다. 그가 집 안으로 들어가자 망치 소리가 들려왔다. 그가 다시 나왔을 때 소리를 질러 그를 불렀다. 그는 아연실색하여 입도 뻥긋 못 했다.

그 사내의 이름은 미겔이었고, 몸집이 크고 머리가 살짝 벗겨진 중년 사내였다. 의료용품 배급업자로, 이혼한 뒤 움직이는 것만 보면 짖어대는 신경질적인 개를 데리고 혼자 살고 있다. 그가 말했다.

"그 많은 사람들과 함께 안전한 하늘에 처박힐 생각을 하니 견딜 수가 없었다오."

미겔은 집에 있는 것이 더 안전할 거라고 생각했던 것이다. 어느 정도는 맞는 말이다. 그는 그것들이 철문을 뚫고 들어올 때를 대비해 문과 창문을 나무판자로 막고 있었다. 해안에 보트가 하나 있어서 만일 사태가 더 나빠지면 보트를 타고 도망갈 수 있다고 했다. 나는 그거 참 잘 됐다고 말했지만 마음속으로는 어리석은 생각이라고 중얼거렸다.

미겔의 보트가 어떤 건지 안다. 내 조디악 근처에 정박해 있는데, 길이가 5미터가 채 안 돼서 그걸 타면 항구조차 빠져나갈 수 없다. 그것도 항구에 도착할 수 있다는 가정 하에서의 얘기다. 우리는 몇 시간 동안 얘기를 나누었다.

그가 작별 인사를 하고 집 안으로 들어가자 안도의 숨이 저절로 나왔다. 나는 혼자가 아니었다. 근처에 또 다른 사람이 있었던 것이다. 잠시 후 다시 한 번 생각해 보았다. 미겔도 그렇고 나도 그렇고 둘다 이제는 혼자가 아니었다. 바깥 어디엔가는 더 이상 사람이 아닌 그것들이 있었고, 점점 더 가까이 다가오고 있었다.

32
1월 25일 오전 2시 36분

그것들이 왔다.

제기랄. 창문을 통해 그것들을 지켜보고 있다. 수십, 수백, 수천의 그것들이 있다. 어디고 없는 곳이 없다. 신이여, 굽어 살피소서. 대관절 어떻게 이런 일이 있을 수 있단 말인가? 속이 메스껍고 토할 것 같다.

33

1월 25일 오후 6시 38분

이제는 좀 진정이 되었다. 어젯밤은 그야말로 끔찍한 악몽이었다. 대낮의 햇빛이 비치면 무섬증이 좀 가시는 것 같다. 하지만 나는 고통스러운 현실을 분명히 인식하고 있다. 몇 시간 뒤에는 완전한 암흑이 또다시 찾아올 것이며, 그것들도 볼 수 없게 될 것이다(말할 것도 없이 가로등도 들어오지 않을 테니까.). 그들이 거기에 있다는 것을 나는 안다. 그것들도 주위 어딘가에 사람들이 있다는 것을 안다.

모든 게 새벽 1시쯤에 시작되었다. 나는 담 너머로 미겔과 이야기를 주고받곤 했는데, 전화로 통화하면 혹독한 추위도 막을 수 있겠지만 사람의 얼굴을 보고 싶은 마음이 간절했기 때문에 밖에서 만났다. 그리고 집 안으로 돌아와 본부를 이층에 있는 침실 기지로 옮겼다. 2년 동안 그 방에서 자본 적은 한 번도 없었지만, 지금은 선택의 여지가 없었다. 정면과 마주한 창문이 있는 방은 그곳밖에 없었을 뿐 아니라 담장보다 높은 곳에 위치했기 때문이다. 그곳에서는 앞길 전체와 큰길의 일부가 보였다. 무전기와 노트북, 작은 텔레비전, 스쿠버 다이빙용 작살을 올려다 놓았다. 창문 앞에 가져다 놓은 의자 옆에 모든 것을 배치해 놓고는 자리에 앉아 기다렸다.

처음에는 도대체 무슨 일이 벌어지고 있는지 이해할 수 없었다. 내가 처음 알아챈 것은 소리였다. 고요한 밤이 되자 뭔가를 질질 끌고 가는 듯한 소리 사이로 드문드문 끙끙거리는 이상한 소리가 들렸다. 온몸의 털이 바짝 곤두섰다. 잠시 후 처음으로 그것을 보았다. 서른

다섯 살가량의 남자로, 파란 격자무늬 셔츠와 하얀 진바지를 입고 있었다. 한쪽 발은 맨발이었다. 얼굴에 흉측한 상처가 있었으며, 옷을 흠뻑 적신 붉은 피는 거의 말라 가고 있었다. 그 뒤에는 더 많은 남녀가 따라오고 있었다. 심지어 아이들도 있었다. 오 신이시여! 그들은 모두 어떤 식으로든 상처를 입은 상태였다. 심지어 어떤 사람들은 팔다리가 잘려나가고 없었다. 피부색은 밀랍 같았고, 암갈색의 핏줄이 섬세한 문신처럼 창백한 피부 위로 도드라져 있었다. 눈동자의 각막은 노란색이었다. 걸음이 느리긴 했지만 아주 느린 것은 아니었다. 근육의 공동 작용에 문제가 있는 것 같았다. 한밤의 파티를 끝내고 비틀거리며 걸어가는 취객이 연상되었다. 죽은 사람들에 대한 비유치곤 그리 나쁘지 않은 표현이다. 그것들이 완전히 죽었다는 것은 의심의 여지가 없다. 상처가 치명적인데도 그 정도 상처는 아무것도 아니라는 듯이 내 창문 아래로 걸어갔는데, 그게 너무나 놀라웠다!

수십 그 다음엔 수백, 아마도 수천. 얼마나 많은지 헤아릴 수가 없었다. 겉으로만 보면 그 많은 사람들은 데모나 음악회에 온 군중처럼 보였다. 질질 끄는 발소리와 드문드문 들려오는 신음 소리만 없더라면 말이다. 이 빌어먹을 것들은 안전한 하늘로 가고 있었다. 지칠 줄도 모르고, 변하지도 않고, 멈출 줄도 모르는 것들.

그들이 안전한 하늘로 가는 이유는 뻔하다. 시내에 얼마나 많은 사람들이 모여 있는지는 모르겠지만 많은 사람들이 모이면 여러 가지 소리가 나게 마련이다. 주위가 고요할 때는 2킬로미터 넘게 떨어진 곳에서 나는 소리도 들을 수 있다. 확성기, 빛과 열을 제공해 주는 발전기와 자동차. 심장이 고동치는 사람의 몸을 간절히 원하는 이 난폭한 무리를 끌어당기는 자석. 그것들은 사람들을 습격할 테고 희생자들은 막을 방법이 전무할 것이다.

　몇 시간 전에 시내 근처에서 사격 소리가 나기 시작했다. 처음에는 드문드문 들렸다. 곧이어 총소리가 더 늘어나더니 한동안 커다란 고함 소리가 들려왔다. 맹세컨대 한동안은 박격포 소리도 들렸다. 비록 경공수여단이 최근에 일부 지역에서 철수하기는 했지만 그것들을 쫓아내기에 충분한 규모의 군대가 있는 것이 틀림없다. 경찰 주파수대는 벌써 몇 시간째 부대끼리 광적인 내용을 교신하느라 분주했다. 비통한 소집, 급박하게 탄약을 요구하는 소리, 포위되어 지원을 요청하는 소리, 희생자 보고……. '후퇴하라! 방어망이 무너졌다. 그것들에게 우리가 괴멸당하고 있다.' 그 뒤로 조금씩 조금씩 고요가 찾아오기 시작했다. 소총 소리가 점점 줄어들더니 마침내 그쳐 버렸다. 새벽이 되자 더 이상 아무런 소리도 들리지 않았다. 무전기도 조용했다. 완전 먹통이었다. 한때 우리 도시의 안전한 하늘이 있었던 곳을 가리키기라도 하는 양 연기 기둥 몇 개가 시내에서 피어올랐다.

　우리는 꼼짝도 할 수 없었다. 스물넷 정도의 괴물들이 앞길을 따라 기계처럼 오르락내리락 했다. 그중 하나는 의사가 사는 옆집 문을 단조롭게 두드렸다. 도대체 왜 그런 짓을 하는지 모르겠다. 그 집은 비어 있었다. 몇 시간째 그 짓을 계속 하는 바람에 나는 미칠 지경이 되었다.

　또다시 밤이 찾아올 것이다. 한낮의 햇빛이 그립기 그지없다.

34
1월 26일 오후 5시 57분

　오늘은 정말로 기나긴 날이었다. 이층 침실에서 이 글을 쓰고 있다. 화장실에 가거나 밥을 먹을 때 말고는 한걸음도 방 밖으로 나가지 않는다. 의자 옆에 앉아서 진 반 병을 마셨다. 오늘 아침에는 이 정도면 충분하다. 그 정도로는 알코올중독자가 되지 않는다. 한두 잔 마시면 이럭저럭 견딜 수 있다. 제기랄, 내 신경이 총에 맞은 모양이다.
　해가 떴을 때 텔레비전 앞에서 졸고 있었다. 전기를 아끼기 위해 어쩌다 한 번씩만 켠다. 여전히 왕실의 문장이 나오고 있었지만 벌써 여러 시간째 뉴스 보도가 나오지 않았다. 그때 나는 소스라치게 놀라 벌떡 일어났다. 총소리였다. 아주 가까운 곳에서 나는 소리였다. 사격은 한동안 계속되다가 불시에 멈춰 버렸다. 총에 대해선 잘 모르지만 권총과 구경이 큰 총, 아마도 엽총 같았다. 이것은 중요한 사실을 알려 주었다. 주위에 살아 있는 다른 사람들이 있다는 것이다. 아니면 적어도 있었다는 것이다…….
　뒷집의 미셸은 신경이 예민할 대로 예민해졌다. 그는 여기에 머무는 것은 자살 행위나 다름없으며, 가장 좋은 방법은 해안으로 가서 보트를 타는 것이라고 말했다. 아침나절 내내 그를 설득했다. 보트가 아직 거기에 있으리라는 보장도 없고, 십중팔구 없어졌을 테니까. 게다가 길은 못해도 열두 곳이 봉쇄되었을 테니 우리는 자동차에서 내려 도처에서 수천의 그것들과 함께 걸어가야 한다고 누누이 설명했다. 일 분도 버틸 수 없을 것이다. 그는 내 말을 믿는 것 같지만 그게 얼마나 갈지 누가 알겠는가.

어떤 점에서는 미겔의 말이 옳다. 조만간 우리는 이곳의 방비를 보강할 것인지 아니면 떠나야 할 것인지를 결정해야 한다.

그 괴물들은 우리 집 앞길에서 살다시피 한다. 총소리가 나면 큰길로 나가 소리가 나는 곳을 향해 걸어간다. 그중에는 몇 시간 동안 이곳에서 어슬렁거리던 것들도 섞여 있다. 나머지는 이곳에서 빈둥거린다. 낮에 새로운 것들이 나타났다. 창밖을 보니 그것들이 오락가락하고 있다. 모두 열하나였다. 여자 넷과 아이 둘, 남자 다섯이었다. 그중 하나에게 섬퍼(쾅 치는 사람이라는 뜻—옮긴이)라는 이름을 붙였다. 그는 몇 시간째 손바닥으로 철문을 두드리고 있었다. 그들의 얼굴은 한결같이 멍하고 산만했다. 옷은 찢어지고 피가 딱딱하게 굳어 있었다. 어떤 것들은 끔찍하게도 팔다리가 잘려 나갔다. 한 여자는 마치 자동차에 치인 것처럼 흉곽과 골반 뼈가 부서져서 아주 힘들게 걸었다.

하지만 가장 흥미로운 것은 경공수여단 특수부대의 군인이었다. 목에 끔찍한 상처가 났을 뿐 아니라 턱 한구석이 뭉텅 떨어져 나갔다. 그가 구부정한 자세로 내 창문 아래를 지나갈 때마다 그의 이빨들이 보였다. 재킷에 엉겨 붙은 핏덩어리는 이상한 혹처럼 보였.

하지만 중요한 것은 군인이 아직도 메고 다니는 배낭이었다. 그리고 열두 개가량의 주머니가 달린 벨트. 그리고 권총. 권총이다! 술과 스트레스, 수면부족으로 인한 멍한 상태에서 열광적으로 그 총과 배낭을 얻을 수 있는 몇 가지 방법을 강구해 보았다. 그것들이 갖고 싶다. 하지만 내가 가진 무기라곤 고작 작살총 하나뿐이었다.

그것을 여기서 쏘아 죽일 수 있다 해도 총과 배낭을 가져와야 하는 난제가 남는다. 그동안 나머지 괴물들이 와락 덤벼들 수도 있다. 얼마 뒤 기발한 방법이 떠올랐다. 정말로 무시무시한 계획이었지만 나로선 최선의 방법이었다.

뒷집 남자에게는 알리지 않기로 했다. 정신적인 타격이 너무 심해서 힘을 빌릴 수 없었기 때문이다. 더욱이 그에게 무슨 일이라도 생기면 나는 죄책감으로 죽어 버릴지도 모른다. 그건 안 된다. 모든 게 내가 계획한 것이고, 내가 감당해야 할 모험이며, 내가 보상받아야 할 것이니까. 나는 총 쏘는 법을 전혀 몰랐지만 총을 갖게 되면 훨씬 더 안정감이 생길 것이다. 총만 있으면 이곳을 벗어날 수도 있을 것이다. 그리고 그것들로 변하지 않도록 주저 없이 총을 사용해 나를 보호할 수 있을 것이다. 이제 확신이 섰다.

이제 무엇을 해야 할지 결정했으니 언제 할지를 생각해 보아야 한다. 몇 시간이 되든 그것들이 내 시야 밖으로 완전히 사라질 때까지 기다릴 것이다. 작살총을 들고 정원에 나가 얼마 동안 사격 연습을 했다. 방아쇠를 당기자 팽팽하던 긴장감이 사라지는 동시에 작살이 로켓처럼 날아가 나무 밑동에 박혔다. 작살을 빼내려고 땀을 뻘뻘 흘리며 애써 보았지만 허사였다. 내 힘으로는 작살을 빼낼 수 없으니 작살을 회수해 올 시간은 없을 것 같다. 작살은 여섯 개뿐이므로 조준을 아주 정확히 해야 한다.

35
1월 27일 오전 11시 25분

손이 떨린다. 의자에 앉아 이 글을 쓰기 위해 충분한 휴식을 취하고 다시 한 번 진을 벌컥거리며 마셔야 했다. 사랑하는 신이시여, 곧 머리통이 터질 것 같사옵니다!

동틀 무렵 햇빛이 좋을 때 일을 시작했다. 그것들은 일부러 천천히 걷지만 원하는 것을 발견했을 때는 동작이 민첩해진다. 그것들이 밤에도 잘 볼 수 있는지는 모르겠지만 한 가지는 분명하다. 어두워지면 나는 거의 아무것도 볼 수 없다는 것이다. 그것들의 숫자는 매우 많았지만 적어도 지금은 세어 보지 않을 생각이다. 그것에 생각이 미치자 내 계획이 얼마나 바보 같은지 깨닫게 되었다. 하지만 그것은 계획 구상을 위해 바친 열광적인 시간 동안 내가 짜낼 수 있었던 최선의 방법이었다. 어쨌든 그것들이 이곳에 온 이후 쌓이고 쌓인 고통과 긴장감 속에서 빠져나오려면 뭔가를 해야만 한다. 이제 총과 배낭은 무의식의 상징이 되었다. 어떤 희생을 치르더라도 기필코 그것을 빼앗아 올 것이다.

이런 흥분 상태는 가엾은 루쿨루스에게도 전염이 되었다. 아침마다 야생동물처럼 뒷마당에서 미친 듯이 뛰어다니기 때문이다.

서너 시간 동안 자세히 관찰한 뒤 그것들이 뭔가가 주의를 끌 때만 움직인다는 것을 알아냈다. 아침 10시경에 쥐나 고슴도치 같은 것이 길 끝에서 돌아다니고 있었다. 그러자 그것들 서넛이 그 동물을 따라갔지만 역시 잡지는 못했다. 나머지 여섯(아이 둘, 남자 셋, 여자 하나)은 그대로 남은 채 길 끝에서 40미터 정도 떨어진 우리 집 대문에 등을 기대고 있었다. 그것을 보자 내 계획대로 끌고 나가다가는 그것들과 부닥쳐 싸우게 될 수밖에 없었다.

내 계획은 전체적으로 볼 때 큰길과 교차하는 앞길로 들어오는 길이 하나뿐이라는 사실을 기반으로 짜여졌다. 길 반대쪽은 며칠 전 야간에 시민 경비대와 군인들이 몰려갔던 강둑으로 막힌 막다른 골목이었다. 경사가 가팔라서 그것들은 도저히 기어 올라올 수 없는 곳이었다. 하지만 100퍼센트 확신할 수는 없다. 이 멋진 계획에 내가 깨닫지 못한 실수가 있을지도 모르기 때문이다. 한길을 보니 그것들이 삼삼오오 짝을 지어 목적도 없이 어슬렁거리고 있었다. 우리 집 앞길에는 특출하게 재미있는 것이 없었던 모양이다. 지난 두 시간 동안 괴물 둘이 우리 집 앞길을 따라 몇 미터 내려갔다가 얼마 후 다른 방향에서 돌아왔다.

군인 괴물은 강둑에 가까운 저쪽 거리 한가운데서 흔들거리고 있었다. 군인과 나에게 등을 돌리고 있는 괴물 여섯 말고도 여자 셋과 옆집 앞에 자주 출몰하는 섬퍼가 있었다. 여자들 중 하나는 팔 하나와 가슴 한편이 떨어져 나가고 없었다. 현관문에서 2미터도 안 되는 대문 앞에 서서 담장을 뚫어지게 바라보고 있다. 한 시간 반이 지나도 아무런 변화가 없자 계획을 실행하기로 결심했다.

어떤 옷을 입을지 곰곰이 생각해 보았다. 그것들이 나를 물거나 만지는 것은 견딜 수 없었다. 그것들이 땀을 흘리는지, 그것들의 땀이나 피부와 접촉할 때 바이러스가 감염되는 것인지 알 수 없다. 서글프게도 그것들에 대해 전혀 아는 바가 없다는 게 현실이었다. 내가 아는 거라곤 그것들이 죽었고, 공격적이며, 지금 내 집 앞에 있다는 사실뿐이었다.

고심 끝에 잠수용 고무옷을 입기로 결정했다. 굉장히 두껍고 최상급 합성고무로 만들었을 뿐 아니라 유연하고 방수 기능도 있었다. 그것들도 이 고무옷을 뚫고 나를 물 수는 없을 것 같다. 기껏해야 고무옷 아래에 멍이 드는 정도일 것이다. 더욱이 매우 부드럽고 열처리가 되었을 뿐 아니라 그것들이 붙잡을 만한 단추나 헐거운 곳도 전혀 없다. 마치 제2의 피부라고나 할까. 머리에 쓰는 후드를 잘라내야 할지 잘 모르겠다. 얼굴만 빼고 귀까지 모든 것을 덮는데 너무 두꺼워서 소리가 잘 안 들린다. 그것들이 나를 쫓아오는 소리를 들을 수 있어야 하는데도 말이다. 게다가 내 시야도 좁아진다.

한숨을 쉬며 가위로 후드 가장자리를 잘라냈다. 일 년 전에 거의 1200유로를 주고 사서 주말마다 입고 스쿠버다이빙을 했는데 이제 그것을 망가뜨려야 하다니. 하지만 선택의 여지가 없지 않은가?

다음에는 겨울 장갑을 찾아 끼고 테니스 신발을 신었다. 유연할 뿐 아니라 특히 소리가 안 나는 것이 중요하다. 거울에 내 모습을 비추어 보았다. 이럴 수가! 다이빙 고글을 쓰고 작살총과 작살을 등에 멘 꼴이라니. 가관이었다. 내 손으로 군인을 때려잡을 수 있을지는 모르겠지만 나를 본 사람은 누가 되든 우스워서 죽을 것이다. 유머 감각이 있는 사람이라야겠지만. 빌어먹을, 나는 정신 착란에 걸린 모양이다. 낡은 우산을 들고 천과 우산살을 모두 잘라냈다. 상아로 만든 중간 크기의 그 손잡이는 무게가 1톤은 나감직하다. 위험에 처했을 때 쓸모가 있을 것이다.

나는 작살총과 망가진 우산에 내 목숨을 걸고 있다……. 대단하지 않은가!

이제 가야 할 시간이다. 루쿨루스는 뒷마당에 풀어 놓았다. 혹시 내게 나쁜 일이 생기게 되면 담장을 넘어 도망갈 만한 아이큐가 되었으면 좋으련만. 가엾은 내 친구가 이런 빌어먹을 일을 겪어야 하다니.

문을 잠그기 전에 비장의 무기를 집어 들었다. 내 계획의 성패 여부가 서랍을 뒤지다가 발견한 바보 같은 작은 장난감에 달려 있다. 그것이 성공하면 내게 기회가 올 것이다. 그 반대라면 나는 정말로 큰 곤경에 빠질 것이다.

36
1월 28일 오후 3시 45분

인간이란 지극히 복잡한 동물이다. 한 달 전에 내가 어젯밤에 한 일을 할 수 있다는 말을 들었다면 너무 우스워서 배를 잡고 뒹굴었을 것이다. 하지만 나는 그것을 해내었다. 그리고 아직 살아 있다.

잠수복을 입은 뒤 이층 창문을 살짝 열고 거리를 두루 살펴보았다. 그런 다음 작살총을 창턱에 받치고 창밖으로 내밀었다. 장난삼아 안전한 지붕에서 괴물들을 쏘는 상상도 해보았다. 얼마나 어리석은 생각인가! 30미터 밖에 있는 사람 머리만 한 목표물을 작살총으로 맞춘다는 것은 생각도 할 수 없는 일이다. 혹시 충분한 속도와 강도로 목표물을 맞힐 수 있다 하더라도 나에겐 여섯 개의 작살밖에 없다는 것을 늘 염두에 두어야 한다. 겨우 여섯 발밖에 없다는 것을……

갑자기 신경질적인 웃음이 터져 나오기 시작했다. 아무리 해도 멈출 수가 없었다. 내 침실 창문에서 사람들을 쏠 생각을 하다니. 너무 어리석고 얄궂은 생각이다. 저 아래에 있는 그것들은 분명히 사람이 아니다. 옛날 옛적에 그들은 생명과 가족, 친구들이 있었다. 그리고 이제 그들은…… 그들이 지금 무엇이든 간에. 예전의 그들은 나보다 더 무디거나 운이 없었을 것이다. 그뿐이다.

한숨을 쉬면서 이제는 피할 수 없는 일과 마주쳐야 한다고 마음을 정했다. 테이프 한 통과 나의 비장의 무기를 꺼내 들었다. 앞발에 구리로 만든 심벌즈가 달린 작은 테디 베어 인형이었다. 곰인형 뒤에 있는 버튼을 누르면 딸꾹질을 하면서 미친 듯이 심벌즈를 두들긴다. 소리가 너무 커서 고막이 터질 지경이다. 사촌여동생 로라가 몇 달 전에 우리 집에 갖다놓은 것이다. 골이 난 루쿨루스를 이리저리 쫓아다니고, 커튼마다 초콜릿을 묻혀 놓고, 액자 하나를 깨트린 뒤에야 소파 밑에 테디 베어를 떨어뜨린 채 마침내 잠이 들었다. 다음 날 그것을 발견한 나는 주인이 찾으면 돌려주려고 서랍 속에 넣어 두었다. 이제 그애는 결코 돌아오지 못할지도 모른다.

신이시여, 제발. 이제 겨우 다섯 살입니다. 그애가 무사하기를 바라지만 만약 일이 잘못되었다면 부디 머리에 총을 맞았기를 바랄 뿐이다. 오직 그것들처럼 변하지 않았기만을…….

테이프로 곰인형을 작살에 단단히 붙인 뒤 작살총에 장착하고 교차로에서 가장 가까운, 길 끝에 있는 집을 겨냥했다. 이층을 완전히 뒤덮은 나무판자에 곰인형을 못 박는 것이 내 계획이었다. 곰인형이 내는 요란한 소리를 듣고 그것들이 쫓아가면 군인이 집 앞을 지나갈 때 그를 처리할 시간을 벌 수 있을 것이다. 간단한 계획이었다. 정말로 엿 같은 계획이었다. 일이 틀어질 가능성은 수천 가지도 넘었다. 그래도 이것밖에는 다른 수가 없다.

숨을 한 번 깊이 들이마신 뒤 장난감을 켜고 겨냥을 한 뒤 방아쇠를 당겼다. 작살은 쏜살같이 날아갔지만 곰인형이 너무 무거웠다. 작살이 아래로 처지는 바람에 나무판자가 아니라 담장 끝에 쿵 하고 부딪치고는 빗물이 흘러가는 도랑에 빠져 버렸다. 한동안 아무 소리도 나지 않았다. 그렇게 공들여 세운 계획이 실패로 끝나 버렸구나 하고 생각한 순간 도랑 속에서 심벌즈가 쨍그랑거리기 시작했다. 로라의 곰인형은 나를 실망시키지 않았다.

그 소리가 들리자 그것들은 전기가 통한 것처럼 일제히 소리 나는 곳을 향해 움직이기 시작했다. 서둘러야 했다. 날듯이 아래층으로 내려가 현관문을 열고 철문을 향해 달려가서 조용히 문을 밀어 열었다. 경첩도 조용히 열렸다. (다행히 3주 전에 기름을 쳐 놓았다.) 며칠 만에 처음으로 거리로 나왔다.

돌연변이들은 모두 우리 집을 지나쳤다. 왼쪽을 흘끗 보니 소리를 따라 도랑 쪽으로 터벅터벅 걸어가는 그 피조물들의 뒷모습이 보였다. 군인은 내게 등을 보인 채 나한테서 몇 미터밖에 안 되는 줄 맨 뒤에 있었다. 사방을 조심스레 살피면서 15초 만에 작살을 장전했다. 기록적인 수치였다! 작살총을 들고 목표물을 겨냥했다. 3미터가 조금 안 되었다. 그 정도 거리라면 실수할 리가 없다. 혹시라도 신이 이 불운한 인간에게 아직 관심이 있다면 내가 한 짓을 용서해 주기를 바란다. 하지만 내 목숨이 위험에 처해 있다.

방아쇠를 당겼다. 작살은 윙 소리를 내면서 날아가 군인의 두개골 뒤쪽을 관통했다. 그는 그 자리에 멈추어 서더니 둔탁한 소리를 내며 쓰러졌다. 서둘러 시체를 향해 달려갔다. 이제는 완전히 죽은 것 같았다. 하지만 아직 조심해야 한다. 작살총과 우산을 땅바닥에 내려놓고 배낭의 가방끈을 벗기느라 씨름을 했다. 핏덩어리가 버클에 말라붙어 끈을 벗기기가 쉽지 않았다. 등줄기를 따라 땀이 비 오듯 흘러내렸다. 고개를 들어 주위를 살펴보니 그것들 중의 하나가 팔을 도랑에 넣어 소리 내는 것을 찾고 있었다. 몇 분 뒤 그것들은 곰인형을 찾아 발기발기 찢어 버렸다. 이렇게 되면 나는 빠져나가지 못할지도 모른다.

골반뼈가 부서진 여자가 내 쪽으로 돌아선 걸 보면 뭔가 주의를 끄는 것을 발견한 게 틀림없다. 내 소리를 들은 걸까 아니면 냄새를 맡은 걸까? 어느 쪽인지는 모르겠지만 여자가 나를 보았다.

그 이상한 걸음걸이로 여자는 내 쪽으로 걸어왔다. 다리를 질질 끌고 있었으므로 속도는 빠르지 않았다. 균형 감각도 좋은 편은 아니었다. 이제 몇 초밖에 안 남았다. 나는 서투른 솜씨로 안간힘을 다해 작살총에 작살을 장착했다. 고무줄을 뒤로 당기자 땀이 눈 속으로 흘러들었다. 4미터. 마침내 모든 준비가 끝났다. 3미터. 작살총을 들고 여자의 머리를 겨누었다. 2미터. 작살총을 쏘았다.

작살은 여자의 머리에 단단히 박혔다. 여자는 걸음을 멈추고 부대 자루처럼 앞으로 푹 쓰러졌다. 하지만 상황은 오히려 시시각각으로 나빠지고 있었다. 괴물 하나가 곰인형을 흔들고 있었는데, 간신히 건전지를 꺼내자 심벌즈도 조용해졌다. 여자가 쓰러지는 소리를 들은 괴물들은 모두 내가 있는 쪽을 바라보았다. 서둘러야 한다. 시간이 별로 없다.

군인의 시체에 발을 걸고 열려진 문, 구원의 문 쪽으로 끌고 갔다.

버클을 늦출 만한 시간이 없었다. 배낭과 함께 시체도 같이 끌고 가야 했다. 문 가까이 이르렀을 때 그것들 중 하나가 주차해 놓은 자동차 근처에서 갑자기 나타났다. 제기랄. 전에 한 번도 본 적이 없는 괴물이었다. 작살총은 어깨에 메고 있었지만 작살을 장착할 시간이 없었다. 잠시 군인의 시체를 내려놓고 두 손으로 우산대를 꽉 움켜쥐었다. 상아로 만든 손잡이로 온 힘을 다해 그 괴물의 관자놀이를 내리쳤다. 그것이 죽었는지는 모르겠지만 왼쪽 관자놀이가 부서진 채 땅바닥에 쓰러졌다. 우산을 버리고 군인의 시체를 끌고 대문으로 들어온 뒤 뒷발로 문을 쾅 닫았다. 다행히 제시간에 돌아왔다. 괴물들과의 거리는 겨우 몇 미터밖에 안 되었다.

대문 앞에 군인의 시체를 내려놓자 구역질이 나서 다 토해 버렸다.

37

1월 29일 오후 5시 14분

이 상태로 계속 가다가는 미쳐 버릴 것 같다. 그것들은 벌써 몇 시간째 쉬지 않고 우리 집 대문을 두드리고 있다. 집 안 어디에 있든지 그 소리가 들린다. 지긋지긋하다. 더구나 그 신음 소리라니! 제기랄! 그것들 때문에 머리가 터질 것 같다. 내가 술을 너무 마신다는 것은 알고 있지만 그것 말고 내가 무슨 일을 할 수 있단 말인가?

뒷집에 사는 미곌은 도움이 되기는커녕 오히려 성가시기만 했다. 그는 오직 해안으로 가서 보트를 타고 어딘가로 가야 한다는 생각에 사로잡혀 있었다. 하지만 혼자서 그런 일을 할 만한 용기는 없었다. 그가 끊임없이 투덜거리는 소리를 듣다 보면 미쳐 버릴 것 같다. 정말 참기 힘든 사내다.

미겔이 현실을 받아들일 수 있도록 여러 모로 설득해 보았지만 쇠귀에 경 읽기였다. 도로는 폐쇄되었거나 버려진 자동차와 사고 차량, 끊어진 다리로 꽉 막혀 있었다. 만약 모든 게 정상적이라고 해도 보트 여행을 시도하는 것은 정신 나간 짓이었다. 어떤 일이 일어날지 알 수 없으며, 그 결과는 치명적일 수 있기 때문이다. 살아남으려면 용의주도하게 계획을 세워야 한다.

오늘 용기를 내어 다락방에 올라가 보았다. 캐비닛보다 조금 큰 자그마한 공간이었다. 아내의 유품이 가득 들어 있어서 2년 동안 한 번도 올라오지 않았다. 아내의 장례식 바로 다음 날 여동생과 그애의 남자친구가 아내의 유품을 모두 거기에 올려다 놓았다. 3주 전 기술자들이 태양 전지판을 설치할 때까지 그 다락방에 올라간 사람은 아무도 없었다. 온통 먼지투성이였다. 곰팡내 사이로 여전히 친숙한 향내를 맡을 수 있었다. 아내가 쓰던 향수 냄새가 그녀의 옷에 배어 있었기 때문이다. 심장이 오그라드는 것 같아 낡은 소파에 털썩 주저앉았다. 얼굴이 온통 눈물범벅이 되었다. 아내의 낡은 스웨터를 든 채 한참 동안 아기처럼 엉엉 울었다. 너무 보고 싶었지만 그녀가 이 끔찍한 일을 보지 못해서 그나마 다행이었다.

얼마가 지나자 마음이 좀 진정되었지만, 마음 한 켠이 여전히 아렸다. 한동안 한탄만 하다가 탈출구를 찾아냈다. 나는 지독한 스트레스를 받고 있었기에 잠깐씩 여기서 느긋하게 쉬는 것도 좋을 것 같다.

들창부터 채광창 아래까지 쌓인 먼지 위에 기술자들의 발자국이 찍혀 있다. 전선 몇 가닥과 남은 나사못을 담은 비닐봉지도 있었다. 전지판을 설치하다 남은 것이었다. 백만 년도 전에 누군가가 자기 일을 했다는 조용한 증거처럼 보였다. 그 사내가 어떻게 되었는지 궁금하다. 필경 그 사내도 이리저리 어슬렁거리는 그것이 되었을 테지.

채광창을 열어 차가운 공기로 환기를 했다. 버트레스에 몸을 묶은 채 아주 조심스럽게 지붕 위로 올라갔다. 다리라도 부러지면 큰일이다. 채광창 옆에는 쪼그리고 앉을 만한 평평한 공간이 있다. 지붕은 거기서부터 경사가 지고, 진줏빛 태양 전지판으로 덮여 있다. 급경사로 땅에서 6미터가량 떨어져 있으며, 저 아래에서는 그것들이 지치지도 않고 우리 집 앞에서 옹성거리고 있었다. 거기로 떨어지는 것은 결코 좋은 생각이 아니다.

문 앞에 모여 있는 것들이 내는 소리에 이끌려 꽤 많은 새로운 괴물들이 다가왔다. 골반뼈가 부서진 시체가 길 한가운데에 쓰러져 있었다. 다른 괴물은 흔적도 없이 사라졌다. 내가 지옥으로 돌려보낼 만큼 머리를 충분히 가격하지 못한 것이 틀림없다. 이거 곤란하게 됐는걸.

예전엔 밤이 되면 휘황찬란한 도시의 모습을 볼 수 있었는데, 지금은 완전히 암흑천지였다. 밤에는 보통 수천 개의 빛을 볼 수 있었지만 오늘밤은 칠흑같이 어두웠다. 전력이 떨어진 게 틀림없다. 그리고 확언하건대 정비팀을 보내 수리할 계획도 없는 게 분명하다. 담배를 피우며 곰곰이 다시 생각해 보았다.

이 모든 것이 시작되었을 때 사람들은 직장에 나가는 것을 멈추었다. 발전소의 직원들도 마찬가지였다. 따라서 지금까지 2주 동안 그 발전소들은 자동 장치로 작동해 온 것이다. 나는 엔지니어인, 친구의 친구가 설명해 준 얘기를 떠올려 보았다. 석탄이나 석유로 작동하는 화력발전소는 보일러에 기름이 떨어지기 전에 단 스물네 시간 동안만 작동한다. 이론적으로 수력발전소나 풍력발전소는 무제한적으로 가동되지만 그러려면 숙련된 기술자가 스물네 시간 사용함으로써 발생하는 손상된 부분을 수리할 수 있어야 한다. 그 시스템이 망가지기 시작할 때까지는 약 2주가 걸린다. 이제는 부품을 구하는 것도 어려울 것이다. 핵발전소가 수리할 사람이 아무도 없이 작동하고 있는 것을 생각하니 소름이 끼친다. 그 친구가 서글픈 미소를 지으며 말하길 체르노빌은 올바로 보수 관리되지 못한 핵발전소의 대표적 사례라고 했다. 그 보고가 사실이라면, 핵발전소의 전원이 꺼졌기를 바랄 뿐이다.

지금은 온 나라가 정전이거나 아니면 곧 캄캄해질 것이다. 전기 회사는 한두 개의 발전소가 잘못되는 뜻밖의 사건에 대한 대책은 세워 놓고 있다. 하지만 모든 발전소가 한꺼번에 고장 나면 모든 시스템이 망가질 것이다. 일거에 정전이 되어 버리면 우리는 19세기로 돌아가게 될 것이다. 만약 걸어 다니는 시체들에 둘러싸인 채 살아남을 수 있다면 말이지만.

담배를 발로 비벼 끈 뒤 집 안으로 들어갔다. 써늘했다. 아직 군인의 배낭을 뒤져보지 못했지만 그럴 만한 가치가 있기를 바란다. 자, 이제 내가 발견한 것을 살펴보자.

일기

폰테베드라

탐보 섬

비고

38
1월 30일 오후 6시 38분

지난 스물네 시간은 재난의 연속이었다. 이제 더 이상 나빠질 것은 없다고 생각하는 바로 그때 현실은 더욱 놀라운 새 소식을 가지고 우리 뒤로 살금살금 다가온다.

지난 이틀 동안 우리 집 문을 무지막지하게 두드리고 있는 괴물들의 문제만으로도 아직 충분치 않기라도 한 것처럼 새로운 문제가 나타날 조짐이 보이기 시작했다. 전국적인 정전으로 인해 인터넷은 더 이상 존재하지 않는다. 결판이 난 것이다. 이젠 끝장이다. 내 블로그도 죽었다. 모든 인터넷이 죽은 것이다. 나한테 남은 거라곤 하얀 익스플로러 화면뿐이다. 서버들은 며칠 전에 폐쇄되었다. 내 블로그가 이만큼이나 오래 지속된 것은 기적에 가까웠다. 모든 면에서 우리가 얼마나 전기에 의존하고 살았는지를 생각하면 놀라움을 금할 수 없다. 우리는 19세기의 모든 결함과 함께 그 시대로 되돌아왔다. 내가 그것을 감당해낼 수 있을지는 잘 모르겠다.

나는 이 일기를 계속 쓸 것이다. 내가 보고 느낀 것을 기록해 놓아야 한다. 이 하얀 여백에 내 생각을 정리해 놓아야 한다. 그렇지 않으면 한두 달 안에 미쳐 버릴 테니까. 이 일기는 나를 증명하는 것이다. 이것은 내가 경험한 것을 털어놓을 수 있는 유일한 공간이다. 내게 무슨 일이 일어난다 하더라도 내가 이 끔찍한 시간을 어떻게 살았는지를 알려주는 기록만은 남을 테니까. 그리고 어떤 식으로든 위안이 될 테니까.

용기를 내어 테라스를 통해 밖으로 나갔다. 최대한 소리를 죽여 문을 열고 바깥을 살짝 엿보았다. 군인의 시체는 내가 던져 둔 문 바로 안쪽에 그대로 있었다. 여기는 그것들이 두드려 대는 소리 때문에 귀가 먹먹했다. 철문에 손을 대고 그들이 두드리는 진동을 느껴 보았다. 그것들은 내가 문 이쪽에 있다는 걸 알고 있기에 안달이 나 있었다.

문 앞 계단에 앉아 담뱃불을 붙인 뒤 시체를 뒤져 보았다. 그것의 모습을 가까이서 보는 것은 이번이 처음이었다. 정말 지독한 냄새가 났다. 그것들이 괴물로 돌연변이될 때 부패와 사후 경직이 무척 느려지는 게 틀림없다. 하지만 정말로 죽으면 그 과정은 정상적인 속도로 진행되는 것 같다. 두개골에 난 구멍에서 끈적끈적한 액체가 흘러나와 타일 바닥에 뭉쳐 있었다. 그 얼룩을 씻어낼 생각은 추호도 없었지만 이제 그것은 중요한 일이 아니었다. 그것의 피부는 노란 밀랍 같았고 핏줄은 미세한 끈처럼 피부에 도드라져 있었는데, 얼굴에 입은 끔찍한 상처와 합쳐져 소름이 끼쳤다.

다시 용기를 내어 약품 상자에서 찾아낸 라텍스 장갑을 끼고 권총집에서 오일을 충분히 바른 무거운 검은색 권총을 꺼냈다. 한쪽에는 '글록'이라는 글자가 새겨져 있고, 반대쪽에는 여덟 자릿수의 일련번호가 적혀 있었다. 권총은 장전되어 있었다. 총을 잡아본 것은 태어나서 처음 있는 일이라 주의 깊게 총을 살펴보았다. 진짜 총을 갖게 되니 기분이 한결 좋아졌다. 심리적인 거라는 건 나도 알지만 안전하다고 생각되니 날아갈 듯 기뻤다.

벨트에는 권총 탄약과 일치하는 카트리지 두 개가 있었다. 각각 열다섯 개의 총탄이 있고 총은 장전되어 있으니, 무려 마흔다섯 개나 되는 총알을 갖게 된 셈이다. 발등을 쏘지 않으려면 이제는 총 쏘는 법을 배워야겠다.

글록에 쓰는 탄약 말고도 카트리지 몇 개를 더 발견했는데, 아마도 자동소총 탄약 같았다. 그중 두 개는 비어 있었지만 아직도 화약 냄새가 났다. 내 발밑에 누워 있는 그 가엾은 군인은 적어도 두 개의 꽉 찬 탄창을 정신없이 쏘아댔을 것이다. 물론 그 총이 어디 있는지는 모른다. 그것들한테 잡혔을 때 떨어뜨린 게 틀림없다. 그 총이 지금 어디 있는지 누가 알겠는가.

배낭은 보물 상자나 다름없었다. 슬리핑백과 커다란 군용 위장용 판초, 컴퍼스, 몇 개의 전투 계획이 그려진 지도(아마도 대피 기간 동안 괴물들이 있던 곳의 방어선으로 보인다.), 권련 몇 개, 구급상자 한 개, 모르핀병 세 개가 있었는데, 가장 좋은 것은 군용 식량이었다. 군용 캔은 대단히 편리했다. 바닥에 있는 기름통에는 반응물질이 가득해서 물만 부으면 엄청난 열이 방출되어 불이나 부엌이 없어도 따뜻한 음식을 먹을 수 있다. 여기서 나가야 할 때가 오면 매우 편리할 것이다.

머잖아 이곳을 떠나야 한다는 현실을 나도 알고 있다. 이대로 있다가는 그것들이 마침내 집 안으로 들어오거나 내가 굶어죽거나 둘 중 하나였다. 유일한 문제는 어떻게 여기서 빠져나가고 어디로 가야 하는가라는 것이다.

아래 주머니를 뒤지던 중에 군인의 지갑을 발견했는데, 그것 때문에 하루를 망쳐 버렸다. 그의 이름은 빈센트였다. 겨우 스물여덟 살밖에 안 되었으며, 여기서 채 32킬로미터도 안 되는 곳에서 온 청년이었다. 한 소녀(여자친구일까?)와 귀여운 강아지의 사진을 갖고 있었다. 인생을 도둑맞은 청년. 나 혼자 살겠다고 세 뼘짜리 강철로 두개골을 쏘아 버린 청년. 세상에, 그 생각만 하면 토할 것 같다.

계속 토하면서도 있는 힘을 다해 청년의 머리에서 작살을 빼내었다. 끓는 물에 몇 시간 동안 작살을 삶고 한 여섯 시간 동안 내버려 두었다. 물을 그렇게 끓이면 저장한 전기를 반 줄가량 써야 하지만 나는 작살에 묻어 있을지도 모를 병균을 모조리 죽이고 싶었다. 푹 삶은 작살은 다른 작살들과 함께 작살통에 도로 넣었다. 이제 남은 작살은 네 개다. 다른 두 개는 창문에서 내다보인다. 하나는 곰인형 옆에 있고, 다른 하나는 '부서진 골반'에 박혀 있다. 그것들은 내게 좋은 일을 해 주었으니 하늘나라로 갔으면 좋겠다.

시체를 대체 어떻게 처리해야 할지 모르겠다. 어떻게 해야 담 너머로 그것을 던져 버릴 수 있을까? 그 빌어먹을 것들은 나를 알아볼 것이다. 그래서 당분간 비닐로 싸 두기로 했다. 그러다 보면 좋은 방법이 생각날 것이다.

그것으로 충분치 않았는지 내 이웃 미겔이 속을 태우고 있다. 뭔가에 미쳐 있는 것 같다. 실수로 군인과 벌인 모험에 대해 그에게 얘기해 주었다. 그러자 그는 우리가 바람처럼 도시를 뚫고 지나 보트에 탈 수 있다고 확신했다. 현실은 그와 다르다는 것을 어떻게 설득해야 할까? 나는 겨우 길 중간까지 가고 그것들 둘을 죽이는 데 목숨을 걸어야 했다. 하지만 도망 나온 수천의 괴물과 함께 도시를 가로질러 가는 것은 이와는 또 다른 것이다.

길모퉁이를 돌 때 무엇이 튀어나올지 알지도 못한 채, 권총을 쏘지 않고 코카인의 도움도 받지 않고 여기서 나가려면 신중하게 계획을 짜야 한다.

미겔은 나의 잠수복에 병적으로 집착한 나머지 자기도 우스꽝스러운 멜빵과 가슴받이가 달린 작업복을 입고 있다. 서둘러 떠나지 않으면 무슨 일을 저지를지 알 수 없다. 좀 생각을 해봐야겠다. 빨리.

39
1월 31일 오전 11시 49분

부엌에 조용히 앉아 있을 때 총소리가 들렸다. 뒷집에서 난 산탄총의 폭발음 같았다. 내 뒷집에서! 그 지긋지긋한 녀석이 도대체 무슨 일을 꾸미고 있는 걸까? 반경 2킬로미터 안에 있는 모든 걸어 다니는 시체들을 다 끌어들이려는 걸까? 망할, 그 정도 총소리면 빌어먹을 도시 어디서나 들을 수 있을 텐데!

사다리를 타고 담장 위로 올라가 미겔의 마당을 엿보았다. 그가 결코 짓지 못할 테라스를 만들기 위해 거기 쌓아 놓은 나무기둥 몇 개

외엔 아무것도 보이지 않았다. 부드러운 소리로 그의 이름을 불러 보았다. 아무런 대답이 없었다. 미겔, 이 바보야, 도대체 무슨 짓을 한 거야?

그것들이 미겔의 집 앞길 쪽으로 몰려가는 소리가 들렸다. 목제 문을 두드리는 소리도 들렸다. 미겔의 철문을 뚫고 들어가는 길을 찾아낸 그것들은 이제 현관문을 쾅쾅거리며 치고 있었다.

창문을 통해 미겔의 모습을 발견한 순간 내가 어떻게 해서 그의 마당으로 기어 내려갔는지 기억도 안 난다. 그는 아무 일도 아니라고 말했다. 자신이 차를 몰고 우리 집 문 앞에 나타나면 내가 깜짝 놀랄 거라 생각했다는 거다. 그래서 나를 태우고 떠날 생각으로 차를 타려던 것뿐이라고 변명했다. 하지만 그의 집 앞에 수십의 그것들이 있어서 성공하지 못했다는 것이다. 그것들은 미겔의 대문 안에까지 들어가 있었다.

"내가 두 놈을 해치웠지."

미겔이 씩 웃으면서 말했다. 이 지긋지긋한 녀석아. 네가 두 놈을 쏘는 소리를 듣고 집 밖에는 적어도 수십의 그것들이 몰려왔단 말이다.

미겔의 작업복은 여기저기 찢기고 피가 묻어 있었다. 그 괴물들이 그의 목을 잡으려고 했지만 그가 떼어 버렸을 뿐 아니라 땀도 흘리지 않았으며, 그 피는 모두 '빌어먹을 그것들' 것이라고 했다. 안색이 몹시 창백했다. 그는 거짓말을 하고 있었다. 수년 동안 법원에서 재판을 하는 동안 나는 인류의 모든 단점을 배웠다. 그래서 진실을 말하지 않을 때 우리가 보이는 아무리 사소한 신호도 능숙하게 잡아낸다. 미겔은 무언가를 숨기고 있다. 그가 한 얘기보다 훨씬 더 많은 것을 숨기고 있었다.

지금은 부엌에서 수프 캔을 데우면서 작금의 상황에 대해 곰곰이 생각해 보는 중이다. 루쿨루스는 내 의자에서 새우잠을 자고 있다. 그게 마음에 걸린다. 아주 많이.

40
2월 1일 오전 10시 58분

어젯밤에 다시 흥청망청 술을 마신 탓에 지금 이 글을 쓰는 동안 그 값을 톡톡히 치르고 있다. 숙취 때문에 머리가 깨질 것같이 아프다. 전에는 술을 그리 즐기지 않았지만 큰 혼란이 일어난 이후부터 지독하게 술을 마셨다. 한 마디로 술독에 빠져 살았다. 그게 상책이지 않겠는가.

여러 날째 밤에 숙면을 취하지 못했다. 한쪽에는 스트레스를, 또 한쪽에는 불안감을 넣은 칵테일에 끊임없이 무자비하고 단조롭게 문 두드려대기 한 잔을 추가하면 흥분해서 어쩔 줄 모르게 되기 때문이다. 수면제를 먹어 볼까도 생각해 보았지만 나는 화학적으로 유도된 잠에 의구심을 갖고 있다. 만일 내가 발륨(항불안제의 상표명 ― 옮긴이)을 먹은 상태에서 그것들이 침입한다면 아무리 때려도 느끼지 못할 것이다. 나는 꼼짝없이 은접시에 담긴 멋지고 따뜻한 살아 있는 음식이 될 것이다. 그러니 발륨은 절대 사양한다.

음악을 들을까도 생각해 보았지만 그것들 소리가 들리지 않을 만 큰 볼륨을 높이면 집 앞에 수백의 그것들이 몰려들 것이다. 마치 빌어먹을 피리 부는 사람처럼. 그러니 이 방법은 안 된다. 헤드폰을 써 보았지만 그리 오래는 하고 있을 수 없었다. 매순간 그것들이 철문을 부수고 나를 찾으러 계단을 기어 올라오는 소리가 들리는 것 같았기 때문이다. 밤에 침대에 누워 있다가도 헤드폰을 벗어던지고 벌벌 떨면서 사용법도 잘 모르는 권총을 거머쥐었다. 점점 피해망상에 사로잡히는 것 같았다. 곧 무슨 수를 쓰지 않으면 완전히 미쳐 버릴 것이다.

어제 이후 세 가지 일이 일어났다. 하나는 좋은 일이고, 또 하나는 보통 일이고, 또 하나는 안 좋은 일이었다. 좋은 일은, 이 불운한 나날을 보내는 동안 초단파 무전기를 장난삼아 만지며 다이얼을 이리저리 돌릴 때 갑자기 신호가 잡혔다는 것이다. 자주 끊기고 약하기는 했지만 분명히 인간의 목소리였다. 너무 기쁜 나머지 벌떡 일어나 루쿨루스를 얼마나 세게 껴안았는지 고양이는 하루 종일 내 얼굴만 쳐다보았다. 그 신호는 뉴스와 주의보를 방송하는 국군 방송국에서 나온 것이었다. 그들이 아직 카나리아 제도를 통제하고 있는 것이 분명하다. 정부와 왕실은 이미 거기로 피난 간 상태였다. 국왕의 메시지도 들었다. 방송이 자주 끊겨 국왕이 하는 말을 다 알아듣지는 못했지만, 그가 진짜 국왕이라고 믿을 수는 없었다.

카나리아 제도는 반도에서 온 피난민들로 발 디딜 틈도 없이 꽉 찼다고 한다. 그들은 연료와 음식, 물이 모두 부족해서 다른 사람들이 오는 것을 극도로 꺼렸다. 군부대는 카나리아 제도로 들어오려는 모든 보트와 항공기를 다른 곳으로 우회시켰다. 개만도 못한 놈들! 그들은 자기들이 탄 구명정에 오르려는 사람들을 노로 때려서 밀어 냈던 영화 「타이타닉」의 생존자들과 하나도 다를 바 없었다. 그들은 구명정에 조신하게 앉아 사람들이 너무 많이 타면 배가 뒤집혀서 가라앉을까봐 걱정하고 있었다. 그들은 점잖게, 하지만 단호하게 우리에게 말한다.

"엿이나 먹어라!

이보게들, 우리는 단지 살아남으려고 이러는 거야."

어쨌든 내가 지구상에 남은 유일한 생존자가 아니라는 사실은 나에게 큰 위안이 되었다. 이제는 그것들을 물리칠 수도 있다! 카나리아 제도가 안전하다면 다른 데에도 사람과 음식, 대화, 열기 그리고 뜨거운 물이 있는 곳이 있을 것이다. 뜨거운 물에 목욕만 할 수 있다면 무슨 짓이라도 할 것 같다.

52개의 지역 군대는 이미 40개로 감축시켜 지금은 4개의 주력 부대로 통합된 상태였다. 가공할 만한 수의 병사들이 희생되어 병력도 형편없이 감소되었다. 비닐에 싸인 채 내 현관에 누워 있는 가엾은 군인도 그 증거라 할 수 있다. 탈영하거나 '실종된' 부대가 수십 개도 넘었다. 물자도, 간신히 살아남은 소수의 안전한 하늘을 방어할 수 있을 정도만 남아 있다. 하지만 얼마나 버틸 수 있을지는 알 수 없다. 아마도 마지막 탄알이 떨어질 때까지……. 전망은 어둡기만 했다.

오늘도 남서쪽, 시내 중심가와 라 코루냐로 가는 도로 사이 어디쯤에서 총소리가 들렸다. 동이 틀 무렵이었다. 한동안 소총 소리가 나더니 뒤를 이어 돌격용 기관단총이 불을 뿜었다. 한 시간 반 정도 지나자 돌연 총소리가 멈췄다. 총으로 쏘아 맞힐 사람이 더 이상 없거나 총을 쏠 사람이 하나도 남지 않았거나, 둘 중 하나였다. 이제는 나쁜 일이랄 것도 없는 일이다.

나쁜 일은, 스물네 시간 동안 지긋지긋한 뒷집에서 아무 소리도 들지 못했다는 것이다. 담 너머로 불러 보았지만 아무런 대답이 없었다. 나의 고양이 루쿨루스와 불구대천지 원수인 그의 악마 같은 못생긴 똥개는 대개 루쿨루스가 몰래 넘어오기를 기다리며 담장 주위를 어슬렁거린다. 한 시간 전 그 집에서 소름 끼칠 만큼 끔찍한 비명 소리가 들렸는데, 누군가가 그 불쌍한 개를 죽이는 소리 같았다. 그 뒤 비명 소리는 더 이상 들리지 않았다. 바로 전에 담장 너머를 살짝 엿보았다. 개도 개주인도 보이지 않았다. 미겔이 뒷마당에 쌓아 놓은 나무 기둥만이 거기서 무슨 일이 있었는지를 아는 유일한 목격자였다. 그게 무슨 일이든 결코 알고 싶지 않다.

41
2월 1일 오후 9시

머피의 법칙에 따르면, 추호라도 잘못될 가능성이 있는 일은 어김없이 벌어진다고 한다. 이 책을 쓴 얼간이는 지금쯤 자기 말이 맞았다고 쾌재를 부르고 있을 것이다. 그자가 아직 살아 있다면 말이지만. 요즘 같은 때에 머피의 법칙을 들먹였다간 낭패를 당하기 십상이다. '살아 있지 않음'의 이 새로운 세계에서는 모두들 실낱 같은 희망이라도 잡아 어떻게든 살아남기 위해 발버둥치고 있기 때문이다.

아침부터 정원 담에 기대어 작은 소리로 바보 같은 뒷집 사람을 불러 보았다가 포기했다. 다시 집 안으로 들어왔지만 마음이 영 편치가 않다. 미겔에게 무슨 일이라도 생겼으면 어쩌지? 계단에서 넘어졌거나 욕조에서 미끄러져 넘어졌거나 그 바보 같은 녀석이 당했을 법한 모든 경우의 수를 떠올려 보았다. 커피를 마시면서도 그가 정신착란 상태에 빠졌을 때 사고가 났을지도 모른다는 생각이 사라지질 않았다. 하지만 수상한 그의 행동이 떠오르자 이내 그 생각을 깨끗이 씻어 버렸다. 그는 끝내 진실을 말하지 않으려 했던 것일까? 피투성이가 된 그를 보았을 때 그가 뭔가를 숨기고 있다는 생각이 들었다. 그 바보가 그처럼 중요한 사고에 대해 거짓말을 하려 했던 건 아닐까? 그런 일은 생각조차 하기 싫다.

상식에 어긋나는 미겔의 행동은 내게도 문제를 일으킬 수 있다. 하지만 그는 내 주위에 살아 있는 유일한 사람이 아닌가. 더욱이 내가 울타리 기둥을 달라고 부탁했을 때 흔쾌히 주지 않았던가. 그에게 빚을 갚아야 한다. 죽음과 혼란으로 황폐해진 도시를 뚫고 지금은 없어져 버렸을지도 모르는 보트를 타러 감으로써 그 빚을 갚게 되리라고는 꿈에도 생각지 못했지만 말이다.

참으로 어리석은 계획이었지만 미겔은 그 생각에 골똘히 사로잡혀 있었다. 내가 같이 가려 하지 않자 그는 혼자서 시도했다. 그리고 모퉁이를 돌기도 전에 실패했다.

하지만 혼자 남는 것은 죽기보다 싫다. 너무 두려워 미쳐 버릴 것 같다.

아마도 미겔은 마약에 취해서 제정신이 아닐 것이다. 최근에 그는 상습적으로 마약을 하고 있었다. 아마도 한 번에 너무 많이 했거나 판매업자가 그에게 준 약에 치명적인 뭔가가 들어 있었을지도 모른다. 나는 점점 상상 속으로 빨려 들어가 그의 모습을 그려 보았다. 내가 20미터밖에 안 되는 곳에서 사타구니나 긁고 있는 동안 그는 우스꽝스러운 멜빵바지를 입은 채 부엌 바닥에 누워 코로 피를 흘리면서 죽어 가고 있는 것이다. 커피잔을 싱크대에 내려놓은 뒤 부리나케 뒷마당으로 나갔다.

창고로 가서 수면 깊이 잠수할 때 다시 떠오르기 위해 사용하는 밧줄을 꺼내 왔다. 그 밧줄에는 45센티미터마다 튼튼한 매듭이 있어서 수심을 잴 때 유용하다. 또한 매듭이 있어야 천천히 수면으로 떠올라 수압을 줄일 수 있다.

이제 그 밧줄을 미겔의 마당으로 살짝 던져 넣을 것이다. 한쪽 끝은 바비큐 화덕 굴뚝에 잡아맨 뒤 담 너머 이웃집 마당으로 밧줄을 풀어 넣었다. 바깥은 살을 엘 듯이 추웠다. 그의 잔디밭에는 부드러운 담요처럼 서리가 덮여 있었고, 마당 여기저기 나무기둥들이 세워져 있었다. 그것들이 끊임없이 두드리고 끙끙거리는 소리 말고는 주변이 너무도 고요했다. 단번에 사다리를 타고 담장 끝으로 올라가 굵은 가로대 위에서 몸을 돌린 뒤 살금살금 이웃집 마당으로 내려갔다.

미겔의 마당에 내려서자마자 내가 스웨터와 청바지만 입었다는 것이 생각났다. 게다가 무기라곤 주머니에 있는 전선 절단기 몇 개뿐이었다. 좋아. 준비 한번 끝내주게 했구나……. 쓸 만한 장비를 가지러 막 돌아선 순간 집 안에서 살랑살랑 옷 스치는 소리가 났다. 만약 내가 잠수복을 입은 채 작살총을 들고 나타났는데, 소파에 누워 맥주를 마시며 헤드폰을 끼고 음악을 듣고 있는 그를 발견한다면 얼마나 우스꽝스러울까. 아니다, 그럴 수는 없다. 결국 나는 내 자존심을 지켰다.

미겔의 마당을 가로질러 아직 마무리가 덜 된 테라스를 향해 조심스럽게 걸어갔다. 톱밥과 유약 냄새가 코를 찔렀고, 공구들과 빈 페인

트통이 여기저기에 흩어져 있었다. 집 안은 어둠침침했다. 숨죽인 채 뒷문을 살살 두드리며 그를 불렀다. 아무 반응도 없었다. 하지만 내가 손잡이를 잡은 순간 큰 혼란이 일어났다.

내 왼쪽에 있는 유리창이 쨍그랑 깨지면서 그것의 양팔과 머리가 튀어나왔다. 그것은 전에는 미겔이었지만 지금은 아니었다. 가엾은 멍텅구리. 그는 단지 '나를 깜짝 놀래 주고' 싶었던 것뿐이었는데, 빌어먹을 그것들이 그를 물어 버린 것이다.

이제 미겔은 제정신이 아니었다. 설상가상으로 그는 나를 물려 하고 있다. 나는 쏜살같이 담장을 향해 뛰었다. 나무기둥에 발목을 부딪친 것 같다. 발목이 테니스공만큼 부풀어 올랐다. 담장 앞에 도착해 뒤를 돌아보니 미겔이 창밖으로 나오려고 몸부림치고 있었다. 스스로 제 몸을 잘라낸 것이 틀림없다. 감염된 검은 피가 왼쪽 팔을 따라 흘러내리며 옷을 적시고 있다. 마치 최면에 걸린 것처럼 나는 그 자리에 우두커니 서 있었다. 그가 집에서 빠져나와 나를 향해 달려오는 것을 보자 그제야 제정신이 돌아왔다. 그것들은 겉으로는 느려 보이지만 실제로는 무척이나 빨랐다!

서둘러 밧줄을 타고 기어올랐다. 하지만 혹시라도 미끄러지면 죽을지도 모르는 상황에서는 그것은 결코 만만한 일이 아니었다. 더욱 나쁜 것은 그가 내 등 뒤까지 바짝 쫓아왔다는 것이다. 그가 내 부츠를 만진 것 같았다. 담 꼭대기까지 기어오른 뒤 그를 내려다보았다. 검붉은 자기 피로 뒤덮인 채 그는 거칠고 화난 얼굴로 나를 올려다보았다. 그는 그것들이 되었던 것이다.

집 안으로 들어가 HP 735 디지털 카메라를 집어 들었다. 오래된 것이긴 하지만 펜탁스 렌즈를 사용한 성능 좋은 카메라였다. 담 너머에서 울부짖는 그것의 사진을 한두 장 찍어서 더 이상 위험에 빠지지 않도록 나중에 두고두고 연구할 생각이다.

지금은 부엌에서 노트북으로 그 사진들을 보고 있다. 미겔이 벽을 긁고 두드리는 소리가 들린다. 어떻게든 그를 처리해야 할 텐데 묘안이 떠오르지를 않는다. 마음을 정해야 한다. 내일.

42
2월 2일 오후 7시 54분

내 담장을 긁고 있는 그것을 어떻게 해야 할지 하루 종일 골똘히 생각해 보았다. 결정을 내리기가 갈수록 힘들다. 다른 사람들이었다면 미겔의 고통을 끝내 주었을 것이다. 그가 고통을 겪고 있었더라면 말이지만.

미겔은 자기가 무엇인지 알고 있을까? 나와 같은 방법으로 현실을 인식하는 것일까? 그것들도 생각을 하고 감정을 느낄까? 그것들의 옛 자아 가운데 남아 있는 것이 있을까? 그것들이 죽었다가 다시 살아날 때 그 영혼도 완전히 없어지는 걸까? 전생의 일 가운데 기억나는 것이 있을까? 그것들도 잠을 자거나 꿈을 꿀까? 제기랄, 내가 그 포식자들에 대해 아는 것이라곤 그것들이 나를 붙잡고 싶어 한다는 것뿐이다. 다른 모든 사람처럼 나는 그것들의 먹잇감에 불과하다.

그걸 알면서도 미겔을 어떻게 해야 할지 마음을 정하기가 힘들다. 내가 아는 사람이기 때문이다. 그는 나의 이웃이다. 빌어먹을. 지독한 머저리긴 하지만 강철 작살을 그의 머리에 꽂는다는 것은 상상도 할 수 없는 일이다. 나는 살인자가 아니다.

세 시간 동안 진 반병을 마시고 나서야 미겔의 인생을 끝장낼 수 있는 용기가 생겼다. 그가 고함치는 소리 때문에 미칠 것 같았다. 더구나 그것 때문에 형세가 일변했다. 집 안 어디에 있어도 그 소리가 쉼 없이 들렸기 때문이다. 끊임없이 내 피를 요구하는 그 목소리 때문에 괴로워 죽을 지경이었다. 나는 점점 비정상적일 만큼 흥분했다.

술에 취해 광포해진 나는 작살 하나를 집어 들었다. 세 번 만에야 작살을 장전하는 데 성공했다. 비틀거리며 사다리를 타고 담장 꼭대기로 올라가 고개를 내밀어 보았다. 나를 보자마자 그것은 나를 잡으려고 양팔을 뻗으며 훨씬 더 큰 소리를 질렀다. 나와의 거리는 겨우 2미터밖에 안 되었다. 아무리 많이 취한 상태라도 충분히 맞힐 수 있는 거리다. 방아쇠를 당기자 날카로운 금속성의 소리를 내며 작살이 날아갔다. 탁 하는 소리와 함께 작살이 미겔의 오른쪽 눈썹 위를 꿰뚫었다. 그가 놀라서(또는 안도감으로?) 얼굴을 찡그리며 부대자루처럼 쓰러졌다.

그러자 봇물 터지듯 감정이 폭발했다. 나는 미친 듯이 웃기 시작했다. 도저히 멈출 수가 없었다. 두 뺨 위로 굵은 눈물이 흘러내렸다. 일 분 뒤 아직도 작살총을 손에 든 채 담장에 기대 눈이 붓도록 실컷 울었다. 나는 정원 담장 꼭대기에서 내 이웃을 살해했고, 그의 머리에 쇠창을 꽂았다. 바로 하루 전만 해도 그의 썰렁한 농담을 받아 주며 함께 계획을 세우고 있었는데 말이다. 그런데 이제 내가 그를 살해한 것이다. 말도 안 된다. 너무 외로웠다. 이런 상태가 계속되면 미치고야 말 것이다.

밧줄을 타고 미겔의 마당으로 내려가 그의 시신 옆으로 다가갔다. 어제 다친 발목에 몸무게가 실리는 순간 극도의 고통이 밀려왔다. 하느님 맙소사, 발을 다친 모양이다! 부디 뼈가 부러진 것이 아니라 살짝 삔 것이면 좋으련만! 목재더미가 있는 곳으로 가서 두꺼운 고무 방수천을 집어 왔다. 그러고는 마당 한구석으로 시신을 끌고 가 방수천으로 덮어 놓았다. 그를 묻어 주어야 한다. 그를 위해 기도해 주어야 한다. 빌어먹을, 내가 아직도 신자인지 믿을 수가 없다.

한동안 미겔의 집을 살펴보았다. 뒷문은 아직 닫혀 있고, 미겔이 빠져나온 유리창은 산산이 부서졌다. 깨진 유리조각과 핏덩어리가 땅바닥에 뒤덮여 있다. 피로 물든 커튼이 눈에 띄었다. 온 집안이 어둡고 고요했다. 그리고 텅 비어 있었다.

집 안으로 들어가야만 한다. 나도 그것을 알고 있다. 안에 또 다른 그것들이 없는지, 나무문을 아직도 버팀대가 받치고 있는지 확인해야 한다. 내게 가장 필요치 않은 것은 그 집 뒷마당에 있는 수십의 괴물들이었다.

그때 미겔이 제약회사 직원이었다는 것이 생각났다. 틀림없이 집 안 어딘가에 많은 샘플과 진통제가 있을 것이다. 무엇보다 중요한 것은 그 집이 반대쪽 길을 향하고 있다는 것이다. 필시 그쪽으로 나가는 길이 있을 것이다.

한밤중이라 어둠이 모든 것을 가려 주고 있어서 집 안으로 손쉽게 들어갈 수 있었지만, 그의 집에는 전기가 들어오지 않았다. 술에 취한 채 잠수복도 입지 않고 어둠 속에서 사자 우리로 들어갈 생각은 추호도 없었다. 절대로 안 된다. 그 일은 내일로 미루어야겠다.

다시 밧줄을 잡고 기어올라 집으로 돌아왔다. 이제는 술이 깨어

끝도 없이 대문을 두드리는 소리를 들으며 어둠 속에서 소파에 누워 있다. 가슴이 무지근해지면서 숙취가 몰려왔다. 잠을 좀 자 두어야겠다. 내일은 그 집으로 들어가 대책을 찾아내야 한다. 이제 이곳에서 벗어날 때가 된 것이다.

43
2월 3일 오후 5시 7분

지금 뒷마당에 있는 해먹에 걸터앉아 있다. 차가운 겨울 태양의 마지막 햇살이 내 뼈를 살짝 덥혀 주면서 이 작은 풀밭에 떨어지고 있다. 루쿨루스가 그게 뭐든 고양이들이 꾸는 꿈을 꾸면서 만족스러운 얼굴로 내 무릎에 앉아 자고 있다. 몇 주 만에 가장 평화로운 시간이다. 정말이다. 대문 앞에서 울부짖으며 두드리는 그것들만 없었다면 평범하기 이를 데 없는 한가로운 일요일 오후라고 생각했을 것이다. 핫 초콜릿을 만들고 영화를 보고 싶다. 불행히도 오늘은 일요일 오후가 아니며, 내 이웃들은 나를 죽이려고 안달이 난 저 밖의 언데드들 속에 있다. 더욱이 우유가 떨어진 지도 2주가 지났다. 이게 무슨 꼴이람.

해가 중천에 떠오를 때까지 정신없이 자고 일어나니 숙취가 좀 가라앉았다. 침대에서 일어나 진한 커피 두 잔과 캔에서 꺼내 마요네즈로 버무린 콩 한 접시로 제왕의 아침 밥상을 차렸다. 지난 며칠 동안 내가 먹은 음식은 한결같았다.

오늘 몇 가지 문제를 해결해야 한다. 먼저 문 앞에 있는 군인의 시신을 처리해야 한다. 너무 부패해서 참을 수 없을 만큼 지독한 냄새가 나기 시작했기 때문이다. 뭔가 조치를 취하지 않으면 내가 병이 날 수도 있다.

루쿨루스를 일단 이층 침실에 가두었다. 그 고양이가 시신 위로 뛰어오른 뒤 제 발바닥을 핥았기만을 바랄 뿐이다. 구역질을 참으며 비닐로 싸놓은 시신을 끌고 뒷마당으로 갔다. 응접실과 복도, 거실에 그것이 남긴 냄새는 말로 표현할 수 없을 만큼 지독했다. 나는 잔디 깎는 기계에서 휘발유를 꺼내 시신에 붓고 불을 붙이는 방법을 고려해 보았다. 하지만 너무 끔찍해서 생각을 바꾸었다. 그것들이 냄새를 맡을 수 있는지도 모르고 얼마나 잘 볼 수 있는지도 모른다. 만약 그것들이 볼 수 있다면 청명한 푸른 하늘에 연기 기둥이 모락모락 피어오르면 떼를 지어 이곳으로 몰려들 게 뻔하다. 그러니 남은 방법은 뒷마당에 묻어 주는 것뿐이다.

모든 걸 단념하고 바비큐 화덕 옆 마당 한구석에 작은 무덤을 파기 시작했다. 흙은 부드러운 진흙이라서 땅을 파기는 쉬웠다. 정원에서 찾은 유일한 도구인 삽으로 땅을 판 뒤 시신을 무덤에 밀어 넣고 흙으로 덮었다. 그런 다음 땀투성이의 더러운 몰골로 무덤 옆에 주저앉았다. 담배를 붙여 물고 이 얄궂은 상황에 대해 찬찬히 생각해 보았다. 내 뒷마당에 파묻은 이 초라한 무덤은, 몇 주 동안 계속된 영결식 중 최고라 할 것이다. 어쩌면 유일한.

담배꽁초를 땅바닥에 던지고 집 안으로 다시 들어왔다. 몸서리를 치며 얼어붙을 듯 차가운 물로 얼굴과 손을 깨끗이 씻은 뒤 루쿨루스의 먹이와 내 밥을 준비했다. 오늘은 식단에 통조림이 더 많아졌다.

내게는 정어리 통조림밖에 남아 있는 게 없기 때문이다. 그 얼빠진 고양이는 이제 정어리만 보면 진저리를 친다.

오늘 치러야 할 가장 힘겨운 과업을 위한 모든 준비를 끝마쳤다. 끙끙거리며 잠수복을 입은 뒤 작살총을 확인했다. 작살은 겨우 세 개만 남았다. 네 번째 작살은 나의 운 나쁜 이웃의 머리에 박혀 있다. 우산 손잡이도 잃어버렸다. 괴물 하나를 죽일 때 길가에 내버리고 왔기 때문이다. 이제 그 군인의 총이 나의 마지막 보루였다.

글록 권총을 손에 들자 어마어마하게 크고 위험해 보였다. 아직 사용법은 잘 모르지만 적어도 그 부품은 알아볼 수 있다. 방아쇠, 안전장치, 탄창 배출 버튼 등등. 총알이 장전되어 있지만 사용해 볼 생각은 추호도 없다. 그것들이 소리를 들을 때 어떤 짓을 하는지 똑똑히 알기 때문이다. 만약 내가 총을 쏘면 서너 놈은 없애겠지만 그 소리를 듣고 몇 분 만에 수십 놈이 몰려들 테니까. 다음을 위해 보관해 두어야겠다.

내가 아는 모든 기도문을 다 외운 뒤 다시 사다리를 타고 올라가 담장을 넘어 천천히 미겔의 뒷마당으로 내려갔다. 모든 게 내가 해둔 대로였다. 그의 시신은 비닐에 싸인 채 회색빛 쓰레기 더미처럼 마당 한구석을 차지하고 있었다. 조심스럽게 다가가 작살을 힘껏 잡아당겨 그의 머리에서 빼내었다. 이번에는 토하지 않는 걸 보면 나도 많이 냉담해진 것 같다. 재미있는 일이다. 내가 살아남는다면 사이코패스의 교과서가 되고도 남을 것이다.

작살을 풀밭에 내려놓은 뒤 조심스럽게 그 집 쪽으로 걸어갔다. 아직 어둡고 조용했다. 손잡이를 잡고 돌려 보았다. 예상대로 문은 잠겨 있었다. 어제 미겔이 나온 방법대로 나도 창문으로 들어가야 할 것 같다. 피가 묻은 유리조각에 베이지 않도록 조심하며 안으로 들어갔다. 끔찍한 정경이었다. 빌어먹을 개 또는 개의 것으로 추정되는 살점이 조각조각 찢긴 채 한쪽 구석에 처박혀 있었다. 늑대에게 공격 받기라도 한 듯한 모습이었다. 그 개는 주인이 걱정되어 죽어 가는 그에게 다가갔을 것이다. 하지만 그 결과는 무자비한 포식자로 돌변한 주인에게 순식간에 찢겨 죽는 참담한 것이었다. 인생은 개 같은 것이다.

서둘러 집 안을 살펴보았다. 같은 실수는 두 번 다시 저지르지 않을 것이다. 집은 텅 비었고 안전했다. 괴물들은 하나도 들어오지 못했다. 현관문은 장갑판으로 만들어서 그것들이 수세기 동안 두드려도 꿈쩍도 안 할 것 같다. 이층으로 올라가 창밖을 내다보았다. 도로가 한눈에 들어왔다. 바로 앞에 자동차 두 대가 서 있었는데, 하나는 배달용 밴으로, 양옆에 미겔이 다니던 회사 로고가 붙어 있다. 또 하나는 미겔의 메르세데스로, 운전석 쪽 문이 열려 있다. 의자 커버에는 피가 묻어 있고, 자동차 옆에는 시체 한 구가 뒹굴고 있다. 또 하나는 그리 멀지 않은, 대문과 자동차 사이 중간쯤에 누워 있다. 미겔은 그들과 접촉한 게 틀림없다. 그 대가로 목숨을 내놓아야 했던 것이리라.

집 안을 샅샅이 뒤지고 나자 안도의 한숨이 나왔다. 이제 나의 영역은 두 배가 된 것이다. 더구나 그 길에는 뭔가 흥미진진한 일이 일어날 가능성이 엿보였다. 그 길로는 밖으로 나갈 수 있을지도 모른다.

탁자에서 강한 성분의 진통제 상자를 집어 들고 집으로 돌아왔다. 곧 어두워질 텐데 손전등을 가져오지 않았다. 어둠 속에서 낯선 집을 어슬렁거리는 것은 정말 싫다. 내일 마음껏 찾아볼 수 있을 때 다시 가야겠다. 그때까지 충분히 시간을 두고 대책을 강구해야 한다.

44
2월 6일 오후 5시 57분

　며칠 만에 모처럼 자리에 앉아 일기를 쓴다. 감정이 너무 메말라졌다. 괴물들은 여전히 느리고 꾸준하게 두드리고 있다. 그래 봐야 문을 부술 수는 없지만 내 신경을 산산이 흩뜨리고 있다. 게다가 이곳에 더 머물다가는 안전할지는 몰라도 식량이 동 날 것이다. 그리고 나는 미쳐 버릴 테고. 뭔가 대책을 마련해야 한다. 조속히.

　무엇보다 정신건강을 위해 이곳을 떠나야 한다. 인간은 사회적 동물이므로 다른 사람들과 교류를 해야 한다. 내 이웃을 제외하면 몇 주 동안 다른 사람과 한 마디도 해 보지 못했다. 이 일기에 마음을 털어놓는 것은 치료 효과가 있어서 울분을 푸는 데 도움이 된다. 하지만 물론 충분치는 않다. 그래서 루쿨루스가 마치 사람인 것처럼 그 녀석에게 말을 건다. 최근 우리의 '대화'는 너무 잦아졌다. 내가 떠나야 할 또 하나의 신호다.

　태양 전지판과 지하실에 있는 축전지를 사용하는 방법이 잘못된 것 같다. 이것은 정전 때나 전력이 떨어졌을 때 몇 시간 동안만 사용할 수 있도록 만들어진 것이라 하루 종일 전류가 흐르게 해서는 안 된다. 그러니 시스템에 과부하가 걸린 것은 어쩌면 당연한 일인지도 모른다. 토요일 정오에 부엌 전등을 켠 채 전자레인지를 켜고 동시에 화로로 뭔가를 데우고 있었다. 큰일 날 일인데 그만 방심한 것이다.

　우리는 전기의 고마움을 너무 당연하게 생각한다. 내가 전기를 너무 많이 쓰는 바람에 지하실에 비축된 전기가 점점 줄어들고 있다는 것을 깜박 잊었다. 밤새도록 수돗물을 데우느라 축전지가 많이 닳아 버린 것이다. 전력이 낮아진 상태라 전자레인지를 켜자 과열되어 불에 타버렸다……. 지하실에 있는 냉장고 두 대의 모터도 타버렸다. 당장 냉동식품들이 모두 녹아 버렸다. 그나마 쓸 만한 것으로 배를 채울 생각은 하지도 못하고 음식물을 모두 시체 옆에 묻어 버렸다.

이제 상황은 훨씬 더 심각해졌다. 이웃집의 식품 저장실에서는 특별한 것은 찾을 수 없었고, 통조림 몇 개, 파스타, 곰팡내 나는 감자 900그램, 가루 수프 수십 다발, 냉동 건조 커피 크리머, 작은 쌀알 등이 전부였다. 가루음식의 유일한 장점은 가벼워서 배낭에 넣고 다니기 편하다는 것이다. 하지만 영양가가 어떨지는 의심스럽고 나는 체력을 보강할 필요가 있다. '맛있는' 향내는 그만두더라도…….

그 집에서는 그리 많은 것은 찾지 못했다. 무기라고는 2연발 사발라 산탄총 말고는 이렇다 할 게 없었다. 탄약은 납으로 만든 탄알밖에 찾지 못했다. 그것으로는 아무리 가까운 데서 쏘아도 두개골을 꿰뚫을 수 없다. 따라서 목표물에 아주 가까이 다가가야 하는데, 그 정도 거리는 너무 위험했다. 미겔이 만약 뒷마당에 묻혀 있지 않았더라면 그것을 증명해 주었을 것이다. 산탄총은 소리도 엄청나게 컸다. 그래도 혹시 몰라서 산탄총과 탄알 열다섯 개를 집어 들었다. 무슨 일이 생길지 아무도 모르니까.

보트 열쇠를 찾으러 집 안을 이 잡듯이 뒤졌다. 여기를 떠날 때 무슨 일을 해야 할지 이렇다 할 생각이 떠오르지 않는다. 지금으로서는 무사히 이곳을 빠져나가는 것밖에는 아무 생각도 나지 않는다. 그 다음에 무엇을 할지는 나도 모르겠다. 그 생각이 아무리 위험하고 아무리 오래 걸려도 보트 생각을 지울 수가 없다. 그때 열쇠가 어디 있는

지 떠올랐다. 가장 그럴듯한 곳이었다. 한숨을 쉬며 마당으로 다시 나가 미겔의 무덤을 파기 시작했다. 불과 네 시간 전에 그를 묻었더랬는데……. 이대로 가다가는 무덤 파는 전문가가 될 것이다.

사람을 묻기도 힘들지만 사람을 파내기는 더 힘들다. 미겔의 모습이 조금씩 나타나기 시작했다. 먼저 손이 드러나고 그 다음엔 몸이…… 그리고 그 지독한 냄새가 뒤따라 나왔다. 그가 정말로 죽었다는 것을 알 수 있었다. 구역질을 참으면서 그의 바지주머니를 뒤져 보았다. 지갑과 하얀 가루 자루와 함께 열쇠가 있었다. 가엾은 친구. 바보 같은 녀석이지만 이런 식으로 끝날 만한 사람은 아니다. 어느 누구도 그런 취급을 받아서는 안 된다. 그를 다시 흙으로 덮어 준 뒤 그의 집으로 들어갔다. 내가 발견한 것 중 가장 좋은 것은 그가 물을 데울 때 사용하던 가스통이었다. 한 통은 아직 꽉 차 있었다. 20일 동안이나 뜨거운 물을 구경하지 못했기에 목욕이란 말이 꿈만 같았다. 욕조가 넘치도록 물을 가득 채운 뒤, 집에서 가져온 고급 와인병을 들고, 커다란 수증기 구름으로 일요일 오후를 흠뻑 적셨다. 나는 이런 대접을 받아 마땅한 사람이다. 하지만 다시 뜨거운 목욕을 하기까지는 아주 오랜 시간이 걸릴 것만 같다. 다음 몇 주 동안은 혹독한 시련과 싸워야 할 것이다. 그때까지 내가 살아 있다면 말이지만.

여기서 내가 산 채로 잡아먹히기 전에 정문을 지나갈 수 있는 묘책이 곧 떠오를 것 같다. 내 계획은 아직 구멍투성이였지만 그 정도는 충분히 해결할 수 있다. 거의 사흘 동안 휴식을 취하고, 충분히 먹고, 체력을 키웠다. 이제 행동할 때가 온 것이다.

45
2월 7일 오후 1시 12분

언제 돌아올지 기약이 없을 때 무엇을 가져갈지를 결정하는 것은 쉬운 일이 아니다. 갖고 가는 것에 목숨이 달려 있을 때는 훨씬 더 복잡해진다. 불필요한 것은 모두 빼버렸다. 결코 없어서는 안 될 생존 장비를 거실 바닥에 쌓아놓았다. 내게는 스쿠버다이빙할 때 사용하는 60리터짜리 방수 배낭이 있다. 아직도 물씬 풍기는 바다 냄새를 맡자 아내와 보낸 그 모든 즐거운 시간들이 떠오른다. 침낭과 죽은 군인에게서 벗겨낸 무거운 코트도 있다. 노트북과 초단파 무전기, 옷가지 몇 점, 여분의 신발 그리고 미겔의 집에서 가져온 냉동건조 식품도 짐 속에 넣었다. 또한 모르핀과 항생제, 마취약이 든 군용 구급상자와 신선한 물이 든 5리터짜리 물통, 작은 세면용품통, 차마 두고 갈 수 없는 사진들, 공책과 펜 몇 개, 카메라 그리고 집에 있는 모든 건전지도 꾸려 넣었다. 배낭은 꼭대기까지 꽉꽉 찼다. 배낭에 매달린 작은 자루에는 글록 권총과 사발라 탄약, 손전등 두 개를 넣었다. 손전등 하나에는 크세논(희유(稀有) 가스 원소; 기호 Xe, 원자 번호 54 — 옮긴이)이 가득 들었다. 밤에 다이빙할 때 즐겨 사용하던 것이다. 건전지를 많이 먹긴 하지만 등대처럼 아주 밝다. 짐은 거의 1톤은 될 것 같다.

그 무거운 짐을 지고 달팽이처럼 느릿느릿 걸어갔다. 이 모든 걸 탈출용 자동차까지 옮겨야 한다. 살아남기 위해서는 신속성이 가장 중요하다는 것은 알지만, 짐들은 어느 것 하나 버릴 게 없다. 설상가상으로 자동소총과 권총, 가슴에 찬 작살총 말고도 겁에 질린 페르시아 고양이의 캐리어까지 날라야 한다. 게다가 그 괴물들을 만나면 오직 한 손으로 대적해야 한다. 곤란한 일이다. 내가 한 떼의 그것들과 싸워 물리칠 가능성은 1퍼센트도 안 된다.

미젤의 집 앞길은 그것들로 가득 차 있다. 저번 날 총소리를 듣고 몰려온 이삼십의 그것들도 이리저리 서성거리고 있다. 내 창에서 바라본 광경은 역겨웠다. 끔찍한 상처를 입은 대략 삼십 개의 몸뚱이들이 피가 말라붙어 딱딱해진 옷을 입은 채 흔들거리며 무작정 거리를 배회하고 있다. 그중 소수는 우리 집 대문을 두드렸다. 나로서는 그 괴물들을 거리에서 몰아낼 방법이 없다. 그렇다면 미젤의 집 앞에 세워둔 자동차로는 갈 수 있을지도 모른다. 하지만 괴물들의 수가 너무 많을 뿐 아니라 너무 이리저리 흩어져 있어서 이번에는 뗑그렁거리는 곰인형 작전은 먹히지 않을 것 같다.

우리 집 앞길의 광경은 조금 달랐다. 창문으로 내다보니 집 주위를 떼 지어 몰려다니던 무리들 중 남아 있는 것은 넷뿐이었다. 대부분이 미젤이 총을 쏘던 날 그 소리를 듣고 그쪽 거리로 가버린 것이다. 참 얄궂은 일이다. 나는 그의 무의미한 죽음 덕분에 살아남을 수 있는 기회를 얻게 된 것이다. 앞길에 있는 몸뚱이 넷은 우리 집 정문 앞에 모여 있다. 그것들을 거기서 몰아낼 방법을 궁리해 내야 한다. 방법은 알고 있지만 기회는 단 한 번뿐이다. 실패하면 나는 끝장이다.

일단 짐을 모두 꾸린 뒤 문 옆 현관에 가방들을 모아 두었다. 루쿨루스는 신경이 예민해져서 한참동안 귀 뒤를 긁어 주며 달랜 뒤에야 캐리어 안으로 들어갔다. 루쿨루스는 캐리어를 무척 싫어했기에 늘 조수석에 앉혔다. 하지만 한 손으로 루쿨루스를 안은 채 그것들과 겨루는 것은 너무 큰 모험이다. 미안하다, 루쿨루스. 그것들이 나를 붙잡으면 너도 죽는 거야. 이 작은 친구야. 네가 도망갈 데가 어디 있니.

잠수복을 입고 총 세 개를 점검했다. 마지막으로 집을 한 바퀴 돌며 낯익은 모습들을 하나하나 둘러보았다. 다시는 못 볼지도 모른다. 이곳에는 내 인생 전체가 깃들어 있다. 나는 삼십 분 뒤에 살아 있으리라는 보장도 없이 미지의 운명을 향해 길을 떠난다. 미친 짓이다. 내 거실, 내 부엌, 내 서재(내가 정말 좋아하던 색은 한 번도 칠해 보지 못했다.), 내 작은 룸메이트가 긁어 파던 소파, 눈물 젖은 얼굴로 다락방에 올라가 한 바퀴 둘러보았다. 아내의 낡은 스웨터 하나를 집어 들었다. 그녀가 죽었을 때 유품을 모두 싸서 치워 두었는데, 이제 그것들과도 영원히 이별해야 한다.

눈물을 닦고 계획을 행동에 옮기기 위해 뒷마당으로 향했다. 다음에 일기를 쓸 때 내가 겪은 일을 자세히 써야겠다. 만일 더 이상 쓰지 못한다면…… 음, 일이 잘못되면 필경 잠수복을 입은 채 시내를 걸어 다니는 새로운 언데드가 나타날 것이다. 하지만 싸워 보지도 않고 굴복할 수는 없다. 두렵기 그지없다. 하지만 난 마음을 정했다.

46
2월 7일 오후 9시 1분

나는 살아 있다. 지치고 두려움에 떨고 몹시 놀랐지만 그래도 살아 있다. 루쿨루스도 어쩌면 나보다 더 잘 지내고 있다. 우리는 매우 안전한 은신처에 머물고 있다. 오는 길에 몇 가지 물건을 잃어버리긴 했지만, 여전히 전투준비 완료다. 신이시여, 저 밖에는 수천의 그것들이 있습니다. 지금 당장 그 모든 일에 대해 기록해야 하지만 나는 너무도 지쳤다. 충분히 휴식을 취한 뒤 며칠 뒤에 써야겠다.

오늘 내 생애 처음으로 총을 쏘았다. 하지만 결코 마지막 사격이 되지는 않을 것이다.

47
2월 8일 오후 12시 39분

갈리시아의 겨울 햇살은 온기가 별로 없다. 그래서 사람들은 햇살이 약하다고 말한다. 부드러운 겨울 햇살은 오늘처럼 얼어붙을 듯 차가운 아침에는 그리 강하진 않지만 적어도 뼈를 녹이는 데는 조금 도움이 된다. 어쨌든 없는 것보다는 낫다. 루쿨루스와 나는 우리의 여행이 성공하기를 기원하며 작은 임시 거처의 지붕 위에 누워 있다. 스스로 데워지는 군용 캔에서 꺼낸 콩으로 아침식사를 하고 있으려니 어제 겪은 끔찍한 하루가 주마등처럼 머릿속으로 스쳐간다.

믿을 수 없을 만큼 끔찍한 날이었다. 그런데도 나는 지난 수주일보다 지금 더 살아 있다는 것이 실감난다. 담을 넘어 뒷집 마당으로 내려갔을 때까지도 내 계획에 그리 자신이 없었다. 계획에 대해 곰곰이 생각할수록 더욱더 의구심이 커졌다. 그렇다고 되돌릴 수는 없었다. 미겔의 마당을 가로질러 칠흑 같은 그의 집으로 들어갔다. 내가 이쪽에 있는 것을 어떻게 알았는지 그것들은 흥분해서 미친 듯이 날뛰고 있었다. 심지어 그중 두 놈은 대문을 뚫고 들어와서 나무판자로 막아 놓은 일층 창문을 두드렸다. 귀가 먹먹할 만큼 시끄러웠다. 조심스럽게 계단을 올라가 침실 창문을 열었다. 그들은 결코 위에 있는 나를 올려다보지 못할 것이다. 아래쪽에는 미겔의 배달용 밴이 집 바로 앞에 세워져 있었다. 그는 자기는 마약을 취급하지 않는데도 아편쟁이들이 이른바 데이트 강간에 사용되는 암페타민이나 로히프놀을 찾으러 차에 침입했다고 몇 번인가 투덜거리더니 마침내 밴에 강력한 경보기를 달았다. 그가 실수로 그것을 건드리는 바람에 한밤중에 여러 번 잠이 깨곤 했다. 나는 그것들이 그 경적 소리에 어떻게 반응하는지 알고 싶었다.

사발라 산탄총을 잡고 카트리지 두 개를 장전한 뒤 조용히 밴을 겨냥했다. 창문 아래에 몰려 있는 것들은 내가 바로 위에 있는 줄도 모르고 계속 문을 두드리고 있었다.

총을 쏘았다.

산탄총의 총성은 자동차 앞 유리가 수백만 조각으로 산산조각 나는 소리와 합쳐져서 대포 소리처럼 고요한 아침 하늘을 뒤흔들어 놓았다.

그 즉시 경보가 작동하면서 경적 소리와 섬광등, 끊임없이 계속되는 시끄러운 경보음이 울려 퍼졌다. 그놈들은 즉시 반응을 보였다. 거의 대부분이 밴을 둘러싸고 흔들기 시작했다. 몇 놈이 창문으로 나를 보고는 아래로 몰려와 흐릿한 눈에 증오심을 담은 채 팔을 뻗었다.

거기까지는 좋았다. 서둘러 마당으로 다시 내려왔다. 시간이 얼마 없었다. 총소리와 경보음을 듣고 반경 2킬로미터 내의 모든 괴물들이 단 몇 분 만에 이 지역으로 몰려들 것이고, 이곳도 삽시간에 위험지대가 될 것이다. 나는 원숭이처럼 날쌔게 사다리를 타고 내려가 우리 집 마당으로 돌아왔다. 가엾은 발목에 몸무게가 실리자 칼로 찌르는 듯한 고통이 다리는 물론 눈까지 올라왔다. 눈앞이 캄캄해서 거의 기절할 뻔했다. 그렇다고 멈출 수는 없다. 서둘러 이층 침실로 올라가 재빨리 바깥을 둘러보았다.

안도의 한숨이 저절로 나왔다. 계획대로 되고 있었다. 앞길에 있던 돌연변이 셋이 밴 쪽으로 휘청거리며 다가가고 있었다. 그것들은 불을 보고 달려드는 나방처럼 쾅쾅거리는 소리를 따라 쫓아갔다. 무슨 이유인지 마지막 한 놈은 길 끝에 있는 둑을 넘으려는 것 같았다. 아마도 떨어지겠지만 그건 아무 상관없다. 내가 차를 타러 가는 것을 막기에는 너무 멀리 있었으니까.

숨을 헐떡이며 응접실로 달려가 배낭을 등에 메고 작살총과 작은 자루를 어깨에 찼다. 그런 뒤 대문을 받치고 있던 나무 기둥을 넘어뜨리고 고개를 내밀어 보았다. 방해꾼은 없었다. 한 달 동안 두 번째로 밖으로 나오는 모험을 감행했다. 이번에는 여행을 위한 모험이다. 내가 살아남을지 그 누가 알겠는가.

루쿨루스의 캐리어와 글록 권총을 쥔 채 천천히 길을 건너 내 차가 있는 쪽으로 향했다. 열쇠는 팔목에 달랑달랑 매달려 있다. 나는 열쇠를 쥐고 해제 버튼을 눌렀다. 첫 번째 실수였다. 삐 하는 소리 두 번, 섬광등과 함께 자동차 문이 열렸지만 그 소리에 사방에 있는 괴물들의 시선이 집중되었다. 그것들은 몸을 돌려 곧바로 나를 향해 다가오기 시작했다. 제기랄. 서둘러야 한다. 운전석의 문을 열고 뒷좌석에 배낭을 던졌는데 너무 세게 던지는 바람에 자루가 열려 소지품

몇 개가 빠져나왔다. 습관대로 한 바퀴 돌아 조수석에 루쿨루스를 앉혔다.

나의 두 번째 실수. 운전석으로 가려고 차를 한 바퀴 돌아올 때 머리가 길고 염소수염을 기른 이십대 남자를 보았다. 더럽고 찢어진 검정색 셔츠를 입었으며 무릎 아래로 다리가 잘려나갔다. 어쩌다 다리를 잃었는지 궁금하다. 그것은 자동차 바로 뒤에 누워 있었다. 언제 그리로 기어갔는지, 얼마나 기다렸는지는 모르겠지만 나는 소스라치게 놀랐다. 주춤거리며 한 발 물러섰지만 그놈은 내 발목(다행히도 성한 발목)을 잡고 물어뜯으려 했다.

모든 일이 순식간에 벌어졌다. 내가 재빨리 물러섰기에 그놈은 내 발목을 제대로 잡을 수 없었다. 더구나 내 잠수복은 너무 두껍고 유연해서 이빨이 들어오지 못한다. 하지만 그놈은 이빨 자국을 남겼다. 너무 역겹고 두려운 나머지 루쿨루스의 캐리어를 내려놓고 두 손으로 총을 겨누었다. 3미터도 안 되는 거리에서 그놈의 머리를 정조준하고 총을 쏘았다.

전문 저격수는 아니지만 그 정도 거리에서 못 맞힐 리는 없다. 너무 예민해진 나머지 그놈의 머리를 다섯 번이나 쏘았다. 무시무시한 광경이었다! 그 생각만 하면 지금도 벌벌 떨린다. 영화에서 보는 것과는 딴판이었다. 총알은 작은 구멍 정도가 아니라 입을 딱 벌릴 만큼 커다란 아가리를 남긴다. 핏덩어리와 뇌 조각, 뼛조각이 사방으로 날아갔다.

몸을 덜덜 떨며 자동차에 기대 가쁜 숨을 골랐다. 하지만 시간은 쏜살같이 흘러가고 있다. 나머지 괴물들이 채 30미터도 안 되는 곳에서 매우, 매우 빠르게 다가왔다. 바닥에 내려놓은 루쿨루스의 캐리어를 든 뒤 자동차 안에 집어넣었다. 가엾은 고양이는 죽을까봐 겁이 나서 감당할 수 없을 만큼 큰 소리로 야옹거렸다. 운전석에 앉기 전에 큰길에서 다가오고 있는 그것들을 겨냥하고 총을 쏘았다. 나의 세 번째 실수였다. 겨우 30미터에서 총을 쏘는데도 조준이 잘 안 되었다. 내가 한 일이라곤 탄창을 모두 비우고 훨씬 더 요란한 소리를 낸 것뿐이었다. 근데 문제는 그 정도가 아니었다. 마을에 있는 모든 괴물들이 내가 낸 엄청난 소리를 들은 게 틀림없다.

빈총을 자동차 바닥에 던져 버리고 부리나케 운전석에 올라탔다. 열쇠를 돌리자 애스트라가 몇 번 털털거린 뒤 마침내 시동이 걸렸다. 피가 얼어붙는 것 같다. 며칠 동안 시동이 걸린 적이 없기 때문이다. 순간적으로 엔진이 멈출지도 모른다는 생각이 스쳐갔다. 그렇게 되면 나는 꼼짝없이 당하게 될 것이다. 다행히 오펠(미국 제너럴모터스에 속한 독일의 자동차회사가 만든 모델—옮긴이)은 화려하지는 않지만 튼튼했다. 기어를 1단으로 넣고 길 끝 쪽으로 달려갔다. 그것들 셋과 부딪칠 뻔했지만(나는 음주운전으로 기소된 적이 있어서 충돌한 차의 앞 유리와 차체 앞에서 인간의 몸이 무슨 일을 당할 수 있는지 잘 안다.) 간신히 차를 돌려 큰길로 나갔다. 그곳의 풍경을 보고 까무러칠 뻔했다. 인간이 아닌 것들 수백이 거대한 물줄기를 이루며 시내에서 몰려오고 있었던 것이다.

반대쪽에서는 먹잇감을 노리는 수백의 그것들이 기다리고 있다. 내가 빠져나갈 수 있는 길은 단 하나, 교차로에서 20미터 정도 떨어진 시골길뿐이었다. 차를 전속력으로 몰아 그쪽으로 향했다. 그리고······.

48
2월 9일 오후 3시 9분

어제 루쿨루스를 무릎에 앉힌 채 일기를 쓰고 있을 때 우리의 기묘한 은둔처 일층에서 무슨 소리가 났다. 간장이 오그라드는 것 같았지만 총을 들고 아래층으로 내려갔다. 샅샅이 집 안을 살펴보았지만 아무것도 찾지 못했다. 잘못 들은 모양이다. 스트레스를 받은 데다 몸이 지쳐서 그런 것 같다. 환각을 일으켰거나 아니면 더 나쁘긴 하지만 전쟁 신경증일지도 모른다.

다시 하던 얘기로 돌아가자. 교차로에 도착하니 상황은 생각보다 심각했다. 그것들 수백이 온 거리를 차지한 채 겉으로는 느려 보이지만 실제로는 매우 빠른 이상스러운 걸음걸이로 시내에서 몰려왔다. 상상도 못 할 만큼 소름끼치는 광경이었다.

제발! 피로 물든 상처와 절단된 팔다리, 창백하고 광기어린 눈으로 피에 굶주린 그것들이 나를 잡기 위해 내 자동차 쪽으로 다가왔다. 빌어먹을! 그게 얼마나 소름끼치는 일인지 알고 싶다면 걸어 다니는 시체를 직접 보아야 한다. 자신을 잡으려고 달려드는 수백의 그것들을 보면 아무리 무사태평한 사람이라도 머리끝이 쭈뼛해질 것이다. 거리 반대쪽도 상황은 마찬가지였다. 비록 수는 더 적었지만 내 자동차가 그것들을 치지 않고 뚫고 나가기에는 너무 많았다. 충돌할 때 죽지 않는다면 그것들이 나를 죽일 것이다. 내가 빠져나갈 유일한 길은 시골길뿐이었다.

내가 사는 곳은 상대적으로 최근에 개발된 곳이다. 그래서 아직도 낡은 농장들을 따라 좁은 시골길이 남아 있었다. 얼마 전까지는 우리 집 같은 주택단지나 건물이 있는 거리로 바뀌는 중이었다. 바로 앞에 그런 길이 하나 있었다. 그 길에는 괴물들이 하나도 보이지 않았기에 그 길로 가는 수밖에 없었다.

땅바닥에 팬 웅덩이 때문에 펄쩍 튀어 오르면서 전속력으로 샛길로 돌진했다. 백미러로 보니 그것들이 떼를 지어 쫓아오고 있었다. 불현듯 엔진 소리 때문에 어디를 가든 이 괴물들이 몰려들 거란 끔찍한 생각이 떠올랐다. 내가 할 수 있는 일이라곤 그것들이 따라잡을 수 없을 만큼 무시무시한 속도로 달려 그것들을 따돌리는 것뿐이었다. 이론상으로는 그럴 듯하지만 실제로는 소용없는 짓이다.

그 길은 정확히 말하면 고속도로가 아니었다. 겨우 자동차 한 대만 지나갈 수 있는 길이었다. 가는 곳마다 울퉁불퉁한 자갈길과 구덩이가 나타났다. 더군다나 그 길이 어디로 통하는지도 몰랐다. 만일 막다른 길이라면 사태는 매우 심각해질 상황이었다. 시속 약 24킬로미터로 천천히 달렸는데, 구덩이를 피하느라 자주 멈추기까지 했기에 뒤따라오던 그것들의 시야에서 벗어나지 못했다. 애스트라가 덜컹거릴 때마다 루쿨루스는 캐리어 안에서 처량하게 야옹거렸다. 나 역시 두려웠기에 고양이의 심정을 충분히 알 수 있었다.

핸들을 꽉 움켜쥐자 차가 갑자기 비틀거렸다. 먼저 모터에서 끼익거리는 소리가 들렸다. 불길한 조짐이었다. 좁은 길을 너무 빨리 달리다가 두 돌담 사이에 백미러와 뒷범퍼가 끼어 버렸던 것이다. 나는 전혀 개의치 않았다. 무슨 짓을 해서라도 이곳에서 빠져나가야 했으니까.

얼마쯤 가니까 더 큰 시골길이 나왔다. 어떻게 해야 할까. 먼지가 풀썩거릴 만큼 급하게 브레이크를 밟았다. 아무것도 보이지 않았다.

살아 있든 죽어 있든 한 사람도 보이지 않았다. 저 멀리 레레스 강의 제방 위에 자리 잡은 고요하고 변함없는…… 그리고 죽어 버린 폰테베드라의 모습이 나타났다. 여기저기 타다 남은 불더미에서 하얀 연기 기둥이 피어올랐다. 나는 온 거리가 잿더미가 되어 버린, 길고 검은 흔적을 물끄러미 바라보았다.

전기가 나갔을 때 변압기와 변전소가 고장 나면서 불이 난 것 같다. 불을 끄는 사람은 아무도 없었다.

도저히 믿을 수가 없어 고개를 흔들었다. 엔진 소리 말고는 아무 소리도 들리지 않았다. 먼지 구름이 가라앉자 조수석에 있는 루쿨루스의 캐리어를 똑바로 세우고 다정하게 위로의 말을 속삭여 주었다. 노닥거릴 시간이 없었다. 고양이도 한동안 괴로움을 참고 견뎌야 한다. 이제 어느 길로 가야 할지 결정해야 했다.

문득 내가 있는 곳이 어디인지 생각났다. 거의 한 달 전에 시내에서 나올 때 가보았던 빌어먹을 두 번째 고속도로였다. 내가 검문소에서 제지당한 바로 그곳이다. 이제는 검문소 따위는 없으리라. 우연히 그들과 만난다면, 그들이 루쿨루스와 나를 보호해 주는 한 쉬지 않고 키스 세례를 퍼부을 것이다. 내가 「론 레인저」(미국 서부개척 시대를 배경으로 한 디즈니 영화―옮긴이)를 너무 많이 본 모양이다.

한적한 길을 따라 30킬로미터 정도 달렸다. 멀리 옥수수밭 끝에서 비틀거리고 있는 피로 물든 괴물 둘을 제외하면 사람이라곤 하나도 눈에 띄지 않았다. 그들과 길 사이에 작은 강이 흐르고 있어서 그것들이 나를 쫓아올 수는 없었지만 더 많은 그것들이 몰려오는 것은 시간문제에 불과했다. 마침내 검문소에 도착했다. 시멘트 벽돌들이 군대가 그곳에 주둔했다는 것을 알려주는 유일한 기념물이었다. 길을 봉쇄하기 위해 거기에 갖다 두었는데, 누군가 나중에 치운 것 같다. 벽돌을 길 건너편으로 끌고 갈 때 시멘트에 남은 긁힌 자국이 보인다. 누가 그것을 옮겼는지, 시멘트 벽돌로 무엇을 했는지, 그들이 어디로 갔는지 나로서는 알 도리가 없었다.

2킬로미터 정도 더 달리자 걱정이 점점 커졌다. 주요 교차로가 얼마 안 남았기 때문이다. 그것은 더 많은 집과 더 많은 자동차가 길을 막고 있다는 뜻이다. 그리고 더 많은 그것들, 훨씬 더 많은 그것들. 시골길은 도시 주위의 낙후된 지역을 지나간다. 하지만 그것은 예외적인 경우다. 다른 곳은 인구가 조밀하므로 필경 수천의 시체들이 돌아다닐 것이다. 떼를 지어 따라오던 엄청난 수의 그것들의 모습을 어떻게 잊을 수 있겠는가. 다른 길로 간 사람들은 대부분 완전히 길을 잃고 쩔쩔맸거나 아니면 길이 막혔을 것이다. 하지만 소수는 그곳에 도착했을 것이 틀림없다.

더구나 석양이 뉘엿뉘엿 넘어가고 있었다. 전기가 완전히 끊어진 도시의 밤은 우물 속만큼 캄캄하다. 계속 가는 것은 자살 행위나 다름없었다. 숨을 곳을 찾아야 했다. 빨리.

은신처를 결코 찾을 수 없을 거라고 막 체념하려던 순간에 완벽한 은신처를 찾아냈다. 가시가 많은 양골담초로 뒤덮인 들판 한복판에 솟은 작은 언덕 위에 있는 건물이었다. 그 작은 오렌지색 지붕을 보는 순간 안도의 한숨이 절로 나왔다. 나는 그런 종류의 건물을 잘 안다. 여기서 기름을 끌어올려 갈리시아를 거쳐 북쪽에서 남쪽까지 주요 도시로 기름을 보내는 송유관이 지나는 변압소였던 것이다. 내게는 안성맞춤인 피난처다.

언덕길을 따라 천천히 올라갔다. 잡초가 우거진 그 길은 갈수록 좁아져서 하마터면 그물망이 쳐진 높은 울타리에 부딪칠 뻔했다. 나는 간신히 문을 찾아냈다. 나머지 방어선은 높이가 적어도 4.5미터나 되는 촘촘한 식물들로 뒤덮여 있었다. 벌채용 칼로 가지를 치며 정글을 지나지 않는 한 담장까지 갈 수는 없다. 그 괴물들이 그 일을 해낼 수 있을지 곰곰이 생각해 보았다. 지국으로 가는 길은 이 길뿐이고, 밤을 지내기에는 더할 나위 없이 좋은 곳이었다.

다행스럽게도 문은 맹꽁이자물쇠가 아니라 간단한 볼트로 잠겨 있었으며, 문을 쉽게 열지 못하도록 볼트에 전선을 친친 감아 놓았다. 조금 조잡하기는 했지만 인간이 아닌 것들이 들어오는 것을 막기에는 충분히 복잡했다.

차를 타고 정문으로 들어온 뒤 문을 잠그고는 오두막 앞에 멈춰 섰다. 오두막은 매우 작아서 얼추 침대만 한 크기였지만 튼튼하고 창문이 없었다. 쇠로 만든 문은 열쇠로 잠가놓았다. 몇 분 뒤 가방에 있던 쇠지레로 강제로 문을 열었다. 안쪽은 어둡고 더러웠으며 빛이 들어올 수 있는 곳은 천창과 문밖에 없었다. 방 한가운데는 파이프와 계기, 통신선에서 나오는 공기를 정화하는 데 사용하는 밸브가 있었다. 그 안에 가스가 남아 있는지는 모르겠지만 알아볼 생각도 없다. 금은보화를 준다 해도 만지고 싶지 않다. 결코 가스 자살을 하거나 가스 폭발로 죽고 싶지는 않으니까.

자리를 잡고 거의 열두 시간 동안 잠을 잤다. 오늘도 하루 종일 잠을 잤다. 몇 주 만에 처음으로 끊임없이 두드리고 끙끙거리는 소리 없이 푹 잘 수 있었다. 정말 좋았다. 영원히 여기서 살고 싶다. 하지만 반드시 편안하기만 한 것은 아니다. 물은 1리터 정도밖에 없고, 갈증은 점점 심해진다.

49
2월 10일 오후 8시 11분

이 모든 일이 시작되기 전까진 운명이란 걸 믿지 않았다. 징조나 예언 따위는 나이든 아낙네들이나 하는 헛소리인 줄 알았다. 오늘 아침 미겔의 보트 열쇠를 살펴볼 때만 해도 확신이 서지 않았다. 아마도 보트로 가려던 그의 계획은 계시였을지도 모른다. 이 무자비한 대참사로 인해 전 세계가 지옥이 되어 버린 이런 때에는 신의 계시가 오히려 이성적일 수 있다.

변압소 지붕에 앉아 아침햇살을 쬐고 있다. 기온은 지난 며칠보다 조금 올라갔다. 하지만 하늘에는 구름이 끼어서 햇살이 비칠 때마다 감사한 마음으로 햇볕을 쬐었다. 여러 날 동안 비좁은 곳에서 두려움에 떨며 지낸 데 대한 보답 같다.

내게도 계획이 있다. 미겔에게 불가능한 일이라고 설득했던 바로 그 일을 할 생각이다. 오릴라마르가에 있는 해안으로 가서, 그의 보트를 타고 어디든 더 안전하고 전기와 물, 음식 그리고 사람들이 있는 곳으로 향하는 것이다. 한 마디로 낙원.

폰테베드라는 리아스식 해안의 바깥쪽 끝에 있다. 다시 말해 강 하구(즉 후미)에 있는 것이다. 해변과 해변 사이가 가장 넓은 곳이 겨우 1.6킬로미터이며, 가운데는 탐보 섬이 있다. 수세기 동안 켈트족이 살았던 이 섬은 4세기에는 게르만계 스와비아인의 종교 성지였고, 중세의 수도원, 나병 환자를 격리 수용하는 나병원 그리고 가장 최근에는 수년 동안 근처의 마린 마을에 있는 해군 기지의 무기고로 사용되었다. 1970년대 이후 버려진 이 섬은 지금은 자연보호구역으로 지정되었으며, 인구밀도가 높은 폰테베드라 만 지역에 남은 마지막 청정 지대이다. 그곳이 바로 나의 목적지이다.

모든 게 지옥처럼 엉망이 되기 시작했을 때 아마도 한 명 이상의 사람들이 탐보 섬으로 은거할 생각을 했을 것이다. 섬에는 군용 건물, 막사, 창고가 있다. 보트를 타야만 접근할 수 있을 뿐 아니라 강한 조류가 주위를 흐른다. 틀림없이 군대가 그 섬을 장악하고 있을 것이다. 사방 수킬로미터 안에서 완벽할 만큼 가장 안전한 곳이다. 한 가지 작은 문제가 있었는데, 그것은 그 섬에 접근할 수 있는 보트를 찾는 일이다. 그건 쉬운 일이 아니다. 물론 위험하기도 했지만 나라면 반드시 성공할 것이다.

지국 건물의 먼지 낀 한쪽 구석에 방수가 되는 커다란 푸른색 플라스틱 통 두 개가 있다. 라벨을 보니 전에 화학물질이 들어 있던 것으로, 지금은 속이 비어 있다. 힘이 들긴 했지만 뒷좌석의 등을 눕혀 평평히 한 뒤 통 두 개를 애스트라 안에 실었다. 그러자 배낭과 캐리어를 쑤셔 넣을 자리밖에 안 남았다. 돌아오는 길에 소총을 잃어버려서 탄약은 두고 왔다. 이제 나의 무기고에는 작살 네 개와 쓸데없이 난사하는 바람에 탄알이 겨우 30발밖에 안 남은 글록 권총 하나밖에 없다.

열쇠를 돌리자 모터에서 삐걱거리는 무시무시한 소리가 났다. 그 울퉁불퉁한 작은 길을 거칠게 달렸으니 고장이 안 날 리 없다. 온몸의 힘이 풀어지면서 기절할 것 같았다. 차가 출발하지 않는다면 죽은 목숨이나 다름없다. 사람이 많은 곳에서 차도 없이 걸어간다면 얼마 가지 못할 테니까. 중얼중얼 욕지거리를 하면서 점화장치를 돌리고 또 돌렸다. 부디 시동이 걸리게 해 주소서. 자, 이제 그만 가자. 가자고!

드디어 둔탁한 폭발음과 함께 덜덜거리며 차가 움직이기 시작했다. 기쁨의 탄성을 지르며 그 기묘한 은신처에는 눈길 한번 주지 않고 큰길로 내달렸다. 시골길에 이르자 주요 간선도로로 향했다. 일단 거기에 도착하면 모든 게 일사천리로 풀릴 것이다. 다음 모퉁이까지는 약 800미터가 남았다. 하지만 길은 내가 생각한 것보다 훨씬 더 짧았다. 저 멀리 교차로가 눈에 들어오자 글록 권총을 조수석에 놓고 힘껏 페달을 밟았다. 얼마나 빠르냐가 관건이다. 타이어가 끼익거리는 가운데 방향을 돌려 북쪽으로 향했다. 거리는 한산해 보였지만 겉모습은 속임수일 수 있다. 근처 집 주변에서 어슬렁거리던 그것 몇 놈이 자동차 소리를 듣고는 귀를 쫑긋 세웠다. 나는 껄껄 웃으며 그것들을 따돌렸다. 1.6킬로미터만 가면 된다. 빌어먹을 1.6킬로미터. 100미터 정도 갔을 때 첫 번째 문제와 마주쳤다. 교통사고였다. 연쇄 충돌로 피범벅이 된 자동차 두 대가 길을 막다시피 해서 왼쪽에 좁은 길만 남아 있다. 차가 끼이지 않도록 사고 난 차를 피해 조심스럽게 빠져나갔다. 별안간 조수석 창문을 치는 날카로운 소리가 났다. 어디에선지 먼저 두 손이 나타나고 뭉개진 몸뚱이가 뒤를 따랐다. 그것은 창문을 두드리며 계속 울부짖었다. 심장이 터질듯이 두근거렸다.

두려움에 벌벌 떨면서도 다음에 이동할 거리를 계산하며 간신히 그것을 떨어뜨렸다. 800미터가 더 남았다. 몇 차례 더 버려지거나 찌그러진 차를 지나쳤다. 어떤 것들은 피범벅이 되었고, 공황 발작을 일으키거나 미쳐서 버려진 것들도 있었다. 곳곳에서 더 많은 것들을 보았다. 살아 있는 사람은 하나도 보이지 않았다. 분기점까지 500미터가 남았다. 거의 다 온 셈이다. 이제 300미터. 200미터.

바로 그때 두 개의 그것들, 남자 하나와 여자 하나가 길 한가운데로 뛰쳐나왔다. 우회할 시간 여유가 없어서 그것들을 치고 말았다. 남자 시체가 범퍼에 부딪치고 앞 유리를 들이받는 바람에 유리가 산산이 깨져 버렸다. 브레이크를 밟았다. 앞 유리가 부서져서 밖이 잘 안 보였다. 브레이크를 밟자 관성에 의해 차 앞에 있던 남자가 튕겨나갔다. 여자는 차 밑에 깔린 모양이다.

차가 멈추었다. 몇 차례 시동을 걸어 보았으나 엔진이 완전히 망가져 버렸다. 붉은빛이 별처럼 반짝이던 계기반도 망가져 버렸다. 완전히 결딴난 것이다. 이때 우스꽝스러운 생각이 떠올랐다. 이젠 엔진 오일을 갈지 않아도 된다는…….

차에서 내렸다. 겨우 100미터만 가면 된다. 눈에 보일 만큼 가까웠다. 배낭을 가죽 끈으로 잡아매고 고양이 캐리어를 든 뒤 주위를 살살이 둘러보았다. 그러고는 트렁크를 열어 통 두 개를 끌어내렸다. 100미터는 모두 내리막길이라 통은 저절로 굴러갈 것이다. 통을 발로 차서 굴려 보낸 뒤 걷기 시작했다. 바로 그때 그 남자가 뒤쫓아 왔다. 일흔 살 정도의 노인으로, 내 차에 치인 뒤 더 몰골이 흉측해졌다. 나는 주저하지 않았다. 그것은 나한테서 3미터 정도 떨어져 있었다. 나는 글록을 꺼내 그것을 쏘았다. 머리를 겨냥했지만 빗나가서 가슴에 맞았다. 두 번째 총알은 정면으로 그것의 머리에 맞았다. 그 장면은 이후에 내 뇌리에서 단 한순간도 사라지지 않았다. 지금은 생각조차 하기 싫다. 그 시체가 쓰러지자 여자 쪽으로 고개를 돌렸다. 아직도 땅바닥에 누워 있었다. 척추가 부러진 듯했다. 더 이상 꾸물거릴 수 없었다.

거의 넘어질 뻔하면서 언덕길을 내려가 마침내 나의 목적지인 레레스 강의 부두에서 통을 멈춰 세웠다. 인적이 완전히 끊겼지만 그건 예상했던 바다. 여름에는 보트 임대 서비스를 하지만 내 목적은 그게 아니다. 거기서부터 강물은 폰테베드라를 거친 뒤 나의 구세주인 정박지 바로 앞 강어귀로 흘러든다. 이제 물속에 뛰어들어 조류가 나를 미겔의 보트가 있는 곳으로 떠밀어 주기만 기다리면 된다. 그것들도 물속에 들어간 나를 잡을 수 없다. 그러니 나는 아무런 위험 없이 도시를 따라 여행할 수 있는 것이다.

번개처럼 놀라운 속도로 배낭과 총을 한 통에 던져 넣고 뚜껑을 닫았다. 다른 통에는 루쿨루스가 들어 있는 캐리어를 집어넣었다. 그토록 혹독한 고생을 한 뒤라 고양이는 미친 듯이 야옹거리며 울어 댔다. 통 위에 구멍 몇 개를 뚫었다. 물이 조금 들어갈 수는 있겠지만 적어도 고양이는 숨을 쉴 수 있을 테니까. 두 통을 밧줄로 엮어 강가로 끌고 갔다. 물은 어둡고 무정해 보였다.

괴물들이 바로 뒤까지 쫓아왔다. 깊이 숨을 한번 들이쉰 뒤 통 두 개를 잡아끌며 물속으로 뛰어들었다. 레레스 강의 얼어붙을 듯 차가운 물에 뛰어들 때 나는 소리를 지를 뻔했다. 제기랄, 지금은 2월이니 영상 4도도 안 될 것이 틀림없다. 잠수복을 입기를 정말 잘했다. 그럼에도 불구하고 체온은 급격히 내려갔다.

그것들이 넋을 놓고 바라보는 가운데 나는 조류에 밀려 천천히 강 아래로 떠내려갔다. 두어 놈이 물속으로 뛰어들었지만 다시는 떠오르지 않았다. 바닥에 가라앉아 있거나 조류에 휩쓸려 저 멀리 흘러갔거나, 둘 중 하나였다.

이 글을 쓰는 지금도 손에 쥐가 난다. 루쿨루스는 먹이를 달라고 야단이다. 우리는 아직도 그 모험에서 회복되는 중이다. 그리고 느닷없이 나타난 아름다운 보트, 코린트 호에도 적응 중이다.

50
2월 11일 오후 3시 49분

물속에서 느낄 수 있는 가장 최악의 것은 냉기였다. 근육이 움츠러들고, 손가락이 점차 곱고, 온몸이 바늘로 찌르는 것처럼 아팠다.

잠수복의 후드에 구멍을 낸 이후 영겁의 시간이 흘러간 것만 같았다. 다시는 물속에서 잠수복을 입지 않으리라. 루쿨루스와 내가 강물을 따라 흘러내려 가는 동안 후드 구멍을 통해 얼음같이 차가운 강물이 목으로 흘러들었다. 잠수복의 두꺼운 단열재가 심각하게 손상된 것 같았다.

바로 이때 강물의 흐름이 느려졌다. 나중에야 알았지만 강어귀에 가까운 이곳은 높은 조류와 그로 인해 역류하는 강물이 만나면서 속도가 느렸던 것이다. 이 여행은 불과 몇 분이면 충분할 거라고 예상했는데, 실제로는 한 시간 반에 걸친 시련이었다. 하지만 목적지에 점점 가까워지고 있다는 걸 알 수 있었다. 잘못해서 두세 번 물을 먹었는데, 바닷물과 민물이 섞인 짭짤한 맛이 났기 때문이다. 레레스 강의 하구가 점점 가까워지고 있었다.

그보다 중요한 문제는 날이 어두워지고 있다는 것이다. 겨울에 갈리시아에서는 6시경이면 일몰이 찾아온다. 가시거리도 매우 짧아진다.

어둠 속에서 도시를 따라 떠내려가다 보면 정박지를 보지 못하고 지나칠 위험도 무릅써야 했다. 만약 그렇게 된다면 조수와 해류가 나를 강어귀의 한가운데로 밀어낼 것이다. 그것은 사형선고나 다름없다. 수온은 차갑고, 구해 줄 사람 하나 없는 상태에서 먼 바다로 나갔다가는 얼어 죽은 시체가 되거나, 그게 무엇이든 거기서 나를 기다리고 있는 것의 처분에 맡긴 채 꽁꽁 얼어붙어 무력하게 강둑에 누워 있을 것이다. 상상도 하기 싫은 일이다.

어둠이 강둑으로 기어 올라왔다. 적어도 내 모습은 보이지 않을 것이다. 옆에 떠다니는 비닐봉지를 집어 머리에 뒤집어썼다. 해안에서 보면 나는 양옆을 비닐봉지로 묶은 두 개의 통처럼 보일 것이다. 떠내려가는 쓰레기. 흥미로울 것도 없는 것, 완벽한 위장.

도시 한가운데를 흘러서 레레스 강의 양쪽 강변을 연결하는 다리들 쪽으로 다가가고 있다. 첫 번째로 만난 다리가 가장 무서웠다. 수위가 그곳에서 가장 높아서 다리 위쪽과 가장 가까웠기 때문이다. 괴물 하나가 그 다리에 서 있었다면 조금만 손을 뻗어도 나를 붙잡을 수 있을 것이다. 다리 아래로 지나갈 때 위는 올려다보지도 않았다. 무엇이나 혹은 누군가가 거기에 있었더라도 나를 보지는 못했을 것이다.

강물이 흘러감에 따라 서서히 건물들의 윤곽이 드러나면서 강둑 주변이 도시의 모양으로 바뀌어 갔다. 큰길은 인적이 끊어졌다. 다만 수백의 그것들만이 피범벅이 된 채 팔다리가 잘리거나 아니면 옛 모습 그대로 거리를 배회하고 있다. 그 광경은 특히 적막감 때문에 더 놀라웠다. 전체적이고 완전무결한 음산한 침묵. 강물 소리 말고는 아무 소리도 들리지 않았다. 도시는 어둠에 갇힌 채 완전히 죽어 있다.

이 어처구니없는 위기가 불러온 영향은 도처에 남아 있다. 자동차는 문이 열린 채 거리에 버려져 있고, 교통사고를 당하고도 살아남은 사람들은 이미 떠나 버리고 없다. 몇몇 상점은 문이 열려 있고, 문을 닫은 곳도 많았다. 엄청난 양의 종이와 비닐봉지, 쓰레기가 텅 빈 거리에서 바람에 흩날리고 있다. 불 꺼진 신호등, 망가진 가로등. 바람이 그 유령의 도시 속으로 씽씽 불었다. 공허감. 황폐. 대참사.

시야가 점차 줄어들더니 얼마 후 거대한 빌딩 숲의 윤곽도 흐려졌다. 불안해서 미칠 것 같았다. 주위에 무엇이 있는지도 모른 채 밤중에 물속에 있는 것은 끔찍하게 싫다. 빈 통에 매달린 채 혹시 숨어 있을지도 모를 위험을 찾아 어둠 속을 뚫어져라 바라보았다.

흥분한 내 상상력은 고삐 풀린 망아지처럼 날뛰기 시작했다. 적어도 삼십 번이나 정박지를 지나쳤다고 생각했지만, 매번 그것은 착각이었다. 갑자기 흐릿한 달빛에 비친 음산한 요트 클럽의 형체가 눈앞에 나타났다. 그곳으로 가야겠다!

폰테베드라 요트 클럽은 레레스 강의 강둑에 박힌 나무기둥 위에 세워져 있었다. 될 수 있는 한 철벅거리는 소리를 줄이며 마비된 다리를 차서 그 기둥을 향해 헤엄쳐 갔다. 부두에 기어오른 뒤 나의 조디악을 지나쳐 미겔의 보트 쪽으로 갈 계획이었다. 식은 죽 먹기였고, 몇 분만 있으면 올라갈 수 있었다.

하지만 내 몸뚱이를 부두로 끌어올리는 데는 엄청난 노력이 필요했다. 두 시간 동안 물속에 잠겼던 뒤라 팔이 마비되었던 것이다. 마침내 물 위로 올라오자 완전히 녹초가 된 나는 헐떡거리며 부두에 누워 버렸다. 만약 바로 그때 그 괴물들이 나타났다면 몇 초 만에 먹이가 되었을 것이다. 나 자신을 지키기는커녕 손끝 하나 움직일 수 없였기 때문이다.

눈을 감은 채 몸을 뻗으며 열심히 귀를 기울였다. 아무 소리도 안 났다. 거기까지는 좋았다. 간신히 몸을 일으킨 나는 부두 위로 통을 끌어올리느라 씨름을 했다. 하지만 루쿨루스가 먼저였다. 통에서 고양이 캐리어를 끌어냈다. 마비된 손가락으로 전력을 다해서 뚜껑을 열었다. 불쌍한 고양이는 겁에 질리고, 혼란스럽고, 배고프고, 젖어 있었지만 그래도 살아 있었다. 내 작은 친구는 상을 받아 마땅하다. 겁에 질렸는데도 불평 한마디 하지 않고 자신을 이기고 강을 따라가는 험난한 여행을 견뎌낸 것이다.

배낭과 캐리어를 든 채 보트로 걸어갔다. 주갑판에 이르렀을 때 나는 그 자리에 우뚝 멈춰 섰다. 내 눈을 믿을 수가 없었다. 보트가 하나도 없었기 때문이다. 단 한 척도 없었다. 심지어 내 조디악도 없었다. 모든 보트가 사라져 버렸다. 하지만 어떻게?

그 자리에 털썩 주저앉았다. 머릿속이 하얘져서 아무 생각도 안 났다. 내가 걱정하던 최악의 사태가 현실로 나타난 것이다. 보트가 하나도 없었다. 안전한 하늘이 붕괴되었을 때 살아남은 자들이 공포에 질려 떠다니는 거면 무엇이든 타고 피난하려고 갑판으로 몰려갔던 게 틀림없다.

돛단배 두 척의 돛대들이 물 밖으로 삐죽이 솟아나와 있다. 보트의 나머지 부분은 강바닥에 가라앉아 있다. 너무 무겁거나 전문지식이 없어서였던 것 같은데, 그나마 그리 멀리 가지도 못했다. 시간이 흐름에 따라 차차 더 많은 것을 알아냈다. 심장이 멈추는 줄 알았다. 핏자국과 총알구멍이 사방에 나 있었기 때문이다. 부두에서 싸운 흔적이다. 보트 하나를 두고 목숨을 걸고 싸운 것이다. 적자생존. 지옥의 정경. 오, 신이시여…….

불현듯 어떤 생각이 떠올랐다. 배가 모두 없어진 것은 아닐지 모른다. 부두에서 먼 반대쪽에 닻을 내린 돛단배를 본 게 기억났다. 착오가 생겼을 때를 대비해 대기 목록에 들어 있던 보트. 선주들이 보트를 탈 때마다 조디악을 타고 건너가야 하게 된 이후 선주들에게는 눈엣가시가 된 것. 아마도 군중들이 오르지 못한 배가 하나 정도는 남아 있을지 모른다. 루쿨루스를 한쪽 통 속에 넣은 뒤 배낭은 다른 통에 넣었다. 최대한 조용하게 레레스 강의 어두운 물 속으로 다시 뛰어들었다.

몇 번 손발을 놀리자 마치 영국 해협에서 헤엄치는 느낌이었다. 가까이 헤엄쳐 갈수록 내 희망은 사라져 갔다. 아무것도 없었…… 하지만…… 잠깐! 저 멀리 금성이 바닷물에 반사되는 가운데 돛대 하나가 흔들리는 것이 보였다. 하나가 남아 있었던 것이다!

젖 먹던 힘까지 다해서 그 돛단배를 향해 헤엄쳐 갔다. 길이는 12미터 정도고, 우아한 선체, 코린트 호라는 이름이 새겨진 번쩍이는 고물보가 있는 멋진 배였다. 나의 새로운 보트. 나의 구세주. 뱃전을 잡고 고물로 올라가 간신히 배에 올랐다. 왜 아무도 이 배를 타지 못했는지, 돛을 올리려면 무엇을 해야 하는지 나는 알고 있다.

51
2월 13일 오전 11시 26분

비가 억수같이 퍼붓고 아침 하늘은 납빛으로 잔뜩 찌푸려 있다. 북쪽에서 불어온 사나운 돌풍이 선실 현창을 때릴 때마다 코린트 호는 파도와 싸워야 했다. 바람은 삭구 사이로 씽씽 불어대고, 갑판 위에는 빗물이 무서운 기세로 쏟아지고 있다. 김이 모락모락 나는 커피 잔을 든 채 선실에 느긋하게 앉아 다음에 취할 행동을 골똘히 생각에 잠겼다. 먼 바다에서 강력한 폭풍이 사납게 휘몰아치고 있음에 틀림없다. 그 반동으로 보트가 요동치고 있다. 나의 보트. 나의 새 집.

코린트 호에 올랐을 때 보았던 광경에도 불구하고 나는 꿈쩍도 안 했다. 누군가가 보트를 잡으려다 실패한 것 같다. 나쁜 일은 한꺼번에 오게 마련이니까.

말라붙은 피가 갑판 여기저기에 얼룩져 있다. 부서진 유리 섬유와 돛을 펴는 하활에 난 흉측한 상처가 누군가 무기를 쏘았다는 내 이론을 뒷받침해 주었다. 그 광경을 그림으로 그릴 수도 있다. 안전한 하늘에 어둠이 내렸다. 한 떼의 괴물들이 방어선을 뚫자, 민간인들은 공황 상태에 빠졌다. 수백 명의 사람들이 이곳에서 탈출하기 위해 항구에 정박된 보트로 몰려들었다. 사람들이 모두 탈 만한 자리가 없자 서로 살아남으려고 아귀다툼을 했다. 그것을 입증하는 증거는 도처에 널려 있다. 그것을 보면 배가 사람들을 가득 태워 반쯤 물에 잠긴 채 불운한 도시를 뒤로 하고 강가를 떠나자 그들은 서로 먼저 배를 타려고 한바탕 싸운 게 분명하다.

그날 강물 속에는 엄청난 시체들이 떠내려갔을 것이다. 그 장면이 떠오르면 자꾸 토할 것 같다. 그런데 코린트 호에 뭔가 문제가 생겼다. 더 가까이서 꼼꼼하게 조사한 결과 그것이 무엇인지 알아냈다.

코린트 호는 길이 12미터의 아름답고 날렵한 배로, 갑판은 크롬과 티크재로 마감되어 있다. 정말 아름다웠다. 이런 종류의 보트를 생각하면 떠오르는 모습처럼 실내는 넓고 확 트였으며, 편안하면서도 아담했다. 이렇게 멋진 배를 어떻게 그냥 지나칠 수 있었는지 이해가 안 갔다. 항구를 경비하는 오래된 바지선까지 징발되었는데.

코린트 호는 부두가 아니라 진흙투성이 강바닥에 밧줄로 묶인 채 강어귀에 닻을 내렸다. 보통은 나일론 밧줄을 사용하는데 코린트 호는 쇠사슬을 닻에 걸었다. 쇠사슬은 너무 무거워서 요즘에는 돛단배에 사용하는 일이 거의 없고, 그 대신 산악인들이 사용하는 고탄력 강재 밧줄을 선호한다.

코린트 호의 옛 선주는 구식이었음에 틀림없다. 그 무거운 닻을 올리려면 뱃머리의 이물구멍 옆에 있는 전동기를 사용해야 한다. 쇠사슬은 이 구멍을 통해 끌어올린다. 그 끔찍한 날 밤에 안전한 하늘이 붕괴되고 엄청난 수의 사람들이 바다로 피신하기 위해 그 배에 올라탔을 것이다. 누군가 닻을 올리려고 안간힘을 쓰고 있는 동안 어떤 사람이 다른 피난민을 쏘았다. (그리고 피범벅이 되고 총알구멍이 여기저기 난 것으로 보아 그 자신도 총에 맞았다.) 닻을 올리던 사람은 어떻게 해야 할지 몰라 쩔쩔맸다. 강바닥의 진흙 속에 깊이 묻혀 있는 볼트에 닻이 연결되어 있다는 것을 알 리가 없었던 그는 쇠사슬을 천천히 끌어올리는 대신 강바닥에 있는 닻에 연결된 흡입관을 열고 전속력으로 전동기를 가동했고, 그로 인해 모터가 과열되어 타버린 것이다.

사태가 이렇게 되자 그 남자는 혼비백산한 나머지 크랭크에 과부하가 걸린 것을 알아차리지 못한 게 틀림없다. 그가 정신을 차렸을 때는 이미 늦었다. 전동기가 타버렸으니 닻을 끌어올릴 방법이 없던 것이다. 또 다른 사람이 도끼로 받침대를 잘라내려 했지만 섬유유리를 박살내는 데 그치고 말았다. 쇠사슬을 자를 수도 없는데 시간은 계속 흘러갔다. 항해할 수 없는 배는 쓸모가 없으니 그 배를 버리고 또 다른 배를 찾아간 것이다. 이 이야기는 여기까지다.

이제 나는 코린트 호의 갑판에 서서 닻을 끊을 방법을 골똘히 생각하고 있다. 무슨 수를 써서라도 이 배를 띄워야 한다. 한 가지 방법이 있긴 하지만 그러려면 또다시 얼음처럼 차가운 물속으로 들어가야 한다.

루쿨루스를 잘 말린 뒤 선실 안에 넣어 두었다. 그런 다음 레레스 강의 어두운 물속으로 다시 뛰어 들어가 요트 클럽으로 헤엄쳐 갔다. 그곳에 도착하자마자 한쪽 구석에 안전하게 몸을 숨기고 정문을 찾아보았다. 문은 잠겨 있었다. 괴물들은 정문 반대편에서 어슬렁거리고 있었는데, 아직 나의 존재를 알아차리지 못하고 있다. 곳곳에 난투극의 흔적들이 남아 있다. 생존자들은 그것들(또는 다른 생존자들)이 들어오지 못하도록 안으로 들어가서 문을 잠가 버린 게 틀림없다. 잘됐다! 그렇다면 내가 걸어 다니는 시체들과 마주칠 가능성은 거의 없다는 뜻이니까.

산소통을 재충전하는 창고 건물 뒷문으로 다가갔다. 많이 와본 곳이라 정문 열쇠를 어디다 두는지까지 알고 있다. 이제 나의 소망은 강바닥까지 다이빙해 들어가 닻에 연결된 볼트를 풀 수 있는 장비를 찾아내는 것이다.

예상대로 열쇠는 현관문 옆에 있는 부표 아래에 있었다. 천천히 문을 열었다. 어두운 방을 보자 소름이 오싹 끼쳤다. 뒤쪽에 뭔가 흐릿한 것을 본 것 같아 작살을 쏘았다. 하지만 그것은 옷걸이에 걸려 있는 잠수복이었다. 일이 순조롭게 풀릴 것 같았다.

한쪽 구석에는 타르칠을 한 다이빙 장비 몇 개가 있었다. 새것은 아니지만 쓸 만은 했다. 산소통의 산소 수치와 레귤레이터를 확인한 뒤 등에 메었다. 물갈퀴를 후딱 신은 뒤 산소마스크를 찾아보았지만 남은 게 하나도 없었다. 참 대단한 일이다. 산소마스크도 없이 더러운 물속으로 들어가 어둠 속에서 볼트의 핀을 빼야 하다니. 필요한 장비를 마련하자마자 코린트 호로 돌아왔다. 쇠사슬 있는 데까지 가서 닻이 있는 곳으로 내려갔다. 수심은 12미터 정도였고 강바닥은 기름처럼 혼탁했다. 손으로 더듬다 보니 강바닥에 삐죽 솟아나온 녹슨 금속 조각에 매여 있는 닻이 보였다. 바로 이것 때문에 엔진이 불타 버린 것이다. 끈기 있게 놋쇠 볼트를 돌리자 점점 느슨해졌다. 손가락이 거의 마비될 즈음 갑자기 볼트가 풀렸다. 쇠사슬을 잡아채자마자 코린트 호는 강어귀 쪽으로 미끄러지면서 조류에 의해 바다 쪽으로 나아가기 시작했다.

쇠사슬을 잡고 갑판 위로 기어 올라가 다이빙 장비를 모두 벗었다. 몇 시간 만에 처음으로 몸을 완전히 말린 뒤 닻줄 구멍을 통해 비상용 소형 닻을 내려뜨렸다. 배가 고정되자 비틀거리며 선실로 들어가 침대에 무너지듯 쓰러져서 열두 시간 동안 내리 잠을 잤다. 요 며칠 동안 닻을 내린 채 어서 폭풍이 지나가 탐보 섬으로 떠날 날만 손꼽아 기다리고 있다.

52
2월 14일 오후 6시 38분

탐보 섬도 이제는 안전지대가 아니다. 완전히 허물어졌다.

오늘 아침 섬에서 40미터 떨어진 작은 포구 앞에서 닻을 내렸다. 거기서 보니 몇몇 돌연변이들이 해안가를 따라 어슬렁거리고 있었다. 겨우 여남은 명이었지만 그것으로 충분했다. 섬과 그 섬에 들어간 사람은 모두 함락되었다. 도대체 언제 그랬을까? 도무지 모르겠다. 생존자가 있는지도 알 수 없다.

이건 정말 비극이다. 코린트 호가 다가가자 낯익은 섬의 윤곽이 눈에 들어왔다. 지난 몇 년 동안 수도 없이 섬 반경 백 미터 안으로 들어갔었다. 금지된 일이기는 하지만 여러 번 상륙도 했다. 하지만 이번처럼 터질 듯한 열정을 가지고 가본 적은 결코 없는 것 같다. 그래서 실망감이 더 크고 고통스러웠다. 좌초하지 않고 상륙하려면 어떻게 해야 할까를 궁리하면서 해안가에서 20미터 정도 떨어진 곳에 이르렀을 때였다. 하얀 제복을 입고 사각 모자를 쓴 선원이 나무 뒤에서 나오는 것이 보였다. 숲 쪽을 향하고 있어서 나를 보지 못한 게 틀림없었다. 뱃머리로 달려가 미친 사람처럼 팔을 흔들었다. 바로 그때 그가 바위에 걸려 넘어질 뻔하면서 얼굴 왼쪽이 보였다. 얼굴 반쪽이 날아갔고, 한때는 단정했을 하얀 제복은 피가 말라붙어 녹빛으로 변했다. 다른 모든 빌어먹을 그것들처럼 눈은 공허하고 멍해 보였다. 기쁨의 탄성 소리가 목구멍으로 넘어가 버렸다. 그것들은 그 섬으로 가는 길을 찾아낸 것이다. 빌어먹을.

슬그머니 선실로 돌아가 취할 때까지 싸구려 와인을 먹었다. 해안을 바라보는 동안 희망이 사라졌다. 너무 가까우면서도 너무 멀었다. 상륙은 꿈도 꿀 수 없었다. 그것들을 세어 보니 적어도 여남은 명은 되었는데, 필시 더 많을 것이다. 더구나 이 섬에 대해 잘 모르기에 어떤 끔찍한 것과 맞닥뜨리게 될지 알 수 없는 노릇이다. 일이 잘못될 경우 지원해 줄 사람도 없다. 상륙이란 자살행위나 다름없다.

나는 처량하게 울었다. 그러다 성이 나면 해안가를 향해 저주를 퍼붓고 침도 뱉었다. 그 괴물들은 해안가를 따라 어슬렁거릴 뿐 몇 미터 밖에 있는 코린트 호에 신선한 고기가 기다리고 있다는 것은 모르는 눈치다. 엿이나 먹어라!

그날 오후 드디어 결단을 내렸다. 닻을 올리고 해안을 따라 섬 서쪽 끝으로 가서 전에 보아둔 샘물이 있는 작은 만으로 가기로 했다. 가파른 작은 만과 섬의 다른 지역을 연결하는 것은 작은 오솔길뿐이다. 그것들이 그 구불구불한 길을 내려오는 곡예를 할 수 있을지는 모르겠지만 적어도 속도는 늦춰 줄 것 같다. 그런 생각을 하며 코린트 호에 부속된 작은 함재정을 타고 물가로 노를 저어 가서 갑판에서 발견한 물통을 가득 채웠다. 50리터들이 통이라 내가 계획하고 있는 여행을 위해서는 충분했다.

샘물가에 있는 동안 아무것도 나타나지 않았다. 잠깐 동안 길을 따라 올라가 주위를 한번 둘러볼까 하는 생각을 장난삼아 해보았다. 하지만 곧 생각을 바꾸었다. 나는 훈련받은 특공대도 아니고, 무장도 거의 안 한 상태다. 잘못하다가는 영웅 놀이는 그만두더라도 내 자신의 안전까지 위협받을 수 있다. 이 섬에 곤경에 처한 사람들이 있다면 참 유감스러운 일이다. 그들은 스스로의 힘으로 헤쳐 나가야 한다. '이 새로운 세상'에서는 자기 자신을 보호할 수 있는 사람만이 새 날의 태양을 볼 수 있다.

물이 가득 찬 물통을 싣고 코린트 호로 갈 때 노를 젓느라 애를 먹었다. 마지막으로 섬을 한번 바라본 뒤 닻을 올리고 강어귀로 진로를 잡았다. 나의 새로운 목적지로.

53
2월 15일 오전 2시 19분

내가 아직 살아 있다니 이건 기적에 가깝다.

마지막 몇 시간은 정말 힘겨웠다. 코린트 호가 강어귀에 다가갔을 때 바다가 성을 내기 시작했다. 대서양의 아조레스 제도 근처에서 일어난 엄청난 폭풍이 갈리시아 해안을 사정없이 두들겨 댔다. 전형적인 겨울 돌풍이었다. 제정신을 가진 사람이라면 누구나 이런 험한 날씨에 항해할 생각은 못 할 것이다. 하지만 내게는 선택의 여지가 없었다. 탐보 섬을 떠나 항해를 시작하자 머리가 빙빙 도는 것 같았다. 나의 웅대한 피난 계획은 그 섬으로 가서 군대나 누가 되든 책임자를 만나 신변 보호를 요청하는 것이었다. 그 섬도 지옥의 한 조각에 불과하다는 사실을 알게 되었을 때 나는 뒤통수를 되게 얻어맞은 느낌이었다. 앞으로 무엇을 어떻게 해야 할지 감조차 잡히지 않았다.

도르래를 이용해 물통을 갑판 위로 끌어올리고 있을 때 강어귀의 남쪽 연안에 있는 머린 항구가 눈에 띄었다. 그곳은 텅 비어 있었다. 거기서도 떠다니는 것은 뭐든 도망가는 데 사용되어 아무것도 남아 있지 않았다. 해군 기지의 부두조차 사람 그림자 하나 없었다. 평소 같으면 두세 척의 해군 프리깃함과 항공모함까지 정박해 있을 터였다. 하지만 지금은 피범벅이 되어 목적 없이 비틀거리며 걸어 다니는 수십의 괴물밖에 없는 황폐와 혼돈 그 자체다.

대체 배를 탄 사람들은 모두 어디로 간 것일까? 그들은 사면팔방으로 흩어졌을 수도 있다. 어딘가의 해안에 도착했거나 아마도 또 다른 안전한 하늘로 갔을 수도 있다. 아니면 비고로 향했을 것이다. 비고는 유럽 쪽 대서양 연안에서 가장 큰 항구 중 하나로, 해상으로 32킬로미터밖에 떨어져 있지 않다.

바로 그거야! 비고의 안전한 하늘은 아직 남아 있을 거야! 배가 있는 사람이라면 누구나 그곳이라면 안전하리라고 확신하며 그곳으로 향했을 거야. 그런 생각이 들자 서둘러 닻을 끌어올리고 새로운 목적지를 향해 출발했다.

아마도 항해를 시작한다는 생각에 들떴거나 피곤해서였을 것이다. 혹은 그 자리에서 빠져나간다는 생각에 너무 기쁜 나머지 주의를 게을리 한 것 같다. 어떤 경우라도 내 실수는 치명적이었다. 나는 평생 동안 물가 옆에서 살았다. 그러니 항해하는 데 알맞지 못한 상태라는 것은 거의 본능적으로 알아낸다. 하지만 이번에는 그 징조를 알아차리지 못했다. 모든 근거들(탁한 잿빛 파도, 낮게 나는 갈매기들, 북쪽에서 불어오는 돌풍)이 나에게 경보를 울려 댔건만 내 마음은 딴 데 가 있었다. 내가 생각할 수 있었던 건 오로지 최대한 빨리 그곳을 벗어나는 것이었다.

서너 시간 뒤 하늘이 수정처럼 맑아지더니 파도가 거칠어지기 시작했다. 5미터 높이의 파고가 코린트 호를 장난감 다루듯 흔들어 댔다. 거대한 물의 장벽이 갑판 위를 덮치면서 요지부동으로 강어귀로 가려고 기를 쓰는 나를 흠뻑 적셔 버렸다. 강어귀에 이토록 거센 폭풍이 분다면 먼 바다는 어떨까?

바람은 무자비하게 불어 닥쳤다. 무적의 코린트 호가 파도를 가르며 나아가는 동안 물보라 속으로 해변이 보였다. 아직 그리 멀리 오지 못한 모양이다. 강어귀에서 30킬로미터 정도 떨어진 부에우라는 작은 항구로 가서 날씨가 좋아질 때까지 숨어 있어야겠다.

만사가 잘 풀리고 있다고 방심한 나머지 그날의 두 번째 실수를 저질렀다. 바다에서는 아무리 경험 많은 사람이라도 절대 과신해서는 안 된다. 내가 저지른 짓이 바로 그것이다. 해안을 향해 코린트 호를 돌리고 바람 불어오는 쪽으로 각도를 맞추자 큰 삼각돛이 펄럭거리기 시작했다. 선미에 있는 조종석을 떠나 돛을 묶으러 뱃머리로 갔다. 별안간 파도가 선체를 덮치는 바람에 나는 균형을 잃고 쓰러지고 말았다.

눈 깜짝할 사이에 온몸이 배 밖으로 밀려나와 한쪽 발목만 고리에 걸린 채 대롱대롱 매달려 있었다. 키잡이도 없이 배가 해안가를 향하자 나는 배에 부딪쳐 내동댕이쳐졌다. 머리와 양 어깨가 심하게 선체에 부딪쳤다. 잠시 정신을 잃었지만 좀 전에 나를 거의 익사시킬 뻔했던 파도가 오른쪽 뺨을 후려치는 바람에 정신을 차렸다. 너무나 위태로운 상황이었다. 갑판으로 돌아가지 못한다면 거꾸로 매달린 채 익사를 하거나 아니면 배가 해안가의 암초에 부딪칠 때 바다에 떨어져 정처 없이 바다를 떠돌아다닐 것이다. 루쿨루스는 결단코 배를 조종하지 못할 것이다. 고양이는 서툴디 서툰 선원이 될 테니까.

견디기 힘든 고통의 시간이 몇 분 흐른 뒤 갑자기 바람 방향이 바뀌어 코린트 호가 반대쪽으로 나아가게 되었다. 별안간 몸이 붕 떠오르면서 뱃전에 내동댕이쳐진 순간 나는 밧줄걸이를 잡고 갑판으로 올라왔다. 온몸이 생쥐처럼 쫄딱 젖은 채 몽롱한 상태에서 부에우 항구 쪽을 향해 코린트 호의 진로를 바꾸었다. 배가 서서히 바람을 받기 시작하면서 흔들림도 점차 줄어들었다. 얼마 안 되어 우리는 바람을 등에 지고 비고 항을 향해 쏜살같이 달리고 있었다.

몸이 와들와들 떨리기 시작했다. 방금 거의 죽음의 문턱까지 다녀왔다. 실제로 우스꽝스러운 방법으로 죽거나 바다를 표류하다가 다치거나 죽었을 수도 있다. 어느 경우든 마찬가지지만. 속이 너무 울렁거려서 뱃전에 머리를 대고 내가 삼킨 바닷물을 몽땅 게워 냈다.

방금 중요한 교훈을 배웠다. 나를 죽일 수 있는 것은 언데드만이 아니라는 걸. 사고, 질병, 굶주림(모든 일반적인 사인)은 그림자 속에 숨어 기회가 오기만을 호시탐탐 기다리고 있는 것이다. 내가 조금이라도 방심하는 순간 그것들은 여지없이 나를 잡아갈 것이다. 지금까지는 나의 스토커(언데드를 가리킴 ― 옮긴이) 생각만 했다. 가장 기초적인 것을 까맣게 잊고 살았다. 인간이란 매우 부서지기 쉬운 존재라는 것.

지금은 부두와 안전거리를 유지한 채 부에우 항에 닻을 내리고 폭풍우가 가라앉기를 기다리고 있다. 번갯불의 섬광에 이따금 드러나는 해안은 지저분하고 조용했으며 그 뒤로 건물들의 유령 같은 실루엣이 모습을 드러냈다. 천둥이 칠 때면 배 전체가 요동을 치곤 했다.

거기 저 해안가에 그것들이 있다. 그것들도 내가 도착한 것을 알고 있으리라. 하지만 그게 다가 아니었다. 기본적인 뭔가가 내게 절실히 필요하다는 것을 깨닫게 되었기 때문이다. 그것을 얻으려면 내일 해안으로 올라가야 한다. 그것들이 있는 바로 그곳. 늑대의 아가리 속으로.

54
2월 16일 오전 10시 13분

나는 비를 결코 좋아하지 않는다. 갈리시아에서는 비가 생활의 일부이기에 좋고 싫은 감정 따위는 정말 쓸데없는 것이다. 하지만 부에우 항의 작은 어촌에 비가 내리는 것을 뚫어져라 보고 있던 중 마침내 비가 꼭 나쁜 것만은 아니라는 결론에 이르렀다. 심지어 나를 도와줄 수 있을지도 모른다.

폭풍우는 거의 열두 시간 동안 계속되었다. 비바람이 사정없이 해안으로 휘몰아치는 가운데 소용돌이치며 뒤흔들리고 있는 바다는 불길하게도 철회색을 띠고 있다. 평소 같으면 함대가 항구에 계류하고 선원들은 술집에서 독한 야자술을 마시고 있었으리라. 하지만 내가 말할 수 있는 것은 함대도 선원도 전혀 없다는 사실뿐이다. 어쨌건 살아 있는 것은 아무것도 없다.

부에우 항의 방파제 뒤로 피하기는 했지만 코린트 호는 강력한 폭풍의 여운에 의해 심하게 앞뒤로 흔들렸다. 바람 때문에 삭구가 마구 흔들리고 갑판은 물바다가 되었다. 몇 개의 배수구 덕분에 간신히 그 많은 물을 처리할 수 있었다. 이런 폭풍우 속에서 오 분 동안 밖에 나가 있으면 뼛속까지 젖어들 것이다.

그런데 이런 날씨 덕분에 오히려 내게 빠져나갈 구멍이 생겼다. 비바람 소리에 묻혀 내가 상륙해서 내는 모든 소리가 안 들릴 게 분명한데다 거의 한치 앞도 안 보일 만큼 시야가 흐렸기 때문이다. 이번만은 날씨가 나의 손을 들어 주었다.

이제 해안에 상륙해야 한다. 항해 차트를 꼭 가져와야 하기 때문이다. 코린트 호를 공격한 피난민들은 배가 항구 밖으로 나가지 못하게 되자 뭐가 됐든 쓸모가 있어 보이는 것은 모조리 약탈해 갔는데, 그중에 차트도 있다. 항해 차트가 없으면 모래톱에 얹히거나 물속에 떠다니는 잔해와 부딪치는 위험을 감수해야 한다. 더욱이 항해 시에 제어반에 장착된 GPS를 작동해 보았지만 결국 그들이 해낸 일이란 건 고작 LCD 화면을 파괴시킨 것뿐이다. 때문에 그것은 아무짝에도 쓸모가 없었다. 간신히 비고 항까지 간다 해도 탐보에서 얻은 교훈처럼 어떠한 것도 당연하게 생각해서는 안 된다. 비고를 뒤로 하고 또 다른 곳으로 가게 될지도 모른다. 그러니 준비를 단단히 해야겠다.

게다가 비축품이 거의 바닥이 났다. 나 혼자라면 반 캔씩 먹으며 하루 이틀은 버틸 수 있지만 루쿨루스는 내가 마련한 빈약한 먹이를 받을 때마다 성난 눈으로 나를 노려보았다.

루쿨루스가 이 모든 상황을 어떻게 생각하는지는 모르겠지만 겁에 질려 이리저리 돌아다니다 물에 흠뻑 젖는 것보다 나의 작은 친구를 더 괴롭히는 것은 우리의 식품저장실에 일어난 대재앙이라는 것은 확신할 수 있다. 고양이가 폭동을 일으키는 것은 원치 않는다. 그에게 신뢰를 주어서 챔피언처럼 당당히 걸어가게 하고 싶다. 고양이는 거의 한 달 동안 나랑 같이 지낸 유일한 동반자다. 루쿨루스가 없었더라면 난 반쯤 실성했을 것이다.

결정을 했으니 이제 방법을 짜내야 했다. 해안 상륙 작전의 전망은 참담하기 이를 데 없었다. 부두에서 보이는 것 너머에서 무엇을 발견하게 될지 누가 알겠는가. 따라서 내 계획은 해안에 상륙해서 최대한 소동을 줄이며 필요한 물품들을 가지고 그곳을 빠져나오는 것으로 귀결되었다. 남은 시간에 이 계획에 날개를 달아야 했다.

잠수복을 입고 글록 권총과 탄창 두 개, 작살총과 작살 네 개를 집어 들었다. 그러고는 빈 배낭을 가죽끈으로 묶고 코린트 호의 구명정으로 기어 내려갔다. 쏟아지는 비와 높은 파도 때문에 익사할 뻔했는가 하면 다리에서부터 냉기가 무섭게 올라왔지만 그 따위는 접어 두고 버려진 해안의 부두 쪽으로 조심스럽게 노를 저어 갔다.

노를 젓다 보니 평소 진흙과 기름으로 뒤섞여 뿌옇던 물이 이상하게도 맑고 깨끗했다. 인간이 사라진 뒤 단 2주 만에 환경이 놀랄 만큼 변한 것이다. 새 말고 다른 동물은 거의 보이지 않았다. 새는 수백 마리가 넘었는데 대부분 갈매기였다. 갈매기가 물고기 외에 썩은 고기를 먹는 청소 동물이라는 데 생각이 미치자 몸이 덜덜 떨렸다. 최근에 갈매기들은 썩은 고기를 실컷 먹었을 것이 틀림없다.

마침내 부두로 올라가는 계단에 도착했다. 구명정을 묶어 두고 조용히 부두로 올라갔다. 먼저 주위를 한번 둘러보았다. 폭풍은 여전히 버려진 부두 위로 휘몰아치고 있었다. 거센 빗줄기가 두드리는 소리와 쌩 하고 거리를 휩쓰는 바람 소리가 천둥소리와 박자를 맞추었다. 바람이 얼굴을 후려치고 빗줄기가 눈을 가렸다. 5미터 너머로는 아무것도 보이지도 들리지도 않았다. 작전은 대성공이다.

극도로 경계를 하며 부두를 건넜다. 어시장에 이르자 벽에 등을 바짝 붙이고 모퉁이 쪽에서 고개를 내밀어 보았다. 괴물 둘이 보였는데, 하나는 젊은 남자고 또 하나는 할머니였다. 이상하게도 어두운 얼굴로 길 한가운데에 꼼짝 않고 서 있었다. 쏟아지는 비 때문에 옷이 몸에 착 달라붙었는데, 자연 속에서 지낸 지 거의 한 달이 지나서 찢어지기 직전이다. 그 순간 그것들은 공포 영화에서 막 튀어 나온 것처럼 보였다. 마치 전에 공포 영화에 출연한 적이 있기라도 한 것 같았다.

작살총과 글록을 장전한 뒤 벽을 등지고 납작하게 엎드린 채 앞으로 나아갔다. 그것들에서 4미터 정도 떨어진 곳에 이르렀지만 나를 보지 못했다. 폭풍우와 점점 짙어지는 어둠, 그리고 비가 내 모습을 감춰준 것이다. 그래도 그것들은 분명 내가 거기 있다는 걸 느끼고 있었다. 신경이 피아노 줄처럼 예민해진 채 지나쳐 갈 때 그것들이 돌연 무아지경에서 깨어났다. 그러자 그것들은 몸을 떨기 시작하더니 내가 있는 곳을 찾으러 사방으로 돌아다녔다. 그것들의 감각은 죽음의 문턱을 넘었을 때 사라졌을 수도 있지만 그것들은 살아 있는 것들을 쫓아갈 수 있는 또 다른 '감각들'을 만들어낸 것이다. 그것들은 내가 가까이 있다는 것을 알았다. 아주 가까이. 그것들이 나를 찾는 것은 시간문제였다. 서둘러야 했다.

벽을 타고 미끄러지듯 걸어가 길가에 버려진 자동차 사이로 몸을 웅크린 채 전에 가본 식료품점으로 다가갔다. 그때 나는 두 가지 문제를 깨닫게 되었다. 하나는, 상점의 철문이 내려져 있다는 것이다. 이런 미련한 놈이 있나. 그 생각을 미처 하지 못했다니. 전기도 열쇠도 없이 어떻게 저 문으로 들어가야 할까?

또 하나는 여남은 명의 그것들이 거리를 따라 나를 향해 오고 있다는 것이다.

무슨 수를 내야 했다. 빨리. 갑자기 그것이 눈에 들어왔다. 상점 앞에 주차된 배달용 밴 말이다. 자동차 지붕으로 올라가려고 보닛을 기어올랐다. 생각보다 빗줄기가 거세서 두어 번 미끄러질 뻔했다. 그것들이 가까이 다가오자 금방이라도 발작을 일으킬 것 같았다. 젠장!

간신히 밴 지붕 위에 올라갔다. 거기서 보니 1미터도 안 되는 곳에 이층 발코니가 있었다. 깊이 숨을 들이마신 뒤 뛰어올랐다. 선반에 이끼가 끼어서 미끄러질 뻔했지만 무사히 난간 안으로 들어갔다. 유리로 된 발코니 문이 잠겨 있어 권총 손자루로 깨트렸다. 억수같이 쏟아지는 빗소리에 묻혀 유리를 깨는 소리가 잘 안 들렸다.

발코니 문은 조용히 부드럽게 열렸다. 담이 둘러진 발코니 안에는 육중한 목재 가구들이 있었다. 안으로 들어가자 곰팡이 냄새가 코를 찔렀다.

천천히 침실 문 앞까지 갔다. 유리손잡이를 잡고 심호흡을 한 뒤 문을 열었다가 펄쩍 뒤로 물러섰다.

아무것도 없었다. 그냥 어두운 방이었다. 배낭에서 손전등을 꺼내 홀을 비춰본 뒤 어두운 방으로 들어갔다. 천개가 있는 기괴할 만큼 커다란 앤틱 침대가 어둠 속에서 모습을 드러냈다. 오래 닫아놓고 습기까지 많아서 곰팡내가 물씬 풍겼다. 하지만 그 냄새 뒤로 뒷마당에서 희미하지만 부패의 냄새를 맡을 수 있었다. 나는 최악의 사태를 마음속에 그려 보았다.

뒷마당에 있는 홈통으로 빗물이 쏟아지는 소리가 들렸다. 이따금 콰르릉 하는 천둥소리가 집을 뒤흔들었다. 폭풍이 이 마을 바로 위까지 다가왔다. 무서워서 죽을 지경이다.

다음엔 부엌을 살펴보았다. 방 반대쪽에는 아래층으로 내려가는 층계가 있다. 불현듯 이 집과 아래층에 있는 식료품점은 주인이 같다는 것이 생각났다. 막 층계로 내려가기 시작했을 때 폭풍과는 전혀 상관없는 소리가 들렸다. 계속적이고 규칙적으로 두드리는 소리로 뭔가와 함께 들려왔다…… 벨소리?

쿵, 쿵, 쿵, 쿵, 쿵! 그런 뒤 갑자기 소리가 끊겼다. 곧이어 그 소리는 뒷마당에서 나는 그 빌어먹을 벨소리와 함께 다시 들리기 시작했다. 미칠 노릇이다.

그 소리는 아래층이 아니라 내가 서 있는 이층에서 나고 있었다. 집 뒤편에서. 그 소리를 못 들은 체하고 아래층으로 내려가 필요한 물건만 약탈하고 내가 들어온 길로 나가면 그만이었다. 하지만 나는 사람이다. 비합리적이고, 어리석고, 한치 앞도 내다보지 못하는 것을 제외하면 인간이란 참으로 흥미로운 존재다. 그 소리를 내는 것이 무엇인지부터 알아봐야 했다. 두려움에 벌벌 떨며 오른손으로 글록을 잡고 왼손으론 손전등을 잡은 채 집 반대편으로 걸어갔다.

도중에 거실을 지났는데 그곳에는 텔레비전과 소파 두 개, 2개월 전 잡지 몇 권, 그리고 니삭스(무릎 아래까지 오는 여자용 양말—옮긴이) 한 짝이 탁자 위에 외로이 놓여 있었다. 나는 반대쪽에 있는 다른 문으로 다가갔다. 여기에 오자 시끄러운 소리가 더 크게 들렸다. 점점 다가가 마침내 문 앞에 이르자 열쇠 구멍으로 안을 들여다보았다. 아무것도 보이지 않았지만 썩는 냄새는 여기가 더 심했다. 손전등을 입에 문 채 문을 잡아당기자 문 두 개가 있는 더 짧은 홀만 있었다.

쿵! 쿵쿵거리는 소리가 더 크고, 더 명확하고, 더 강하게 들려왔다. 썩는 냄새가 코끝을 찔렀다. 쿵! 욕지기를 참으며 조심스럽게 홀을 따라갔다. 쿵! 쿵! 손전등으로 사방을 비춰 보았지만 홀에는 아무것도 없었다. 내가 발견한 것이라곤 배를 조각한 석판화 몇 개와 문 두 개 뿐이었다. 반쯤 열린 문 하나는 화장실 문이었다. 조심스럽게 문을 밀어 보자 삐걱거리는 소리와 함께 문이 열렸다. 손전등으로 사방을 비춰 보았다. 텅 비어 있었다.

쿵! 쿵! 쿵! 쿵! 화장실 문이 삐걱거리는 소리가 들리자 벨소리와 쿵쿵거리는 소리가 더 심해졌다. 어떤 기계로도 그런 소리를 낼 수 없다. 그게 무엇이든 내 소리를 들은 게 틀림없다. 숨을 참으며 문 앞에 우뚝 섰다.

지금이라도 돌아가서 이곳을 뜨면 그만이다. 그게 뭐든 내가 거기 있는 줄 알면서도 그것은 나오지 않는다. 나올 수 없거나 아니면 나한테 관심이 없기 때문일 것이다. 나도 그것을 위해 아무것도 하고 싶지 않다. 하지만 그것이 대체 무엇인지 알아보아야 했다. 그래서 손잡이를 잡고는 그 빌어먹을 문을 홱 잡아당겼다.

세상에, 지금도 그 생각만 하면 몸이 덜덜 떨린다. 신에게 버림받은 그 방은 집주인의 침실이었던 모양이다. 퀼트가 덮여 있는 커다란 침대. 반쯤 닫힌 블라인드 사이로 번갯불이 비쳤다. 침대 발치에는 몸에서 심한 악취를 풍기는, 나이를 짐작할 수 없는 여자의 시신이 누워 있었다. 그녀의 손에는 엽총 한 자루가 위를 향해 들려 있었다. 아마도 총구를 입에 물고 방아쇠를 당겼으리라. 머리 위쪽은 모두 날아가 버렸다. 죽은 지 몇 주가 지난 듯했다. 한때 그녀의 얼굴이었던 것에 불을 비추자 그녀의 입에 남아 있는 부분에서 꼬물거리고 있는 통통하게 살이 오른 하얀 벌레들이 보였다. 입을 막고 한쪽 구석으로 달려가서 영원의 시간만큼 오래도록 똥물까지 토했다. 나도 몸서리나는 그 그림에 작은 공헌을 한 셈이다.

쿵! 입에 구토물이 묻은 채 번개처럼 몸을 일으켰다. 손전등을 비추자 그것이 보였다. 서너 살쯤 되어 보이는 작은 소년이 맨발에 멜빵바지를 입고 높은 의자에 가죽끈으로 묶여 있었다.

그 아이는 그것들 중의 하나였다.

불을 비추자 소년은 몸을 꿈틀거리며 높은 의자를 벽에 부딪쳐서 내가 들었던 그 쿵쿵거리는 소리를 냈다. 그애가 텅 빈 죽은 눈으로 나를 보곤 잡으려고 작은 팔을 앞으로 뻗자 의자 앞에 달려 있는 딸랑이가 흔들리며 딸랑거렸다. 차마 눈 뜨고 볼 수 없는 모습이었다.

욕지기가 나서 한쪽 구석으로 돌아와 그 작은 괴물을 바라보았다. 내 발치에 누워 있는 여인이 그애의 엄마이리라. 소년이 바이러스에 감염되었을 때 그 엄마는 감당하기 힘들었을 것이다. 소년이 변하는 것을 보았지만 차마 죽일 수도 없고 그렇다고 계속 살 수도 없었으리라. 집 안에 갇힌 채 절망과 외로움 속에서 자살을 했을 것이다. 그 괴물은 몇 주 동안 가죽끈으로 의자에 묶여 있어 피가 따뜻한 살아 있는 존재들을 찾으러 가지 못한 것이다.

그 작은 괴물은 나를 보고 흥분해서 계속 몸을 흔들어 댔다. 내게 미약하게라도 남아 있는 침착함을 총동원하여 작살총을 들어 올려 소년의 머리를 겨냥했다. 어둡고 악취 나는 소년의 입에서 약하지만 위협적인 그르렁거리는 소리가 나왔다. 눈물이 볼을 타고 흘러내리고 몸이 덜덜 떨렸지만 소년을 향해 작살총을 들이댔다. 눈을 감았다. 그리고 발사했다.

내가 해야만 하는 일을 했다는 건 나도 잘 안다. 하지만 그 소년은 어린아이나 마찬가지라는 생각이 뇌리를 떠나지 않았다. 이보다 더 끔찍한 짓을 한 적은 없다. 그것은 평생 동안 나를 따라다닐 것이다.

피에 젖은 작살을 빼내 여자의 옷으로 깨끗이 닦았다. 지옥 같은 그 방을 나오다 발부리에 걸려 넘어질 뻔했다. 이젠 정신을 차리고 여기에 온 목적을 완수해야 했다. 빨리 일을 마쳐야 루쿨루스와 내가 또 하루를 넘길 수 있었다. 눈물을 닦고 층계를 내려가 상점으로 들어갔다.

어두웠다. 더럽게 어두웠다. 계단은 터널처럼 컴컴했다. 손전등 불빛의 후광 속에서 계단과 복잡한 패턴으로 꼬여 있는 철제 난간이 보였다. 나는 여전히 떨고 있었고 입에서는 역겨운 토사물 냄새가 진동했다. 입이 말라서 혀까지 뻣뻣했다. 물 한잔만 얻을 수 있다면 살인이라도 저지를 수 있을 것 같았다.

조심스럽게 계단을 내려가기 시작했다. 계단이 삐걱거리는 소리가 마치 신음 소리 같다. 밖에서는 폭풍이 거세게 휘몰아치고, 성난 바람이 요동을 치는 가운데 번쩍이는 번갯불이 그 광경을 비추었다. 공포영화에서 막 튀어나온 듯한 무시무시한 광경이다. 하지만 이건 빌어먹을 영화가 아니다. 나는 이 모든 똥덩어리들 한가운데에 혼자 서 있었던 것이다. 불현듯 최대한 빨리 이곳을 빠져나가 코린트 호로 돌아가 숨고 싶은 마음이 굴뚝같았다. 하지만 그것은 실현될 수 없는 헛된 소망이다. 더 이상은 아니다.

마침내 층계참에 다다랐다. 문은 잠겼지만 다행히도 자물쇠에 열쇠가 끼어 있었다. 딸깍 하는 큰 소리와 함께 이윽고 문이 열렸다.

아주 조심스럽게 고개를 들이밀고 손전등을 비추자 낚싯대와 릴낚시가 말끔하게 정렬된 선반이 눈에 들어왔다. 나는 항해용품점에 들어와 있었다. 잘됐다. 자신감을 얻은 나는 몇 걸음을 내디딘 뒤 손전등으로 선반들을 비추며 머릿속으로 쇼핑 목록을 만들기 시작했다.

머뭇거려서는 안 된다. 한쪽 구석에 돛단배 장비들이 보였다. 여기로 오는 도중에 사고를 당한 뒤라 매우 유용한 '구입품'이 될 것 같다. 총과 작살을 근처 선반에 올려놓고 손전등을 나를 향하게 한 뒤 내 사이즈에 맞는 잠수복을 고르는 데 몰두했다. 그 덕분에 나는 목숨을 잃을 뻔했다.

으르렁거리는 소리와 함께 내 옆에 쌓여 있던 낚싯대들이 무너져 내렸다. 밀랍같이 하얀 팔 두 개가 그것들을 밀쳐내고 튀어나왔다. 나머지 몸뚱이가 뒤를 이어 나타났다. 40대 중반의 유령처럼 창백한 사내로 눈은 죽고 입은 비뚤어져 있었다. 그것들 중의 하나다.

그것은 빠른 속도로 내게 다가왔다. 어쩌다 보니 나도 모르는 새 그것이 내 머리 위에 올라와 있었다. 무기는 너무 멀리 있어서 아무 소용이 없었다. 갈고리발톱 같은 손으로 내 팔을 잡은 그것이 엄청난 힘으로 밀어붙이는 바람에 균형을 잃고 괴물과 함께 뒤로 넘어지며 진열장을 들이받았다.

요란한 소리와 함께 우리는 컴퍼스 진열장 위로 넘어졌다. 괴물은 여전히 내 머리 위에 달라붙어 온몸으로 나를 내리눌렀다. 그놈의 팔을 잡고 괴물과의 사이에 한 발을 구부려 넣은 채 내 얼굴을 물지 못하도록 괴물의 입을 계속 밀어냈다. 괴물의 얼굴은 광인 그 자체다. 괴물의 턱은 공수병에 걸린 개처럼 짤깍거리며 허공을 물어뜯고 있었는데, 코를 물릴 뻔하기도 했다.

간신히 그것을 떼어낸 뒤 정신없이 머리를 굴렸다. 그 빌어먹을 것은 힘이 너무 셌다. 그것들이 지치는지는 모르겠지만 당연히 나는 지쳐서 팔에 경련까지 났다. 너무 절박한 상황이었다.

젖 먹던 힘까지 다 짜내서 오른쪽 엉덩이로 몸을 굴리자 그것의 몸뚱이가 진열장에 부딪쳤다. 강철로 만든 진열장 모서리가 그것의 척추뼈 끝까지 파고들었다. 사람이라면 고통 때문에 몸부림쳤겠지만 그것은 아무것도 느끼지 못했다. 이제 우리는 나란히 누워 마치 연인처럼 부둥켜안고 있지만 성욕 같은 것은 손톱만큼도 일어나지 않았다. 괴물의 팔 하나는 내 몸에 깔려 있어 잠수복을 통해 그것이 손톱으로 내 등을 긁어 파는 것을 느낄 수 있었다. 다행히 네오프렌은 아주 두꺼웠고, 자세도 해괴망측해서 내 몸을 꽉 붙잡지는 못했다.

이제 내 한쪽 팔은 자유롭다. 그 혼란의 와중에 손전등이 선반에서 굴러 떨어져 주위는 완전한 암흑이 되었다. 마음대로 움직일 수 있는 한쪽 손으로 머리 위에 있는 가장 가까운 선반을 닥치는 대로 더듬었다. 이때 무거운 원통 모양의 물건이 손에 닿자 있는 힘을 다해 괴물의 머리통을 내리쳤다. 하지만 아무런 효과가 없었다. 다시 한 번 그것을 내리쳤다. 그래도 소용없었다. 머리를 치는 것만으로는 그 개자식들을 해치울 수도 내 목숨을 구할 수도 없었다. 그런 뒤 내가 마지막으로 내리쳤을 때 뜻밖의 일이 벌어졌다.

미끈거리는 기름 같은 액체가 쏟아져 내렸던 것이다. 처음에는 그것이 피를 흘리는 거라고 생각했지만 피라고 하기에는 너무 끈적거리고 진했다. 그제야 그것이 나에게 구토를 한 것이 아닌가 하는 생각이 들었지만, 너무 역겨워서 애써 그 생각을 지워 버렸다. 다른 쪽 팔을 낮추고 다리를 구부려서 그것의 몸뚱이를 걷어차 떨어트렸다. 너무 서두르는 바람에 몸을 빼내다가 또 다른 선반과 부딪쳤다.

눈앞에 별이 어른거릴 만큼 심하게 부딪친 탓에, 수백만 개의 하얀 점과 푸른 점, 붉은 점, 파란 점이 눈앞에서 춤을 추었다. 발을 헛디뎌 미끄러지면서 간신히 일어섰을 때 내 앞에서 1미터도 안 되는 곳에서 그것이 쓰러지는 소리가 들렸다. 진열장에 기대고 있으려니 바로 내가 무기를 내려놓았던 곳이었다. 부디 손전등이 바닥에 떨어지지 않았기를 기원하면서 더듬거리며 권총을 찾았다. 뒤에서는 그것이 일어나려고 발버둥치고 있었지만 결국 실패했다.

굵은 땀방울이 이마로 흘러내렸다. 그 순간 글록의 개머리판이 손에 잡혔다. 몸을 돌려 어둠을 향해 총을 쏘았다. 상점처럼 꽉 막힌 공간에서는 총소리가 마치 대포 소리 같다. 귀가 먹먹한 중에도 첫발의 섬광 속에서 본 것이 무엇인지 헤아려 보았다. 다시 겨냥을 하고 세 발을 더 쏘았다.

총소리와 화약 냄새가 온 방에 진동했다. 그것은 막 움직임을 멈추었다. 숨을 헐떡거리며 글록을 들고 한 바퀴 방을 돌며 실눈으로 어둠속을 살폈다. 허리를 숙이고 손전등을 찾아보았다. 마침내 그것을 찾아 흔들어 보니 고장 난 데가 없어서 마음이 놓였다. 손전등을 켜서 가게 안을 훑어보았다.

마치 허리케인이 훑고 지나간 것 같았다. 몸싸움을 하는 동안 뒤집힌 진열장들이 바닥에 굴러다녔다. 그것의 시신은 잠자는 듯한 모습으로 벽에 기대어 있었다. 이마에 난 커다란 검은 구멍에서 피가 뿜어져 나오고 있었다.

바닥에는 진한 기름 같은 물질이 뒤덮여 있었다. 몸을 굽혀 만져보았다. 그제야 내가 배의 엔진 오일 캔으로 그것의 머리를 두들겼다는 것을 깨달았다. 캔이 깨지면서 오일이 사방으로 새어나온 것이다. 그 덕분에 나는 자유롭게 슬라이딩을 할 수 있었던 데 반해 그 괴물은 몇 번이나 넘어져서 내가 총을 찾을 수 있도록 시간을 벌어준 것이다. 단순한 깡통 하나가 내 목숨을 살려주다니……. 이 아이러니를 어떻게 해석해야 할까.

머리부터 발끝까지 엔진 오일로 뒤범벅이었다. 거기 대재난의 한가운데서 어둡고 끈적거리는 기름을 온몸에 뒤집어쓴 채 우뚝 서 있었으니 얼마나 으스스한 광경이었을까. 몸에 아드레날린이 솟아오르자 그제야 내가 아직 살아 있다는 것이 실감났다. 그 캔과 행운의 총알이 없었더라면 그 빌어먹을 괴물이 나를 가볍게 먹어치워 지금쯤 나는 그것들 중의 하나가 되었으리라. 다시 속이 울렁거렸지만 더 이상 토할 게 없었다.

그것은 그 아이의 아버지였던 게 틀림없다. 이제야 작은 소년이 어떻게 감염되었는지 알 것 같다. 그의 아내는 남편이 변하는 것을 알고 여기 상점에 가두었다. 그러고는 아이도 같은 운명인 것도 모른 채 아이를 안고 이층으로 돌아온 것이다. 제기랄!

철문은 굳게 닫혀 있고 상점 안에 또 다른 괴물은 없는 것 같다. 하지만 총소리 때문에 한 무리의 그것들이 몰려들어 문 밖에서 요란하게 두드리고 있다.

할 일이 세 가지가 있다. 그곳을 안전하게 지키고, 필요한 물품을 찾아내고, 이 미친 집을 빠져나갈 방법을 알아내는 것이 그것이다. 서둘러야 한다.

55
2월 22일 오후 6시 15분

"우리가 두려워해야 할 것은 오직 두려움뿐이다."

이 말을 한 사람이 루즈벨트였던가? 하지만 그는 아드레날린이 용솟음치는 가운데 어두운 상점에 갇힌 적도 없고, 엔진 오일을 뒤집어 쓴 채 2미터도 안 되는 철문 밖에서 피에 굶주린 수십 명의 괴물들이 자신을 죽이기 위해 문을 두드리는 일도 겪어본 적이 없다. 확신하건대 그는 두려워해 본 적이 있었을 것이다. 빌어먹을 두려움.

발치에 널려 있는 양탄자 더미를 본 순간 상황의 심각성이 뼈저리게 느껴졌다. 지칠 대로 지친 나머지 비웃 더미에 털썩 주저앉아 벌벌 떨며 그것들이 두드릴 때마다 덜덜거리는 철문을 노려보았다.

천둥소리는 물론이고 다른 소리도 아무것도 들리지 않았다. 폭풍이 실컷 심통을 부린 뒤 사라져 버린 것이다. 내가 생사의 결투를 하는 동안 부에우 항에 휘몰아쳤던 폭풍이 남긴 것은 홈통으로 콸콸거리며 흘러내리는 빗물뿐이다.

선반에 기대 간신히 몸을 곧추세운 뒤 모든 감각을 동원하여 주위를 살펴보았다. 상점에 놀랄 만한 것이 더 있는지부터 재빨리 확인했다. 다른 출구는 없고, 작은 화장실과 상품들을 반듯하게 쌓아 놓은 저장실만 있다. 한쪽 구석에 묻은 녹빛의 핏자국을 제외하면 눈에 띄는 것은 없었다. 그곳은 바로 그 사내가 어둠 속에서 홀로 개처럼 바닥에 누워 변이되어 갔던 곳이리라. 생각만 해도 소름이 끼친다.

시간이 별로 없다. 몇 분만 더 있으면 이곳은 포위를 당해 꼼짝없이 당하고 말 것이다. 황급히 돌아다니며 상점의 반을 닥치는 대로 배낭 안에 집어넣었다. 스페인과 북아프리카 해안의 완벽한 차트 두 세트(하나는 스페인 해군에서 그리고, 또 하나는 영국 해군본부―아직까지는 세계 최고―에서 그린 것이다.)와 제도 도구 커넥션이 장착된 고성능 GPS, 컴퍼스 두 개, 손전등 배터리 수십 개, 신호기, 망원경이 달린 낚싯대, 낚싯바늘과 낚싯줄이 담긴 박스 하나, 안전 장비, 여분의 잠수복, 고성능 작살총 두 개, 길고 불길한 주철 작살 이삼십 개. 장전된 작살총이 세 개가 있다는 건 한 개가 있는 것보다 당연히 더 좋은 일이다.

이 모든 것을 배낭 안에 집어넣었다. 계단을 올라 옥상으로 가는데 갑자기 신경질적인 웃음이 터져 나와 아무리 해도 멈출 수가 없었다. 작살총을 들고 배낭을 메고 찢어진 잠수복을 입고 온몸이 기름과 피로 범벅된 내 모습은 괴짜 폭군처럼 보였을 것이다.

이층에 올라가자마자 부엌으로 달려가 먹을 것을 찾아보았다. 괴물들을 피해 도시를 돌아다니며 이미 깡그리 약탈당한 상점을 찾으러 다니는 짓은 정말이지 하고 싶지 않다. 집을 떠날 때 장난삼아 쇼핑센터에 가서 식료품과 가정용품을 가져오는 생각을 해보았다. 하지만 문득 안전한 하늘의 최후의 며칠 동안 엄청난 수의 사람들이 나와 똑같은 생각을 했을 거라는 데 생각이 미쳤다. 아마도 무장한 군인들이 안전한 하늘에 있는 대다수의 사람들을 먹이기 위해 나라 안의 모든 상점을 약탈했을 것이다.

다행히도 식료품 저장실에 파스타와 각종 통조림, 케첩, 쌀, 밀가루 등 풍부한 음식이 있었다. 그 밖에 설탕자루와 커피 5파운드도 집어 들었다. 막 떠나려 할 때 커다란 유아용 음식 봉투가 눈에 띄었다.

잠시 거기 서서 깔끔하게 정리된 그 모든 병들을 바라보며 그 음식을 먹어야 할 아이를 내가 죽였다는 사실을 떠올렸다. 그 생각을 하자 다시 속이 메스꺼웠다.

눈물을 머금은 채 아이의 엄마가 정성껏 마련해 놓은 유아용 음식을 싸기 시작했다. 나를 위해서가 아니라 루쿨루스를 위해. 루쿨루스는 그것을 무척 좋아할 것이다. 밖으로 나오는 길에 홈바가 눈에 띄어 진 두 병과 말보로 반 갑을 챙겼다. 신난다! 배에 오르면 담배 한 대를 피우며 잠을 청할 것이다. 그리고 잊을 것이다.

배낭이 꽉 차지는 않았지만 제법 무거웠다. 더구나 울부짖는 괴물들을 피해 부두로 달려가야 한다는 것을 고려하면 너무 무거웠다. 창문으로 바깥을 살짝 내다보았다. 그쪽으로는 나갈 방법이 없어 보였다. 물에 흠뻑 젖은 유령 같은 언데드들 서른 놈 정도가 상점 앞의 작은 길을 가득 메우고 있었다.

발끝으로 살금살금 걸어서 부엌으로 돌아왔다. 창문은 더 좁은 길을 향해 열려 있었다. 그곳엔 인적이 전혀 없었다. 고개를 쑥 내밀어 왼쪽을 살펴보았다. 바다가 보였다. 그 길로 달아나야겠다. 다시 상점으로 가서 배를 묶는 데 사용하는 내구성이 강한 밧줄 약 10미터를 잘라냈다. 부엌으로 돌아오자 밧줄 한쪽 끝을 라디에이터에 묶고 다른 쪽은 창문 밖으로 던졌다. 이제는 밧줄을 타고 내려가 그 개자식들이 나를 보기 전에 길 끝까지 달려가기만 하면 됐다. 식은 죽 먹기다!

하지만 먼저 블라인드를 올려야만 했다. 비에 흠뻑 젖어 있어서 있는 힘을 다해 홱 잡아당겼다. 그러자 쥐 죽은 듯 고요하던 거리에 기관총을 쏘는 듯한 요란한 소리가 울려 퍼졌다.

밧줄을 타고 내려가 다친 발목이 상하지 않도록 조심스럽게 땅을 디뎠다. 중간에 괴물 둘을 무사히 따돌리고 길 끝을 향해 달렸다. 하나는 교차로에 있고, 또 하나는 길 건너편 공중전화 부스 뒤에 있었다. 뒤도 돌아보지 않고 계속 달렸다. 아무것도 두렵지 않았다. 흥분한 나머지 머릿속에서는 길을 꽉 메우고, 조용히 나를 따라와서, 막다른 골목으로 나를 몰아 끝장을 내는 그 떼거리들의 모습이 한시도 떠나지를 않았다.

다행히도 막다른 길은 아니었다. 내가 온 길과 나란히 나 있는 항구로 가는 길이었다. 몸을 숨긴 채 방파제를 따라 기어가서 천천히 구명정을 향해 다가갔다. 이렇게 가다 보니 돌아가는 데 걸린 시간은 올 때보다 거의 세 배나 되었다. 바위에 걸려 미끄러지는가 하면 여기저기 부딪치다 머리통이 깨질 뻔하기도 했다. 구명정이 있는 곳에 도착했을 무렵에는 온몸이 흠뻑 젖고 두려움에 혼비백산이 되어 있었다. 보통 세상에서는 제정신이 박힌 사람이라면 그 누구도 거센 바람을 맞으며 폭풍의 마지막 파도가 휘몰아치는 가운데 조류가 덮인 미끄러운 바위를 기어가지는 않을 것이다. 하지만 이곳은 이제 보통 세상이 아니다.

마침내 부두 위로 기어올라 작은 보트에 올라타자 어둠이 내리깔리기 시작했다. 노를 저어 물결을 타고 부드럽게 코린트 호를 향해 가고 있을 때였다. 너무 놀라 피가 얼어붙는 것 같았다. 갑판에서 뭔가가 움직이고 있었던 것이다! 그 개자식들이 어떻게 거기까지 온 모양이었다.

곧 갑판 위의 그림자가 별안간 마치 나를 본 것처럼 그 자리에 못 박히듯 서 있었다. 긴 울음소리가 나에게 인사했다. 루쿨루스다! 나의 가엾은 고양이는 혼자 너무 오래 있어서 혼란스럽고 화가 나서 나를 찾으러 갑판 위로 올라온 것이다. 생각만 해도 가슴이 아팠다. 코린트 호에 다가가자 이 작은 친구는 물에 흠뻑 젖어 온몸을 떨면서 자랑스럽게 난간 위에 올라가 있었다. 루쿨루스는 갑판에서 망을 보며 폭풍우를 이겨내고 나를 기다리고 있었던 것이다. 이럴 수가!

마지막 남은 힘을 다해 배 위로 기어 올라가 구명정을 끌어올리고 배낭 속의 물건을 모두 꺼냈다. 오랫동안 샤워를 하고 루쿨루스(고양이는 끊임없이 갸르릉거렸다.)를 말려 준 뒤 전란의 터에 앉아 밥을 먹으며 바로 몇 시간 전에 내가 죽을 뻔한 부에우의 고요하고 어두운 거리를 바라보았다.

곧 동이 틀 것이다. 상상할 수도 없는 한 주일을 보낸 뒤 마침내 폭풍이 물러갔다. 이제 우리의 여행을 계속할 때가 왔다. 우리의 다음 목적지를 향하여. 희망을 향하여.

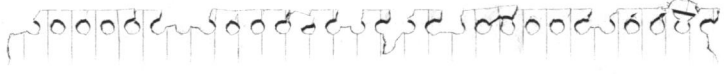

56
2월 23일 오후 6시

좋은 일. 배에서 유일한 거울은 소형 냉장고 위에 있는 작은 거울이다. 코린트 호가 비고에 다가가자 내 얼굴은 흥분을 감출 수 없었다.

지난 몇 시간은 들뜨고 유쾌하고 자유롭기 이를 데 없었다. 동이 트자마자 닻을 올리고 배가 조류와 해류를 타고 부두에서 후미의 한가운데로 한가로이 떠다닐 수 있게 내버려 두었다. 이따금 코린트 호가 해안에서 멀어질 때 갈매기와 가마우지의 새된 울음소리만이 정적을 깨곤 했다. 아침은 시원하고 밝았으며 혹독한 폭풍의 흔적은 자취도 없이 사라졌다. 항해하기에 완벽한 날이다.

지옥 같은 이번 일이 있기 전에는 바다로 나가는 낚싯배를 흔히 볼 수 있었다. 심지어는 마린 항구로 가는 유조선들 사이로 갈지자로 항해하는 돛단배도 볼 수 있었다. 하지만 어제 아침 따뜻하게 몸을 감싸고 진한 커피 한 잔을 손에 든 채 후미에 서서 항구를 바라보니 사람의 모습은 그림자 하나 없었다. 배를 몰고 바람이 더 센 쪽으로 가보았다. 주위를 두루 둘러보았지만 모든 게 죽은 듯 미동 하나 없다. 마치 내가 지구에 남은 마지막 사람인 것 같은 기분이다. 정말 불안하다.

바람이 충분히 강해지자 제노아 돛(순항경주용 요트의 큰 돛에 포개는 큰 세모꼴의 돛—옮긴이)과 작은 삼각돛을 올렸다. 코린트 호는 비좁은 방목장에 너무 오래 갇혀 있던 말처럼 미친 듯이 앞으로 나아갔다. 어느새 우리는 시간당 7노트의 속도로 항해하고 있었다.

항적에서 일어나는 하얀 물보라를 보고 있을 때 루쿨루스가 갑판으로 나왔다. 한 차례 기지개를 켜고는 한달음에 내 무릎으로 올라왔다. 루쿨루스가 겨우 작은 털뭉치만 했을 때부터 다른 모든 고양이처럼 루쿨루스도 매우 독립적이었다. 하지만 이 모든 혼란을 겪은 뒤 루쿨루스는 좀처럼 내 곁을 떠나지 않는다. 아마도 고양잇과 동물의 방식으로 세상이 변했다는 것을 알아챈 모양이다. 이 녀석은 그의 우주 가운데 사라지지 않는 유일한 부분 곁에 있고 싶어 했다, 바로 내 곁에. 모든 응석을 받아주었지만 때로 너무 심할 때가 있다, 심해도 너무 심한. 그런데도 아직 이 녀석은 매혹적이다. 그리고 나의 유일한 동반자다.

오전 내내 바람은 자꾸만 후미 끝으로 우리 배를 밀어 보냈다. 혹시 산 사람의 흔적이라도 찾을까 해서 쌍안경으로 양쪽 연안의 고요한 마을들을 훑어보았다. 부에우와 콤바로, 산센소, 오그로베를 천천히 지나치면서 내가 본 것이라곤 고요한 건물들과 버려진 자동차, 목적 없이 어슬렁거리는 그것들이 전부다. 안전한 하늘이 붕괴되기 전에 소개된 지역으로 온 사람들이다.

내가 만든 한 가지 이론이 있다. 그 돌연변이들이 자기가 생전에 무엇이었는지에 대해 약간의 기억을 갖고 있으며, 그로 인해 자신이 살던 곳으로 돌아온다는 것이다. 아마도 엉터리일지도 모르겠지만 내가 살아 있는 유일한 사람이니 내 이론을 따라올 자는 당연히 없지 않겠는가.

내 이론처럼 강을 굽어보는 수천의 집 가운데 아직 누군가가 살아 있지 않을까 하는 의구심이 들었다. 그가 만일 물살을 가르며 대양으로 가는 배를 보았다면 어떤 생각을 했을까? 내가 만약 바다에서 2킬로미터 떨어진 곳에 갇혀 있는데, 코린트 호가 지나가는 것을 본다면 고통을 견디지 못하고 죽어 버렸을 것이다.

부디 연안이나 주위를 둘러싼 산속에서 나에게 신호를 보내는 사람이 없기를 빌었다. 그를 구조해 줄 방법도 없지만 죄의식 때문에 시도는 해볼 것이고 그런 어리석은 짓을 했다가는 목숨을 내놓기 십상이니까.

마음을 접고 쌍안경을 치우고 등을 돌렸다. 지금은 더 생산적인 일에 신경을 써야 할 때다. 루쿨루스와 나는 거의 두 달 동안 캔이나 일회용 식품만 먹고 살았다. 식단을 좀 더 다양하게 해야겠다. 낚싯바늘에 미끼를 끼우고 선미에 낚싯대를 드리운 뒤 담배를 피우며 아침 낚시와 선탠을 즐겼다. 단 20분 만에 고등어 여섯 마리가 양동이에서 퍼덕거렸다. 몇 시간 동안 그 괴물들과 세상의 종말, 가족과 헤어진 가슴앓이를 완전히 잊고 낚시를 즐길 수 있었다. 그 몇 시간 동안 나 자신이 되었고, 내 고양이와 내 배, 바다만 있었다.

하지만 생선을 손질할 칼을 가지러 선실에 들어갈 때 보니 구름 한 조각이 완벽한 날씨를 망쳐 버렸다. 한구석에는 여기저기 찢어진 더러운 잠수복이 걸려 있었다. 내 목숨을 몇 번이나 지켜 준 구세주다. 지금 그것은 물결이 흔들리는 대로 춤을 추고 있었다. 그것을 보니 바닷가를 어슬렁거리며 나를 기다리는 모든 악마들이 떠올랐다. 그들은 이렇게 소리치고 있는 것 같다.

"조만간 넌 다시 땅으로 내려와야 해."

젠장.

적어도 뱃전에서 구워 먹은 생선은 기가 막히게 맛있었다. 몇 달 만에 처음 먹어 보는 신선한 음식이었다. 내가 그릇에 담아 준 고등어를 보고 흥분한 나머지 몸을 떨고 있는 루쿨루스를 보자 "입맛을 다시게 한다."는 말이 저절로 이해가 되었다.

비고 만의 북단과 폰테베드라 만의 남단에 있는 모라조 반도 끝에 도착하자 상황이 달라졌다. 이삼 미터 높이의 파도가 코린트 호를 흔들었지만 그 정도는 항해하기 딱 좋은 수준이었다. 큰 삼각돛을 올리자 시속 9노트의 놀라운 속도로 배가 달리기 시작했다. 뱃머리가 거대한 물보라를 일으키며 물살을 가르고 나아갔다. 시원한 바닷물이 조종석을 덮치는 바람에 물에 흠뻑 젖은 나는 야성적인 얼굴로 미친 사람처럼 실컷 소리를 질렀다. 이 얼마나 멋진 항해인가!

밤이 되자 기분이 가라앉았다. 잠이 좀처럼 오질 않아 항해 노정을 구상해 보았다. 지난 몇 시간은 힘겨웠지만 대단했다. 코린트 호는 차트에 나온 항로대로 비고 만으로 들어섰다. 거의 스무 시간 동안의 항해 끝에 한적한 해안가에 닻을 내리고 밤새 푹 잘 수 있도록 자리를 잡았다. 동틀 무렵이면 마지막 몇 킬로미터를 달려 거대한 무역항인 비고 항으로 들어갈 것이다. 시트로엥 자동차회사 소유의 부두에 배를 댈 계획이다. 부디 누군가가 나를 따뜻이 반겨주면 좋으련만.

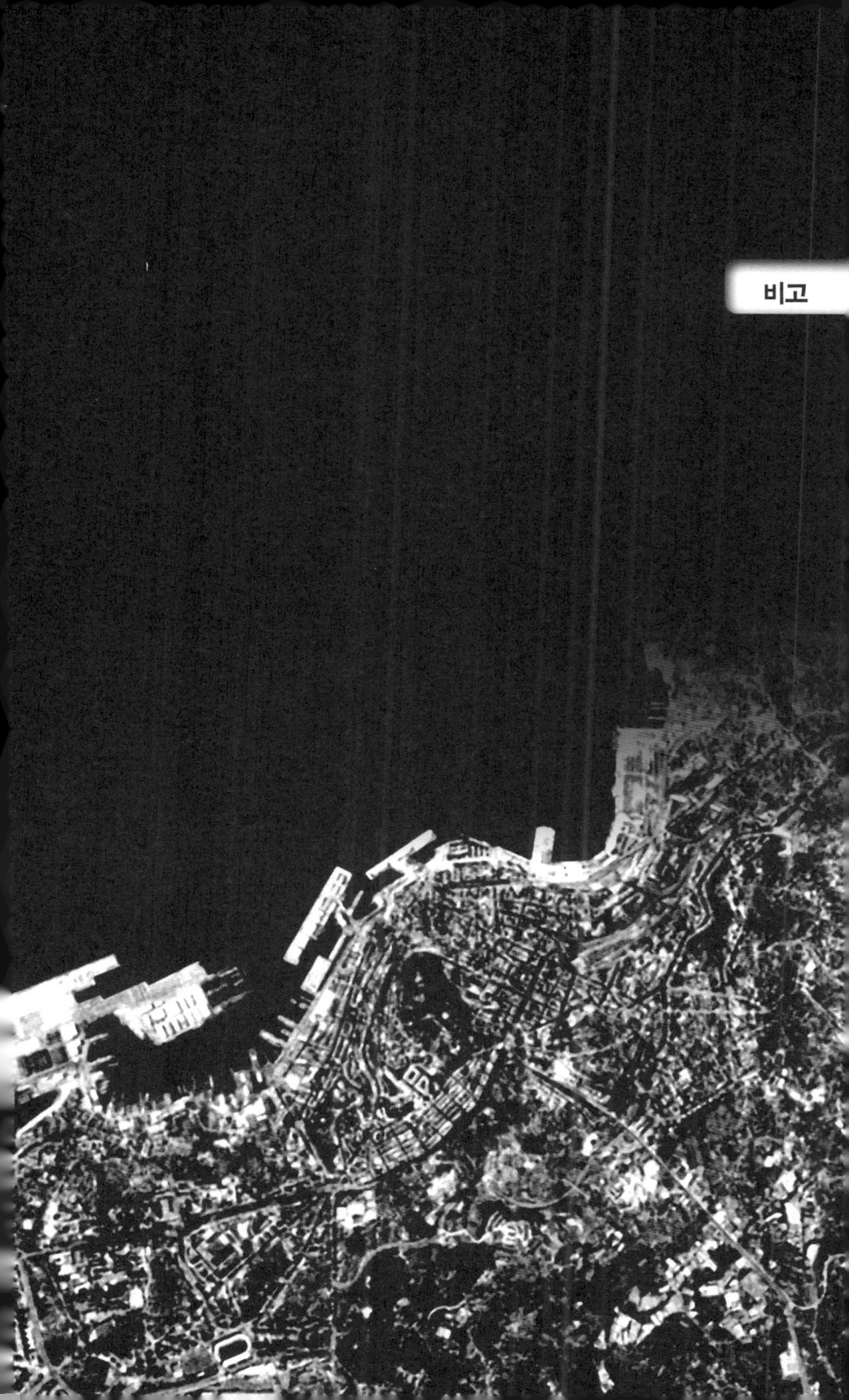

비고

57
3월 5일 오후 5시 38분

마지막으로 일기를 쓴 뒤로 여러 날이 지나갔다. 나를 붙잡은 사람은 지금까지도 코린트 호에 올라가 일기장과 개인 소지품을 가져오는 것을 허락하지 않는다.

열흘 전 비고 항에 입항하여 닻을 내렸다. 코린트 호는 항구에서 불어오는 산들바람을 맞으며 부드럽게 흔들리고 있다. 썰물이 빠져나가면서 파도가 느릿느릿 길고 날렵한 선체를 찰싹거렸고, 돛을 내린 돛대가 부드럽게 흔들거리는 가운데 이따금씩 스틸 클립(강철 조임쇠 ― 옮긴이)이 알루미늄 타륜에 부딪치며 쨍그렁 소리를 냈다. 거기 목가적인 풍경 한가운데에 갑판 위 승강구에 몸을 묻고 반쯤 빈 술병을 들고 눈에 눈물이 가득 괸 내가 있었다.

비고는 죽음의 도시가 되었다. 온 도시가 완전히 죽어 있었다. 생명을 잃은 것. 폐허. 살아 있는 사람은 하나도 없었다. 한때 인구 25만 명이 살았던 도시의 부두에서 200미터 떨어진 곳에 닻을 내렸다. 부두에는 전에 한 번도 본 적이 없는 엄청난 수의 돌연변이들이 우글거렸다. 유례없는 대재앙의 한가운데서 그것들은 항구 여기저기를 서성거리고 있었다.

항구는 전쟁터를 방불케 했다. 새카맣게 타버린 자동차들, 강력한 폭발로 산산이 부서진 대형 창고, 심지어 해치가 모두 열린 수륙 양용 병사 수송차 두 대도 있었다. 차마 눈 뜨고 볼 수 없는 끔찍한 광경이었다. 불에 타 죽은 수천의 시신들이 썩은 내를 풍기며 곳곳에 널려 있었다. 그 전투의 승자들은 아무것도 안중에 없이 어슬렁거리고 있었다. 바로 언데드다.

내 생각이 맞았다. 남부 갈리시아의 마지막 피난처인 비고의 안전한 하늘은 끝까지 저항했다. 하지만 너무 늦게 도착했다.

그 지옥 같은 광경 중 가장 소름끼치는 것은 주 부두의 모습이다. 반쯤 가라앉은 수십 척의 배들에서 돛대와 안테나들이 삐죽삐죽 솟아나와 있는가 하면 여기저기서 반쯤 물에 잠긴 배와 심지어는 뒤집혀져 볼썽사납게 프로펠러를 드러내고 있는 배들도 쉽게 볼 수 있었다.

마지막으로 항구의 크레인에 잘 익은 과일처럼 매달린 수십 구의 시체들이 이 혼란스러운 광경을 마무리했다. 단테의 『신곡』 「지옥편」에서 막 뛰쳐나온 듯한 모종의 지옥의 서커스가 그 부두들에서 상연된 게 분명하다. 총싸움과 화재의 흔적이 곳곳에 남아 있다. 세상에서 가장 큰 어업 회사인 페스카노바도 잿더미가 되었다.

그날 일찍 도시의 모습이 눈에 들어오자 등골이 오싹했다. 쌍안경으로 보니 온 도시가 엄청난 대화재로 흉측한 몰골이 되어 있다. 아직도 잿불에서 연기가 피어오르고 있지만 불을 끄고 있는 소방수는 하나도 보이지 않았다. 폭풍우 덕분에 불은 꺼진 상태다. 항구가 가까워짐에 따라 산 사람을 만날 확률이 전무하다는 사실이 분명해졌다.

너무 놀라서 몇 시간 동안 아무것도 못 하고 해치에 기대 앉아 있다. 무엇을 해야 할지 어디로 가야 할지 알 수가 없다. 불길한 생각이 뇌리를 스쳐갔다. 너무 처참한 광경이라 도저히 믿기지가 않았다.

몇 시간 뒤 엄청난 양의 알코올과 강렬한 자기 연민에 빠져 있던 나는 그 광경 속에서 뭔가를 보고 눈이 번쩍 뜨였다. 해안에서 600미터 떨어져 평화롭게 닻을 내린 흰색과 붉은색으로 도장한 낡은 화물선으로, 흘수선에는 적갈색의 녹이 넓은 띠를 이루고 있다. 그 숱한 시련을 겪고도 상한 데 하나 없이 멀쩡했다. 폰테베드라를 떠난 이후 처음으로 물 위에 떠 있는 배를 본 것이다. 아직까지 멀쩡한 배가 있다는 것은 논리적으로는 결코 설명할 수 없는 일이다.

다른 할 일도 없고 해서 용기를 내어 다가가 보았다. 썩 내키지는 않았지만 닻을 올리고 등에 산들바람을 맞으며 그 폐선으로 다가가면서 어떻게 배에 올라가 생활용품을 약탈해 올까만 생각했다.

마침내 그 배의 이름과 모항을 알 수 있었다. '자렌 키비슈 호, 나소'라는 커다란 글자가 흰색으로 씌어 있다. 닳아서 흐느적거리는 스페인 깃발이 휘날리고 있었는데, 어느 나라의 국기였는지 알아볼 수 없을 만큼 낡고 쭈글쭈글한 헝겊대기였다. 그 옆에는 빳빳한 안테나가 달린 레이더 돛대가 있었다.

점점 가까이 다가가자 햇빛 속에 뱃전에 내어단 이상한 선반 같은 게 보였다. 그게 뭔지 의아했다. 바로 그때 그 선반이 갑판으로 뛰어

내려와 소리를 치기 시작했다. 한동안 내 눈을 믿을 수가 없었다. 바로 그 순간 내가 쇳덩이라고 생각한 것이 사실은 뱃전에 매달린 사람의 다리라는 것을 깨달았다. 살아 있는 사람의 다리였던 것이다! 오, 신이시여.

기쁨의 탄성을 지르며 팔을 흔들고 펄쩍펄쩍 뛰면서 뱃머리로 달려갔다. 첫 번째 사람은 두 배가 되었고 그들 뒤로 여섯 명이 더 나타났다.

기쁨의 눈물을 흘리며 코린트 호를 자렌 키비슈 호 옆에 붙였다. 몇 주 만에 처음 만난 살아 있는 사람들이다.

그들이 밧줄을 건네줘서 코린트 호의 뱃머리와 선미를 묶었다. 어서 갑판으로 건너가 새 친구들을 껴안고 싶은 일념에 그들이 던져준 밧줄 사다리를 타고 원숭이처럼 날쌔게 기어 올라갔다.

갑판에 올라간 나를 처음 맞이한 것은 내 얼굴을 겨냥하고 있는 총신이 까만 자동소총이었다. 그 뒤에는 상을 찡그리고 나를 노려보는 외국인인 듯한 사내들이 있었다. 자렌 키비슈 호는 나를 환영하지 않았다. 뭔가 단단히 잘못된 모양이다.

58
3월 6일 오후 5시 26분

햇빛이 자렌 키비슈 호의 갑판에 내리쪼이고 강철로 만든 선체에 반사되었다. 나는 손끝 하나 움직이지 못하고 그들이 처음 무엇을 할지 기다리고 있다. 등줄기로 굵은 땀방울이 흘러내렸다. 날이 더워서 나는 건지 무서워서 나는 건지 알 수 없었다.

그 사람들은 너무나 이상했다. 반은 아시아 사람 같고 나머지 반은 세계일주에 나선 유엔 대표단 같았다. 조심스럽게 손을 올린 뒤 작은 소리로 말했다.

"안…… 녕…… 하세요."

아무도 웃지 않았다. 영어와 갈리시아어, 포르투갈어, 프랑스어 등 내가 아는 모든 언어로 내 소개를 해보았지만, 아무도 눈썹 하나 까딱하지 않았다.

상황이 매우 우스꽝스럽게 전개되었다. 여남은 명의 사람들이 한낮의 찌는 듯한 햇볕 아래서 손톱 하나 까딱하지 않고 서로를 노려보며 갑판에 서 있었다. 무엇보다 나쁜 것은 무슨 잘못이 있었는지 총구가 나를 겨누고 있는 것과 몇 분 전부터 들고 있던 팔에 쥐가 나기 시작했다는 것이다.

갑자기 선원들을 밀치고 육중한 중년 사내가 앞으로 나섰다. 슬라브인으로 보이는 그는 묵직한 모직 재킷을 입고 있었으며, 숱 많은 턱수염 여기저기에 음식 찌꺼기가 덕지덕지 붙어 있었다. 선원들이 그에게 경의를 표하는 것으로 보아 자렌 키비슈 호의 선장인 듯했다. 내가 이 배에 올라탄 것이 점점 더 후회스러웠다.

선장은 뒷짐을 진 채 내 앞으로 다가서서 좋이 몇 분 동안 나를 위 아래로 훑어보며 깊은 생각에 잠겼다. 마침내 결단을 내린 모양이다. 전혀 알아들을 수 없는 언어로 그가 몇 마디하자 다른 사내들이 총구를 내렸다.

선장은 앞으로 몇 걸음 다가와 내 손에 팔뚝만 한 주먹을 쑤셔 넣고는 함박 같은 미소를 지어 보였다. 여기저기서 안도의 한숨 소리가 들려왔다. 긴장이 풀리면서 나도 하마터면 말을 할 뻔했다.

그 덩치 큰 사내는 슬라브어 억양의 영어로 자신을 소개했다. 우크라이나에서 왔으며, 이름은 이고르 우샤코프이고, 자렌 키비슈 호의 선장이라는 것이다. 그는 그 떠다니는 고물덩어리에 온 것을 크게 환영했다. 내가 뭐라고 대꾸도 하기 전에 선원들이 나를 에워싸며 등을 두드리고 함박 같은 미소를 지으며 도무지 알아들을 수 없는 대여섯 개의 언어로 말을 걸었다. 다행히도 우샤코프 선장이 벽력같은 소리로 몇 가지 지시를 한 덕분에 선원들의 애정 어린 포옹 세례에서 벗어날 수 있었다.

그들이 나를 배 안으로 안내할 때 너무 궁금한 나머지 별의별 생각이 다 떠올랐다. 선원 두 명이 코린트 호로 내려가 절박하게 야옹거리고 있던 루쿨루스를 데려왔다.

선장실에 도착하자 내가 선장의 점심 식사를 방해했다는 것을 알 수 있었다. 선장은 팔을 걷어 올리며 나에게 식사를 권했다. 나도 모르는 새 내 앞에는 비프 스튜 같아 보이는 것과 시원한 맥주가 놓여 있었다. 내가 게 눈 감추듯 음식을 먹어 치우는 동안 선장은 물끄러미 나를 쳐다보았다. 내가 놀랄 만큼 맛있는 스튜 국물을 마지막 한 방울까지 다 마셔 버리자 그가 몇 가지 질문을 했다. 나는 누구냐? 어디서 왔느냐? 어디로 가던 중이냐? 오는 길에 사람들을 많이 만났냐?

부른 배를 안고 뒤로 기댄 채 지난 두 달 동안 내가 어떻게 지냈는지를 자세히 말해 주었다. 선장은 내가 그 괴물들에게 가까이 접근한 것 따위보다는 현재 이 만의 상황에 대해 더 관심을 보였지만 내 말을 끝까지 들어 주었다. 이번에는 내가 질문할 차례다.

그 배의 이름은 자렌 키비슈 호다. 선적 등록국의 국기를 달고 바하마 제도에서 왔는데, 선주는 그리스 여자고 그녀의 사업 파트너들은 에스토니아인이다. 배에는 4만 톤의 강철 스풀이 선적되어 있으며, 배는 거의 한 달 넘게 비고 만에 정박해 있다. 대부분의 국제 운반선처럼 선원들 대다수는 필리핀이나 파키스탄 사람이며, 나머지는 제3 세계 국가 사람들이 뒤섞여 있다. 배에서 유일하게 훈련받은 사람은 선장과 역시 우크라이나 사람인 그의 일등 항해사뿐이다. 그는 타갈로그어와 우르두어를 섞은 말로 선원들에게 명령을 했고 파키스탄인과 필리핀인이 통역을 했다. 나머지는 어리고 경험이 없는 값싼 일꾼들이다. 그들은 아무리 너그러운 시찰도 통과하지 못했을 것처럼 어리숙해 보였다. 전 세계의 바다를 항해하는 수천 척의 배처럼 떠다니는 쓰레기 더미 또는 한때 그랬던 것.

신음 소리와 함께 우샤코프 선장은 식탁에서 일어나 찬장으로 가서 우크라이나 보드카 병과 두 개의 멋진 유리잔을 꺼내왔다. 두 잔을 가득 채운 뒤 한 잔을 내게 건네주고 마치 얘기를 계속할 영어 단어를 찾는 듯한 얼굴로 머리를 긁었다. 그가 말을 시작했다.

"우리가 비고 만에 온 것은 유럽연합이 모든 항구를 봉쇄하기 직전이었다오. 그들은 모든 사람에게 안전한 하늘로 모이라는 지시를 하지 않았기에 별다른 것은 보지 못했지. 비고는 거의 두 주 만에 우리가 본 첫 번째 항구였다오. 그래서 해안에 올라가 도대체 어떻게 된 일인지 알아보려고 안달이 났소."

"두 주라고요? 그럼 그전에 자렌 키비슈 호는 어디에 있었나요?"

믿을 수가 없었다. 온 세상이 지옥으로 빨려 들어가고 있을 동안

이 사내와 그의 선원들은 그런 따위 일은 안중에도 없이 세계의 반 바퀴를 돌고 있었던 것이다.
"한국의 부산항에 있었다오. 우리의 목적지는 로테르담 항구였지만 카나리아 제도 근처에서 폭풍을 만났을 때 운전축이 고장 나는 바람에 비고에 정박해야 했지."
선장은 어깨를 한번 으쓱한 뒤 그 독한 보드카를 한 모금 마셨다.
깜짝 놀라 내가 물었다.
"그때부터 계속 여기 계셨다고요? 그럼 그 끔찍한 광경을 보고도 대체 왜 여기를 안 떠나신 겁니까? 하다못해 카나리아 제도라도 가시지 않고요?"
"그럴 수가 없었다오."
선장이 한 마디로 대답했다.
"왜죠?"
내가 의아한 얼굴로 물었다.
"보스의 승인 없이는 항로를 변경할 수 없었기 때문이지. 그게 회사 방침이니까."
"하지만 회사 같은 건 더 이상 없지 않습니까!"
선장의 우직함에 놀라 내가 소리쳤다.
"무슨 소리야. 그러면 난 실직할지도 모른다고."
토론은 끝났다. 선장은 회사에 충성을 다했고, 그걸로 충분했다. 그들의 배가 고장 나자 항구에 정박한 채 오지 않을 명령을 하염없이 기다리고 있었던 것이다. 그는 배를 움직일 생각은 꿈에도 하지 못했다.
헛수고인 줄 알면서도 지금 선장의 보스들은 십중팔구 에스토니아나 그리스의 어딘가에서 해안가에 있는 괴물들처럼 변해 어슬렁거리고 있을 거라고 설득했지만 선장은 요지부동이다. 우샤코프는 소련 해군 함장을 지냈는데, 소련이 해체된 후 민간 함대에 들어갔다. 그의 사고방식은 여전히 군대식이었다. 지시가 없으면 손가락 하나 움직이지 않았다. 그는 여전히 누군가가 결정을 하고 있다고 확신했다. 책임자가 아무도 없으면 어쩌지? 그건 생각할 수도 없는 일이다!

그런 뒤 선장이 마지못해 꺼낸 얘기를 들었다. 썩 내키지 않는 투로 비고의 안전한 하늘의 최후의 날들에 대한 얘기를 하며 그들이 어떻게 해서 살아 있는지를 설명해 주었다.

군사 및 민간 당국은 안전한 하늘에 가장 적합한 곳은 비고 항의 자유무역지대라고 생각했다. 많은 사람들을 수용하기에 적합한 이상적인 곳이라고 생각했기 때문이다. 비고는 방어선 전체에 담장이 둘러쳐져 있을 뿐 아니라 잘 부패하지 않는 식품들이 가득 찬 대형 창고들이 즐비했고, 해수담수화 공장이 있는가 하면 바다에 면해 있어서 공급품을 받는 데도 편했다. 자렌 키비슈 호의 선원들은 놀란 얼굴로 20여 만 명의 사람들이 떼를 지어 항구로 몰려오는 것을 지켜보았다. 며칠 만에 그들의 수는 상상도 할 수 없을 만큼 기하급수적으로 불어났다.

꽉 차리라고는 생각도 못 해 본 이곳은 인간의 홍수를 감당할 수 없었다. 갈리시아 전역에서 몰려온 피난민들과 이웃한 포르투갈 북부의 피난민들이 원래의 피난민들과 합쳐지자 통제 불능의 상태가 되고 말았다. 안전한 하늘은 곧 최대한도를 넘어섰지만 피난민들은 문 속으로 우르르 몰려 들어갔다. 게다가 아무도 감히 안전한 하늘을 떠나려 하지 않았다. 언데드들이 이미 이 지역 주변에서 어슬렁거리고 있었으므로 그것은 자살행위나 다름없었기 때문이다.

안전한 하늘은 원래 시장과 지방정부 대표, 그리고 어쩌다 그곳에 갇히게 된 갈리시아의 순타 자치부 장관 두 명으로 구성된 시민 위원회가 지휘하기로 되어 있었다. 하지만 비고 항에 정박해 있는 해군 프리깃의 함장과 해군 대령이 사실상 모든 쇼를 지휘했다. 두 사람은 군사력을 이용해 안전한 하늘을 방어했다.

우샤코프는 별안간 말을 멈추더니 술잔 바닥을 통해 나를 보며 말을 이었다.

"여기가 바로 이 얘기가 재미적어지는 곳이라오."

선장이 내 기색을 살핀 뒤 물었다.

"정말 나머지 얘기도 듣고 싶소?"

도저히 말이 안 나와 침을 꿀꺽 삼킨 뒤 고개를 끄덕였다. 길게 한숨을 내쉰 뒤 선장이 말을 이었다.

59
3월 7일 오후 6시 42분

처음에는 모든 것이 순조롭게 진행되었다. 비고의 안전한 하늘에 주둔한 군대(육군, 해군, 시민 경비대, 지역 경찰 중 남은 자들 등 다양한 부대에서 온 약 600명의 남자들)는 방어선을 철통같이 경비했다. 그들은 무장한 병사 수송차 다수, 중무장 헬리콥터 두 대를 포함한 많은 전투 장비를 보유하고 있었다. 항구에는 해군 수송선과 현대적인 이지

스 시스템을 구비한, 조선소에서 방금 나온 반짝거리는 F-100 프리깃함이 정박해 있었다. 전 지역의 민간 및 군사 지휘소는 갈리시아 북부의 페롤에 기지를 두었다. 우샤코프가 말을 이었다.

"언데드의 첫 번째 습격은 무사히 막아냈지. 참호도 튼튼했고 언데드를 궁지에 몰아넣을 만큼 충분한 화력도 있었으니까. 근데 언데드들이 꾸역꾸역 쉴 새 없이 몰려들자 탄약이 모자라기 시작했지."

"그런 걸 어떻게 아시나요?"

"그때만 해도 선원 몇 명을 데리고 상륙해 있었거든."

몸을 한번 떤 후 우샤코프가 말을 이었다.

"선원 한 명이 그들이 창고에 가설한 병원에 입원해 있어서 말이야. 그 친구는 폭풍우 때 넘어져서 엉치뼈가 부서졌다네. 그래서 몇 번 병문안을 갔지."

"왜 육지에 그냥 계시지 않았나요?"

"배를 포기할 수 없으니까 그렇지."

선장이 너무 당연한 거 아니냐는 표정으로 대꾸했다.

"안전한 하늘 당국은 몇 시간 이상 머물지 못하게 했다네."

선장이 술잔을 새로 채우며 말을 이어갔다.

"보급품이 부족해져서 더 이상의 인구를 먹여 살릴 수 없었기 때문이지."

며칠이 지나자 안전한 하늘은 사람이 넘쳐 났다. 다른 안전한 하늘들에서 온 사람들과 고립된 생존자들이 도착함에 따라 20만 명이 35만 명으로 늘어났다. 400킬로미터 내에서 사람의 힘으로 통제되는 유일한 곳이 이곳이었기 때문이다.

보급품과 질병 문제는 처음부터 예견되었던 것이다. 군중들은 날마다 몇 톤의 음식을 먹어치웠다. 당국의 약속과 달리 해상을 통해 보급될 거라고 생각했던 보급품은 영영 오지 않았다. 보낼 보급품이 없었던 것이다.

지휘대는 서둘러 약탈 부대를 결성했다. 날마다 무장한 트럭 행렬이 완전 무장한 병사와 자원자들의 엄호를 받으며 안전한 하늘을 떠났다가 저녁 무렵 수많은 음식을 싣고 돌아왔다. 하지만 이 계획은 곧 수포로 돌아갔다. 그들이 시내의 쇼핑센터를 털자 원정 여행은 갈수록 멀어졌고 그 결과는 더욱 실망스러워졌기 때문이다. 운이 좋은 날은 30톤 정도의 음식물을 가져왔지만 모든 사람을 먹이기에는 턱없이 부족했다. 그러자 그들은 배급을 하기 시작했다. 내가 어리둥절한 얼굴로 물었다.

"배급이라뇨. 그게 무슨 말이죠? 이 근방의 쇼핑몰이 얼마나 큰데요. 몇 년을 먹어도 남을 만큼 식료품이 많잖아요."

우샤코프가 머리를 저으며 말했다.

"이보게나, 35만 명이 하루에 얼마나 먹어치우는지 생각 좀 해보게. 그 정도 수라면 가장 큰 쇼핑센터도 일주일밖에 먹여 살릴 수 없다네. 그게 한계치야. 그런 다음 공급품이 바닥이 났고 그들이 먹어치운 것을 보충해 줄 수송 트럭은 결국 오지 않았지."

너무 놀라 말을 잃었다. 약탈 부대들이 얼마나 절박했을지 눈에 선하다. 수천의 그것들이 우글거리는 죽은 도시를 지나 동네 골목가게까지 하나도 남김없이 약탈을 하고 90킬로그램도 안 되는 음식을 얻기 위해 목숨을 걸어야 했을 그들. 빌어먹을. 얼마나 혼란스러웠을까. 우샤코프가 무자비하게 말을 이었다.

"음식 문제가 다는 아니었네. 35만 명이 쏟아내는 대소변을 치우는 문제도 심각했지. 화장실만으로는 다 처리할 수 없었어. 곧 항구는 시궁창 냄새가 진동을 했지."

선장의 얼굴에 쓸쓸한 미소가 지나갔다.

"자렌 키비슈 호의 선상 생활은 육지에 있는 사람들에게는 꿈처럼 보였지."

아무 말도 할 수 없었다. 얘기가 진행될수록 가슴이 답답해졌다.

"불결한 환경의 결과로 질병이 발생하기 시작했네. 이런 상태에서는 당연한 일이지. 항구에는 화장실이 대략 1000~2000개가 있었어. 35만 명에 대해 평균 정도의 개수지, 안 그래?"

이제 우샤코프의 목소리는 점점 커지고 있다.

"티푸스와 다른 질병들이 들불처럼 번져갔네."

"다른 질병들이라뇨?"

내가 쉰 목소리로 불쑥 말을 뱉었다. 목구멍이 깔깔했다.

"그래, 다른 질병들 말일세. 책임자들은 그 생각을 미처 못 했네. 위기 시에도 사람은 그냥 사람이라는 걸 말이야. 암환자나 고혈압 환자도 있고, 아이들은 소아 질병에 걸리고 여자들은 아이를 낳고……."

선장의 이마에 굵은 주름이 잡혔다.

"상한 음식을 먹고 보툴리누스 중독에 걸린 사람들이 생겨났지."

선장이 한숨을 쉬고 나서 말했다.

"이 배에 있는 선원 하나도 그 병에 걸렸어. 병에 걸려 목숨을 잃는 사람도 생기기 시작했지. 항구 일부는 곧 묘지가 되어 버렸어. 우리 갑판에 서면 볼 수 있지. 몇 주 만에 수백 개의 봉분이 묘지를 뒤덮었어."

이제 보드카 병은 바닥을 보이고 있다.

"그래도 그들은 행복한 편이었네."

우샤코프가 콧김을 뿜으며 육중한 몸을 일으켜 두 번째 병을 가지러 찬장으로 갔다. 그런 다음 다시 이야기를 시작했다.

"상황은 걷잡을 수 없이 악화되었어. 좌절과 적자생존의 법칙이 안전한 하늘로 파고들었네. 서로 먹을 것을 차지하기 위해 싸움이 벌어지면서 다툼과 절도, 살인이 만연했어. 군대는 계엄령을 선포했지. 수십 명의 살인자와 절도범들이 본보기로 항구에 있는 크레인에서 교수형을 당했네. 덕분에 죄인들의 눈알을 빼먹느라 까마귀와 갈매기만 포식을 했지."

상황은 긴박했다. 음식이 부족하다 보니 싸움이 끊일 날이 없었다. 생존자들은 두 가지 선택을 했다. 항구의 연옥에서 살든가 밖으로 나가 지옥과 맞대면하든가. 그들은 길 끝에 서 있었다.

"사태가 더 악화되자 병사들을 실은 배 한 척이 자렌 호에 올라와 음식이 있는지 수색한 적도 있었지. 물론 그들은 아무것도 못 찾았어."

우샤코프가 내게 찡긋 윙크를 했다.

"몇 톤의 강철 코일과 함께 짐칸에 숨겨 놓았거든. 그 덕분에 우리는 굶주리지 않았어."

처음에는 선장이 너무 이기적이라고 생각했다. 하지만 곧 그가 합리적인 결정을 내렸다는 것을 깨달았다. 나라도 같은 행동을 했을 테니까. 생각에 잠긴 채 내 뒤편의 벽을 바라보는 그 우크라이나인을 자세히 관찰하고 있을 때 문득 이 사람이 뭔가를 숨기고 있다는 생각이 스쳤다. 그리고 매우 영리한 사람이라는 생각도 들었다.

"그 다음엔 어떻게 됐습니까?"

"그 다음엔 정말 비열하고 역겨운 일투성이였지. 어느 어두운 밤에 프리깃함과 병사 수송선이 닻을 올리고 조용히 항구를 떠났네. 배에는 모든 해군 인사와 민간 당국 관리들을 비롯해 연줄과 영향력과 돈이 있는 이삼백 명의 사람들만 타고 있었어."

선장이 고개를 절레절레 흔들며 말했다.

"그들이 어디로 갔는지는 나도 몰라. 아마도 카나리아 제도로 갔겠지. 아직 감염되지 않은 어떤 곳이거나. 곤경에 처한 다른 사람들을 버려두고 그냥 떠나버렸어."

또 하나의 보드카를 병째로 마시며 선장이 말했다.

내가 홀짝거리며 보드카를 마시고 있을 때 우샤코프가 얘기해 준 바에 따르면, 그 다음 날 해군 함정들이 철수한 것을 사람들이 알자 아비규환이 되었다고 한다. 가장 놀라운 것은 300명의 군사를 지휘하던 육군 대령이 안전한 하늘에 남았다는 사실이다. 그와 해군 사령관은 논쟁을 벌인 바 있는데, 입장 차이가 너무 심해서 아무도 그에게 후퇴 계획을 알리지 않았던 것이다. 호벨라노스 대령은 모든 면에서 엄격한 훈련관이었다. 긴장된 상황과 모든 사람들의 안전을 도맡아야 한다는 책임감 때문에 그는 과도한 스트레스를 받고 있었다. 그 무게가 너무 강해지자 그만 이성을 잃고 말았다.

전함들이 모두 사라진 것을 알자 사람들은 항구에 있는 배에 타려고 미친 듯이 달려들었다. 프리깃함이 향한 곳은 스페인 국경 내에서 아직 감염되지 않은 유일한 곳인 카나리아 제도라는 소문이 파다하게 퍼졌다. 호벨라노스는 이 소문이 사실이 아니라는 것을 알았다. 설상가상으로 항구에 있는 선박의 80퍼센트는 먼 바다에서 수천 킬로미터를 항해할 여력이 안 되었다. 그러자 그는 자기 소신대로 일을 처리했다. 군중에게 발포하는 대학살극을 자행한 것이다. 그런 다음에는 항구에 있는 모든 배를 포격하여 수장시키라는 명령을 내렸다. 도망갈 길이 전혀 없다면 안전한 하늘의 생존자들은 죽을 때까지 싸우는 수밖에 없을 테니까. 그는 비고의 안전한 하늘에 걸었던 모든 소망이 물거품처럼 사라졌다는 것을 깨닫지 못했다.

자렌 키비슈 호는 항구에서 상당히 멀리 떨어져 정박한 덕분에 가라앉는 신세는 면했지만 운전축이 고장 난 바람에 항해를 해서 떠날 수도 없었다. 게다가 날이면 날마다 수십 명의 사람들이 헤엄쳐 와서 배에 태워달라고 사정을 했다. 우샤코프는 매우 엄격한 사람이라 갑판에 발조차 딛지 못하게 했다. 자렌 키비슈 호는 굶주리고, 병에 걸리고, 절박한 수십 명의 생존자들을 먹여 살릴 능력이 없었기 때문이다.

"그 일이 벌어졌을 때 비고의 안전한 하늘은 그런 상황이었지."
"무슨 일이 벌어졌다는 거죠?"
"비고의 안전한 하늘이 무너지던 날을 말하는 걸세."
선장이 불길한 어조로 대답했다.

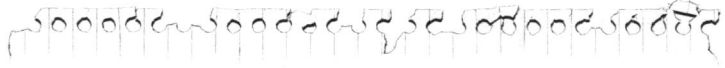

60
3월 8일 오후 5시 13분

통풍이 안 되는 선실의 숨 막힐 듯 답답한 공기 속에서 얘기를 나누는 동안 먹구름이 몰려오기 시작했다. 폭풍이 다가오고 있었지만,

우샤코프의 얘기를 들으며 내 맘 속에서 일어난 지각변동에 비하면 새 발의 피에 불과했다. 그 이야기가 계속 머릿속에서 맴돌았다. 그 얘기를 더 듣고 싶었다. 모든 것을 알아야 할 필요가 있다.

"함정들이 떠난 뒤 일주일 만에 모든 게 무너져 버렸네."

선장의 눈가에 그늘이 졌다.

"다 예상한 바였지."

"예상한 바라뇨?"

"생각 좀 해보게, 변호사 선생. 함정들이 떠날 때 모든 해군 관리들과 운 좋은 선원 몇 명을 태우고 갔네. 남은 것은 겨우 300명의 병사와 당황한 나머지 어찌할 줄 모르는 호벨라노스 대령뿐이었어. 그들의 힘으로 안전한 하늘의 전 구역과 수십만 명의 남녀와 어린이를 지켜야 했다고."

"그래서요?"

그동안 마신 보드카 때문에 판단력이 흐려진 모양이다. 그 모든 것이 함축하는 바를 깨닫지 못했으니 말이다. 우샤코프는 다른 선량한 우크라이나인들처럼 술이 세서 그리 취하지 않았다.

"다음은 안 봐도 빤하잖아."

선장이 콧방귀를 뀌었다.

"군인들이 너무 부족하니 항구에서 쥐새끼처럼 허둥거리는 민간인들 중에서 자원자를 뽑아 전투 장비를 지급해야 했지."

선장이 잠시 말을 멈추었다.

"보안선을 계속 지키려면 그 수밖에 없었어. 그들이 얼마나 경황이 없었는지를 생각해 보면 그것이 재난을 막기 위한 비결이었어."

알코올이 들어가 멍한 상태에서 우샤코프가 자랜 키비슈 호의 갑판에서 바라본 사건을 무감각한 얼굴로 술술 풀어놓는 것을 들으며 간신히 상황을 파악했다. 호벨라노스는 수백 명의 신병을 모집해서 완전무장을 시킨 뒤 보안선을 따라 순찰을 하거나 안전한 하늘 밖으로 약탈을 하러 보냈다.

하지만 그들은 군인이 아니었다. 도시 전투나 생존 전략도 전혀 모른 채 그냥 군복만 입은 무장한 민간인에 불과했다. 더구나 그들은 절박할 만큼 굶주려 있었다. 희생자의 수는 순식간에 불어났다. 자원자 한 명이 죽을 때마다 그에게 지급된 장비도 유실되었고 그에 따라 방어 능력은 서서히 하지만 가차 없이 약해져 갔다.

"그때부터 대령은 혼잣말을 하기 시작했어. 지금쯤 항구 주위의 방어선에는 수만의 그것들이 우글거리고 있을 거야. 쌍안경으로 볼 수 있어. 끔찍한 광경이야. 심한 부상을 입은 조용한 수천 개의 그것들이 한꺼번에 떼 지어 몰려다니며 아직도 어슬렁거리는 꼴이라니."

선장이 눈살을 찌푸렸다.

"이건 신이 내린 징벌이야. 두말 하면 잔소리지."

"그 다음엔 무슨 일이 일어났는데요?"

"무슨 일이 일어난 게 아니라 일어나야 했다고 해야 맞는 말이야. 그 괴물들이 항구를 습격했어."

"도대체 어떻게요?"

선장이 내 얼굴을 물끄러미 바라보았다.

"어떻게냐고? 그게 무슨 차이가 있지? 중요한 건 그것들이 들어왔다는 거야. 문제는 바로 그거라고. 방법이야 여러 가지지. 아마도 보안선 밖으로 임무를 수행하러 간 민간인들이 감염되었을 수도 있고, 용기가 없거나 훈련을 제대로 받지 못해서 너무 늦게 보고했겠지. 그것들이 보안선 안에서 갈라진 틈을 발견했을 수도 있어. 아니면 어느 날 밤 누군가가 문 잠그는 것을 잊었을 수도 있고, 맹꽁이자물쇠를 재확인하지 않았을 수도 있지."

선장은 팔을 뻗으며 어깨를 으쓱했다.

"그것들이 들어왔다고…… 그 다음은 혼돈 그 자체였지."

우샤코프의 말을 들으니 그 광경이 눈에 선했다. 감염된 그것들 몇이 보안선 안으로 들어와 대혼란이 일어난 것이다. 공황 발작이 일어났다. 그것들을 피하기 위해 엄청난 사람들이 어디로 가야 할지도 모른 채 이리 몰리고 저리 몰리고 있었다. 그 혼란은 그들의 멸망으로 이어졌다. 충분한 병사들이 있었더라면 호벨라노스가 무슨 조치라도 했겠지만 그가 조잡하게 끼워 맞춘 민병대와 나머지 군인들로는 아무것도 할 수 없었다. 질서를 회복하도록 그가 파견한 군대들은 공황 발작에 빠져 누구 말도 듣지 않으려는 군중들의 발에 짓밟혔다. 남아 있는 소수의 훈련된 군인들이 간신히 군중들을 뚫고 언데드와 맞닥뜨렸다. 군인들은 수가 너무 적은 데다 군중들 때문에 신속하게 행동하기 어려웠다.

"화력이 아무리 좋아도 적들로 가득한 전쟁터에 홀로 남겨진다면 긴장하게 마련이지."

선장이 머리를 긁으며 엄숙한 얼굴로 나를 보았다.

"몇 년 전 아프가니스탄에 갔을 때 배운 교훈이야. 여기라고 다를 건 없지."

살아남은 소수의 군인들은 소속 분대와 연락이 끊겼다. 그들은 점점 늘어나는 언데드들을 상대로 목숨을 건 영웅적인 전선을 펼쳤다. 하지만 그 거대한 흐름이 결국 그들을 집어삼켰다. 그 순간 이후로 수천 명의 피난민의 운명은 정해져 있었다. 주사위는 던져졌다.

"발에 밟혀 죽거나 군중들 속에서 질식해 죽은 사람은 그나마 행복한 사람들이었네."

우샤코프의 목소리가 거의 속삭임처럼 작아졌다.

"적어도 그 다음에 온 것은 보지 못했으니까."

감히 물어볼 엄두가 나지 않았다. 하지만 물어보아야만 한다.

"무슨 일이 있었는데요?"

목소리가 잘 안 나왔다.

"모든 게 실패했다는 걸 깨닫자 대령은 자기 식의 '마지막 해결책'을 사용했어. 몇 주 전에 그의 병사들이 항구에 있는 막사와 창고에 휘발성이 강한 화학비료로 가득한 폭발물을 운반해 놓았지. 그는 모든 게 엉망이 된 상태에서는 빌어먹을 그 괴물들을 모두 지옥에 보내 버려야 한다고 생각했어."

거대한 몸통을 뒤로 기댄 채 우샤코프가 눈을 비비고 나서 껌벅거렸다.

"근데 일이 끔찍하게 꼬여 버렸어."

"무슨 일인데요?"

"폭발물의 효과를 잘못 계산한 거지."

선장은 재킷 주머니에서 찌부러진 담배곽을 꺼내 내게 한 대를 건넸다. 입가에 묻은 알코올 말고 다른 맛을 느끼고 싶어서 담배를 선뜻 받아들였다.

"창고 안에는 많은 사람들이 피난 와 있었네. 폭발물이 터졌을 때 화염에 싸인 지붕이 그들 머리 위로 쏟아져 내렸지."

선장은 담배에 불을 붙이고 담배 연기를 내뿜은 뒤 말을 이었다.

"사람들은 불에 타 죽거나 지붕에 깔려 거의 즉사했지. 그들은 그래도 행운아였어."

"그게 무슨 뜻이죠?"

"아직 항구에 있던 사람들은 이리저리 뛰어다녔지만 탈출구는 없었네."

귀에 거슬리는 선장의 목소리가 살짝 떨렸다.

"그날 밤 일이 눈에 선하군. 화염의 불빛만이 비치는 어둠 속에서 수천 명의 사람들이 뒤에 있는 무리가 사람인지 언데드인지도 모른 채 두려움에 휩싸여 끊임없이 뛰어다녔네. 자렌 호에서도 사람들이 소리치고 신음하고 울부짖는 소리가 들렸어. 총소리도 들렸지. 불내와 몸이 타는 냄새가 온 천지에 진동했지. 자네가 봤다면 온통 다 게워냈을 거야."

선장은 열이 있는 사람처럼 얼굴이 벌게져서 고개를 숙였다.

"유리창 너머로 지옥을 보는 것 같았어."

몸이 으스스 떨렸다. 항구에 갇힌 채 그것들에 의해 구석으로 몰렸을 때 그들이 느꼈을 공포와 극도의 좌절감을 생각해 보았다. 일단 그것들에게 물리면 이전에 피난민이었던 그들도 이제 사냥꾼이 되어 언데드 무리와 함께 친구들과 친지들을 공격했다. 솟아오르는 화염의 음산한 불빛이 그 광기의 현장을 비췄으리라.

"이젠 할 말이 별로 없군. 대학살은 열서너 시간 동안 계속됐어. 연기가 너무 자욱해서 해안가가 안 보였네. 마침내 모든 소음이 사라졌어. 이따금 불에 탄 건물이 우지직거리며 무너지는 소리와 그것들이 내는 낮은 신음 소리 말고는 아무 소리도 들리지 않았어."

선장이 잠시 말을 멈추었다.

"음, 그리고 물론 그 소리도 들렸지."

"소리요? 무슨 소리 말씀이죠?"

"처음에는 우리도 그게 무슨 소린지 몰랐어. 수십 만 명이 내는 소리에는 익숙해졌거든. 항구는 지금처럼 이상하리만큼 조용했어."

선장이 현창을 가리키며 말했다.

"너무 조용해서 깜짝 놀랐어. 그 바람에 그 소리를 듣게 되었지."

"그 소리가 뭔지 아직 말해 주지 않았잖습니까?"

내가 반발했다.

"자네가 계속 내 말을 가로막았잖아!"

선장이 날카롭게 소리쳤다.

"자욱한 연기가 가라앉자 그 소리의 진원지를 알 수 있었어. 그것은 신발을 신든 맨발이든 수천 개의 발이 보도에서 질질 끄는 소리였더군."

선장이 내 얼굴을 흘끗 보았다.

"감염이 돼서 언데드가 되기 전에 아직 죽지 않은 피난민들의 발소리였다고."

수십만 명의 죄 없는 사람들이 물어 뜯겨 팔다리가 잘려나간 뒤 다시 일어나 괴물로 변해 가는 모습을 생각하니 몸서리가 날 만큼 무서웠다. 젠장, 너무 놀라서 현기증이 났다. 맑은 공기를 좀 쐬어야겠다.

"분명히 모든 사람들이 다 죽은 것은 아니네. 수완이 좋고, 가장 튼튼한 소수의 사람들, 아마도 수백 명의 사람들이 그 끔찍한 밤 동안 살아남았지. 엄청난 수의 언데드들이 뿔뿔이 흩어질 때까지 그들은 항구의 폐허 속에 숨어 있었네. 부두에 수백의 언데드들만이 남게 되자 그들은 혼자서 또는 몇 명이 모여서 사방으로 달아나 버렸어."
우샤코프가 결론을 내리듯 말했다.
"네? 그걸 어떻게 아시죠?"
선장을 멀거니 바라보며 내가 물었다.
"간단해."
선장이 꾸민 듯한 제스처를 하며 미소를 지었다.
"그 생존자들 중의 하나가 자렌 키비슈 호에 타고 있거든. 그 사람을 소개해 주겠네."
이렇게 말하고 선장은 자리에서 일어나 선실 문 쪽으로 향했다.
나도 우샤코프를 따라 일어섰다. 하지만 일어나자마자 구역질이 났다. 나의 예민한 서구적인 위장은 보드카와 눅눅한 열기, 무시무시한 대화 그리고 음식과 엔진 오일의 냄새의 결합을 감당할 수 없었던 것이다. 의자 몇 개를 걷어차고 현창에 대고 구토를 해서 자렌 키비슈 호의 갑판에 사랑스러운 모양의 토사물을 남겼다. 대단하군! 나는 새로운 친구들에게 매우 강한 인상을 남겨 주었다.
입을 닦고 몸을 돌려 우샤코프를 향해 걸어갔다. 그는 얄궂은 표정으로 선실 문에서 나를 바라보고 있었다. 나를 겁쟁이라고 생각했겠지만 그 말을 입 밖으로 내뱉지는 않았다. 그냥 자기를 따라오라고 고갯짓만 했다.
우리는 파이프와 전선, 많은 문들이 즐비한 복도를 따라 걸어갔다. 전체적으로 이 배는 난파선이나 다름없었다. 이런 상태로 동남아시아에서 수만 마일을 항해해 왔다는 것은 놀라운 일이었다. 우리는 배의 변통으로 내려가는 계단 끝에 있는 해치로 다가갔다. 축축하고 퀴퀴한 냄새가 더 심했지만 그 냄새를 느끼는 건 나뿐인 것 같았다.

열려진 해치를 통해 선장실과 비슷하지만 더 작고, 넓은 침대 대신 좁은 접이 침대들이 있는 선실이 보였다. 그중 한 침대에 육중한 오십 대 남자가 앉아 있었다. 얼굴은 주름살투성이였고, 매부리코에 실핏줄이 불거진 것으로 보아 애주가인 것이 분명하다. 그 남자 맞은편에 뒤집어 놓은 나무상자 위에 올려놓은 체스판 앞에 또 한 사내가 앉아 있었다. 그는 사십대로 보이는 땅딸막하고 근육질의 금발머리로 날카로운 푸른 눈과 축 늘어진 콧수염이 인상적이었다. 그를 보니 만화책에 나오는 영웅 아스테릭스가 연상되었다.

우리가 들어갔을 때 아스테릭스와 딸기코는 체스 게임의 마지막 수에 몰두하고 있었다. 우리를 보자 그들은 자리에서 벌떡 일어섰다.

우샤코프는 그들과 러시아 말로 짧게 몇 마디를 주고받았다. 그동안 그가 여러 차례 손으로 나를 가리키는 바람에 불편해서 어쩔 줄 몰랐다. 우샤코프와 딸기코는 뭔가에 대해 열띤 논쟁을 벌였다. 아스테릭스는 슬픈 얼굴로 그들을 바라보다가 이따금 체념한 얼굴로 나를 바라보곤 했다. 마침내 우샤코프가 몸을 돌려 나에게 오라고 손짓했다.

"변호사 양반."

그 소리가 맘에 들지 않았다. 경멸하는 듯한 느낌을 받았기 때문이다.

"자렌 키비슈 호의 일등 항해사인 알렉산드르 그리고리 크리치네프 씨를 소개하네."

선장이 딸기코 사내를 가리키며 말했다.

우샤코프 선장이 내가 해독할 수 없는 러시아어를 연발하며 소개했기에 나는 조심스럽게 그와 악수를 나누었다.

"우리 일등 항해사는 보수주의자라네. 그가 말하길 러시아어 말고는 아는 언어가 없어 미안하다고 하는군. 내가 대신 그의 인사를 전하는 바일세."

"그분에게 이 배에 타 여러분들을 만나게 되어 행복하다고 전해 주세요."

"친구들끼리 그런 딱딱한 말일랑은 필요 없네. 안 그런가?"

지겨워지기 시작한 어조로 우샤코프가 대답했다.

"빅토르 프리첸코 씨를 소개하지. 나나 일등 항해사처럼 우크라이나 사람이라네. 비고의 안전한 하늘에서 살아남은 바로 그 사람이지."

놀란 기색을 애써 감추며 프리첸코와 악수를 하면서 콧수염이 있는 이 작은 금발머리 사내를 자세히 살펴보았다. 대체 이 우크라이나 사람은 비고에서 무엇을 했을까? 우연의 일치치고는 너무 이상했다. 이 우크라이나 사람이 머뭇거리며 서투른 스페인어로 자기를 소개했을 때 나는 놀라 자빠질 뻔했다.

"선생님, 만나서 반갑습니다. 제 이름은 빅토르입니다. 빅토르 니콜라예비치 프리첸코요."

"스페인 말을 할 수 있나요?"

너무 뜻밖이라 깜짝 놀란 내가 물었다.

"네, 6개월 동안 스페인에서 살았습니다. 4년 전부터 몇 차례 스페인에 머물렀지요. 스페인에는 해마다 왔답니다."

맑은 눈에 슬픈 얼굴로 프리첸코가 대답했다.

"스페인에는 뭐 하러 오는 겁니까?"

"일하러 왔습죠. 시운텐을 위해 오랫동안 근무했습니다."

너무 어안이 벙벙해서 '시운텐'이 무엇인지 아니면 누구인지조차 물을 수가 없었다. 나중에 물어보면 되겠지. 그 작은 사내와 정직해 보이는 그의 푸른 눈을 보다가 몇 가지 사실을 알게 되었다. 그는 나에게 거짓말을 하지 않았다. 하지만 매우 겁에 질려 있었다. 어떤 이유에선지 매우 겁먹고 있었으며, 만약 내가 그 이유가 무엇인지 알아내면 그들이 나를 죽일지도 몰랐다.

우샤코프는 우리가 무슨 얘기를 나누는지 몰라 쩔쩔매고 있었다. 그가 별안간 대화를 가로막으며 큰 소리로 일등 항해사에게 몇 가지 지시를 내려 그를 보내고 우크라이나 사내는 층계로 올려 보냈다. 그가 자기를 따라오라고 손짓했다. 층계참에 이르자 빅토르 프리첸코의 나머지 얘기를 해 주었다. 안전한 하늘의 대학살의 밤에 그는 자렌키비슈 호로 헤엄쳐 와서는 살려달라고 소리쳤다. 그가 러시아 말을 하는 걸 듣고 우샤코프는 그를 태워 주기로 결심했다. 그때부터 그는 죽 배에 있었다. 항구에서는 부두 노동자나 기술자 같은 일을 했다.

우샤코프의 말을 듣자 의구심이 생겼다. 그는 이번엔 진실을 말해주지 않았다. 적어도 모든 이야기가 진실은 아니다. 그는 무엇을 숨기고 있는 걸까? 그리고 왜 숨기는 걸까?

층계를 다 올라왔을 때 배가 다리를 향해 가고 있다는 것을 알고 깜짝 놀랐다. 거기에 도착했을 때 우샤코프는 선장 전용 의자에 앉아 뚫어지게 내 얼굴을 바라보았다.

"어떻게 된 거죠?"

너무나 혼란스러워 내가 물었다.

"이보시게, 변호사 양반. 내 기억이 맞다면 선생은 비고 근처의 마을에서 왔다고 하지 않았나?"

"네, 폰테베드라에서 왔어요. 여기서 한 32킬로미터 떨어진 곳이죠."
영문도 모른 채 내가 대답했다.
"그럼 이 도시를 잘 알겠군. 안 그런가?"
"그게…… 네, 잘 알지요."
나는 더욱 혼란스러웠다. 그 질문들을 왜 하는지 도무지 이해가 안 되었지만 뭔가 꿍꿍이가 있는 게 분명했다.
"아, 잘 됐군."
선장이 잠시 생각하더니 느닷없이 소리쳤다.
"그럼 우체국 본부가 어디 있는지도 알고 있겠지?"
"물론 알지요, 우샤코프 선장님. 근데 그게 어떻다는 건가요?"
"아, 좀 기다리게. 자네같이 똑똑한 사내라면 틀림없이 알고 있을 줄 알았네. 거기서 뭘 좀 가져올 게 있거든."
이 말이 좀 우스꽝스럽게 들렸을 것이다. 우체국에서? 선장은 도대체 무엇을 하려는 걸까?
"두 달 전에 회사에서 마지막 지시를 받았네."
선장이 따분하게 얘기하기 시작했다.
"우리가 비고에 정박했을 때 폭풍우가 지나가자마자 내가 처음 한 일은 스페인 지부에 전화해서 지시사항을 물어본 것이었네. 하지만 에스토니아는 전화가 불통이었고, 그리스에서도 아무도 전화를 받지 않아."
선장이 의자에 앉은 채 기지개를 켰다.
"회사에서는 마드리드에서 마지막 지시사항을 편지로 보내기로 약속했지만 안전한 하늘로 소개되는 바람에 우체국에 가서 편지를 가져오지 못했다네."

"근데 이 얘기를 왜 저한테 하시는 거죠?"

"아직도 모르겠나, 젊은 친구? 나는 그 꾸러미가 필요하고 누군가가 가서 가져와야 해. 우체국이 있는 곳을 아는 사람 말이야. 그 누군가가 바로 자네라네."

그 자리에 멈춰 서서 선장의 얼굴을 쳐다보았다. 설마 농담이겠지? 이 사내가 지금 나더러 마치 그냥 빵을 사러 나가듯이 해안에 상륙해서 수천의 언데드들이 들끓고 있는 도시를 가로질러 가라고 요구하고 있는 건가? 그는 내가 우체국을 찾아가 다른 우체부들처럼 그의 빌어먹을 소포 꾸러미를 배달해 주기를 바라는 걸까? 보드카 때문에 그가 나보다 더 머리가 흐려진 모양이다.

"선장님, 너무 깊게 생각하지 마세요. 그 소포 문제는 저도 안타깝네요. 내가 아는 한 그게 그 우체국에 있다면 이 세상이 끝날 때까지 있을 거예요. 지금 무슨 말씀을 하시는 건지 잘 모르시나 봐요. 나는 그것들에 둘러싸여 살아 왔습니다. 한 마디로 그것들은 괴물입니다. 괴물이오."

너무 화가 나서 더 이상 참을 수가 없었다.

"그건 완전히 미친 짓이에요! 그 도시에 발을 디디는 순간 틀림없이 그 빌어먹을 것들의 밥이 될 거란 말입니다. 이건 진심입니다!"

"아, 자네는 혼자 가는 게 아닐세. 일등 항해사와 다른 선원들이 함께 갈 걸세."

선장이 장난스럽게 미소를 지었다.

"그 소포는 나한테 온 거고, 자네는 낯선 사람이니 자네를 믿어도 될지 우리도 잘 모르겠네. 자네는 그저 그들을 그곳에 데려갔다 오기만 하면 되네."

선장은 완전히 미쳤다. 어서 이곳에서 빠져나가야 한다.
"선장님, 죄송하지만 저는 빼주세요."
자리에서 벌떡 일어나며 말했다.
"환대해 주셔서 감사합니다. 이젠 그만 가 보는 게 좋겠습니다. 아, 선장님께서 괜찮으시다면……."
"아, 내 말을 잘 못 알아들은 것 같구먼. 자네한테 부탁하는 게 아닐세. 이건 명령이야. 5분 안에 동의하지 않으면 자네는 머리에 총알을 맞은 채 물속을 떠다니고 있을 걸세."
그 개자식은 의자에 등을 기댄 채 아주 즐거운 얼굴로 나를 바라보았다. 우리 둘 다 내가 약점을 잡혔다는 것을 알고 있었다.
침을 꿀꺽 삼켰다. 편안히 선장 전용 의자에 앉아 나를 바라보는 우샤코프의 얼굴을 보는 순간 온몸의 피가 얼어붙는 듯했다. 그 개자식은 그게 재미있는 모양이다.
"어서, 서둘러, 동무. 너무 심각하게 생각할 것 없잖나."
선장은 몸을 앞으로 수그려 내 귀에다 대고 속삭였다.
"결국 또 다른 부탁과 교환할 작은 부탁을 하는 것뿐이야. 나는 자네를 내 배로 초대했어. 그 대가로 자네는 내게 필요한 아주 사소한 일을 해주는 셈이지. 그게 다야."
"선장님, 지금 우리를 어떤 곳으로 보내려는 건지 모르시는 것 같군요. 지금은 필경 죽어 있을 사람이 보낸 하찮은 소포 하나 때문에 우리 모두 죽을 수도 있다고요."
끓어오르는 화를 참으며 내가 말했다.
"자네가 모든 사람을 안전하게 데려올 전문 지식이 있다는 걸 알고 있네. 그러나 지금까지 상처 하나 없이 잘 해낸 게 아니겠나? 자네가 무사히 이 작은 여행을 마치리라고 믿어 의심치 않네."

"내게 선택의 여지가 있습니까?"

내가 얼굴을 찡그리며 물었다.

"안됐지만 없는 것 같네."

"당신의 훌륭한 천성과 인간성에 호소해 봐야 아무 소용도 없을 것 같군요. 당신 같은 개자식은 처음 본다. 이 빌어먹을 놈아!"

내 말이 떨어지기도 전에 우샤코프는 마치 스프링처럼 의자에서 벌떡 일어나 그 크고 억센 손으로 내 목을 부여잡고 벽에다 올려붙였다. 나는 완전히 무방비 상태였다. 그렇게 큰 사내가 그토록 빨리 움직일 줄 그 누가 알았겠는가? 그는 나를 바닥에서 몇 센티미터 위로 들어올린 채 이제는 악마의 탈을 쓴 얼굴을 내 얼굴에 들이댔다.

"나는 한 달 동안 내 선원들과 함께 이 빌어먹을 배에 탄 채 이 지옥 같은 곳에 처박혀 있었어. 무슨 말인지 알아듣겠어?"

선장이 화가 나서 벌게진 얼굴로 소리쳤다.

"책임지고 그 소포를 나에게 배달해 줄 사람을 기다리고 또 기다렸어. 누가 왔는지 알아? 아무도 안 왔어! 단 한 명도 안 왔다고!"

숨이 막혀 눈앞에 별이 왔다 갔다 한다. 이 사이코패스가 내 목을 졸라 죽일 모양이다. 내 상태가 심각하다는 것을 알아차렸는지 아니면 나를 죽이면 우편배달부가 없어진다는 사실을 깨달았는지 모르겠다. 어느 쪽이든 간에 그가 나를 내려 주었고 나는 헐떡거리며 땅바닥에 주저앉았다.

"난 소포가 필요해, 무슨 일이 있어도! 일주일 전에 한 팀을 보냈는데 그후 아무런 소식이 없어. 더 이상 내 사람을 잃을 순 없다고."

선장은 다시 의자에 앉아 나를 보려보았다.

"네가 나를 위해 그 소포를 가져와야 해. 만일 도중에 한 발짝이라도 도망갈 생각이라면 내가 기필코 네 머리통에 총구멍을 내줄 거야. 그러니 우릴 속일 생각일랑은 하지도 마. 알겠나, 변호사 양반?"

몸을 일으켜 세우느라 버둥거리고 있어서 대답을 못 하고 머리만 끄덕였다. 내가 거절하면 이 빌어먹을 미치광이는 날 죽이고도 남을 놈이었다. 게다가 나는 아무 데도 갈 수 없었다. 함교(함장이 항해 중에 함을 조종·지휘하기 위하여 갑판 맨 앞 한가운데에 높게 만든 갑판 — 옮긴이)에서 보니 선원 몇 명이 코린트 호의 갑판에서 AK-47 자동소총을 무릎에 올려놓은 채 한가하게 담배를 피우고 있었다. 더구나 루쿨루스가 어디 있는지도 몰랐다.

"좋아요."

간신히 말을 할 수 있게 되자 내가 대답했다.

"내가 그 소포를 가져오면 풀어주겠다고 약속할 수 있나요?"

"당연하지. 자네가 내 요구대로 한다면 나도 내가 한 말을 지킬 걸세."

선장이 약속을 지키지 않을 것은 불을 보듯 뻔한 일이다. 나를 괴물들이 우글거리는 도시로 보내며 그가 이별의 선물로 준 것은 금발의 선원 둘과 생맥주 한 잔뿐이었다.

사태가 완전히 수습될 때까지 늘 두 눈을 똑바로 뜨고 재빨리 상황을 파악해야 한다. 주머니에서 찌그러진 말보로 한 대를 꺼내 피워 물고 타륜에 등을 기댄 채 연기 기둥 사이로 선장을 물끄러미 쳐다보았다. 머릿속에 별의별 생각이 다 떠올랐다.

"좋아요. 대신 조건이 있어요. 일단 상륙하면 내가 책임자가 되는 겁니다. 당신 선원들은 내 말에 복종해야 하며 나를 골탕 먹여서는 안 됩니다. 동의하십니까?"

"그렇고말고."

"내가 왜 그런 걸 신경 써야 하는지도 모르겠군요. 십중팔구 상륙해서 10분도 안 되어 그것들한테 당할 텐데 말입니다. 게다가 나는 타갈로그 말이나 우르두어를 한 마디도 못 합니다. 어떻게 얘기를 나누어야지요? 모스 부호로 할까요?"

"우쭐거리지 좀 말게. 프리첸코 씨가 스페인 말을 할 줄 알아. 일등 항해사도 자네와 함께 갈 거야. 두 사람을 통하면 모든 사람과 얘기할 수 있어."

"프리첸코만 보내면 되지 않나요? 이 모든 일이 벌어지기 전에 비고에 살았다고 했잖습니까?"

"프리첸코는 비고에 산 적이 없어."

선장이 딱 잘라 말했다.

"하지만 선장님이 아까 거기서 왔다고 말했……."

"허튼소리는 이제 그만하게. 자넨 할 일이 많은 사람이야."

선장이 내 말을 끊더니 자기를 따라오라고 손짓했다.

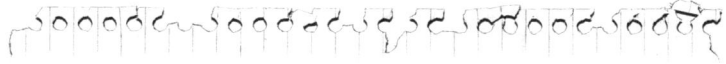

61
3월 9일 오후 11시

나는 아직 살아 있다. 온통 부딪쳐서 멍이 든 채로. 내 잠수복은 넝마조각이 되었다. 하지만 나는 살아 있다. 충격에서 벗어나려고 아직도 안간힘을 쓰고 있다. 참으로 긴 하루였다. 지금 내가 원하는 것은 단 몇 시간만이라도 푹 쉬는 것뿐이다. 이번 임무 또는 '여행'(나도 뭐라고 불러야 할지 모르겠다.)은 처음부터 불길한 징조가 엿보였다. 육지에 발을 내딛자마자 일이 꼬이기 시작했다. 우리는 계획도 없이 영문도 모른 채 허둥거렸다.

지금 우리는 약탈당한 조그만 식료품점에 숨어 있다. 철문 혹은 철문이었던 것의 잔해는 경첩이 빠져 있었다. 우리는 강철 선반 두 개로 안쪽에서 문을 받쳐 놓았다. 다른 생존자들은 함께 모여 등유 램프 불빛 속에서 잠을 자고 있다. 샤피크가 보초를 서며 태연하게 사탕을 빨아먹고 있다. 좀처럼 잠이 오지 않고 지난 스물네 시간 동안의 영상만 파노라마처럼 머리를 스치고 지나간다. 이 모든 일에 대해 얘기를 나눌 만한 사람이 없다. 어깨를 기댈 만한 사람도 없다. 나는 미치지 않기 위해 계속 일기를 쓰고 있다. 내일 아침 일어나 보니 이게 모두 악몽이었다는 따위의 생각은 하고 싶지 않다. 나는 미쳐 가고 있다. 젠장, 어디서부터 시작해야 할지 나도 모르겠다. 아무래도 처음부터 시작하는 게 좋을 것 같다.

2주일 동안 자렌 키비슈 호에서 엄중하게 보호된 '자유' 아래서 살았다. 선장과 일등 항해사는 여행 준비를 하느라 여념이 없다. 나 홀로 그 난파선의 선실에 남아 화장실에 가거나 샤워를 하거나 코린트 호에 잠깐씩 다녀오곤 했다. 우샤코프 말고는 여드름투성이 얼굴에 얽은 자국까지 있는 필리핀인 요리사를 보는 게 고작이다. 그래서 어떻게 이 어마어마한 일이 일어나게 되었는지 생각해 볼 시간이 많았다.

한창 일기를 쓰고 있을 때 우샤코프가 직접 내 선실로 들어와 따라오라는 몸짓을 했다. 우리는 계단을 내려가 우리 '팀'의 다른 팀원들이 기다리는 갑판으로 갔다. 빅토르 '아스테릭스' 프리첸코. 처음 이 배에 오른 뒤로 한 번도 보지 못해서 그도 나와 같은 죄수가 아닐까 추측해 보기도 했다. 허리에 커다란 피스톨을 찬 일등 항해사. 그리고 파키스탄인 선원 네 명. 그들은 하나같이 무거운 군청색 제복을 입고 꽉 찬 배낭을 메고 있었다. 무장을 하지 않은 프리첸코만 빼고 모든 선원들이 AK-47 자동소총을 소지하고 있었다. 프리첸코는 반쯤 단념하고 반쯤 겁에 질린 얼굴로 나를 바라보았다. 그는 나만큼 혼란스러워 보였다.

"당신도 자원한 거죠, 그렇죠?"

내가 프리첸코의 어깨에 손을 올리며 물었다.

"뭐라고요?"

프리첸코가 혼란스러운 얼굴로 되물었다.

"아무것도 아니에요. 잊어버리세요."

프리첸코는 내가 비아냥거리는 것을 눈치 채지 못한 게 틀림없다. 몸을 돌려 우샤코프에게 말을 붙였다.

"내 무기는 어디 있죠?"

"자네는 무기가 필요 없네, 친구. 우리 선원들이 자네를 보호해 줄 거야. 자넨 그냥 그들을 그 우체국으로 데려가서 소포만 가져오면 되네."

선장이 이렇게 대답하면서 종이 한 장을 건네주었다.

"소포 영수증일세."

한 손으로는 그걸 받아들고 다른 손으로는 잠수복을 고쳐 입었다. 그들은 모두 눈을 동그랗게 뜨고 나를 쳐다보았다. 필시 내가 정신이

돈 건 아닌지 자문해 보았을 것이다. 혹시 내가 파도타기를 하러 가는 걸로 아는 건 아닐까? 영수증을 읽어 보자 더 이상 농담할 기분이 아니었다. 젠장! 틀림없이 이 마지막 팀은 결코 돌아오지 못할 것이다. 그 소포가 있는 곳은 항구에서 볼 수 있는 우체국 본부가 아니었기 때문이다. 그 빌어먹을 영수증은 지역 통신 회사인 VNT 회사에서 온 것이었다. 도시의 반대쪽 끝에 있는.

체념하듯 머리를 저으며 그들이 나에게 준 작은 가방에 영수증을 집어넣었다. 이제 소포를 가지고 돌아올 사람이 나라는 것은 의심할 여지가 없었다. 구두끈을 고쳐 매고 난간에 기대 죽은 도시를 자세히 둘러보았다. 냉혹하고 삭막해 보였다. 대재앙을 겪은 항구 너머로 버려진 자동차와 쓰레기, 먼지, 신문지, 바람에 펄럭거리는 비닐봉지로 가득한 비고의 거리들이 보였다. 그 모든 것 한가운데에 결코 끝나지 않을 것 같은 길을 따라 그것들이 어슬렁거리고 있었다. 빌어먹을 죽음의 땅. 우리는 바로 그곳으로 향했다. 내가 덜덜 떨며 우샤코프에게 몸을 돌렸다.

"날이 어두워지고 있습니다. 내일 아침에 날이 밝으면 떠나야겠어요."

"그건 안 될 말일세. 변호사 양반. 지금 당장 떠나야 하네. 어둠이 가려 줄 때 떠나란 말이야."

"그게 무슨 뜻인지 알고나 하는 말입니까? 우리도 앞이 안 보인단 말입니다."

내가 화를 내며 말했다. 어떻게 그런 말을 하는지 믿을 수가 없었다.

"그것들도 자네를 볼 수 없잖나."

우샤코프가 거드름을 피우며 말했다.

토론은 끝났다. '그것들'은 보지 않고도 우리의 존재를 느낀다는 걸 아무리 설명해 주어도 선장은 들은 척도 안 했다. 아마도 그는 내가 출발을 지연시키려고 꼼수를 쓰고 있다고 생각하는 것 같다. 우샤코프는 군인이었기에 지금도 군인처럼 생각한다. 그의 마음속에는 성공할 기회를 잡기 위해서는 밤에도 잠입해야 한다는 고정관념이 굳건하게 자리 잡고 있다. 그는 달빛 하나 없는 밤에 괴물들이 우글거리는 곳으로 우리를 내보내려는 것이다. 갈수록 첩첩산중이다.

커다란 조디악이 코린트 호의 뱃전에 묶인 채 대기하고 있었다. 배에 올라탈 때 선원 하나가 루쿨루스를 안고 있는 것이 보였다. 그 사내의 뺨에는 깊게 긁힌 상처 두 개가 있었다. 내 고양이도 자기를 생포한 사람이 맘에 들지 않는 모양이다. 나를 보자마자 루쿨루스는 길고 절박하게 울부짖더니 몸을 돌려 나를 향해 달려오려고 했다. 하지만 그런 반응을 예상하고 있던 사내는 두꺼운 장갑을 끼고 있었다. 그는 솜씨 좋게 오른손을 움직여 나의 가엾은 고양이가 움직이지 못하도록 목이 졸릴 만큼 세게 붙들었다. 1센티미터만 더 눌렀더라면 고양이 목을 부러뜨릴 뻔했다. 내가 무력하게 쳐다보는 동안 루쿨루스는 처량하게 울어댔다.

딸기코를 발견하고 그를 향해 한 발짝 다가선 순간 누군가가 나를 뱃전으로 강하게 밀어붙였다. 정신을 차려 보니 어느새 나는 조디악으로 내려가고 있었다. 후미에 자리를 잡고 앉자 거대한 덩치를 난간에 기대고 있던 우샤코프가 양손을 모아 입에 갖다 대고 소리쳤다.

"빨리 돌아오게, 변호사 양반! 내 필리핀 요리사가 몇 주 동안 신선한 고기를 구하질 못했어. 필리핀 풍속에는 고양이 요리가 무척 많다는군!"

선장이 껄껄거리며 말했다.

"내가 얼마 동안 요리사를 말릴 수 있을지는 나도 모르겠어!"

조디악은 서너 번 만에 시동이 걸렸다. 엄청난 굉음과 함께 우리는 출발했다. 선장의 협박이 귀에 앵앵거렸다. 빌어먹을 개자식 같으니라고…….

해가 빠른 속도로 떨어지고 있다. 곧 어두워질 것 같다. 육지에 다가가자 해안의 모습이 더 선명하게 보였다. 다시 보는 일이 없기를 그렇게 기원했건만. 그것은 겨우 몇 백 미터 앞에서 우리를 기다리고 있는 것의 미리 보기인 셈이다. 갑자기 조디악이 소리를 멈췄다. 몸을 돌려 기대에 찬 여섯 쌍의 눈을 쳐다보았다. 딸기코가 프리첸코에게 러시아 말로 고함을 치자 프리첸코가 고개를 끄덕이며 쟁반처럼 둥근 눈으로 나를 바라보았다.

"크리치네프 항해사님이 어디서 내려서 어디로 상륙할지 물어보십니다. 선생님이 지휘하셔야 한다고요."

나는 고개를 끄덕였다. 좋아, 당분간은 내가 지휘자다. 이 악몽에서 무사히 빠져나가 내 고양이와 내 배를 되찾으려면 마음을 진정시키고 생각을 해야 한다. 용기를 내어 해안가를 샅샅이 살피며 절박한 마음으로 안전하게 상륙할 장소나 길, 이정표…… 뭐가 되든 그것을 찾아야 한다.

갑자기 해안 근처의 한 곳이 눈에 띄었다. 빌어먹을. 그것은 우리의 유일한 기회일지 모른다. 몸을 돌려 키를 잡고 있는 파키스탄인에게 어디로 갈지 신호를 보냈다. 그것은 미친 생각이었지만 우리에겐 선택의 여지가 달리 없었다.

너무 오랫동안 바다에서 생활한 탓에 딱딱한 땅이 발밑에 닿자 기분이 묘했다. 땅거미가 내려앉아 그림자가 길어지자 애써 우리를 둘러싼 건물들의 윤곽을 눈에 새겼다. 등 뒤에서 우크라이나인들과 파키스탄인들이 서둘러 장비를 내리는 소리가 들렸다. 깊숙이 숨을 들이마셨다가 곧바로 후회했다. 부패와 쓰레기, 배설물, 타버린 육신의 역겨운 냄새가 더 미묘한 또 다른 냄새와 뒤섞여 있었다. 몇 주 동안 그 냄새를 맡았지만 그것을 묘사할 수는 없다. 그것들의 냄새가 틀림없다. 그것들도 그들만의 냄새가 있는 걸까? 아니면 내가 미쳐 가고 있는 걸까?

파키스탄인들과 슬라브인들은 상륙할 준비를 마쳤다. 그들은 매우 유능하고 훈련이 잘 된 팀 같았지만 프리첸코만은 모든 걸 체념한 채 자기만의 세계에 침잠해 있는 것 같다. 그들이 무기를 다루는 모습을 보니 완전 초짜는 아니다. 제기랄. 그 사내들은 프로다. 대체 그들은 누구인가? 여기서 대체 무엇을 하고 있었을까? 게다가 그 소포 속에는 무엇이 들어 있는 걸까? 그것은 일곱 명의 사람이 목숨을 걸 만큼 가치 있는 걸까?

우리는 거대한 산업창고 몇 개와 시트로엥 공장이 신차를 진열해 놓은 넓은 마당 사이에 있는, 안전한 하늘의 맨 끝에 상륙했다. 그 차들은 거기서 트레일러에 실려 전 세계로 배송될 터였으리라. 이제 수만 대의 차들이 어둠 속에 버려진 채 그곳을 지키고 있다.

근처에 의자의 비닐도 뜯지 않은, 최신 사라 피카소의 값비싼 콤팩트 세단들이 일렬로 길게 늘어선 채 더러운 몰골로 방치되어 있다. 가장 가까운 차를 손으로 내리쳐 깊은 자국을 남겼다. 몇 주 동안 거기에 방치되어 있어서 먼지가 두껍게 앉았다. 그 먼지가 화재로 생긴 잿더미라는 것을 깨닫자 몸이 부르르 떨렸다. 사람이 탄 재도 있을 것이다. 빌어먹을!

햇빛이 쨍쨍한 고속도로를 결코 달릴 수 없을 수천 대의 자동차에게 등을 돌렸다. 그것은 과거다. 지금 내가 생각할 수 있는 것은 내일까지 살아남을 수 있도록 머리를 굴리는 것뿐이다.

우리가 상륙한 모퉁이에는 특별한 것이 있었다. 높은 벽돌담으로 완전히 둘러싸인 좁은 산책길 옆에 있는 작고 땅딸막한 건물이다. 거기서 우리의 눈길을 끈 것은 담이나 산책길이 아니라 건물에 달린 거대한 세구리차의 간판이었다. 그것은 무장한 트럭을 제조하는 회사의 본부였다. 수백 개의 비즈니스가 그 면세 구역에서 운영되고 있으니 거기에 지부가 있는 것은 당연한 일이다. 비고 항구의 어시장에서만 하루에 백만 유로가 오갔다. 누군가는 그 돈을 지키며 은행으로 수송해야 한다.

그 건물은 진정한 요새다. 그 괴물들은 담을 넘어오지 못한다. 내 생각이 틀리면 우리는 끝장이지만 선택의 여지가 없었다.

옆구리를 찔러 프리첸코에게 우리가 거기로 가야 한다고 알려 주었다. 건물의 보안선도 확인해야 한다고 속삭였다. 그 작은 우크라이나인은 뱀장어처럼 미끄러지며 점점 어두워지는 그림자 속에 숨어 있던 선원들에게 다가갔다. 그는 내가 한 말을 러시아 말로 크리치네프에게 전달하고 그는 우르두 말로 파키스탄인들에게 지시사항을 전했다. 사슴처럼 재빨리 그들은 나를 지나쳐 그림자 속으로 녹아 들어갔다.

지시를 내리는 게 너무 복잡해서 걱정이 되었다. 그들은 몇 번이나 통역을 해야 했으니 잘못 전달했을 수도 있다. 아무리 작은 실수라도 우리를 무덤 속에 처박을 수 있다. 얼마나 훌륭한 일인가! 한 줌밖에 안 되는 우리 생존자가 유엔을 이웃 사이처럼 보이게 만들다니.

고문하는 듯한 5분이 지난 뒤 파키스탄인 하나가 우리 바로 앞에서 불쑥 나타나 모든 게 잘됐다는 몸짓을 했다. 건물을 향해 조심조심 걸어가면서 그 이상한 작자들을 자세히 살펴보았다. 그들은 모두 이십대로, 마르지만 강단이 있었으며, 커다란 검은 콧수염을 기르고 피부는 구릿빛이었다. 그들은 자신이 해야 할 바를 무척 잘 해냈다.

담 앞에 이르자 거머리처럼 벽에 찰싹 달라붙었다. 우물 속처럼 깜깜했다.

가까이에는 그것들이 없긴 했지만 그것들이 다리를 끄는 소리는 여전히 들렸다. 그 소리를 들으니 소름이 돋았다. 라스스스스스스 쿵, 라스스스스스스스스 쿵 하는 소리가 여기저기서 끝없이 들려왔다. 거의 공황 상태에 빠져 고환이 오그라붙는 듯했다. 그것들은 우리가 기대고 있는 담 반대편에 있다.

조용조용 건물 문으로 걸어갔다. 예상대로 거대한 철문이었으며 양 옆에는 틈이 있었다. 손잡이를 잡고 돌려 보았지만 문은 꿈쩍도 안 했다. 단단히 잠겨 있었다.

잠시 동안 무엇을 해야 할지 아무 생각도 안 났다. 그 문이 잠겨 있을지도 모른다는 것은 미처 생각하지 못했던 것이다. 우리는 빌어먹을 막다른 골목에 몰린 것이다. 도로 돌아갈 수도 없을 뿐 아니라 건물 안으로 들어갈 수도 없고 움직일 수는 더더욱 없었다.

모든 눈이 내 얼굴을 바라보고 있었다. 프리첸코를 향해 몸을 돌리고 어깨를 으쓱한 뒤 내가 말했다.

"어떻게 생각하시오? 어떻게 해야 할지 나도 잘 모르겠소."

크리치네프가 앞으로 걸어나와 AK-47 자동소총을 올리더니 요란하게 공이치기를 잡아당기고 자물쇠를 겨누었다. 그 친구가 총소리로 법석을 부리기 전에 총구를 잡고 아래쪽으로 내린 뒤 손가락으로 내 입을 막았다. 이 문을 쏘는 것은 우리가 거기에 있다고 광고하는 거나 다름없었다. 나는 건물 모퉁이와 주차장을 손으로 가리켰다. 그것이 유일한 방법이었다.

칠흑 같은 어둠 속에서 벽에 녹아들다시피 바짝 붙어서 조용히 걸어갔다. 달이 있었는지는 기억나지 않지만 분명 하늘엔 구름이 끼어 있었다. 별 하나 없는 캄캄한 하늘을 보자 더 힘이 빠졌다.

이젠 공포의 경지를 넘어섰지만 굳이 변명을 하자면 나만 그런 것이 아니다. 그들의 눈에서 두려운 기색을 읽자 뭐랄까 만족감 같은 것이 찾아왔다. 빌어먹을. 방관자 입장에서 투우를 보는 것과 직접 링 안으로 뛰어드는 것은 차원이 전혀 다른 것이다.

모퉁이에 도착해 조심스럽게 고개를 내밀어 주위를 살펴보니 아무것도 눈에 띄지 않았다. 어둠이 너무 짙어서 몇 미터 앞도 볼 수 없었다. 불을 비춰야 해서 손전등을 달라고 손짓했다. 경찰들이 사용하는 커다란 폴라 토치 손전등이 마치 마법처럼 내 손에 들려 있었다. 땀에 젖은 손으로 전등을 들고 편광 렌즈로 어둠속을 바라보았다. 잠시 정신이 아찔했다. 만약 내가 전등을 켰는데 주위를 어슬렁거리는 수십의 괴물들의 죽은 눈이 반사되는 걸 봤더라면 어쩔 뻔했을까? 그 빛 때문에 수백의 그것들이 몰려왔다면 어땠을까? 선뜻 결심이 서지 않았다. 손가락은 스위치 위에 올려져 있고 등에서는 굵은 땀방울이 흘러내렸다. 크리치네프가 팔꿈치로 슬쩍 나를 찔렀다. 그는 프리첸코에게 무슨 말을 했지만 통역해 주지는 않았다. 아마도 이렇게 말했을 것이다.

"빌어먹을, 저 자식, 대체 뭘 기다리는 거야?"

궁지에 몰린 내가 스위치를 켜고 커다란 빛줄기로 주위를 비췄다. 내가 본 것은 텅 빈 주차장과 미끄러지는 문틀 위에 커다란 철문이 있는 담장뿐이었다. 문은 여전히 닫혀 있었다. 그제야 안도감에 큰 숨을 내쉬면서 그동안 내가 숨을 참고 있었다는 것을 깨달았다.

재빨리 대문 쪽으로 건너가 절망스럽게 그 문을 쳐다보았다. 우리 힘으로 열기에는 너무 컸다. 우리는 막다른 골목으로 내몰린 것이다. 무엇을 해야 할지 몰라 망연히 대문을 바라보며 서 있었다. 내 뒤에 있는 사람들은 내가 결단을 내리기를 기다리고 있다. 뭐라고 말해야 할지 알 수가 없었다. 그때 프리첸코가 문 쪽으로 가서 주의 깊게 조사하기 시작했다. 나는 그 자리에 서서 놀란 얼굴로 우크라이나인을 바라보았다. 내가 그의 어깨를 툭 쳤다. 이마에 굵은 땀방울이 맺힌 얼굴에 한가득 미소를 지으며 그가 속삭였다.

"부서졌습니다."

총소리만큼 크게 삐걱거리더니 문이 조금 열렸다. 문은 잠겨 있지 않았던 것이다! 수감된 의뢰인을 만나러 갔을 때 그런 종류의 문을 본 것이 문득 생각났다. 전자기식 자물쇠를 사용하는 하이테크 모델이었다. 전기가 통하는 한은 결코 강제로 열 수 없는 자물쇠다. 정전이 되면 며칠 동안은 배터리로 운영 체제가 가동된다. 하지만 아무리 똑똑한 제조업자라도 몇 달 동안 지속되는 정전에 대비할 수는 없을 것이다. 그렇게 해서 자물쇠는 꺼졌고 손가락 하나로 밀어도 열 수 있게 된 것이다.

대체 프리첸코는 그걸 어떻게 알았을까? 이 자는 대체 어떤 사람인가?

문은 문틀을 따라 부드럽게 미끄러졌다. 그 복합건물 바깥 길을 살펴보았다. 거리, 바깥. 그것들이 방해받지 않고 군림하고 있는 곳. 하지만 조심스럽게 고개를 내밀자 아무것도 보이지 않았다.

혹시라도 그것들이 눈에 띌까 조마조마하며 열에 들뜬 사람처럼 전등을 좌우로 비춰 보았다. 맹세컨대 한 놈이라도 눈에 띄면 철문을 쾅 닫고 총구를 들이댄다 해도 다시는 밖에 나오지 않았을 것이다. 지금은 그런 일이 일어나지 않았던 것이 후회된다. 그랬더라면 다음에 올 것을 모면할 수 있었을지도 모를 텐데.

막 거리 전체를 다 훑어보았다고 생각한 바로 그때 손전등으로 오른쪽을 비춘 순간 심장이 멎는 줄 알았다. 악마처럼 빛나는 커다란 붉은 눈이 1미터도 안 되는 곳에서 눈 한번 깜박거리지 않고 나를 노려보고 있었다. 너무 무서워서 꼼짝달싹도 할 수 없었다. 놀란 나머지 펄쩍 뛰어 뒤로 물러서다가 하마터면 손전등을 떨어트릴 뻔했다.

적어도 비명은 지르지 않았으니 내가 왜 유리조각에 반사된 빛을 보고 여자애들처럼 소리를 질렀는지 구차하게 변명하지 않아도 된다. 내가 큰 눈이라고 착각한 것은 보도에 살짝 걸쳐 세워져 있는 자동차의 반사경이었다.

초조하게 그 거대한 금속 덩어리 쪽으로 접근하는 동안 다른 사람들은 길 양쪽을 경계하며 복도로 돌아갔다. 반쯤 다가갔을 때 불현듯 내게 무기가 없다는 것이 생각났다. 혹시라도 그 차 안에 언데드가 있다면 내 목숨은 바람 앞의 등불인 셈이었다.

그것은 노란색 장갑 밴으로, 옆에 검은 글자로 굵게 '세구리차'라고 쓰여 있었다. 조수석 쪽 문은 열려 있었다. 문을 열면 문에 달린 반사경이 빛나게 되어 있는데, 그것을 커다란 눈으로 착각한 것이다. 내게는 무엇보다 큰 술통이 필요하다, 카리브 해에서 휴가를 즐기는 것은 더욱 절실히 필요하다. 도망갈 준비를 단단히 한 채 루쿨루스가 개한 테 다가갈 때처럼 조금씩 밴을 향해 다가갔다. 거대한 장갑 밴으로 몇 톤은 나갈 것 같다. 후드에 손을 대자 무척이나 차가웠다. 몇 주, 더 심하면 몇 달 동안 그곳에 서 있었던 것이 분명하다. 운전석으로 고개를 들이밀어 보니 텅 비어 있다. 천천히 플러시 가죽 의자에 앉아 곰곰이 생각해 보았다.

이 밴은 주차된 게 아니라 보도 위에 버려져 있었다. 운전자는 몹시 서둘렀던 게 분명하다. 문을 닫을 여유조차 없었으니. 열쇠는 아직도 꽂혀 있다. 몸서리를 치며 당시의 상황을 상상해 보았다. 뒷좌석에 앉은 경비대원 두 명이 작은 공간에 갇힌 채 언데드로 변해서 그들이 깨트린 칸막이 창문에 썩은 이빨을 들이대고 밖으로 나와서는 나를 붙들고…….

마음을 다잡고 몸을 돌려 텅 빈 어두운 뒷좌석을 살펴보았다. 불을 비추자 먼지를 뒤집어쓰고 바닥에 던져진 회사 로고가 박힌 가방 몇 개가 보였다. 나는 안도의 한숨을 내쉬었다. 모든 게 착각이었다. 밴에는 나 말고는 아무도 없었다. 그 가방들은 언데드들이 무대에 등장하기 전에 사람들이 그토록 탐내던 유로화로 가득했다. 바닥에는 접는 시간표가 있는 금속제 클립보드가 떨어져 있었다. 가방의 번호와 옆에 표시해 놓은 것을 볼 때 운전자는 여정의 끝에 거의 다 왔을 때 무언가를 보고 조바심이 나서 본부로 돌아간 것 같다. 수백만 유로화가 있는 밴을 길 한가운데다 문도 열어놓고 열쇠도 그냥 꽂아놓은 채 버리고 갈 만한 다른 이유는 도무지 떠오르지 않았다. 나는 그 가엾은 사내가 무엇을 보았는지 알 만한 사이코는 아니다. 그는 지금 어디 있을까…… 그리고 어떤 상태일까?

이 밴을 타면 도시를 지나갈 수 있을지 모른다. 우리 일곱 명이 다 탈 수 있을 만큼 공간도 넉넉했다. 게다가 튼튼한 장갑차라 그것들이 아무리 뒤집으려 해도 끄떡도 안 할 만큼 무거웠다. 그 생각을 하면 할수록 더 그럴싸해 보였다. 하지만 점화 장치를 흘끗 보자 기운이 쭉 빠졌다. 열쇠는 꽂혀 있었지만 엔진이 꺼져 있다. 운전자가 너무 급히 차를 세우는 바람에 엔진을 끄지 않았던 모양이다. 몇 주 동안 공회전을 했으니 휘발유가 다 닳아 버린 것이다. 언데드가 우글거리는 도시를 가로지를 완벽한 차량을 구했지만 휘발유가 한 방울도 없었다. 설상가상으로 배터리가 어떤 모양인지도 몰랐다.

바로 그때 크리치네프와 프리첸코가 나타나 자동차 안을 살펴보더니 왜 이렇게 오래 걸렸냐고 했다. 너무 놀라 기절할 뻔했다. 밴에 대한 내 생각을 설명해 주자 그들은 싱긋 웃었다.

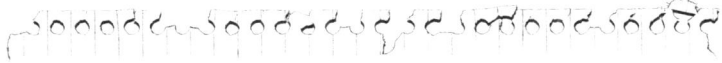

62
3월 10일 오전 12시 2분

헛 경보. 거기로 나온 그 젊은 사내들은 조금 흥분한 것 같다.

상황은 참담했다. 우리는 그것들이 집요하게 쫓아오는 가운데 지친 몸으로 거지 소굴 같은 상점에 갇혀 있다. 어디로든 숨고 싶었지만 크리치네프는 위안 따위는 찾아볼 수 없는 얼굴로 두 번이나 이게 모두 내 탓이라고 투덜거렸다. 하지만 나는 서두르지 않을 것이다.

그 밴이 상태가 좋다는 것이 확인되자 출발할 채비를 했다. 생각하면 할수록 그 차량이 좋아 보였다. 장갑 수송차는 민간인들의 세계에서는 탱크나 다름없다. 키가 꽂힌 채로 바로 우리 앞에 서 있는 그것이 우리에게 어서 타라고 손짓하고 있었다. 문제는 연료통이 말린 참치처럼 바짝 말라 버렸다는 것이다. 얼마나 공회전을 했을지는 신만이 알겠지만 어쨌든 연료가 바닥나 있었다.

파키스탄인 샤피크 덕분에 해결책을 찾았다. 그는 피부색이 매우 까만 강인한 사내다. 그의 괴물 같은 콧수염 앞에 서니 빅토르 프리첸코의 콧수염이 보잘것없어 보였다.

연료통이 비었다는 것을 알자 크리치네프는 이 친구한테 우르두어로 뭐라고 중얼거렸다. 또 다른 파키스탄 사람이 세구리차의 주차장으로 돌아간 동안 샤피크는 장비를 모두 내려놓고 셔츠와 바지를 벗은 뒤 한시도 내려놓지 않는 칼라슈니코프(러시아의 유명한 총기 AK-47의 이름 — 옮긴이) 자동소총을 등에 걸머졌다. 벽에 등을 기댄 채 앉아 있던 프리첸코와 나는 이 광경을 보고 조금 놀랐다. 남아 있는 파키스탄 사람은 반갑지 않은 방문객이 올까봐 반쯤 열린 철문을 통해 거리를 감시했다.

몇 분 뒤 샤피크가 호스에서 잘라낸 기다란 고무 배관을 가지고 주차장에서 돌아왔다. 그는 고무 배관과 5리터들이 플라스틱 통을 들고 말 한 마디 없이 조디악에 올라탔다. 그런 뒤 배를 풀고 약 50미터 전방에 있는 시트로엥 창고를 향해 조용히 노를 저어 깜깜한 밤 속으로 사라졌다. 멀리서 규칙적으로 노를 젓는 소리만 들려왔다.

미칠 듯이 담배를 피우고 싶었지만 바닥에 앉아 그 광경을 상상해 보았다. 샤피크는 몸을 낮춘 채 탱크에는 휘발유 2리터가 들어 있고 키가 꽂혀 있는, 전 세계로 팔려 나가기 위해 선적 준비를 마친 자동차들 사이를 누비고 있을 것이다. 그 정도 양이면 견인 트레일러를 타고 여행을 하기에 충분하다. 그들이 결코 하지 못할지도 모르는 여행이지만.

계획은 간단했다. 휘발유를 모조리 통에 넣어 밴의 연료통을 가득 채우는 것이다. 통에는 5리터밖에 담을 수 없기 때문에 적어도 열 번 이상 왕복해야 할 것이다. 하지만 다른 통이라곤 휴대용 물통밖에 없다. 그 일은 시간이 많이 걸리겠지만 적어도 안전하게 그 도시로 진입할 차량을 얻게 될 것이다. 그렇다고 걸어갈 수는 없는 노릇 아닌가. 그리고 한낮에 출발하게 될지도 모른다. 나보고 겁쟁이라고 할 테지만 돌연변이들이 우글거리는 어두운 유령의 도시로 향하기 전에 이것저것 생각해 보는 게 순서일 것이다.

털썩 주저앉아 잠시 쉬고 있으려니 수만 가지 망상이 떠올랐다. 보통 휘발유와 등유를 섞으면 어쩌지? 그 자동차들이 보통 휘발유만 쓰면 어쩌지? (그 밴은 물론 디젤유를 썼다.) 안전한 하늘에서 살아남은 생존자들이 이미 휘발유를 빼갔으면 어쩌지? 그 공장의 이전 노동자가 이제 언데드로 변해 거기서 어슬렁거리고 있으면 어쩌지? 샤피크가 작업할 때 그것이 몰래 다가오면 어쩌지? 가능한 모든 치명적인 실수들이 머릿속에 떠올랐다. 끔찍한 생각들이 새로 떠오를 때마다 자신감은 점점 쪼그라들고 땀방울은 더욱 더 많이 흘러내렸다.

내가 두려워했던 일은 하나도 일어나지 않았다. 샤피크는 호박색 디젤유가 가득 든 통을 들고 입가에 함박 같은 미소를 지으며 돌아왔다. 그는 아무런 실수도 하지 않았다. 연료는 디젤 밴에서만 빼왔다. 실제로 누군가가 이미 많은 차량에서 연료를 빼갔지만 아직도 수십 대에 연료가 채워져 있었다. 그는 조금 더 멀리까지 가야 했을 테지만 그건 문제될 게 없다. 그곳은 텅 비어 있으니까.

마음을 놓고 담에 기대 앉아 있을 때 샤피크가 다시 출발했다. 이상한 일이다. 그 사내들에게는 칠흑 같은 어둠 속에서 손에 공격용 무기를 들고 목숨을 거는 일이 세상에서 가장 쉬운 일이었다. 그것은 그들에게 일용할 양식에 불과했다.

문득 그 전염병이 선진국을 더 심하게 강타했다는 사실이 떠올랐다. 스페인에서는 군대와 경비대와 수천 명의 사람들만 총을 가졌다. 그것이 발달된 유럽에서 질서와 법률, 안전을 강요하는 방식이다. 파키스탄과 라이베리아, 소말리아 또는 그 밖의 곳에서는 심지어 엄마 젖을 먹는 아기들조차 목에 총을 걸고 다니며 심할 경우 문에다 걸어 두는 일도 있다. 거기서는 먼저 총부터 쏘고 나중에 물어봐야 하며 전기나 수도가 없어도 전혀 상관없다.

문명화된 세계에서 가장 발달한 나라들은 이제 방어력을 잃고 자국의 시민들에게 잡아먹히고 있다. 아마도 언데드들은 더 멀고, 원시적이고, 고립된 지역에서는 그만큼의 행운을 누리지 못할 것이다. 필경 그렇게 멀리는 가본 적도 없을 것이다.

참 얄궂은 일이다. 세상에서 가장 가난하고 가장 낙후된 지역이 이제는 인류의 마지막 희망이 되다니……. 나머지 세계는 하나의 거대한 지옥이 되어 한줌의 생존자들만이 뿔뿔이 흩어져 도망갈 길을 찾고 있다.

태양이 서서히 떠오르고 있다. 연료통이 채워진 것은 태양이 막 지평선 위로 모습을 드러냈을 때였다. 가엾은 샤피크는 온몸이 흠뻑 젖고 너무 지친 탓에 기름통을 들고 비틀거리며 걸었다. 우스만이라는 또 다른 파키스탄 사람은 타이어 두 대가 펑크 난 폭스바겐 비틀이 주차되어 있는 길 끝으로 가는 모험을 감행했다. 모퉁이를 둘러보고 돌아온 그는 제법 많은 돌연변이들이 약 10미터 떨어진 곳에서 어슬렁거리고 있는데 아직 우리가 있는 것은 모르는 눈치라고 알려 주었다. 그는 잔뜩 겁에 질려 있었다. 처음으로 그것들을 가까이서 보았기 때문이다. 그것이 보기 좋은 장면이 아니라는 것은 나도 잘 알고 있다. 믿기 어렵겠지만 나는 그 무리의 베테랑이 되어 있었던 것이다.

연료통이 가득 차자 밴에 올라탔다. 그들이 나에게 운전석을 맡기는 바람에 크게 놀랐다. 매사에 내가 그들을 이끌어야 한다는 것을 깜박 잊었던 것이다. 한숨을 쉬며 운전석에 올라 육중한 문을 닫았다. 크리치네프, 샤피크와 나는 앞 칸에 타고 뒷좌석에는 프리첸코와 파키스탄인 세 명이 몰려 탔다. 자리를 고쳐 앉고 백미러를 조정한 뒤 열쇠를 돌렸다.

시동은 걸리지 않았다. 다시 한 번 시도해 보았다. 마찬가지였다. 다시 해보았다. 여전했다. 크리치네프의 얼굴은 사색이 되었다. 나도 매한가지였다. 두근거리는 가슴을 안고 의자에 등을 기댔다. 대체 뭐가 잘못된 거지? 실마리라도 잡기 위해 계기반을 훑어보았다. 고개를 숙여 계기반을 확인해 보니 지시등이 켜져 있었다. 젠장. 그 운전자는 엔진만 켜놓은 게 아니라 지시등도 켜놓았던 것이다. 몇 주 동안 켜져 있었으니 당연히 배터리가 다 된 것이다.

상상이 되고도 남는다. 그 번쩍거리는 노란 전조등은 어두운 거리를 환하게 밝혔으리라. 수백의 언데드들이 안전한 하늘로 가는 길에 버려진 그 밴을 둘러싸고 있는 가운데 배터리는 닳아 가고 있었으리라.

뭐가 되든 방법을 마련해야 했다. 길 끝에 있는 폭스바겐이 눈에 들어왔다. 3년이 안 돼 보이니 필시 배터리가 멀쩡할 것이다. 크리치네프에게 샤피크를 시트로엥 주차장으로 다시 보내 최신 배터리를 가져오게 할까도 생각해 보았지만 거절할 게 뻔했다. 해는 점점 떠오르고, 일은 예정보다 늦어지고, 우크라이나인은 초조해하기 시작했다. 게다가 한낮에 보니 시트로엥 주차장은 너무 위험했다. 더구나 그는 밴을 끌고 폭스바겐 옆으로 가느라 더 이상 시간을 낭비할 생각은 추호도 없을 것이다. 그 작고 둥그스름한 독일제 자동차에서 배터리를 꺼내오는 수밖에 없다.

몸을 돌려 칸막이에 있는 작은 창문을 통해 크리치네프에게 전할 말을 프리첸코에게 말해 주었다. 러시아 말이 재빠르게 몇 마디 오가자 프리첸코의 얼굴이 창백해지더니 절망적인 얼굴로 나를 바라보았다. 무슨 일인지 금방 알 수 있었다. 크리치네프가 프리첸코더러 배터리를 가져오라고 명령한 것이다.

크리치네프는 즉시 내 생각을 바꿔 주었다. 우리 둘한테 명령했다는 것이다. 젠장.

파키스탄인들의 농담을 뒤로 하고 밴에서 내렸다. 거의 발끝으로 걸으며 폭스바겐 쪽으로 다가갔다. 연노랑색을 띠고 있어 버려진 항구의 엄청난 먼지 한가운데서 횃불처럼 빛났다. 차는 담 모퉁이 근처의 길 맨 끝에 세워져 있다. 조심스럽게 모퉁이 밖으로 고개를 내밀자 그것들 대여섯이 무아지경에 빠진 것처럼 길을 따라 서로 다른 곳에 서 있는 게 보였다. 누가 알겠냐만 아마도 그것들은 잠을 자고 있는 것 같다. 한 가지는 분명했다. 너무 가까이 있었다. 너무 가까이.

프리첸코는 폭스바겐을 붙잡고 씨름했다. 문이 잠겨 있었던 것이다. 결국 모든 게 다 잘 풀릴 수는 없지 않는가. 두꺼운 모직 상의로 주먹을 감싼 뒤 내가 말리기도 전에 프리첸코가 팔을 뒤로 뻗었다가 힘차게 운전석 유리창을 강타했다.

유리는 언데드들을 깨우고도 남을 만큼 엄청난 소리를 내며 산산조각 났다. 서둘러야 했다. 자동차 도둑처럼 작은 우크라이나인이 민첩하게 자동차 보닛을 열었다. 나는 한쪽 팔로 보닛을 받친 채 곁눈질로 길모퉁이를 살피며 그것들이 나타나는지 주시했다. 배터리에는 한 다발의 전선이 연결되어 있었다. 배터리를 흔들어 봤지만 손에 땀이 차서 자꾸만 미끄러졌다. 파키스탄 사람들이 바닥에 무릎을 꿇고 차 옆에서 조용히 이 쇼를 지켜보는 동안 프리첸코가 의미심장한 얼굴로 나를 보았다. 그는 나를 가볍게 옆으로 밀치고는 배터리를 잡고 홱 잡아당겼다. 그런 다음 배터리의 손잡이를 잡고 힘껏 잡아당겨 무사히 엔진에서 빼냈다. 그는 미소를 지으며 뭐라고 중얼거렸는데 아마도 이런 뜻이었던 것 같다.

"역시 구소련 방식이 최고라니까."

바로 그때였다. 길모퉁이에 첫 번째 언데드가 흔들거리며 나타났다. 우리가 야단법석을 떠는 소리를 듣고 쫓아온 것이다. 중년의 여자로 머리부터 발끝까지 온통 피로 칠갑을 했다. 통통한 상체는 가슴 한쪽이 드러나 벌거벗은 거나 다름없었다. 다른 쪽 가슴이 있어야 할 자리에는 피로 물든 커다란 구멍이 입을 벌리고 있었다.

프리첸코와 나는 나란히 서서 잠시 멍하니 바라보았다. 그것들이 아무리 역겹더라도 걸어 다니는 시체를 보면 자기도 모르게 잠재되어 있던 병적인 미혹에 빠지게 마련이다. 피리 소리에 맞춰 대가리를 꼬는 코브라만큼 위험한 미혹. 이 일기에서 몇 번이나 말한 것처럼 그 괴물들은 느릿느릿 걷기는 하지만 보기보다 빠르다. 빌어먹게 빠르다.

다음 괴물은 피에 젖은 더러운 병원 가운만 입고 있었다. 바람에 날려 긴 머리가 헝클어졌다. 팔에는 한때 체액이었던 것이 매달려 있었다. 우리를 보자 그것은 걸음을 멈추고 우리를 향해 팔을 뻗으며 으르렁거렸다.

그걸 보자 내가 먼저 마법에서 풀려났다. 프리첸코는 여전히 한 손에 배터리를 들고 입을 헤 벌린 채 자동차 보닛에 기대 어리둥절한 얼굴로 서 있었다. 그것들이 우리를 덮치기 전에 거기서 빠져나와야 한다. 안 그러면 우리는 꼼짝없이 당할 판이다. 그의 팔을 잡고 더 크게 더 크게 속삭였다.

"뛰어요…… 뛰라고요…… 뛰어…… 뛰란 말이야!"

우리는 미친 듯이 밴을 향해 달려갔다. 그것들이 너무 가까이 있어서 거의 숨소리까지 들리는 것 같다.

밴까지는 300미터 정도 남았지만 마치 300킬로미터처럼 느껴졌다. 잠수복은 사슴처럼 빠르게 달리고 있을 때는 그리 편한 물건이 아니다. 이제 200미터 남았다. 프리첸코는 악마로부터 달아나는 사람처럼 두려움에 콧수염까지 바짝 곤두섰다. 그나마 목이 졸리는 것이 나 혼자만이 아니라는 사실이 위안이 되었다. 100미터 남았다. 크리치네프와 파키스탄 사람들의 얼굴이 보였다. 그들이 총으로 우리를 겨냥하는 것을 보자 심장이 덜컥 내려앉았다. 잠시 그들이 우리를 처형하려는 거라는 생각이 스쳐갔다. 50미터. 우리가 도착하자마자 그들이 총을 쏘기 시작했다.

다섯 개의 AK-47이 동시에 불을 뿜자 귀가 먹먹했다. 특히 그 소리가 바로 귀 옆에서 들리는 데다 한 번도 그런 소리를 들어본 적이 없는 경우에는 더욱 심했다. 얼굴을 잔뜩 찌푸린 프리첸코 옆 파키스탄인들 발치에 무너지듯 주저앉아 빗발치는 총알이 언데드를 난사하는 모습을 지켜보았다. 사람들은 그것들의 몸뚱이를 쏘고 있었는데, 그것은 아무 소용 없는 일이다. 벌떡 일어나 빌어먹을 머리를 쏴야 한다고 미친 사람처럼 그들에게 소리쳤다. 하지만 나는 스페인 말로 떠들고 있어서 파키스탄인들은 내 말을 하나도 알아듣지 못했다.

프리첸코가 거의 AK-47을 막다시피 하며 귀신에 홀린 사람처럼 소리쳤다.

"머리, 머리를 쏴!"

프리첸코가 총에 맞지 않은 것은 기적이었다. 어쨌든 파키스탄인들은 그 말을 알아듣고 총구를 돌렸고 곧바로 여남은쯤 되는 언데드들이 머리에 누덕누덕한 총알구멍만 남긴 채 이제는 완전히 죽어서 땅바닥에 쓰러졌다.

나도 강심장이 된 모양이다. 한 달 전만 해도 이 같은 살육 장면을 보았다면 똥물까지 게워 올렸을 것이다. 하지만 지금은 파리 날개를 찢는 아이들처럼 예사롭게 그 장면을 지켜보았다. 당연한 일 아닌가. 하지만 기분이 좋은 건 결코 아니다.

시간이 쏜살같이 흘러갔다. 그 야단스러운 총소리 탓에 근처에 있는 모든 송장들이 우리를 향해 몰려왔다. 그것들이 거기에 모두 모이기 전에 서둘러야 했다. 운전석에 올라탔다. 그동안 프리첸코와 파키스탄인 하나가 폭스바겐의 배터리를 가지고 밴의 모터에 달려들었다. 그것이 원래 쉬운 일인지 프리첸코가 구소련의 방식을 적용해서인지는 몰라도 그는 내게 시동을 걸라는 신호를 보냈다. 엔진은 몇 번 탁탁거리더니 멈춰 버렸다. 그래도 지침반에는 불이 들어왔다. 배터리는 구했지만 연료가 문제였다.

보닛을 사이에 두고 거친 러시아어와 우르두어가 오갔다. 그들은 서로의 말을 다 이해하지는 못했지만 마침내 합의에 이르렀다. 그들은 동시에 고개를 들고 나보고 한 번 더 시동을 걸라고 손짓했다. 이번에는 좁은 길을 꽉 채울 만큼 엄청난 소리를 내며 모터가 작동했다. 그들은 보닛을 쾅 닫고 밴에 올라탔다. 준비는 완료되었다.

바로 그때였다. 엄청난 무리의 언데드들이 저 먼 모퉁이에서 쏟아져 나왔다. 엔진 소리는 점점 희미해져 가는데 탈출할 만한 길은 모두 그것들이 가로막고 있었다. 시동을 끄면 우리는 좁아터진 밴 속에 영원히 갇힌 채 죽어갈 것이다.

사태는 심각했다. 그 길은 300미터 정도였는데, 한쪽에는 높은 벽돌담이 서 있고, 폭이 약 6미터인 복도가 있는 건너편에는 거대한 창고의 뒷담이 버티고 있었다. 세구리차 정문 근처의 길 끝에는 한 달 반 넘게 주저앉아 있다가 이제 일곱 명의 장정을 가득 채운 채 헐떡거리고 있는 장갑 수송차가 서 있었다. 길 반대편 모퉁이에는 언데드들이 우글거렸다. 한 마디로 지옥이었다.

AK-47 자동소총 덕분에 프리첸코와 나는 목숨을 건졌지만 그 요란한 소리는 근처의 모든 언데드들을 불러 모았다. 수백의 그것들이 좁은 길을 따라 파도처럼 우리를 향해 몰려오고 있었다. 게다가 모터의 백파이어가 불을 향해 날아드는 나방처럼 그것들을 끌어들이고 있었다.

소음 때문에 차 안은 귀가 먹먹할 정도로 시끄러웠다. 파키스탄인 네 명은 우리를 향해 떼거리로 달려오는 괴물들을 가리키며 우르두어로 속사포처럼 떠들었다. 이마에 땀방울이 맺힌 프리첸코는 창백한 얼굴로 한 귀퉁이에 웅크린 채 멍하니 앞을 쳐다보았다. 나는 전혀 위축되지 않았지만 그는 안전한 하늘의 마지막 순간을 생각하고 있는 것 같았다. 이번에는 그가 숨을 곳이 없으리라. 크리치네프는, 얼굴은 밀랍같이 창백해지고, 눈은 등잔만큼 뚱그레지고, 실핏줄이 지도처럼 콧잔등에 불거진 채 내 옆에 앉아 있다. 자렌 호의 갑판에서 쌍안경으로 그것들을 보는 것은 그것들을 막을 아무런 방법도 없이 그 자리에 있는 것과는 하늘과 땅 차이다. 나 역시 다른 사람들처럼 무서웠다. 끔찍하게 무서웠다. 빌어먹을 그것들이 계속 뇌리에 맴돌았다.

크리치네프가 내 팔을 흔들며 화가 나서 펄펄 뛰며 빠르게 러시아 말로 소리쳤다. 나는 몸을 웅크렸다. 나 역시 그와 똑같이 공황 상태였다. 무엇을 해야 할지 갈피를 잡을 수가 없었다. 그런 상황에 준비가 되어 있는 사람은 아무도 없을 테지만. 핸드브레이크를 풀고 기어를 1단에 놓고 거리를 완전히 장악한 그것들을 향해 천천히 차를 몰았다.

살덩이와 뼈, 피를 향한 욕망으로 이루어진 거대한 담이 길 한복판에서 우리를 가로막고 있는 가운데 밴의 엔진은 시끄럽게 헐떡거렸다. 100미터 앞에 첫 번째 언데드가 나타났다. 그 뒤에는 엄청나게 많은 무리가 있으리라. 시위대를 뚫고 지나가거나 콘서트에서 청중 사이를 가르며 나아가려는 거나 진배없었다.

머릿속이 뒤죽박죽이었다. 아드레날린이 분비되고 공황 상태가 덮치면서 그 떼거리를 향해 돌격하고 싶어졌다. 매우 유혹적인 생각이었다. 차를 전속력으로 몰아 그것들을 한 줄씩 뭉개버린 뒤 그림에서 조차 그것들을 본 적 없는 사람들이 사는 곳으로 가는 거다.

아직 이성적인 내 정신의 일부가 나를 제자리로 돌려놓았다. 비틀거리는 그것들을 향해 돌격하는 것밖에는 다른 도리가 없었다. 몸뚱이 하나가 유리창 앞으로 튀어나왔다. 그것이 죽었든지 유리창이 얼마나 강한지는 상관없다. 그것은 계속해서 70킬로그램의 몸뚱이로 유리창에 부딪쳤다. 차가 심하게 손상되었다. 내가 심하다고 말할 때는 정말로 심하다는 뜻이다. 그것들 한가운데서 유리가 부서진다는 것은 사형선고나 다름없다.

차에 치인 사람들에 대한 법의학 보고서를 읽은 게 생각났다. 대부분의 경우 희생자는 사망하지만 그를 친 차의 차대와 완충 장치, 타이어, 차의 조종 장치도 심각한 손상을 입는다. 현실은 영화와는 전혀 다른 것이다. 자동차는 파괴되지 않는 것이 아니다. 뒤집히거나 충돌했을 때는 두말할 것도 없고 쉽게 고장 나고 심각한 손상을 입는다.

한 가지 방법이 있긴 하지만 그것은 냉철한 머리가 필요한 일이었다. 프리첸코에게 내 계획을 재빨리 설명하고 겨우 20미터 앞까지 다가온 그것들을 향해 천천히 밴을 몰았다. 사람의 걸음걸이만큼 사실상 공회전을 하다시피 하며 천천히 그것들 사이로 나아갔다. 우리가 언데드들과 점잖게 헤어질 수 있다는 확신이 섰다. 우리 무게가 3톤이 넘는다는 점을 감안할 때 그렇게 느린 속도로 가면 그것들이 바퀴 아래 깔리더라도 큰 손상은 입지 않을 것이다. 이 말은 밴에게 해당되며 쓰러진 그것들이 입는 손상은 별개의 문제다.

문제가 있다면 우리가 아주 오랫동안 그 괴물들에게 둘러싸여 있어야 한다는 것이리라. 그것들이 유리창과 차체를 아주 많이 두드렸을 경우에 대해 깊이 생각해 보았다. 장갑차가 아니었다면 우리는 성공하지 못할 것이다.

그때 수백의 그 돌연변이들이 우리를 완전히 둘러쌌다. 유리창을 통해 회반죽을 한 듯한 그것들의 얼굴이 보이자 몹시 불안해졌다. 유리창이 매우 안전해서 결코 깨지지 않는다고 생각해 보았다. 그런데도 그것들이 주먹으로 유리창을 칠 때마다 몸이 벌벌 떨렸다. 우리 모습이 보이자 그것들은 광기에 휩싸였다. 죽은 눈에 굶주린 얼굴로 그것들이 차를 향해 몰려왔다. 오줌 냄새가 차 안에 가득 퍼졌다. 누군가가 너무 두려운 나머지 실수를 한 모양이다. 놀랄 일도 아니다. 상상할 수 있는 가장 무서운 경험이니까.

부드러운 엔진 소리와 함께 밴이 사방을 둘러싼 그것들 사이로 천천히 나아갔다. 우리의 피난처인 차의 무게와 장갑차라는 사실만 믿고 그 카드에 모든 것을 걸었다. 차 안에 있으면 우리 모두 안전하다. 잠시 동안이지만 자신감까지 들 정도였다. 그것들은 사방에서 우리를 괴롭혔다. 때때로 빨리 움직이지 못했거나 몸을 피할 공간이 없어서였건 그것이 우리 차에 치였는데, 그때마다 차가 덜컹거렸고, 그럴 때마다 속이 뒤틀렸다.

시야가 흐려지기 시작했다. 눈을 비벼보니 내가 울고 있었다. 너무 무서워서 울었던 것이다. 부패의 정도가 서로 다른 엄청난 시체들 한 가운데서 우리는 한 시간에 5~6킬로미터를 이동했다. 그것들의 연령과 종류는 가지가지였다. 중년 여인들도 보았고, 청년들과 노인, 아이들…… 아이들을 볼 때 가장 심란했다.

검은 얼룩이 있는 찢어진 셔츠를 입고 머리에 깊은 상처를 입은, 피가 말라붙은 지저분한 금발 머리의 여덟 살 정도의 소녀가 10여 분 동안 계속 창문에 달라붙어 있었다. 소녀는 한 손으로는 백미러를 잡고 다른 손으로는 창문을 두드리며 지긋지긋하게 울부짖었다. 너무 가까워서 소녀의 지저분한 입과 검고 끊어진 핏줄이 벌집처럼 불거진 창백한 피부가 선명하게 보였다. 얼마 후 소녀는 머리로 유리창을 들이받기 시작했다. 아마도 우리가 그렇게 가까이 있는데 잡을 수 없어서 좌절한 것 같았다. 한번은 소녀가 딱딱거리며 방탄유리에 이빨을 부딪쳤다. 그 순간을 생각하면 지금도 몸서리가 난다.

63
3월 10일 오전 1시 5분

기분이 좀 나아지고 침착성도 되찾았다. 내가 견뎌낸 모든 순간을 하나도 빠짐없이 기록해 두고 싶다. 하지만 어떤 상황은 너무 생생하게 기억나서 진저리가 난다. 밴을 타고 30분 동안 달린 것도 그 중의 하나다.

그 작은 소녀에 대해 얘기하고 있었지. 10분 뒤에 소녀는 사라졌다. 아마도 지쳤거나(이것들도 지치기는 하는 걸까?) 30대의 거대한 근육질의 사내가 그애를 떼어놓은 건지도 모른다. 그 개자식은 악몽에서 바로 튀어나온 듯한 몰골이었다. 화재로 몸의 절반이 불에 타 물집투성이였다. 그것은 다른 것들과 함께 보닛에 매달려 손가락 세 개가 없어진 손으로 유리창을 두드렸다. 한 번 내리칠 때마다 더 이상 사람의 것이 아닌 괴이한 소리를 질렀다. 그것이 유리창을 너무 세게 내리쳐서 얼마 후엔 팔이 핏덩어리가 되어 창문이 흐려졌다. 그러다 우리 차가 다른 놈을 치어 흔들릴 때 마침내 떨어져 나갔다. 그 일을 생각하면 지금도 머리카락이 쭈뼛 선다.

이것은 두 가지 예에 불과하다. 이삼십 가지도 넘게 생각나고 그럼처럼 완벽하게 설명해 줄 수도 있지만 지금은 결코 마주하고 싶지 않다. 너무 소름끼친다. 수백의 괴물들이 우리를 둘러싼 채 소리치고 울부짖으며 차체의 모든 곳을 한 치도 빠짐없이 두드리고 있다. 소란스러운 바깥과 달리 차 안에는 간간이 파키스탄인들이 단조롭게 쉰 듯한 목소리로 아랍어로 기도를 할 때만 빼면 죽음처럼 고요했다. 지옥에 떨어진 이런 때에 신에게 기도한다는 생각을 하자 기분이 좋았다. 하지만 그 생각은 마음속에 간직해 두기로 했다.

크리치네프는 눈을 부릅뜬 채 구명 기구를 가지고 익사하는 사람처럼 탄약통을 꽉 움켜쥐었다. 때때로 그가 침을 꿀꺽 삼킬 때마다 목젖이 오르락내리락 했다. 프리첸코도 겁에 질려 창백했지만 큼직한 기다란 금발의 콧수염 뒤에서 상황을 조용히 지켜보았다. 살아서 여기를 나가려면 이 밴에 탄 사람들 가운데 유일하게 의지할 수 있는 사람이다.

30분 정도는 모든 게 순탄했다. 차가 뒤집힐 듯한 위험에 처할 때마다 신에 대한 경외감이 엄습했다. 혹시라도 차가 전복된다면 우린 죽은 목숨이나 마찬가지다. 그 돌연변이들이 우리를 죽일 수도 있고 결코 뚫고 나갈 수 없는 그것들 무리들에 둘러싸인 채 굶어 죽거나 갈증으로 죽을지도 모른다. 최선의 방법은 머리에 총알을 박는 것이다. 솔직히 말해 누만시아(로마의 공격에 과감히 저항했지만 기원전 133년에 멸망한 스페인의 고대 도시—옮긴이)의 현대판 버전으로 내 삶을 마감하고 싶지는 않다. 적어도 기원전 133년에 초기 이베리아인들은 하찮은 언데드가 아니라 로마의 귀족들과 싸웠지 않는가.

이따금 몇몇 언데드들이 동시에 차에 부딪치기도 한다. 한두 번은 거의 뒤집힐 뻔했지만 갖은 우여곡절을 겪으며 천천히 나아갔다. 터널에 도착할 때까지.

그것은 진짜 터널이 아니라 교차로 아래에 있는 통로다. 모임에 가는 길에 그곳을 지난 일이 생각났다. 버팀목이 많은, 길이 300미터 정도의 아주 좁은 길이다. 그리고 한밤중처럼 컴컴했다. 안에 무엇이 있는지는 알 수 없는 노릇이다. 길이 막혀 있다면 그것들에 둘러싸인 채 어둠속에서 돌아 나와야 할 것이다. 필시 버팀목을 쓰러뜨려 살아남을 기약 없이 영원히 거기에 갇힐 것이다. 크리치네프가 내 가슴에 총을 겨눈다 해도 절대로 안 들어갈 테다.

그래서 프리첸코에게 그 얘기를 크리치네프에게 통역해 달라고 말했다. 프리첸코가 얘기하는 동안 곁눈으로 일등 항해사의 반응을 지켜보았다. 그는 어깨를 으쓱하고는 우리를 둘러싼 채 울부짖고 끊임없이 유리창을 두드리는 괴물들에게 한시도 눈을 떼지 않은 채 러시아 말로 뭐라고 중얼거렸다. 크리치네프도 어쩔 줄 몰라 결정을 내리지 못했다. 이번에는 내가 결단을 내렸다. 그러자 자신감이 생기는 것 같았다. 아마도 너무 자신감이 많아진 것 같다.

터널을 통과할 수 없다면 겨우 200미터 전방에 있는 고가 도로를 이용해야 한다. 무리들의 수가 제법 줄어들었다. 마지막 1킬로미터는 속도를 낼 수 있었기 때문이다. 버려진 차들을 요리조리 피하며 더 넓은 거리로 달렸다. 버려진 차들은 우리에게 유리하게 작용했다. 우리의 신봉자들도 그 장애물을 피해야 했기 때문이다. 그 덕분에 그것들의 속도가 느려져 시간을 벌 수 있었다. 하지만 머잖아 그것들은 우리를 따라잡을 것이다.

고가 도로를 타고 다리 한가운데까지 왔을 때였다. 브레이크를 급히 밟았다. 길 한복판에 한때 바리케이드였던 콘크리트 블록과 충돌한 차가 널브러져 있었기 때문이다. 어떤 가련한 악마가 아마도 날다시피 자동차를 몰다가 그 블록들을 들이받은 것이리라. 차대 여기저기에 핏자국이 있었고 어떤 사람 또는 어떤 것이 차에서 도망가다가 웅덩이에 빠진 듯한 발자국도 보였다. 그 사람이 사고를 당하고도 살아남았다면 곧 정말로 끔찍한 일을 겪었을 것이다.

그것들이 모든 곳을 에워싼 것은 아니라는 사실을 알고 크리치네프가 제정신을 차렸다. 그가 프리첸코에게 무슨 말을 중얼거리자 곧 프리첸코가 통역해 주었다.

"저 버려진 차를 들이받아."

고개를 저으며 크리치네프더러 영화를 너무 많이 본 것 같다고 말해 주었다. 그랬다간 우리 밴이 망가질 수도 있다. 그러자 그가 얼굴이 벌게져서 입에 게거품을 물고 소리를 질렀지만 말이 되어 나오지는 않았다. 두려움을 견디지 못해 술에 취해 화를 내고 있던 우크라이나인의 작태가 볼 만했다. 그는 나한테 전혀 상냥하지 않은 지독한 욕설을 퍼부었다. 프리첸코는 너무 심한 말은 솜씨 좋게 빼면서 샤피크와 자리를 바꾸라고 했다. 샤피크가 운전대를 잡았다.

총으로 내 가슴을 겨누고 있는 사람과 말싸움을 하는 버릇이 영 들지 않아서 시키는 대로 내 자리를 샤피크에게 내주었다. 그렇게 좁은 공간에서 자리를 바꾸다 보니 우리는 온통 몸이 엉켜 버렸다. 결국 나는 양옆에 샤피크와 크리치네프를 두고 밴 한가운데 앉았다. 간신히 몸을 돌려 프리첸코에게 꽉 잡으라고 말하고는 몸을 다시 돌렸다. 파키스탄인이 가속 페달을 힘껏 밟자 숫양이 담을 들이받듯 버려진 차를 향해 3톤짜리 밴이 돌진했다. 마음을 다잡고 계기반 반대쪽으로 몸을 돌렸다. 그 충격은 어마어마했다. 뒷좌석에 있던 누군가가 앞쪽으로 심하게 내동댕이쳐졌다. 칸막이가 꽝 울리더니 고통에 찬 신음 소리가 오래도록 들렸다.

무슨 일인지 알아볼 경황도 없었다. 밴을 후진시켜 망가진 차에서 뒤로 물러난 샤피크는 그 차가 한쪽으로 한 50센티미터 정도 움직인 것을 보고 다시 그것을 들이받았다. 육중한 밴이 한쪽으로 기운 채 돌진하자 손잡이를 꽉 움켜쥐었다.

이번에 차가 충돌할 때는 쇠가 콘크리트에 갈리는 시끄러운 소리가 났다. 차는 팽이처럼 돌아 넓은 공간을 열어놓았다. 샤피크가 기쁨의 탄성을 질렀지만 곧 목구멍 속으로 기어 들어갔다. 충격의 결과 밴은 왼쪽으로 방향이 틀어져서 다리 난간까지 밀려갔던 것이다. 우두둑거리는 난감한 소리와 함께 그 육중한 차량이 알루미늄 난간을 부수고 잠시 다리 난간에 매달려 있다가 고통스러운 몇 초 뒤에 20미터 아래 보도로 떨어졌다.

교통사고를 포함한 대부분의 시련은 공통점이 있다. 부상당한 쪽이 사고에 대해 굉장히 자세하게 묘사한다는 것이다. 그들은 입을 모아 말한다.

"모든 것이 슬로 모션으로 일어나는 것 같았어요."

전에는 이런 말이 진부하게 들렸지만 세구리차 밴이 제멋대로 난간을 향해 미끄러질 때 그 기분을 직접 체험했다.

밴이 알루미늄 난간 쪽으로 미끄러지자 그것은 종잇조각처럼 힘없이 찢어졌다. 밴이 뿌리째 뽑힌 나무 기둥 위를 지나갈 때 타이어 하나가 펑크 났다. 밴이 다리를 질주할 때 난간을 15미터 정도 끌고 콘크리트에 부딪치는 바람에 파란 불꽃이 일었다. 차는 콘크리트 기둥 한 개를 부순 뒤 뒷부분이 공중에 매달린 채 마침내 멈추었다.

밴이 그 상태를 유지한 것은 겨우 몇 초밖에 안 되었다. 시간이 멈춘 것 같았다. 장갑판의 엄청난 무게에 눌려 차는 서서히 뒤로 기울어지기 시작했다. 멍하니 있는 샤피크를 깨워 문을 열게 하려고 애썼지만 때는 이미 늦었다. 끼익거리는 소리와 쇠에 갈리는 귀에 거슬리는 소리와 함께 밴은 허공 속으로 미끄러졌다.

그 여파는 가공할 만한 것이었다. 밴은 꽁무니부터 20미터 아래로 떨어졌다. 길에 떨어지자 금속이 짜부라지고 유리가 박살나면서 엄청난 소리가 났다. 밴은 옆으로 미끄러지다가 두터운 먼지 구름 속에서 거꾸로 뒤집혔다. 몇 분 동안 안전벨트에 묶인 채 거꾸로 대롱대롱 매달려 있었다. 너무 놀라 꼼짝도 할 수 없었다. 눈앞에 색전등이 어른거리고 귀에서는 계속 소리가 울렸다. 마침내 몸을 움직이기 시작했을 때 심장이 멎을 것처럼 큰 충격을 받았다. 뒤부터 떨어졌기에 밴의 뒷부분이 대부분의 충격을 흡수했지만 앞부분도 심한 손상을 입었다. 크리치네프와 내가 앉은 좌석이 느슨해져서 우리는 칸막이에 심하게 부딪쳤다. 그것을 단단히 붙들고 있는 철제 볼트가 대부분의 충격을 흡수하고 알아볼 수 없을 만큼 뒤틀린 덕분에 우리는 기적적으로 털끝 하나 다치지 않았다.

밴에 탄 다른 사람들은 사정이 달랐다. 샤피크는 의식이 없었을 뿐 아니라 머리는 한 귀퉁이에 처박혀 있고 입가에서는 붉은 피가 새어나오고 있다. 뒷좌석에서 누군가 고통스럽게 소리치는 소리가 들렸다. 소변 냄새에 이어 이제는 토사물과 피 냄새까지 뒤섞였다. 어서 이곳을 나가야겠다.

천천히 팔을 움직여 벨트 끝을 찾아 버클을 늦추었다. 그런 뒤 의식을 잃은 샤피크의 몸뚱이 위로 기어올라 버튼을 눌러 문을 열었다. 운전석 쪽의 문이 딸깍 하고 열리자 깊은 안도감이 몰려왔다. 충격으로 심하게 찌그러진 그 장갑판 문을 어떻게 해서 열었는지 알 수가 없다. 양손으로 문짝을 잡고 있는 힘을 다해 밀어 차에서 빠져나왔다. 차의 잔해 위에 서서 주위를 둘러보았다.

차마 눈 뜨고 볼 수 없을 만큼 끔찍한 광경이었다. 밴은 아코디언처럼 뒤쪽으로 접혀져 길이가 3분의 1밖에 안 되었다. 오른쪽 앞바퀴는 떨어져 나갔고 연료가 계속 새어나와 웅덩이를 이루고 있다. 우리가 떨어진 도로는 우리가 지나온 도로나 눈에 보이는 다른 어떤 도로와도 만나지 않는다. 그것은 사용하지 않는 도로였고 그리 길지는 않을 것 같다.

밴이 있는 곳으로 던진 돌멩이가 내 곁에 떨어졌다. 위를 올려다보자 우리가 지나올 때 생긴 틈 속에 언데드 여섯이 매달려 있었다. 그것들은 우리가 그들과 다른 차원에 있어서 방해를 받게 된 것 같다. 지금으로서는 뛰어 내려오지는 못하겠지만 얼마나 갈지는 장담할 수 없다. 서둘러야 한다.

크리치네프가 오른팔에 깊은 상처를 입은 채 흐린 눈으로 차에서 기어 나왔다. 잠시 그가 안됐다는 생각이 들었다. 그런 다음 루쿨루스의 목을 졸라 버릴 뻔했던 그 개 같은 선원의 반짝이는 표정이 생각났다.

크리치네프가 혼자 힘으로 차 안에서 나오도록 내버려 두었다. 옆문으로 가서 핸들이 열리기를 기도하며 끌어당겼다. 핸들이 돌아가자 그 육중한 문이 열렸다. 파키스탄 사람 하나가 목이 부자연스러운 각도로 비틀린 채 바닥에 누워 있다. 이마에 난 깊은 상처에서 나온 피로 범벅이 되었다. 그는 죽었다. 뇌수가 칸막이 창문에 튀어 있었다.

그것으로 내가 맡은 토사물 냄새가 무엇인지 밝혀졌다.

또 다른 파키스탄 사람인 우스만은 미친 사람처럼 소리치며 팔을 들고 있었다. 떨어질 때 부러져서 뼈가 피부를 뚫고 튀어나왔다. 팔꿈치와 손목 사이에 또 다른 관절이 있는 것처럼 보일 정도다. 지독하게 아플 것이다. 마지막 파키스탄 사람인 와카르는 여전히 안전벨트에 묶여 있었다. 겉으로 봐서는 다친 것 같지 않았지만 입에서 피가 콸콸 흘러나왔다.

프리첸코는 좌석에서 빠져나오려고 안간힘을 쓰고 있다. 저 운 좋은 자식. 돈 자루들이 그가 떨어질 때 쿠션 역할을 했던 것이다. 작은 우크라이나인은 세계에서 가장 값비싼 에어백이 되어 버린 50유로 지폐의 바다 위에 둥둥 떠 있었다. 단지 이마 한가운데에 달걀만한 혹이 났을 뿐이다. 그가 이빨을 다 드러내며 함박 같은 미소를 지었다. 지금 보니 정말로 만화의 주인공 같다.

가만히 앉아 경치나 감상할 시간은 없다. 뒷좌석에서 우스만과 와카르를 꺼낸 뒤 프리첸코의 도움으로 아직도 의식이 없는 샤피크를 운전석에서 끌어냈다.

몇 분 뒤 시내 쪽으로 걸어갔다. 프리첸코는 죽은 파키스탄인의 AK-47 자동소총을 들고 나는 팔이 부러진 사내의 총을 가지고 갔다. 하지만 우리는 짐꾼에 지나지 않는다. 그들에게 탄약을 내놓으라고 명령한 것은 크리치네프였다. 햇빛이 사라지고 있다. 그곳은 그것들이 길을 찾아내자마자 언데드로 가득 찰 것이다. 그 유령 도시의 심장부에서 10분 정도 걷자 더 이상 갈 수 없다는 것을 깨달았다. 와카르의 입에서는 계속 피가 흘러나와 체력이 약해지고 있다. 나머지는 지독하게 지치고 몸도 뻐근했다. 좀 쉬어야 했다. 그 작은 상점을 처음 발견한 것은 크리치네프였다.

그것은 작은 동네 식료품 가게였다. 누군가가 거대한 병사 수송 장갑차를 몰고 와 약탈해 간 뒤였다. 상점 안에는 이마에 총을 맞고 부패해 가는 수십 구의 시체가 포개져 있었다. 안전한 하늘에서 온 팀원들이 음식을 찾는 동안 누군가 그 괴물들을 처치했을 것이다.

밤을 지내기에는 쓸 만한 곳 같았다.

햇빛이 점점 흐려지더니 비가 오기 시작했다. 빗방울이 튀기면서 모든 걸 적시자 조심스럽게 아가리를 벌린 입구로 일렬종대로 들어갔다.

가게 안을 둘러보자 가슴이 철렁했다. 약탈 대원들이 그곳을 완전히 초토화시켰기 때문이다. 빈 선반과 찢어진 상자를 아무 데나 던져 놓았고 부서진 진열 케이스는 바닥에 누워 있었다. 정말로 어지러운 광경이었다.

좀더 세심하게 살펴보던 중 몇 가지 세부적인 것을 알아냈다. 약탈은 조직적이었다. 맞다. 하지만 성급했다. 그것들이 사람이 있는 곳을 알아내면 얼마나 빨리 모여드는지를 고려한다면 놀랄 것도 없는 일이다. 국수 수프 다발이 찢어져서 마구 뒤섞여 있고, 바닥에는 작은 별들로 온통 뒤덮여 있었다. 이유는 모르겠지만 그 광경은 내가 본 다른 어떤 잔혹한 장면보다 더 심하게 감전당한 것처럼 나를 뒤흔들었다.

너무 지쳐서 무너져 내리듯 벽에 기대 바닥을 뒤덮은 그 모든 파스타를 바라보았다. 비가 오는 날이면 엄마와 함께 국수를 끓이던 생각이 났다. 그 생각을 하니 너무 생생하고 한편 고통스러웠다. 그 고통을 미뤄둬 왔는데, 이제는 도도한 강물처럼 내게 덮쳐 왔다. 소리를 죽이며 통곡했다. 굵은 눈물방울이 얼굴을 타고 흘러내렸다.

몇 달 동안 가족들의 소식조차 모르고 지냈다. 차라리 모르는 게 나을지도 모른다. 이제는 부모님과 여동생이 어떻게 되었을지 궁금할 때면 극도의 고통과 공허감이 물밀듯 밀려온다. 그들의 은신처가 얼마나 안전할지 생각하며 그들이 있을 법한 곳을 떠올려 본다. 하지만 지금의 혼란은 너무 강력하다. 아무리 완벽한 메커니즘도 이렇게 완전히 미쳐 버린 상태에서는 5분도 견딜 수 없을 것이다.

가족들은 어딘가에 있을 것이다. 살아 있을 수도 있지만 죽었을 가능성이 더 크다. 신께서 가족들이 여기저기 어슬렁거리는 그것들 중의 하나가 되는 것을 허락하지 않으실 것이다. 그 생각을 하자 몸이 덜덜 떨렸다. 만약 그들과 마주치게 된다면 나 자신을 지킬 수 없을 것이다. 가족에게 대항해서 어떻게 이길 수 있겠는가.

지난 몇 주 동안 쌓였던 모든 고통이 사라졌다. 한 파키스탄 사람이 내가 우는 것을 보고 콧방귀를 뀌었다. 내가 약하거나 겁이 난 거라고 생각할 것이다. 그가 뭐라고 생각하든 정말로 개의치 않는다. 내가 원하는 것이라곤 살아서 그곳을 빠져나와 내 고양이와 배를 되돌려 받는 것뿐이다. 어쩌면 가족들과 연락할 길을 찾을 수도 있을 것 같다. 이 계시록에서 계획이란 단기적이어야 한다는 것을 배웠다. 이 고통은 지금 당장이 아니라 앞으로 다가올 시간 동안 끊임없이 나를 괴롭힐 것이다. 더 이상 나빠질 것도 없다. 깜부기불처럼 이 슬픔도 시간이 지나면 사라질 것이다. 슬픈 이야기는 이것으로 그만.

부서진 철문을 진열장과 선반으로 받치고 밤을 보내기 위해 자리에 앉았다. 담배 한 대를 피워 물었다. 샤피크와 크리치네프가 우스만의 부러진 팔을 맞추는 동안 프리첸코는 등유 스토브로 저녁 식사를 준비했다.

샤피크가 그의 동포를 뒤에서 끌어안자 크리치네프가 우스만의 이빨 사이에 나무 막대를 물렸다. 그런 뒤 그 사내의 부러진 팔을 양끝에서 잡고 별안간 손목을 탁 돌리자 부러진 뼈가 맞춰졌다. 이때 우두둑 하는 소리가 나서 머리칼이 쭈뼛 섰다. 우스만은 눈이 풀리면서 기절해 버렸다. 나머지는 쉬웠다. 쇠막대와 붕대를 가지고 부목을 대주었다. 그것은 팔을 움직이지 못하게 해 주긴 하지만 골절을 치료하는 올바른 방법은 아니다. 만약 의사가 그 서투른 솜씨를 보았다면 미쳐서 춤을 췄을 것이다. 그 친구는 영영 팔을 못 쓸 것이다.

보건부가 더 이상 존재하지 않는 이 새로운 세상에서는 동굴에 사는 원시인처럼 사고가 나도 속수무책이다. 와카르의 상태는 더 심해졌다. 안색이 너무 파리하고 기침을 할 때마다 피가 나왔다. 끊임없이 배에 극심한 고통이 찾아와서 자꾸만 쇠약해졌다. 아무래도 내장이 손상된 것 같다. 아마도 비장이 다친 것 같다. 근처에 병원이 없다는 것을 고려하면 최악의 상태다. 무엇을 해야 할지 알 수가 없다. 비록 방법을 알더라도 그를 도와줄 길이 없다. 오직 숙련된 의료진이 있는 전문 병원에 가야 고칠 수 있다. 불행히도 그런 곳은 이 대륙 전체에 거의 없다시피 하다.

스튜가 끓는 냄새가 방을 가득 채웠다. 우리는 가스등 옆에 의식을 잃고 누워 있는 우스만 곁을 떠났다. 벽에 기대고 있던 와카르는 식사를 거절했다. 크리치네프와 샤피크, 프리첸코와 나는 게걸스럽게 따뜻한 스튜를 먹으며 바깥에서 사납게 휘몰아치는 폭풍 소리에 귀를 기울였다.

식사는 수수했다. 대체적으로 보아 우리의 '임무'는 엉망이었다. 우리가 어디에 있는지도 모르고 자동차도 없었으며 팀원 한 명이 죽고 두 명은 부상당했는데 한 명은 중태였다. 정말 웃지 못할 상황이다.

바로 그때 와카르가 비틀거리며 일어나 방 뒤에 있는 화장실로 달려갔다. 그는 시시각각으로 악화되고 있다. 그가 안돼 보여서 자리에서 일어나 그를 도우러 갔지만 그는 힘든 시간이 지난 상태였다. 그는 겨우 2미터 앞에 있었다. 화장실 문에는 19세기 의상을 입은 뚱뚱한 사내들의 화려한 포스터가 붙어 있다. 그들은 용무가 무척 급해서 미친 듯이 화장실 문을 두드리고 있는 듯했다. 그 아래에 붙어 있는 커다란 붉은 글자가 압권이었다.

"차례를 기다리시오."

상점 주인은 진짜 유머 감각이 있는 사람이다.

처음 도착했을 때 큰 실수를 저질렀다. 아무도 화장실을 확인하지 않았던 것이다. 와카르가 손을 뻗어 문손잡이를 돌렸다. 그러자 쾅 하고 문이 열렸다. 와카르는 고통스러운 비명을 지르면서 바닥에 쓰러졌고, 그것이 그 위에 올라 공격할 기회를 엿보았다.

나는 본능적으로 반격했다. 와카르는 똑바로 누운 채 허공을 물어뜯고 있는 그것을 떼어버리려고 안간힘을 하고 있다. 그것은 너무 큰 전투복을 입고 병사로서는 머리가 무척 긴 젊은 청년이었다. 우리 사이의 2미터를 전력 질주할 때 그것이 안전한 하늘의 자원병이라는 생각이 언뜻 들었다. 어쩌다 감염되어 사람들이 그것을 화장실에 가두었으리라. 오랜 친구를 쏠 만큼 냉혹하지 못했던 것이다. 화장실 문을 다시 열 사람이 있으리라고는 꿈에도 생각하지 못했으리라.

있는 힘을 다해 그것의 재킷을 붙잡고 와카르에게서 몇 센티미터가량 떼어놓았다. 그 언데드는 코카인에 찌든 마약중독자와 비슷했다. 혼자서 그것들을 제압하기란 불가능하지는 않을지라도 매우 힘겨운 일임에는 틀림없다. 그것들한테 물리면 끝장이라는 것은 말할 필요도 없을 것이다. 와카르가 이 틈을 타서 몸을 굴려 그것의 손아귀에서 벗어났다.

이 과정에서 손을 놓치고 뒤로 넘어지는 바람에 그 괴물에게 일어날 기회를 주고 말았다. 그 개자식은 내가 무력하게 바닥에 누워 있는 것을 보자 으르렁거리는 승리의 소리를 내며 나에게 와락 덤벼들었다.

총소리가 울리자 벽에 이상한 모양의 뇌 조각을 남기고 그것의 머리가 잘 익은 수박처럼 터져 버렸다. 그것은 무릎을 꿇고 슬로 모션으로 쓰러졌다.

문 쪽으로 고개를 돌리자 거기 샤리프가 서 있었다. 그는 아직도 화약 냄새가 나는 AK-47을 든 채 바로 몇 분 전보다 더욱 존경스러운 얼굴로 나를 바라보았다. 그가 내 목숨을 살렸다. 하지만 총소리는 우리의 운명을 결정지었다. 그것들이 우리가 거기에 있다는 것을 알게 되었으니까.

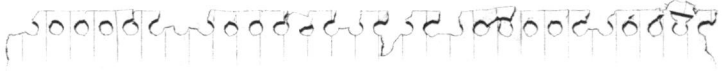

64
3월 10일 오전 2시 35분

와카르는 매우 심각한 상태다. 의사는 아니지만 맹세하건대 무슨 장기가 됐든 내출혈이 심해지고 있다. 입에서는 더 이상 피가 흘러나오지 않지만 안색은 죽은 사람처럼 창백했다. 사타구니는 몹시 딱

딱했고 피부는 소가죽처럼 뻣뻣했다. 게다가 가슴에는 커다란 멍이 들었고 오른팔에는 깊은 상처가 있는 데다 열도 매우 높았다. 우리가 가진 것은 타이레놀 몇 알과 클라목실정(항생제의 일종—옮긴이) 한 통, 중간 농도의 항생제뿐이다. 고통을 줄여 줄 방법은 전혀 없었다. 그에게 타이레놀을 주고 강제로 많은 물을 먹였다. 프리첸코는 10분마다 젖은 습포를 그의 이마에 갈아 주었다. 우리밖에는 이 가엾은 친구를 돌볼 사람이 없다.

와인 한 상자를 찾아낸 크리치네프가 곤드레만드레가 되었다. 다른 파키스탄인 두 명은 기도를 하며 고통스러운 얼굴로 우리를 바라보았다. 어쨌거나 그들은 아무런 도움이 되지 않았다. 때때로 우리에게 우르두 말로 무슨 얘기를 했지만 프리첸코나 나는 알아듣지 못했다. 너무도 무력했다.

바깥에는 괴물들이 들끓고 있다. 셔터(다행히도 작동이 잘 되었다.)를 내려서 얼마나 모여 있는지는 알 수가 없다. 하지만 그것들이 두드리는 소리와 으르렁거리는 성난 소리는 들을 수 있다. 다른 출구는 아직 찾지 못했다. 우리는 꼼짝없이 갇혀 버렸다.

와카르가 걱정이다. 여기서 그를 데리고 나가지 못한다면 몇 시간을 버티지 못할 것이다. 이 사람들이 어쩌면 저렇게 무책임한지 당혹스러웠다. 기본적인 응급처치 도구도 없이 바다에 나와 고작 시시한 치료라니! 음식물도 거의 바닥이 났다. 나도 파키스탄인들의 배낭을 샅샅이 뒤지고서야 알았다.

그들은 이게 공원 산책 정도인 줄 아는 것 같다. VNT 지부에 가서 소포를 집어와 다시 배로 돌아가는. 멍청한 것들! 이것은 지상의 지옥이며 지옥에서는 어떠한 문제도 곧장 비극이 될 수 있다.

지금처럼.

새벽 2시 46분이다. 너무 기진맥진해서 좀처럼 잠이 오지 않는다. 와카르가 미친 사람처럼 지껄이기 시작했다.

65
3월 10일 오전 2시 50분

이런 건 정말 싫다. 와카르는 의식이 들어왔다 나갔다 했다. 그는 여전히 우르두 말로 지껄이고 있지만 이따금 인사불성에 빠지거나 발작을 일으킨다. 팔의 상처는 붉은색으로 부어오르고 불쾌한 냄새가 나는 맑은 체액이 새어나온다. 거즈로 상처를 닦아 주려 하자 고통스러운 비명을 지르며 무턱대고 나한테서 빠져나가려 한다. 그의 행동은 내출혈이 있는 사람에게 보이는 정상적인 반응이 아니었다. 상처를 더 자세히 살펴보았다. 팔 안쪽에 20센티미터 정도 할퀸 자국이 있는 것 같다.

최악의 사태를 생각하지 않을 수 없다. 와카르를 밴에서 꺼낼 때 그 상처를 본 기억이 없다. 틀림없이 나중에 생긴 상처다. 나는 오직 한 가지 길밖에 생각할 수 없다. 상처에서 눈을 돌리고 고개를 들었다. 프리첸코의 푸른 눈이 둥그레지면서 뚫어져라 나를 쳐다보았다. 아무 말도 할 필요가 없었다. 내가 무슨 생각을 하는지 그도 알기 때문이다. 그것은 분명 할퀸 상처였다……. 그를 변화시킬 만큼 충분한 것일까? 와카르가 다시 정신을 잃었다.

66
3월 10일 오전 4시 30분

한 20분 전에 와카르가 가래 끓는 소리를 내기 시작했다. 팔에 난 끔찍한 상처에서는 여전히 냄새 나는 고름이 흘러나오고 있다. 내상이 더 심해진 게 분명하다. 내장에서 붉은색 체액이 흘러나오고 있다. 그의 내장은 이미 오래전에 움직임을 멈췄다. 그는 마치 산악 지대를 올라가는 증기기관차처럼 거친 숨을 몰아쉬었다. 갑자기 숨이 멈추더니 물에 빠진 사람처럼 숨을 쉬기 위해 헐떡거렸다. 그가 받는 고통 때문에 모든 사람들이 안절부절못했다.

와카르가 두 시간 동안 의식을 잃었다는 것을 알자 마음이 좀 편해졌다. 다시 깨어나면 끔찍한 고통을 겪을 테니까.

너무도 무력했다. 한 사람의 생명이 내 눈앞에서 꺼져 가는데 이렇다 할 약도 없고 그를 살릴 수 있는 지식도 없다니.

우스만과 샤피크는 묵주를 꼭 쥔 채 단조로운 목소리로 코란을 암송했다. 이것이 내게 힘겨웠다면 그들에게는 너무도 무서웠을 것이 틀림없다. 그들은 집에서 수천 킬로미터 떨어진 곳에서 친구가 죽어 가는 모습을 지켜보고 있다. 와카르가 피똥을 누기 시작하자 그들의 눈에 역겨운 빛이 스쳤다.

비명횡사란 영화에서 보는 것처럼 아름다운 광경이 아니다. 영화에서 영웅은 미소를 지은 채 사랑하는 사람들에게 마지막 말을 남기고 쓰러진다. 죽어 가는 와카르의 모습을 보았다면 죽음이란 끔찍하고 더럽고 매우 고통스러운 것임을 알게 될 것이다. 그 사내들은 그것을 모르는 것 같다. 몇 주 전만 해도 나 역시 몰랐지만 여기로 오는 길에 너무 많은 시체들을 보아서인지 마음이 단단해졌다.

프리첸코와 나는 심각한 문제를 공유하고 있었다. 우리는 몇 시간 뒤에 와카르에게 무슨 일이 일어날지 알고 있거나 의심하고 있었다. 하지만 지금으로서는 아무 일도 안 하기로 결정했다. 먼저 우리에겐 무기가 없었다. 그로 인해 뭔가 조치를 취할 가망이 거의 없었다. 그 다음엔 우스만이나 샤피크가 와카르에게 총을 쏠 것이다. 놀랄 일도 아니다. 결국 그는 그들의 친구니까.

그 생각을 하자 미친 듯이 웃음이 터져 나왔다. 안전한 하늘에서 온 무리 역시 그 가엾은 악마를 화장실에 가둘 때 같은 생각을 했을 것이다. 이제 그들의 '친구에 대한 사랑' 덕분에 우리 손으로 이 진기한 구경거리를 처리해야 한다.

크리치네프는 술에 취해 인사불성이었다. 그는 러시아 말로 두서없는 얘기를 중얼거리다가 이따금 누가 무척이나 우스운 농담이라도 한 것처럼 눈물이 뺨을 타고 턱수염에까지 흘러내릴 만큼 배를 잡고 웃었다. 한번은 밖에서 여전히 언데드들이 두드리고 있는 문 앞에서 미친 사람처럼 소리쳤다. 그가 총을 꺼내자 프리첸코가 사슴처럼 민첩하게 일어나 총을 낚아챘다. 크리치네프는 그를 물끄러미 쳐다보다 곤드레만드레가 되어 의식을 잃은 채 쓰러졌다. 오히려 다행이다.

이제 우리에겐 무기가 있다. 우스만이나 샤피크는 그것을 가져갈 생각도 안 한다. 굉장하군.

언데드들은 아직도 무자비하게 문을 두드리며 밖에 있다. 신경에 거슬리는 끔찍한 소리였다. 그것들의 수가 점점 늘어나고 있겠지만 정확한 수를 알아낼 방법이 없다. 와카르의 가래 끓는 소리는 더 잦아져서 10분 간격으로 찾아왔다. 끝이 가까워졌다.

67
3월 10일 오전 7시 58분

    태양이 떠오르고 있다. 문 틈 사이로 희미한 아침 햇살이 새어 들어온다. 그것들이 이리저리로 어슬렁거림에 따라 이따금 그것들의 그림자가 햇살을 가로막는다. 상점 안에는 피와 분뇨, 땀, 공포, 고름 냄새가 진동한다. 와카르는 10분 전에 끔찍한 고통 속에서 숨을 거두었다. 우스만과 샤피크는 진언처럼 들리는 추도사를 암송했다. 한 손에는 AK-47을 들고 또 한 손에는 코란을 든 채 시신 곁을 지켰다. 프리첸코와 나도 시신 곁을 지켰지만 그것은 다른 이유에서였다.

    와카르는 이제 아무 때나 다시 살아날 것이다. 혹은 와카르처럼 보이는 어떤 것이 살아날 것이다. 기다리면서 우리가 느낀 고통은 말로는 설명할 수 없는 것이다. 이 얘기를 일기에 쓰려니 손이 부들부들 떨린다. 마치 여섯 살짜리 꼬마가 쓴 것처럼 글씨가 삐뚤빼뚤하다.

    프리첸코와 나는 심장이 벌렁벌렁 뛰어서 가쁜 숨을 몰아쉬었다. 얼마 있으면 우리는 친구는 아니더라도 같은 전우에게서 태어날 그것들 중의 하나를 보게 될 것이다. 돌아온 그는 포식자가 되고 우리는 먹잇감이 될 것이다.

    와카르가 겪은 고통은 차마 입에 담을 수 없을 만큼 혹독했다. 의식을 잃은 지 두 시간이 지난 뒤 동전만 한 작은 보라색 반점들이 온

몸을 뒤덮었다. 와카르의 순환계가 약해지면서 몸에 산소를 보내지 못함에 따라 그는 천천히 질식해 죽었다.

세 시간 뒤 끔찍한 일이 일어났다. 와카르의 순환계에 있던 가느다란 실핏줄과 정맥이 눈에 띄게 피부 위로 불거졌다. 의대에서 하는 스케치처럼 완벽하게 알아볼 수 있었다. 그의 혈압을 재볼 수는 없지만 내가 보건대 열이 매우 높았다. 고동 소리는 매우 불규칙했고, 땀이 비 오듯 흘러내렸다. 프리첸코더러 땀을 닦아 줄 때는 반드시 장갑을 끼라고 말했다. 에볼라 바이러스가 땀과 접촉할 때 전염된다면 이 질병도 같을 게 틀림없다.

안타깝게도 아무도 이 병에 대해서 모른다는 게 현실이다. 다른 시간에 더 좋은 세상에 있었더라면 이 사내는 집중치료실에 격리되어 많은 의사들과 간호사들의 치료를 받으며 죽음과 싸우고 있었을 것이다. 이제 그는 버려진 죽음의 도시 한가운데서 약탈당한 더러운 상점 바닥에서 자기 배설물 위에 고통스럽게 누워 있다. 유럽 전역과 빌어먹을 전 세계처럼.

세 시간 반이 지나자 와카르의 정맥이 불거지면서 대정맥과 대동맥까지 두꺼운 전선처럼 두드러졌다. 과도한 혈압이 피부 바로 밑에 있는 작고 약한 실핏줄로 몰려들었다. 와카르의 얼굴은 지난 몇 달 동안 나를 괴롭혀 온 그것들과 비슷해지기 시작했다. 이제 심지어 파키스탄인들까지 모두가 와카르가 그것들 중의 하나가 되고 있다는 것을 알았다.

네 시간 반이 지나자 의식을 잃었고 입과 귀, 눈 그리고 내 추측에 항문과 성기(아무도 확인할 용기가 없었다.)에서도 끝없이 피가 흘러나왔다. 이미 기절한 크리치네프만 빼고 우리는 너무 무서워 그 자리에 얼어붙은 채 한 마디 말도 없이 그 끔찍한 광경을 지켜보기만 했다. 배경 음악으로 상당히 약해진 철문을 두드리는 소리와 으르렁거리는 소리의 코러스가 언데드의 영역에 새로운 일원이 탄생한 것을 축하하고 있었다.

네 시간 40분 뒤에는 와카르가 간질환자처럼 경련을 일으키며 몸부림을 쳤다. 그의 몸뚱이는 믿을 수 없을 만큼 높은 아치를 이루었고 바닥에 대고 팔다리를 휘둘렀다. 머리는 규칙적으로 콘크리트를 들이받았다. 우리는 아무것도 할 수 없었다. 근육 위축이 올 때마다, 팔다리를 세게 흔들 때마다 그는 고름과 배설물이 섞인 피를 사방에 흩뿌렸다. 그 끈적거리는 액체가 노출된 우리 몸에 닿게 되면 치명적일 수 있다.

프리첸코와 파키스탄 사람더러 정면에 있는 방으로 피하라고 지시한 뒤 오래된 플렉시 유리 진열장을 방패삼아 그 끔찍한 죽음을 지켜보았다. 와카르가 무언가를 느끼는지는 모르겠지만 부디 정신은 오래전에 떠났기를 기도했다.

네 시간 45분이 지나자 코마에 빠진 와카르의 몸뚱이는 미동도 없이 누워 있었다. 10분이 지난 뒤에조차 나는 감히 플렉스 유리의 불확실한 보호를 떠나 정지된 따뜻한 몸뚱이를 향해 접근할 용기가 없었다. 확실치는 않지만 그는 숨을 쉬고 있는 것 같지 않았다. 2미터 정도까지만 가보기로 했다. 그 몸뚱이는 욕지기나는 붉은 웅덩이 속에 꼼짝 않고 누워 있었다. 몸뚱이 옆으로 엉금엉금 기어가 그가 숨을 쉬는지 알아보았다. (세상에 있는 금은보화를 다 준다 해도 그 지저분한 곳에서 무릎걸음을 하지는 않을 것이다.) 그는 숨을 쉬지 않았다.

별안간 와카르의 핏발선 고무질의 눈이 떠졌다. 그러고는 입을 열고 목구멍 속에서 가래 끓는 소리를 뱉어냈다. 죽을까봐 질겁을 한 나는 미친 듯이 고함을 지르며 벌떡 일어나 한두 걸음 뒤로 물러서다가 바닥에 엉덩방아를 찧었다. 와카르의 몸이 일어설까봐 너무 두려웠다.

하지만 아무 일도 일어나지 않았다. 내가 도망치느라 두근거리는 가슴을 가라앉히고 있을 때 프리첸코와 샤피크, 우스만이 내가 지른 사내답지 못한 비명 소리를 듣고 문을 열고 내다보았다. 나는 조금도 부끄럽지 않다. 누구라도 내 입장이었다면 겁이 났을 테니까.

몸을 고쳐 앉아 다시 그 몸뚱이를 자세히 살펴보았다. 그것이 와카르의 마지막 소리였다. 너무 무섭고 예상치 못한 일이라 놀라서 죽을 뻔했다. 와카르는 죽었다. 하지만 얼마 동안?

그것은 가장 사소한 일이었다. 여기서 나가는 길은 정문뿐인데 그 괴물들은 떠날 기미가 안 보인다. 그 문은 조만간 부서질지도 모른다.

68
3월 10일 오후 8시 26분

프리첸코의 손전등 불빛 아래서 이 일기를 쓴다. 지난 열두 시간은 백만 년 전에 그것들이 내 집에서 변했을 때보다 더 사정이 나빴다. 와카르가 마지막 숨을 거두고 난 뒤 12분 만에 그의 몸은 전혀 자연스럽지 못한 많은 움직임을 보였다. 가슴은 오르내리지 않았는데, 내 생각에 그것들은 숨을 쉬지 않는 것 같다. 그의 오른팔 전체가 흔들거렸다. 이미 죽었는데도 팔이 씰룩거리다니 도저히 믿을 수가 없었다.

그것으로 충분치 않았는지 핏발선 고무질의 눈이 번쩍 뜨이더니 초점도 없이 무시무시하게 양쪽으로 왔다 갔다 하기 시작했다. 흰자 위에는 끊어진 가는 실핏줄이 도드라져 마치 유령을 보는 것 같았다.

처음엔 오른팔만 떨리더니 곧 팔다리가 모두 떨리기 시작했다. 몇 분 뒤 마치 전기라도 통한 양 몸 전체가 떨렸다. 불길한 방식으로 그것의 몸이 되살아나고 있다. 나는 '그것의 몸'이라고 말했는데, 그 까닭은 와카르의 정신과 영혼, 또는 그것을 뭐라고 부르든 간에 그것이 멀리 사라져 버렸기 때문이다. 이제 그 몸에는 괴물이 들어가 있다.

우리는 너무 놀란 나머지 그 초자연적인 광경을 가만히 지켜보았다. 우스만은 겁에 질려 AK-47을 꽉 쥔 채 눈물을 흘리며 영혼을 바쳐 큰 소리로 흐느꼈다. 그러다 총을 떨어뜨릴 뻔했다. 그가 감당하기에는 너무 벅찬 일이었기 때문이리라.

샤피크는 현실을 받아들이기 싫다는 듯 고집스럽게 앞뒤로 잰걸음을 옮기며 신들린 사람처럼 소리를 죽여 성가를 부르듯 코란의 기도문을 암송했다. 그 모습을 보자 가슴이 선뜩했다. 배경 음악은 언데드가 으르렁거리며 문을 두드리는 지옥의 소리였다.

프리첸코는 크리치네프한테서 빼앗은 큰 총을 양손으로 부여잡았다. 단호한 얼굴로 심호흡을 한 뒤 소총의 공이치기를 풀고 와카르의 머리를 겨냥했다. 그것은 흔들거리며 일어나려고 기를 쓰고 있다. 나는 고개를 저으며 그의 팔을 잡고 총구를 아래로 밀어 내렸다. 나는 알고 싶었다. 아니 알 필요가 있었다. 그가 우리를 알아볼까? 그에게 말을 걸 수 있을까?

크리치네프가 갑자기 문간에 나타나 반쯤 잠든 채로 비틀거리며 돌아다녔다. 그 광란의 광경을 보자 그는 놀라움을 금치 못했다. 그는 소변을 보러 나온 모양이다. 화장실로 가는 길에 이제는 무장한 인질 두 명과 반쯤 넋이 나간 부하 두 명과 그것들 중의 하나로 변이 되고 있는 세 번째 부하와 부딪쳤다.

잠시 동안 크리치네프는 상황을 파악할 수 없었다. 그때 모든 것이 이해되자 샤피크한테 달려가 돌격소총을 낚아챘다. 그 무렵 와카르는 간신히 일어나 앉아 얼떨떨한 얼굴로 주위를 둘러보고 있었다. 죽은 지 12분 만에 새로운 괴물이 태어났다. 끔찍한 일이다. 크리치네프가 와카르에게 다가가 떨리는 손으로 그를 겨냥했다. 우르두어로 뭐라고 소리칠 때 그의 목소리가 갈라져 나왔다. 와카르는 아무런 반응을 보이지 않고 계속 일어서려고 애를 썼다. 크리치네프가 다시 소리쳤다. 이번에는 괴물이 된 와카르가 그를 쳐다보며 피와 고름이 가득한 검은 입을 벌리고 무시무시하게 으르렁거렸다.

크리치네프가 감당하기에는 너무 힘든 일이었다. 그는 한 걸음 뒤로 물러나 방아쇠를 당겼다. AK-47은 자동소총이라 그의 손에서 펄쩍 튀어 오르면서 총알 세례를 퍼부었다. 와카르의 머리는 즉시 트럭에 치인 수박처럼 벌건 덩어리가 되었으며, 크리치네프는 뇌수와 피로 범벅이 되었다.

큰 혼란이 일어났다. 파키스탄 사람 하나는 요란스럽게 구토를 했다. 와카르의 몸뚱이는 털썩 뒤로 넘어졌다. 크리치네프는 몹시 화를 내며 와카르의 몸뚱이 위로 뛰어올라 우리 머리를 향해 총을 겨누었다. 잠시 그가 그동안 마신 술 때문에 진전 섬망증(온몸의 거친 진전을 수반한 특유한 의식장애를 특징으로 한 증상. 만성 알코올중독 뒤에 나타난다―옮긴이)에 걸려 우리를 날려 버릴 거라는 생각이 스쳤다. 참으로 어리석고 얄궂은 결말이 될 것이다. 대참사와 수백의 언데드 속에서 살아남았는데 버려진 식료품 가게 뒷방에서 환각에 빠진 주정뱅이한테 죽다니…….

다행히도 크리치네프는 좀 진정이 되었지만 총구는 여전히 우리를 겨누고 있다. 크리치네프는 프리첸코한테 러시아 말로 소리치면서 우리를 벽 쪽으로 밀어붙이고 나서 그의 총을 낚아챘다. 프리첸코는 전혀 저항하지 않았다. 현명한 선택이었다. 총소리를 듣자 파키스탄인 두 명은 모두 긴장증 상태에서 깨어나 그들의 보스 뒤에 섰다. 손에는 총을 쥐고 우리를 노려보면서 우리가 조금이라도 위험한 짓을 하면 금방이라도 방아쇠를 당길 듯한 태세였다. 가장 좋은 방법은 악의 없는 얼굴로 살살 구슬리는 수밖에 없었다.

크리치네프는 프리첸코를 두들겨 패더니 크게 한 방을 먹여 벽 쪽으로 날려 보냈다. 가학 후의 만족한 얼굴로 내 몫을 분배할 준비를 한 뒤 나를 쳐다보며 그가 팔을 들어 올렸다. 나는 마음을 다잡고 굽실거렸다.

바로 그 순간 금속이 깨지는 듯한 불안한 소리가 상점 안을 가득 메웠다. 철문이 부서진 것이다. 크리치네프는 나를 때리려던 것은 까맣게 잊고 파키스탄인들한테 우르두어로 뭐라고 소리친 뒤 그들을 이끌고 정문으로 달려갔다. 나는 프리첸코와 함께 뒤에 처졌다. 그들이 선반을 쌓아 바리케이드를 치는 소리가 들렸다.

프리첸코를 부축해 일으켜 세웠다. 뺨에 멍이 들고 피를 조금 뱉어냈지만 죽을 정도는 아니다. 지금은 그 따위 일에 신경 쓸 겨를이 없다. 저장실 문 쪽으로 달려갔다. 파키스탄인들과 크리치네프는 한쪽이 벌어지고 있는 철문을 뒤에서 몸으로 막고 있다. 그것들이 문에 부딪칠 때마다 문짝에서 회반죽과 잡석들이 떨어져 내렸다. 어떤 괴물들은 이미 문 옆에 난 틈으로 팔을 넣고 선반들을 밀치고 있었다. 심지어 머리를 들이미는 것도 있다. 문은 몇 분 이상은 버티지 못할 것이다.

크리치네프가 몸을 돌려 우리에게 총구를 돌리고 저장실로 다시 가라고 명령했다. 그는 우리를 결코 신뢰하지 않기에 우리가 그 전투의 한가운데로 가는 것을 원치 않을 것이다. 나 역시 그 전투의 어떤 부분도 맡고 싶지 않았다. 파키스탄 사람들은 아랍의 순교자를 기리는 송가 같은 것을 불렀다. 머리에 녹색 천을 묶고 있는 샤피크는 더 조용해 보였다.

나는 머리를 저었다. 빌어먹을. 사태는 점입가경이었다. 순교를 열망하는 두 사내와 술에 취한 우크라이나의 미치광이라니. 나는 절박하게 탈출구를 찾으며 저장실로 돌아오라고 프리첸코에게 손짓했다. 출구는 없었다. 창문도 없고 뒷문도 없고 통풍구도 없다! 전혀 아무것도 없다!

다시 말하지만 인생은 영화가 아니다. 텅 빈 공터로 열려 있는 뒷문이나 창문도 없었으려니와 비밀 통로나 들창도 없었다. 너무 두꺼워서 발로 차 부술 수도 없는 단단한 벽돌로 지은 식료품점밖에 없다. 우리는 꼼짝없이 갇힌 신세였다.

갑자기 프리첸코가 나를 끌고 카운터 뒤로 갔다. 묵직한 탁자 위에 벽 속에 만들어 놓은 들창이 있었다. 의자를 탁자에 대고 기어 올라가 거기서 나가는 통로를 발견할지 모른다는 헛된 희망을 품고 문을 밀어 열었다.

화장지였다. 수십 수백 개의 화장지와 종이 수건이 차곡차곡 쌓여 있다. 이곳은 선반에 진열하기에는 맞지 않는 상품을 저장했던 곳이다. 내가 닥치는 대로 화장지를 끌어내리고 있을 때 가게 앞에서 첫 번째 총성이 울렸다. 최후의 돌격 작전이 시작된 것이다.

저장실을 비우는 데는 30초도 안 걸렸다. 나머지 30초 동안 밀실공포증에 걸릴 만큼 작지만 안전하게 숨을 수 있는 곳으로 기어 올라가야 했다. 우리가 가진 것이라곤 1리터 반짜리 물병과 손전등 두 개, 초콜릿 하나, 나의 일기가 전부다. 그거 말고는 정말 아무것도 없었다.

우리는 몸을 조금 펴 보았다. 프리첸코는 딱 들어맞았다. 키가 160센티미터밖에 안 되었기 때문이다. 나는 조금 끼었지만 편안했다. 문에 작은 구멍이 있어 숨을 쉴 수 있고 그 구멍으로 저장실의 일부도 볼 수 있다. 이젠 마냥 기다리는 수밖에 없었다.

앞방에서 AK-47이 찰각거리는 소리와 언데드들이 울부짖는 소리가 들려왔다. 총소리는 점점 더 커졌다. 꽉 막힌 방에서 총 세 개가 동시에 불을 뿜었으니 요란한 소리가 날 수밖에. 화약 냄새도 진동했다. 그 무기들의 화력이 어느 정도인지는 모르겠지만 그처럼 꽉 막힌 곳에서는 정말 파괴적이다.

하지만 그들은 수적으로 열세였다. 2분 뒤 찢어지는 듯 울부짖는 소리가 들리더니 총 하나가 사격을 멈추었다. 전투는 문 쪽으로 점점 더 가까워졌다. 피범벅이 된 미치광이 크리치네프가 뒷걸음을 치며 나타났다. 그는 AK-47을 집어던지고 허리춤에서 권총을 꺼내 들었다. 여남은 명은 넘음직한 그것들에 몰리며 그 우크라이나인은 탄창을 거의 다 비웠지만 쓰러진 것들 말고 그것들 둘이 더 나타났다.

크리치네프는 전투가 끝났다는 것을 깨닫고 권총을 관자놀이에 대었다. 그가 총을 쏘기도 전에 머리부터 발끝까지 피가 말라붙은 줄무늬 셔츠를 입은 뚱뚱한 젊은 것이 그의 목을 물고 주먹만 한 살덩이를 물어뜯었다. 크리치네프는 눈을 부릅뜬 채 고통과 놀라움의 비명을 지르며 총을 떨어뜨렸다. 곧이어 그는 그것들 무리 아래서 사라져 갔다. 우리가 들은 소리는 다시는 입에 담고 싶지 않다.

열두 시간이 지났다. 가게는 조용하고 어두웠다. 바닥에 뒹굴고 있는 등불은 꺼진 지 오래다. 냄새는 도저히 말로는 설명할 수 없다. 그것들이 아직도 여기서 끊임없이 어슬렁거리고 있어서 그곳을 떠날 수가 없다. 어떻게 해야 할지 도무지 모르겠다.

69
3월 11일 오후 9시 38분

인간의 마음이란 놀라운 것이다. 스물네 시간 넘게 빛도 없고 소리 하나 들리지 않는 벽장만 한 작은 저장 공간에 갇혀 있으려니 환청이 들리기 시작했다. 분명히 텔레비전 소리를 들은 것 같다. 그 광고를 얘기해 줄 수도 있다. 너무 고통스럽다. 나도 그것이 내 머릿속에만 있는 것인 줄 잘 알지만 너무 진짜처럼 들린다. 오, 신이시여. 귀를 막아도 여전히 모든 소리가 명료하게 들렸다.

그 벽장은 나를 파멸시킬 것이다. 나는 광기의 미끄러운 기슭을 내려가고 있다. 일흔두 시간 동안 빛도 없는 곳에서 배고픔과 싸우고 나자 피로와 공포, 억압된 스트레스를 더 이상 참을 수 없었다. 이제 더 이상은 견딜 수 없다. 거기에 더 있다가는 숨이 막혀 죽을 것이다.

벽이 나를 향해 다가오고 있다. 그 공간은 훨씬 더 작아져서 나를 짜부라뜨릴 것 같다. 암흑은 기름처럼 진했고, 공기조차 캄캄해서 숨도 쉴 수 없었다. 폐는 미친 듯이 펌프질을 했지만 산소는 들어오지 않았다. 숨이 막힌다. 어서 여기서 나가야 한다!

절박하게 손잡이를 찾으며 문을 긁었다. 그때 강철처럼 단단한 두 손이 내 양팔을 잡았다. 프리첸코가 나를 진정시키려고 러시아 말로 뭐라고 속삭였다. 그가 가라데 검은 띠의 힘으로 나를 내리눌렀다. 그는 내가 진정되고 자제심을 되찾고 나서야 나를 놔주었다. 그 빌어먹을 러시아인의 얼굴은 매혹적인 면이 있다. 키는 아주 작고 커다란 금발의 콧수염이 입을 반 정도 덮었지만 그는 강철 같은 정신력과 놀라운 복원력의 소유자다. 그는 압박감에 굴복하지 않았지만 나는 밀실 공포증의 습격을 받아 곧 우리 두 사람을 지옥으로 보내려던 참이었다.

진짜 바보처럼 소리를 죽여 울기 시작했다. 나는 겪을 만큼 겪었다. 우리는 하루 종일 벽장만 한 구멍 속에 갇혀 있다. 배도 고프고 목도 마르고 졸린다. 고문하는 것처럼 쥐가 자꾸 나고 갈피를 잡을 수가 없다. 그 빌어먹을 지옥에는 비상구를 알려주는 네온사인 하나 없었다.

이렇게 부산을 떠는 동안 무슨 소리를 낸 것이 틀림없다. 다행히도 괴물들이 훨씬 더 큰 소동을 부리고 있다. 그것들은 저장실의 잔해 주위를 어슬렁거리다 건반과 우리 팀원이었던 것들에 걸려 넘어지곤 했다. 당장에는 우리가 있는 것을 눈치채지 못했다. 문에 난 작은 구멍으로 살펴보았지만 보이는 거라곤 저장실의 절반과 상점 정문으로 가는 복도뿐이다. 가느다란 햇살이 정문을 통해 비치고 있다.

방에는 적어도 여덟 개의 그것들의 그림자가 있었다. 상점 앞과 거리에는 훨씬 더 많을 것이다. 그 개자식들은 크리치네프와 파키스탄인들을 해치우고도 떠나지 않았다. 그냥 거기 밖에서 뭔가를…… 또는 누군가를 찾고 있다.

처음 몇 시간 동안 그 방은 총소리를 듣고 몰려온 괴물들로 발 디딜 틈 없었다. 이제 무언가(본능?)가 그들에게 가까운 곳에 싱싱한 먹잇감이 남아 있다고 말해 주었다. 시간이 흐르자 대부분은 흥미를 잃고 밖으로 나갔다.

어떻게 해선지 그것들은 근처에 사람이 있다는 것은 알지만 정확히 어디인지는 모른다. 우리 체온 때문일까? 전자기장 때문일까? 내가 모르는 다른 감각이 있는 걸까? 그것들은 분명히 거기 있는 먹이를 찾을 수 없는 데 좌절한 채 계속 찾아 헤맸다.

공포의 네 시간 동안 등에 깊은 상처가 있는 키가 크고 호리호리한 괴물이 벽장 앞에 서서 주먹으로 문을 두드리며 으르렁거렸다. 심장이 얼어붙는 것 같았다. 그 자식이 우리를 찾아냈으니 이젠 끝장이다. 하지만 마침내 그것은 흥미를 잃고 되돌아가 방에서 어슬렁거리다가 신만이 아실 곳으로 물러났다.

그것들은 힘이 세고 일종의 육감이 있었지만 똑똑하지도 못하고 끈기도 없다. 그것들의 공동작용과 몰려드는 능력은 제한되어 있으며, 운동 기능은 더 나쁘다. 얼마가 지나자 그것들은 따분하고 산만해졌지만 강한 자극, 대개는 사람이 주의를 끌 때는 예외였다. 그럴 때는 더할 나위 없이 냉혹해졌다.

이것은 모두 추측에 불과하다. 내가 알기로 아무도 그것들이 어떻게 생각을 하는지 알아내지 못했다. 전염병이 너무 급속히 퍼져 아무도 과학적인 연구를 할 겨를이 없었다. 혹시 누군가가 어딘가의 벙커에서 연구를 한다손 쳐도 그는 지하 수킬로미터 아래 있을 것이다. 그것은 괴물들에게 둘러싸인 우리에게 매우 큰 도움이 될 것이다.

그것은 나의 환청을 치료하는 데도 소용이 없었다. 사이렌 소리가 들리는 것 같았다.

프리첸코가 내 팔을 너무 우악스럽게 쥐어서 너무 아픈 나머지 소리를 지를 뻔했다. 그 역시 그 소리를 들었다. 그것은 환청이 아니었다!

경적 소리가 길게 세 번 울렸다가 잠시 멈춘 뒤 세 번 더 울렸다. 그것은 저 멀리서 달려오는 강력한 증기 터빈에서 나는 거칠고 깊은 소리였다. 바로 뱃고동 소리였다. 자렌 키비슈 호였다. 우샤코프가 우리를 찾으러 나선 것이다. 무엇 때문에 우리가 그렇게 시간이 오래 걸리는지 의아하고 자꾸 걱정이 돼서 찾아 나선 것이 분명했다. 그에게 우리가 살아 있다는 것을 알리려면 대답을 해야 했다. 하지만 그러려면 기다려야 했다.

경적 소리가 상점 안에 꽉 차 있던 괴물들의 주의를 끌었다. 하나씩 하나씩 그것들이 비틀거리며 오직 사람(먹잇감)만이 낼 수 있는 새로운 소리를 따라가자 상점은 금세 텅 비었다.

하나만 제외한 모든 것들이 떠났다. 어떤 이유에선지 번쩍거리는 귀고리를 달고 얼굴에는 메이크업과 먼지가 덕지덕지 붙은 50대의 여자 언데드가 저장실에서 계속 어슬렁거렸다. 아마도 다른 것들보다 인간 먹잇감을 더 잘 찾아내는 것 같다. 아니면 머리가 둔해서인지도 모른다. 누가 알겠는가? 그것은 거기에 마냥 서서 주위를 살피며 기다리고 있었다. 우리가 기다리던 기회였다. 프리첸코와 내게는 아무 말도 필요없었다. 나는 문을 밀어 열고 카운터 위로 뛰어내렸고 프리첸코도 뒤따라 나왔다.

그 여자가 놀란 얼굴로 올려다보았다. 그러고는 엉망으로 망가진 가구들과 바닥에 뒹굴고 있는 시체들을 교묘히 피하며 미친 듯이 으르렁거리며 우리를 향해 다가왔다.

나는 일어서려고 안간힘을 썼지만 하루 종일 그 작은 공간에 쭈그리고 앉아 있던 뒤라 다리가 좀처럼 펴지지 않아 일어설 수가 없었다. 피가 다시 돌면서 다리가 따끔거리며 아팠다. 그 모든 계획과 목표에도 불구하고 나는 하룻강아지처럼 무력했다.

또다시 프리첸코가 어딘가에서 힘을 얻어 상황을 파악하고 현명하게 처리했다. 그는 앞으로 기어가 크리치네프가 죽기 전에 집어던진 빈 AK-47 소총을 집어 들었다. 소총을 지팡이 삼아 일어선 그는 벽에 등을 기댄 채 곤봉처럼 생긴 통 옆에 있던 권총을 잡고 이빨 사이로 부드럽게 숨을 쉬는 그 탐욕스러운 것과 대적할 자세를 취했다.

프리첸코는 그 괴물의 반응을 기다릴 필요가 없었다. 그것이 먼저 비틀거리며 그에게 달려들었기 때문이다. 그것이 팔 길이만큼 다가오자 AK-47을 들어 올려 온힘을 다해 언데드의 두개골을 내리쳤다.

퍽 하는 소리와 함께 그것의 두개골이 깨지면서 감염된 시커먼 뇌수가 보였다. 그것은 앞뒤로 요동하며 비틀거렸다. 프리첸코가 두 번째 가격을 날렸다. 그것의 머리가 잘 익은 멜론처럼 터져 버리고 그것은 그 자리에 쓰러졌다. 그는 그것을 향해 몸을 구부리더니 붉은 곤죽이 될 때까지 두개골을 계속 내리쳤다.

프리첸코가 시체를 셀 수 없을 만큼 여러 번 때리는 동안 나는 간신히 일어나 그의 양어깨를 잡았다. 눈빛은 광적이었고 그것의 뇌가 그의 팔과 가슴을 뒤덮었다. 내가 손을 얹자 그가 코브라처럼 몸을 돌렸다. 잠시 그가 나까지 때릴 거라는 생각이 스쳐 갔다.

프리첸코의 안색이 서서히 정상으로 돌아왔다. 마침내 약해진 다리가 더 이상 그를 지탱할 수 없게 되자 나까지 끌고 바닥에 주저앉고 말았다. 이제 그는 아드레날린이 활발하게 분비되어 지난 스물네 시간 동안 쌓인 긴장이 풀어지면서 발작적으로 흐느꼈다.

프리첸코의 어깨를 팔로 감싸안으면서 그가 앉을 수 있도록 도와주었다. 시간이 별로 없었다. 지옥 구멍 같은 그곳을 당장 빠져나가야 한다. 빅토르 프리첸코가 침착성을 되찾자 큰 소리로 콧방귀를 뀌고는 크리치네프의 총을 집어 들었다. 그가 무시무시한 목소리로 말했다.

"마침내 벽장 속에서 빠져나왔군."

나는 그 우크라이나인이 지켜보는 가운데 마치 신들린 사람처럼 박장대소를 했다. 웃음을 그치려고 할 때마다 프리첸코의 곤혹스러운 표정 때문에 더욱 웃음을 참기 힘들었다. 눈에 눈물까지 그렁한 채 그가 한 말이 슬랭으로 쓰일 때 어떤 뜻인지를 설명해 주자 그 우크라이나인도 함께 웃음을 터뜨렸다('커밍 아웃'이라는 뜻이다―옮긴이). 그러자 해방감이 찾아왔다. 몇 주 만에 처음으로 마음 놓고 실컷 웃자 스트레스가 확 풀렸다. 아무리 바보 같은 얘기를 들어도 다시는 지금처럼 웃지는 못할 것이다. 정말 환상적이었다. 우리는 아직 사람이고 우리는 아직 살아 있다. 그리고 아직 싸울 수 있다.

소름끼치는 그 현장에는 건질 만한 게 별로 없었다. 크리치네프의 권총이 유일한 무기였다. AK-47도 있었지만 탄약을 찾을 수가 없었다. 우스만과 샤피크가 허리에 탄약을 차고 다녔지만 그 흔적도 없었다. 그들은 필경 이제 돌연변이가 되어 여러 번 사격할 수 있는 탄약을 짊어진 채 어슬렁거리고 있을 것이다. 젠장.

떠나기 전에 크리치네프의 시신 위로 허리를 굽혔다. 그가 느낀 공포는 상상을 뛰어넘는 것이었으리라. 그것들은 가엾은 개자식의 몸을 조각조각 찢어 버렸다. 그가 살아 돌아올 리는 결코 없다. 그의 뇌 한 조각이 없어졌다. 팔 하나와 두 다리, 위장이 마치 야생동물의 습격을 받기라도 한 것처럼 떨어져 나갔다. 소름 끼치는 일이다. 그의 재킷 주머니를 뒤져 피 묻은 영수증을 찾아냈다. 그 빌어먹을 소포 생각은 까맣게 잊어버리고 있었다. 그것이 나의 루쿨루스를 되찾을 수 있는 유일한 길이다.

상점에서 나와 문 앞에 쌓여 있는 고약한 냄새가 나는 시신 더미를 피해 걸어갔다. 태양은 눈부시게 빛났다. 상점에서 나오자 나는 주위부터 흘긋 둘러보았다. 400미터 앞에 그것들 둘이 있었다. 그것들은 우리를 발견하고 쫓아오고 있었다. 서둘러야 했다.

음식과 물을 먹지 못해 지친 몸으로 다리를 절룩이며 거리를 달려갔다. 그런 꼴로는 멀리 가지 못한다. 버려진 거리를 따라 걷는 동안 더욱 더 많은 그것들이 예상치 못한 곳에서 튀어나와 추격전에 동참했다. 수천의 그것들! 그것들이 우리를 바짝 뒤쫓았다.

갑자기 프리첸코와 나는 그 자리에 멈추었다. 우리 앞에는 무시무시한 장면이 펼쳐져 있었다. 우리는 걷잡을 수 없이 타올랐던 화재로 잿더미가 된 비고의 한 구획의 끝에 도착했다. 나는 그 화재를 코린트 호에서 보았다. 우리가 가고 있는 길은 그을고 붕괴된 건물들이 거미줄처럼 빽빽하게 쓰러져 있는 한 지역의 끝이었다. 그 도시는 마치 폭격을 맞은 것 같았다.

이것이 우리에겐 기회가 되었다. 프리첸코와 나는 폐허로 기어 올라가 잡석 더미와 비비 꼬인 검은 기둥들을 헤치고 나아갔다. 언데드는 이렇게 산산이 부서진 땅으로 들어와 우리를 쫓아올 수는 없다. 그것들은 그 파편들 위로 올라올 만큼 조화롭게 움직일 수 없기 때문이다. 곳곳에 구멍이 뚫리고 기둥과 잡석 더미, 토막난 잔해로 뒤덮인 그 광경은 마치 달처럼 죽은 듯 고요했다. 우리 상태를 고려하면 그리 만만한 것은 아니었지만 그래도 중요한 것은 우리는 기어오를 수 있고 그것들은 그럴 수 없다는 것이다.

그 지옥에서 20분 정도 거닐다가 대참사의 한가운데에 있는 깊은 구멍으로 떨어졌다. 그 구멍의 바닥에는 빗물을 받는 커다란 웅덩이가 있었다. 우리는 낙타처럼 물을 마시고 벌렁 누워 숨을 가라앉혔다. 햇살이 얼굴 위에 비치고 산들바람이 머리카락을 흔들었다. 화창한 봄날이 제철을 맞은 것이다. 살아 있어서 정말 다행이다.

70
3월 12일 오후 10시 41분

작은 캠프파이어 곁에 누워 있다. 맛있는 닭고기 야채 수프가 보글보글 끓고 있다. 불 건너편에는 프리첸코의 낯익은 모습이 담요를 뒤집어쓴 채 죽은 사람도 살릴 수 있을 만큼 엄청나게 코를 골며 자고 있다. 몇 주 만에 처음으로 이런 농담까지 할 만큼 기분이 좋다.

사흘 동안 거기서 온갖 고생을 한 뒤 어제 그 불타 버린 지역을 떠났다. 프리첸코와 나는 지칠 대로 지쳤다. 다행히도 우크라이나인은 민첩하게 우리가 은둔하며 회복할 만한 곳을 찾아내었는데, 그 덕분에 우리는 목숨을 보존할 수 있었다.

그 구멍은 바닥이 뜨거웠다. 구름 한 점 없는 하늘에 떠 있는 태양은 빗물 웅덩이 옆에 도마뱀처럼 누워 있는 우리에게 뜨거운 햇볕을 인정사정없이 내리쬐었다. 웅덩이에 괸 빗물은 찌는 듯한 열기로 인해 우리 눈앞에서 증발하고 있다. 너무 뜨거워서 공기가 떨릴 정도였다. 파편도 떨리는 것 같다. 이따금 폐허에서 우지끈 팡 하는 소리가 나거나 건물이 흔들리거나 파리가 윙윙거리는 소리만 빼면 사위는 너무나 적막했다. 한번은 멀리서 개 짖는 소리가 들렸지만 몇 분 뒤 멈추었다.

프리첸코와 나는 찢어진 천 조각으로 텐트를 만들어 보았지만 그것을 받쳐 줄 받침대가 없었다. 우리는 너무 지쳐서 어떤 공학 기술도 발휘할 수 없었다.

결론적으로 우리는 딱하디 딱한 처지였다. 무기도 없고, 반쯤 파괴된 버려진 도시에서 길을 잃고, 몸은 지칠 대로 지치고, 배는 고프고, 식수라곤 더러운 빗물뿐이고, 사방에 수천의 언데드들이 우글거리는 가운데 고립되어 있는 것이다. 열대 지방에서 보내는 휴가와는 살짝 다른 것이다.

타는 듯한 열기 속에 방치된 돼지처럼 땀이 철철 흘렀다. 물웅덩이 끝으로 걸어가 양손으로 물을 떠마셨다. 씁쓸한 얼굴로 물에 비친 나를 향해 미소 지었다. 프리첸코와 내 몰골은 놀랄 만큼 비슷했다. 그 끔찍한 일을 겪어낸 뒤 우리 둘 다 턱수염이 텁수룩하게 자랐는가 하면, 지저분한 머리칼은 떡처럼 엉겨 붙었고, 옷(내 경우는 수영복 바지와 해진 셔츠를 입었는데 저장실에서 잠수복을 벗어 버렸기 때문이다.)은 누더기가 되어 버렸으며, 기름기가 줄줄 흐르는 얼굴은 숯덩이 같았고, 손은 땟국물이 줄줄 흐르고, 손톱은 몽땅 부러졌다. 굶주리다 못해 얼굴은 앙상하게 뼈만 남았을 뿐 아니라, 내 생각에 심한 악취가 나는 것 같다. 대참사 전의 거지를 데려와도 우리 옆에 서면 영화배우처럼 보일 것이다.

프리첸코에게 내 고객이 이 꼴이 된 나를 보면 결코 알아보지 못할 거라고 농을 던졌다. 그도 배꼽을 잡을 만큼 웃으면서 시운텐도 아마 그 꼴이 된 자기를 보면 절대 고용하지 않을 거라고 맞장구를 쳤다.

요전에 빌어먹을 시운텐이 뭔지 프리첸코에게 한번 물어볼까 생각해 본 적이 있다. 별로 들어본 적 없는 회사였기 때문이다. 그가 나를 두 번이나 살려줬다는 것과 우리가 같이 지낸 그 끔찍한 3일 동안을 제외하면 그에 대해 아는 것이 거의 없다. 내가 막 물어보려던 찰나에 죽은 도시의 침묵을 깨고 자렌 키비슈 호의 천둥 같은 고동 소리가 다시 들렸다.

그 떠들썩한 소리는 온 도시로 퍼져 나갔다. 절대 적막 속에서 소리가 얼마나 크게 들리는지 놀라울 따름이다.

우리 같은 도시인들은 수천 가지 소리에 둘러싸여 살기에 그 소리를 잘 알아채지 못한다. 하지만 주위가 그처럼 조용할 경우 엔진 소리나 라디오 소리조차 몇 킬로미터 떨어진 곳에서도 들린다. 비고는 물론 이웃하는 마을에서도 들었을 것이다. 자렌 키비슈 호에 탄 멍청이들은 어리석게도 계속 경적을 울렸다. 한심한 인간들. 그들 때문에 도시 전체의 빌어먹을 언데드들이 다 우리한테로 모일 것이다.

다른 곳으로 피해야 한다. 여기 계속 있다가는 굶어죽거나 일사병으로 죽거나 하여튼 죽을 것이다. 프리첸코한테 물으려던 얘기는 잠시 미뤄두어야 할 것 같다. 우리는 발을 질질 끌며 다시 잡석과 불타 버린 자동차와 건물 위로 기어 올라갔다.

곳곳에서 살이 타는 냄새가 진동했다. 이따금 도시의 절반을 불바다로 만든 탐욕스러운 화마에 희생당한 그슬린 시신 더미를 보게 되는데, 어느 것이 사람이고 어느 것이 언데드인지는 분간할 도리가 없었다.

문득 VNT 사무실 역시 불에 타 잿더미가 되었을지도 모른다는 끔찍한 생각에 이르자 발이 딱 붙어 움직일 수가 없었다. 만약 그것이 사실이라면 소포가 석면 상자에 들어 있지 않는 한 우리는 그 신비의 소포와 영영 이별한 셈이다. 심호흡을 하며 마음을 진정시켰다. 코린트 호를 타고 도시를 샅샅이 뒤지고 다닐 때 그 사무실이 있는 지역은 손상되지 않았던 게 떠올랐다. 그러니 한시라도 빨리 우리의 목적지로 가야 한다. 거기까지 가는 데는 서너 시간밖에 안 걸리지만 물론 밤에는 이동할 수 없다.

오후가 지나자 기온이 떨어진다. 곧 프리첸코와 나는 몸을 덜덜 떨었다. 낮에 아무리 더워도 갈리시아의 봄밤은 상당히 춥다.

프리첸코와 나는 잿더미가 된 지역이 끝나는 곳에서 망설이고 있다. 우리 앞에는 넓은 2차선 도로가 펼쳐져 있었는데, 먼지와 흙, 숯으로 뒤덮이다시피 했지만 손상된 곳은 보이지 않는다. 아마도 비가 왔거나 갑자기 바람 방향이 바뀌어서 도시를 삼켜 버린 화재는 거기서 끝나고 거리 쪽으로 이어지지는 않았다. 그 지점부터 비고의 남은 지역은 불에 타지는 않았지만 불결하고 황폐하며 언데드가 들끓었다. 폐허를 따라 걸어가려니 지독히 느리고 힘들었다. 하지만 적어도 언데드를 만날 일은 없다는 사실이 위안이 되었다. 이제 길은 한결 쉬워졌지만 그만큼 더 위험할 것이다.

하지만 선택의 여지가 없다. 눈에 띄지 않게 조심하며 길로 올라섰다. 거리 표지판을 읽을 수 없었다. 잿더미가 가려 버렸기 때문이다. 땅거미가 지고 햇빛이 사라지고 있다.

몇 블록만 가면 VNT 사무실이 나오지만 우리는 걸음을 멈추고 숨어야 했다. 우리가 어디 있는지도 모른 채 그것들이 득실거리는 낯선 지역에서 무기도 없어 걸어가는 것은 자살행위나 다름없다. 모퉁이를 돌다가 낭패를 당하려고 이렇게 멀리 온 것은 아니니까. 게다가 뭔가 요기를 하지 않으면 기절해 버릴지도 모른다. 뱃속에서 꼬르륵거리는 소리를 들으면 곰도 놀라 자빠질 것이다.

갑자기 프리첸코의 얼굴에 미소가 번졌다. 그는 걸음을 멈추고 손짓을 했다. 나는 안도의 한숨을 쉬었다. 운이 좀 풀리려나 보다. 그가 밤을 보내기에 손색이 없는 곳을 찾아낸 것이다.

약탈당한 은행과 창문에 피가 묻어 있는 비디오 가게 사이에 작은 선술집이 있었다. 정면은 먼지와 숯으로 뒤덮여 있었고, 문 위에는 술집 이름이 씌어 있는, 곧 떨어질 것 같은 코카콜라 표지판이 건덩거리고 있다. 술집의 이름은 오래된 포도나무다.

모퉁이 술집이라고 하는 게 더 나을지도 모른다. 지저분하기 이를 데 없었다. 대참사를 겪기 전이라면 두 번 다시 쳐다보지도 않았을 것이다. 현관문 앞에는 경첩이 있는 대문이 있는데, 완전히 땅바닥에 붙어 있을 뿐 아니라 녹이 슨 커다란 자물쇠로 잠겨 있어 안전했다. 대문과 현관문 사이에는 전염병이 돌기 전부터 쌓아 놓은 오래되어 누레진 신문지 더미와 여러 달 동안 비바람에 바랜 전단지가 나뒹굴었다.

그 게딱지 같은 가게는 모든 것이 잘못되기 전에 문을 닫은 게 틀림없다. 거기서 언데드와 마주칠 가능성은 없어 보였지만 안으로 들어갈 때까지는 모르는 일이다. 선택의 여지는 급속히 줄어들고 있었다. 날이 어두워지고 있어서 조금만 있으면 코앞도 안 보일 테니 말이다. 하늘에는 구름이 끼어 있었고 곧 폭풍이 다가올 것이다. 달빛조차 없었다. 우리가 길 한복판에 서 있는 동안 원치 않는 존재가 우리를 따라올 가능성은 점점 늘어나고 있었다.

은행 문은 경첩이 떨어져 나가고 없었다. 담장과 보도에 긁힌 자국이 있는 것으로 보아 누군가가 강력한 차량으로 현금인출기를 끌어낸 것 같다. 마지막 혼란의 날들 동안 약탈한 것이다. 한 가지는 분명했다. 그 은행에서 자느니 차라리 길바닥에서 자는 게 나을 것이다. 유리창이 피범벅이 된 비디오 가게에도 들어가고 싶지 않았다. 분명히 말하지만 나는 비디오를 빌릴 생각이 전혀 없다.

따라서 가장 좋은 선택은 술집이었다. 프리첸코가 대문 자물쇠를 만지작거리는 동안 창문을 들여다보자 광고지와 빛바랜 포스터, 지역 축구 시합 목록 등이 눈에 띄었다. 먼지투성이의 어두운 내부에는 바 뒤에 술병들이 나란히 세워져 있었다. 별안간 조용히 탁자에 앉아 거품이 넘치는 시원한 맥주를 마시고 싶다는 생각이 나를 사로잡았다. 이제는 들어가야만 한다.

파괴된 지역에서 몇 미터 걸어 나와 5킬로그램 정도의 벽돌 조각을 집어 젖 먹던 힘까지 다 내어 창문을 향해 던졌다. 쿵 하는 소리에 이어 시멘트 조각이 비 오듯 쏟아지자 프리첸코가 화들짝 놀라서 한쪽으로 몸을 피했다. 유리창은 깨지지 않고 산산조각이 났다.

안전 유리였지만 질이 안 좋았던 것이다. 고강도 안전 유리였다면 그 돌로 백 번을 던져도 표면에 긁힌 자국조차 안 남았을 것이다. 하지만 여기는 보석점이 아니라 초라한 술집에 불과했다. 프리첸코가 말하는 '구소련의 옛 방식'으로 조준을 잘해 돌을 던지자 몇 번 만에 창이 무너져서 우리가 기어 들어가기 딱 좋은 구멍이 생겼다.

사방이 먼지투성이였고 곰팡이 냄새도 났다. 무심코 팔을 뻗어 불을 켜려다가 혼자서 웃음을 터뜨렸다. 몇 가지 버릇은 평생을 간다. 프리첸코는 술집을 언데드를 막기 위한 요새처럼 만든 뒤 구멍을 가리기 위해 창문 앞 탁자에 몸을 기댔다. 나는 아직 햇빛이 남아 있을 때 쓸 만한 물건을 챙겨오기 위해 살금살금 바 뒤로 갔다. 현금등록기는 텅 비어 있었고, 곰팡내 나는 레몬 찌꺼기가 녹슨 칼 옆에 있는 바가지에서 썩고 있었다. 나는 Bic 라이터 하나를 찾아냈다. 프리첸코는 길 밖에서 들여다보지 못하도록 묵직한 커튼을 끌고 와 창문에 쳤다. 완벽했다.

라이터의 불빛에 의지해 서랍을 뒤지다가 마침내 양초 두 개를 찾아냈다. 불을 붙이자마자 냉장고 하나를 열었다. 프리첸코와 나는 바에 등을 기대고 앉아 삽시간에 물 여섯 통과 청량음료 두 병을 해치웠다. 그 액체들이 내 몸 속에서 돌기 시작하자 새 생명을 얻은 듯한 느낌이었다. 물을 한 병씩 마실 때마다 내 혀에 수분이 공급되었고 내 세포들도 마치 스펀지처럼 그 축복 받은 물로 촉촉이 젖어들었다.

일단 목마름이 해결되자 배가 너무 고팠다. 내가 이 공책에 몇 줄을 끼적이고 있을 때 프리첸코는 집 뒤에 있는 작은 부엌에서 어설프게 어물거리고 있었다. 도와주고 싶지만 몸이 말을 듣지 않았다. 얼마 후 프리첸코가 만면에 미소를 띤 채 상당한 양의 캔을 가지고 돌아왔다. 부엌에는 먹을 게 제법 많았을 뿐 아니라 다른 곳에 비해 손도 덜 탔다. 군대 하나를 먹여 살릴 수는 없었지만 두 명의 생존자가 며칠 동안 먹기에는 충분했다. 그날 밤 일주일 만에 처음으로 충분한 숙면을 취했다. 잠이 깼을 때 햇살이 커튼을 뚫고 비쳐 들어왔다. 병에 든 물로 간단히 세수를 한 뒤 상황을 정리해 보았다. 얼마간 의견을 주고받은 뒤 술집에서 하루 더 쉬면서 체력을 보강하기로 했다. 커튼을 통해 보니 수많은 언데드들이 아무도 모르는 어딘가로 향한 채 거리를 어슬렁거리고 있었다.

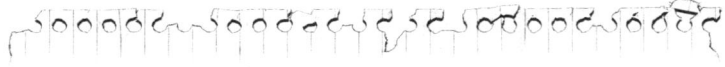

71
3월 13일 오후 7시 30분

오늘 아침 마침내 밖으로 나가는 모험을 감행했다. 거리는 물에 흠뻑 젖어 질척거렸다. 밤새 비가 내린 모양이다. 우크라이나인과 나는 버려진 차 뒤에 숨으며 보도를 따라 나아갔다. 약하게나마 햇살이 조금씩 비치기 시작했다. 습기가 걷히면서 보도에는 몇 줄기 아지랑이가 피어올랐다. 또다시 찌는 듯한 날이 될 거라는 예고였지만 아직은 제법 선선하다.

프리첸코는 허리에 커다란 주방용 식칼을 차고 있었고, 나는 작은 고기용 식칼을 잡고 있었다. 그것들 무리를 만났을 때는 그다지 소용이 없을 테지만 자신감을 높이는 데는 그만이었다.

솔직히 우리는 아무것도 겁나지 않을 만큼 자신감이 넘쳤지만, 잘

못하면 우리의 목숨을 내놓아야 할지도 모른다. 10분만 있으면 영수증에 적혀 있는 곳이 나온다. 바로 그때 주위를 살피지 않고 모퉁이를 돌다가 그 소녀에게 걸려 넘어질 뻔했다.

소녀는 열두 살이었지만 키가 상당히 컸다. 허리까지 내려오는 금발머리와 날씬한 몸매가 인상적이었다. 상상을 초월하는 파격적인 탑과 몸에 꼭 맞는 진바지를 입었으며, 용모는 우아하지만 모조 다이아몬드로 만든 귀고리를 하고 있었다. 한 마디로 예쁜 아이였다. 비길 데 없이 아름다운 소녀. 옥의 티라면 어깨를 따라 칼에 베인 끔찍한 상처였는데, 거기서는 상당한 양의 피가 등을 타고 흘러내린 흔적이 있었다. 사실 그 소녀는 빌어먹을 언데드였던 것이다.

그 소녀가 오는 것을 알아채기도 전에 그녀는 내게 덤벼들어 나를 물어뜯으려 했다. 소녀가 나에게 꽉 달라붙어 있어서 그애의 침이 내 가슴에 떨어졌다. 몸이 후들거렸다. 만일 그녀가 내 몸을 할퀴기라도 하면 나는 영락없이 파키스탄인처럼 될 거다. 프리첸코에게 도와달라고 소리쳤다.

프리첸코는 침착하게 나를 벽으로 몰아붙인 소녀 뒤로 다가갔다. 민첩하고 숙련된 솜씨로 한 손으로는 소녀의 머리채를 잡고 다른 한 손에는 식칼을 들고 질서 정연하게 소녀를 처단하기 시작했다.

단테의 「지옥편」에서 막 튀어나온 듯한 장면이었다. 그가 소녀의 근육과 힘줄을 베어 버리자 검은 피가 소녀의 목에서 뿜어져 나왔다. 기관을 자를 때는 연골을 찢을 때처럼 긁히는 듯한 소리가 났다. 그는 마치 광기에 사로잡힌 푸주한 같았다. 나와 프리첸코는 피범벅이 되었다. 소녀가 나를 벽에 밀어붙이고 있는 팔 힘이 너무 억세서 빠져나올 수가 없었다. 소녀는 몸을 돌려 프리첸코를 공격하려 했지만 이번에는 내가 소녀를 꼼짝 못하게 붙잡을 차례였다. 핏덩어리 사이로 소녀의 기도에 난 구멍이 똑똑히 보였다. 속이 울렁거렸다.

프리첸코의 식칼이 목뼈를 단숨에 잘라 버렸다. 그가 칼을 빼들고 뒤로 물러서자 나는 피범벅이 된 채 아직도 떨고 있는 소녀의 몸뚱이를 길 한복판으로 밀어냈다. 소녀의 머리는 인간으로서는 불가능한 각도로 등에 매달려 있었다.

이제는 내 차례다. 다시 돌아가 식칼을 꺼내 그것의 목에서 남아 있는 것들을 난도질을 해버렸다. 뒤로 기울어진 그것의 쇄골을 식칼로 내리쳤다. 이제 그것은 머리는 한 가닥 심줄에 매달려 있고 팔 반쪽이 잘라진 채 길 한복판에서 미친 듯이 뛰고 있었다. 마치 공포영화의 한 장면 같았다.

두 번째로 그것의 목을 내리쳤다. 이번에는 겨냥을 제대로 해서 마침내 그것의 목이 땅바닥으로 굴러떨어졌다. 경련을 일으키던 몸뚱이도 철퍼덕 주저앉았다.

프리첸코는 머리칼을 잡아 그 목을 들어 올린 뒤 깊은 생각에 잠겨 물끄러미 그것을 바라보았다. 끔찍했다. 그 빌어먹을 머리통은 여전히 입을 짤깍거리며 이를 갈고 있었다. 후두와 폐가 없어서 소리를 내지는 못했지만 그럴 수만 있다면 너무나 화가 나 울부짖었을 것이다.

온 힘을 다해 프리첸코가 그것을 길 저편으로 던져 버렸다. 그 머리통은 포물선을 그리며 날아가 쿵 하고 땅에 떨어져 모퉁이로 굴러갔다. 아무도 그것을 건드리지 않는다면 그것은 거기에 계속 있을 것이다……. 언제까지? 이것들은 얼마 동안 살 수 있을까? 영원히 사는 걸까? 의문이 계속 생겼지만 빌어먹을 정답은 하나도 없다.

프리첸코와 나는 피로 목욕을 했다.

그 사건을 통해 몇 가지 생각해 볼 일이 생겼다. 프리첸코는 냉혹하게도 꼼꼼하고 인내심 있게 소녀의 목을 베었다. 맥박조차 변함이 없었고 차분하고 직업적이었다. 혼자 자문해 보았다. 이 사내는 대체 어떤 사람일까? 조금 거북했지만 돌아오는 길에 그 우크라이나인을 자세히 관찰해 보았다.

VNT 사무실은 모퉁이 바로 근처에 있었다. 이 모든 게 신물이 났다. 어서 이 빌어먹을 도시에서 벗어나고 싶다.

15분 뒤 우리 앞에 펼쳐진 넓은 거리를 둘러보았다. 먼지가 얽히고설킨 채 소용돌이치는 동안 길 한쪽 끝에서 반대쪽 끝까지 뜨겁고 무더운 공기 속에서 비닐봉지들이 바람에 퍼덕거렸다. 두 차선을 갈라놓은 중앙선에서 자연은 절박하게 자기 자리를 마련했다. 한때 거기서 자라던 꽃나무들이 잡초들에게 자리를 양보했다. 포도나무와 양치류, 나무를 감고 올라가던 들장미의 가지를 쳐줄 사람은 다시는 없을지도 모른다. 잔디의 싹이 보도에 난 작은 틈을 비집고 머리를 내밀고 있었다.

수십 대의 차량이 갓길에 주차되어 있거나 거리에 버려져 있다. 굉장히 많은 자동차와 밴, 심지어는 커다란 트럭도 두 대 있다. 흉물스러운 대형 트레일러 트럭이 한 여성복 상점의 창에 처박혀 있다. 운전석 문에서부터 검붉은 핏자국이 말라붙어 있다.

갈가리 찢어진 커튼이 열린 창문을 통해 펄럭거렸다. 모든 건물의 유리창이 산산조각 나서 길에는 깨진 유리가 수북이 쌓여 있다. 항구에서 발생한 대폭발 때 모든 창문이 날아가 버린 게 틀림없다.

머리 위에서 빙빙 도는 갈매기들과 쥐 수십 마리 말고는 살아 있는 것이라곤 아무것도 안 보였다. 재미있는 일이다. 이 모든 일이 시작된 이후 개와 고양이(나의 루쿨루스), 쥐, 갈매기는 보았지만 비둘기나 말, 참새 같은 동물은 한 마리도 못 보았다. 이 전염병이 다른 생명체에도 영향을 주는 건지 궁금해진다. 점점 불어나는 목록에 한 가지 의문이 늘어났다.

프리첸코와 나는 거대한 덤프트럭의 운전석에 자리를 잡았다. 앞 유리는 깨지고 타이어 넷이 펑크 난 채 모퉁이 보도 위에 일부 걸쳐져 있다. 거기서는 거리가 한눈에 보였다.

주위에는 괴물이 하나도 없었지만 인도에 쌓인 먼지 위에 질질 끈 자국이 있다는 것은 의심할 수 없는 증거다. 한 200미터 앞에 있는 길 저쪽 끝에는 꽤 많은 언데드들이 어슬렁거리고 있었다. 그것들이 우리를 보기에는 너무 먼 거리지만 그래도 너무 가까웠다.

땅바닥에는 쓰레기와 먼지가 가득 뒤덮여 있다. 그 주위에는 수십 구의 시체가 썩고 있었는데, 모두 총상을 입었다. 프리첸코의 말에 따르면 그들은 안전한 하늘에서 파견된 기습 부대의 총에 맞아 죽은 언데드들인 듯했다. 누구 말을 들어야 할지 알 수가 없다. 비고 같은 대도시에서 법과 질서가 파괴되면 작은 도시에서보다 더 끔찍하고 혼란스럽지 않은가 하는 의구심이 들기 시작한다. 언데드를 보고 당황한 수천 명의 시민들 때문에 경비 부대가 힘을 쓸 수 없게 되자 다들 스스로의 힘으로 자신을 지켜야 했음이 틀림없다. 그 시신들이 바로 그것을 보여주는 증거랄 수 있겠다.

길 건너편에 VNT의 본사가 있다. 중간 크기의 건물로 유리문 하나와 사무실들이 밀집한 쪽에 유리창 하나가 있다. 반대쪽에는 회사의 금박 로고가 그려진 거대한 검은색 철문이 밴 주차장을 봉쇄하고 있다. 이곳은 철저하게 봉쇄된 채 버려진 듯했다.

대형 트레일러 트럭 뒤에는 많은 양의 건축자재가 실려 있다. 마지막 여행에서 그들은 파이프라인 건설을 계획하고 있었음이 분명하다. 직경 10센티미터의 PVC 파이프 열다섯 개가 트럭 화물칸에 실려 있었기 때문이다. 운전석 뒤에는 쇠지레를 비롯한 많은 도구들이 있었다. 사무실 문을 열 때 사용하면 편리할 것이다.

몇 달 전 삼류 도둑을 변호한 적이 있다. 그는 문을 부수고 들어오는 예술에 대해 상세한 강의를 해 주었다. 현행범으로 잡히기 전까지 적어도 여남은 개의 아파트를 턴 전문가였기에 그를 그냥 보내줄 수는 없었다. 이 모든 생지옥이 시작되었을 때 그는 십중팔구 감옥에 있었을 것이다. 그 가엾은 도둑을 비롯해 감옥에 갇힌 사람들이 모두 어떻게 되었는지 궁금하다. 굶주린 죄수들의 모습이 생각나자 몸서리가 났다. 비록 죄인이기는 하지만 적어도 몇 명만이라도 살아남았기를 바란다.

양손으로 쇠지레를 들고 조용히 길을 건너갔다. 프리첸코가 내 뒤에 바짝 붙어 따라오는 가운데 천천히 길을 건너며 그 도둑이 나에게 가르쳐 준 것을 시험해 보았다. 배워서 남 주냐.

생각보다 쉬웠다. 문틀에서 칩 두 개를 꺼내자 끼익거리는 큰 소리와 함께 문이 열려서 숨이 멎는 줄 알았다. 그 소리는 기껏해야 10미터밖에 못 가겠지만 이렇게 고요한 데서는 총소리처럼 크게 들린다.

VNT의 로비로 들어갔다. 마침내 목적지에 도착한 것이다. 고객 상담 센터는 나무로 만든 카운터 뒤에 있었다. 수많은 소포들이 미끄러져 내리는 바람에 카운터는 긁힌 자국투성이였다. 한쪽 구석에는 먼지를 잔뜩 뒤집어쓴 화분용 화초의 잔해가 있었고, 안락의자 두 개로 만든 커피 탁자 위에는 몇 달 전 신문과 잡지들이 수북이 쌓여 있었다. 퀴퀴한 담배 연기 냄새가 가득했는데, 희미하기는 해도 맡을 수는 있었다. 비록 아무도 거기서 오랫동안 담배를 피우지는 않았지만 사무실 직원 중 누군가가 골초였던 것 같다.

그것 말고 다른 냄새도 났다. 어느 정도는 담배 냄새에 묻혔지만 지독히 역겨운 썩는 냄새였다. 죽음의 냄새.

프리첸코와 나는 정신이 번쩍 났다. 식칼을 휘두르며 가게 뒤로 가는 자동식 문 쪽으로 조금씩 나아갔다. 그는 문 앞에 자리를 잡고 서더니 크리치네프의 자동소총을 겨누었다. 땀을 뻐질뻐질 흘리면서 그를 올려다보았다. 그의 신호에 따라 문을 발로 차서 열고 몸을 비켜 선 뒤 그를 바라보았다.

총소리에 대비해 몸을 움찔거리며 웅크리고 있었지만 내가 들은 것은 우크라이나인이 거칠게 몰아쉬는 숨소리뿐이었다. 그를 올려다보니 안색이 변해 있었다. 몸을 돌려 그가 무엇을 보고 있는지 살펴보았다. 구토가 목까지 치밀어 올라와 얼른 입을 막았다.

반쯤 썩은 시체가 밧줄로 목을 매고 천장에 매달려 있었다. 그 사내는 스스로 밧줄을 목에 걸어 목숨을 끊은 것이다. 허리까지 흘러내린 VNT 작업복을 입고 있었다. 그의 얼굴을 뒤덮고 있는 구더기는 마치 턱수염처럼 보였다.

끔찍한 광경이었다. 썩어가고 있는 시신에서 악취가 나는 액체 한 줄기가 바닥에 떨어져 탁하고 어두운 웅덩이를 만들었다. 시신에 가스가 차서 통통하게 부어올라 지독히 뚱뚱해 보였다. 열린 입에서는 두꺼운 보랏빛 혀가 쑥 삐져나왔다. 수십 마리의 똥파리들이 주위에서 윙윙거리고 있다. 눈은 안쪽으로 푹 꺼져 들어가고 부풀고 멍이

든 손가락은 짜부러진 만화 주인공의 손가락 같았다. 악취는 견디기 힘들 정도였다. 프리첸코와 나는 코와 입을 막고 되도록 그 참담한 광경을 보지 않고 곁으로 지나치지 않도록 신경을 쓰며 안으로 들어갔다. 상점을 한 바퀴 둘러보자 내막을 알 수 있었다.

그 가엾은 사내는 처음부터 거기에 숨어 있었다. 그러다 처음으로 언데드가 비틀거리며 거리를 지나가는 모습을 보았을 것이다. 그는 다른 사람들과 다름없이 행동했다. 도움의 손길이 도착할 때까지 거기서 숨어 지내는 것이었다. 불행히도 그에게는 도움의 손길이 결코 나타나지 않았다. 그것이 그 가엾은 악마의 혼자만의 지옥이 시작된 날이었다. 텅 빈 스낵 자판기와 깨진 유리가 그의 유일한 음식 조달처가 곧 끝장이 날 거라는 증거였다. 더러운 세탁물과 손때 묻은 잡지들이 바닥에 쌓여 있었다. 그는 밴 한 대를 화장실로 사용하고 변기 물을 마실 만큼 충분한 지각이 있었지만 그것마저 말라 버린 게 틀림없다. 가엾은 자식. 얼마 후 그는 배고픔과 목마름, 외로움과 광기를 더 이상 참을 수 없었으리라.

집을 떠나지 않았더라면 나 역시 같은 길을 밟았을 거라는 생각을 하자 몸이 덜덜 떨렸다. 머리를 흔들어 그런 우울한 생각을 떨쳐 버렸다. 알지도 못하는 사람을 위해 애도할 시간이 없다. 우리는 그 빌어먹을 소포를 찾아야 한다.

결국 그것을 찾아냈다. 붉은색 테이프로 봉한 검정색 강철 삼소나이트 서류가방이었다. 프리첸코와 내가 오후 내내 숨 막힐 듯한 열기 속에서 그 빌어먹을 가게를 이 잡듯이 뒤진 끝에 마침내 찾아낸 것이다.

우리가 그것을 갖고 있다는 게 믿기지 않았다. 다음에 무엇을 할지 결정했을 때 머릿속으로 온갖 생각이 스쳐 갔다. 먼저 빌어먹을 그 가방을 열어 그 속에 무엇이 있는지 알아보고 싶은 충동이 생겼다. 그러나 그 도둑이 가르쳐 준 대로 한다 해도 강화 철재 삼소나이트 가방을 여는 건 쉬운 일이 아니다. 오직 열쇠를 가진 사람이나 진짜 도둑이 와야 열 수 있다. 불행히도 우리 둘 다 자격이 없었다.

얼마가 지나자 살 썩는 냄새에 익숙해졌다. 내가 시체를 내려 담요로 싸 두자고 제안하자 우크라이나인이 그만두라고 말렸다. 시체의 상태로 볼 때 필경 우리 팔 안에서 몸뚱이가 터져 썩어 가는 내장을 뒤집어쓰게 될 거라는 거였다. 그의 말은 '훈제 햄처럼 말라가도록' 그냥 내버려 두는 게 더 낫다는 얘기였다. 어디서 그런 말을 배웠는지 의아해서 섬뜩했지만 물어보지는 않았다. 마지막을 위해 가장 흥미로운 얘기는 아껴 두었다. 그 우크라이나인은 정말 놀라운 사람이다. 오늘 그에 대해 알고 나서 소스라치게 놀랐다. 내가 사무실 서랍을 뒤지며 상점 뒤에 있는 캐비닛 열쇠를 찾고 있을 때 무심코 정부 문서 몇 개를 한쪽으로 치워 놓고 다른 서랍을 열었다. 바로 그때 프리첸코가 사무실로 들어와 탁자 앞의 의자에 털썩 앉아 큰 소리로 하품을 하며 늘어지게 기지개를 켰다. 그의 눈이 탁자 위에 올려놓은 서류에 멈추더니 문득 한 단어를 소리 내어 말했다.

"시운텐."

나는 당장 하던 일을 멈추었다. 그러고는 우크라이나인의 무감각한 얼굴과 커다란 금발 콧수염을 보고 나서 탁자에 있는 문서를 보았다. 더 이상 망설일 수 없었다.

"시운텐? 시운텐이라고 했나?"

손가락으로 서류를 가리키며 흥분한 얼굴로 물어보았다.

"이게 시운텐이란 말인가?"

"그렇다니까."

프리첸코가 내 반응에 놀라 대답했다.

내게는 놀라고도 남을 만한 이유가 있었다. 그 서류는 중요하지 않다. 정말 재미있는 부분은 파일 폴더 한 귀퉁이에 새겨진 로고였던 것이다.

'시운텐'은 순타를 프리첸코의 왜곡된 슬라브어로 발음한 것이었다. 순타 디 갈리시아. 갈리시아 정부를 말하는 것이다.

실마리를 찾았다. 모든 사정이 한눈에 들어왔다. 순타 디 갈리시아에서 일하는 우크라이나인은 그리 많지 않은데, 프리첸코가 그중 하나였던 것이다. 이제야 비로소 내 친구의 행동을 정확히 이해할 수 있다. 전율이 등을 스치고 지나갔다. 얼마나 어리석었던가.

이제는 프리첸코의 붙임성 있는 태도를 연구할 차례다.

별안간 온몸의 기운이 빠져나간 듯한 기분이 들었다. 우리는 오래된 나무책상 위에 놓은 저 빌어먹을 가방을 되찾기 위해 공포의 닷새 동안 함께 지냈다. 못해도 다섯 명이 안에 뭐가 있는지도 모르는 것을 찾기 위해 목숨을 잃었다. 하지만 우린 아직 살아 있으며, 두 번이나 간발의 차로 목숨을 구했다. 지난 몇 달 동안 터무니없게도 자연선택이 우리를 조롱한 것이다. 우리 생존자들은 가장 숙련되고 가장 적임자고…… 아니면 우리가 내린 결정이 그리 잘못이 없었던 것뿐이다. 그 모든 것은 과거의 일이다. 우리는 지금 가방을 갖고 있다.

이제 프리첸코 때문에 그 빌어먹을 상점에서 나가야만 했다. 그 자신은 모르겠지만 사실 그는 지구에 남겨진 가장 가치 있는 사람 중의 하나였다. 자렌 키비슈 호의 선장인 우샤코프조차 그가 어떤 사람인지 모른다. 그렇지 않다면 우샤코프는 그를 거의 확실한 죽음의 문턱으로 보내는 경솔한 짓을 하는 대신 그의 기술을 잘 이용했을 것이다.

프리첸코는 그의 몸무게만 한 금덩이의 가치를 지닌 사람이다. 내 옆에 앉아 조용히 체스터필드를 피우며 커다란 금빛 콧수염이 입 위까지 내려온 사람은 빅토르 프리첸코 씨였다. 수백 킬로미터를 날 수 있는 유일한 살아 있는 헬리콥터 조종사인 것이다.

여름에는 갈리시아에 들불이 자주 일어난다. 그 지역에는 숲이 우거져서 해마다 욕심 사나운 화마가 수천 에이커의 산림을 파괴한다. 그 화재와 싸우려면 엄청난 노력과 도구, 인적 자원이 필요하다.

1990년대 초에는 매우 건조해서 특히나 큰 화재가 자주 일어났다. 갈리시아 정부는 손쓸 능력이 없었다. 군용 항공기를 이용해 화재와 싸워 보았지만 소용이 없었다. 소방수들은 화재 지역에 신속하게 진입하지 못했고 수상비행기도 큰 도움이 되지 못했다. 그러자 당국은 동유럽에서 파일럿을 고용하기로 결정했다.

대부분의 파일럿들은 소비에트 블록이 무너질 때 길거리로 쫓겨난 옛 러시아와 폴란드, 우크라이나 병사들이었다. 그들은 자신들이 타던 비행기와 헬리콥터가 폐기되는 것을 막기 위해 뇌물로 터무니없는 돈을 준 뒤 그걸로 동유럽의 신흥국가들에서 에어쇼를 하거나 다소간의 사람이나 화물을 한 나라에서 다른 나라로 수송하는 합법적인 일을 하면서 하루하루를 살아갔다. 그들은 경험이 많을 뿐 아니라 강인하고, 인건비도 싸고, 자기 소유의 헬리콥터도 있었다. 완벽한 해결책이었다.

그들이 그만한 가치가 있다는 것은 곧바로 입증되었다. 그 파일럿들, 특히 아프가니스탄과 체첸에서 전투 경험이 있는 파일럿들에게 산불 속으로 뛰어드는 것은 식은 죽 먹기였다. 공포에 질린 스페인 민간인 파일럿들이 비행을 거절한 곳에서 구소련 병사들은 광기에 가까운 무모함으로 뛰어들어 목숨을 잃기도 했다. 게다가 그들의 구형 소비에트 헬리콥터는 강인하고 관리하기가 쉬울 뿐 아니라 서부의 헬리콥터보다 화물칸도 더 넓은 이상적인 것이었다.

그때 이후 동쪽에서 온 파일럿과 그들의 오래된 헬리콥터는 해마다 3월에서 9월까지 갈리시아에서 산불 진화에 앞장섰다. 겨울이 되면 헬리콥터 한 가득 서유럽의 제품을 싣고 동유럽으로 돌아가 암시장에 내다 팔았다.

프리첸코는 줄담배를 피우며 단조로운 어조로 이 모든 얘기를 해주었다. 그는 우크라이나 북부의 작은 마을인 사프로슈포예 출신이지만 러시아의 시민이다. 겨우 열일곱 살에 군대에 들어가서 기본적인 훈련을 받은 뒤 수송용 헬리콥터 회사에 들어갔다. 아프가니스탄 전쟁 최후의 날에 참전했는가 하면 2차 체첸 전쟁에서는 러시아 군대를 전선으로 수송하는 임무를 맡았다. 그는 군대에서 앞날이 창창한 병사였으며 얼마 뒤 이리나라는 여성과 결혼했다.

프리첸코는 지갑에서 구깃구깃한 이리나의 사진을 꺼냈다. 목소리는 떨리고 눈물이 솟아나왔다. 이리나는 금발에 커다란 녹색 눈을 가진 작은 슬라브 인형처럼 멋진 여자였다. 그는 휴가 때 그녀를 만났고 일 년 뒤 결혼했다. 결혼한 지 일 년 만에 작은 파벨이 태어났는데 그로 인해 그들의 삶은 복잡해졌다. 러시아 군대의 파일럿이 받는 월급은 서부에서 벌 수 있는 돈보다 훨씬 적었다. 게다가 체첸 전쟁은 점점 더 위험하고 통제 불능 상태가 되었다. 그는 부양해야 할 가족이 있기에 쉽게 결단을 내렸다.

군대에서 나온 뒤 석 달 만에 프리첸코는 수상한 독일계 수송회사에 들어갔다. 2002년에는 산림관리 파일럿으로 스페인에 처음 가보았다. 그는 가족을 독일 뒤셀도르프에 정착시킨 뒤 몇 년 만에 돌아왔다. 대참사가 시작되었을 때 그는 가족을 갈리시아로 데려올 것을 고려 중이었다. 프리첸코는 흐느꼈다. 2월 말에 가족들이 뒤셀도르프의 안전한 하늘로 피신한 뒤 아무런 소식도 듣지 못했다는 것이다. 그들이 죽었을 거라고 그는 확신하고 있었다. 감히 그에게 희망을 줄 수가 없었다. 그래 봐야 무슨 소용이란 말인가?

질문이 하고 싶어 근질근질했지만 몇 달 전에 이미 죽었거나 괴물로 변했을 가족들을 그리며 내 어깨에 얼굴을 묻고 비통하게 흐느끼는 사람에게 감히 그것을 물을 수가 없었다.

프리첸코가 진정되자 엉겁결에 말해 버렸다.

"프리첸코, 자네 헬리콥터는 지금 어디 있나?"

"두 달 전에 내버려둔 데 있겠지. 여기서 30킬로미터쯤 떨어진 파초 산의 산림 캠프 말이야."

프리첸코가 여전히 거칠게 숨을 몰아쉬며 대답했다.

"다른 파일럿들은 어떻게 됐나? 그들은 어디에 있지? 무슨 일을 하고 지내나?"

질문이 봇물 터지듯 쏟아져 나왔다.

"아, 모든 게 결딴났을 때 뿔뿔이 흩어졌어. 어디에 있는지는 나도 몰라."

가슴이 철렁 했다. 프리첸코의 헬리콥터는 안전한 하늘이 무너지기 전 혼란스러운 시기에 사라진 것은 아닐까? 아니면 다른 파일럿이

훔치거나 군대가 징발한 것은 아닐까? 놀랍게도 우크라이나인이 고개를 저었다.

"그건 안 돼. 헬리콥터가 고장 났거든. 회전 날개 톱니바퀴 이가 필요한데, 작은 부속이지만 굉장히 비싸. 그걸 키예프에서 비고로 우편으로 부쳤어."

다음 일을 추측하는 동안 관자놀이가 부르르 떨렸다.

"그 부속은 어디 있지? 혹시 자네가 가지고 있나?"

우크라이나인이 다시 고개를 저었다.

"아니. VNT가 실수를 했어. 우크라이나인에게 갈 부속이라는 건 알고 있었는데, 다른 우크라이나인에게 잘못 보냈어."

의자에 털썩 주저앉은 채 정신없이 머리를 굴렸다. 우샤코프나 크리치네프는 그 빌어먹을 소포를 가지러 VNT 사무실에 갔었던 게 분명하다. 직원이 키릴어로 씌어진 라벨을 읽을 줄 몰라 프리첸코의 부속이 든 소포를 우샤코프에게 준 것이다. 당시 상황은 혼란스러웠다. 겁에 질린 직원은 거기서 빠져나가 집으로 가고 싶어 안달이 나서 신분증을 확인하지 않았을 것이다. 소포는 우크라이나에서 왔고 우샤코프는 우크라이나인이었다. 프리첸코가 소포를 찾으러 오자 그제야 자기들이 실수한 것을 알았지만 이미 때는 늦었다. 전 세계가 무너지고 있었으니까.

굉장한 일이다. 나는 파일럿과 헬리콥터를 내 마음대로 쓸 수 있다. 그로 인해 상황은 극적으로 바뀌었다. 나한테는 오직 두 가지만 있으면 된다. 작은 헬리콥터 부속과 고양이 한 마리. 게다가 그 두 개가 어디에 있는지도 안다. 바로 자렌 키비슈 호 안에 있다.

72
3월 14일 오전 7시 36분

　태양이 떠오르고 있다. VNT 창고는 정말 추웠다. 프리첸코와 나는 15분 뒤에 떠날 것이다.
　그 우크라이나인은 차고에 주차된 수송 밴 중 하나를 골라 배터리와 타이어 상태를 확인하고 있다. 우리가 타고 온 그 불운한 장갑 밴만큼 안전하지는 않았지만 적어도 항구까지 달리는 데 필요한 타이어 네 개가 있었다.
　내 친구가 우리의 운송수단을 조정하는 동안 이 글을 적고 있다. 우리는 찢어지고 더러운 옷을 벗고 옷장에서 찾아낸 상하가 붙은 작업복으로 갈아입었다. 물이 없어서 샤워를 못했으니 냄새와 용모를 바로잡으려면 아직 많은 것이 더 필요하다. 적어도 이제는 법망을 피해 달아나는 도망자처럼 보이지는 않는다.
　우리는 어떻게 그 서류가방을 루쿨루스와 헬리콥터 부속품과 맞바꿀 수 있을지에 대해 충분히 얘기를 나누었다. 마침내 한 가지 묘책이 생각났다. 몇 시간에 걸쳐 상세한 부분까지 작업을 하고 나니 일이 잘 풀릴 거라는 자신감이 생겼다.
　이것은 서둘러야 하는 일이다. 프리첸코가 시동을 걸고 나에게 차고문을 올리라고 신호했다. 엔진 소리는 곧 수많은 괴물들을 끌어 모을 것이고, 우리는 여전히 길을 따라가며 드문드문 차를 세워야 할 것이다.
　모든 일이 순조롭게 풀렸으면 좋겠다. 다음번에 일기를 쓸 때는 루쿨루스와 함께 있을 것이다.

가야 할 시간이다.

출발이다.

지옥편

페롤
라 코루냐
산티아고 데 콤포스텔라
폰테베드라
비고
메익소에이로 병원

73
4월 11일 오후 2시 14분

운전석을 양보했다. 프리첸코와 '사륜구동이면 어떤 언덕도 넘을 수 있는' 그의 능력에 대해 다투고 싶지 않았기 때문이다. 사실 그 우크라이나인은 운전을 썩 잘하기도 하지만 나에게 신에 대한 경외감을 심어 주는 것도 잊지 않았다.

항구에서 VNT 본사까지 오는 데 거의 일주일이 걸렸다. 하지만 항구로 돌아가는 데는 35분밖에 안 걸렸는데, 우리가 지내던 카페 유리창으로 빠져나오느라 그중 10분을 허비했다. 여느 때나 마찬가지로 우리는 아슬아슬하게 살아 나왔다. 빌어먹을 우크라이나인의 말에 따르면 조금 개판이었을 뿐이란다.

사실 우리는 항구 입구에서 몇 미터 떨어지지 않은 곳에 있었으니 거의 출발한 곳으로 되돌아온 셈이다. 항구에 있는 높다란 건물들에 가려 자렌 키비슈 호와 코린트 호의 모습은 볼 수 없었지만 바로 가까이에 있는 것은 분명했다. 그리고 우리 계획은 준비 완료다.

내가 이를 갈고 있을 때 프리첸코는 기어를 바꾸고 항구 입구를 향해 출발했다.

군대에서 전해지는 오래된 속담이 있다. 계획이란 적에게 시험해 볼 때만 완벽하게 수행할 수 있다. 우리 계획에는 예외가 없다는 것을 곧 확인하게 될 것이다. 항구 전체가 살이 썩는 끔찍한 냄새로 진동했다. 한낮의 햇빛 속에서 보니 안전한 하늘 자체가 하나의 커다란 묘지 같았다. 눈길 가는 곳마다 반쯤 탄 채 썩어 가고 있는 시체들이 산더미처럼 쌓여 있었다. 밴의 소리가 나자 수백 마리의 갈매기와 기름이 줄줄 흐르는 살찐 쥐떼들이 흩어졌다. 그것들이 무엇을 먹고 살았을지 생각하자 몸이 벌벌 떨렸다. 이따금 꽤 많은 그것들이 무너진 창고 사이에서 튀어나와 우리 차를 향해 다가왔지만 우리를 쫓아오기에는 너무 멀었다. 차가 너무 빨리 달려서 그것들은 위협적이지 않았다.

다윈의 적자생존의 법칙이 적용되는 것 같다. 점차 가장 강인하고 가장 빠르고 가장 큰 개자식들만이 남았다. 아니면 가장 운 좋은 놈일지도 모른다고 프리첸코가 신랄하게 비꼬았다. 이곳에서 살아서 나갈 거라는 확신이 더욱 강해졌다. 몇 달 전만 해도 그것들로 가득한 지역을 최고 속도로 달리고 있다는 단순한 사실만으로도 겁에 질려 쩔쩔맸을 테니까.

이제는 일상생활처럼 무덤덤했다.

프리첸코에게 내가 가장 걱정하는 것은 생존자가 적은 것이 아니라 여자 생존자가 적을까봐서라고 농을 건넸다. 그는 잠시 생각하더니 그의 고향에 사는 한 소녀에 대한 야한 얘기를 꺼내기 시작했다. 그 소녀의 이름은 루드밀라고 별명은 소방수였다고 한다. 그가 막 밀짚에 대한 얘기로 접어들었을 때 급하게 브레이크를 밟는 바람에 하마터면 앞유리를 뚫고 날아갈 뻔했다. 마침내 세구리차를 발견했던 골목에 도착한 것이다. 거기서 몇 미터 떨어진 곳에서 상륙한 때가 마치 백만 년 전의 일인 것만 같았다.

프리첸코는 심지어 걸어서도 지나갈 수 없을 만큼 밴을 망가진 비틀 옆에 바짝 주차했다. 그 임시변통의 방벽은 그것들을 오래 붙잡아 놓을 수는 없을 테지만 우리가 계획을 실행할 수 있도록 시간을 벌어 줄 수는 있을 것이다. 이제 춤판을 벌여 보자.

74
4월 12일 오후 1시 7분

조디악이 자렌 키비슈 호에 다가가자 핏줄을 따라 아드레날린이 용솟았다. 소금기를 머금은 물보라가 내 머리칼을 적시고 있을 때 저 앞에 화물선의 선체가 어렴풋이 보였다. 오른손으로는 사다리를 붙잡고 왼손으로는 검정색 강철 삼소나이트 서류가방을 꽉 움켜쥐었다. 콧수염이 낯익은 사람의 윤곽이 난간에 몸을 기댄 채 쌍안경으로 나를 보고 있었다. 우샤코프였다.

눈을 감고 심호흡을 한 번 했다. 소금기가 있는 공기, 낯익은 해조류 냄새와 연료 타는 냄새를 맡자 좋았던 시절이 생각났다. 이 모든 게 악몽이었으면 좋겠다는 어린아이 같은 희망을 품으며 눈을 떴다. 그 대신 내 눈에 들어온 것은 뱃전에 매달린 사다리였다.

가방을 꼭 안은 채 자렌 호의 갑판으로 가는 사다리를 올라가기 시작했다. 난간을 잡으려는 순간 열성적인 필리핀 선원이 가방 쪽으로 팔을 뻗었다. 그 손을 찰싹 때려 물리치고 가방으로 또 다른 선원의 가슴을 밀어낸 뒤 갑판에 올라섰다. 그 가방을 내줄 생각은 조금도 없었다. 아직까지는.

우샤코프가 우르르 몰려 있는 선원들을 제치고 뒷주머니에 손을 꽂은 채 내 앞에 우뚝 섰다. 갑판에는 죽음과 같은 정적이 찾아왔다.

우샤코프는 내 가슴에 칼라슈니코프 자동소총을 겨눈 대여섯 명의 건장한 선원들에 둘러싸인 채 갑판 한 켠에 서 있었다. 반대쪽에는 지저분하고 면도도 하지 않고 상처와 멍 자국투성이인 내가 2사이즈나 큰 헐렁한 VNT 작업복을 입고 지친 얼굴로 번쩍이는 검정색 강철 삼소나이트 가방을 움켜쥐고 있었다. 티탄족의 진짜 결투 장면 같았다.

"아, 변호사 양반! 몰골이 볼 만하구려! 다른 사람들은 어디 있소?"

우샤코프가 우렁찬 소리로 말했다.

"그들은 여기에 없소."

내가 간명하게 대답했다.

"크리치네프는?"

"죽었소."

"내 선원들은?"

"죽었소."

"프리첸코는?"

"그도 죽었소. 나만 살아남은 셈이오, 선장 동무."

내 목소리가 갈라져 나왔다.

우샤코프의 얼굴이 잿빛처럼 어두워졌다. 내가 돌아오리라고는 생각지도 못했던 것 같다. 그의 탐욕스러운 눈이 가방에 못 박혔다.

"그게 그 물건이오? 그게 그 가방이냐 말이오?"

우샤코프가 떨리는 목소리로 물었다.

"그렇소, 우샤코프. 라벨을 확인해 보시구려."

내가 조용히 말했다.

라벨이 잘 보이도록 조심스럽게 서류가방을 땅에 내려놓고 몇 걸음 뒤로 물러섰다. 우샤코프는 라벨을 보더니 러시아 말로 뭐라고 중얼거리더니 양손으로 삼소나이트 가방을 들어 올렸다.

"나는 내 임무를 다했소, 우샤코프. 이젠 당신 차례요. 내게 고양이를 돌려주고 나를 보내 주시오."

우샤코프는 가방 때문에 정신이 없었다. 잠시 그가 내 말을 못 들은 것 같은 생각이 들었다. 내가 막 다시 말하려고 할 때 우샤코프가 황홀경에서 깨어났다. 그는 나를 잠깐 훑어보더니 AK-47로 무장한 한 선원에게 몸을 돌리며 말했다.

"저자를 죽여."

우샤코프가 사무적으로 말했다.

그 필리핀 사람은 공이치기를 잡아당기고 내 가슴을 겨누었다. 나는 순간적으로 그 혼란에서 빠져나왔다. 지금을 놓치면 기회는 결코 돌아오지 않는다.

"난 그럴 생각이 없소, 선장."

떨리는 목소리로 내가 말했다. 그 일을 계획할 때는 지금보다 무척 쉬워 보였다. 그때는 내 가슴을 겨누고 있는 총이 없었기 때문이리라.

"그래? 그건 무슨 이유 때문이지, 변호사 양반?" 우샤코프가 눈에 사악한 빛을 띠고 대꾸했다. "당신 덕분에 내가 원하는 걸 얻었소. 그런데 난 그것에 대해 너무 많은 사람들이 아는 건 원하지 않소. 당신이 영원히 입을 다물 거라고 믿어도 좋을지 잘 모르겠소. 그래서 내가 당신 입을 막으려는 거요. 그럼 이제…… 안녕히!"

우샤코프가 미소를 지었다.

"이 가방이 진짜라고 확신할 수 있소? 너무 서두르지 맙시다."

우샤코프의 얼굴이 우거지상이 되더니 나와 가방을 번갈아 쳐다보았다.

"거짓말이야."

"그렇지 않소. 한번 보시구려."

나는 자렌 키비슈 호의 뱃전으로 걸어가 해안가를 향해 손을 흔들었다. 프리첸코의 낯익은 모습이 모퉁이에서 나타났다. 그는 입이 째지게 싱글거리며 배에서 잘 볼 수 있도록 번쩍이는 검정색 강철 삼소나이트 가방을 머리 위로 들어올렸다.

우샤코프의 얼굴은 가히 볼 만했다. 선원들도 당황한 얼굴이었다. 무슨 일이 일어날지 아무도 알 수 없었다.

"당신이 들고 있는 그 가방은 오래된 신문으로 가득 찬 거요, 우샤코프. 이건 거짓말이 아니야, 이 빌어먹을 미친 인간아."

"하지만…… 어떻게?"

우샤코프가 더듬거리며 물었다.

"아, 이러지 마쇼. 비고는 큰 도시야. 가방 가게가 대여섯 군데는 넘는다고. 그것과 같은 가방을 찾는 건 누워서 떡 먹기라고."

"하지만 그 라벨은……"

"저 가방에서 살짝 뜯어낸 거지. 그것이 정직함을 보여줄 기회라고 생각해 보시오. 저 가방이 진짜라는 증거 말이오, 선장. 내가 원하는 것만 주면 프리첸코는 그 가방을 해안가에 두고 우리와 함께 즐거운 여행을 떠날 거요. 이제 나한테 엿 먹일 생각일랑 버리시구려. 착한 소년들처럼 이 얘기나 더 해봅시다, 좋지 않소?"

"원하는 게 뭐요?"

악의에 찬 얼굴로 다가오면서 우샤코프가 말했다. 화가 난 나머지 눈에서 불똥이 튀었다. 내가 조용히 대답했다.

"아주 간단하오. 내 고양이와 내 배, 프리첸코 씨의 소포만 주면 되오. AK-47 한 자루와 일주일 분 식량하고 말이오."

내가 손가락으로 항목들을 세는 동안 우샤코프의 얼굴은 더욱 더 붉어졌다.

"아, 체스터필드 한 보루도 필요하군."

우샤코프는 주먹을 불끈 쥔 채 알아들을 수 없는 말로 뭐라고 소리쳤다. 그는 몇 초 동안 해안가를 바라보았지만, 그 시간이 영원토록 끝나지 않을 것 같았다.

"내가 무엇 때문에 자네와 해안에 있는 자네 친구를 죽이지 않을 거라는 건가? 말해 보게."

"간단한 일이오." 내가 실제보다 더 편안한 척해 보이며 대답했다. "15분 내에 내가 혼자 나타나지 않으면 프리첸코는 그 가방을 가지고 총알같이 달아나 신마저 버린 그 도시의 한 모퉁이에 숨어 버릴 테니까. 백만 년이 지나도 당신은 그를 찾을 수 없을 거요, 우샤코프. 잘 생각해 보시오."

우샤코프는 잠시 생각에 잠겼다. 별안간 한 선원 쪽으로 몸을 돌린 그는 러시아 말로 지시하기 시작했다. 그런 뒤 나를 향해 위협적으로 뚜벅뚜벅 걸어왔다.

"알았소, 변호사 양반. 당신이 원하는 것을 주겠소. 하지만 맹세컨대 이 일을 후회하게 될 거요."

어떤 사람들은 변호사를 개새끼 취급한다. 그 문제로 다투고 싶지는 않지만 협상에 있어서는 변호사가 훨씬 유리하다.

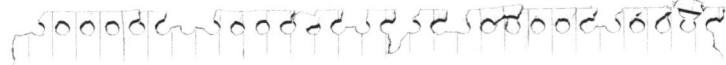

75
4월 13일 오전 11시 57분

이따금 우리가 전혀 예상하지 못할 때 가장 미치광이 같은 기억이 떠오르곤 한다. 선원들이 내가 요구한 물건들을 가져오기를 기다리면서 자렌 호의 갑판에 서 있을 때 이상한 이미지가 계속 머릿속에 맴돌았다.

내가 예닐곱 살 때 부모님이 나를 서커스에 데려간 적이 있었다. 나는 칼 던지는 사람을 구경하고 있었다. 그때 과녁 앞에 서서 용감하게도 한 남자가 던지는 칼을 받아내던 소녀가 아직도 기억난다. 어머니는 늘 칼은 아주 위험해서 손을 베일 수 있다고 알려 주었다. 놀랄 만큼 차분하게 미소 짓는 편안한 소녀의 얼굴은 그 어린 나이에 내 맘속에 선명하게 아로새겨졌다.

그 순간 나도 그 소녀와 똑같은 마음의 평정을 얻고 싶었다. 사실 나는 몹시 두려웠다. 한 발이라도 잘못 디디면, 말 한 마디라도 실수하면, 조금이라도 계산 착오가 생기면, 그게 아무리 사소한 것이라도 누군가 흥분하여 내 양미간 사이를 쏠 수도 있는 상황이었다. 프리첸코는 혼자 힘으로 잘 살 거라는 건 알고 있었지만 나는 그날 아침에 죽고 싶지 않았다.

우샤코프는 우리에 갇힌 곰처럼 살기 어린 눈으로 나를 쏘아 보며 왔다 갔다 하고 있었다. 조심해야만 한다. 그 개자식은 나를 해치울 비장의 술수가 있는 게 분명했다.

흐릿한 털뭉치 하나가 갑판에서 나는 소리에 이끌려 해치를 통해 나타났다. 가슴이 두근거렸다. 루쿨루스! 본능적으로 앞으로 나가려다 내 실수를 깨닫고는 동작을 멈추었다. 그것은 루쿨루스가 아니라 목에 방울을 달고 장난기 어린 녹색 눈을 가진 고동색 암코양이였다. 그것은 선원의 다리 사이로 미끄러져 내려왔다가 말아 놓은 전선 위에 앉아 몸치장을 하며 오직 고양이만이 지을 수 있는 위압적인 표정으로 모든 사람을 둘러보았다.

이 고양이를 보자 견디기 힘든 고통과 함께 루쿨루스가 생각났다. 별안간 같은 해치에서 또 다른 털뭉치가 뛰어나왔다. 이것은 밝은 오렌지색의 낯익은 모습이었다. 루쿨루스였다.

더 통통해지고 털에 윤기가 흐르는 걸 보니 내가 없는 동안 배의 주방장과 친해진 게 틀림없다. 루쿨루스는 새치름하게 고동색 고양이에게 다가가 가르릉거리며 내 여동생이 '루쿨루스 몸짓'이라고 이름 붙인 특유의 동작을 했다. 그것은 꼬리를 유혹적으로 익살스럽게 휙 잡아당기며 귀를 좌우로 흔드는 것이었다.

전형적인 동작이었다. 내가 괴물들로 가득한 버려진 도시를 뚫고 나가며 굶주림과 갈증으로 죽을 뻔하고 모퉁이를 돌 때마다 생명을 걸어야 했을 동안 루쿨루스는 얼굴을 다듬고 그 녹색눈의 고양이와 로맨스를 즐기고 있었던 것이다.

입을 열어 보았지만 아무 말도 나오지 않았다. 헛기침을 해보자 그 소리로 충분했다. 고개를 들어 나를 보자마자 루쿨루스는 옆에 있던 고양이에 대해선 완전히 잊어버리고 온 도시에서 다 들릴 정도로 처량하게 야옹거리며 나를 향해 달려왔다. 내가 미처 깨닫기도 전에 내 무릎에 올라앉더니 기분 좋은 얼굴로 가르릉거리며 내 목에 몸을 비볐다.

내 고양이를 만지자 깊은 안도감이 밀려왔다. 그들은 루쿨루스를 죽이지 않았을 뿐 아니라 멋지게 길러 주었다. 루쿨루스를 다시 보지 못할까봐 얼마나 걱정했는지 모른다.

고개를 들자 모멸감 때문에 화난 티가 역력한 얼굴로 나를 쳐다보는 우샤코프가 보였다. 그가 나에 대해 어떻게 생각하든지 조금도 관심 없다. 오직 거기서 나가고 싶을 뿐이다. 그 개자식이 화가 났다 해도 무슨 상관이란 말인가. 하지만 그는 조용했다. 내가 방금 멋지게 그를 망신시켰으며 그의 부하들 앞에서 무안을 주었다는 것을 고려하면 너무 조용했다. 아니다. 그 작자는 분명 무슨 꿍꿍이가 있는데 그것이 무엇인지는 알 수 없었다.

음식 상자들이 내 발치에 쌓이는 동안 시간은 매우 느리게 흘러갔다. 선원 한 명이 키릴어로 주소가 씌어진 소포 하나를 가져다주었다. 프리첸코가 나에게 준 설명서와 일치하는지 확인하기 위해 그 부속을 살펴보았다. 파키스탄인 하나는 내게 장전된 AK-47 하나와 총탄 박스를 가져다주었다.

그 물건들은 총 1톤은 넘을 텐데 아무도 코린트 호에 옮겨 싣는 것을 도와주지 않았다. 내가 우샤코프에게 눈살을 찌푸리자 반쯤 몸을 구부린 채 선원 두 명에게 뭔가 명령을 했고 그들은 내 배로 상자들을 운반했다. 젠장. 너무 쉽다. 이런 건 마음에 들지 않는다.

내 주머니에서 뭔가가 울리더니 삐 하는 소리가 두 번 들렸다. 놀라서 눈이 둥그레진 선원들과 선장 앞에서 파란색의 작은 워키토키를 꺼냈다. 옆길에 버려진, 피로 물든 경찰차에서 가져온 것이다.

그 차는 정말 미스터리였다. 그것은 약탈당한 철물점 근처에 있던 냄새 나는 쓰레기통과 타이어가 터지고 백미러가 부서진 자동차 사이에 완벽하게 주차되어 있었다. 한 달 반 넘게 방치되어 있었으므로 거리에 있는 차량은 모두 두툼한 흙먼지로 뒤덮여 있었다. 그런데 그 경찰차만은 금방 차고에서 나온 것처럼 매우 깨끗했다. 그걸 본 우리는 걸음을 멈추고 자세히 들여다보았다. 안은 텅 비었고 운전석에는 여기저기 피가 말라붙어 있었다. 보도에는 피를 흘린 자국이 없고 차에서 나오는 길에도 아무 흔적이 없었다. 거리는 정적 그 자체였다. 희미한 바람이 먼지를 일으키며 버려진 차량 위를 스쳐갔다. 그 차는 방금 거기에 주차된 것처럼 먼지 하나 없이 깔끔했다. 너무 괴이하고 불가사의한 일이라 머리카락이 쭈뼛 곤두섰다. 프리첸코와 나는 차에서 한 쌍의 경찰용 워키토키와 함께 고성능 손전등을 찾아냈다. 그 밖에는 종잇조각 하나 무기 하나 없고, 실마리나 흔적도 없었다. 전혀 아무것도. 완전한 미스터리다.

이제 그 워키토키 중의 하나가 내 손에서 지직거렸다. 버튼을 누르자 프리첸코의 음성이 들렸다.

"말해 보게."

나는 배에 탄 사람 중 스페인어를 아는 사람이 아무도 없다는 것을 알고 스페인어로 말했다.

"어떻게 되고 있어?"

그 우크라이나인의 음성에는 잡음이 섞여 있었다.

"잘 되고 있어…… 너무 잘 돼서 탈이지만. 무슨 일을 꾸미고 있는 것 같아."

선원들에게서 눈을 떼지 않은 채 내가 말했다.

"쳐다보지 마. 근데 다리에 문제가 생겼어. 맨 꼭대기 난간에 RPG-7을 가진 작자가 숨어 있어. 내가 잘 볼 수 있는 곳이지."

식은땀이 등을 타고 흘러내렸다. RPG라. 빌어먹을 로켓탄 발사기. 잘 생각해야 한다. 텔레비전이 있는 사람치고 RPG를 못 본 사람은 없을 것이다. 가엾은 남자의 무기. 사실상 모든 게릴라와 제3세계의 군대는 구소련에서 대량생산된, 수천 대의 그것을 비축해 두었다. 암시장에서도 날개 돋친 듯 팔려 나갔다. 아주 간단하고 효율적이었다. 끝에 수류탄을 넣기만 하면 튜브가 발사기 노릇을 한다. 사용하기가 너무 간편해서 저 먼 아프리카에서 온 어린 병사들도 10분이면 사용법을 배울 수 있다. 너무 파괴적이라 1994년에 러시아가 체첸의 수도 그로즈니를 공격했을 때 그 치명적인 무기로 무장한 체첸 게릴라들에게 수십 대의 탱크를 잃기도 했다.

그들의 계획은 보나마나였다. 우리가 항구에 그 가방을 내려놓자마자 그 개자식 우샤코프는 코린트 호와 프리첸코, 루쿨루스 그리고 나에게 그 수류탄 발사기를 쏘아댈 것이다. 그것이 탱크도 날려 버릴 수 있다는 것을 고려하면 코린트 호처럼 섬유 유리로 만든 배에게 어떤 일이 일어날지는 생각해 볼 필요도 없다.

코린트 호에 짐을 다 신자 선원들은 자렌 호의 갑판으로 돌아갔다. 맹세컨대 그들의 얼굴은 사악하기 이를 데 없었다. 그들은 멋진 불꽃놀이를 기다리고 있었던 것이다.

악마의 눈을 깜박이며 우샤코프가 나에게 다가와 손을 내밀었다.

"약속을 지키기 바라오, 변호사 양반. 부두에 가방을 내려놓고 떠나시오. 그러면 만사가 다 잘 될 거요. 악감정은 없으니까."

"물론, 나도 마찬가지요."

우샤코프가 내민 손을 못 본 체하고 고개를 숙여 인사하며 대꾸했다.

우샤코프가 천천히 손을 내리며 말했다.

"우리는 어려운 시기를 살고 있소, 변호사 양반. 모든 게 하루가 다르게 변하고 있소. 가장 강인한 자만 살아남을 수 있지. 내가 하는 일은 다 그럴 만한 이유가 있는 거라오."

뱃전에 반쯤 몸을 기댄 채 우샤코프를 쏘아보며 대꾸했다.

"빌어먹을 가방 하나 때문에 나를 죽이려는 거요? 도대체 그 안에 있는 게 뭐요?"

내가 느닷없이 물었다.

우샤코프가 놀라서 찌푸린 얼굴로 나를 보며 말했다.

"행운을 비오, 변호사 양반. 당신한테도 그게 필요할 거요."

우샤코프가 능글맞게 말했다.

사다리를 타고 내려와 코린트 호의 뱃전으로 올라가니 우샤코프의 웃음소리가 들렸다. 낯익은 티크재 갑판에 발을 디디자마자 모든 사람이 쳐다보는 가운데 밧줄을 풀었다.
코린트 호의 엔진이 부르릉거리며 움직이기 시작했다. 커다란 자렌 키비슈 호로부터 점차 멀어져 프리첸코와 가방이 기다리고 있는 항구로 향했다. 무도회의 제2막이 곧 시작될 것이다.

76
4월 14일 오전 9시 40분

파도가 코린트 호의 뱃전과 부두의 검은 돌들 사이에서 찰싹거리고 있다. 끊임없이 가르릉거리는 루쿨루스를 가슴에 바싹 껴안고 해안가로 다가가며 우리가 다음에 해야 할 일을 곰곰이 생각해 보았다. 키를 살짝 돌려서 부두 옆으로 배를 대고 계선주에 밧줄을 묶었다.
나는 만족한 얼굴로 미소를 지었다. 내가 거의 사용해 보지 않았던 보조 엔진이 완벽하게 작동하자 마음이 놓였다. 잘못했으면 자렌 키비슈 호의 선원들이 지켜보는 가운데 돛을 모두 만 채 연안에서 몇 백 미터 안 되는 곳에 처박혔을지도 모른다.
티크재 기둥을 사랑스럽게 어루만졌다. 코린트 호는 훌륭한 배다. 나에게 안식처를 제공해 주고 내 생명을 구해 주었다. 이제 나는 이 배를 영원히 버려야 한다.
부두로 뛰어오르기 전에 뱃머리에 있는 도르래 바퀴 쪽으로 달려가 밧줄 끝을 잡았다. 돛을 잠가 놓는 로커를 발로 차서 열고 그 안으로 뛰어 내린 뒤 밧줄을 손에 쥔 채 엄청나게 많은 섬유 더미를 헤치고 나아갔다. 로커에서는 데이크론과 고여 있는 바닷물, 해조류 썩는 냄새가 가득했다. 자렌 호 선원이 코린트 호의 돛을 마구잡이로 모아 사방팔방에 쌓아 놓았다.

맨 마지막 칸에서 내가 찾던 것을 발견했다. 뱃머리에 사용하는 배가 불룩한 큰 삼각돛이었다. 평소에는 고물 쪽에 바람이 불 때만 펴지만 내가 알기로 러시아 화물선에 탄 선원 중 돛을 올리는 법을 아는 사람은 없었다.

큰 삼각돛의 위 고리에 갈고리를 걸고 갑판으로 기어가 손으로 조작하는 도르래 바퀴를 돌렸다. 윈치가 낯익은 딸깍 소리를 내자 부드러운 남풍이 돛을 스치는 가운데 큰 삼각돛이 서서히 돛대 끝으로 올라갔다. 그 거대한 돛은 큰 소리로 펄럭거리며 부풀기 시작했다. 사전에 아래쪽의 아딧줄을 느슨하게 해두었기에 완전히 펴지지는 않았다.

그 거대한 돛은 거대한 커튼을 내려뜨린 것처럼 배의 전장을 따라 매달려 있었다. 코린트 호를 본 선원이라면 누구나 어떤 물쥐가 그 돛을 그렇게 기이한 방식으로 올렸는지 궁금해할 것이다. 내가 큰 삼각돛을 올리고 있을 때 강한 돌풍이 불어온다면 아마도 돛을 찢어버리고 삭구도 휩쓸고 갈 것이다.

서둘러 밧줄들을 조정하는 동안 수만 가지 생각이 머릿속을 스쳐 갔다. 돛은 그 상태로 몇 분 동안만 버티면 되고 그 정도면 프리첸코와 내가 계획을 수행하기에 충분한 시간이었다. 이것은 코린트 호가 나에게 주는 마지막 선물이었다.

돛이 펄럭거리면서 선체가 부두에 부딪치기 시작했다. 한번 철썩일 때마다 유리섬유에 상처가 나고 나무가 깎여 나가 마음이 아팠다. 코린트 호를 그런 식으로 취급하는 것은 범죄나 다름없었다. 하지만 차폐막을 구축할 시간은 없었다.

선실로 들어가 죽은 병사에게서 찾아낸 모든 것과 아직 행거에 걸려 있던 또 하나의 잠수복, 작살총 하나와 작살 대여섯 개 등으로 배낭을 가득 채웠다. 할 일 없는 자렌 키비슈 호의 선원이 다른 작살총을 기념으로 가져간 게 틀림없다.

익숙한 콧수염을 기른 얼굴이 선실 해치에 나타났다. 프리첸코에게 짐꾸러미를 모두 던지기 시작했고 그는 그것들을 부두에 쌓았다. 우리는 땀을 뻘뻘 흘리며 조용히 일을 했다. 삼사 분 안에 배를 비워야 했다. 그렇지 않으면 우리가 무엇을 하는지 자렌 키비슈 호에서 알아차릴 것이다. 커다란 삼각돛이 우리가 물품들을 쌓아 놓은 부두 쪽을 가리고 프리첸코가 왔다 갔다 하는 것을 숨겨 주었다. 그들이 볼 수 있는 것은 산들바람에 흔들리며 부두 옆에 서 있는 돛단배뿐이었다.

우리는 땀을 뻘뻘 흘리며 자렌 호에서 보이지 않는 큰 삼각돛 뒤에 물건들을 숨겼다. 마지막으로 프리첸코가 자동차 뒤에서 시내 패션 부티크에서 가져온 사람 크기만 한 마네킹을 꺼냈을 때 나도 내 잠수복을 마저 꺼냈다. 노란 비옷을 입은 그 마네킹은 두건으로 마무리를 했다.

돛을 편 지 3분도 안 되어 그 가짜 인형을 코린트 호의 조종석에 세웠다. 프리첸코가 모퉁이를 돌아가자 코린트 호를 부두에 매어 둔 선을 잘랐다.

단 한 번 만에 코린트 호는 부드럽게 항구 입구를 향해 미끄러지기 시작했다. 키를 제자리에 묶어 놓았으므로 몇 분 동안은 그 항로를 유지할 것이다. 충분하고도 남는 시간이었다. 소리를 내지 않도록 조심하면서 코린트 호와 부두 사이의 물속으로 들어갔다. 물은 지독히 차가웠지만 느낄 새가 없었다. 선체가 나와 반대방향으로 미끄러져 가자 몇 번 심호흡을 한 뒤 잠수를 했다.

다이빙을 하자 몸이 완전히 풀렸다. 떠나가는 코린트 호의 어두운 실루엣이 보이고 그 너머로 항구에서 쏟아져 나오는 물을 통해 자렌키비슈 호의 흘수선도 보였다.

물방울을 만들지 않도록 주의하면서 해안가를 향해 헤엄치기 시작했다. 해안가가 10미터 앞으로 다가오자 물 위로 올라왔다. 내 자신에게 화가 나서 몇 번이나 발을 찼다. 마침내 기절하기 직전에 맨 처음 조디악을 묶어 놓았던 바로 그곳의 부두로 올라왔다. 프리첸코는 나를 물 밖으로 끌어내기 위해 기다리고 있었다.

숨을 헐떡거리며 우리는 당당히 세구리차 창고로 달려 들어갔다. 물을 뚝뚝 흘리면서 방금 전까지 코린트 호가 있었던 버려진 부두 모퉁이를 살펴보았다. 부두 끝에는 한낮의 번쩍이는 햇살 아래 그 모든 소동의 원인인 검정색 삼소나이트 가방이 놓여 있었다.

주정뱅이가 키를 잡은 것처럼 비틀거리며 코린트 호가 천천히 먼 바다를 향해 나아갔다. 배에서 내리기 전에 가장 눈에 띄는 방식으로 삭구를 잡고 흔들며 화물선 선원들의 주의를 끌었다. 지금 생각하니 삭구를 너무 조여 놔서 돛이 찢어질까봐 걱정이 된다.

그런 걱정을 하기에는 너무 늦었다. 자렌 호의 뱃머리에서 자동화기가 불을 뿜자 코린트 호의 뱃전이 천 개의 조각으로 찢어졌고, 인형의 머리는 하늘로 솟구쳐 올랐다. 수백 개의 총탄이 그 배의 선체와 삭구를 꿰뚫자 나뭇조각과 탄화 섬유 조각이 사방으로 날아갔다. 한 사내가 RPG-7을 어깨에 메고 다리 위에 서 있었다. 코린트 호는 원래 있던 자리에서 200미터밖에 안 떠내려 가서 총을 쏘기 아주 좋았다.

굉음과 함께 수류탄이, 짙은 연기구름과 눈부신 섬광에 둘러싸인 그 돛단배를 강타했다. 그 영향은 충격적이었다. 거대한 불기둥이 코린트 호의 해치에서 솟아올랐고, 선체는 100만 조각으로 해체되었다.

수천 톤의 물이 손상된 배를 휩쓸자 또 하나의 포탄이 갑판을 때렸다. 한 줄기 화염과 연기가 이제 지옥이 된 코린트 호의 내장에서 솟아올랐다. 돛대 하나가 공중에서 맴돌다가 물속으로 떨어졌다. 꾸르륵 소리와 함께 박살난 선체가 폭발의 와중에서 바닥으로 가라앉았다.

프리첸코와 나는 그 쇼를 보느라 시간을 허비하지 않았다. 미친 듯이 골목으로 달려가 밴에 올라탔다. 코린트 호에서 일어난 마지막 폭발음이 온 항구에 울려 퍼졌다. 프리첸코는 부드럽게 악셀을 밟으며 출구로 향했다.

뒷좌석에는 통통하고 행복한 오렌지색 고양이가 그물 침대에 누워 만족한 얼굴로 그의 주인과, 악마가 자신을 지옥으로 데려가기라도 할 것처럼 무섭게 달리는 키 작은 콧수염 아저씨를 번갈아 쳐다보고 있었다.

프리첸코와 나는 미소를 지었다. 우리는 악마와 춤을 추었을 뿐 아니라 거기서 살아 나왔던 것이다. 그 좌석 사이에는 부두에 내려놓은 가방과 똑같은, 붉은 테이프로 봉한 검정색 삼소나이트 가방이 얌전히 놓여 있었다.

77
4월 15일 오후 9시 8분

모든 일이 잘 돌아가고 있다. 그런데 그것이 문제였다. 우리는 자신감이 넘쳤다. 가드를 내리고 빌어먹을 액션 영화의 영웅처럼 행동했다. 그리고 그 값을 톡톡히 치렀다. 오늘날의 세계는 더럽고, 야비하고, 힘들고, 몹시 위험하다. 불장난을 하면 손을 데게 마련이다. 손을 덴다. 제기랄. 참 얄궂은 일이다. 하지만 나는 다시 서두르고 있다.

항구의 자갈길에서 벗어났을 때 우리는 도취되어 있었다. 우리는 살아 있고, 건강하고, 생필품과 무기가 가득 찬 차도 있었다. 헬리콥터가 있는 곳도 알고 있으니 이 곤경에서 벗어날 수 있다. 모든 일이 순조롭게 풀려 가고 있었다.

프리첸코는 비고 교외의 한적한 길을 따라 미친 사람처럼 달렸다. 창문 밖으로 튼튼하게 잠가 놓은 화려한 빌라들이 보였다. 어떤 집은 문과 창문을 널빤지로 막아 놓았다. 그 안전 장치로 볼 때 그것은 질서정연하고 체계적으로 소개된 최초의 마을 가운데 하나 같다.

몇 달 동안 방치된 뒤 그 지역은 황량해지기 시작했다. 그 집들 뒤로 웃자란 덤불과 잡초가 우거진 정원이 보였다. 어떤 집 앞 도로에는 소방차처럼 빨간 삼륜차가 옆으로 쓰러진 채 산울타리로 덮이고 있었다. 사람들이 모두 떠나버리자 자연이 그의 자리를 되찾고 있었던 것이다. 갓길에 버려진 차는 거의 없었다. 아마도 차 주인들이 자신의 차를 타고 그 불가피한 것을 피하려고 달아났을 것이다.

그 지역에도 수십의 언데드가 있었다. 그것들이 도시를 차지하는

데는 일정한 패턴이 없는 것 같다. 넓은 길에서는 둘만 보이지만 모퉁이를 도는 순간 수십의, 심지어는 수백의 그것들이 먹잇감을 기다리며 주위를 어슬렁거리거나 멍하니 허공을 바라보고 있다. 무엇이 그것들에게 동기를 주거나 한 곳이나 또 다른 곳으로 그것들을 끌어들이는지는 여전히 미스터리다.

그 마을은 위험 지역이었다. 교차로나 정원마다 수십의 그것들이 있었는데, 어떤 것들은 상태가 좋은 편이고, 다른 것들은 끔찍하게 사지가 잘려 나갔거나 심하게 손상되었다. 이제 그런 것은 전혀 개의치 않는다. 그것들의 냄새조차 느끼지 못했다. 나도 그것들이 무엇인지 알고, 그것들도 내가 무엇인지 안다. 끝.

프리첸코는 언데드를 교묘히 피하며 지그재그로 달렸다. 그는 평소처럼 무서운 속도로 달렸다. 모퉁이를 돌 때마다 타이어가 끼익거리고 우리는 통조림 속의 콩알처럼 뒤흔들렸다. 언데드들은 점점 숫자가 많아졌다. 프리첸코는 그것들과 부딪치지 않으려고 바퀴 뒤에서 영웅적인 묘기를 보여주었다. 우리는 속도를 늦춰야 했고 우리를 따라오는 떼거리들은 점점 많아졌다. 좋지 않은 징조였다.

별안간 중년의 그것이 길 한복판에 불쑥 나타났다. 50대의 육중한 사내로, 셔츠는 허리까지 열려 있고 목에는 금목걸이가 주렁주렁 매달려 있었다. 얼굴 반쪽은 피투성이였고, 옷차림은 누덕누덕했으며, 다른 것들처럼 죽은 듯이 창백했다. 우리는 그를 피할 시간이 없었다.

바로 몇 초 전에 프리첸코는 길 한복판에 몰려 있는 언데드들을 따돌리기 위해 방향을 바꾼 뒤였다. 다음에 일어난 일은 어쩔 수 없는 것이었다. 그는 그것을 깔아뭉갤 때까지 그것을 보지 못했던 것이다. 쿵 소리와 함께 괴물의 몸뚱이가 밴 앞에 부딪쳐 앞유리에 악취

나는 핏덩어리를 남기고 축 늘어진 채 옆으로 떨어졌다. 프리첸코는 다시 차를 통제하기 위해 미친 듯이 차를 돌려 보았지만 육중한 밴은 제멋대로 미끄러지며 엔진에서 불길한 소리가 나는 채로 앞에 있던 언데드 몇을 끌고 갔다. 360도를 도는 장관을 연출한 뒤 우리 차는 고무 타는 매운 냄새를 피우며 마침내 길 한복판에 멈춰 섰다. 잠시 동안 정적이 찾아왔다. 나는 숨을 내쉬었다. 그동안 숨을 참고 있었던 것이다. 다시 한 번 매우 유능한 그 우크라이나인이 운전대를 잡고 있어서 기쁘기 그지없었다. 그동안 그는 우리가 충돌하지 않도록 해 주었으며 밴이 결코 멈추지 않는다고 믿게 해 주었기 때문이다. 만약 차가 멈추기라도 하면 우리는 죽은 목숨이나 다름없다.

하지만 모터 소리를 들으니 차가 고장 난 것 같다. 증기가 새는 가냘픈 소리가 충격에 의해 망가진 개스킷을 통해 새어나왔다. 라디에이터에도 제법 큰 구멍이 생겼다. 모터의 수명도 얼마 남지 않았다. 아직 작동한다는 것이 기적이었다.

천천히 밴에 기어를 넣으며 프리첸코가 다시 출발했다. 이번에는 더 천천히. 더 이상 농담은 하지 않았다. 모든 집들이 튼튼하게 입구를 막고 있는 그런 감염된 지역에서 엔진이 고장 난다면 우리는 몇 초 만에 결딴이 날 것이다.

다음 20분 동안은 끝이 없을 것 같았다. 오른쪽 타이어가 둘 다 펑크가 나서 연기구름에 둘러싸여 온도계를 켜 놓은 채 조금씩 조금씩 앞으로 나아갔다. 수십 개의 손이 밴의 옆구리를 두드리는 가운데 우리는 시속 2킬로미터의 속도로 기어가다시피 해야 했다.

갑자기 내 쪽 유리창이 산산조각 났다. 이미 금이 가 있어서 그것들이 한방 치자 박살나 버린 것이다. 젊은 여자 하나가 깨진 창문으로 기어올라 나를 붙잡으려 했다. 그것의 손이 안으로 들어와 내 얼굴을 만졌다. 차가웠다. 차갑고 젖었고 죽은 것이었다.

이 모든 악몽이 시작했을 때처럼 거의 공황 상태가 되었다. 공포로 몸이 굳어 버린 나는 그것이 차 안으로 들어오려고 안간힘을 쓰는 걸 느꼈다. 그때 프리첸코가 러시아 말로 히스테리하게 소리쳤고 루쿨루스는 캐리어 안에서 이빨을 드러낸 채 쉿쉿거리고 있었다.

그것이 내 넓적다리를 잡자 제정신이 돌아왔다. AK-47을 잡고 개머리판으로 그것의 관자놀이를 내리쳤다. 그것은 고개를 들고 잠시 머뭇거리며 핏발선 죽은 눈으로 나를 쳐다보았다. 그것의 얼굴을 다시 내리쳤다. 그것은 얼굴이 만신창이가 된 채 창밖으로 미끄러져 떨어졌다.

땀으로 범벅이 된 채 찌푸린 얼굴로 프리첸코를 쳐다보았다. 주위를 한번 보자마자 지금 당장 거기서 벗어나지 못하면 죽은 목숨이라는 것을 즉시 알 수 있었다. 다시 기운을 회복한 프리첸코가 고개를 끄덕이며 손상되어 삐걱거리는 엔진을 조금 더 쥐어짰다.

다시 한 번 우리에게 행운이 찾아왔다. 바로 500미터 앞에 잡초로 반쯤 숨겨진 표시등이 있었다. 근처의 고속도로로 가는 진입로를 가리키는 표시등이었다. 아주 조금만 더 가면 살아날 수 있을지도 모른다.

마지막 힘을 다해 프리첸코가 고속도로로 방향을 틀었다. 거기서 밴은 속도를 높였지만 손상된 모터는 여전히 매우 무시무시한 소리를 내고 있었다.

마침내 우리는 고속도로에 진입했다. 안도의 한숨이 절로 나왔다. 최악의 사태는 아직 오지 않았다는 것을 그때는 아무도 몰랐다.

달빛 아래서 보니 고속도로는 유령이 나올 것처럼 을씨년스러웠다.

비고로 출장을 갈 때마다 이 길을 백만 번도 더 지나갔다. 돌아올 때는 늘 길이 심하게 막혔다. 이제 그곳은 고적하기 그지없었다.

귀청이 터질 듯한 소리를 내는 그 누더기 같은 모터가 허락하는 한 최대한 빨리 차를 달렸다. 너무도 기이한 위치에 버려진 차 몇 대를 지나쳤다. 어떤 차는 피로 에워싸여 있었고, 어떤 것이나 혹은 어떤 사람과 심하게 부딪친 듯한 차도 있었다. 태양 아래서 썩고 있는 시체 두 구 옆에서 사람의 흔적은 찾을 수 없었다.

그 광경을 상상해 보았다. 전염병이 돌고 처음 며칠 동안은 수십의 언데드들이 갑작스럽게 변해서 길 한가운데를 비틀거리며 지나갔다. 놀란 운전자들은 그것들을 피하려 했다. 어떤 사람은 그것들을 피하지 못하고 충돌했다. 그 괴물들의 진짜 속성을 모르는 친절한 사람들이 그들 생각에 큰 부상을 입은 행인들로 보이는 것을 도우려고 차를 멈추었으리라. 어쨌든 그 운전자의 운명은 끔찍한 것이었다.

길을 따라 2킬로미터 정도 갔을 때 처음으로 심각한 사고 현장과 마주쳤다. 닛산 SUV가 콘크리트로 만든 중앙선을 들이받아 넘어뜨렸다. 닛산이 길 한복판으로 튕겨 나가면서 자가용 두 대와 작은 배달 트럭 한 대와 충돌했다. 차들이 피로 물든 거대한 플라스틱과 고철 더미가 되어 모든 차선을 막고 있다. 그 광경을 보고 너무 놀라 차를 세웠다. 그 고철 덩어리에서는 몇 달 동안 햇빛을 받으며 썩고 있는 시체들의 더럽고 욕지기나는 냄새가 물씬 풍겼다. 죽음의 냄새였다.

그 사람들은 끔찍한 사고를 당했지만 그들을 도우러 오는 사람은 아무도 없었다. 그들은 시체조차 치우지 않았다. 오, 신이시여!

왼쪽에 있는 작은 공간으로 계속 나아갔다. 프리첸코는 그 과정에서 페인트를 조금씩 긁히면서 솜씨 좋게 좁은 틈을 따라 운전을 했다. 그 길이 우연히 거기 있는 건지 또 다른 생존자가 우리보다 앞서 거기에 와서 잔해들을 치운 건지 종잡을 수가 없었다.

4, 5킬로미터를 간 뒤 반대 차선에서 일어난 또다른 중요한 사고 현장을 목격했다. 대략 사오십 대의 자동차와 버스, 밴, 트럭들이 산더미처럼 쌓여 있었다. 아마도 그것들로부터 도망치거나 그냥 그것들을 피하려다 연쇄 충돌을 일으킨 것 같다. 그 충격이 얼마나 강했는지 한 작은 스마트 자동차가 트럭 밑에 깔려 아코디언처럼 접혀 있었다.

그 충돌에서 살아남은 사람들은 뒤이어 일어난 화재로 목숨을 잃었다. 열기가 너무 강해서 아스팔트 조각이 녹을 정도였다. 새카맣게 탄 한 자동차의 잔해에서 역시 새카맣게 탄 두개골 두 개가 삐죽 솟아 있었다. 불에 그슬린 대여섯 구가 넘는 시체에서 떨어져 나온 조각들이 여기저기에 버려져 있었다. 지옥을 방불케 하는 충격적인 광경이었다.

이곳은 고속도로가 아니다. 이곳은 바로 묘지였다.

9킬로미터쯤 더 갔을 때 도로에서 비틀거리는 언데드를 다시 보았다. 프리첸코가 말하기를 이것은 도시 지역이 가까워졌다는 뜻이므로 준비를 하는 게 좋겠다고 했다. 얼굴을 찌푸린 내 친구는 안전벨트를 매라고 지시한 뒤 전속력으로 달렸다. 잘못된 생각이었다. 보닛 아래서 뭔가가 천둥 같은 소리를 내며 폭발하면서 상당한 크기의 웅덩이가 파였다. 엔진에서 검은 연기가 치솟자 심장이 멎는 듯했다.

그 우크라이나인이 분한 얼굴로 나를 보았다. 차가 완전히 멈춰 버리자 프리첸코가 간결하게 말했다.

"엔진이 결딴났어."

프리첸코는 죽어 가고 있는 밴이 천천히 출구 램프 쪽으로 굴러가도록 내버려 두었다.

고속도로 표지판을 읽을 수 없어서 우리가 대체 어디로 가는 건지 알 수 없었다. 처음으로 나는 완전히 방향 감각을 잃어버렸다.

기회가 또다시 우리를 향해 방긋 웃을 때 밴도 없이 어떻게 해야 할지 의아했다. 램프는 경사가 심해서 그 밴은 15~20개의 창고가 있는 작은 공업단지 바로 앞의 언덕 아래쪽으로 굴러갔다. 거기 우리 바로 앞에 마치 우리를 기다리기라도 한 것처럼 동그라미 속에 별 세 개가 찍힌 낯익은 로고가 새겨진 커다란 자동차 대리점이 있었다.

정말 대단한 일이다. 나는 미소를 지으며 프리첸코에게 최신 메르세데스를 타면 어떻겠냐고 농담을 했다. 우크라이나인도 의미심장한 얼굴로 밝게 미소 지었다. 여세를 몰아 대리점에서 150미터쯤 떨어진 곳까지 달려갔다. 멀리 언데드 몇이 보였지만 마지막 80미터를 달리느라 그것들이 있는 것조차 알아차리지 못했다.

박살이 나서 연기가 피어오르는 밴에서 내려 여행에 필요한 것을 닥치는 대로 꺼냈다. 왔다 갔다 하느라 불필요하게 주의를 끌 수는 없었다. 나는 그 군인의 배낭을 메고 작살총을 가슴에 찬 채 루쿨루스가 도망가지 못하도록 팔로 단단하게 캐리어를 껴안았다. 나를 물어뜯으려고 안달이 난 괴물로 가득 찬 낯선 공업 단지에서 루쿨루스를 찾아 헤메는 일만은 정말 하고 싶지 않았다.

프리첸코는 AK-47과 무거운 탄약 상자, 러시아 배에서 가져온 음식을 한 손에 들고 다른 손에는 그 악명 높은 가방을 들었다. 불행하게도 나머지는 모두 버려두고 가야 했다.

그렇게 잔뜩 짐을 들고 대리점에 도착할 수 있을지 의문이었다. 마침내 거기 도착하자 숨이 턱에 찰 정도였다. 거대한 정문의 그늘 속에 들어서자 지칠 대로 지친 나머지 커다란 유리창에 등을 대고 털썩 주저앉았다. 프리첸코는 뱀장어처럼 미끄러지며 건물 여기저기를 눌러 보며 입구를 찾았다.

기다리는 동안 수통의 물을 한 모금 먹은 뒤 배낭을 샅샅이 뒤졌다. 가방 바닥에서 우그러진 체스터필드 한 상자를 찾아냈다. 생각해 보니 그것은 내가 집을 떠날 때 넣어 둔 것이었다. 천천히 쉬면서 담배에 불을 붙였다. 이 모든 것을 겪은 뒤에 마시는 담배 한 모금은 약쟁이한테 마약 한 방을 놔주는 것이나 다름없었다. 모든 게 더 쉬워 보였다.

유리를 깨는 둔탁한 소리가 나자 그제야 제정신이 돌아왔다. 번개처럼 일어나자 관자놀이에 피가 흘러내렸다. 작살총을 잡고 다음에 뭐가 나타나든 대적할 자세를 취했다.

갑자기 뒤에서 철문이 열리는 소리가 들렸다. 나는 겁에 질렸다. 바로 그때 프리첸코의 기분좋은 미소가 보였다. 화장실 창문을 통해 안으로 들어갔던 것이다. 빌어먹을!

프리첸코가 보초를 서는 동안 노새처럼 짐을 가득 메고 내 다리 사이로 돌아다니며 장난치는 루쿨루스를 데리고 쿵쿵거리며 대리점으로 들어갔다. 일단 안으로 들어가자 프리첸코는 문을 다시 닫고 볼트를 돌려 만전을 기했다.

프리첸코와 나는 안에 어떤 사람 또는 어떤 것이 있는지 확인하기 위해 잠시 조용히 서 있었다.

나는 꿀 먹은 벙어리처럼 가만히 서 있었다. 내부는 어둡고 서늘했다. 어쩌면 이 대리점은 약탈자들의 손을 타지 않은 것 같았다. 차량들이 어둠 속에서 반듯하게 줄을 지어 진열되어 있었다. 나는 미소를 지었다. 이제 쇼핑할 시간이다.

그 어둠이 정말 좋았다. 하루 종일 차를 타고 달린 끝에 몇 시간 만에 처음으로 몸을 풀었다. 나는 자렌 호의 갑판에서 돌격소총의 총구를 바라보며 그날을 시작했다. 이제는 메르세데스 대리점에서 가죽 소파에 누워 담배 연기를 뿜으며 호텔 침대에서 사흘만 잘 수 있으면 얼마나 좋을까 하며 공상을 즐기고 있다. 차가운 맥주를 마시며 섹시한 속옷을 입은 소녀에게 발 마사지를 받으며…… 실제라면 얼마나 좋을까. 신음 소리와 함께 몸을 고쳐 앉자 모든 근육이 펑펑거렸다. 평생 이렇게 지친 적은 한 번도 없었다.

우리는 재빨리 대리점 안을 살폈다. 아무것도 없었다. 프리첸코가 깬 화장실 창문만 빼고는 모든 문과 창문을 잠그고 빗장을 걸어놓았다. 화장실 창문은 너무 높고 좁아서 그것들이 몰래 들어올 수는 없었지만 우리는 모든 예방조치를 하기로 했다.

탈의실에서 벽판 하나를 가져와 화장실 창문을 막았다. 엄청난 힘으로 때리면 버티지 못하겠지만 우리가 거기에 있는 잠깐 동안은 버텨 줄 것이다.

너무 지친 나머지 매니저 사무실에 달린 작은 방에 털썩 주저앉았다. 그 방에는 창문이나 파일 더미는 없고 샤워기가 달린 작은 화장실이 있었을 뿐 아니라 놀랍게도 접이식 침대가 있었다. 대체 그 침대는 거기서 뭘 하고 있었을까? 프리첸코는 블러드하운드(영국산 경찰견―옮긴이)처럼 방 여기저기를 기웃거렸다. 그가 접침대 밑에서 무언가를 집어 들더니 음흉한 미소를 지으며 레이스가 달린 똘똘 뭉친 부르고뉴 팬티를 집어올렸다.

음, 그렇군. 이곳은 매니저의 독신자용 아파트가 분명하다. 잘했어, 프리첸코. 그 작자가 누운 지 오래된 것 같다. 아직 살아 있다면 더 신나는 일을 궁리하고 있을 게 틀림없다.

새로 에너지가 넘쳐나는지 프리첸코는 모든 서랍을 샅샅이 뒤졌다. 나는 화장실로 가서 거울을 쳐다보았다. 습관적으로 수도꼭지를 돌렸다. 놀랍게도 여러 파이프에 꽉 차 있던 공기가 빠져나가면서 녹빛이 나는 물이 쏟아져 나왔다.

그 대리점은 자체 수조가 있어서 아직 물이 나왔던 것이다. 흐르는 물! 물이 있다면 가스나 배터리로 작동되는 히터도 어딘가에 있다는 뜻이다. 프리첸코가 침대에 누워 스트레칭을 하고 있는 독신자용 아파트로 돌아가 오래된 잡지 몇 권을 뒤적거리다가 편안하게 쉬고 있는 친구를 남겨 두고 손전등을 든 채 히터를 찾기 시작했다.

사무실과 차고를 연결하는 복도 뒤에 가파른 계단이 어두운 지하실로 연결되어 있었다. 등을 벽에 바싹 붙이고 한 손에는 장전한 작살총을, 다른 손에는 손전등을 들고 용기를 내어 계단을 내려가기 시작했다. 지하실은 춥고 건조했다. 완전히 개조된 아주 오래된 수리점 같았다.

뒤엉킨 거미줄과 수많은 낡은 소책자 상자들에 둘러싸인 커다란 현대식 온수기가 오렌지색 부탄 가스통에 연결되어 있었다. 지하실이 안전하다는 것이 확인되자마자 바닥까지 내려가 보았다. 통을 흔들어 보았더니 비어 있었다. 표시등이 몇 주 동안 계속 켜져 있는 바람에 통에 있던 가스가 다 닳아버린 것이다.

실망한 나는 어둠 속을 어슬렁거렸다. 다시 층계를 오르기 시작했을 때 눈에 별이 보일 만큼 심하게 무릎을 부딪쳤다. 손전등으로 내가 부딪친 것을 비추어 보았다. 그것은 여섯 개의 가스통이 든 상자였다. 정말 신난다!

거미줄과 이별한 뒤 빈 통을 빼고 새것으로 교체하고 시스템을 정화하기 위해 버튼을 눌렀다. 전원 버튼을 누르자 푸른빛이 도는 불길이 깜박이기 시작했다. 나는 기쁨의 탄성을 질렀다. 우리에겐 뜨거운 물이 있다!

내가 계단을 오를 때 프리첸코는 메르세데스의 열쇠들이 가득한 상자를 들고 사무실에서 나오던 참이었다. 날아갈 듯 기분이 들뜬 채 전시장으로 들어갔다. 거기에서는 문 밖으로 달려 나갈 만반의 준비를 갖춘 채 단정하게 주차된 수십 대의 차량이 우리를 기다리고 있었다.

새 차를 구경하면서 한가로이 걸어 다니다가 프리첸코와 나는 작은 논쟁을 하게 되었다. 그의 마음속에는 소방차처럼 빨간 CLK 카브리올레이(접는 포장이 달린 쿠페형 자동차 — 옮긴이)가 각인되어 있었다. 그에 따르면 그것은 최고 속도로 도망가는 데 딱 맞는 일종의 로켓이라는 것이었다. 마침내 나는 그 스포츠카가 빠르긴 해도 언데드들이 몰려 있는 도로에서 달아나기에는 썩 현명한 선택이 아니라고 설득할 수 있었다.

나는 실용적으로 사륜구동의 엄청난 마력을 내는 메르세데스 가운데 가장 큰 GL을 선택했다. 사고로 막혀 버린 도로를 만난다 해도 그 야수 안에 탄 채 유유히 헤쳐 나갈 수 있다. 게다가 스포츠카보다 더 많은 언데드를 밀어낼 수 있을 것이다.

프리첸코는 스포츠카에서 못내 눈을 떼지 못한 채 뭐라고 투덜거리며 내 주장을 받아들였다. 우리는 곧 작업에 착수하여 차고에서 가져온 최신 배터리로 갈아 끼웠다. 그런 뒤 자꾸만 불안해하는 루쿨루스를 포함해 짐을 모두 실었다.

별안간 시끄러운 소리가 나서 우리는 펄쩍 뛰어올랐다. 내가 바닥에 몸을 던진 채 작살총을 찾아 더듬거리고 있는 동안 프리첸코는 AK-47을 찾고 있었다. 우리는 소리가 난 곳을 찾아 두리번거렸다. 우리한테서 2미터 떨어진 곳에서 방탄유리를 두드리고 있던 언데드 둘이 화가 나 으르렁거리며 텅 빈 눈으로 우리를 바라보고 있었다.

무시무시한 광경이었다. 내 가엾은 이웃을 처치한 이후로 달아나거나 목숨을 걸고 싸울 때 말고 그것들을 가까이서 자세히 볼 기회가 없었다. 천천히 유리에서 팔 하나 거리만큼 떨어진 곳으로 걸어갔다. 그러자 그것들이 미친 듯이 신경질을 냈다. 그것들은 나를 원한다. 내 생명을 원한다. 나의 피를 원한다. 빌어먹을 개자식들.

한 가지 생각나는 게 있다. 새로 변이된 언데드는 예컨대 내 이웃의 경우 죽음의 창백함과 피부에 솟아난 수천 개의 핏줄, 충혈이 되고 공허한 눈 그리고 살인 욕망을 가지고 있다. 밖에 있는 두 언데드는 여러 개의 혹과 베이고 긁힌 자국으로 뒤덮여 있다 뿐 다른 것은 영락없는 그것들이었다. 그것들은 정상적인 시체들과 달리 부패하지 않았다. 사후 강직도 없고, 분해되지도 않으며…… 아무것도 없다. 놀라운 일이다. 그것들은 죽었다. 의심할 여지 없는 사실이다. 목에 난 깊은 상처가 그 증거다. 하지만 무언가가 그것들을 움직이게 한다…… 그리고 쫓아다니게 한다.

몇 달 동안 밖에서 지내느라 다들 너덜너덜한 옷을 입고 있었다. 확신하건대 습격을 받은 뒤로 그것들의 모습은 조금도 변하지 않았다. 그것은 다소 괴로운 사실을 암시한다. 지난 몇 주 동안 시간이 지나면

이 몸뚱이들도 썩거나 심지어 '죽을' 거라는 희망을 가지고 살았다.

하지만 그런 일은 일어날 것 같지 않다. 그 괴물들은 시간의 영향을 받지 않는 것 같다. 어떻게 생각해야 할지 도무지 모르겠다. 아마도 그것들은 그런 식으로 몇 달, 심지어 몇 년 동안 머물 것이다. 아마도 그들은 영원할 것이다. 내가 어떻게 알겠는가? 과학자도 아닌데. 그것들의 상태에 대한 아무런 데이터도 없다. 단지 그것들이 삶과 죽음 사이의 어딘가에 있다는 것만 알 뿐이다. 그것들처럼 되고 싶지 않다면 잡히지 말고 계속 달려야 한다.

목구멍에서 쓴물이 올라온다. 하나의 종(種)으로서, 하나의 인종으로서, 하나의 행성으로서 우리는 정말로 엉망진창이 되었다. 화가 나서 그 괴물의 얼굴 바로 앞에서 유리를 강타했다. 그것은 꿈쩍도 안 했다.

프리첸코는 내 마음을 헤아리며 조용히 나를 쳐다보았다. 마침내 나를 진정시키려고 그가 다가왔다. 헬리콥터를 찾으면 그 괴물들이 결코 오지 못할 곳으로 데려가 주겠다는 것이었다.

나는 침통한 얼굴로 고개를 끄덕였다. 좋은 말이다. 완전히 안전한 곳으로 가려면 아직 갈 길이 멀다.

SUV를 문 정면에 세워 놓았다. 프리첸코가 타이어를 확인하는 동안 몇 주 만에 처음으로 뜨거운 물로 샤워를 했다. 마치 천국 같았다. 뜨거운 물줄기가 등과 머리를 두드려 주었다. 수증기가 구름처럼 내 몸을 감쌌다. 약 20분 동안 거기에 서서 그 환상적인 기분을 즐겼다. 그런 뒤 화장실 서랍에서 찾아낸 가위와 새 면도칼로 몇 주 동안 덥수룩하게 자란 수염을 깎았다. 이제는 더 이상 부랑자처럼 보이지 않는다. 대참사가 지금처럼 진짜 현실이 되기 전에는 새삼스러울 것도 없는 일이었다. 그만큼 사태는 나락으로 떨어지고 있었다.

78
4월 16일 오전 10시 24분

샤워를 하고 나왔을 때 프리첸코는 매니저의 사무실에서 열심히 뭔가를 하고 있었다. 책상 위를 말끔히 치우고 검정색 삼소나이트 가방을 올려놓았다. 분쇄기와 블로토치(배관공이 쓰는 소형 발염(發炎) 장치 — 옮긴이)를 비롯해 차고에서 찾아낸 많은 도구도 가져다놓았다. 우크라이나인은 무슨 일이 있어도 그 가방을 열겠다고 했다.

물이 뚝뚝 떨어지는 머리를 닦으며 프리첸코에게 그 가방에서 담배를 찾아낸다면 나와 나누는 게 좋을 거라고 농담을 걸었다. 아니면 내일 아침에 일어났을 때 시체가 되어 있을 거라고 이죽거렸다. 그는 웃음을 터뜨리며 나에게 붉은 테이프 한 조각을 던졌다. 나보고 좀 도움이 되는 소리를 하라면서 SUV에 넣을 휘발유를 찾아보라고 했다.

프리첸코가 러시아 노래를 흥얼거리는 소리를 들으며 사무실에서 나왔다. 그의 소리는 곧 분쇄기 소리에 묻혀 들리지 않았다.

휘발유통을 찾는 데 10분이 걸리고 사이펀으로 휘발유를 탱크에 붓는 데 쓰는 고무 튜브를 찾는 데 5분이 더 걸렸다. 탱크가 다 차자 루쿨루스를 토닥여 주었다. 내가 눈앞에서 사라질 때마다 루쿨루스는 미칠 듯이 불안해했다. 자기를 두고 떠날까봐 겁이 나는 모양이다. 가엾은 내 고양이.

엄청난 폭발이 대리점을 뒤흔들었을 때 나는 손을 닦고 있었다. 엄청난 흰색의 섬광이 사무실에서 번쩍이더니 연기 기둥과 타는 냄새가 뒤를 이었다. 잠시 귀가 먹먹했다. 그때 고통스러운 비명 소리가 들렸다. 프리첸코였다.

쏜살같이 사무실로 달려가 보니 프리첸코는 바닥에 누워 있었다. 손에 심한 화상을 입었고 가슴과 얼굴에는 상처가 있었다. 그는 상처 입은 늑대처럼 울부짖으며 고통으로 몸부림쳤다. 그 곁에 앉아 자세히 살펴보았다. 얼굴과 가슴의 상처는 그리 심하지 않았지만 손은 보기만 해도 소름이 끼쳤다. 손은 완전히 타 버렸을 뿐 아니라 왼손에는 손가락 세 개만 남아 있었다. 오른손도 다를 바 없었다. 출혈이 심해서 양쪽 귀에서도 피가 새어나왔다. 출혈을 멈추게 할 만한 것을 찾아 탁자 위를 살펴보았다. 가방이 눈에 띄었다. 또는 가방이었던 것에서 남은 것. 그 빌어먹을 가방은 권한 없는 사람이 접근하지 못하도록 안에 기폭장치를 해놓은 게 틀림없다. 프리첸코가 강제로 가방을 열 때 그 장치가 폭발한 것이다. 산산조각이 안 난 게 그나마 다행이었다.

프리첸코가 고통스럽게 울부짖는 소리가 귓속에서 계속 맴돌았지만 나는 무력하게 멀거니 바라볼 뿐이었다. 그 가방에 들어 있던 것이 무엇이었든지 간에 그 귀중하고 신비스러운 내용물은 지금 성난 불꽃 속에서 잿더미가 되고 있다.

79
4월 17일 오후 6시 37분

그 혼란의 나날 중에서 지금보다 더 놀라고 겁이 난 적은 없었던 것 같다. 프리첸코의 상태는 심각했지만 나는 그저 속수무책이었다. 손을 치료해 주고 싶지만 구급상자 속에는 순한 진통제와 항생제, 선크림밖에 없었다.

간신히 프리첸코를 일으켜 세워 목욕탕으로 데려가 손과 팔을 정성껏 씻겨 주었다. 오른팔은 온통 구워지다시피 했는데, 내가 보기에 2도 화상을 입은 것 같았다. 왼손의 상태는 훨씬 심각했다. 새끼손가락과 가운뎃손가락이 없어졌는가 하면 약지손가락은 뼈가 튀어나와 있었다. 왼쪽 손바닥에도 깊은 상처가 났는데, 도무지 피가 멈추지를 않았다. 제기랄. 대리점의 의약품통을 뒤져 거즈와 화상 연고를 찾아냈다. 오른손에 화상연고를 발라준 뒤 피가 멈추도록 양손을 붕대로 꽁꽁 싸주었다. 너무 조잡한 솜씨였다.

어서 무슨 조치를 취해야 한다. 곧 있으면 그 지역의 모든 언데드들이 우리를 덮칠 것이다. 폭발음은 수백 미터 밖에서도 들렸을 것이다. 이미 꽤 많은 언데드들이 밖에서 으르렁거리고 있다.

고통이 멈추는 사이를 이용해 프리첸코를 SUV에 태웠다. 언데드 수십이 대리점 주위에 몰려 있었다. 그것들이 나한테 달려들기 전에 문을 열고 SUV에 타려면 몇 초밖에 시간이 없다. 문을 닫을 시간은 없을 것 같다. 그러면 그 괴물들이 이 대리점을 차지할 것이고, 은신처 하나가 없어지는 셈이다.

붕대와 마취제 특히 항생제가 필요했다. 가장 좋은 방법은 프리첸코의 상처를 치료해 줄 의사를 찾아내는 것이지만 그리 쉬워 보이지는 않는다.

여기서 한 2킬로미터 되는 비고 시내에 세랄 병원이 있다. 병원에 아직 사람이 있을 거라고는 생각지 않지만 적어도 프리첸코한테 필요한 약품은 찾을 수 있을지 모른다.

선택의 여지가 없었다. 대리점 반대쪽에 있는 스포츠카의 경적을 울리자 우리가 나갈 만한 공간이 생겼다. 프리첸코는 출혈이 멈추지 않았고 더 이상 고통을 참을 수 없었다. 그곳에서 어떤 것이 기다리고 있든 간에 그 빌어먹을 병원으로 반드시 가야 한다.

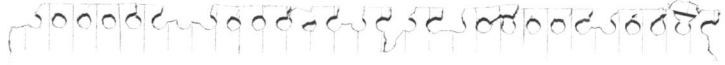

80
4월 18일 오전 11시 2분

난 정말 바보 같은 놈이다. 한 시간 넘게 프리첸코가 고통을 겪게 한 뒤에야 군인의 배낭 바닥에 모르핀 주사 몇 개가 있다는 걸 생각해 냈으니 말이다. 그건 애들도 쉽게 알아볼 수 있는 것이었다. 그 상자는 한쪽에는 하얀색 바탕에 붉은 십자가가 있고 다른 쪽에는 큰 글자로 '모르핀'이라고 씌어 있었다. 어떤 얼간이라도 그게 뭔지 단박에 알 수 있었다. 커브길을 너무 빨리 도는 바람에 배낭이 뒷좌석을 지나 유리창에 부딪치면서 그 내용물이 쏟아져 나올 때까지 그것에 대해 까맣게 잊고 있었던 것이다. 하지만 다시 서둘러야 한다.

우리는 대리점에서 신속하게 철수했다. 곤경에 처한 우리에게 가장 고마운 소식은, 자동차 경적 소리 때문에 울부짖는 그것들 대부분이 건물 반대쪽으로 몰려갔다는 것이다. 그 소리 탓에 훨씬 더 많은 그것들이 몰려오겠지만 그건 내가 감당해야 할 대가였다. 어찌 됐건 우리는 빌어먹을 그곳에서 벗어나고 있었다.

커다란 철문까지 걸어가 문의 안전 회로를 열었다. 문을 열려고 붉은색 버튼을 눌렀지만 물론 아무 변화도 없었다. 전기가 끊겼기 때문이다.

압박감과 스트레스 때문에 머리가 빙빙 돌았다. 낮은 소리로 저주를 퍼부으며 수동식 스위치를 찾아보았다. 찾았다! 전선 결합 장치 옆에 있는 작은 레버가 수동으로 문을 여는 것이었다.

레버를 작동시키자 절거덕 하는 부드러운 소리가 났다. 문에 달린 평형추가 움직이기 시작하고 거대한 철문이 접히자 (예상보다 훨씬 빠르게) 전속력을 다해 SUV를 향해 뛰어갔다. 차에 타자 전기가 없이 문을 닫으려면 꼭대기에 있는 극판으로 직접 문을 끌어당기는 수밖에 없다는 것이 생각났다. 그게 어디 있는지는 모르겠다. 어쨌건 지금 그게 무슨 상관이람?

가속 페달을 밟자 GL이 날듯이 달리면서 고무 타는 냄새가 났다. 그것들 둘과 부딪친 것 같다. 진주목걸이를 하고 긴 머리가 마구 엉킨 중년 여자가 SUV의 뒤쪽에서 팔을 쫙 펼치던 게 기억난다. 반면 고속도로로 가는 진입로는 상대적으로 무사히 지나갔다. 우리가 타고 온 밴 주위에 언데드가 여남은 있었고, 차 안에 탄 것도 있었다.

무엇 때문에 그것들은 그 차로 몰려들었을까? 혹시 차 안에서 우리 냄새나 체온을 감지한 건 아닐까? 그것들은 '인간'의 자질은 잃었지만 더 미묘한, 우리에겐 더 위험한 감각으로 보상받았을지도 모른다.

3킬로미터쯤 갔을 때 계기반에 작은 화면이 있다는 걸 발견했다. GL처럼 표준형 최고급 모델의 GPS였다. 그것이 여전히 작동하기를 기도하며 버튼을 눌렀다.

정지 궤도에 있는 인공위성과 연결되자 화면에 파란색 불이 들어왔다. 안도의 한숨이 절로 나왔다. 사회는 붕괴되어 언데드가 접수했지만 인공위성들은 우주의 절대 고독 속에 잠겨 수천 킬로미터 아래에서 날뛰는 혼돈에는 아랑곳없이 여전히 그들의 조용하고 침착한 행보를 계속하고 있다. 인공위성들은 지금도 작동하고 있고, 지상의 통제가 사라지거나 모종의 사건으로 영원히 쓸모없는 것이 될 때까지 앞으로도 오랫동안 자신의 일을 계속할 것이다.

그 GPS는 터치스크린이 있는 값비싼 사양이었다. 한쪽 눈으로는 계속 길을 살피면서 서둘러 근처 병원 목록을 찾아보았다. 이따금 자동차 잔해를 빗겨가거나 언데드를 피해 가야 했지만 대체적으로 길은 한산했다.

삐 소리와 함께 GPS가 가장 가까운 병원은 세랄 병원이 아니라 메익소에이로 병원이라고 안내하면서 지름길의 지도를 보여주었다. 환상적이었다! 이제는 한때 비고 시였던 썩어 가는 폐허로 다시 들어가지 않아도 되었기 때문이다.

스크린에 너무 몰두한 나머지 사고 차량을 못 볼 뻔했다. 별안간 눈앞에 적어도 열다섯 대 정도의 파손된 차량들이 이리저리 꼬인 채 모습을 드러냈다. 어쩔 수 없이 급히 브레이크를 밟고 필사적으로 오른쪽으로 차를 돌렸다.

타이어가 갈리는 쇳소리와 함께 옆으로 몇 미터 미끄러진 GL은 맨 앞의 사고 차량 바로 앞에서 멈췄다. 모든 점멸 장치에서 딱 딱 하는 큰 소리가 났다. 그 소리를 제외하면 사위가 모두 고요했다.

인상을 쓴 채 땀을 닦았다. 미니브레이크나 다른 놀라운 기술을 비롯한 그 모든 안전장치가 없었더라면 하마터면 뒤엉킨 금속 파편의 벽과 부닥치고 말았을 것이다.

몸이 부르르 떨렸다. 우리는 위기일발의 시간 속에 살고 있지만 대부분 그것을 의식하지 못한다. 경찰도 없고, 군대도 없고, 의사도 없으며, 유사시에 우릴 도와줄 사람도 없다.

우리는 끝장난 신세다.

우리는 혼자다.

모두가 혼자다.

SUV에 기어를 1단에 넣고 갓길을 따라 고속도로를 빠져나왔다. 사륜구동의 위력을 믿고 예전에 동물들이 도로로 나오지 못하도록 고속도로 바깥에 만들어 놓은 낮은 방책을 통해 나아갔다.

10분 정도 버려진 농장으로 가는, 잡초로 뒤덮인 길에서 심하게 흔들린 뒤 한 나무숲 앞에서 차를 세웠다. 서늘하고, 안전하고, 무엇보다도 눈에 띄지 않았다. 수백 미터 안에는 사람 그림자도 안 보였다. 인간이건 언데드건 아무것도 없었다.

길가에 부서진 오래된 빨래통이 버려져 있었는데, 마치 블랙베리 덤불에 숨겨진 것처럼 보인다. 시원한 물줄기가 파이프에서 쏟아져 나왔다. SUV에서 내려 물속에 손을 담그자 시원하다 못해 차가울 정도였다. 시들어 가는 오후의 열기와는 딴판이었다. 물맛도 아주 좋았다. 배가 터질 만큼 실컷 마신 뒤 수통을 채우고 프리첸코의 마른 입술도 적셔 주었다. 반쯤 의식을 잃은 상태라 물을 마시려고도 않고 마실 수도 없었다.

프리첸코의 이마를 만져보았다. 타는 듯이 뜨거웠다. 쇼크 상태거나 상처가 감염되기 시작했을 것이다. 그게 뭐든 간에 즉시 항생제를 먹어야 했다. 모르핀을 한 대 놔서 고통을 줄여준 뒤 차로 돌아와 짧지만 평화로웠던 그 순간을 뒤로 하고 차를 몰았다.

우리는 거대한 먼지 구름을 일으키며 전속력으로 달렸다. 아직 갈 길이 멀었다.

30분쯤 뒤 작은 개천을 건너게 되었다. 그리 깊지는 않았지만 메르세데스는 고급이기는 해도 개천을 건널 수 있도록 설계되지는 않았다. 차 문턱과 공기 배출기로 들어오는 물을 막을 재간이 없었다. 곧 물에 빠진 생쥐처럼 흠뻑 젖을 터였다.

하늘이 어두워지고 있어서 우리는 한 가지 또는 또 하나의 방법으로 젖게 될 형편이었다. 여러 날 동안 무더웠기에 큰 폭풍우가 닥칠 것 같다. 루쿨루스는 심하게 동요하고 있었는데, 이것은 오직 폭풍이 불 때만 보이는 현상이다.

GPS를 따라 병원에서 몇 킬로미터 떨어진 후미진 고속도로로 들어섰다. 진흙투성이가 된 SUV는 갓길에 자라는 잡초 위에서 살짝 미끄러졌지만 사륜구동 덕분에 황량한 고속도로로 되돌아올 수 있었다. 차를 세우고 프리첸코를 쳐다보았다. 모르핀 덕분에 반쯤 잠이 들었지만 여전히 안절부절못하고 헛소리를 했다. 고속도로를 이리저리 훑어보았다. 사람이라곤 그림자 하나 찾아볼 수 없었다. 인도에 난 틈 사이로 잡초가 고개를 내밀고 있었다. 몇 주 동안 그 길을 달려간 차는 하나도 없었다. 몇 달 만에 잡초들이 그 길을 완전히 뒤덮어 버렸기 때문이다.

먼저 기어를 1단으로 넣고 병원으로 향했다. 몇 분 뒤 흥분이 가라앉자 불을 켰다. 오후 6시밖에 안 되었지만 거의 어두워졌다. 폭풍이 불어 닥치자 삼사십 미터 앞도 보이지 않았다. 멀리서 천둥소리가 나자 SUV의 유리창이 우르르 울렸다.

흐린 불빛 때문에 겁을 먹은 건 사실이지만 500미터 앞에서 목격한 무시무시한 장면은 지금 생각해도 심장이 멈출 것 같다. 길에서 자라난 작은 유칼립투스 나무를 비껴가고 있을 때 헤드라이트 불빛에 넝마에 쌓여 보도에 누운 채 웃고 있는 해골이 보였다. 그것을 밟고 지나갈 것 같아 급히 브레이크를 밟았다. 차가 그 뼈들을 치면서 앞바퀴 밑에서 뚝 소리가 났다. SUV를 멈추고 이마에 난 땀을 닦았다. 바람이 일고 있었다. 폭풍의 첫 번째 돌풍이 나무들을 뒤흔들었다. 차 바로 앞에 뭔가 거대한 것이 분명히 있었지만 어두운 밤이라 그게 무엇인지 알 수가 없었다. 그곳에는 뭔가 불길한 느낌이 있었다.

총에 대해 아는 게 거의 없다는 것을 절감하며 AK-47의 공이치기를 풀고 밖으로 나갔다. 으르렁거리는 바람소리 말고는 엔진 소리밖에 들리지 않았다. 조심스럽게 헤드라이트가 비추는 곳으로 걸어갔다. 뒤에서 검은 형체를 향해 다가가고 있어서 내 그림자가 앞으로 드리워졌다.

소총을 단단히 잡았다. 손은 땀에 젖어 미끈거리고 심장은 심하게 두근거렸다. 그 형체 없는 덩어리는 길의 거의 반을 차지하고 있었다. 아직도 무엇인지 알아낼 수 없었다. 뜨거운 바람이 담요처럼 나를 휘감은 순간 그 냄새가 코를 찔렀다. 야단났군.

내 앞에는 날씨와 해충 덕분에 천천히 분해되고 있는 수십, 아마도 수백의 썩어 가는 시체들이 쌓여 있었다. 넘어지지 않도록 AK-47의 개머리판에 의지했다. 아, 젠장. 다리가 풀리면서 그 자리에 털썩 주저앉았다. 헤드라이트에 비친 광경에서 도저히 눈을 뗄 수가 없었다.

그림자 속에서 발견한 형체는 강화 콘크리트로 만든 커다란 스풀더미와 가시 달린 전선이 앞으로 삐져나온 일종의 철제 컨테이너였다. 그것은 버려진 검문소였던 것이다.

모든 시신에는 총상이 있었다. 검문소 주변에는 육안으로 볼 수 있는 데까지 빛나는 구리 케이스들이 여기저기 널려 있었다. 1990년대 르완다 내전기를 연상시키는 거대한 묘지였다.

무슨 일이 일어났는지 충분히 짐작할 수 있었다. 그것은 병원 옆의 전략적 요충지에 세워진 검문소다. 인간이 존재한다는 것을 알고 수백의 언데드들이 갑자기 그 길에 모여 들었다. 보안 부대는 수백의 그것들을 맞아 필사적으로 지원병을 요청하며 처절하게 그것들과 싸웠다.

다음에 어떤 일이 있었는지는 보나마나한 일이다. 벽에 말라붙은 피와 땅바닥에 굴러다니는 돌격소총 두 자루가 검문소의 방어자들이 어떤 운명을 맞았는지에 대해 필요한 모든 것을 말해 주고 있었기 때문이다. 폰테베드라에서처럼 언데드가 이겼다. 그리고 비고에서처럼. 그리고 다른 모든 곳에서처럼.

눈물을 흘리면서 SUV로 돌아갔다. 차에 올라타자 번개가 그 음산한 광경을 비추었다. 몇 초 뒤 SUV는 썩어 가는 수백 개의 뼈들을 뭉개며 검문소를 통과했다. 나는 뒤도 돌아보지 않았다. 멈추지 말고 곧장 가야 한다.

81
4월 19일 오후 12시 37분

번갯불이 너무 환해서 몇 초 동안 지평선 전체가 창백한 푸른빛을 띠었다. 천둥이 치자 7~8초 동안 SUV의 유리창이 거칠고 깊은 무시무시한 소리를 내며 부르르 떨었다. 1분 30초마다 번개와 천둥이 번갈아 내리쳤다. 비는 아직 오지 않았지만 공기에서 강한 오존 냄새가 났다. 어마어마한 폭풍이 다가오고 있었다.

GL의 으르렁거리는 엔진 소리에 까마귀 한 떼와 통통하고 반질반질한 갈매기들이 공중으로 날아 올라갔다. 지난 몇 달 동안 자주 나타나는 그 모든 형상을 자세히 관찰하여 나를 가장(슬프게도 너무 많이) 괴롭히는 것을 막아내는 법을 배웠다. 하지만 그것들이 무엇을 먹고 살아왔는지를 알았다, 또 다른 생명 없는 시신들. 새들이 쪼아 먹어 눈알이 없고 뺨을 쪼인 서너 살짜리 어린 소년의 반쯤 썩은 시신의 모습에 속이 완전히 뒤집히는 것 같았다. 속이 메슥거려서 있는 대로 다 토해 버렸다. 그렇다. 말도 안 되는 그 모든 일 때문에 나는 점점 거칠어지고 있다. 하지만 시시각각으로 미쳐 가고 있는 것도 사실이다.

GPS에 따르면 병원에서 800미터 정도 되는 곳에서 갑자기 더 넓고 더 잘 관리된 큰길과 교차한다. 그 지역은 숲이었다. 빽빽한 유칼립투스와 소나무가 세찬 바람에 거세게 흔들렸다. 길에는 나뭇가지와 나무껍질, 썩어 가는 시체들로 뒤덮여 있었다. 언데드가 떼를 지어 몰려왔지만 저항이 매우 거셌던 게 틀림없다. 나는 재난의 현장으로 가고 있었던 것이다. 현기증이 나기 시작했다.

대여섯의 흔들거리는 형상이 그늘 속에서 나와 SUV를 향해 다가왔다. 더 이상 머물러서는 안 된다. 주도로를 타고 떨어진 나뭇가지들과 이따금씩 나타나 헛되이 차를 잡으려는 그것들을 피하며 천천히 병원으로 다가갔다.

바로 그때 내 시선을 끄는 것이 나타났다. 지저분한 병원 가운을 입고 길에서 어슬렁거리는 두 언데드였다. 겁이 나서 덜덜 떨렸다. 만약 메익소에이로 병원이 감염되었다면 우리는 끝장이었기 때문이다.

작은 언덕 꼭대기로 가는 도로에서 마지막으로 커브길을 돌 때였다. 거기서부터 병원을 볼 수 있었다. 브레이크를 밟고 잠시 차를 멈췄다. 숨이 멈추는 것 같았다. 빌어먹을.

메익소에이로 병원은 현대적 강철과 유리, 시멘트로 만든 커다란 단지로서, 미로처럼 복잡하게 몇 단계로 세워졌으며, 수킬로미터에 걸쳐 회랑과 병실이 있었다. 갈리시아에서 가장 고급스러운 병원으로, 최고의 현대적인 인력과 기술 자원을 갖춘 곳이었다. 날마다 수천 명의 사람들이 이 병원을 이용했으며, 과학과 자존심, 건강한 인류를 위한 진정한 사원으로 추앙받았다.

지금은 악몽과도 같은 끔찍한 정경이었다. 북쪽으로 난 유리창은 하나도 남김없이 산산조각이 났다. 유리창이 깨진 그 어두운 구멍 속에서 빛바랜 찢어진 커튼 조각이 삐져나와 거센 바람에 휘날렸다. 4층 하수관이 터진 게 틀림없다. 악취가 코를 찌르는 검은 점액 같은 것이 벽 한쪽에 말라붙어 있었기 때문이다.

정말로 놀라운 것은 빛과 소리, 움직임이 전혀 없다는 사실이었다. 그 거대한 건물은 생명이 없는 어두운 돌기둥처럼 불쑥 솟아 있었다.

응급실로 가는 길은 깊은 광산으로 내려가는 입구처럼 그늘에 가려 있었다.

건물 주위에는 사람들이 몹시 동요한 흔적이 보였다. 수십 대의 자가용과 경찰차, 시민 경비대의 탱크, 구급차가 대부분 문이 열린 채 곳곳에 버려져 있었다. 몇몇 차는 피가 말라붙은 것이 분명한 녹빛의 껍질로 뒤덮였다. 마치 몰려오는 사람들을 간호하기 위해 야전 병원이라도 세울 양으로 들것과 의료 장비들이 앞마당 여기저기에 흩어져 있다.

창문에 줄무늬처럼 피가 말라붙은 버스 한 대가 마치 음주운전자가 주차한 것처럼 잔디밭에 서 있었다. 뒷문에는 피로 물든 손바닥 자국이 있었다. 버스가 본 장면은 신만이 아실 것이다.

보안선을 따라 샌드백과 콘크리트 방벽이 두 줄로 둘러싸고 있었다. 어떤 곳은 보강되어 있어서 그곳이 검문소였다는 걸 알 수 있었다. 길가와 반경 수킬로미터 안에서 탄약 상자와 부패하고 있는 시체들이 곳곳에서 발견되었다. 그래도 병원 주위에는 예상보다 그 수가 훨씬 적었다.

곧 생각을 바꾸었다. 언데드가 떼로 몰려왔을 때 방어군들은 상당수가 살해되었을 뿐 아니라 나머지도 지치고 탄약도 떨어졌을 것이다. 그 괴물들은 손쉽게 그들을 제압한 뒤 학살극을 벌였으리라.

담즙처럼 쓴 맛이 입 안에 가득 찼다. 부상자와 피난민, 의료진, 여성들, 어린이들…… 이들로 가득 찬 병원의 모습이 눈에 선하다. 그런 뒤 수백의 그것들이 침입한 것이다. 제기랄.

이곳은 고통과 죽음, 좌절로 가득 찼다. 그 어둡고 고요한 건물은 거대한 묘지…… 또는 더 나쁜 것일 수도 있다. 하지만 우리는 들어

가야 한다. 프리첸코한테 필요한 의료용품을 구해 와야 하니까.

SUV를 타고 조용하게 병원으로 가는 터널로 들어섰다. 땀으로 흠뻑 젖은 채 머뭇거리며 사방을 살폈다. 어떤 점에서는 내가 혼자 가는 것이 더 빠를 것이다. 곤경에 빠졌을 때 나 자신만 지키면 될 테니까. 하지만 가수(假睡) 상태인 프리첸코를 홀로 그것들의 처분에 맡긴 채 주차장에 두고 나 혼자 건물로 들어갈 수는 없다.

게다가 루쿨루스도 있다. 빌어먹을.

우르르 쾅 하는 천둥소리에 놀라 제정신이 돌아왔다. 시간은 쏜살같이 흘러갔다. 커다란 빗방울 하나가 총알처럼 앞유리를 세게 두드렸다. 뒤를 이어 두 방울, 세 방울이 연속적으로 쏟아졌다. 흩어진 빗방울은 억수 같은 비가 되었다. 폭풍우가 도착한 것이다. 수백만 개의 빗방울이 땅바닥을 두드리자 천둥소리조차 묻혀 버렸다.

계산을 해보니 터널에서 20미터 정도 와 있었다. SUV를 타고는 더 이상 갈 수 없다. 길가에 가로놓인 많은 샌드백과 강화 콘크리트 벽돌 때문이었다. 전에는 한 경비원이 왼쪽으로 몇 미터 떨어진 경비실에서 내게 손을 흔들어 주곤 했지만 지금은 아무도 없었다. 그 텅 빈 공간에 번갯불이 번쩍하자 너무 무서워 소름이 끼쳤다.

배낭을 메고 허리띠를 꽉 죄었다. 프리첸코와 루쿨루스 사이에서 내 마음은 갈피를 잡지 못했다. 그래서 할 수 있는 한 공평하게 짐 무게를 나누기로 했다. 그 무거운 짐을 모두 짊어졌다가 언데드의 코앞으로 끌려가고 싶지는 않았기 때문이다.

루쿨루스를 캐리어에서 꺼내 놓아 주기 전에 잠시 동안 꼭 끌어안았다. 보송보송한 내 작은 털북숭이 친구는 행복하게 그르렁거리며 편안하고 따뜻한 내 무릎에 앉아 비가 오는 것을 보고 있었다. 귀 뒤를 살살 긁어 주며 사랑스러운 얼굴로 루쿨루스를 바라보았다. 고양이는 털로 만든 작은 공만 할 때부터 라디에이터 위에 웅크린 채 행복한 얼굴로 정원에 내리는 비를 구경하곤 했다.

내 집과 내 인생, 내 모든 세계에 대한 기억이 내 가슴을 단검처럼 깊숙이 찔렀다. 내 집을 잃었다. 내 일과 친구들, 내 인생을 잃어버렸다. 하지만 무엇보다 내 가족을 잃었다. 벌써 몇 달째 그들의 소식을 듣지 못했다. 갈리시아 전역에 있는 내 친구들도 마찬가지다. 내가 아직 살아 있다는 것만 생각하고 다른 것은 생각하지 않으려고 안간힘을 다했다. 지난날이 생각날 때마다 그들이 그 괴물들이 없는 어딘가 안전한 하늘에서 편안하게 살고 있을 거라고 되뇌곤 했다.

이제는 그것이 모두 거짓말이란 걸 알고 있다. 묘지를 건너온 그 괴물들이 없는 곳은 어디에도 없다. 안전한 곳도 없고, 안전한 사람도 없다. 모든 생존자들은 영원히 계속될 고통의 바다에 빠져 죽어 가고 있다.

눈에서 눈물이 흘러내렸다. 모든 잡념을 털어 버리기 위해 깊이 심호흡을 한 뒤 얼굴을 닦아내고 머리를 흔들었다. 일단 울기 시작하면 그칠 수 없을 것 같다. 여기서 무너지면 나는 끝장이다. 생존 본능이 다시 힘을 내었다. 내 시상하부 깊은 곳에 있는 뭔가가 내가 갈 수 있을 만큼 충분한 엔도르핀을 숨겨놓았던 것이다. 게다가 감정의 고름은 여전히 새어나오지만 고통이 내 마음속 깊이 묻혀 버렸다. 언젠가는 그것과 맞대면하여 내 마음속에서 뿌리 뽑아야 할 것이다. 하지만 지금은 아니다. 아직은 아니다.

최대한 소리를 내지 않도록 조심하며 문을 열었다. 차에서 내리는 순간 거센 돌풍이 불면서 얼굴에 물이 튀겼다. 천둥과 번개가 꼬리에 꼬리를 물고 계속되었다. 거의 완전히 어두워졌다. 등 뒤로 문을 닫고 SUV를 등진 채 잠시 몸을 웅크렸다.

위협이 될 만한 것은 보지 못했지만 본능은 그와 상반되는 얘기를 하고 있었다. 솔직히 말하면 본능은 나에게 어서 그 빌어먹을 곳에서 나오라고 소리쳤다.

내 앞으로 6미터쯤 되는 곳에 폭동진압용 장비를 갖춘 시민 경비 대원의 반쯤 썩은 시신이 누워 있었다. 그는 특이하게도 햇빛에 바랜 파란색 제복을 입은 채였다. 다른 곳은 핏자국과 체액에서 나온 검은 빛이 도는 녹빛을 띠었다. 허리 위로는 찢기고 고약한 냄새가 나는 살덩어리만 남았다. 머리는 흔적도 없이 사라졌다.

몸을 움찔하면서 뒤로 물러섰다. 청소동물이나 언데드 중 무엇이 그 시신을 훼손했는지는 모르겠지만 그것은 마치 미치광이 푸주한의 작품처럼 보였다. 속이 메스꺼웠지만 토하지는 않았다. 놀라웠다……. 내가 점점 더 사내다워지고 있는 건지 아니면 미치광이가 되고 있는 지는 보는 사람에 따라 다를 것이다. 이제 이 정도에는 눈도 꿈쩍 안 한다.

시체 옆으로 다가갔다. 숨을 죽인 채 오른쪽 허리에 차고 있는 총집에서 검정색 피스톨을 꺼냈다. 글록 권총보다 더 크고 무거웠지만 더 이상 그 총을 연구할 시간은 없었다. 사내가 신은 전투화 끈을 늦추었다. 웅덩이를 이룬 체액 속에서 그의 발은 썩어서 검게 변했다. 정말 지독한 냄새가 났기에 서둘렀다. 신발 끈을 다 풀자 2미터 정도의 끈이 생겼다.

총과 신발 끈을 가지고 뼛속까지 젖은 채 SUV로 돌아왔다. 깜짝 놀란 루쿨루스의 배를 잡고 끈 한쪽은 고양이 목걸이에 매고 다른 한쪽은 내 손목에 묶었다. 그런 뒤 AK-47과 작살총을 어깨에 메고 의식을 잃은 프리첸코의 몸을 차에서 끌어냈다.

빗물이 쏟아지자 프리첸코의 의식이 돌아왔다. 신음 소리를 낸다는 것은 그가 살아 있기는 하지만 끔찍한 고통을 겪고 있다는 표시였다. 그의 팔을 어깨에 걸치고 접근 터널 쪽으로 걸어가기 시작했다. 다른 한 손으로 권총을 들고 루쿨루스를 끌고 갔다. 개처럼 끈에 묶여 끌려가는 데다 비까지 흠뻑 젖은 루쿨루스는 화가 나서 어쩔 줄 몰랐다.

우리는 아주 천천히 나아갔다. 프리첸코는 거의 걷지 못해서 노새처럼 내가 지고 갔다. 그 몇 미터가 몇 킬로미터처럼 보였다. 루쿨루스는 비를 맞지 않으려고 끈을 사납게 잡아당겼다. 루쿨루스가 앞으로 뛰어나갈 때마다 신발 끈이 손목을 파고들어 팔까지 통증이 올라왔다.

우리가 얼마나 초현실적인 그림을 만들어 냈는가! 지금 언데드가 나타나면 나는 양손을 쓰지 못한 채 우리를 지켜야 할 것이다. 그 생각을 하자 발걸음이 빨라졌다.

단 몇 초 만에 병원 입구에 이르렀다. 머리 위에 있는 유리 지붕 때문에 빗소리가 아주 크게 들렸다. 몸을 돌려 주머니에서 손전등을 꺼내 회랑 끝을 비추었다.

응급실 문에 어깨를 기대자 부드러운 소리를 내며 문이 열렸다. 조용히 안을 훑어보았다. 그늘진 커다란 대기실이 눈에 들어왔다. 천장까지 닿는 커다란 사각형의 창문으로 부드러운 불빛이 흘러 들어왔다. 그중 하나에 총알구멍 두 개가 있었다.

로비는 버려진 도살장 같았다. 녹빛의 핏자국이 바닥과 벽 여기저기에 묻어 있었다. 어떤 곳은 누군가가 큰 양동이로 피를 쏟아놓은 것 같았다. 말라붙은 피의 욕지기나는 지독한 냄새가 부패한 음식물과 퀴퀴한 땀 냄새와 합쳐져 미묘하고 흐릿하지만 명백한 그 냄새가 되었다. 인간의 땀. 누군가가 그곳에서 많은 땀을 흘렸지만 그게 몇 시간 전인지 몇 달 전인지는 알 수 없었다.

도처에 버려진 옷과 쓰고 버린 붕대, 체액이 말라붙은 들것, 심지어는 패들이 매달려 있는 세동 제거기까지 사방팔방에 흩어져 있었다. 아무리 좋게 보아도 환영하는 광경은 아니었다.

가장 끔찍한 광경은 복도를 뒤덮은 피로 물든 수십 개의 손자국과 발자국이었다. 많은 발자국(내 말은 굉장히 많은 것을 뜻한다.)이 이상한 흔적을 남기며 피웅덩이를 어슬렁거렸다. 어린애들의 작은 발자국을 포함한 크고 작은 발자국과 보폭이 넓은 발자국, 다리를 질질 끈 흔적…… 한 마디로 완벽한 콜렉션이었다. 하지만 지금은 아무도 없다. 그 자국들을 살아 있는 사람들이 만들었는지는 확실치 않다.

거의 의식이 없는 프리첸코를 휠체어에 앉히고 내 팔목에 묶은 끈을 풀어 라디에이터에 루쿨루스를 묶었다. 그런 식으로 올려놓은 게 고양이의 마음을 상하게 한 모양이다. 루쿨루스는 새로운 곳을 탐험하고 싶어 안달이 났지만 어디서 무엇이 튀어나올지 모르는 상태에서 고양이를 풀어놓을 수는 없는 노릇이다.

바닥에는 물론 시체들이 있었지만 바깥보다는 적었다. 분해 과정에서 발생한 가스로 부풀어 오른 여자를 밟을 뻔했지만 기적적으로 피할 수 있었다. 그 불운한 사람들은 대부분 언데드가 아니라 그 괴물들이 너무 잔혹하게 짓이겨서 다시 살아나지 못한 죄없는 희생자들이었다. 대부분의 환자들이 이젠 언데드와 동족이 되었으므로 시체가 부족했을 것이다.

갑자기 커다란 금속성의 소리가 들려 온몸이 얼어붙는 것 같았다. 누군가가 파일함이나 카트에 부딪친 뒤 오래도록 으르렁거렸다. 그 소리는 2층에서 들린 것 같다. 소름이 돋을 만큼 가까운 곳이었다.

여기엔 우리만 있는 것이 아니었다.

나는 단지 그 소리가 어디서 나오는지를 알아내기 위해 시체로 가득한 어둡고 버려진 병실로 가고 싶지는 않았다. 그것이 누구든 무엇이든 병원 전체를 독차지했을 수도 있다. 너무 겁이 나서 입구에 못 박히듯 서 있었다. 건물의 내장 속으로 들어가게 될 줄은 상상도 못 했다.

간호사 탁상 옆을 지나갈 때였다. 먼지를 뒤집어쓴 청진기가 의료 기록 파일 옆에 버려져 있었다. 나는 유혹을 참지 못하고 그것을 목에 걸었다. 어릴 때 종종 어머니의 청진기를 '빌리곤' 했다. 나는 그게 너무 좋다.

불현듯 이 병원에서 일어날 법한 에피소드가 생각났다. 한 남자가 AK-47을 손에 들고 잠수복을 입은 채 청진기를 목에 걸고 병원을 어슬렁거리는 것을 본다면 그것들은 어떤 생각을 할까?

나는 히스테리하게 낄낄거렸다. 그 말도 안 되는 망상이 자꾸 생각난다. 다음 단계는 정신 분열증이다.

커튼이 드리워진 몇 개의 칸막이 옆에 있는 원무과 책상 옆에 응급 약품 캐비닛이 있었다. 문이 움푹 들어가 있었다. 바닥에 뒤덮여 있는 깨진 유리를 밟으며 조심스럽게 안으로 들어갔다.

마치 거기서 폭탄이 터지기라도 한 것 같았다. 모르핀과 마취제를 보관하는 강철 캐비닛이 꽃잎 모양으로 조각나 있었다. 누군가가 폭발물, 아마도 죽은 군인에게서 가져온 수류탄을 이용해 강제로 열었던 것 같다. 폭발로 인해 병과 물약병, 의료 장비들이 산산조각 났다. 형편없는 솜씨였다. 모르핀을 찾던 누군가가 한 일이거나 아편제가 어디 있는지 아는 약쟁이가 한 짓일 가능성도 많다. 나는 놀라지 않았다. 요즘에는 외상으로 헤로인을 구하기 어려울 테니까.

상태가 좋은 물약병을 찾기 위해 깨진 유리조각들을 뒤졌다. 머릿속으로는 계속 약품 목록을 외웠다. 소독약과 항생제, 거즈, 진통제(아편제는 제외했다. 프리첸코가 더 이상 모르핀에 반응하지 않았기 때문이다.), 봉합사, 붕대, 살균한 바늘.

손이 콕 찌르듯이 아파 뒤로 휙 잡아당겼다. 칼처럼 날카로운 유리조각에 손가락을 벤 것이다. 작은 소리로 욕을 하며 입으로 손가락을 빨자 짠 맛이 나는 피가 목구멍으로 넘어갔다. 정신없이 나비 모양의 봉합사로 손가락을 묶고 다소 위축된 채 다시 약을 찾으러 돌아가 빛나는 알루미늄 쟁반에 전리품을 쌓았다.

그 쟁반 덕분에 내 목숨을 구했다. 테이프를 내려놓으려고 몸을 돌린 순간 내 뒤의 움직임이 그 금속 쟁반에 비쳤던 것이다. 뱀처럼 몸을 돌려 서투른 솜씨로 AK-47을 겨누었다. 공포의 쓰디쓴 맛이 위장 속에서 치밀고 올라왔다.

내장 일부가 밖으로 나와 덜렁거리는 완전히 벌거벗은 노쇠한 노인이 채 2미터도 안 되는 곳에서 병원 가운의 오른팔을 말아 올린 채 이리저리 부딪치고 있었다. 그것은 입을 벌려 으르렁거리는 시늉을 하며 나에게 달려들었다. 맨발로 유리조각을 밟았지만 고통은 느끼지 못했다. 너무 무서워서 꼼짝도 할 수 없었다. 그 노인은 눈이 없었다. 안와가 텅 비고 얼굴을 타고 핏줄기 두 개가 흘러내렸지만 그것은 내가 있는 곳을 정확히 알았다.

모든 일이 슬로모션으로 일어났다. 그것의 얼굴을 향해 AK-47를 들어 올렸다. 이상하게도 침착해지면서 파키스탄인들한테 배운 대로 반동을 감안해 그것의 목을 겨냥했다. 그가 1미터 앞에 오자 방아쇠를 당겼다.

노인의 이마에 붉은 구멍이 입을 벌렸다. 뼛조각과 뇌 조각, 피가 노인 뒤의 벽에 뒤덮였다.

꿀꺽 하는 소리와 함께 파일 폴더를 끌며 노인이 그 자리에 쓰러졌다. 화약 냄새가 코를 찌르는가 하면 그렇게 좁은 곳에서 총을 쏘는 바람에 귀가 터질 듯이 먹먹했다. 앞으로 몇 시간 동안 두통에 시달릴 것이다.

다시 한 번 구사일생으로 살아났다. 하지만 그 총소리는 1킬로미터 넘는 곳에서도 들렸을 것이다. 살았건 죽었건 병원에 있는 모든 존재들이 우리가 거기 있다는 것을 알았을 것이다. 우라질, 뭐 이런 날이 다 있나…….

고동 소리가 좀 가라앉자, 나 자신을 저주했다. 어쩌면 그렇게 어리석을 수가 있는가? 작살총은 내 왼쪽 팔에 매달려 있었다. 내가 그처럼 서두르지 않았더라면, 히스테리한 할머니처럼 겁에 질리지만 않았더라면 시끄러운 AK-47 대신 조용한 작살로 그 노인을 해치웠을 텐데.

서둘러야 한다. 작살총을 생각할 마음의 여유가 없었다. 돌격용 소총은 내 손에 닿은 첫 번째 무기였고 나는 본능적으로 행동했을 뿐이다.

지금은 다른 문제가 더 급했다. 총소리가 병원 전체에 소리의 물결을 일으킨 것이다. 문을 쿵쿵 두드리고, 그것들은 서로를 밟고 올라가고, 뭔가가 시끄러운 소리를 내며 바닥(들것 같은 것?)에 쓰러지고, 벽을 두드리는 둔한 소리까지. 그것은 하나의 치명적인 교향곡이었다. 무엇보다 그 신음 소리가 견디기 힘들었다. 그것을 어찌 잊을 수 있겠는가? 누군가가 말을 하려 애쓰지만 혀를 움직이는 법을 잊은 것처럼 희미하지만 깊은 메아리 같았다. 그 괴물들을 본 적이 없다면 그 소리를 설명하는 것은 불가능하다. 그것은 인간과 인간이 아닌 것이 동시에 내는 소름끼치는 소리였다.

금속 쟁반에 담긴 약을 모두 그러모은 채 프리첸코를 두고 온 곳으로 돌아갔다. 그는 잠이 깨서 휠체어에 똑바로 앉은 채 붕대로 감은 왼손을 오른손으로 받치고 있었다. 모르핀 때문에 몽롱하고 흰 천처럼 창백했지만 그렇지 않았더라면 완전히 의식이 돌아와 긴장했을 것이다. 그리고 겁에 질렸을 것이다. 내가 그랬던 것처럼 지독히 겁에 질렸을 것이다.

무슨 일이 있었는지 그리고 여기는 대체 어디인지 프리첸코가 물었다. 그가 사고를 당한 때부터 이 버려진 어두운 방 한복판에서 그를 휠체어에 앉힐 때까지 일어난 일을 빠른 말로 알려주었다. 그런데 만약 그가 끔찍한 소리로 가득한 어둡고 낯선 곳에서 부상을 당한 채 혼자 있을 때 의식이 돌아왔다면 얼마나 지독한 충격을 받았을까? 만약 그게 나였다면 심장마비로 죽었을지도 모른다.

프리첸코에게 그의 상태를 알려주어야 할지 망설여졌다. 빌어먹을, 그도 눈이 있고 바보도 아니다. 왼손손가락 두 개를 잃었고 가운데손가락도 상태가 나쁘다고 말해 주었다. 그 우크라이나인은 눈도 깜짝 안 하고 엄지손가락은 아직 남아 있는지 냉담하게 물었다. 내가 고개를 끄덕이자 조금 마음을 놓는 것 같았다. 그가 범상한 어조로 엄지 손가락과 그 맞은편에 손가락 두 개가 있는 한 별 상관없다며 이렇게 덧붙였다.

"이보다 더한 것도 봤어. 미샤라는 친구가 있는데, 1995년에 그 친구 헬리콥터가 수류탄에 맞았어. 그 때문에 아직까지도 약간의 문제를 안고 있지. 그러니 난 괜찮아. 잘 할 수 있다고. 이제 나한테 AK-47을 주고 제발 이 피 좀 멈추게 해 줘. 우린 여기서 궁지에 몰린 쥐 신세라고."

깊은 안도감이 몰려오는 바람에 하마터면 울음을 터뜨릴 뻔했다. 프리첸코가 겉으로만 조용해 보일 뿐이라는 것은 알지만 그의 목소리 듣기만 해도 외로움이 줄어든다. 무거운 AK-47를 건네주자 다친 팔 위에 교묘히 총을 올려놓고 성한 손으로 탄창을 어루만졌다. 한손으로도 완벽하게 자신을 지킬 수 있을 것 같다.

나는 이미 더 굳게 입을 다물었다. 이제는 의식을 잃은 프리첸코에게서 한시도 눈을 떼지 않고 지켜보지 않아도 된다는 사실이 큰 위안이 되었다. 게다가 그가 다시 나의 힘이 되었다는 것을 깨닫자 더 큰 위로가 되었다. 하지만 그가 터프가이 흉내를 내는 만큼 그의 눈에서 공포와 불안감을 읽을 수 있었다. 더욱이 그가 서둘러 치료를 받아야 한다는 사실을 한시도 잊을 수 없었다. 내가 할 수 있는 것보다 더 좋은 치료를, 그는 지금 당장 받아야 한다.

사태가 더 악화되기 전에 그 빌어먹을 곳을 빠져나가야 한다. 루쿨루스를 프리첸코에게 맡기고(내 고양이는 내가 안 보이면 불안해했다.) 복도를 따라 병원으로 돌아갔다. 그 길이 멀쩡한지 알아보아야 한다.

번개가 칠 때만 잠시 빛이 비칠 뿐 복도는 우리가 갔을 때보다 훨씬 더 어두웠다. 폭풍은 최악의 상태는 지나갔기에 번개가 치는 횟수도 눈에 띄게 줄어들었다. 하지만 비는 그칠 줄을 몰랐다. 보랏빛을 띤 검은 하늘에서 쉴 새 없이 빗줄기가 쏟아졌다. 바람도 점차 허리케인의 속도만큼 빨라졌다. 부러진 나뭇가지와 껍질, 뭔지 모를 수십 개의 형체들이 주차장에서 빙빙 돌았다.

빗줄기가 소용돌이쳐서 몇 미터 앞도 보이지 않았다. 그건 승산 없는 우리의 싸움에서 가장 작은 문제일 뿐이었다.

바깥에서는 수십의 언데드가 비를 맞으며 주차장을 완전히 장악한 채 병원 쪽을 향해 비틀거리며 천천히 움직였다. 그 광경을 보자 나는 크게 놀랐다. 역병이 시작한 초기 이후에 야수들이 그렇게 많이 모여 있는 것을 본 적이 없었기 때문이다.

모든 나이대와 모든 종류의 부상을 입은 남자와 여자, 아이들이 있었다. 어떤 것은 상처가 없는 것처럼 보였지만 대부분은 정상인이라면 도저히 견딜 수 없는 끔찍한 부상을 입었다. 대다수는 돌연변이 할 때 입었던 옷을 입었다 하지만 다른 것들은 거의 벌거벗고 있거나 날씨나 사고, 아니면 신만이 아는 이유로 옷이 갈가리 찢겨져 두 배로 참담한 광경을 연출했다. 그것들 중 한 쌍은 마치 불에 탄 것처럼 온몸이 검게 그을렸다. 화재로 인해 지독하게 겉모습이 손상되어 도저히 성별이나 나이를 구분할 수 없었다. 폭발로 몸뚱이가 날아간 것처럼 사지가 절단된 소름끼치는 것들도 있었다. 공포스러운 예가 너무나 다양해서 말로 하자면 끝이 없을 것이다.

거대한 무리들로부터 소름끼치는 신음 소리의 합창이 들려왔다. 신을 신거나 맨발이거나 수백 개의 발이 바닥을 질질 끄는 귀에 거슬리는 소리가 천둥소리에 이끌려 터져 나왔다. 번갯불이 괴기한 그 장면을 비추었다.

터널 끝에서 떨어지는 물방울이 내 목을 따라 굴러 내려갔지만 나는 전혀 느끼지 못했다. 비록 그늘 속에 몸을 감추고 있긴 하지만 인간성(인간이 아님. 참담한 심정으로 말을 바꾸었다.)의 바다에 주의를 집중한 채 눈으로 볼 수 있는 최대한의 지역을 천천히 돌았다.

그렇게 많은 무리들이 어디서 올 수 있었는지 알아내려고 기를 쓰며 머리를 쥐어짰다. 마침내 정답이 떠올랐다. 병원 주변과 가혹한 학살 현장에는 수십의, 아마도 수백의 그것들이 있었던 게 분명하다. 우리가 접근할 때 난 엔진 소리가 불을 보고 달려드는 나방처럼 그것들을 이리로 다시 불러들인 것이다. 하지만 우리가 여행을 계속하는 대신 발길을 멈춤으로써 그것들은 우리를 따라올 시간을 벌게 된 것이다. 게다가 우리는 이 빌어먹을 곳에서 빠져나갈 형편이 아니었다. 대단하군.

82
4월 20일 오후 4시 21분

첫 번째 괴물은 이미 SUV에 도착했다. 나처럼 어리석은 놈이 어디 있을까. 차에서 프리첸코를 끌어내릴 때 양손이 꽉 차 있어서 조수석 문을 닫는 것을 깜빡 잊은 것이다. 이제 그것들 둘(등 아래쪽에 깊은 상처가 있는 키가 크고 마른 남자와 오른쪽 장딴지가 잘려 나간 열다섯 정도의 소년)이 차 안으로 기어 들어갔다. 아마도 우리 냄새를 맡고 온 것 같다.

엄청난 수의 그것들이 우리 차를 완전히 둘러싸는 것은 시간문제였다. 그것들은 우리가 어느 길로 병원에 왔는지도 금방 알아낼 것이다. SUV로 돌진해 도망칠 수 있는 길도 없다. 그건 자살행위나 다름없다. 행여 내가 쏜 총알이 모든 목표물에 명중(내 경우엔 의심스럽지만)했다 해도 프리첸코와 내가 단번에 가기에는 너무 먼 거리였을 뿐 아니라 그것들 수가 너무 많았기 때문이다.

안전한 하늘을 방위하던 사람들이 훨씬 수가 많은 그 괴물들과 대면했을 때 느낀 것은 단순한 공포였을 것이다. 그것들을 죽이려는 것은 소풍 갔을 때 담요에 기어든 개미들을 떼어 버리는 것과 같은 것이었다. 그것들 수십쯤은 처리할 수 있겠지만 더 많은 것들이 계속 오고 또 온다면……. 그것들은 멈출 줄을 모른다.

그것들이 너무 많고 이미 죽었다는 사실 때문에 사람들은 그것들을 끔찍한 원수로 여기게 된 것이다. 그것들은 머뭇거리지도 않고, 자지도 않고, 쉬지도 않는다. 두려움도 없어서 아무것도 그 괴물을 막을 수 없다. 그것들의 목표는 오로지 그것들이 아닌 살아 있는 사람을 붙잡는 것뿐이다.

가슴이 뻐근하게 아파왔다. 침을 삼켜 보았지만 입안이 바싹 말라 넘길 수가 없었다. 소리를 낼 수도 없고, 숨을 쉴 수도 없고, 생각할 수도 없었다. 그때만큼 내 자신이 먹잇감으로 느껴진 적은 한 번도 없었다. 우리가 그처럼 희망 없는 처지라는 것을 깨달은 것도 처음이었다.

세상은 더 이상 우리 것이 아니다. 이제는 그것들의 세상이다. 이런 상태가 얼마나 지속될까?

짤랑거리는 작은 소리 덕분에 무아지경에서 빠져나와 현실로 돌아왔다. 벽에 눌린 채 한 손으로 버티고 있는 긴 머리의 20대 청년이 무릎이 나온 헐렁한 바지를 입은 채 조금씩 움직였다. 열쇠뭉치가 달린 기다란 은색 사슬이 그의 오른쪽 주머니가 있었어야 할 곳에 매달려 있었다. 그 열쇠뭉치가 그것 뒤에 매달려 끌려가다 다리와 부딪치면서 나를 깨워 준 짤랑 소리를 낸 것이다.

다른 괴물들처럼 이 소년의 피부도 밀랍같이 투명해서 불쑥 튀어나온 수많은 실핏줄이 그의 피부에 그로테스크한 지도를 그려놓았다. 왼쪽 팔이 잘려나갔고 이두박근에 심한 상처가 났다. 지저분하고 뻣뻣한 셔츠를 입고 있었는데, 가슴에 난 서너 개의 총알구멍이 뚜렷이 보였다. 총알 하나는 심장에 박혔고 다른 총알들은 아랫배에 박혀 있었다.

그걸 보자 머리가 빙빙 돌았다. 그것은 이미 생존자와 만났고, 그는 자신을 방어하기 위해 총을 쏘았을 것이다. 하지만 그것이 아직 서 있는 것으로 보아 총을 쏜 사람이 지금까지 살아 있다고는 장담할 수 없었다. 이제 그것이 나를 향해 다가오고 있다.

대부분의 걸어 다니는 시체들처럼 정문으로 병원에 들어가는 대신 그것은 옆문으로 들어왔다. 다른 것들이 샌드백들이 있는 곳에서 아우성치고 있는 동안 그것은 이미 방어선 안에 들어와 나를 발견한 것이다.

그것은 목구멍에서 신음 소리를 내면서 보폭을 줄여 나에게 덤벼들었다. 그때 나는 매우 침착하게 대응했다. 그것이 15미터 앞까지 왔을 때 작살총을 어깨에서 내려 걸쇠와 고무 밴드를 확인한 뒤 일이 잘못될 경우에 대비해 총도 살펴보았다. 그런 뒤 쓰레기가 넘쳐 나는 냄새 나는 쓰레기통에 몸을 기대고 과녁을 겨냥했다. 그것이 3미터 앞에 왔을 때 방아쇠를 당겼다.

작살은 그것의 광대뼈 옆 윗입술 위를 맞혔다. 작살 끝이 후두골을 관통할 때 마른 가지가 부러지듯 우두둑 소리가 났다. 괴물이 갑자기 걸음을 멈췄다. 그것이 흔들거리자 악취를 풍기며 피가 상처에서 뿜어져 나왔다. 그때 작살 자루가 시선에 들어오자 그것을 잡으려고 안간힘을 썼다. 하지만 모든 언데드들처럼 그것의 근육은 마음대로 움직이지 않았다. 그것이 작살 바로 앞의 허공을 때리자 악취 나는 검은 피가 얼굴과 가슴을 검붉은색으로 물들이며 흘러내렸다. 움직임은 더 둔해지고 기괴해졌다.

꿀꺽거리는 이상한 소리를 내며 그것이 성한 팔을 쭉 뻗은 뒤 앞으로 고꾸라졌다. 그렇게 끔찍한 장면이 아니었다면 그것이 쓰러지는 방식을 보고 웃음을 터뜨렸을 것이다. 하지만 지금은 웃고 있을 겨를이 없었다. 피묻은 작살을 도로 가져오기 위해 시신 쪽으로 돌진했다. 막 작살을 잡으려는 순간 온몸이 얼어붙었다. 손가락을 베였는데, 지금 장갑을 끼고 있지 않은 것이 생각났던 것이다. 무력하게 그것의 머리 뒤에서 깃대처럼 튀어나온 작살을 쳐다보았다. 너무 가깝고, 그럼에도 너무 멀었다.

나는 망설였다. 다리에 묶어놓은 화살통에는 작살이 세 개밖에 없었다. 그 작살을 놓고 가는 것은 커다란 손실이었다.

어딘가에서 라텍스 장갑을 찾아 되돌아와 작살을 가져갈 수 있을지 대중해 보았지만, 그것들 무리를 흘끗 보자 시간이 없다는 것이 자명해졌다. 삼사십 명의 언데드가 방어선을 뚫고 들어와 내가 있는 쪽으로 다가왔다. 어서 여기서 빠져나가야 한다.

마지막으로 바깥 동태를 살핀 뒤 전속력으로 어두운 회랑으로 달려가자 동굴 같은 터널에 내 발소리가 메아리쳤다.

지붕이 세는 곳에서 떨어진 물방울로 홀 한복판에 웅덩이가 괴어 있었다. 전에 그 웅덩이를 본 적이 있지만 너무 경황이 없어서 돌아올 때 그것을 깜박 잊고 말았다. 그곳에서 미끄러지는 순간 지옥의 나락으로 떨어지는 것 같았다. 숨이 막힐 것 같아 몇 초 동안 그 자리에 누워 숨을 골랐다. 다시 일어서려 할 때 옆구리가 찌르는 듯이 아파 그만 고통을 참지 못하고 비명을 질렀다. 다시 쓰러지며 속사포처럼 저주를 퍼부었다. 나한테 필요한 것은 단지 부러진 갈비뼈를 되찾는 것이었다. 확실히 크고 넓은 멍이 든 것 같다. 빌어먹을 웅덩이 같으니라고! 기필코 이 우라질 병원을 고소하고 말리라.

이렇게 긴박한 상황에서 소송 생각을 하자 미친 듯이 웃음이 터져 나왔고 그 때문에 경련으로 인한 새로운 고통이 시작되었다. 소송이라. 얼마나 재미있는 농담인가! 너무 아파 훌쩍거리다 히스테리하게 웃으며 나는 계속 가고 있었다.

내 신경이 망가진 것이 틀림없다.

아직 성한 쪽으로 회전문을 밀고 들어가 작살총을 다시 장전했지만 여전히 웃음이 그치지 않았다. 주위를 재빨리 살펴보았다. 이중문은 양쪽에서 열 수 있었다. 문 한쪽에는 벽에 달린 까치발에 강철 고리가 연결되어 있었다. 병원 직원들은 끊임없이 문을 밀어 여는 대신 그 고리를 이용해 문을 연 채로 고정해 놓았던 것이다.

그 고리를 다른 용도로 사용할 방법이 생각났다. 문 옆 바닥에 폐기된 의료용품 더미 아래 IV(전해질·약제·영양을 점적(點滴)하는 장치—옮긴이) 자루 두 개가 매달린 IV 기둥 하나가 누워 있었다. 작업에 착수하기 위해서는 산더미 같은 거즈와 안정제 상자, 사용한 붕대를 발로 밀어내야 했다. 문이 닫히는 것을 막는 고리 사이로 그 기둥을 밀어 넣어 문을 막았다. 마음이 무거워 인상이 찌푸려졌다. 영화에서는 언제나 잘 먹히는 방법이었다. 그것들이 두드려 대면 그 기둥은 그리 오래 버티지 못할 테고, 2분이면 그것들은 그 문을 열고 들어올 것이다.

거칠게 숨을 몰아쉬면서 프리첸코에게 돌아갔다. 휠체어에 몸을 기대고 숨을 고르는 모습을 보자 그는 걱정스러운 얼굴로 나를 찬찬히 바라보았다. 우리가 마주친 곤란한 문제를 빨리 해결하기 위해 그를 일으켜 세웠다. 그 문을 통해 나가는 것은 불가능한 일이었다. 게다가 언데드들은 눈 깜짝할 사이에 로비로 들어올 것이다. 다른 출구를 찾아야 한다. 메익소에이로 병원처럼 거대한 복합단지는 수십 개의 입구와 출구가 있게 마련이다. 그 병원은 거기서 날마다 일하는 직원들조차 혼동할 만큼 많은 방과 복도가 있다. 그러니 건물 다른 쪽에서 출구를 찾아야 하는데, 그러려면 건물의 심장부로 내려가야 한다.

선택의 여지는 없었다. 프리첸코에게 걸을 수 있는지 물어보았다. 그 우크라이나인이 일어서려고 기를 썼다. 매우 용감하지만 쓸데없는 짓이었다. 몇 초 만에 다리가 풀리면서 다시 휠체어에 주저앉았다. 모르핀 기운이 아직 몸에 남아 있는 데다 심한 출혈과 피로, 몇 주 동안 제대로 먹지 못한 탓이었다. 내가 그를 밀고 갈 수밖에 없다.

루쿨루스를 프리첸코의 무릎에 앉혔다. 한손에는 손전등을 들고 다른 손으로는 휠체어를 잡고 병원 문을 두드리는 첫 번째 소리를 듣자마자 곧바로 출발했다.

방 뒤에 있는 복도로 내려왔다. 문을 연 뒤 잠시 가만 있었다. 그 복도는 한밤중의 우물처럼 어두웠다. 천장에는 전기가 끊어져 고물이 되어 버린 형광등이 먼지를 뒤집어쓴 채 매달려 있었다. 밖에서 들어오는 빛이 거의 없어서 복도 건너편까지 가는 길에 장애물이 어디 있는지 짐작만으로 찾아야 했다.

병원 중심부로 깊숙이 가다 보니 사태가 더 나빠졌다는 것을 알 수 있었다. 적어도 우리는 아직도 바깥과 상당히 가까웠다. 번개가 칠 때마다 희미한 불빛이 들어와 비 오는 소리를 들을 수 있었다. 다음 문을 열고 들어가자 전혀 다른 세계가 나타났다.

불빛이 없어서가 아니라 그 냄새 때문에 발걸음을 멈췄다. 그 문을 여는 순간 코를 찌르는 썩는 냄새가 우리 얼굴을 덮쳤다. 요즘은 도처에서 부패한 악취가 나지만 그렇게 응축된 악취는 지금까지 한 번도 맡아 본 적이 없었다.

그 악취는 안전한 하늘의 폐허에서 나는 냄새처럼 무거웠지만 그보다 열 배는 더 심해서 아마도 통풍 장치가 전혀 없는 뜨거운 곳에서 나온 것 같았다. 눈이 너무 아려서 얼굴을 손수건으로 가렸다. 헛기침을 하며 입으로 숨을 쉬려고 안간힘을 다했다. 속이 메슥거리고 점점 더 욕지기가 심해졌다. 프리첸코는 구역질을 참느라 얼굴을 찌푸렸다. 병원은 분해 단계로 발전된 수십 구의 시체로 가득했다. 우리는 막 공동묘지로 들어갈 참이었다.

마침내 복도로 들어가는 모험을 감행했다. 내가 시체들을 둘러보며 휠체어를 미는 동안 프리첸코는 손전등으로 구석구석을 비추었다. 우리의 계획은 간단했다. 일층을 건너간 뒤 정면을 향해 일직선으로 간 뒤 거기서 이곳을 나가는 것이다.

세계적 전염병이 번지기 전이라면 병원을 잘 아는 간호사가 그 긴 복도를 지나가는 데 기껏해야 10분도 채 안 걸릴 것이다. 하지만 그

미로에 대해 아무것도 모르는 우리가 어둠 속에서 그곳을 지나가는 데는 훨씬 더 오래 걸릴 것이다.

사오 분 동안은 별 탈 없이 잘 해 나갔다. 최대한 빠른 속도로 수많은 장비와 의료용품을 피하며 몇 개의 방과 복도를 지나갔다. 병원은 서둘러 소개된 것으로 보이지만 반쯤 썩은 시신들의 수를 보면 상황은 그 반대였던 것 같다. 건물에서 완전히 철수한 뒤 무슨 이유에선지 피난민들은 건물로 다시 후퇴했고 거기서 언데드들한테 붙잡힌 것 같다.

대부분의 시체들은 머리에 총알구멍이 박혀 있었다. 어떤 유해는 흉측한 몰골이 되었고 몸의 일부가 소생 가능성이 전혀 없을 만큼 뜯겨 먹혔다. 거의 모든 시체가 군화를 신은 것으로 보아 그 밖의 다른 사람들이 모두 달아난 뒤 방어군이 최후의 항전을 벌인 것 같다. 그들은 어디로 달아났을까?

옆구리의 통증이 갈수록 심해졌다. 눈앞에 하얀 점들이 춤을 추고 다리가 후들거렸다. 프리첸코가 몸을 돌려 걱정스러운 얼굴로 나를 쳐다본 걸 보면 내가 몹시 숨을 헐떡였나 보다. 그가 말했다.

"자네, 몹시 힘들어 보여. 이런 식으로는 갈 수 없네. 좀 쉬는 게 나을 것 같아."

나도 동감이었다. 좀 쉬면서 숨을 고르는 게 좋을 것 같다. 숨이 너무 가빠지고 있었기 때문이다.

오른쪽에 있는 라커룸의 문이 안쪽으로 열려 있었다. 벽에는 사물함이 줄 지어 있고 가운데에는 의자들이 몇 줄로 놓여 있었다. 방 뒤에는 침대도 두 개 있었다. 메모와 포스터로 가득한 게시판이 한 벽면을 가득 메웠고, 귀퉁이에는 모조 고무나무가 보초를 서고 있었다.

바닥에 떨어진 여자 가방에서 내용물이 쏟아져 나와 있었다. 립스틱 하나, 지갑 하나, 머리빗 하나. 그곳은 어느 간호사의 라커룸이었다. 휴식을 취하기에는 쓸 만한 곳이었다.

문을 닫고 의자에 주저앉았다. 프리첸코는 의연하게 고통을 참으며 성한 손으로 루쿨루스의 머리를 쓰다듬었다. 정말 멋진 사내다.

잠수복을 벗었다. 몸이 너무 말라서 갈비뼈를 셀 수 있을 정도였다. 이 인간 이하의 상태에서 몇 달 동안 영양가 있는 음식을 먹어 본 적이 단 한 번도 없었다. 내 몸이 그 대가를 치르기 시작했다. 신선한 채소를 먹지 못해 걸린 비타민 C 부족이 가장 위험하다. 오른쪽 옆구리에 난 커다란 타박상은 점점 검자줏빛이 되고 있었다. 그것을 만지자 고통을 견디지 못해 신음 소리가 튀어나왔다. 갈비뼈 몇 대가 부러진 것 같다. 제기랄!

전에 찾아놓은 강력한 진통제인 메타미졸 소듐을 투여하고 지갑을 집어 들었다. 그러곤 방 안 이곳저곳을 뒤져 보았다. 배터리가 방전된 휴대폰과 구겨진 러키 스트라이크 담배 한 곽, 라이터 하나, 푸른 눈에 금발머리의 예쁘장한 여자의 사진이 있는 구부러진 운전면허증. 사진 속의 여인은 나를 보며 미소 짓고 있었다. 이름은 로라 비즈였다. 지갑에는 병원 신분증이나 서류가 없어서 그녀가 누구인지 여기서 무엇을 하고 있었는지 궁금했다.

프리첸코의 입에 담배를 물려 주자 깊숙이 한 모금을 빨았다. 그런 뒤 그가 자신의 상처를 볼 수 있도록 붕대를 풀었다. 새끼손가락은 완전히 잘려져 나갔고, 가운데손가락은 두 번째 손가락관절부터 없었다. 봉합이 필요한 약지손가락은 세로로 상처가 나 있었다. 손바닥도 깊이 베었지만 다행히도 출혈이 심하진 않았다.

프리첸코는 고개를 들며 그리 나쁘지 않은 편이라고 조용히 말했다. 하지만 그는 당장 치료를 받아야 한다. 아직 출혈이 심하지는 않았지만 패혈증에 걸릴 가능성이 있었다. 하지만 주위에 그의 상처를 돌봐 줄 사람은 나 하나밖에 없었다. 응급상자 하나만 가지고.

갑자기 뭔가가 합판으로 만든 문을 세게 쳐서 문 위에 커다란 구멍이 났는데, 그 구멍으로 파편이 뒤덮인 송장 같은 손이 불쑥 들어왔다.

그 손이 밖으로 나가더니 문짝이 떨어져 나갈 만큼 다시 문을 강하게 쳤다. 빌어먹을, 그 개자식은 강했다! 몇 걸음 뒤로 물러나 손전등을 꼭 잡았다. 그동안 프리첸코는 AK-47을 꽉 쥐고 문을 겨냥했다. 구멍을 통해 그 언데드가 보였다. 젊고 건장한 사내로 콧수염과 곱슬머리를 기르고 있었다. 그것이 걸친 것이라곤 재미있는 만화 캐릭터가 있는 티셔츠가 전부였는데, 그것도 그에게는 너무 큰 것이었다. 오른쪽 종아리에는 붕대가 탄탄하게 감겨져 있었다. 백만 유로를 걸고 말하건대 그가 어떻게 그 상처를 입었는지 나는 알고 있다.

마지막 가격과 함께 그 빈약한 문이 두 개로 쪼개지고 프리첸코가 방아쇠를 당긴 순간 그 괴물이 뛰어 들어왔다. 그것의 왼쪽 눈이 있던 자리에 입을 쩍 벌린 붉은 구멍에서 피와 뼛조각이 쏟아져 나왔다.

그것은 바로 내 앞에서 부대자루처럼 쓰러졌다. 그것이 움직이지 못하는지 확인하기 위해 발로 툭 차보았다. 그 시체에는 뭔가 이상한 점이 있었다. 얼마 후 그게 무엇인지 생각났다. 그것은 빗물에 흠뻑 젖어 있었다. 이는 그것이 5분도 채 되기 전에 밖에서 들어왔다는 뜻이다. 그것들은 들어오는 길을 알았고, 정문은 무너졌으며, 그것들은 우리를 뒤쫓고 있었다.

4월 21일 오후 4시 19분

프리첸코를 향해 몸을 돌렸다. 땀방울이 등을 타고 흘러내렸다. 그 우크라이나인과 나는 의미심장하게 눈길을 주고받았다. 우리는 더 나쁜 처지에 빠진 것이다. 우리는 다시 달렸다.

구급상자에서 찾은 붕대로 프리첸코의 손을 감아 준 뒤 그 방에서 기어 나왔다. 복도는 비어 있었지만 프리첸코가 쏜 총 소리 때문에 병원은 그것들에게 해방된 거나 다름없었다. 신음 소리와 두드리는 소리가 더 많아진 것은 물론이거니와 훨씬 더 가까워졌다. 복도 건너편에 있는 잠긴 방에서 둔하게 쿵 하는 소리가 들려왔다. 손을 벽에 대고 벽을 때리는 성난 주먹의 진동을 느껴 보았다. 공포에 질려 몇 걸음 뒤로 물러섰다. 그것이 거기서 나오는 길을 찾지 못하도록 간절히 기도했다.

별안간 10분 전에 우리가 지나온 방에서 유리 깨지는 소리가 들렸다. 누군가 모니터에 걸려 넘어지면서 바닥에 떨어져 깨진 것이다. 신음 소리는 더 가까워졌다.

프리첸코는 루쿨루스를 무릎에 올려놓은 뒤 성한 손으로 공이치기를 잡아당긴 AK-47을 그러잡고 다른 손으로 나에게 출발하라고 손짓했다. 나는 휠체어를 더 빨리 밀었다. 옆구리가 너무 아파서 식은땀이 등골을 흘러내렸다. 무섭고 정말 무서웠다. 누가 욕을 해도 어쩔 수 없었다. 누구라도 그런 상황에 닥치면 죽도록 무서울 테니까. 무서울 게 뭐가 있냐고 하는 사람이 있다면 거짓말쟁이거나 얼간이일 것이다.

복도는 부서진 문을 지나 조금 더 큰 방으로 이어졌다. 머리 위에 걸린 커다란 흰색 표지판에는 '소아과'라는 글자가 파란색 글씨로 크게 씌어 있었다. 초원에서 풀을 뜯는 소떼, 어릿광대, 데이지꽃 등 어린이들이 그린 그림들이 벽에 걸려 있어 보육 학교에 온 기분이었다. 어린 환자들이 더 편안해하도록 만든 것이리라. 하지만 그림에 점점이 찍힌 핏자국 때문에 망쳐 버렸다. 방 한복판에서 거대한 고기 가는 기계를 돌린 듯한 광경이었다. 프리첸코는 고통을 못 이겨 씩씩거렸다. 나도 이마에 솟은 땀방울을 닦아냈다. 그곳은 숨 막힐 듯 몹시 더웠다.

우리 바로 앞에 환하게 미소 짓는 커다란 어릿광대 그림이 걸려 있다. 그는 말라붙은 핏덩어리가 뺨에 붙은 줄도 모르고 우리를 물끄러미 바라보았다. 그는 장갑을 낀 손으로 커다란 오색 풍선을 잡고 있었다. 노란 멜빵바지에는 핏방울이 떨어져 있고 이빨에는 말라붙은 뇌 조각이 끼어 있었다. 그 모습은 정말 악마 같았다. 몸이 벌벌 떨렸다. 그 상냥한 어릿광대는 벽에서 뛰어 올라간 듯한 자세였다. 입에 희생자의 조각들을 물고 있는 모습을 보니 영락없는 미친 포식자였다. 그 방에 있으니 악몽을 꾸는 것 같았다.

그곳에서 되돌아 나와 애써 얼굴을 돌리며 계속 나아갔다. 누군가가 그 방에서 자신을 바리케이드 삼아 싸웠다는 것은 천재가 아니라도 쉽게 알 수 있는 일이다. 그 싸움이 어떻게 끝났을지 추측하는 것도 어려운 일이 아니다. 썩고 있는 시체들이 그 절박한 전투의 조용한 목격자였다. 다음에 마주친 무시무시한 장면 때문에 우리는 발길을 멈추었다. 한두 살쯤 된 작은 사내아이의 시체가 뒷머리에 총을 맞고 복도에 엎드려 있었다.

프리첸코가 신경질적으로 AK-47의 안전장치를 손가락으로 만지며 조용히 울었다. 그에게 같은 나이의 아들이 있다는 것이 떠올라 아무 말도 안 하고 가만히 있었다. 그 작은 시신을 보자 그는 중부 유럽 어딘가에 있을 가족의 운명이 궁금해진 게 분명했다. 그가 어떤 고통을 겪고 있는지 상상조차 할 수 없었다.

왼쪽에서 쿵 하는 소리에 정신이 번쩍 들었다. 소아과는 합성수지제와 유리로 만든 칸막이로 소아과 집중 치료실과 구분되어 있었다. 그곳에서 어린 환자들의 가족들은 유리를 통해 아이들을 볼 수 있었다. 이제 그 유리의 반대편은 완전한 암흑이었다.

칸막이를 손전등으로 비추며 반대쪽을 살펴보았다. 유리는 편광된 게 틀림없다. 빛이 되튀어 나와 순간적으로 눈이 안 보였다. 다시 시도해 보자 이번에는 옆쪽이 보였지만 결과는 마찬가지였다. 그 유리를 통해 반대쪽으로 빛을 비추는 것은 불가능했다.

그때 반대쪽에서 나는 소리를 분명히 들었다. 유리에 얼굴을 바싹 붙이고 양손을 눈 양쪽에 갖다 댔다. 눈이 적응하자 플라스틱 방울이 가득한 침대 하나가 보였는데, 그것은 한쪽이 열려 있었다. 갑자기 피투성이 손이 나타나 긴 신음 소리를 내며 내 얼굴 바로 앞에서 유리를 때렸다. 예닐곱 살 정도의 밀랍 같은 화난 소녀의 얼굴이 내 눈에서 몇 센티미터도 안 되는 유리를 통해 내 얼굴을 바라보았다.

펄쩍 뛰며 뒤로 물러나 프리첸코의 무릎 위로 뛰어올랐다. 심장이 터질 듯 두근거렸다. 소녀는 단조롭게 울부짖으며 손바닥으로 유리를 때렸다. 병원복을 입은 네다섯 살짜리 소년이 가세했다. 그것들은 점점 더 세게 두드렸다.

나는 백지장처럼 창백한 얼굴로 일어섰다. 그것들이 때릴 때마다 유리가 흔들렸지만 그것들은 유리를 깰 만한 힘이 없는 것 같았다. 그것들을 자세히 들여다보았다. 머리를 박박 민 소년의 머리는 당구공처럼 매끈매끈했다. 이 광기의 조류가 병원을 덮치기 전에 방사능 치료를 받고 있었던 게 분명하다. 그의 몸에는 상처가 하나도 없었지만 어딘가에 베이거나 긁힌 자국이 있을 것이다. 소녀의 목에는 깊은 상처가 있었다. 소녀를 습격한 것은 한 입에 경동맥을 물어뜯어서 거의 즉사했을 것이다. 소녀의 작은 몸은 말라붙은 피로 뒤덮여 있었다. 그 피가 그애의 피이기만을 간절히 기원했다.

그 황폐한 광경 때문에 프리첸코가 무너진 것 같다. 그는 한손을 AK-47에 힘없이 걸고 흐리멍덩한 눈으로 칸막이를 바라보았다. 반쯤 열린 입으로 알아들을 수 없는 소리를 내면서 머리를 절레절레 흔들었다. 루쿨루스가 등 털을 곤두세우며 구슬프게 울부짖었다. 신음 소리와 쿵 소리의 교향곡은 성 난 고양이의 소리로 마침내 완성되었다.

몸을 낮추고 나직한 소리로 프리첸코를 위로해 주었다. 그런 뒤 총의 공이치기를 잡아당긴 뒤 다시 출발했다. 만약 그것들이 거기서 나오면 내가 그것들을 처치해야 한다. 프리첸코는 어린아이는 물론 심지어는 그것들조차 쏠 수 없었기 때문이다.

그 복도는 영원히 끝나지 않을 것 같았다. 그 두 작은 괴물들은 칸막이 뒤에서 유리를 두드리고 울부짖으며 우리 옆에서 따라 걸었다. 다행히 유리는 깨지지 않았다. 나는 복도와 유리, 언데드 그리고 프리첸코 사이에서 두루 신경을 써야 했다. 그는 여전히 낮은 소리로 중얼거렸다. 우크라이나인의 신경이 무너지기 시작한 것이다.

복도 끝에 이르자 어디로 가야 할지 몰라 잠시 걸음을 멈추었다.

유리가 우리 뒤에서 구부러져 작은 괴물은 더 이상 우리를 따라오지 못했다. 이제는 우리를 따라올 수 없다는 것을 깨닫자 그것들은 절망적으로 울부짖었다. 유리가 깨지지는 않을 테지만 그걸 확인하려고 붙어 있을 생각은 추호도 없다.

우리 앞에 두 개의 문이 나왔다. 오른쪽 문은 발로 차서 열렸고 문짝에 핏자국이 묻어 있었다. 왼쪽 문은 닫혀 있고 손을 댄 흔적도 없었다. 푸시 바(Push Bar, 문에 가로로 설치되어 안쪽에서 밖으로 밀어서 열기 위한 장치 — 옮긴이)가 우리 쪽에 있어서 반대쪽에서는 문을 열 수 없다. 선험적으로 손이 닿지 않은 문이 더 안전해 보이지만 그쪽으로 가면 병원의 중심부로 돌아가게 될 것 같았다. 내가 완전히 돈 게 아니기를 바라며 우리가 방금 온 방향으로 향한 부서진 문으로 가기로 결정했다.

가벼운 산들바람이 부서진 문 뒤에 있는 어두운 방에서 불어왔다. 그것이 결정적 역할을 했다. 성난 어린 괴물들에게 엿을 먹인 뒤 우리를 따라오는 것들이 만일 여기까지 따라왔다면 내 결정 때문에 혼란에 빠지기를 바라며 왼쪽 문을 열고 휠체어를 밀고 나아갔다.

또다시 산들바람이 불어왔다. 바람은 밖에서 들어오고 있었다. 완전한 암흑 속에서 10분가량 걸었을 때 우리는 두 번째로 막다른 곳에 이르러 온 길을 되돌아가야 했다. 프리첸코가 내 속을 태우기 시작했다. 그는 이제 완전히 기력을 잃고 매사에 무심했다. 한 지점에서 심하게 흔들리는 강철 방화문 두 개를 지나쳤다. 반대쪽에 모여 있던 한 무리의 언데드들이 그 문을 두드렸지만 아무 소용 없었다. 누군가가 문이 열리지 않도록 문짝에 쐐기를 박아놓았다. 그것조차도 그 우크라이나인의 관심을 끌지 못했다. 그는 벙어리처럼 입을 꾹 다물고 있었다.

두 번 더 모퉁이를 돈 뒤에야 약간의 빛이 들어오는 곳에 도착했다. 바람은 더 세졌고 빗소리까지 들렸다. 기분이 좋아졌다. 우리는 주도면밀해야 한다. 빌어먹을 주도면밀.

마지막 회전문을 열었을 때 나는 자제심을 잃고 기쁨의 탄성을 질렀다. 커다란 로비가 그늘 속에 있는 우리 앞에 펼쳐졌다. 번갯불이 번쩍일 때 기다란 유리벽을 통해 볼 수 있었다. 그 방은 고요히 비를 맞고 있는 넓은 공원과 잡초로 뒤덮인 정원을 굽어보고 있었다. 로비는 한적했다. 낡고 불에 그슬린 스페인 국기를 매단 깃대가 바닥에 누워 있는 같은 기둥 옆에서 보초를 서고 있었다. 빗속에는 인간이든 아니든 어떤 피조물도 보이지 않았다. 안도감에 미소가 저절로 떠올랐다. 드디어 해냈다. 드디어 살아난 것이다.

로비 바닥에는 신문과 의료용 파일, 색색의 전단지가 어지럽게 널려 있었다. 한쪽에는 문을 닫은 카페가 이제 더 이상 존재하지 않는 의료진을 위해 다시는 문을 열지 못할 직원들을 기다리고 있었다. 반대쪽에는 전화기로 가득한 텅 빈 접수처가 있었다. 어떤 헤드셋들은 고리에서 떨어져 조용히 선에 매달려 있었다.

로비 한가운데에는 버려진 돌기둥 같은 신문 판매대가 서 있다. 그 뒤에는 잡지와 신문 뭉치가 여전히 쌓여 있었다. 무심하게 각 신문을 집어 들었다. 넉 달 전 신문이었다. 일면에는 저마다 안전한 하늘의 창설을 대서특필하고 있는가 하면 '전염병이 만연한 이번 위기는 아직 그 원인이 알려지지 않고 있다.'며 대중들의 협조를 촉구하고 있다. 안전한 하늘. 그래, 맞아. 그리고 알려지지 않은 원인. 허튼소리는 집어치우시지!

나는 늘 신문 읽는 것을 즐겨왔기에 습관적으로 페이지를 넘기기 시작했다. 국제 면은 거의 없다시피 하고 스포츠와 비즈니스 면은 아예 없어졌다. 어떤 신문은 열서너 장밖에 안 되었을 뿐 아니라 온통 세계적 전염병에 관한 기사뿐이었다. 기사는 감히 일하러 나간 해골 팀 기자들이 쓴 게 분명하다.

그 어리석은 생각과 내가 읽은 우스운 기사를 생각하니 웃음이 나왔다. 대중은 마지막 순간까지 현실을 간파하지 못했다. 오만하고 어리석은 개자식들.

고개를 들자 의자에 앉아 있던 프리첸코가 보이지 않았다. 조바심이 나서 신문도 떨어뜨린 채 로비를 살펴보자 번갯불에 벽에 기댄 우크라이나인의 작은 몸뚱이가 보였다. 그는 벽에 붙은 뭔가를 보느라 골몰해 있었다. 그가 보고 있는 것이 무엇인지 깨닫는 순간 위가 오그라드는 듯했다.

밝은 번갯불 아래에서 자세히 그 벽을 살펴보았다. 한 가지 공통점이 있는 수백 개의 메모와 사진들이 벽에 가득 붙어 있었다. 그것들은 모두 잃어버린 사람을 찾는 것이었다. 가족이나 친구들이 사랑하는 사람들의 소식을 들을 수 있을까 해서 그 벽에 달라붙어 있었던 것이다. 미소 짓는 사람들의 얼굴이 나를 내려다보고 있었다. 가슴이 터질 듯 비통한 메모들.

리틀 조니의 소식을 아는 분은 이 번호로 지금 당장 전화해 주세요. 아무개 씨가 사흘 전에 사라졌어요. 리틀 수지랑 그애가 탄 스쿨버스가 이틀 전에 사라졌어요. 우리 아이를 보신 분은 이 번호로 연락 좀 해 주세요.

크리스마스 장식을 한 탁자 앞에 앉은 중년의 여인 사진 아래에는 붉은 마커펜으로 '행방불명'이라는 굵은 글자가 씌어 있고, 여름에 정원에서 웃고 있는 가족사진에는 '실종'이라는 말 위에 휴대폰 전화가 적혀 있었다.

자비에르 피뇽, 우리는 당신 부모님 댁에 있어요. 거기서 만나요.

루이사 사바자네스, 이 글을 보면 이 자리에서 기다려요. 당신을 찾을 때까지 매일 올게요.

이 남자를 보신 분은 부디 이 번호로 전화해 주세요.

등등.

처참한 광경이었다. 너무 놀라 몇 발짝 뒤로 물러섰다. 당연한 일이다. 실종된 사람을 찾으려면 먼저 병원부터 찾는 것이 순서다. 하지만 현실은 다르다. 실종자의 수는 수천 명이 넘는다. 이 혼란의 거대함에 몸이 으스스해졌다. 빌어먹을. 그 벽에서 스며 나오는 고통과 비통함이 절절하게 느껴졌다. 나는 지금 이미 고인이 된, 아니면 더 몹쓸 처지가 된 수천 명의 사진을 보고 있는 것이다.

누군가 어깨에 손을 올려 펄쩍 뛸 만큼 놀랐다. 몸을 돌리자 프리첸코의 한없이 슬픈 눈과 마주쳤다. 그가 말했다.

"그만 떠나세. 지금 당장 이곳에서 나가자고. 안 그러면 미쳐 버릴 것 같아. 어디든 다른 곳에서 치료받을래. 여기는 싫어. 빨리 나가야 해. 이곳은 느낌이 안 좋아. 너무 나쁘다고. 제발 가세."

프리첸코는 더 이상 얘기할 필요가 없었다. 그 우크라이나인만 신경 쇠약에 걸리기 직전인 유일한 사람이 아니었기 때문이다. 나도 그 무시무시한 곳에서 한시바삐 나가고 싶었다.

프리첸코를 팔로 안은 채 절룩거리며 문 쪽으로 갔다. 겁에 질린 루쿨루스는 기를 쓰고 내 발에 매달렸다. 문에 도착했을 때 뭔가 불안한 생각이 스쳤다. 뭔가 잘못되었다. 이 그림이 뭐가 문제지? 방 바로 앞에까지 갔을 때도 그게 무엇인지 알아낼 수 없었다.

아, 맞다. 그 초현대적인 유리문들은 레일 위로 밀어 여는 것이니 근처에 센서가 있을 거야. 전기가 끊겨서 문은 굳게 잠겨 있었다.

그런데도 프리첸코와 나는 바보처럼 우두커니 서서 마술처럼 문이 열리기를 기다렸다. 그 문이 저절로 열리지 않을 거라는 데 생각이 미치자 조용히 문제를 해결할 방법을 궁리했다. 프리첸코가 그런 종류의 문은 비상시를 대비한 보완 시스템이 있다고 설명해 주었다. 문틀 어딘가에 정전시 수동으로 열 수 있는 레버가 있을 것이다.

불안한 마음으로 문틈을 더듬던 중 문 옆 바닥에 우묵한 부분이 손가락에 닿았다. 뚜껑을 열자 몸이 얼어붙는 것 같았다. 내가 발견한 것은 비상사태의 기호와 레버 사용법을 그림으로 보여주는 설명서뿐이었기 때문이다. 단지 그것뿐이었다. 그것과 껍질이 벗겨진 전선. 누군가가 레버를 빼간 모양이다.

최악의 사태를 애써 머릿속에서 털어 버리며 서둘러 다른 두 개의 문으로 달려가 보았지만 거기에도 역시 레버가 없었다. 누군가가 그 문들을 봉쇄하여 그 지역을 요새로 만들고 싶어 했거나 아니면 우연이었을 수도 있다. 프리첸코가 내 얼굴을 뚫어져라 바라보았다. 충격을 받아 내 얼굴이 너무 얼떨떨해 보였기 때문이리라. 묵직한 붉은색 소화기를 들어 올려 뒤로 빼었다가 반동을 이용해 유리창을 향해 있는 힘껏 던졌다. 쿵 하는 둔탁한 소리가 로비에서 메아리친 뒤 건물 전체에 백만 번의 메아리가 울렸다. 하지만 유리는 소화기에 맞은 부분만 약간 긁혔을 뿐 꼼짝도 안 했다.

너무 화가 나서 다시 유리창을 향해 소화기를 던졌지만 결과는 마찬가지였다. 입이 말라 침도 삼킬 수 없었다. 권총의 공이치기를 잡아당긴 뒤 양손으로 총을 잡고 유리를 쏘았다. 총이 심하게 요동치는 바람에 하마터면 떨어뜨릴 뻔했다. 내가 겨냥한 곳에서 위로 5센티미터 되는 곳에 작은 구멍이 뚫렸다. 나는 계속해서 총을 쏘았다.

프리첸코가 내 팔을 잡고 권총을 내리게 했다.

"그래 봐야 소용없어. 두께가 10센티미터는 될 거야. 트럭을 타고 뛰어들어도 깨지지 않아."

성이 난 나머지 주먹으로 유리를 쳤다. 너무 가까운데도 너무 멀다. 겨우 10센티만 가면 그곳에서 나갈 수 있는데. 그 길도 이렇게 똑똑히 보이는데…… 그런데 우리는 아직 갇혀 있다. 빌어먹을!

마음이 가라앉자 곰곰이 생각하며 중얼거렸다. 거기로 올 때 산들바람이 불었지, 그치? 그 바람이 들어온 데가 어딘가에 있을 거야. 먼저 그곳을 찾아야 해.

로비로 성큼성큼 걸어가 바닥 한가운데에 그려진 갈리시아 보건국 로고 위에 우뚝 섰다. 눈을 감고 팔을 쭉 편 채 바람이 부는 곳을 찾는 데 집중했다. 약한 바람이 머리를 스쳤다. 눈을 떴다. 그 바람은 왼쪽에 있는 접수대 뒤에서 불어왔다.

프리첸코의 팔을 잡고 그곳으로 데려갔다. 약해질 대로 약해진 그 우크라이나인은 절망을 딛고 일어나려고 안간힘을 다 했다. 그는 오만한 얼굴로 휠체어 타기를 거부했다. 그가 내 눈을 보며 매우 심각하게 말했다.

"우리가 잘못되면 사내답게 일어서서 죽고 싶네. 시시하게 휠체어에 앉아 죽을 생각은 추호도 없다고."

말은 용감하게 했지만 그의 눈에는 빛이 사라졌다. 온통 아이들 시체로 가득한 그 방을 지날 때 그의 내면에 있는 무언가가 파괴되어 버렸다. 복도에 누워 있던 소년의 시체를 본 것이 최후의 일격이었다. 여러 달 동안 극도로 억눌러 온 감정이 더 이상 버틸 수 없게 된 것이다. 신경이 쇠약해지다 못해 완전히 붕괴되었다. 안전한 하늘의 대학살을 겪고도 살아남은 그가, 눈 하나 깜짝하지 않고 여자의 목도 딸 수 있는 냉혹한 그가 무너지고 있다. 어떤 정신과 의사도 그에게 외상후 스트레스 장애라는 진단을 내릴 것이다. 이제 그 진단이 무슨 상관이란 말인가?

접수대 뒤에 작은 복도가 있다. 커다란 철제 캐비닛들이 반쯤 그늘에 가린 채 말 없이 벽에 기대 서 있다. 벽 아래를 따라 줄지어 있는 엄청난 전선 더미를 보면 인터넷 서버가 틀림없다.

복도는 어떤 사각형의 방으로 이어졌다. 방 뒤쪽에는 비상구라고 씌어 있는 커다란 붉은색 문이 있다. 두꺼운 사슬로 두 개의 푸시 바를 묶어 놓았다. 그 문을 덜거거려 보았지만 맨손으로는 열 수 없었다. 아세틸렌등(이 모든 일이 일어나기 전까진 그게 뭔지 알지도 못했다.)이 필요하다. 배낭에도 없으니 우린 이제 끝장이다.

위층으로 가는 계단이 그림자 속으로 사라졌다. 손전등으로 비춰 보니 다음 층계참까지만 보였다. 그 계단이 어디로 이어지는지는 추측밖에 할 수 없지만 그곳은 바람이 들어오는 곳이 틀림없었다.

조심스럽게 우리는 그 계단을 올라갔다. 프리첸코는 AK-47을 가슴에 차고 혁대에 묶었다. 나는 한손엔 총을 들고 다른 한손엔 손전등을 들었다. 내 손목에 묶은 전선줄에 목이 졸리다시피 한 루쿨루스는 내 발목에 달라붙은 채 경쾌하게 미끄러지고 있었다.

계단참 세 개를 더 올라가자 다음 층이 나왔다. 우리 앞에 휑뎅그렁한 어두운 방이 나타났다. 한 줄로 뒤집혀진 침대들이 마치 벙커 같았다. 누군가가 그곳에 방어진을 치려 했으나 실패한 모양이다. 침대의 반은 한쪽에 처박혀 있었다.

뒤집혀진 침대 뒤에서 뭔가를 우적우적 씹는 이상한 소리가 났다. 깜짝 놀란 프리첸코가 한쪽에서, 나는 다른 쪽에서 소리를 안 내려고 조심하면서 조용조용 다가갔다. 양손을 마음대로 쓸 수 있도록 루쿨루스는 의자 다리에 묶어 두었다. 그런 뒤 권총을 내리고 작살총을 들었다. 일층에서 너무 시끄러운 소리를 냈기에 여기서는 더 이상 소란을 피우고 싶지 않았다.

프리첸코는 이미 침대 곁으로 가서 당황한 얼굴로 나를 기다리고 있었다. 그가 고개를 끄덕였다. 꽤 오랫동안 그는 다른 세계에 사는 사람 같았다. 이제 그는 준비가 되었다.

심호흡을 한 뒤 손전등으로 침대 반대쪽을 비추었다. 당직인지 간호사인지(어느 쪽인지는 모르겠지만 그것은 병원 유니폼을 입었다.)가 무언가를 굽어보고 있었지만 내가 있는 곳에서는 보이지 않았다. 그것의 머리를 비춰 보았다. 그 불빛을 느끼고 그것이 몸을 홱 돌리자 두 가지가 보였다. 첫째는 툭툭 불거진 핏줄로 뒤덮인 그것의 얼굴과 누렇게 변한 죽은 빛깔의 피부, 턱으로 뚝뚝 떨어지는 핏방울이었다. 두 번째는 잡아 찢어서 내장이 밖으로 튀어나온 커다란 검은 쥐였다. 그 괴물은 핏발선 눈으로 나를 쳐다보았다. 먹이를 먹는 데 너무 열중해 있던 탓에 우리가 나타나서 놀란 모양이다.

그것의 이마 20센티미터 앞에서 방아쇠를 당기자 작살은 그것의 두개골에 명중했다. 내 얼굴은 악취 나는 피로 범벅이 되었다. 속이 울렁거려서 손전등과 장전하지 않은 작살총을 침대에 내려놓고 침대

시트로 미친 듯이 몸을 닦았다.

몸을 닦는 데 너무 열중한 나머지 또 다른 그것이 뒤에서 덮치는 것을 미처 보지 못했다. 재떨이를 연상케 하는 괴이한 머리 모양을 한 젊은 사내였다. 목에는 라틴 킹스 갱단처럼 금목걸이가 주렁주렁 매달려 있었다.

멍한 눈으로 그 장면을 본 프리첸코가 약한 소리로 울부짖으며 내게 경고했지만 때는 이미 늦었다. 내가 돌아서자 재떨이 머리가 내 겨드랑이를 붙잡고 어깨를 물었다. 그것의 이빨은 두꺼운 네오프렌을 뚫지 못했지만 나는 그 이빨을 아주 가까이서 보았다. 그것이 피 묻은 손으로 나를 할퀴지 못하도록 해야 했다.

언데드의 허리를 꽉 잡고 그것을 밀어내 보았지만 그 야수는 힘이 상당히 셌다. 우리는 여기저기 마구 부딪치며 방을 뱅뱅 돌았다. 도와달라고 소리쳐 보았지만 프리첸코는 바닥에 웅크린 채 몸을 흔들며 신음하고 있었다.

언데드와 나는 서로 뒤엉킨 채 격렬하게 싸웠다. 우리는 어쩌면 서로 뺨을 맞대고 춤을 추는 한 쌍처럼 보일지도 모르지만 사실은 상대의 목을 물어뜯으려 안간힘을 쓰고 있었다. 속수무책이었다. 허리에 매달린 권총을 잡으려고 손을 놓으면 그 괴물이 나를 제압하여 끝장을 낼 것이다. 그렇지 않더라도 조만간 그것에게 물어 뜯겨 내 인생도 종지부를 찍을 것이다.

언제 부딪쳤는지는 모르지만 손전등이 바닥에 떨어져 산산조각나면서 사방이 암흑천지가 되었다. 정말 절박한 순간이었다. 이제 우리는 침묵 속에서 레슬링을 하고 있었다. 그 야수는 내 잠수복을 뚫고 나를 물어뜯으려 하고, 나는 한 팔로 그것의 양손을 휘감아 목을 잡고 다른 손으로는 머리를 움직이지 못하게 붙잡고 있었다.

그러다 뭔가에 세게 부딪쳐 균형을 잃었다. 취객처럼 비틀거리며 다시 몸을 똑바로 세우려고 절박하게 다리를 허우적거렸지만 관성의 법칙을 이길 수는 없었다. 어느새 우리는 다시 서로 뺨을 마주 댄 채 나동그라졌다. 다친 옆구리가 칼로 도려내는 것처럼 아팠다. 너무 아파 비명을 질렀지만 그것도 잠시뿐이었다. 목숨을 건 우리의 한판 춤은 계단 끝으로 이어져 결국 우리는 무서운 속도로 계단으로 굴러떨어지고 말았다. 시간이 얼마나 흘렀는지도 모르겠다. 단지 몽롱한 가운데 정신이 들었다는 것밖에 기억이 안 났다. 입에서 짠 맛이 났다. 피였다. 조심스럽게 입술을 만져 보고서야 혀를 깨물었다는 것을 알았다. 일어나 앉아 보려고 몸을 움직였더니 다친 옆구리가 칼로 찌르는 것처럼 아프면서 감전된 것처럼 온몸으로 통증이 퍼져 나갔다. 전에는 고통이 심했지만 지금은 몸에 불이 붙은 것 같았다.

점차 머리가 맑아졌다. 문득 재떨이 머리가 생각났다. 대체 그 개자식은 어디 있을까? 다리에 묶어 놓은 총집을 뒤져 간호사의 가방에서 찾은 빅 라이터를 켰다. 약이 조금밖에 안 남은 것 같다. 불을 켜자 희미한 파란 불꽃이 주위를 약하게 비췄다. 그 괴물은 머리로 벽을 들이받은 채 계단참에 쓰러져 있었다. 내 발치에 쓰러진 그것의 시체는 이상한 발작을 일으키고 있었다. 고통이 잠시 사라진 사이사이에 간신히 일어나 앉자 그 모습이 보였다.

그 개자식은 떨어지면서 최악의 사고를 당했다. 팔다리를 움직이지 못하는 걸 보면 척추가 부러진 것 같았다. 그 개자식은 머리를 양쪽으로 흔들며 이빨을 짤깍거렸다. 그러고는 죽은 눈으로 증오스럽게 나를 쏘아보았다. 빌어먹을, 머저리 같은 놈. 넌 이제 나한테 아무 짓도 할 수 없어.

그것이 날카로운 모서리에 부딪쳐 머리가 깨지기를 바라며 힘차게 걷어차 계단으로 굴러 떨어뜨렸다. 온몸이 아프고 지칠 대로 지쳤지만 몸을 일으켜 똑바로 일어섰다. 오른쪽 손목이 심각하게 부어 있고, 숨을 쉴 때마다 옆구리가 찌르는 것처럼 아팠다. 입에서는 피가 나고 머리는 깨질 듯이 아프다. 한 마디로 엉망진창이다.

절뚝거리며 계단을 올라가 난간에 몸을 기대고 간신히 일어섰다. 라이터를 켰지만 푸른 불꽃이 점점 사라지고 있었다. 배낭은 내가 권총을 작살총으로 바꿀 때 내려놓은 바로 그곳에 있었다. 손으로 더듬어 여분의 손전등을 꺼냈다.

손전등 불빛으로 동굴 같은 그 방을 한 바퀴 비춰 보았다. 마치 토네이도가 휩쓸고 간 자리 같았다. 프리첸코는 내가 내려놓은 자리에 웅크리고 있었는데, 다친 곳은 없어 보였다. 갑자기 가슴이 철렁했다. 내가 고양이를 묶어 둔 의자가 뒤집혀 있고 고양이는 간 곳이 없었기 때문이다.

떨고 있는 프리첸코의 몸을 흔들었다. 그는 나를 본 척도 않고 러시아 말로 영문 모를 말을 중얼거리고 있다. 더 이상 스트레스를 견딜 수 없는 상태 같았다. 어깨 위에 그의 팔을 올리고 그가 일어설 수 있도록 부축했다. 마음이 급했다. 물론 고양이 없이 떠날 수는 없지만 프리첸코를 끌고 다니며 고양이를 찾는 것은 쉬운 일이 아니다. 고양이를 찾을 동안 프리첸코를 내려둘 수 있는 안전한 장소를 찾아야 한다. 그런 뒤 다시 돌아와 함께 이 빌어먹을 병원에서 나가면 된다.

그 방 한쪽에 조각을 새긴 육중한 나무문이 눈에 띄었다. 세밀한 조각과 커다란 청동 손잡이를 보니 날카로운 모서리와 직선으로 이루어진 초현대적 병원이 아니라 로코코 양식의 저택에 와 있는 듯하다.

호기심에 이끌려 발로 조심스럽게 문을 밀어 보았다. 문은 잠겨 있지만 무거운 오래된 열쇠가 열쇠구멍에 매달려 있다. 몇 번 열쇠를 돌려 자물쇠를 열자 문이 활짝 열렸다.

작고 기다란 창문을 통해 부드러운 햇살이 스며들어 바닥을 녹색과 파란색, 붉은색 점으로 물들였다. 한쪽 끝에는 양쪽에 의자들이 두 줄씩 놓여 있고 다른 곳보다 높은 제단이 있는 작은 회중석이 있다. 그 위에는 커다란 나무 십자가가 굵은 철사로 매달려 있다. 아이러니하게도 우리는 병원 부속 예배당에 와 있는 것이다.

프리첸코를 신도석에 팽개치듯 내려놓았다. 너무 힘들어서 잠시 쉰 다음 예배당을 돌아다니며 어두운 구석을 하나하나 살피며 다른 사람이 없는지 확인했다. 마음을 다잡고 고해실을 발로 차서 열었다. 언데드가 된 신부가 뛰어나오는 끔찍한 장면이 떠올라 겁이 났다. 하지만 곧 안도의 한숨을 내쉬었다. 고해소나 옆에 있는 성구실에는 아무것도 없었다.

작은 붙박이장에서 미사를 올릴 때 사용하는 영대 두 개를 꺼내 여전히 깊은 잠에 빠져 있는 프리첸코에게 걸쳐 주었다. 그 따뜻한 예복으로 감싼 우크라이나인의 모습은 우스꽝스럽기 그지없었다. 프리첸코의 어깨를 잡고 흔들어 깨웠다. 20초 동안 맨 정신의 그에게 할 말이 있었기 때문이다. 그는 멍한 눈으로 기지개를 켰다. 오른손이 발작적으로 떨렸다.

"프리첸코, 잠깐 동안만 내 말을 잘 들어. 자네 혼자 잠시 여기 있어야 해. 루쿨루스가 사라져서 찾아와야 하거든. 무슨 말인지 알겠어?"

그 우크라이나인은 말없이 고개를 끄덕였다. 증세가 긴장병과 아주 비슷했다. 영대로 그의 몸과 이마를 감쌌다. 계단으로 굴러 떨어질 때 움푹 파인 수통을 열어 물을 먹인 뒤 그 옆에 내려놓았다.

발이 떨려서 거의 20분 동안이나 거기에 있어야 했다. 하지만 거의 한 시간이 되어도 같은 상태다. 문으로 다시 나갈 생각을 할 때마다 통제불능의 공황 상태가 찾아와 유압식 착암기처럼 강하게 발이 바닥에 붙어 떨어지질 않았다. 그 공포감을 이겨내야 한다. 공황 발작에 지면 난 죽은 목숨이다. 프리첸코도 나와 같은 운명을 걷게 될 것이다.

잠시 루쿨루스를 그의 운명에 맡기는 건 어떨까 생각해 보았다. 하지만 곧 그 생각을 지워 버렸다. 루쿨루스는 단순한 애완묘가 아니라 내 동반자기 때문이다. 그 고양이는 내 이전 삶과의 마지막 연결고리다. 루쿨루스를 잃는다는 것은 내 영혼의 일부를 잃는 것과 같다. 옛 시절에 대한 기억도 바람에 날리는 먼지처럼 다 흩어져 버릴 것이다. 루쿨루스를 찾아야만 한다. 그 가엾은 고양이는 쓰레기더미 속에 숨어 겁에 질려 바들바들 떨고 있을 것이다.

몸을 일으키자 무릎을 못 쓸 것 같은 불길한 느낌이 들었다. 생각보다 부상이 심한 것 같다. 작살총과 남아 있는 작살 두 개, 탄알 일곱 발이 남은 권총을 집어 들었다. 다시 손전등을 들었다. 예배당에는 충분한 빛이 들어오고 있어서 프리첸코는 그거 없이도 볼 수 있다.

다시 뒤로 누워 끝없는 잠에 빠진 프리첸코를 남겨 두고 어둠 속에서 그 방을 나와 다시 모험의 길을 떠났다. 예배당 문을 닫았다. 그 육중한 오크 문은 아마도 병원 전체에서 가장 단단한 것일 것이다.

친구를 두고 오기에 가장 안전한 곳이다. 자물쇠에 꽂힌 커다란 열쇠를 자세히 살펴본 뒤 두 번 돌려 목에 걸었다. 몇 분만 있으면 다시 돌아올 테니까.

어디서부터 루쿨루스를 찾아야 할지 감도 잡을 수 없었다. 그 싸움 때문에 죽도록 겁에 질려 아마도 어디 조용한 구석에 숨어 있을 것이다. 집에 있을 때 폭풍이 불면 리넨으로 만든 벽장 뒤에 숨어 폭풍이 지나가기를 기다리곤 했다. 수천 개가 넘는 어두운 구석이 있는 그처럼 커다란 병원에서 내 고양이를 찾는 것은 가망 없는 일일 수도 있다. 더구나 놀란 내 고양이는 사람 눈에 띄는 것을 원하지 않기에 상황이 더 나빠질 수도 있다.

미친 소리처럼 들리겠지만 그래도 그 고양이를 찾아야 한다. 그것은 단순한 고양이지만 내게는 그놈을 찾아야 하는 도의적인 책임이 있다. 우리가 함께 지낸 그 모든 시간을 생각하면 그놈을 잃는다는 것은 상상조차 할 수 없다. 반려동물을 키우는 사람이라면 내 마음을 이해하고도 남을 것이다. 조용히 루쿨루스의 이름을 부르며 그 방을 가로질러 가자 더욱 더 깊은 암흑으로 통하는 매우 가파른 계단이 나타났다.

손전등으로 바닥을 비춰 보았다. 계단에서 흘러내린 물로 커다란 물웅덩이가 생겼다. 물방울이 똑똑 떨어지는 소리가 어둠에 싸인 모든 곳으로 메아리쳤다.

머리에 물방울이 떨어지는 바람에 소스라치게 놀랐다. 천장을 올려다보자 예닐곱 층 위에 원래는 햇빛으로 그 계단을 가득 채웠을 커다란 천창이 모습을 드러냈다. 내가 서 있는 곳은 모든 층과 연결된 계단 위였다. 깨진 천창을 통해 스며든 빗방울이 계단으로 똑똑 떨어지며 모든 것을 적시고 있다.

다시 한 번 바람이 내 얼굴을 스쳤다. 그 바람이 부서진 천창을 통해 불어온다는 것을 깨닫자 가슴이 내려앉는 것 같았다. 그곳으로는 밖으로 나갈 수 없다. 밖으로 나갈 길은 결코 찾을 수 없을 거라는 생각이 물밀듯 밀려왔다.

부드럽고 약하지만 결코 잘못 들었을 리 없는 낑낑거리는 소리를 듣자 제정신이 돌아왔다. 귀가 쫑긋 섰다. 그 소리가 다시 들린다. 어린아이 울음소리 같기도 한 고양이 울음소리였다. 그늘 속에 가려진 계단 아래쪽에서 들려오고 있다.

속으로 저주의 말을 퍼부었다. 병원 지하실만은 죽어도 가고 싶지 않았는데……. 몇 가지 이유로 잊어버리고 있었는데, 이제 루쿨루스가 거기에 숨어 있었던 것이다. 달리 어쩔 도리가 없었다. 쥐어짜다시피 용기를 내어 계단을 내려가기 시작했다.

83
4월 22일 오후 3시 30분

계단 맨 아래쪽에는 호수처럼 넓은 물웅덩이가 괴어 있다. '마른 세계'의 마지막 층계에 서서 손전등으로 그곳을 비춰 보았다. 어두운 복도 끝까지 뻗어 있는 물웅덩이가 불빛 속에 나타났다. 부서진 천창으로 쏟아져 내린 빗물이 거기에 고여 있다. 무지갯빛 기름이 점점이 떠 있는 가운데 빈 상자들이 풀장에서 수영하는 사람들처럼 물 위에 둥둥 떠 있다.

이런 곳에 루쿨루스가 있을 거라고는 쉽게 믿기지 않는다. 고양이들이 물에 대해 갖고 있는 깊은 적개심은 제쳐놓더라도 루쿨루스가 황송하게도 그의 고결한 발을 이처럼 어둡고 불결한 물에 담갔을 리는 천부당만부당하다.

다시 올라가려고 몸을 돌린 순간이다. 그 칭얼거리는 소리가 다시 들리자 몸이 얼어붙는 듯했다. 계단 위에서 들었을 때는 희미했지만 지금은 수정처럼 맑게 들린다. 고양이 울음소리다. 내 고양이의 울음소리다. 내 루쿨루스의 울음소리다. 100퍼센트 장담할 수 있다. 2년 동안 그 털투성이 플레이보이가 밤이면 밤마다 이웃집 고양이를 향해 구슬프게 울부짖는 소리를 들어온 내가 알아듣지 못할 리가 없다.

그 야옹거리는 울음소리는 겁에 질려 떨고 있다. 그 소리는 넓은 수면 바로 맞은편에서 들려오는 것 같다. 고양이가 반대편으로 가는 것처럼 그 소리가 점점 약해지고 있다. 루쿨루스가 그 작은 호수를 어떻게 건너갔을지 생각해 볼 겨를도 없었다. 남은 계단을 끝까지 내려가 바닥에 닿았다.

물은 허리까지 차올랐다. 내 뇌 한쪽 구석에서 고양이가 그 호수를 혼자서 건너지는 않았을 거라는 생각이 떠올랐다. 무엇이거나 누군가가 루쿨루스를 끌고 간 것이다. 정상적이라면 두려움 때문에 내가 온 길로 돌아갔을 것이다. 하지만 내 뇌의 또 다른 부분은 귀를 막고 있다.

시끄럽게 물을 튀기며 긴 복도를 건너갔다. 육안으로 볼 수 있는 모든 곳에 물에 젖은 쓰레기들이 둥둥 떠 있다. 다른 쓰레기들과 함께 떠다니는 검정색 합성수지 천이 보였다. 작살 끝으로 끌어와 불을 비춰 보니 시체를 담는 자루다. 두렵고 욕지기가 나서 몸이 떨렸다. 두려움을 잊기 위해 심호흡을 하고 자루가 비어 있는지 확인했다. 한 번도 사용하지 않은 새것 같다. 하지만 거기서 그 자루를 발견했다는 것은 위험할 만큼 시체실에 가까워졌다는 뜻일 뿐이다. 어둠 속에서 돌아다니기에는 반드시 가장 좋은 곳이라고는 할 수 없다.

철문을 치는 소리가 대포소리처럼 지하실에 메아리쳤다. 땀으로 끈끈해진 손으로 작살총을 잡고 있으려니 작살총 끝에 손전등을 달면 아주 좋겠다는 생각이 났다. 접착테이프가 있으면 좋을 텐데 그것은 프리첸코와 함께 예배당에 있는 배낭 속에 들어 있다.

또다시 혼잣말로 저주를 퍼부었다. 한손으로는 손전등을 잡고 다른 손으로는 권총을 쏘아야 하니 기동성이 약했다. 작살총은 문제도 아니다. 물속에 있으면 한손으로도 쏠 수 있기 때문이다. 하지만 권총은 얘기가 다르다. 권총의 강력한 반동을 제어하며 정확하게 조준하려면 양손으로 해야 한다. 얼굴 바로 3미터 앞까지 다가온 굶주린 언데드 괴물에게 총알구멍을 내야 하는 재난에 처하는 것은 결코 웃을 일이 아니다.

계단 하나를 헛디뎌 하마터면 물속으로 곤두박질칠 뻔했다. 손전등이 사방팔방으로 흔들리며 기름이 번들거리는 수면에 무지갯빛 불빛을 비추었다. 벽에 기대 자세를 바로했다. 불쾌한 기름 냄새가 허공에 가득 퍼졌다.

내가 헛디딘 계단은 물이 발목까지밖에 안 오는 곳으로 올라가는 계단의 또 다른 짧은 계단참의 꼭대기였다. 복도 아래쪽으로 불을 비추며 마지막 몇 미터를 가자 완전히 건조한 방이 나왔다. 그 방 뒤에 있는 육중한 철문 때문에 걸음을 멈출 수밖에 없었다. 그 문에는 손잡이나 문고리가 없었다. 어두운 열쇠구멍은 우묵하게 들어가 있었을 뿐 아니라 나사가 없어서 뜯어낼 수도 없다. 그 문은 조롱하듯 나를 쳐다보았다. 화가 나서 문을 발로 뻥 걷어찼다. 열쇠가 없으니 막다른 골목에 온 거나 다름없다. 절망에 빠진 나머지 저주의 말을 중얼거리고 모든 성자들에게 욕을 하며 몇 번이고 문을 두드렸다.

그러다가 문 옆에서 빛나는 물에 젖은 발자국을 발견하자 삽시간에 발작이 멈추었다. 발자국은 두 가지였다. 한 쌍은 내 발자국이고 다른 한 쌍은 훨씬 작은 테니스 신발 자국이다. 더 작은 발자국은 문 앞에 와서 왼쪽으로 돌았다.

손전등 불빛 속에서 그 야수들 가운데 하나가 그 발자국의 주인공이라는 것이 밝혀지면 서둘러 후퇴할 수 있도록 만반의 준비를 갖춘 뒤 작살총을 손에 쥔 채 낯선 자의 발자국을 따라갔다. 발자국은 수위실 뒤의 모퉁이를 돌아 복도 끝에서 감쪽같이 사라졌다. 아드레날린이 빠르게 혈관 속을 돌면서 나도 모르게 어둠 속으로 뛰어들었다. 땀방울이 비 오듯 관자놀이를 따라 흐르고 입은 사막처럼 바짝 말랐다.

다시 그 발자국을 찾아 불빛을 비추자 그것은 점점 희미해지고 있었다. 별안간 불빛 속으로 선홍색 운동화 한 짝이 드러났다. 천천히 손전등을 올렸다. 지저분하고 낡은 진바지와 모직 스웨터를 입은 열 살을 갓 넘긴 소녀였다. 커다란 푸른 눈이 완벽한 타원형 얼굴 속에서 빛나고 있다.

빛나는 부드러운 피부.

살아 있는 피부.

살아 있는 사람.

말을 잃고 멀거니 바라보기만 했다. 몇 번 눈을 깜박거리며 그애가 환영이 아닌지 확인해 보았다. 아니다, 진짜 소녀가 내 앞에 서 있는 거다. 손을 뻗치면 얼굴을 만질 수도 있다. 숨소리도 나와 박자가 맞는다. 안도감이 물밀듯이 밀려왔다. 기쁨의 탄성을 지르고 싶다. 하지만 나는 그러지 못했다. 권총의 총구가 내 가슴을 겨누고 있었기 때문이다. 기쁨의 환성은 잠시 보류해 두어야겠다.

소녀는 그늘 속에서 내 모습을 더 잘 보려고 실눈을 떴다. 그제야 손전등 불빛 때문에 그애가 앞을 볼 수 없다는 것을 깨달았다. 조심스럽게 손전등을 탁자에 올려놓았다. 작살총을 내리고 양손을 올려 텅 빈 손바닥을 보여 주었다. 소녀가 꿀꺽 침을 삼킨다. 마침내 내가 입을 열었다.

"안녕."

내 목소리를 듣자 소녀는 너무 놀라 펄쩍 뛰었다. 한순간 소녀가 나를 쏠 거라는 끔찍한 생각이 스쳤다. 다시 한 번 인사를 건넸다.

"안녕. 이름이 뭐니?"

소녀는 망설였다. 소녀의 눈길이 내 얼굴과 철문으로 통하는 오른쪽의 긴 복도 사이로 불안하게 왔다 갔다 한다. 소녀는 겁에 질려 있지만 나로 말할 것 같으면 쇼크 상태다. 내가 세 번째로 달래듯 말을 걸었다.

"겁먹지 마. 아저씨는 나쁜 사람 아니야. 내 이름은……."

소녀가 쏜 총 소리에 내 말이 묻혀 버렸다.

뭔가 하얗고 뜨거운 것이 내 얼굴 바로 옆을 스치고 지나가 내 뒤에 있는 벽을 맞췄다. 석고 덩이가 비 오듯 쏟아져 내렸다. 벽에 총알 구멍이 입을 벌리고 있다.

겁에 질려 몸을 움찔했다. 그 미친 아이가 나를 죽이려 한다. 당황한 얼굴로 내가 소리쳤다.
"대체 무슨 짓이야? 날 쏘면 안 돼. 아저씬 살아 있는 사람이라고!"
소녀가 사시나무처럼 몸을 떤다. 그 커다란 군용 자동소총을 그애가 들고 있으니 마치 대포 같다. 총을 잡고 있는 법으로 보아 실수로 쏜 모양이다.
손을 뻗어 총을 옆으로 밀어내자 푸른 눈의 예쁜 소녀는 별다른 저항을 하지 않았다. 나는 생각했다.
'옳지, 내 말을 잘 들어야지. 제발 망치지만 마라.'
애처로운 긴 울음소리 때문에 침묵이 깨졌다. 소녀의 허리에 매달린 상자가 필사적으로 움직이기 시작했다. 안에 있는 무언가가 밖으로 나오려고 몸부림을 치고 있다. 반쯤 열린 지퍼 사이로 주둥이 털이 바짝 곤두선 성난 얼굴의 털북숭이 오렌지빛 머리가 살짝 바깥을 엿본다. 몇 년 넘게 너무도 많이 보아 낯에 익은 얼굴이다.
"루쿨루스!"
너무 흥분한 나머지 큰 소리를 지르며 행복하게 안도의 한숨을 내쉬었다. 잃어버린 내 고양이를 찾은 것이다.
내 고양이는 고장난 지퍼 사이를 비집고 뚱뚱한 몸뚱이를 꺼내려고 안간힘을 썼다. 미친 듯이 발길질을 하더니 간신히 감자 자루처럼 생긴 가방 밖으로 상체를 내밀었다. 하지만 궁둥이와 꼬리는 아직 배낭 안에 남아 있었다. 한 번 더 몸을 뒤채자 마침내 완전한 자유의 몸이 되었다. 가방에는 오렌지색 털뭉치가 아직 남아 있다. 바닥에 내려오자마자 잠시 양 옆의 털부터 고르더니 이윽고 고양잇과 동물의 위엄을 되찾았다.

내 얼굴에 환한 미소가 퍼졌다. 여전하신 우리 루쿨루스. 표범은 결코 자기 점을 바꾸지 않는다(타고난 천성은 결코 바뀌지 않는다는 뜻의 속담 — 옮긴이). 어디서 루쿨루스를 찾아야 하는지 알았어야만 했다. 미모의 여성과 함께, 심지어 이런 악몽에서조차!

생각에 잠긴 채 루쿨루스를 어루만지며 오래도록 그리고 열심히 루쿨루스의 새 친구를 바라보았다. 놀란 소녀는 여전히 입을 다물고 총을 아래로 향한 채 마냥 서 있었다.

이제야 그 소녀를 차분히 바라보았다. 자세히 보니 열여섯이나 열일곱으로 보였고 키가 아주 컸다. 이제 고양이처럼 둥그런 그애의 눈은 밝게 빛났다. 조화로운 이목구비에 주근깨가 골고루 뿌려져 더 아름다워 보였다. 풍성한 검은 머리가 어깨까지 내려왔고, 가는 허리는 갈대처럼 나긋나긋했다. 소녀가 입고 있는 커다란 낡은 스웨터 속에서 불룩한 가슴도 느낄 수 있었다. 내 일거수일투족을 하나하나 살피더니 소녀의 온몸이 긴장했다. 마치 금방이라도 달아날 듯한 표범 같다.

"저는 루시아예요."

소녀의 목소리는 따뜻했지만 조금 떨렸다. 놀란 게 분명하다.

"아저씨는요?"

내 이름을 몇 번씩 말해 준 뒤 소녀에게 루쿨루스를 소개했다. 그러고는 놀리는 듯한 투로 덧붙였다.

"하지만 너희 둘은 이미 아는 사이잖아."

루시아의 볼이 새빨갛게 달아올랐다.

"전 루쿨루스가 버려진 줄 알았어요. 총소리가 나기에 올라가서 조사해 봤거든요. 홀에 있는 아저씨 고양이를 보고 아무 생각 없이 데려왔어요. 훔치려던 건 절대 아니에요."

소녀가 변명하듯 말했다.

"아저씨도 알아."

루쿨루스의 귀를 긁어 주면서 최대한 환하게 미소를 지으며 대답해 준 뒤 소녀에게 물어보았다.

"근데 여기서 대체 뭘 하고 있는 거지?"

루시아가 온몸을 떨며 어둡게 그늘진 눈으로 대답했다.

"저는 여기 있으면 안 돼요. 전 여기 있으면 안 된다고요."

루시아가 고개를 흔들며 단조로운 어조로 되풀이 말했다.

"그래, 그게 조금이라도 위안이 된다면 나도 여기 있어서는 안 되지. 아무도 여기 있으면 안 되고말고."

일어서려고 씨근거리며 내가 말했다.

"아저씨 말고 다른 분도 계신가요?"

"음, 우크라이나 파일럿 아저씨를 예배당에서 쉬게 하고 왔어. 손가락 두 개를 잃은 데다 이 끔찍한 일을 겪느라 아주 지쳐 있지."

루시아의 놀란 얼굴을 보고 조금 잘난 체하면서 덧붙였다.

"하지만 아주 좋은 아저씨야. 내가 돌보고 있으니까 잠만 조금 더 자면 좋아질 거야."

나조차 내가 하는 말을 믿을 수 없었다. 5분 전만 해도 어두운 복도에서 잔뜩 겁에 질려 여기서 나가는 길을 찾게 해달라고 기도하지 않았던가. 이제 나는 그 멋진 소녀 앞에서 공작처럼 거들먹거리며 마치 십대처럼 말하고 있다. 비록 몇 달 만에 처음으로 살아 있는 여자를 보기는 했지만 내 행동거지는 도를 넘어섰다.

루시아는 그런 것은 아무것도 눈치채지 못한 것 같다. 그녀는 나처럼 언데드랑 얼굴을 직접 맞닥뜨리지 않아서 다행이라며 즐겁게 웃었다. 그리고 나처럼 친구가 생겨서 기뻐했다.

"그동안 어디에 있었니? 여기서 얼마 동안 있었던 거야?"

"거의 석 달이 다 돼가요."

루시아가 위아래로 나를 뜯어보며 회의적으로 물었다.

"아저씬 구조팀은 아니죠, 그렇죠?"

내 모습을 한번 상상해 보라. 더럽고 해진 잠수복을 입고 어깨에는 작살총을 메고 허리에는 권총을 찬 판초 비야(멕시코의 혁명가. F. 마데로의 혁명에 가담, 혁명이 성공하자 토지 재분배와 경제 살리기에 주력했다—옮긴이) 식의 깡마른 사내. 적어도 메르세데스 대리점을 떠나기 전에 면도는 했다. 지치고 미쳐 버린 부랑자처럼 보일 수도 있지만 적어도 면도만은 깨끗이 했던 것이다.

뚫어지게 나를 살피는 소녀의 태도가 불편해 목을 가다듬고 '구조팀'이라는 게 무슨 뜻인지 물어보았다.

"당연히 군대 구조팀이죠!"

루시아는 내 머리가 좀 이상해졌다고 생각한 게 틀림없다.

"머잖아 안전한 하늘에서 구조팀을 만들어 뒤에 남은 우리를 구하러 올 거예요. 세실리아 수녀님이 그리 오래 걸리지 않을 거라고 하셨어요."

무거운 마음으로 고개를 저었다. 석 달 동안 외부 세계와 차단된 채 거기에 처박혀 있었으니 소녀는 아무것도 이해하지 못했다. 내가 중얼거리듯 말했다.

"아무도 오지 않을 거야. 안전한 하늘은 이제 없어. 모든 게 엉망진창이야. 너는 지난 석 달 동안 만난 몇 안 되는 생존자 중의 하나야."

루시아는 말문이 막혀 내 얼굴만 빤히 쳐다보았다. 내가 구운 아기를 저녁식사로 먹었다 해도 그보다 더 무서운 표정을 짓지는 않았을 것이다. 루시아는 불안한 얼굴로 주먹을 꼭 쥔 채 물었다.

"뭐라고요? 그럴 리가 없어요."

루시아는 나한테라기보다 스스로에게 말하는 것 같았다.

"누군가가 반드시 올 거예요. 누가 되든 책임자가 있을 거 아니에요!"

"그렇지 않아. 난 지난 몇 주 동안 거의 전 지역을 지나왔어. 그동안 내가 만난 생존자는 한 줌도 안 된단다."

담뱃불을 붙이고 나서 말을 이었다.

"더구나 그들은 그리 좋은 사람들도 아니었어. 안전한 하늘은 묘지가 돼버렸어. 식량도 부족한 데다 병에 걸리는 사람이 많아져서 다들 많이 쇠약해졌고."

루시아의 얼굴에서 핏기가 사라지는 것을 보며 한 마디 덧붙였다.

"그 괴물들은 방위군을 궤멸시킨 뒤 모든 사람을 죽여 버렸어."

엄청난 충격에 루시아가 다리를 휘청하더니 벽에 등을 기댄 채 주저앉아 허공만 바라보았다. 그녀가 더듬거리며 말했다.

"아무도 없다고요. 아무도…… 이제 우린 어떻게 되는 거죠?"

"우리?"

내가 혼란스러운 얼굴로 루시아를 쳐다보았다. 그러자 루시아가 세실리아 수녀 얘기를 했던 게 기억났다.

"여기에 너 말고 다른 사람들도 있니?"

눈물을 펑펑 쏟으며 루시아가 고개를 끄덕였다. 그녀는 1분 전에 내가 발로 찼던 철문을 가리켰다.

루시아를 일으켜 세웠다. 피부는 솜털처럼 부드럽고 잠시 동안이 지만 향기가 코를 스쳤다. 향수 냄새는 아니다. 마음을 흔드는 여성 성이 잠재되어 있는 부드럽고 따듯한 인간의 냄새다. 한 마디로 여자의 향기다. 여섯 달 동안 금욕 생활을 한 뒤라 후각이 매우 발달한 것이다.

루시아가 내 얼굴을 쳐다본다. 잠시 그녀의 눈 속으로 빨려 들어 가는 느낌을 받았다. 그녀의 눈은 넓디넓은 푸른 호수 같다. 머리가 윙윙거리고 어지러웠다. 루쿨루스가 긁는 바람에 제정신이 돌아왔다. 내 고양이는 내 주의를 끌려고 안달이 났다. 우리가 자기한테 신경을 안 쓰는 걸 보고 화가 나서 내 바짓가랑이를 잡고 기어오르기로 결심한 모양이다.

온 길을 되짚어 지하실에서 계단 끝으로 가는 넓은 웅덩이를 지나 갔다. 비록 방금 만난 사이지만(아니면 아마도 바로 그 사실 때문에) 나 란히 선 채 말없이 물을 튀기곤 했다. 이따금 한 사람이 물속에 잠겨 있는 잡동사니에 걸려 비틀거리면 다른 사람에게 기대 몸을 똑바로 세우며 "고마워요." 또는 "조심해요."라고 중얼거렸다. 그게 다였다.

재미있다. 만약 내가 말수가 적은 우크라이나인 말고 다른 생존 자를 만났다면 틀림없이 큰 소리로 장황하게 떠들었을 것이다. 하지 만 지금은 무슨 말을 해야 할지 도무지 모르겠다. 마치 첫 데이트에 나온 십대처럼 말문이 꽉 막혀 버렸다. 필시 루시아도 나와 같을 것 이다.

사실 무슨 일이 있었는지 설명하는 것은 식은 죽 먹기다. 몇 달 동 안의 고립과 고요, 모든 스트레스와 위험을 겪은 뒤 우리는 고통을 통해 침묵의 가치를 배웠다. 굳이 말할 필요가 없는 일들이 있다. 또 다른 사람이 살아 있다는 얘기 같은 것이 그중의 하나다. 재발견된 경험이 너무 즐거워서 우리는(아니면 적어도 나는) 말을 하면 흥이 깨질 거라고 생각한 것이다.

몇 분 만에 예배당으로 돌아왔다. 돌아오는 길은 영원히 끝나지 않을 것 같았지만 놀랍게도 아주 간단했다. 언데드를 하나도 만나지 않은 것이 큰 도움이 되었다. 괴물들은 그곳에 마음대로 드나들었지만 소녀는 이 집에 대해 훤히 꿰고 있었다. 우리는 몇 달 동안 아무도 들어가지 않은 폐쇄된 복도로 내려갔다. 내게는 모든 게 흐릿했다. 나는 아직 내가 쓰는 말을 사용하고, 나에게 총을 쏘려 하지 않고, 나보다 훨씬 더 놀라 있는 생존자를 발견한 충격에서 헤어나지 못하고 있었다. 내게는 더 곱씹어 볼 시간이 필요하다.

목에 건 열쇠로 예배당 문을 열었다. 첫 번째로 생각한 것은 프리첸코가 죽었다는 것이다. 그의 머리는 부자연스러운 각도로 매달려 있는 데다 손가락 하나 움직이지 않았기 때문이다. 그는 내가 내려놓은 신도석에 푹 쓰러져 있었다. 그의 몸은 마치 그 예배당에 백만 년 동안 있었던 것처럼 축 처져 있었다.

스트레스가 최고의 우크라이나인을 앗아간 거라고 확신하며 최악의 사태에 대비한 뒤 복도를 달려갔다. 위태로웠던 지난 몇 달이 그 대가를 받아간 것이다. 나도 모르는 새 눈물이 흘러내리고 있다. 안 돼, 프리첸코. 제발, 제발.

프리첸코의 곁에 이르러 살펴보니 그 우크라이나인은 아직 숨을 쉬고 있었다. 안도의 한숨을 깊이 내쉬었다. 그의 머리를 가슴으로 감싸 안았다. 아직 안 돼, 친구야. 아직은 안 된다고. 조금만 더 견뎌봐.

프리첸코는 목숨은 붙어 있을지 몰라도 상태가 아주 안 좋았다. 그의 흐릿한 눈은 허공을 응시하고 있다. 입가에서 침이 흘러내리고 있어 금방이라도 부서질 것처럼 약해 보였다. 이름을 몇 번이나 불러 보았지만 아무런 대답이 없다. 그는 긴장증으로 완전히 맛이 갔다.

몇 발자국 떨어진 곳에 서서 당황한 얼굴로 루시아가 나를 바라보았다. 그녀는 프리첸코를 보자마자 대체 어떻게 내가 이 무용지물을 끌고 거기에 오게 됐는지 궁금했을 것이다. 한 팔은 피 묻은 붕대로 둘둘 말고, 얼굴에는 수많은 작은 상처가 있는, 커다란 콧수염을 기른 작달막한 사내는 다른 별에서 온 사람처럼 보였다.

루시아가 묻는 듯한 얼굴로 내 등을 응시하는 것을 느낄 수 있었다. 정말 미칠 지경이었다. 프리첸코가 겪은 그 모든 일을 어떻게 설명해야 한단 말인가? 그 형편없는 방까지 오면서 그가 용감하게 맞서 싸운 공포심을 어떻게 설명할 수 있단 말인가?

아무것도 묻지 않았다. 루시아는 단지 프리첸코의 팔을 부축해서 일으켜 앉힌 뒤 부드러운 목소리로 말을 걸었다. 그에게 얼마나 친절하게 대하는지 놀라움을 금할 수 없었다. 마치 날개가 부러진 아기 오리를 돌보는 작은 소녀 같다.

우리는 천천히 지하실에 있는 철문으로 다시 내려갔다. 프리첸코가 떠날 상태가 아니라는 것은 누가 봐도 알 수 있다. 오, 분명히 나 혼자(이 말은 루쿨루스와 나를 뜻한다.)서도 잘 살 수 있다. 우리는 필경 성공하겠지만 그 생각은 접기로 했다.

프리첸코를 남겨 놓고 떠날 수는 없다. 그 소녀도 마찬가지다. 게다가 혼자서 거기로 되돌아갈 생각만 해도 배가 뒤틀리는 것처럼 아프다. 맞다. 무슨 일이 있어도 그들과 함께 있어야 한다. 지금까지 그 모든 역경을 이겨냈으니 앞으로도 무슨 일이 닥치든 잘 해나갈 수 있을 것이다.

자물쇠가 없는 그 철문 앞에 이르자 루시아가 몇 번(짧게 두 번, 간격을 두고 세 번, 마지막으로 크게 발로 차기) 문을 두드린 뒤 기다렸다. 잠시 후 누군가가 안에서 자물쇠를 돌리자 문이 열렸다. 열린 문으로 쏟아져 나온 눈부신 전등빛 때문에 잠시 앞이 보이지 않았다.

전등빛.

전기. 어떻게 해선지 거기엔 전기가 들어온다.

문 쪽으로 몇 발짝 걸음을 옮겼다. 정말로 맛있는 냄새가 난다. 어둡고 습기 찬 터널을 흘끗 돌아보았다. 어떻게 해야 할지 몰라 망설여졌다. 살아남은 다른 이들을 위해 훨씬 더 어려운 일도 해치운 나다. 그 문 반대편에서 누구를 만날지 무엇을 만날지는 나도 모른다. 이런 상황에서는 그곳에 무엇이 있는지 알아보는 것이 나을 것 같다. 중요한 것은 내게 선택의 여지가 없다는 것이다. 더 이상 망설이지 않고 현관으로 들어갔다. 어두운 복도를 뒤로 한 채 쿵 하며 육중한 철문이 닫혔다.

다음에 무엇이 나타나든 우리는 한 배를 탄 것이다.

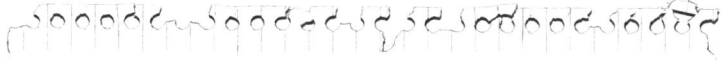

84
7월 중순 오후 3시 40분

마법과도 같은 지난 4개월 동안 정신력도 많이 회복되어 본래의 나와 궁지에 몰린 짐승처럼 변해 가던 나를 구별할 수 있게 되었다. 그 몇 개월 동안 내 자신이 살아남기 위해 싸워야 하는 먹잇감이 아니라 인간이라는 사실도 기억해내었다.

충분한 휴식과 영양가 있는 음식, 새 친구들의 세심한 보살핌 덕분에 몸도 많이 좋아져서 이 지옥 같은 일이 벌어지기 전의 옛 모습도 되찾았다. 하지만 모든 게 다 치유된 것은 아니다. 어떤 점에서는 노련한 퇴역 군인처럼 격하고 난폭해진 면도 있다. 가치관과 관심사도 달라졌다. 놀랄 일도 아니다. 빌어먹을 전 세계도 변해 버리지 않았는가.

이제 우리 식구는 루쿨루스를 빼고 네 명이다. 프리첸코와 나는 루시아와 세실리아 수녀와 힘을 합쳤다. 처음엔 내 눈을 믿을 수가 없었다. 이 광기의 도가니 속에 빌어먹을 수녀라니. 이 글을 쓰고 있는 지금 그들은 나에게 등을 돌린 채 요리를 하고 있다. 날마다 뜨거운 음식을 먹을 수 있다니 이 얼마나 좋은 일인가.

우리의 은신처는 환상적이다. 철문 뒤의 짧은 계단을 올라가면 병원의 다른 부분과 완전히 격리된 지하2층이 있다. 이곳은 날마다 수천 명의 직원과 환자를 먹일 수 있는 커다란 부엌이다.

이곳으로 오는 길은 세 가지밖에 없다. 물품을 맨 위층으로 운반하는 화물용 엘리베이터와 병원의 나머지 지역으로 연결되는 계단, 우리가 가끔 드나드는 비상계단이 그것이다. 엘리베이터는 문이 닫히지 않도록 꽂아 놓은 금속조각 때문에 사용할 수 없다. 주 계단은 쇠사슬로 묶어놓은 두꺼운 문 때문에 다음 층과 격리되어 있다. 지하실로 들어올 수 있는 유일한 방법은 비상계단으로 내려가는 길이다. 탄탄한 방화문이 달린 단 하나의 출구와 입구. 밖에서는 결코 침투할 수 없는 완벽하게 안전한 곳.

하지만 그게 다가 아니다. 다행스럽게도 병원의 비상용 발전기가 아직 작동하고 있어 이곳으로 전기를 공급하고 있다. 군부대 하나가 먹고도 남을 충분한 식품으로 가득한, 부엌에 있는 엄청나게 큰 냉장고도 아직 작동되고 있다. 우리는 네 명(두 마리 분을 먹고도 남을 고양이 한 마리)밖에 안 되니 어림잡아도 2년 동안 먹기에 충분한 냉동식품이 남아 있다.

병원에는 자체적인 상수도 시설도 있다. 몇 년 전 그 건물의 기초를 파고 있을 때 엄청난 대수층(지하수를 간직한 다공질 삼투성 지층—옮긴이)이 발견된 덕분이다. 그러니 물도 아무 문제 없었다.

단 하나 걱정스러운 것은 발전기가 고장 나거나 연료가 떨어지는 것뿐이다. 발전기나 제어반이 어디 있는지도 정확히 모른다. 에너지를 최대한 아끼고 있지만 발전기의 디젤 연료의 보유량이 한정되어 있다는 것은 우리 모두 잘 안다. 조만간 그런 상황과 부닥치게 될 것이다.

세실리아 이글레시아스 수녀는 대단한 사람이다. 눈빛이 총명해 보이는 50대의 명랑하고 통통한 자그마한 여성으로, 스페인의 수호성인 세인트 테레사(스페인의 신비주의자, 로마 가톨릭 성자, 맨발의 카르멜회 수녀—옮긴이)의 고향인 아빌라의 시골 마을에서 온 수녀였다. 지난 15년 동안 케냐의 나이로비에서 수백 킬로미터 떨어진 곳에 위치한 병원을 자신의 방식대로 운영해 왔다. 몇몇 종교 학교에서 강연을 하러 비고에 왔다가 공항에서 전염병으로 인한 소동이 벌어져 발이 묶였다. 처음에는 시내의 비좁은 호텔에서 지내며 사태가 잠잠해지기를 기다렸다. 상황이 통제 불능 상태라는 것이 밝혀지자 이 열정적인 여성은 얌전히 피난하는 것을 거부했다.

수녀는 메익소에이로 병원이 아직 수백 명의 환자를 보살피는데, 의료진의 수가 심각할 만큼 부족하다는 소식을 듣게 되었다. 대부분이 도망가거나 죽었다는 것이었다. 수녀는 주저없이 병원 문 앞에 나타나 간호사로 일했다. 문명의 마지막 몇 주 동안 눈이 핑핑 돌 만큼 일에 몰두하느라 바깥 세계의 소식을 듣지 못하고 있었다. 내가 집에 틀어박혀 편안하게 지내고 있을 때 세실리아 수녀는 끊임없이 몰려오는 불쌍한 부상자들을 보살피느라 여념이 없었던 것이다.

메익소에이로 병원은 거의 마지막 순간까지 운영했던 유일한 병원이다. 바로 그 때문에 그 많은 구급차와 자동차들이 병원 문 앞에 수많은 부상자들을 내려놓은 것이다.

세실리아 수녀는 나에게 군의관 두 명이 병원으로 가는 입구에서 부상자들을 선별하는 작업을 했다고 알려 주었다. 물리거나 긁히거나 감염자와 모종의 접촉을 한 사람들은 1개 소대 병력의 보호를 받으며 근처에 있는 또 다른 '특별 의료 센터'로 호송되었다.

이 신앙심 깊은 수녀에게 차마 '특별 의료 센터' 같은 것은 애초에 존재하지도 않았다고 얘기할 용기가 없었다. 당황한 군대는 가망이 전혀 없는 부상자들에게 자칭 '최후의 해결책'을 적용했을 게 분명하다. 근처의 어떤 곳에서는 이마에 총알구멍이 뚫린 약 수백 구의 시체가 공동묘지에서 서서히 썩어 가고 있다. 그만큼 상황이 악화된 것이다.

그 불운한 사람들 말고도 이미 과중한 업무에 시달리고 있던 의료진이 감당하기 어려운 수백 명의 환자들이 더 있었다. 교통사고 환자와 폭동이나 약탈로 인해 부상당한 사람, 뇌졸중 환자, 맹장염 환자…… 온갖 종류의 질병과 사고 환자가 밀려들었다. 외부의 상황이 밝혀지자 메익소에이로 병원도 위기 국면에 접어들었다.

어느 날 모든 사람을 비고의 안전한 하늘로 호송하라는 명령이 내려졌다. 관계당국은 더 이상 방어선을 지킬 수 없었다. 비상소집에 응한 구급차 가운데 오직 절반만 돌아왔다. 나머지는 감쪽같이 사라졌다.

경공수여단의 무장 부대가 어느 날 아침 소개 작전을 위한 호송을 지휘하러 나타났다. 수백 명의 병자와 부상자들이 엄청난 양의 약품과 의료진과 함께 군용 트럭의 짐칸과 구급차, 택시, 자가용 등 바퀴 넷이 달린 모든 차량에 빼곡이 실렸다. 너무 아파서 움직일 수 없는 환자 백여 명은 뒤에 남겨졌다. 세실리아 수녀 같은 몇몇 자원자들은 병원에 남아서 가엾은 운명을 타고난 그 사람들이 혼자서 서서히 고통스러운 죽음을 맞지 않도록 돌봐주겠다고 했다. 하지만 어쩌면 그들을 혼자 놔두는 것이 나았을지도 모른다.

자원자들 중 의사는 세 명, 간호사는 세실리아 수녀를 포함해 다섯 명이었다. 소수의 군인과 경찰도 보호를 위해 그곳에 배치되었다. 그들의 임무는 병원에 잠복한 채 '나중에' 올 대규모 구조팀을 기다리는 것이었다. 분명히 구조팀은 결코 오지 않을 것이다. 의료진이 중환자를 살리기 위해 분투하는 동안 조직적으로 입구를 요새화했다. 그 때문에 우리가 철통같이 잠긴 문을 발견하게 된 것이다. 지금 우리가 있는 지하실은 소름끼치는 유머 감각을 지닌 한 하사관이 2세기에 로마가 포위공격을 했을 때 유명한 스페인의 항전을 재현한 곳이라며 '누만시아'(스페인 북부에 있던 고대 도시. 2세기에 이곳을 공략한 스키피오 더 영거의 라틴어 이름 Numantinus에서 따온 이름이다 ─ 옮긴이)라는 이름을 붙였다. 방어가 실패하면 모두 이곳으로 대피하기로 했다. 발전기는 자동으로 설정해 놓았다. 부엌들을 제외하고 건물 전체에 전력 공급을 끊었다. 그 일을 끝내자 기다리는 일밖에는 달리 할 일이 없었다.

그때 루시아가 나타났다. 그애는 열일곱 살(루시아는 지치지도 않고 '거의 열여덟 살'이라고 고집했다.)밖에 안 된 아이였지만 몸매는 성숙한 어른 같았다. 비고에서 30킬로미터 정도 떨어진 작은 관광 명소인 바요나에서 부모님과 함께 살았다. 수많은 안전한 하늘로 마을 전체를 소개하라는 명령이 내려지자 당국은 질서정연하게 명령을 실행에 옮겼다. 어디선지 버스들을 찾아내 사람들을 수송했다. 수천 명의 사람들이 작은 반도에 있는 모텔에서 기다리는 동안 버스들은 쉴 새 없이 바요나와 안전한 하늘 사이를 왕복했다.

너무 혼란스러운 나머지 루시아와 그녀의 부모는 다른 버스에 타게 되었다. 안전한 하늘에 가면 쉽게 찾을 거라고 믿으며 다른 모든 사람처럼 급박한 상황에 압도되어 아무런 저항도 못 하고 그 여행을 떠났다. 하지만 루시아의 부모가 탄 버스는 결코 목적지에 도착하지 못했다. 가는 도중에 감쪽같이 사라져 버린 것이다. 모두들 최악의 사태가 올까봐 두려움에 떨었다. 돌이켜 보면 곳곳에 들끓고 있었기에 그것들이 안전한 하늘을 공격하는 것은 시간문제였다.

절망한 나머지 루시아는 미칠 것 같았다. 부모님이 어떻게 되었는지도 모른 채 안전한 하늘에 홀로 남은 그녀는 다른 수백 명의 사람들과 함께 냉동식품 창고에 짐짝처럼 밀려들어가 꼼짝도 못 하는 처지가 되었다. 그녀는 가족을 찾기로 했다. 가족들이 안전한 하늘에 없다는 것은 그들이 메익소에이로 병원에 있다는 뜻이었다. 따라서 배급량이 줄어들고 정찰대의 자원자를 모집할 때 맨 처음으로 신청했다.

루시아는 너무 큰 위장 재킷과 무거운 군화를 배급받았을 뿐 무기는 없었다. 탄약이 부족해지고 있을 뿐 아니라 그녀의 연약한 외모 때문에 책임자가 그다지 신뢰하지 않았기 때문이다. 그래서 그녀는 짐꾼으로 일했다. 그들이 목표지에 도착하자 한 팀은 방어선을 지키고 다른 팀은 그곳을 급습했다. 짐꾼들은 많은 양의 음식과 그들이 찾아낸 다른 유용한 물품을 날라야 했다. 3주 동안 밖으로 작전을 나갈 때마다 죽음의 문을 넘나드는 혹독한 시간을 보냈다. 그녀의 팀에서만 여섯 명이 목숨을 잃었다. 한번은 창고에 웅크리고 있던 언데드한테 거의 잡힐 뻔한 적도 있다. 하지만 그녀는 기회가 오기만을 기다리며 날마다 밖으로 나갔다.

마침내 기회가 찾아왔다. 계산을 해보니 그날의 목적지는 상대적으로 메익소에이로 병원에 가까워서 몰래 팀에서 빠져나와 병원으로 가는 길을 따라 걷기 시작했다. 그녀의 인생에서 가장 두려운 48시간이었다. 밤이 되면 너무 높아서 아무도 올라올 수 없는 곳에 숨었다. 먼동이 트면 다시 출발했지만 언데드를 피하느라 오랫동안 숨어서 포식자가 지나가기를 기다려야 했다.

마침내 병원에 도착하자 그곳의 병사들은 루시아를 보고 말을 잃었다. 몇 주 동안 거리를 어슬렁거리는 언데드 무리를 빼곤 그 지역에서 단 한 명의 사람도 보지 못했기 때문이다. 군복을 입고 부모를 찾아 거기까지 걸어온 그 소녀를 보자 군인들은 몹시 당황했다.

그 용감한 소녀는 병원에 부모의 기록이 없는 것을 알고 망연자실했다. 소녀는 자신이 완전히 혼자라는 것을 깨달았다. 다음에 무엇을 해야 할지 막연했다.

하지만 최악의 사태가 소녀를 기다리고 있었다. 고립되고 야만스러운 젊은이들 속에 여여쁜 소녀가 나타나자 성적인 욕망이 불끈거리기 시작했다. 끝없는 전투에 지친 병사들은 신경이 있는 대로 곤두서 있었다. 어느 날 밤 술에 잔뜩 취한 병사가 소녀를 강간하려 했다. 다행히 의사 한 명이 병사의 머리를 제대로 한 방 먹여 제때에 제지하기는 했지만 상황은 걷잡을 수 없이 나빠졌다.

담당 하사관은 세실리아 수녀와 루시아에게 누만시아에서 지내라고 명령했다. 어떤 이유로도 그들은 떠날 수 없었다. 수녀와 루시아는 강하게 저항했지만 아무 소용 없었다. 그 하사관은 보수적인 사람이었다. 그는 자신의 휘하 군인들이 여자들과 시시덕거리는 것을 용납할 수 없었다. 이것으로 끝이다. 2주 동안 그들은 요리사로 일하는 한편 위층에서 의사들을 도왔다. 그러는 동안 환자들은 몹시 앓다가 하나씩 하나씩 유명을 달리했다. 특수 약품이 부족해서 어떤 종류의 수술도 할 수 없었던 것이다. 방어군이 할 수 있는 일이라곤 기다리는 것밖에 없는 실정이었다.

하지만 그리 길지는 않았다. 이틀 밤 뒤 안전한 하늘과 송신이 끊겼는가 하면 수백의 언데드들이 병원 주위로 모여들기 시작했다. 주의를 끌지 않도록 조심하는 대신 이 지각없고 권력에 굶주린 멍청이 같은 하사관은 병사들에게 마음대로 총을 쏘라고 명령했다. 자동화 무기가 엄청난 소리와 함께 불을 뿜자 훨씬 더 많은 언데드들이 마치 자석에 끌려오듯 무섭게 몰려들었다.

결국 언데드들이 병원 안으로 침입했다. 어떻게 들어왔는지는 세실리아 수녀나 루시아 모두 설명할 수 없었다. 그들의 머리 위에서 한편의 드라마가 펼쳐질 동안 지하실에 갇혀 있었기 때문이다. 그들이 아는 거라곤 병사들 중 아주 젊고 안달루시아 악센트가 강한 겁에 질린 소년이 누만시아에 머리만 들이민 채 문을 안에서 잠그라고 경고했다는 것뿐이었다.

두 시간 정도 밖에서 요란한 총소리가 나더니 병원 단지 근처에서 폭발물이 터지는 소리가 났다. 총소리는 곧 병원 안쪽 복도를 둘러싸더니 마침내 그마저도 완전히 그쳐 버렸다. 두 시간 동안 그 수녀와 소녀는 누군가가 와서 싸움이 끝났다고 말해 주기만 기다렸다. 하지만 아무도 나타나지 않았다.

마음을 굳게 다진 루시아는 위험을 무릅쓰고 군인들이 어떻게 되었는지 알아보러 누만시아를 떠났다. 그녀가 본 것은 몇 달 전에 프리첸코와 내가 본 모습과 다를 바 없었다. 텅 빈 복도와 도처에 전투의 증거가 흩어져 있지만 살아 있는 사람은 단 한 명도 없었다.

그 이후 두 여자는 바깥과 차단되어 안전한 그 지하실에서 살았다. 전깃불과 물, 식량이 있을 뿐 아니라 언데드도 들어올 수 없어 안전했다. 그들에게 부족한 것은 악마가 다음에 무엇을 할지 정확히 알지 못한다는 것뿐이었다. 그들도 바깥에 나가봐야 승산이 없다는 것을 알았다. 그들의 힘만으로는 그리 멀리 가지 못할 테니까. 그들은 가장 좋은 방법은 구조팀을 기다리는 것이라고 마음먹었다.

하지만 그들이 만난 사람은 지치고 부상당하고 굶주리고 정신이 이상한 두 명의 생존자뿐이었다. 그리고 고양이 한 마리. 우리가 이곳에 도착하여 바깥세상의 소식을 전해 주자 그들은 공포감과 희망을 동시에 느꼈다. 그들이 알고 있던 문명은 하나도 남아 있지 않다는 것을 알고는 두려움을 느꼈지만, 우리 덕분에 이 복잡한 상황에 대한 해결책을 얻으리라는 희망을 얻게 되었다.

프리첸코의 상태는 많이 호전되었다. 우리가 문으로 들어오자마자 세실리아 수녀가 어미닭이 병아리를 품듯 팔로 그를 감싸 안았다. 수녀는 놀라운 솜씨로 프리첸코의 망가진 왼손을 치료해 주었을 뿐 아니라(비록 잃어버린 손가락은 치료할 수 없었지만) 그를 허약하게 만든 우울증도 고쳐 주었다. 그녀는 우리를 치료 가능한 전투 신경증이라고 진단했다. 안전하고 조용하고 스트레스가 없는 환경에서 2주 정도 지내면 완화되지만, 이따금 완전히 회복하지 않는 환자도 있다고 한다.

다행히도 프리첸코는 그 경우에 해당하지 않았다. 신경 쇠약 같은 하찮은 것에 지기에는 삶에 대한 그의 열정이 너무 강했다. 그의 얼굴이 서서히 환해지고 있다. 밤늦게까지 세실리아 수녀와 나눈 긴 대화 덕분에 회복될 수 있었던 게 확실하다. 수녀와 프리첸코는 신뢰에 바탕을 둔 따듯한 우정을 닦아 나갔다.

많은 슬라브인처럼 프리첸코도 헌신적인 기독교도다. 비록 세실리아 수녀는 가톨릭 신자고 그는 그리스정교회지만 그녀가 있다는 것만으로도 그는 깊은 위로를 느꼈다. 장시간에 걸친 대화 중에 이 지옥 같은 상황을 이해하게 된 게 틀림없다. 왜 그는 아내와 아이를 잃었는가? 왜 신은 이런 재앙을 가만두고 보는가? 그가 대답을 얻었는지는 모르겠지만 이런 과정을 통해 영혼의 상처가 아물어 갔던 것이다. 그의 마음속에 있던 어떤 것이 영원히 파괴된 것은 틀림없지만 이제 적어도 그는 고통과 함께 사는 법을 배우고 있다.

내 경우는 그런 것을 곰곰 생각하는 것을 좋아하지 않는다. 하루 중 단 한 순간도 가족에 대한 걱정에서 벗어날 수 없었다. 제기랄, 그토록 강렬하게, 그토록 무력하게 누군가를 그리워해 본 적은 한 번도 없었다. 그들이 돌연변이가 되었을 가능성은 매우 컸지만 그것을 받아들일 수가 없었다.

몇 주 동안 매일 똑같은 악몽에 시달렸다. 나는 어두운 복도를 따라 걷고 있다. 한쪽 벽에 바닷물 부딪치는 소리가 들리지만 바다 내음이 아니다. 뭔가 썩고 있는 냄새다. 복도에는 쓰레기와 탄피가 어지럽게 널려 있다. 벽에는 배설물 같아 보이는 물질이 묻어 있다. 그것이 말라붙은 핏자국이라는 것을 나는 안다. 별안간 여동생과 부모님이 문을 열고 나온다. 그들은 그것들로 변해 있다. 멍한 눈으로 내 피를 찾아 그들이 나를 향해 걸어온다. 꿈 속에서 나는 총을 가지고 있지만 그것을 사용할 수 없다. 그런 뒤…… 그 다음 극도로 혼란스러운 상태로 참을 수 없는 욕지기를 느끼며 잠이 깬다.

그것들로 변한 사람들이 지옥에 사는 것은 의심할 수 없는 사실이지만 우리 생존자들도 그 지옥에 아주 가까운 곳에 살고 있다.

85
9월 중순 오전 9시 45분

어제 오후 프리첸코와 나는 승강기 통로에 서서 SUV로 가는 가장 빠른 길을 찾기 위해 의논을 하고 있었다. 우리는 비상시에 차가 필요할 경우에 대비해 출구 근처에 그것을 가져다 놓아야 한다는 데 의견을 같이 했다. 이따금 엔진을 가동시켜야 운행 조건을 유지할 수 있을 것이다. 겨울이 다가오고 있어서 날씨가 추워지면 시동기가 고장날까봐 걱정이다.

한창 얘기꽃을 피우고 있을 때 별안간 프리첸코가 벌떡 일어서더니 극도로 집중한 얼굴로 리트리버처럼 불안하게 킁킁거리며 냄새를 맡았다.

"저 냄새 나?"

"무슨 냄새?"

지난 9개월 동안 쓰레기와 서서히 썩어 가는 시체들 냄새에 익숙해져서 후각이 예전만 못 했다.

"불."

프리첸코가 눈을 감고 열심히 냄새를 맡으며 말한 뒤 다시 눈을 뜨고 나를 뚫어져라 쳐다보았다.

"불이라고? 화재 말이야? 여기 병원에서?"

"병원은 아니야. 밖에서 불이 난 거야! 산불이야. 분명해."

프리첸코의 목소리가 목에 걸려 잘 나오지 않았다. 나는 내 파일럿 친구의 말이라면 무조건 믿는다. 수년 동안 산불과 싸웠기 때문에 아무리 희미한 냄새라도 보통 사람은 결코 느끼지 못하는 불 냄새를 맡을 수 있다. 나는 아무 냄새도 맡지 못했지만 그 우크라이나인이 연기 냄새를 맡았다면 토론은 여기서 끝난 것이다. 문제는 우리에게 어떤 영향을 줄 것이냐는 것이었다.

"바람 불어오는 쪽에서 오고 있어. 우리 쪽으로 말이야."

"가서 좀 살펴보자."

"그게 좋겠다."

우리는 서로를 응시했다. 프리첸코는 고개를 흔들었고 나는 낮은 소리로 저주를 퍼부었다. 우리 모두 그 다음에 무엇이 오는지 알았기 때문이다.

제기랄. 우리는 다시 거기로 나가야 한다. 싫든 좋든 작은 구멍에 코를 대고 냄새를 맡아야 한다.

결정을 내린 뒤 세실리아 수녀와 루시아를 데리러 서둘러 누만시아로 돌아갔다. 우리 계획을 들었을 때 겁에 질린 루시아의 얼굴을 보자 웃음을 참을 수가 없었다.

누덕누덕 기운 잠수복을 입도록 도와주며 루시아는 불안한 얼굴로 내가 해서는 안 되는 수천 가지 일을 쉴 새 없이 조잘거렸다.

"위험한 일은 절대 하지 마세요. 어두운 데도 가지 말고, 조금이라도 수상하면 가까이 가지 마세요. 항상 프리첸코 아저씨 곁에 계시고……"

루시아만이 아니라 나를 위해서 애써 그녀를 진정시켰다. 시시각각으로 신경이 예민해지고 있다. 그녀는 히스테리한 성격은 아니지만 혹시라도 그 은신처 밖에서 우리에게 무슨 일이 생길까봐 노심초사하고 있다.

마침내 프리첸코와 나는 준비를 마쳤다. 둘 다 군대가 남겨놓고 간 돌격용 자동소총으로 무장한 뒤 나는 장전한 작살총을 어깨에 메고 남은 작살 두 개는 장딴지에 가죽 끈으로 묶었다. 프리첸코는 눈이 아플 만큼 밝은 자홍색 보온복을 차려입은 채 총자루에 커다란 사냥칼을 꽂고 있다. 검을 질겅질겅 씹는 모습이 놀랍도록 침착했다.

밖으로 나가기에 가장 좋은 방법은 엘리베이터 통로로 올라가는 것이다. 그러면 어두운 병원으로 다시 가지 않아도 되는 데다 시간도 가장 빠르다. 맨 위층에 있는 저장실로 들어가기만 하면 창문을 열고 병원을 둘러싼 계곡을 한눈에 볼 수 있다.

곧 엘리베이터 줄을 타고 올라가는 것이 영화에서 본 것보다 훨씬 더 힘들다는 것을 깨달았다. 그리스를 발라 놓은 케이블을 잡고 올라가다 보니 괴물들 1개 군단을 끌어 모을 만큼 요란한 소리가 났다. 하지만 적어도 잠시 동안은 모든 게 순조롭게 진행되었다.

간신히 맨 위층에 도착하자 프리첸코는 여차하면 안으로 피할 수 있도록 만전을 기한 뒤 천천히 엘리베이터 문을 열었다. 나는 만일의 경우 케이블을 타고 미끄러져 신속하게 일층으로 도망갈 수 있도록 최대한 케이블을 팽팽하게 잡아당기고 있었다.

프리첸코는 뱀장어처럼 미끄러지듯 문 뒤로 사라져 위층으로 올라갔다. 기나긴 15초 동안은 아무 소리도 들리지 않았다. 더 이상 견딜 수 없을 만큼 신경이 예민해졌을 때 그 우크라이나인이 문 뒤에서 나타나 해안이 깨끗하다고 신호했다. 이상할 만큼 깨끗했다.

여러 달 만에 처음으로 피부로 직접 햇빛을 받았다. 기분이 너무 좋아 그 놀라운 감각에 몸을 맡긴 채 한동안 꼼짝도 않고 서 있었다. 우리가 있는 곳은 창고였다. 용기를 내어 거기를 통해 밖으로 나가 구급차 전용 주차장으로 들어갔다. 대피 기간 동안 트럭들이 드나들던 그 육중한 철문은 지금껏 활짝 열려 있어 그리로 햇빛이 흘러들어오고 있었다. 그것을 보자 속이 오그라드는 것 같았다. 그 문이 활짝 열려 있으니 이렇게 커다란 방에서 어슬렁거리는 언데드를 막을 방법이 없었기 때문이다. 하지만 언데드는 그림자도 보이지 않았다.

프리첸코와 나는 바깥을 살펴보았다. 아름다운 늦여름 날이었다. 비록 구름 한 점 없는 맑은 하늘에서 태양이 빛나고 있긴 했지만 강한 북풍이 휘몰아치고 있어 체감온도는 상당히 추웠다. 북풍은 나무가 타는 강한 냄새도 실어왔다. 이제는 나조차 그 냄새를 맡을 수 있었다.

조금이라도 의심스러운 움직임을 찾으려고 불안하게 좌우를 훑어보았지만 아무것도 눈에 띄지 않았다. 오직 수십 마리의 새들만이 방향감각도 잃은 채 사방을 날아다니고 있다.

갑자기 프리첸코가 내 옆구리를 툭 쳤다. 그가 가리키는 방향을 보니 약 2킬로미터 떨어진 계곡 끝에 있는 언덕들 너머로 굵은 연기 기둥이 올라오고 있다. 거대한 검은 소용돌이들이 불같이 성이 나서 거세게 몸을 비틀며 휘몰아쳤다. 불길할 만큼 새빨간 불빛이 지평선을 오렌지색으로 물들이며 불길하고 환상적인 손길로 그 경관을 마무리했다.

그 광경을 보자 너무 두려워 꼼짝도 못 하고 서 있었다. 도저히 통제할 수 없는 엄청난 산불이었다. 이틀 전에 엄청난 천둥과 번개와 함께 강한 폭풍이 불었지만 비는 한 방울도 오지 않았다. 아마도 그 폭풍이 불 때 번개가 쳐서 불이 나기 시작했을 것이다. 아니면 여러 달 동안 햇빛에 노출된 가스통이 폭발했을지도 모른다. 아니면 상상할 수 있는 백 개의 다른 빌어먹을 것 때문에 불이 났을지도 모른다. 그 이유를 누가 알겠는가.

내가 아는 거라곤 그 불과 싸울 사람이 아무도 없는 상태에서 산불이 가는 곳마다 모든 것을 집어 삼키며 무서운 기세로 다가오고 있다는 것뿐이었다. 마치 누군가가 내 생각을 읽기라도 한 것처럼 강력한 폭발이 하늘을 뒤흔들었다. 거대한 선홍색 불덩어리가 지평선 위로 솟구쳐 올랐다. 폭발의 규모로 볼 때 산불은 방금 자동차 한 대를, 아마도 하나 이상을 먹어치운 것 같다. 산불은 괴물로 변하고 있다.

그때 문득 이상하게도 이 지역에 언데드가 거의 없다는 사실이 떠올랐다. 마치 무엇인가가 그 화염을 피하라고 경고라도 한 것 같다. 놀랄 일도 아니다. 그 괴물들은 동물과 같은 기본적인 본능에 따라 움직이는 것 같다. 자연에서 가장 기본적인 충동은 자기 보존의 본능이다.
 어떻게 해선지 언데드들은 위험을 감지하고 더 안전한 곳으로 떠난 것이다. 아니면 아마도 수백, 어쩌면 수천의 언데드들이 화염에 갇혔는지도 모른다. 비록 그렇다 해도 아직 수백만의 길 잃은 그것들이 주위를 어슬렁거리고 있다. 따라서 불은 문제의 해결책이 될 수 없다. 더 어려운 문제를 일으킬 수 있기 때문이다. 우리 생존자들은 결단코 더 이상의 문제는 바라지 않는다. 사실 우리는 간신히 목만 물 밖으로 내놓은 처지였기 때문이다.
 잡초로 뒤덮인 앞마당에서 야생 멧돼지 한 쌍이 뛰쳐나와 불꽃의 벽을 피해 버려진 주차장 건너편으로 달려갔다. 프리첸코와 나는 서로 얼굴을 마주보았다. 그 동물들은 본능에 따라 그 지옥을 빠져나가고 있는 것이다. 불길의 끝과 바람 부는 방향을 한 번만 보고도 두 시간, 아니 늦어도 네 시간이면 병원이 화염에 휩싸일 거라는 것을 알아차린 것이다. 이러고 있을 시간이 없다.
 우리는 민첩하게 병원의 남쪽 벽을 돌아 몇 달 전 SUV를 세워 놓은 주차장 쪽으로 갔다. 조수석을 활짝 열어놓고 그것들 둘이 차 안에 들어갔던 것이 기억났다. 우리가 무엇을 발견하게 될지는 모르겠지만 SUV의 배터리가 완전히 방전된 것은 확실했다. 프리첸코를 차에서 끌어낼 때 전조등을 꺼놓았는지 잘 기억나지 않는다. 바로 이런 때를 위해 내 배낭 바닥에 구급차 수리점에서 들고 온 최신 배터리가 있었던 것이다.
 배터리를 새것으로 바꾸느라 허둥거리고 있을 때 강한 데자부(한 번도 경험한 일이 없는 상황이나 장면이 언제, 어디에선가 이미 경험한 것처럼 친숙하게 느껴지는 일—옮긴이)를 느꼈다. 이것은 몇 달 전 비고 항에 도착했을 때와 똑같은 상황이었다. 단지 지금은 전처럼 영문도 모른 채 허둥거리지 않는다는 점만 다르다. 또한 우리를 호위하는 무장한 파키스탄인들도 없다. 그것은 대단히 큰 차이다. 문득 자렌 키비슈호의 선원들이 어떻게 되었는지 궁금해졌다. 내가 아는 한 그들은 지옥에 떨어졌을 것이다.

엔진이 한두 번 쿨룩거리더니 마침내 시동이 걸렸다. 바로 그때 첫 번째 화마가 병원 근처 언덕까지 번졌다. 하늘은 밝은 오렌지색이고 불내는 더 강해졌다. 바람도 더 강해졌는가 하면 기온도 2도나 올라갔다. 시시각각으로 상황은 악화되었다.

자동차를 타고 건물을 돌아가는 동안 괴물의 모습은 단 하나도 보이지 않았다. 우드득거리는 메마른 자갈길을 따라 SUV를 몰아 창고로 연결된 터널까지 올라왔다. 내가 그리스 범벅인 승강기 케이블을 따라 지하로 내려가는 동안 프리첸코는 시동을 켜둔 채 차 안에서 기다렸다.

세실리아 수녀와 루시아는 승강기 옆에서 기다리고 있었다. 이제 지하실에서도 연기 냄새가 난다. 아마도 내 상상이겠지만 마그네슘 램프 불빛에 떠다니는 가느다란 연기를 본 것 같다.

그들을 데리고 쏜살같이 올라왔다. 거대한 불꽃이 병원을 향해 다가오고 있다. 그것을 막을 길은 아무것도 없다. 한 시간이면 우리 곁으로 다가와 송두리째 병원을 집어삼킬 것이다. 언데드들조차 뭉개진 몸으로 갈 수 있는 만큼 최대한 빨리 달아났으니 우리도 이제 이곳을 벗어나야 한다. 그렇지 않으면 바삭바삭하게 구워질 테니까.

놀랍게도 그들의 반응은 생각보다 침착했다. 마음속으로 그들이 정신을 잃거나 심지어 그 안전한 지하실을 떠나는 것을 완강히 거부

할 거라고 생각했는데, 놀랍게도 그들은 그것을 선선히 받아들였다. 루시아는 우리가 싸놓은 비상용 배낭을 찾아오러 갔다. 수녀는 승강기를 열어 다시 작동하게 할 수 있는지 물어보았다.

"이 수녀가 할 수 있는 일은 아주 많아요. 하지만 그리스로 범벅된 케이블을 타고 올라가는 것은 할 수 없어요. 그러니 궁둥이를 움직여요, 우리 아기. 아니면 나를 데리고 멀리 돌아가야 하는데 그럼 시간이 너무 많이 걸려요."

감동한 나머지 미소를 지으며 입을 다물고 고개만 끄덕거렸다. 그 두 사람은 강철처럼 단단했다. 그렇게 오랫동안 정신을 잃지 않고 그 지옥 같은 생활을 견디며 스스로의 힘으로 살아남아야만 했기 때문이리라. 몸집도 크고 사내다워 보이는 남자들도 곤경에 부닥쳐 고장 난 스프링처럼 나가떨어지는 세상에서 그 여인들은 이를 악물고 견뎌왔던 것이다. 그들은 결코 연약한 새침데기가 아니다. 그와는 정반대로 매우 훌륭한 사람들이었다.

바로 그때 루시아가 산더미 같은 군용 배낭 두 개를 높이 들고 또 다른 가방을 끌며 모퉁이를 돌아왔다. 우리는 떠날 때 필요할 만한 것을 모두 꾸렸다. 냉동건조한 군용 레이션 수십 묶음과 연대 하나를 치료할 만큼 커다란 구급상자, 탄약, 조명탄, (자렌 키비슈 호의 한 선원이 사용한 뒤로 배터리가 방전된) 내 초단파 무전기, 수십 리터의 물 등등.

나는 가장 무거운 배낭을 등에 진 뒤 루시아가 배낭을 메는 것을 도와주었다. 분개한 세실리아 수녀가 강력히 항의하는데도 불구하고 세 번째 배낭을 메지 못하게 했다. 루시아와 내가 그 배낭과 루쿨루스가 들어 있는 캐리어를 끌고 갔다. 사정이 그리 나쁘지 않으니 수녀처럼 나이드신 분은 들 수 있을 만큼의 배낭을 들어야 한다.

승강기에 타기 전에 마지막으로 한 바퀴 주위를 둘러보았다. 지나간 세월에 대한 향수로 마음이 아팠다. 여러 달 동안 거기서 거의 정상적인 생활을 했다. 전기와 음식, 수킬로미터를 걸어온 사람을 위로해 주는 안락함이 있는 유일한 안전한 곳일지도 모른다. 그곳을 떠나야만 할 뿐 아니라 몇 분 뒤면 그곳은 화염에 휩싸여 잿더미가 될 것이다. 그것을 막기 위해 우리가 할 수 있는 일은 아무것도 없다. 그렇게 멋진 곳이 사라져 버릴 거라는 생각을 하자 마음이 무거웠다. 그 생각의 밑바닥에 깔려 있는 기묘한 아이러니를 깨닫자 쓴웃음이 나왔다. 음식 냄새로 가득하고 축축한 벽에 둘러싸인, 완전히 밀폐된 어두운 지하실이 우리에게 얼마나 멋져 보였던가. 얼마나 바보 같은 일인가.

수녀가 탁자에 놓아둔 상아색 로자리오 묵주를 집어 주머니에 찔러 넣고, 여자들이 기다리고 있는 승강기를 향해 천천히 걸어갔다. 전깃불은 끄지 않았다. 그게 무슨 소용이란 말인가? 타이타닉 호도 갑판에서 오케스트라가 연주하는 가운데 모든 전등과 함께 물에 가라앉지 않았는가.

잠깐 동안 조사해 보니 승강기를 작동하는 것은 놀랄 만큼 쉬웠다. 승강기 문을 닫는 틈 속에 누군가가 강제로 꽂아놓은 커다란 국자를 빼기만 하면 됐다. 국자를 빼내자 고막이 터질 듯한 쇳소리와 함께 문이 닫혔다. 거의 동시에 엘리베이터 동체가 심하게 흔들리며 서서히 올라갔다.

긴장감이 감도는 가운데 우리는 서서히 올라갔다. 연기가 틈새로 새어 들어와 목이 마르는 한편 그 아린 냄새는 더 강해졌다. 수십의 그것들이 꼭대기에서 참을성 있게 오늘의 요리를 기다리는 모습을 머릿속에 그려 보았다. 탐욕스러운 수십의 입과 우리를 좍좍 찢어 먹어치우려고 승강기 안으로 뻗친 수십의 팔도 그려 보았다.

눈을 꽉 감고 거친 숨을 몰아쉬었다. 한 가지 일은 할 수 없었다. 빌어먹을 그 일은······.

내 어깨에 손 하나가 올라왔다. 눈을 뜨고 루시아의 침착한 얼굴을 바라보았다. 그녀는 사랑스럽게 내 팔을 잡고 따듯하게 내 귀에 대고 속삭였다.

"서두르지 마세요. 모든 게 잘 될 거예요."

그런 뒤 루시아는 장난스럽지만 그리 순수하지 않게 내 귓불을 깨물었다. 마치 승강기 지붕을 통해 전해진 듯 아무런 느낌이 없었다. 개구쟁이 같으니라고.

승강기는 훨씬 더 심하게 흔들리며 멈춰 섰다. 너무 오래 사용하지 않아 문이 걸린 것이다. 아무리 해도 문이 열리지 않자 억지로 열어야 했다. 밖으로 나오자 눈앞에 펼쳐진 광경에 깜짝 놀라 걸음을 멈췄다.

연기구름이 땅과 주차장을 뒤덮고 있어서 200미터 앞밖에 보이지 않았다. 지옥의 한 장면처럼 모든 게 불길한 붉은색으로 빛났다. 언덕을 넘어 오는 불꽃이 똑똑히 보였다. 화염이 언덕을 돌파하자 언덕 아래로 내려오며 앞에 있는 것을 닥치는 대로 먹어치웠다. 거대한 유칼립투스 나무숲도 게걸스럽게 먹어치웠다. 너무 뜨거워서 화덕에 던져 넣은 성냥처럼 폭발해 버렸다. 수천 개의 불꽃들이 산불로 일어난 바람을 타고 사방으로 날아갔다. 어떤 것은 가연성이 아주 강한 메마른 덤불에 떨어져 새로운 불길이 솟구쳤다. 상황은 예상보다 훨씬 더 혼란스러웠다. 돌풍 때문에 산불은 생각보다 훨씬 더 빨리 번졌다. 15분만 있으면 병원 담장을 핥을 것이다.

우리는 연기에서 눈을 떼고 SUV로 달려갔다. 전조등을 켜놓았는데도 재와 불길 때문에 거의 안 보였다. 안절부절못하고 SUV 옆에서 우리를 기다리고 있던 프리첸코가 사방을 살피면서 우리에게 서두르라고 손짓했다. 그가 소총의 안전장치를 푼 것을 보고 내가 모르는 무엇인가가 있다는 걸 눈치챘다. 한 번 군인은 영원한 군인이다. 그런 예방조치는 그의 잠재의식에 각인되어 있는 게 틀림없다.

트렁크에 짐을 싣는 동안 운전석으로 들어갔다. 이런 상황에서는 내가 운전하는 것이 더 낫다. 우크라이나인의 운전 솜씨는 충분히 겪어 봤다. 우리에게 가장 필요 없는 것은 교통사고였다.

모두가 차에 타자 자갈이 사방으로 튀는 가운데 먼지 구름을 뚫고 전속력으로 달렸다. 단테의 「지옥편」을 연상시키는 무시무시한 장면이었다. 거대한 붉은색 구름이 육안으로 볼 수 있는 모든 것을 가렸다. 시야는 전조등 앞 사오십 미터밖에 안 되었다. 불꽃이 타는 소리는 폭발음과 마른 나무가 우지직거리며 타는 소리에 묻혀 버렸다. 어둠속에서 주차장을 가로질렀다. 마지막 순간에 핏자국이 선연한 버려진 푸조(프랑스 푸조사에서 만든 자동차 — 옮긴이)를 간신히 피했다.

마침내 두 개의 괴물 같은 콘크리트 조각으로 만든 출구를 발견한 나는 50미터의 가시철망으로 만든 울타리를 뚫고 나갔다. 길 한복판에 누워 있는, 구더기가 득실거리는 썩어 가는 시체를 넘느라 모든 승객들에게 원성을 살 만큼 크게 흔들리면서 전속력으로 달렸다.

겨우 2킬로미터도 채 못 왔을 때 엄청난 폭발음이 허공에 울려 퍼지며 우리 차를 뒤흔들었다. 화마가 병원 마당에 저장된 산소 탱크를 먹어치운 게 분명했다. 폭발의 강도로 볼 때 병원 앞 담장의 절반이 날아간 것이 분명하다. 다음 15분 동안 화마가 주차장에 세워 놓은 많은 차들을 덮치면서 연달아 폭발 소리가 들렸다.

마침내 남은 그 어떤 것보다 더 강력한 폭발이 일어나 다들 펄쩍 뛰었다. 발전기 연료나 난방기가 터진 것 같다. 건물은 이미 화염에 휩싸였다.

제기랄. 식구 둘이 늘어난 우리는 다시 은신처도 없이 길을 떠난다. 다음엔 무슨 일이 일어날까?

조용히 남은 길을 달렸다. 루시아와 세실리아 수녀는 우리가 어디로 가는지 궁금할 테지만 질문을 자제하고 있다. 아마도 불을 피해 달아나는 것이 급선무라고 생각하는 것 같다. 일단 안전한 곳에 도착하면 그때 우리의 운명을 결정할 것이다.

이보다 더 비현실적인 것은 없을 것이다.

프리첸코와 나는 우크라이나인의 배낭 주머니에 감춰 둔, 키릴 글자로 뒤덮인 소포에서 나온 작은 금속 조각을 잊지 않고 있다. 그것은 헬리콥터가 아직 거기서 우리를 기다리고 있다는 것을 말해 주는 유일한 증거다.

헬리콥터. 우리 문제에 대한 일시적인 해결책. 프리첸코와 나는 그 길고 혼란스러운 몇 달 동안 수도 없이 그 얘기를 했다. 프리첸코가 자기 헬리콥터를 세워 놓은 산속의 헬리콥터 발착소는 13킬로미터밖에 안 돼서 메익소에이로 병원의 까마귀도 날아갈 수 있다. 우리는 우크라이나인과 내가 그 지역에 대해 기억하고 있는 지식을 총동원하여 도로 지도를 따라 그곳으로 가는 가장 좋은 길을 궁리했다. 지도에는 나와 있지 않은 방화벽과 2급도로를 통해 가는 것이 가장 그럴 듯했다. 사람이 살지 않는 곳을 지나갈 테니 큰 위험은 없을 것이다. 비 때문에 언데드가 우리 움직임을 알아차리지 못할 10월에 헬리콥터 발착소로 달려가서 헬리콥터를 타고 병원에 와서 생필품을 가득 채울 계획이었다. 하지만 그 빌어먹을 산불 때문에 계획을 앞당기게 되었다.

이론상 우리 계획은 특히 불이 우리와 다른 방향으로 가고 있어 그리 복잡할 것 같지 않다. 하지만 별안간 바람 방향이 바뀌기라도 하면 사정은 돌변할 수 있다. 지금은 안전해 보이는 지역으로 달리고 있다. 그러는 동안 산불은 거대한 병원 단지를 집어삼켜 멀리서 빛나는 자갈만큼 작아졌고 위층 창문으로 불꽃이 혀를 날름거리고 있다. 불은 놀라운 속도로 그 계곡을 휩쓸고 지나갔다. 비고의 변두리에 있는 건물들의 뒷모습이 보였다. 불이 꺼지지 않으면 도시를 집어삼켜 몇 시간 만에 잿더미가 될 것이다. 그것을 막을 유일한 길은 집중 호우 같은 것이 내리는 것뿐이다. 새로운 세계, 언데드의 세계, 시체의 세계가 자기 자리를 차지한 채 서서히 우리가 지구상에 살았던 모든 흔적을 파괴할 것이다. 갑자기 끔찍한 생각이 났다. 우리같이 흩어진 생존자들이 우리 종의 마지막 개체라는…….

산사태로 길이 막힌 곳에 이를 때까지는 아무런 문제도 없었다. 거기부터는 커다란 알돌 근처에서 끝나는 오래된 방화선을 따라 갔다. 나는 지금 그 알돌 위에 앉아 이 글을 쓰고 있다. 해발 6,096미터의 산꼭대기에서 내려다보니 비고 만 전역과 폰테베드라 만 일부, 내륙 수킬로미터가 한눈에 들어온다. 살아 있는 것은 어디에도 없었다. 살아 있는 인간.

문까지 타고 올라간 빽빽한 잡초를 볼 때 기지는 버려진 지 여러 달 된 것 같다. 잡초를 베어내며 울타리가 없는 곳으로 나아갈 때까지 길어야 5분밖에 안 걸렸다.

86
세 시간 뒤

다행히도 프리첸코의 헬리콥터는 그대로 남아 있었다. 기수가 매우 긴 거대한 PZL W-3A 소콜(매를 뜻하는 러시아어 — 옮긴이)이었다. 몸체는 붉은색과 흰색으로 칠하고 날개는 검은색과 흰색으로 칠한 그 헬리콥터는 모든 문을 열어젖힌 채 특대형 타이어 위에 앉아 있었다. 조종실 위에는 혹처럼 툭 튀어나온 것이 있었는데, 프리첸코의 설명에 따르면 헬리콥터를 추진하는 거대한 터빈 두 개가 그 안에 있다고 한다. 내부는 넓고 훤히 트였다. 조종사와 부조종사 외에 열 명을 더 태울 수 있지만 소방대는 대개 다리를 뻗을 공간을 위해 아홉 명만 탄다.

작은 트랙터를 이용해 그 거대한 기계를 굴려 타맥(포장용 아스팔트 응고제. 상표명 — 옮긴이) 위에 올려놓았다. 지금 내가 앉은 자리에서는 프리첸코가 날개 사이에서 일하는 모습이 보인다. 그는 터빈 틀을 열어놓고 모터를 튠업하고 있다. 그 우크라이나인이 이곳으로 올 수 있어서 기쁘다. 그는 좋은 친구라는 것을 입증했을 뿐 아니라 그 덕분에 우리는 여기서 빠져나갈 수 있다.

불길은 이제 비고 북부 지역을 집어삼키고 있다. 마지막 세 시간 동안 나는 내내 고성능 쌍안경으로 지평선에서 약 16킬로미터 떨어진 도시 경계까지 샅샅이 살펴보았다. 두꺼운 검은 연기 때문에 많은 걸 자세히 볼 수는 없었다. 불길이 차량과 주유소, 가스 파이프를 비롯해 그만 한 크기의 도시에 있을 만한 수천 개의 가연성 물질을 먹어치움에 따라 폭발이 빈번히 일어났다. 그곳에 있지 않아서 정말 다행이다.

연기와 재와 숯가루의 자욱한 구름에 가려 항구는 보이지 않았다. 자렌 키비슈 호가 아직 만에 정박해 있는지 아니면 거기서 빠져나갔는지 궁금하다.

쌍안경으로 어디를 보든 그것들이 보인다. 언데드 말이다. 수천의 그것들이 곳곳에서 어슬렁거리고 있다. 화재 때문에 도시에서 밀려난 그것들은 물어뜯을 만한 것들을 찾아 들판과 작은 마을, 교외를 어슬렁거리게 될 것이다. 그것들이 무엇을 찾아낼지는 신만이 알 것이다. 불 때문에 많은 괴물들이 미로 같은 도시의 거리에 갇혔을 테지만 대부분은 제때에 피한 게 틀림없다. 도중에 안전한 거리에 있는 괴물 몇을 보았지만 그것들이 여기로 오는 것은 시간문제에 불과하다.

그러니 우리도 여기를 떠나는 게 좋을 것 같다. 그리고 멀리, 아주 멀리 가는 거다.

마침내 목적지를 정했다. 카나리아 제도의 테네리페 섬(스페인 최남단의 섬 — 옮긴이)이다. 합리적인 선택이다. 유럽 대륙 안에서는 어디에서나 여기와 같은 문제를 만나게 될 것이기 때문이다. 요즘 들어 세계의 이 부분은 결코 사람이 살 만한 곳이 아니다. 이젠 진저리가 난다. 궁지에 몰린 동물처럼 사는 것도 신물이 난다. 우리에게는 평화와 음식, 전기가 필요하며 무엇보다 중요한 것은 사람이다. 인간은 사회적 동물이다. 사람은 다른 사람과 어울려 살아야 한다. 새로운 얼굴과 새로운 사람들, 새로운 생각이 없으면 미쳐 버릴 것이다. 만일 더 많은 사람들을 만나지 못하게 된다면 인간성마저 잃을 수 있다.

헬리콥터의 라디오에서 아주 약하고 잡음이 심하지만 방송 소리가 들린다. 테네리페의 로스 로데오스 공항에서 나오는 항공 통제에 관한 군사 방송이 틀림없다. 그 공항이 아직 운영되고 있다면 사람들이 사는 곳도 있을 것이다. 루시아는 그 섬 주위의 해로와 항로는 더 많은 사람들이 그곳으로 오는 것을 막기 위해 폐쇄되었다는 사실을 상기시켜 주었다. 하지만 그건 몇 달 전의 얘기다. 지금은 새로운 생존자들을 쌍수를 들고 환영할 것이다.

나는 예견된 한 가지 문제에 골몰해 있다. 우리가 가야 하는 엄청나게 먼 거리 말이다. 반도 끝에 있는 이곳에서 카나리아 제도까지는 수천 킬로미터가 넘는다. 소콜 같은 헬리콥터의 항속 거리는 400킬로미터밖에 안 되므로 직선으로 비행하는 방법은 배제해야 한다. 유일한 대안은 반도 위로 날아가 지브롤터 해협을 건너 그 섬과 가장 가까운 도시인 모로코의 타르파야로 가는 것이다. 그런 다음 두 시간만 날아가면 푸에르테벤투라 섬(스페인령 카나리아 제도의 섬 중의 하나—옮긴이)과는 영영 이별이다.

줄잡아 말해도 도중에 연료를 공급받는 것이 문제다. 도중에 공항이나 비행장(아직 그런 것이 남아 있다 해도)에서 무엇을 만나게 될지도 모르는 일이다. 헬리콥터 연료를 주유소에서 구할 수는 없다. 그런 종류의 연료는 정유소나 공항에서만 구할 수 있다. 아무리 지혜를 짜내도 마땅한 해결책이 생각나지 않는다.

오늘 아침 프리첸코와 나는 지도를 자세히 살피며 사정이 허락하는 한에서 모든 가능성에 대해 의견을 나누었다. 우크라이나인은 포르투갈 해안을 따라 남쪽으로 날아가며 포르토(포르투갈 북부 포르투 주의 주도)와 리스본(포르투갈의 수도), 우엘바(스페인 우엘바 주의 주도), 탕헤르(모로코 탕헤르 주의 주도), 라바트(모로코 왕국의 수도), 카사블랑카(모로코 왕국의 대서양 연안에 있는 항만 도시)에서 급유를 받으면서 카나리아 제도로 가는 게 좋겠다고 했다.

비고에서 겪은 일에 비추어 볼 때 한때 수십만 명이 살았던 포르토 같은 대도시 변두리에 기착한다는 것은 생각만 해도 끔찍했다. 그래서 나는 사람이 살지 않는 내륙 지역을 지나가며 여기처럼 작은 비행장이나 헬리콥터 기착소에서 연료를 보급 받는 게 더 좋다. 하지만 기름 한 방울 없는 '고갈된' 비행장을 만날 가능성이 대형 공항에서보다 훨씬 더 높다는 것을 깨달았다. 그렇긴 해도 내 계획이 대도시를 뚫고 나가는 것보다 오히려 나을 수도 있다.

어느 쪽을 선택하든 위험하긴 마찬가지다. 솔직히 말하면 공포로 가득한 여행인 셈이다.

다시 한 번 루시아가 해결책을 찾아냈다. 프리첸코와 내가 끊임없이 계획에 관해 이야기하는 동안 그녀는 열심히 귀를 기울이며 헬리콥터 바닥을 생각에 잠긴 얼굴로 바라보았다. 별안간 그녀가 끼어들었다.

"프리첸코 아저씨, 저건 뭐예요?"

루시아가 거대한 소콜의 아래쪽에 볼트로 죄어 놓은 이상한 바구니를 가리키며 물었다.

"저거? 밤비야."

휘둥그레진 우리의 얼굴을 보자 프리첸코가 설명했다.

"산불을 진화할 때 쓰는 물을 채워 놓는 자루를 밤비라고 불러. 대개 소방대원들을 나른 뒤 자루를 열고 근처의 강에서 물을 채운 다음 불난 곳에 뿌려. 그 일을 수도 없이 되풀이하지. 그게 내 직업이 잖아, 알지?"

"물이 얼마나 들어가요?"

루시아가 초롱초롱하게 눈을 빛내며 물었다.

"한 500갤런 들어가지. 그게 뭐 어떻다는 거지?"

"잠깐만! 루시아가 무슨 생각을 하는지 알겠는걸. 500갤런이 면……."

"맞아요. 2톤이에요. 물 대신 기름을 넣으면 돼요. 우리 항속 거리는 아마도……."

루시아는 묻는 듯한 얼굴로 프리첸코를 보았지만 그는 이미 등을 돌린 채 종이 한 장을 잡고 재빨리 뭔가를 계산했다. 몇 분 뒤 그는 미소 띤 얼굴로 돌아서더니 윙크를 하면서 내뱉었다.

"잘 될 것 같아. 탱크를 가득 채우고 500갤런짜리 연료통을 매달면 도중에 연료를 보급 받지 않아도 충분히 갈 수 있어. 맞바람을 맞더라도 그게 더 가까워. 문제는 우리는 단지 갈 수만 있을 뿐이라는 거야."

프리첸코가 말을 멈추고 허공을 바라보며 머릿속으로 뭔가를 더 계산했다.

"우리는 단지 갈 수만 있다고."

프리첸코가 흥분한 얼굴로 쾌활하게 되풀이했다.

"그래, 할 수 있을 거야."

너무 기쁜 나머지 가슴이 부풀어 올랐다. 우리는 여기서 벗어날 것이다. 도저히 믿을 수가 없었다.

그래서 지금 프리첸코가 소콜의 터빈을 마지막으로 점검하는 동안 헬리콥터 연료를 가득 채운 빛나는 통들이 커다란 초강력 수송망 안에 차곡차곡 쌓여 나갔다.

우리의 계획은 그 거대한 자루를 원래 밤비가 있던 헬리콥터 아래쪽에 매다는 것이다. 급유를 할 때가 되면 공터에 헬리콥터를 내리고 그 통 몇 개를 헬리콥터 연료통에 쏟아부으면 된다. 그 모든 역경을 이겨낸 우리에게는 식은 죽 먹기다.

헬리콥터에 짐을 실은 뒤 모두 마음의 준비를 하고 먼동이 트기를 기다렸다. 루시아와 세실리아 수녀는 격납고에서 쉬고 있다. 프리첸코는 흡족한 얼굴로 방금 터빈 후드를 덮었다.

나는 비행장 끝에 있는 이 커다란 바위에 앉아 있다. 루쿨루스는 내 발치에 웅크리고 앉아 신발끈을 씹고 있다. 태양이 수면을 황금빛으로 물들이며 강물 너머로 넘어가고 있다. 이상하게도 이 장관을 다시는 보지 못할지도 모른다는 생각이 든다.

우리는 역을 떠나는 마지막 열차다. 이곳에 누군가 남아 있다면 그에게 기회가 없을까봐 걱정이다. 미래에 누군가가 여기로 올 가능성은 거의 희박하다.

하지만 혹시라도 그런 일이 생길 경우를 대비해 내 일기를 비닐봉지에 넣어 격납고 안에 있는 탁자 위에 올려놓을 것이다. 모든 게 엉망이 되고 도중에 사고라도 나면 어떻게 될까? 적어도 누군가가 이 글을 읽는다면 9개월 동안 한 무리의 사람들이 생존을 위해 열심히 싸웠다는 것을 알게 될 것이다. 우리는 결코 굴복하지 않았다. 우리는 언제나 가슴속에 인간을 다른 동물과 구별하는 가장 고귀하고 아름다운 마음을 간직하며 살았다. 그것은 희망이다.

됐다. 이젠 한숨 좀 자야겠다. 내일은 정신없는 날이 될 테니까.

〈끝〉

옮긴이 | 김순희

연세대 사학과 졸업, 한국방송통신대 영어영문학과 졸업, 한국방송통신대 대학원 생활영어학과 재학. 동아일보 출판부, 한국브리태니커회사, 사회평론, 도서출판 넥서스 영어교열팀 팀장 등을 지냄. 현재 출판프리랜서로 활동. 지은 글로 『말없이 통하는 손가락 여행영어』, 옮긴 글로 『러빙 초이스』, 『중국현대사』, 『비즈니스 잉글리시』, 『네이버세계문화유산』(공역) 등이 있다.

종말일기Z

1판 1쇄 펴냄 2013년 5월 20일
1판 7쇄 펴냄 2020년 6월 8일

지은이 | 마넬 로우레이로
발행인 | 박근섭
편집인 | 김준혁
펴낸곳 | 황금가지

출판등록 | 2009. 10. 8 (제2009-000273호)
주소 | 135-887 서울 강남구 신사동 506 강남출판문화센터 5층
전화 | 영업부 515-2000 편집부 3446-8774 팩시밀리 515-2007
홈페이지 | www.goldenbough.co.kr

도서 파본 등의 이유로 반송이 필요할 경우에는 구매처에서 교환하시고
출판사 교환이 필요할 경우에는 아래 주소로 반송 사유를 적어 도서와 함께 보내주세요.
135-887 서울 강남구 신사동 506 강남출판문화센터 6층 민음인 마케팅부

© ㈜민음인, 2013. Printed in Seoul, Korea
ISBN 978-89-6017-558-7 03870

㈜민음인은 민음사 출판 그룹의 자회사입니다.
황금가지는 ㈜민음인의 픽션 전문 출판 브랜드입니다.

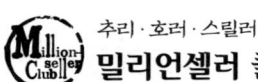

추리 · 호러 · 스릴러
밀리언셀러 클럽

1	리타 헤이워드와 쇼생크 탈출 사계 봄·여름 | 스티븐 킹	80	블러드 더 라스트 뱀파이어 | 오시이 마모루
2	스탠 바이 미 사계 가을·겨울 | 스티븐 킹	83	18ర | 조지 D. 슈먼
3	살인자들의 섬 | 데니스 루헤인	84	세계대전Z | 맥스 브룩스
4	전쟁 전 한 잔 | 데니스 루헤인	85	문라이트 마일 | 데니스 루헤인
5	쇠못 살인자 | 로베르트 반 훌릭	86·87	뮤마 키 1·2 | 스티븐 킹
6	경찰 혐오자 | 에드 맥베인	88·89	얼티드 카본 1·2 | 리처드 모건
7·8	고스트 스토리 (상) (하) | 피터 스트라우브	92·93	더스크 워치 1·2 | 세르게이 루키야넨코
10	어둠이여, 내 손을 잡아라 | 데니스 루헤인	94·95·96	21세기 서스펜스 컬렉션 1·2·3 | 에드 맥베인 엮음
11·12	미스틱 리버 (상) (하) | 데니스 루헤인	97	무덤으로 향하다 | 로렌스 블록
13	800만 가지 죽는 방법 | 로렌스 블록	98	천사의 나이프 | 아쿠마루 가쿠
14	신성한 관계 | 데니스 루헤인	99	6시간 후 너는 죽는다 | 다카노 가즈아키
15·16	아메리칸 사이코 (상) (하) | 브렛 이스턴 엘리스	100·101	스티븐 킹 단편집 모든 일은 결국 벌어진다 (상) (하) | 스티븐 킹
17	벤슨 살인사건 | S. S. 반다인	102	엑사바이트 | 하토리 마스미
18	나는 전설이다 | 리처드 매드슨	103	내 안의 살인마 | 짐 톰슨
19·20·21	세계 서스펜스 걸작선 1·2·3 | 제프리 디버 외	104	반환 | 리 챈스
22	로마의 명탐정 팔코 1 실버피그 | 린지 데이비스	105	하루하루가 세상의 종말 | J. L. 본
25	쇠종 살인자 | 로베르트 반 훌릭	106	부드러운 볼 | 기리노 나쓰오
26·27	나이트 워치 (상) (하) | 세르게이 루키야넨코	107	메타볼라 | 기리노 나쓰오
29	13 계단 | 다카노 가즈아키	108	황금 살인자 | 로베르트 반 훌릭
30	마이크 해머 시리즈 1 내가 심판한다 | 미키 스 레인	109	호수 살인자 | 로베르트 반 훌릭
31	마이크 해머 시리즈 2 내총이 빠르다 | 미키 스 레인	110	칼날은 스스로를 상처 입힌다 | 마커스 세이키
32	마이크 해머 시리즈 3 복수는 나의 것 | 미키 스 레인	111·112·113	언더 더 돔 1·2·3 | 스티븐 킹
33·34	애완동물 공동묘지 (상) (하) | 스티븐 킹	114	폭파범 | 리사 마르클룬드
35	아이거 빙벽 | 트레바니언	115	비트 더 리퍼 | 조시 베이젤
36	뱀파이어 헌터 애니타 블레이크 1 달콤한 죄악 | 로렐 K. 해밀턴	116·117	스튜디오 69 (상) (하) | 리사 마르클룬드
37	뱀파이어 헌터 애니타 블레이크 2 웃는 시체 | 로렐 K. 해밀턴	118	하루하루가 세상의 종말 2 | J. L. 본
38	뱀파이어 헌터 애니타 블레이크 3 저주받은 자들의 서커스 | 로렐 K. 해밀턴	119	도쿄섬 | 기리노 나쓰오
39·40·41	제 1의 대죄 1·2·3 | 로렌스 샌더스	120	지하에 부는 서늘한 바람 | 돈 윈슬로
42·43	스티븐 킹 단편집 스켈레톤 크루 (상) (하) | 스티븐 킹	121	이노센트 | 스콧 터로
44	아임 소리 마마 | 기리노 나쓰오	122·123	최면전문의 (상) (하) | 라슈 케플레르
45	링 | 스즈키 고지	124·125	개의 힘 1·2 | 돈 윈슬로
46·47	가라, 아이야, 가라 1·2 | 데니스 루헤인	126	해가 저문 이후 | 스티븐 킹
48	비를 바라는 기도 | 데니스 루헤인	127	아버지들의 죄 | 로렌스 블록
49	두번째 기회 | 제임스 패터슨	128·129	존은 끝에 가서 죽는다 1·2 | 데이비드 웡
50	톰 고든을 사랑한 소녀 | 스티븐 킹	130·131	이지 머니 1·2 | 엔스 라피두스
51·52	셀 1·2 | 스티븐 킹	132	종말일기Z | 마넬 로우레이로
53·54	블랙 달리아 1·2 | 제임스 엘로이		
55·56	데이 워치 (상) (하) | 세르게이 루키야넨코		**한국편**
57	로즈메리의 아기 | 아이라 레빈	1	몸 | 김종일
58	데릭 스트레인지 시리즈 1 살인자에게 정의는 없다 | 조지 펠레카노스	2·3·4	팔란티어 1·2·3 | 김민영 (옥스타칼니스의 아이들 개정판)
59	데릭 스트레인지 시리즈 2 지옥에서 온 심판자 | 조지 펠레카노스	5	이프 | 이종호
60·61	무죄추정 1·2 | 스콧 터로	8·10·12·14·16	한국 공포 문학 단편선 | 이종호 외
62	암보스 문도스 | 기리노 나쓰오	9	B컷 | 최혁곤
63	잔학기 | 기리노 나쓰오	11·13·18·22	한국 추리 스릴러 단편선 | 최혁곤 외
64·65	아웃 1·2 | 기리노 나쓰오	15	섬 그리고 좀비 | 백상준 외 4인
66	그레이브 디거 | 다카노 가즈아키	17	무녀굴 | 신진오
67·68	리시 이야기 1·2 | 스티븐 킹	19	모녀귀 | 이종호
69	코로나도 | 데니스 루헤인	20	사건번호 113 | 류성희
70·71·74·75·77·78	스탠드 1·2·3·4·5·6 | 스티븐 킹	21	옥상으로 가는 길, 좀비를 만나다 | 황태환 외
72	머더리스 브루클린 | 조나단 레딤	23	10개월, 종말이 오다 | 최경빈 외
73	로즈메리의 아들 | 아이라 레빈	24	B파일 | 최혁곤
76	줄어드는 남자 | 리처드 매드슨	25	좀비 그리고 생존자들의 섬 | 백상준
79	러시아 추리작가 10인 단편선 | 옐레나 아르세네바 외